Ernest M. Hemingway.

ERNEST HEMINGWAY

海明威文集

海明威短篇小说全集（上）

Complete Short Stories

〔美〕海明威 著 陈良廷 蔡慧 等译

上海译文出版社

目 录

上 册

前言 001
出版者序 001

第一部　首辑四十九篇

“首辑四十九篇”序 003
弗朗西斯·麦康伯短促的幸福生活 005
世界之都 042
乞力马扎罗的雪 056
桥边的老人 085
在密歇根州北部 088
在士麦那码头上 093
印第安人营地 097
医生夫妇 104
了却一段情 111
三天大风 117
拳击家 131
小小说 143
军人之家 147
革命党人 156

艾略特夫妇 159
雨中的猫 164
禁捕季节 169
越野滑雪 178
我老爹 186
大双心河(第一部) 201
大双心河(第二部) 211
没有被斗败的人 224
在异乡 257
白象似的群山 263
杀手 269
祖国对你说什么? 280
五万元 291
简单的调查 320
十个印第安人 323
美国太太的金丝雀 329
阿尔卑斯山牧歌 334
追车比赛 341
今天是星期五 346
陈腐的故事 351
我躺下 354
暴风劫 363
一个干净明亮的地方 369
世上的光 375
先生们,祝你们快乐 383
大转变 389
你们决不会这样 394
一个同性恋者的母亲 408
读者来信 413

向瑞士致敬 415
等了一整天 430
一篇有关死者的博物学论著 434
怀俄明葡萄酒 443
赌徒、修女和收音机 460
两代父子 481

附录(一)
三下枪声 497
印第安人搬走了 500
过密西西比河 502
登陆前夕 504
新婚之日 510
论写作 512

附录(二)
《尼克·亚当斯故事集》前言 525

下 册

第二部 “首辑四十九篇”后发表于书刊上的短篇小说

过海记 531
买卖人的归来 577
检举 592
蝴蝶和坦克 607
决战前夜 618

山梁下 655
他们都是不朽的 669
好狮子 686
忠贞的公牛 690
得了条明眼狗 693
人情世故 700
度夏的人们 706
最后一方清净地 718
一个非洲故事 781

第三部　早先未发表过的小说

搭火车记 797
卧车列车员 816
岔路口感伤记 828
有人影的远景 846
你总是的，碰到件事就要想起点什么 856
大陆来的大喜讯 863
那片陌生的天地 867

附　录

雇佣兵——故事一则 943
十字路口——肖像选 955
一个在爱河中的理想主义者的造像
——故事一则 961
榉树树根的腱——故事一则 966
潜流——故事一则 975

前　言

约翰·海明威

帕特里克·海明威

格雷戈里·海明威

1940年，爸爸和玛蒂[①]刚租下“观景庄”[②]做家，一住就是二十年，一直住到死。当初南边还有一片真正的田野。这片田野如今不再存在了。这倒不是毁于中产阶级地产开发商之手，像契诃夫笔下的樱桃园[③]那样，在波多黎各或没发生过卡斯特罗革命的古巴，那可能就是这命运。而这片田野是毁于穷人人口和简陋窝棚的惊人增长，这已成了所有的大安的列斯群岛地区[④]的一大特色，无论那儿的政治信仰如何。

小时候，在玛蒂为我们安顿的小屋里，我们大清早醒来躺在床上，时常倾听南边那片田野上的北美鹑婉转的鸣声。

这片田野覆盖着灌木丛，沿着流贯其间的河道畔，长着高高的火焰树，每到晚间，野生珍珠鸡常来这里栖息。它们在树丛里走动和扒食时，常常互相呼叫，保持联系，到了结束在树丛里的一天觅食时，便突然一哄而跑，退回栖息的树木。

灌木丛长的是非洲一种矮小的刺槐，据克里奥尔人[⑤]说，这种刺槐的种子最初是混在黑奴的脚趾缝里带到岛上来的。珍珠鸡也是从非洲来的。它们根本不像西班牙移居者带来的其他家禽那样真正驯服，有些竟逃走了，在雨季的热带气候下繁殖成长，正如爸爸讲给我们听的那样，有些黑奴从南美沿海沉没的奴隶船上逃出来，由于人多，加上文化和语言原封不动，所以才能像过去在非洲时那样，一起在荒野里生活到现在。

Vigía一字在西班牙语中意思是远景或景色。庄园住宅造在山上，俯瞰哈瓦那和北面的沿海平原，一览无遗。北面这片景色毫无非洲特色，连美洲殖民地特色都没有。这是克里奥尔人那种岛屿景色，温斯洛·霍默[6]笔下热带题材的水彩画中这种景色是常见的：王棕、蓝天，还有小片的白色积云，在低层东北贸易风[7]的上面不断变化形状和大小。

暮夏，赤道无风带随着太阳北移，午后暑气达到高峰，经常有声势浩大的雷雨，暂时缓解一下闷热，在南面内陆形成的丘巴斯科风暴[8]向北推移出海。

有几年夏天，总有一两场飓风把岛上穷人的简陋窝棚夷为平地。这一来风灾难民就给当地行政部门增添新的压力，本来这里已是压力重重，够紧张的了，一重是市政供水短缺，一重是耸人听闻地报道美国军人喝醉酒，在何塞·马蒂[9]雕像上撒尿这类触犯民族尊严事件所引起的，已见端倪的公愤，还有一重始终是糖价问题。

每逢夏天，闪电必定照样频频击中屋子，我们小时候在当地，有一回爸爸正在听电话，竟给闪电猛击倒地，整个人和整个屋子在电击光球[10]的蓝光里闪闪发亮，从此我们在雷雨时就没一个敢打电话了。

---

① 玛蒂是海明威于 1940 年娶的第三个妻子，作家玛莎·盖尔霍恩，他们曾于 1941 年双双来中国内地采访抗日战争新闻，1945 年离婚。

② 即 Finca Vigía，海明威晚年在古巴的寓所名。

③ 《樱桃园》是契诃夫的代表作之一。写女地主朗涅夫斯卡亚和她的哥哥戈耶夫挥霍无度，只得把庄园拍卖抵债，商人陆伯兴买下庄园，打算砍掉樱桃树，将土地出租造别墅。

④ 指西印度群岛中安的列斯群岛中部的岛群，包括古巴、海地、波多黎各和牙买加等岛。

⑤ 西印度群岛及南美各地的西班牙和法国移民的后裔，一般为黑白混血儿。

⑥ 温斯洛·霍默（1836—1910），美国画家，以表现海景著称，主要作品有油画《生命线》，水彩画《新鲜空气》等。

⑦ 贸易风是赤道两边的低层大气中经常吹向赤道的热带风，北半球吹东北风，南半球吹东南风，风向很少改变，又称信风。

⑧ 中美洲西海岸雨季常见的风暴。

⑨ 何塞·马蒂（1853—1895），古巴诗人、作家，古巴独立革命的先驱。

⑩ 闪电时桅顶、尖塔、飞机翼梢等高处出现的电光。西方称为“圣埃尔莫电光”，据传是公元三世纪的意大利殉道者，地中海水手尊为守护神的圣埃尔莫主教发出的。

在“观景庄”的早年岁月里，爸爸似乎根本没写什么小说。当然，他写了不少信，在一封信中他说该轮到他休息了。天塌下来也不关他的事。

玛蒂倒似乎对西班牙内战最后一段时期，他们俩一起在马德里度过的那种惊心动魄的生活保持不泯的兴趣，还动笔写作呢。她和爸爸在下面游泳池畔的沙地网球场上多次对打过网球，还经常同哈瓦那回力球场里一批巴斯克地区[①]的职业回力球球员朋友在那儿赛网球。其中一个人是现代少女称之为“狠客”[②]的，玛蒂不免跟他调调情，爸爸说起他的情敌，这种人哪，在网球场上是他的手下败将，他偶尔靠打转球、发搓球、吊高球这种最起码的刁钻打法就可以把对方那种不可一世而不加控制的实力挫败了。

驾驶大副格雷戈里奥·富恩特斯常年停泊在科吉马小渔港备用的“比拉尔”号到深海捕鱼，在塞罗的卡萨多莱斯俱乐部打活靶，到哈瓦那的佛罗里蒂塔喝酒，购买刊载详细描绘远在欧洲的战事情况图片的《伦敦新闻画报》，这些对我们来说都是莫大的乐趣。

爸爸对玛蒂引用了屠格涅夫一句话：“别人的心灵是幽暗的森林。”她借用半句话作为她当时刚完成的小说的书名。对那种事爸爸一向精通。

虽然“观景庄”版全集中汇编了那些早已众所周知的、1938 年出版的爸爸第一部完整的短篇小说集中发表的全部作品，但是对读者来说，这部文集令人感兴趣的无疑在他住到“观景庄”后所写的或才问世的作品。

1987 年

陈良廷　译

---

① 西班牙历史地理区，位于北部，北临比斯开湾，东北邻法国，包括阿拉瓦、吉普斯夸、比斯开与纳瓦拉四省。

② “狠客”（Hunk），美国俚语，指富有魅力，体格健美的男人。

出版者序

小查尔斯・斯克里布纳

早已有必要出一部最新版的欧内斯特·海明威短篇小说全集了。这类书迄今仅有1938年出版的一本收了首辑四十九篇短篇小说的选集，里面还一并收了他的剧本《第五纵队》。当时正是海明威写作的多产时期，有若干根据他在古巴和西班牙生活经历写成的小说刊登在杂志上，可是来不及选进“首辑四十九篇”里了。

1939年，海明威已经在考虑出版一本足以与早期著作《在我们的时代里》、《没有女人的男人》和《赢家一无所得》相媲美的短篇小说新选集了。2月7日，他从基韦斯特[①]的住宅，写信给斯克里布纳出版公司的责任编辑马克斯韦尔·珀金斯，建议出这么一本集子。当时他已完成五篇小说：《检举》、《蝴蝶和坦克》、《决战前夜》、《他们都是不朽的》和本集中首次发表的《有人影的远景》。第六篇小说《山梁下》则将于不久刊登在1939年3月的《四海一家》杂志上。

后来，海明威出那本新书的计划并未实现。他曾表示要写三篇“很长的”小说以充实这本集子（两篇写西班牙内战的战事，一篇写古巴渔夫，同一条箭鱼周旋了四天四夜，到头来那条箭鱼却给一群鲨鱼吃掉了）。不过海明威一旦投入长篇小说的写作——未几那部长篇小说命名为《丧钟为谁而鸣》出版了——其他写作计划便全都搁开了。我们只能推测他放弃了那两篇战争小说的写作，不过很可能原来要涉及的内容都写进那部长篇小说里了。至于古巴渔夫的故事，他在十三年后才终于回到这个题材上，把它加以发挥，改头换面，写进了著名的中篇小说《老人与海》。

海明威的早期短篇小说中有不少以密歇根州北部为背景，他家在瓦隆湖畔有一所小别墅，他小时候和青年时代在那里度过暑天。他在那里结识的那伙朋友，包括住在附近的印第安人，无疑都写进各篇短篇小说里了，可能有些插曲至少有部分事实根据。海明威力求生动而精确地表达印象深切的重大尖锐时刻，表达那种不妨恰如其分地称为“对事物真谛的顿悟”的经历。身后发表的遗著《度夏的人们》和名为《最后一方清净地》的片断都出自这一时期。

后期的短篇小说也以美国为背景，讲的是海明威做了丈夫和父亲，甚或病人的感受。人物角色和主题变化就如同作者本人生活那样丰富多彩。题材中的一个特殊来源是他二三十年代在基韦斯特的生活。他驾驶自己的渔船“栋梁”号在海上的遭遇，加上他的广阔交游，就构成他几篇杰作的灵感。两篇写亨利·摩根的短篇小说《过海记》(载 1934 年 5 月号《四海一家》杂志）和《买卖人的归来》(载 1936 年 2 月号《老爷》杂志)，都从这一时期汲取灵感，最后都一并写进长篇小说《有钱人和没钱人》中了，不过，按照初次发表时那样，分开来读，倒也恰当，而且饶有兴味。

海明威一定是文学史上最有洞察力的旅行家之一，他的短篇小说从整体看来，描述了人间百态。1918 年，他应聘作为美国战地服务队的队员，在意大利执行救护任务。这是他首次横渡大西洋，当时只有十八岁。他到达米兰那天，一个军火工厂爆炸。他和小分队中其他志愿人员奉命前去搜集死者残骸。才过了三个月，他双腿受了重伤，住进了米兰美国红十字会医院，随之接受门诊治疗。这些战时经历，包括他遇到的人物，为他写第一次世界大战的长篇小说《永别了，武器》提供不少细节。这些经历还激发他写出五篇短篇小说杰作。

二十年代，他几度重访意大利，有时作为专业记者，有时纯为游览。他那篇写跟一个朋友开车跑遍墨索里尼时期的意大利的短篇

---

① 美国最南端岛屿，在佛罗里达半岛南端以南 96 公里的海面上。1928 年，海明威返美后十年间多数时间在该岛居住。当地故居已对外开放。

小说《祖国对你说什么?》成功地表达极权主义统治的酷劣气氛。

在1922年到1924年期间，海明威几度去瑞士为《多伦多星报》搜集资料，他的课题包括经济状况和其他实际问题，但是也有瑞士冬季运动的描述，如双连雪橇、滑雪和险象丛生的雪橇赛。正如在其他领域中一样，海明威在发掘可以成为旅游热点的胜地和游乐项目方面，也走在他同侪前面。同时，他还积累了不少短篇小说的构思，题材有诙谐的，有严肃的，也有专写死亡的。

1923年，海明威从当时居住的法国到马德里去游览，在美国朋友的陪伴下，首次观看斗牛。从第一头公牛冲进场中那时起，他就深为折服，离场后竟成为终身斗牛迷。对他来说，眼看一个人同一头狂野的公牛相斗，与其说是体育运动，不如说是悲剧。斗牛的技巧和惯例，徒步斗牛士必备的本领和勇气，以及公牛的凶猛暴烈，都令他着了迷。不久他就成为公认的斗牛知识专家，并就此题材写了一部著名的论著：《死在午后》。有若干短篇小说也以斗牛为题材。

后来，海明威竟爱上了西班牙的一切——它的文化，它的风景，它的艺术宝藏，以及它的人民。1936年7月的最后一个星期，西班牙内战爆发，那时他是一个坚定的拥护共和国政府派，协同为他们的事业提供援助，以北美报业联盟记者的身份，从马德里报道这场战争。他根据内战期间在西班牙的全部经历，除了写出长篇小说《丧钟为谁而鸣》和剧本《第五纵队》之外，还写了七篇短篇小说。

1933年，他妻子宝莲的有钱叔叔格斯·佩弗提出资助海明威到非洲进行游猎。他完全被这个前景迷住了，还作了没完没了的准备工作，包括邀请一批朋友同行，并为此行选购合适的武器和其他装备。

这次游猎虽只持续了十星期，但他所见一切事物都在他脑海中留下不可泯灭的印象。也许由于他满腔热情和兴趣的缘故，他恢复了几乎毫不失真地记录事物细节的童稚能力。他第一回遇到著名白种猎人菲利普·珀西瓦尔，顿时对他那份冷静而有时狡黠的行家风范佩服之至。游猎结束后，海明威脑海里充满了对写作具有无比价值的形象、事件和人物研究。此行收获就是写出非虚构小说《非洲的青山》，以及几篇精彩的短篇小说。这些作品包括《一个非洲故事》(1986 年 5 月发表的遗著长篇小说《伊甸园》里，又把这故事穿插进另一个故事中)，还有《弗朗西斯·麦康伯短促的幸福生活》和《乞力马扎罗的雪》。

尽管在巴黎的岁月对海明威发展成为作家起了明显的重大作用，然而他的短篇小说中以巴黎为背景的却寥寥无几。他自己也明白那点事实，在《流动的盛宴》的序言里，他不无惆怅地提到他本来也许可以写的题材，有些也许可以写成短篇小说。

第二次世界大战期间，海明威充任战地记者，报道诺曼底登陆和巴黎解放的消息。他似乎还召集过一批随德军撤退的军外侦察员。这期间他所写的短篇小说中虚构成份和非虚构成份的比例协调，也许从未确定，包括先前未曾发表的《岔路口感伤记》在内。

海明威生命将近结束前，还为一个朋友的孩子写了两篇寓言《好狮子》和《忠贞的公牛》，1951 年发表于《假日》杂志，本书予以转载。他还在《大西洋月刊》上发表过两篇短篇小说，《得了条明眼狗》和《人情世故》(都刊登于 1957 年 12 月 20 日的那一期上)。

在全集的后部，我们编集了七篇以前未曾发表的小说作品。其中四篇是完整的短篇小说，另外三篇是尚未出版、尚未完成的长篇小说中的片断。

总的说来，这部“观景庄”版收有二十一篇未曾收在“首辑四十九篇”内的短篇小说。这部全集以海明威在古巴的圣佛朗西斯科·德·保拉的住所命名。他在晚年二十年中，断断续续住在“观景庄”里。“观景庄”在他心目中深为可贵，以此命名的全集汇编了他一生著作中更其可贵的主要部分似乎还恰当吧。

陈良廷　译

第一部

首辑四十九篇

“首辑四十九篇”序

海明威

头四篇小说是我新近写成的。其余各篇按原来发表次序排列。

我写的头一篇小说是《在密歇根州北部》，1921 年写于巴黎。末了一篇是《桥边的老人》，1938 年 4 月从巴塞罗那通过电报发稿。

我在马德里，除了写了《第五纵队》外，还写了《杀手》、《今天是星期五》、《十个印第安人》、《太阳照常升起》的部分篇章，以及《有钱人和没钱人》的开头三分之一章节。马德里向来是个写作的好地方。巴黎也是。在凉快的月份里，佛罗里达州的基韦斯特也是；还有蒙大拿州库克城附近的牧场；堪萨斯城；芝加哥；多伦多和古巴的哈瓦那也都是。

其他有些地方不太好，不过也许是我们在当地的时候自己不太好吧。

本书有许多类小说。希望你会找到一些你喜欢的。通读全书，除了那几篇已略负盛名而蒙学校教师收入小说选集，令学生不得不买来上小说课的之外，以及那几篇你一看到就不免隐隐感到难堪，不知自己是否真正写过，或者是否也许在某处听到过的之外，我最喜欢的几篇作品是《弗朗西斯·麦康伯短促的幸福生活》、《在异乡》、《白象似的群山》、《你们决不会这样》、《乞力马扎罗的雪》、《一个干净明亮的地方》和一篇没有别人喜欢的、叫《世上的光》的小说。其他几篇也喜欢。因为假如你不喜欢这些作品，你就不会发表。

在去你要去的地方，做你要做的事情，看你要看的东西这些过程中，你写作的工具变钝了，失去锋芒了。不过，我倒情愿工具弯曲变钝，好让自己知道我得把它再加以磨砺，敲打得像个样儿，锤炼锤炼，明白自己还有东西可写，而决不愿工具闪闪发亮，却无话可说，也不愿工具光滑顺溜，却束之高阁，闲置不用。

现在需要再磨砺一下了。我愿意活得长命些，容我再写三部长篇小说和二十五篇短篇小说。我知道有些故事好极了。

1938 年

陈良廷　译

弗朗西斯·麦康伯短促的幸福生活

现在是吃午饭的时候，他们全坐在就餐帐篷的双层绿色帆布外顶下，装出什么事也没发生过的样子。

“你要酸橙汁还是柠檬汽水？”麦康伯问。

“我要一杯螺丝钻鸡尾酒[1]，”罗伯特·威尔逊告诉他。

“我也要一杯螺丝钻。我需要喝点儿酒，”麦康伯的妻子说。

“我想是该这么着，”麦康伯同意地说。“叫他调三杯螺丝钻。”

侍候吃饭的那个仆人已经开始在调了，从帆布冷藏袋里拎出一个个酒瓶，风吹进覆盖着帐篷的树林，瓶子在风中凝起水珠。

“我得给他们多少？”麦康伯问。

“一英镑就蛮够了，”威尔逊告诉他。“你用不着惯坏他们。”

“头人会分配吗？”

“那当然啦。”

半个钟头前，弗朗西斯·麦康伯从营地的边缘被那厨子、侍候的仆人们、剥兽皮的和脚夫们，用胳膊和肩膀得意扬扬地抬到他的帐篷前。扛枪的人们没有参加这场游行。土著的仆人们在他帐篷门前把他放下来，他一一同他们握了手，接受他们的祝贺，随后走进帐篷，在床上坐下，直到他的妻子进来。她走进来，没有同他说话，他就马上走出帐篷，在旅行用的洗脸盆里洗了脸和手，接着走到就餐帐篷，在吹着一阵阵微风的树荫下一张舒适的帆布椅子上坐下。

“你打到了一头狮子，”罗伯特·威尔逊对他说，“而且还是一头呱呱叫的。”

麦康伯太太迅速看了威尔逊一眼。她是一位相貌极俊俏、保养得极好的美人儿，凭着她的美貌和社会地位，五年以前，她用几张相片为一种她从没用过的美容品做广告，得到了五千元酬金。她嫁给弗朗西斯·麦康伯十一年了。

“那是一头好狮子，对不？”麦康伯说。这会儿他的妻子看着他。她看着这两个男人，好像从没看到过似的。

这一个，叫威尔逊，是个白种职业猎手[②]，她知道她以前确实不认识他。他差不多是中等身材，头发沙色，胡子拉碴，脸色极红，有一双神情极冷淡的蓝眼睛，眼角上布着微细的白皱纹，微笑的时候，这些皱纹会有趣地变深。现在他正冲着她微笑，她便把目光从他脸上移到他那件宽大的短上衣覆盖着的溜肩膀上，只见在原该是左胸袋的地方缀有四个带圈，里面插着四颗大子弹；她把目光接着移到他棕色的大手、旧长裤、很脏的皮靴上，然后回到他那张红脸上。她注意到他那张被阳光烤红的脸上有一圈白色的皮肤，那是他的斯坦逊毡帽[③]留下的痕迹，现在这顶帽子正挂在帐篷支柱的一个木钉上。

“唔，为打到的狮子干杯吧，”罗伯特·威尔逊说。他又冲着她微笑，她可没有一丝笑意，正古怪地望着她的丈夫。

弗朗西斯·麦康伯个子很高，要是你不计较他骨架的长短，他算得上身材匀称，皮肤黑黪黪，头发剪得像一个大学划船手那样短，嘴唇相当薄。被人认为长得漂亮。他穿着同威尔逊一样的游猎队的服装，不过他的是崭新的；他三十五岁，身体保养得极好，精

---

① 用发泡酸橙汁加糖和杜松子酒混合而成。

② 白种职业猎手以陪有钱人打猎为业。欧美有一些有钱人喜欢到非洲去打猎，他们以猎得狮子、犀牛、野牛等大动物为荣。但是打猎具有相当大的危险性，那些有钱人大都既不熟悉野兽出没的场所，枪法又不高明，不得不雇用人来陪他们打猎。那些陪打的猎手都是长期生活在非洲当地的白人，枪法高明。他们可以代主顾组织游猎队，安排生活，让主顾看到希望猎取的野兽，也可以代为猎取，在必要时，甚至保卫他们的主顾的生命，但是收费昂贵。

③ 美国西部牛仔戴的一种阔边高顶毡帽，以帽商的姓氏为商标名。

通场地球类运动[1]，在不少次钓大鱼的比赛中创过纪录，刚才当着很多人的面，显露出他原来是个胆小鬼。

“为打到的狮子干杯，”他说，“我对你刚才所做的事感激不尽。”

玛格丽特，他的妻子，把眼光从他身上移开，回到威尔逊身上。

“我们别谈那头狮子啦，”她说。

威尔逊打量着她，没有流露出一丝笑意，这时倒是她冲着他微笑了。

“这是个挺怪的日子，”她说，“哪怕是中午待在帆布帐篷里，你不是也该戴上帽子吗？你知道，你告诉过我。”

“是可以戴的，”威尔逊说。

“你知道，你有一张很红的脸，威尔逊先生，”她对他说，又微笑起来。

“喝酒的缘故，”威尔逊说。

“我看不见得，”她说。“弗朗西斯喝得挺厉害，可他的脸从来不红。”

“今天红啦，”麦康伯试着说笑话。

“没有，”玛格丽特说，“今天是我的脸红啦。可是威尔逊先生的脸是一直红的。”

“准是血统关系，”威尔逊说。“嗨，你难道就是不愿不再拿我的美貌做话题吧，是不？”

“我还只刚开始谈呢。”

“我们不谈这个，”威尔逊说。

“谈话会变得非常困难，”玛格丽特说。

“别说傻话，玛戈[2]，”她丈夫说。

“没什么困难，”威尔逊说。“打到了一头呱呱叫的狮子嘛。”

---

① 指网球、篮球、手球之类的运动。

② 玛戈是玛格丽特的爱称。

玛戈望着他们这两个人；他们都看出她快要哭出来了。威尔逊早已看出这情况，有一段时间了，他害怕。麦康伯已经不会害怕了。

“但愿这事没有发生。唉，但愿这事没有发生，”她一边说，一边向她自己的帐篷走去。她没有发出哭声，但是他们看出她的肩膀正在她穿的那件玫瑰红防晒衬衫内索索发抖。

“女人心烦意乱了，”威尔逊对这高个子丈夫说。“没什么大不了的。神经紧张，加上这样那样的事情。”

“没什么，”麦康伯说。“我怕我得为这件事忍受到咽气那一天了。”

“废话。我们来一杯烈酒吧，”威尔逊说。“把这事全忘了。反正也没出什么事。”

“我们试试看吧，”麦康伯说。“可是我不会忘记你为我干的事。”

“没什么，”威尔逊说。“全是废话。”

他们就这么坐在那儿树荫里，这营房就安扎在这几棵枝叶繁茂的刺槐树下，后面是一座上面尽是圆石的悬崖，前面有一片一直伸展到一条小溪边的草地，河底尽是圆石，河对岸有片森林，他们喝着冰得恰到好处的兑酸橙汁的酒，当仆人们在安排餐桌的时候，两人的眼光互相避免接触。威尔逊心里雪亮，那帮仆人现在全知道了，当他看到那个侍候麦康伯的仆人一边把盆子放在桌上，一边用古怪的眼光望着他主人的时候，便用斯瓦希里语[①]厉声斥责他。那仆人脸色一沉，转过身去。

“你跟他在说什么？”麦康伯问。

“没什么。叫他手脚麻利点，要不我会让他狠狠地挨上十五下。”

“挨什么？鞭打吗？”

“这是完全不合法的，”威尔逊说。“只容许扣他们的工钱。”

---

① 非洲东海岸桑给巴尔和肯尼亚那一带流行的班图族人的语言。

“你仍然让人鞭打他们吗？”

“是啊。要是他们决定去告，就能闹出一场风波来。可是他们从来不告。他们情愿挨揍，不愿扣钱。”

“多怪啊！”麦康伯说。

“说真的，一点也不怪，”威尔逊说。“你愿意挑哪一桩？让人用桦树条狠狠揍一顿呢，还是拿不到工钱？”

他话一出口，就感到有点窘，于是不等麦康伯回答，就接着说，“我们全都天天在挨揍，你知道，不是在这个方面，就是在另一方面。”

这么说也好不了多少。“我的老天啊，”他想。“我是个外交家啦，难道不是吗？”

“是啊，我们挨了揍，”麦康伯说，眼光仍然没有望他。“我对那狮子的事非常难受。不该把它扩散出去，是不？我的意思是别让任何人听到这事了，好不？”

“你的意思是我会不会在马撒伊加俱乐部里谈这事吗？”威尔逊现在冷冷地望着他。他没有料到麦康伯会这么说。原来他不但是个该死的胆小鬼，而且是个该死的下流坯，他想。直到今天，我还相当喜欢他哪。但谁能摸得透一个美国佬呢？

“不会，”威尔逊说，“我是个职业猎手。我们从来不议论我们的主顾。这件事你尽可以放心。不过由别人来要求我们别议论，这是不大像话的。”

他现在明确地看出，闹翻了倒会自在得多。那一来，他就可以独自个儿吃饭，可以一边吃饭，一边看书了。他们可以归他们吃。他要在非常正规的基础上陪他们把这次游猎进行到底——法国人管这叫什么来着？高尚的尊重——这样做比不得不应付这种无聊的感情纠葛要自在得多。他要侮辱他，干脆就此闹翻。那一来，他就可以一边吃饭，一边看书，并且仍然可以白喝他们的威士忌了。当一支游猎队中双方关系搞坏时就用得上这个习惯语。你偶然碰上另一个白种职业猎手，问他，“情况怎么样啊？”如果他回答，“啊，我仍然在喝他们的威士忌，”你就知道情况准是糟糕透顶了。

“对不起，”麦康伯说，抬起他那张美国人的脸望着威尔逊，这张脸会一直到中年始终保持青春，而威尔逊注意到他划船手式的短发、俊俏的眼睛，不过眼光有点儿躲躲闪闪，端正的鼻子、薄薄的嘴唇和漂亮的下巴。“对不起，我没想到这一点。有好多事情我都不懂。”

他还能怎么办呢，威尔逊想。他已经完全准备马上同他干脆闹翻了，但是他侮辱了这个死乞白赖的家伙后对方却在向他赔礼道歉啦。他再来试一下。“别担心我会说出去，”他说。“我得混饭吃哪。你知道，在非洲没有一个女人曾打不中狮子，没有一个白种男人曾临阵逃跑。”

“我像一只兔子似的逃跑了，”麦康伯说。

唉，遇到一个这么说话的男人，还有什么办法呢，威尔逊想不出主意了。

威尔逊用他那双机关枪手的没有表情的蓝眼睛望着麦康伯，对方报之以微笑。如果你没注意到他的自尊心受到了伤害后眼睛里会流露出什么表情，他这微笑倒是令人愉快的。

“也许我能在野牛身上找补回来，”他说。“我们下一回是去猎野牛，是不？”

“你高兴的话，明天早晨就去，”威尔逊告诉他。也许他刚才想错啦。这样想当然是一个应付的办法。对于一个美国人，你压根儿拿不准他的任何事情。他又完全同情麦康伯了。要是你能忘掉这个早晨，那就好啦。不过，你当然是没法忘掉的啰。这个早晨简直糟透了。

“太太来了，”他说。她正在从她的帐篷那儿走过来，看上去精神抖擞，兴高采烈，着实可爱。她长着一张典型的鹅蛋脸，典型得你以为她该是个蠢货。但是她不蠢，威尔逊想，不，才不蠢哪。

“漂亮的红脸威尔逊先生，你好啊？弗朗西斯，你感到好点儿吗，我的宝贝？”

“啊，好多啦，”麦康伯说。

“我把这件事完全撇开了，”她一边说，一边在桌子旁坐下。“弗朗西斯会不会打狮子，那有什么关系？那不是他的行当。那是威尔逊先生的行当。威尔逊先生猎杀起什么来真叫人忘不了。你什么都猎杀吧，对不？”

“啊，什么都猎杀，”威尔逊说。“干脆是什么都猎杀。”这种女人是世界上最冷酷的，他想，最冷酷、最狠心、最掠夺成性和最迷人的，她们变得冷酷以后，她们的男人就得软下来，要不然，就会精神崩溃。难道她们是存心挑她们能控制的男人的吗？她们在结婚的年纪，不可能懂得这么多啊，他想。他庆幸自己已经修毕了同美国女人打交道的教育，因为眼前这一个正是极其迷人的。

“我们明天早晨要去打野牛，”威尔逊告诉她。

“我也去，”她说。

“不，你不能去。”

“啊，不，我要去。我可以去吗，弗朗西斯？”

“干吗不待在营地里？”

“说什么也不成，”她说。“我再怎么也不愿错过今天这种场面。”

她刚才离开的时候，威尔逊在想，她刚才离开去哭的时候，看上去像是一个顶顶好的女人。她看来既懂情理，识好歹，还为他和她自己感到痛心，而且知道这到底是怎么回事。她去了二十分钟，现在回来了，原来是去涂上了一层美国女人那种狠心的油彩。她们是最最该死的女人。确实是最最该死的。

“我们明天要为你另外表演一场，”弗朗西斯·麦康伯说。

“你不该去，”威尔逊说。

“你这话说得大错特错了，”她告诉他。“我多么想看你再表演一次啊。今天早晨，你干得真可爱。这是说，如果把野兽的脑袋打得稀巴烂是可爱的话。”

“开饭啦，”威尔逊说。“你挺高兴，对不？”

“干吗不高兴？我不是到这儿来找烦闷的啊。”

“唔，过得也不烦闷吧，”威尔逊说。他又看到河里的那些圆石和对面那长着树的高高的河岸，他记起了今天早晨。

“是啊，”她说。“真有趣。还有明天。你不知道我多么盼着明天啊。”

“他在给你上的菜是旋角羚羊肉，”威尔逊说。

“它们是跳起来像兔子、模样儿像母牛的那种大玩意儿，对不？”

“我想你把它们描写得真对，”威尔逊说。

“这是上好的肉食，”麦康伯说。

“是你打到的吗，弗朗西斯？”她问。

“是的。”

“它们没有危险性，对不？”

“除非它们扑到你身上，”威尔逊告诉她。

“我真高兴。”

“干吗不把那股泼妇劲儿收敛一点儿，玛戈，”麦康伯一边说，一边从羚羊肉排上切下一片，用叉朝下叉住，加上一点儿土豆泥、肉汁和胡萝卜。

“我想我办得到，”她说，“因为你把话说得这么漂亮。”

“今儿晚上，我们要喝香槟酒来庆祝打到这头狮子，”威尔逊说。“中午喝太热了一点儿。”

“啊，狮子，”玛戈说。“我已经把狮子忘啦！”

原来，罗伯特·威尔逊暗自想着，她是在作弄他，不是吗？要不然，你可以为这是她存心要演一场好戏吗？一个女人发现了她的丈夫是个该死的胆小鬼，该干出什么举动来呢？她狠心得没命，但是女人全都是狠心的啊。她们要控制，这还用说，而要控制嘛，人有时候就不得不狠心。不过，我对她们那套毒辣的手段已经看够啦。

“再来点羚羊肉吧，”他有礼貌地对她说。

当天下午，时间已经不早了，威尔逊和麦康伯带着那个开汽车的土人和两个扛枪的人，一起坐汽车出去。麦康伯太太留在营地里。这会儿出去太热，她说，明天一大早她才要跟他们一起去。汽车出发的时候，威尔逊看到她站在那棵大树下，穿着淡玫瑰红的卡其衫，说她那副模样儿美吧，倒不如说漂亮更恰当，只见她的一头黑发从脑门上向后梳，挽成一个髻，低低地垂在颈窝上，她的气色很好，他想，就像还在英国似的。她在向他们挥手，这当儿，汽车一路穿过野草长得很高的洼地，拐一个弯，穿过树林，开进一座座长着果树的小山之间。

他们发现果树丛中有一群黑斑羚羊，就从汽车上下来，蹑手蹑脚地跟踪一只长角叉得很开的老公羊，麦康伯在足足两百码外开了非常值得夸赞的一枪，把它撂倒了，吓得那群羚羊发疯似的逃跑，它们蜷起腿儿，跳得老远，互相从别的羚羊背上跳过去，像是在水上漂似的，简直叫人不能相信，只有在梦中，人有时候才这么跳。

“这一枪打得好，”威尔逊说。“它们是很小的目标。”

“这羚羊的头值得要吗[①]？”麦康伯问。

“顶呱呱，”威尔逊对他说。“你这样打枪，就不会有什么麻烦啦。”

“你想我们赶明儿找得到野牛吗？”

“能有好机会的。它们一大清早就出来吃东西，要是运气好，我们可能在原野上碰到它们。”

“我想要摆脱那件狮子事故，”麦康伯说。“让你的妻子看到你干出这样的事来，可不怎么愉快。”

我倒是认为，更不愉快的是不管妻子看没看到，居然干出了这样的事，或者干了这种事还要谈，威尔逊想。但是他说，“我就再也不会去想这件事啦。不管是谁，头一回打狮子，都可能心慌的。

---

① 打猎者打到狮虎等野兽后，喜欢剥下整张的皮保存；如打到羚羊、野牛等，则仅仅剥取头皮，连角制成标本，安在墙上，留作纪念。

这件事全过去啦。”

但是，当天夜晚，在篝火旁吃了晚饭，上床之前喝了一杯威士忌苏打，弗朗西斯·麦康伯躺在罩着蚊帐的帆布床上，留神听着夜色中的声响的时候，这件事并没有全过去。它既没有全过去，也不是正在开始。它同发生的时候一样确实存在着，不但没有磨灭，有些部分反而更突出了，因而他感到害臊死了。但是比害臊更厉害的是，他感到心里有一股寒冷、空洞的恐惧。这份恐惧仍然存在着，像一个冷冰冰、黏糊糊的空洞，占有了他空洞的内心中过去由信心占有的地方，这叫他感到难受。这件事现在仍然同他在一起。

这事是昨天夜晚开始的，那时他醒过来，听到河上游不知什么地方有狮子在吼叫。吼声深沉，结尾有点像咕噜咕噜的咳嗽声，听上去好像它就在帐篷外面，弗朗西斯·麦康伯夜晚醒来，听到这声音，感到害怕。他能够听到他妻子平静的呼吸声，她熟睡着。没有人可以让他来倾诉他感到害怕，也没有人来同他一起害怕，他独自个儿躺着，不知道索马里人有一句谚语，说一个勇敢的人总是要被狮子吓上三次：他第一次看到它的脚印的时候、他第一次听到它的吼叫的时候以及他第一次跟它照面的时候。后来，在太阳出来以前，他们正在就餐帐篷里就着马灯的亮光吃早饭，那头狮子又吼了，弗朗西斯以为它就在这营地边上。

“听起来像是头老家伙，”罗伯特·威尔逊说，从他的鲱鱼和咖啡上抬起眼睛来。“听它咳嗽似的声音。”

“它离得很近吗？”

“在河上游约摸有一英里。”

“我们会见到它吗？”

“我们会去找的。”

“它的吼声传得这么远吗？听起来好像就在这营地里。”

“声音传得可远哪，”罗伯特·威尔逊说。“它的吼叫传得这么远，是叫人奇怪。但愿那是头可以猎杀的畜生。仆人们说过这儿附近有一头挺大的。”

“我要是开枪，应该打它哪儿，”麦康伯问，“才能阻止它冲过来？”

“打它两个肩膀之间，”威尔逊说。“打它的脖子，要是打得准的话。往它的骨头打。把它撂倒。”

“但愿我能打得准，”麦康伯说。

“你的枪法很好，”威尔逊告诉他。“别着急。瞄准了才开枪。头一颗打中的子弹是最重要的。”

“多少距离呢？”

“说不上。这多少得由狮子来决定。千万别开枪，除非它走得相当近了，你能瞄得准。”

“不到一百码行吗？”麦康伯问。

威尔逊很快望了他一眼。

“一百码差不多。也许得在一百码不到一点儿的地方对付它。可千万别在大大超过这距离的地方没有把握就开枪。一百码是个适当的距离。这样，你想要打它哪儿，就能打它哪儿。太太来了。”

“早上好，”她说。“我们要去对付那头狮子吗？”

“等你一用罢早餐，”威尔逊说。“你感到怎么样？”

“挺好啊，”她说。“我很兴奋。”

“我正要去看看是不是什么都准备好了。”威尔逊要走了。他刚要走，狮子又吼了。

“吵吵嚷嚷的家伙，”威尔逊说。“我们会叫你吼不成的。”

“怎么啦，弗朗西斯？”他的妻子问他。

“没什么，”麦康伯说。

“不，有，”她说。“你心烦什么呀？”

“没什么，”他说。

“告诉我，”她望着他。“你身体不好受吗？”

“是那该死的吼叫声，”他说。“它吵了整整一宿，你知道。”

“你干吗不叫醒我，”她说。“我倒喜欢听听这声音。”

“我得去干掉那该死的畜生啊，”麦康伯可怜巴巴地说。

“唔，你上这儿来，就是为了干这个，是不？”

“是啊。不过我神经紧张。听这畜生吼，使我神经紧张。”

“那好，就照威尔逊说的，去干掉它，叫它吼不成。”

“话是不错，亲爱的，”弗朗西斯·麦康伯说。“听听倒很容易，对不？”

“你不是在害怕吧，对吗？”

“当然不怕。可是我听它吼了整整一宿，感到神经紧张。”

“你会利索地干掉它的，”她说。“我知道你会的。我巴不得马上看到它。”

“你吃罢早饭，我们就出发。”

“天还没亮哪，”她说。“这是个不恰当的时刻。”

就在这时候，那头狮子吼出一声发自胸腔深处的呜咽，一下子变成喉音，越来越高，震颤得好像叫空气也震动了，最后成为一声叹息和发自胸腔深处的、沉重的咕噜。

“听上去好像就在眼前，”麦康伯的妻子说。

“我的老天，”麦康伯说。“我讨厌这该死的叫声。”

“可给人印象很深。”

“印象很深。简直可怕。”

这时候，罗伯特·威尔逊带着他那支又短又难看、口径大得吓人的.505吉布斯走来，咧开了嘴在笑。

“走吧，”他说。“你的扛枪人把你那支斯普林菲尔德和那支大枪都带上了。样样东西都在汽车里了。你有实心弹吗？”

“有。”

“我准备好了，”麦康伯太太说。

“一定要阻止它乱吼乱叫，”威尔逊说。“你坐在前面。太太不妨跟我一起坐在后面。”

他们上了汽车，在灰蒙蒙的曙光中，穿过树林，向河上游驶去。麦康伯打开他来复枪的枪膛，一看里面是金属铸的子弹，便推上枪栓，上了保险。他看到自己的手在抖。他把手伸进口袋去摸一摸里面的子弹，并把手指在他短上衣胸前带圈里的子弹一一摸去。他向这辆没有门的、车身像盒子般的汽车的后座转过脸去，威尔逊同麦康伯太太就坐在那里，两人都兴奋地咧开了嘴在笑，接着威尔逊向前探身低声说：

“瞧，鸟儿都飞下去了。这是说那老家伙已经离开了被它咬死的野兽。”

麦康伯可以看到，在小溪的对岸，树梢的上空，有些秃鹫在盘旋，然后陡直地降落。

“它可能会到这一带来喝水，”威尔逊低声说。“在它去睡之前。留神注意着。”

他们正沿着高高的溪岸慢腾腾向前驶去，溪水在这一带把它的尽是圆石的溪床冲得很深，他们一路驶去，在那些大树之间弯弯曲曲地穿进穿出。麦康伯正望着对岸，突然感到威尔逊一把抓住他的胳膊。汽车停下了。

“它就在那儿，”麦康伯听到对方低声说。“就在前面右方。下车去，把它打了。它是头呱呱叫的狮子。”

麦康伯现在看到了那头狮子。它几乎完全侧身站着，抬起了那颗大脑袋在向他们扭过身来。向他们迎面吹来的清晨的微风，微微吹动它深色的鬃毛，这头狮子看上去身体巨大，在灰蒙蒙的晨光中，站在岸边高地上，显出一个侧影，肩膀浑厚，圆桶似的庞大身子显得油光水滑。

“它有多远？”麦康伯一边问，一边举起枪。

“约摸七十五码。下车去，把它打了。”

“干吗不让我在这儿开枪？”

“你不能在汽车上开枪打它们，”他听到威尔逊在他耳边说。“下车去。它不会整天待在那儿的。”

麦康伯从前座边的圆弧形缺口里跨出，一脚踩在踏级上，然后落到地面上。那头狮子仍然站着，威武而沉着地向它的眼睛只能侧面看到的那个东西望过来，这东西大得像一头特大犀牛。没有人的气味在向它吹来，它望着这东西，大脑袋向左右微微摇摆。它继续望着这东西，并不害怕，但是有这样一个东西面对着它，在走下河岸去喝水以前，它感到犹豫，后来看到有个人影儿从那东西中出来，就扭过它那沉重的大脑袋，大摇大摆地向可隐蔽的树丛走去，这当儿，只听到砰的一声，它感到一颗.30－06 的 220 格令[①]实心子弹击中它的肋腹，胃里突然有一阵火烧火燎的拉扯感，使它直想呕吐。它迈开大脚，沉重地小跑起来，由于肚子受了重伤，身子有点摇晃，它穿过树丛，向高高的野草丛和隐蔽的所在跑去，紧接着又是砰的一响，从它身旁擦过，撕裂了空气。接着又是砰的一响，它感到子弹打中了它的下肋，而且一直穿进去，嘴里突然涌出热乎乎的、尽是泡沫的血，它飞也似的向高高的野草丛跑去，它可以在那儿趴下，不被人看到，让他们带着那砰砰作响的东西走近，只要一够得上，它就可以向擎着那玩意儿的人扑去，把他咬住。

麦康伯跨下汽车的时候，并没有想到狮子会有什么感觉。他只知道自己的手在索索发抖，从车子边走开去的时候，两条腿儿乎挪不动了。他的大腿僵直了，但还能感觉到肌肉在颤动。他举起来复枪，瞄准狮子的脑袋和肩膀相连接的地方，然后扳动枪机。尽管他扳得自以为手指头都快弄破了，但是一点声音也没有。他这才想到原来上着保险，于是把枪垂下，拉开保险，直僵僵地向前迈了一步，这时狮子看到他的侧影从汽车的侧影里分离开来，便转身一路小跑而去，随着麦康伯开了一枪，他听得砰的一响，这说明子弹打中了；但那狮子还在跑。麦康伯又是一枪，人人都看到那子弹在小跑的狮子前面扬起一股尘土。他记起了该把枪口向下一点来瞄准目标，又开了一枪，他们都听到子弹打中了。那狮子飞跑起来，不等他推上枪栓，就钻进了高高的野草丛。

麦康伯站在那儿，胃里感到难受，握着斯普林菲尔德枪的双手仍然作好射击准备，还在发抖，这时他妻子和罗伯特 · 威尔逊站到

① 格令（grain）是英美制最小的重量单位，等于 64.8 毫克。

他身边来了。他身边还有那两个扛枪人，正用瓦卡姆巴语[①]在叽叽呱呱地交谈。

“我打中了它，”麦康伯说。“我打中了它两枪。”

“你打中了它的肠胃，还打中了它前身的什么地方，”威尔逊一点不打劲地说。两个扛枪人脸色显得非常阴沉。他们现在一声不吭了。

“你原可能打死它的，”威尔逊接着说。“我们不得不等一会儿，才能进去把它找到。”

“你这是什么意思？”

“我们得等它不行了，才能顺着血迹一路去找到它。”

“啊，”麦康伯说。

“它是头呱呱叫的狮子，”威尔逊高兴地说。“可惜它跑进了一个糟糕的地方。”

“干吗糟糕呢？”

“你得走到它身旁才能看到它。”

“啊，”麦康伯说。

“走吧，”威尔逊说。“太太可以留在汽车里。我们去找血迹吧。”

“待在这儿，玛戈，”麦康伯对他的妻子说。他嘴里很干，说话都感到困难。

“为什么？”她问。

“威尔逊说的。”

“我们去看一下，”威尔逊说。“你待在这儿。你在这儿甚至可以看得更清楚。”

“好吧。”

威尔逊用斯瓦希里语对驾驶员说话。他点点头，说，“是，先生。”

---

① 瓦卡姆巴语，东非班图人的一种语言。

接着，他们从陡峭的岸上走下去，跨过小溪，在圆石上弯弯曲曲地绕着走，登上对岸，一路拉住突出的树根往上爬，顺着对岸走，找到了麦康伯开头一枪时那头狮子一路小跑的地方。扛枪的人用草茎指出长着矮矮的青草的地面上深红的血迹，这道血迹一直伸展到沿河岸的树林里去。

“我们怎么办？”麦康伯问。

“办法不多，”威尔逊说。“我们没法把汽车开过来。河岸太陡。我们要等它变得僵硬一点，然后你跟我一起进去找它。”

“我们不能放火烧草吗？”麦康伯问。

“草太青。”

“我们不能派拍打树丛赶野兽的人去吗？”

威尔逊带着估量的眼光向他望着。“我们当然能，”他说。“不过这有点儿像蓄意谋杀。你瞧，我们明知道这头狮子是受了伤的。你可以去撵一头没受伤的狮子——它一听到声响，就会往前逃跑——可是一头受了伤的狮子就会扑上来。你看不到它，除非走到了它的面前。它会平展展地趴着，隐蔽在一个地方，可你会认为那儿连一只兔子也藏不了。你怎么能正经八百地派那些手下人到那儿去出丑呢。准有人会受伤的。”

“那么扛枪人呢？”

“啊，他们要跟咱俩一起走。这是他们的分内事。你瞧，他们签过合同干这事的。可是他们看上去并不太高兴，是不？”

“我可不愿进那草丛，”麦康伯说。他自己还不觉得，话已经说出口了。

“我也不愿去，”威尔逊喜洋洋地说。“不过真的没有别的办法。”接着，他想出了一个主意，向麦康伯看了一眼，突然发现他在发抖，脸上露出一副可怜相。

“当然啦，你不一定进去，”他说。“你知道，雇我来就是干这种事的。所以我的价钱这么贵。”

“你是说你独自个儿进去？干吗不就把它撂在那儿？”

罗伯特·威尔逊的整个工作就是跟狮子和狮子引起的问题打交道，他一直没想到麦康伯有什么不对头，只是注意到这个人有点神经紧张，这时突然感到好像自己在旅馆里开错了一扇房门，看到了一件丑事似的。

“你这是什么意思。”

“干吗不干脆把它撂下？”

“你是说骗自己说没有打中它吗？”

“不。只是撇下别去管它。”

“这办不到。”

“为什么？”

“第一，它一定会受苦受难。第二，别人也许会不当心碰上它。”

“我明白了。”

“不过你不一定跟这事有什么牵连。”

“我倒喜欢有牵连，”麦康伯说。“我不过害怕罢了，你知道。”

“我们俩进去，我走在头里，”威尔逊说，“让孔戈尼跟着。你待在我后面，靠边一点儿。很可能我们会听到它吼叫。如果看到它，我们就一起开枪。什么也不用担心。我会给你撑腰的。事实上，你知道，也许你还是不去的好。也许不去要好得多。干吗不过河去跟你太太待在一起，让我去了结这件事？”

“不，我要去。”

“好吧，”威尔逊说。“不过，你要是不想去的话，就别去。现在这是我的分内事了，你知道。”

“我要去，”麦康伯说。

他们坐在一棵树下，抽起烟来。

“想走回去，跟你太太说一声吗？我们反正得等一会儿，”威尔逊问。

“不。”

“那我就回去，叫她耐心点儿。”

“行，”麦康伯说。他坐在那里，胳肢窝里在出汗，嘴里发干，胃里感到空洞洞的，想要鼓起勇气来要求威尔逊独自去干掉那头狮子。他没法知道威尔逊在发火，因为没有早一点儿注意到他的心情，于是打发他回到他妻子那儿去。他坐在那里，威尔逊回来了。“我把你的大枪带来了，”他说。“拿着。我们给了它足够的时间了，我想。走吧。”

麦康伯接过大枪，威尔逊说：

“走在我后面，约摸偏右五码，我叫你怎么做就怎么做。”接着他用斯瓦希里语同那两个扛枪人说话，他们脸色阴郁。

“我们走吧，”他说。

“我能喝点水吗？”麦康伯问。威尔逊同那个皮带上挂着一个水壶、年纪大一点儿的扛枪人说了几句，那人解下水壶，拧开盖子，递给麦康伯，他接过去，发觉水壶的分量真沉，那个毡制的套子在手里多么毛茸茸而粗糙。他举起水壶喝水，望着前面高高的野草丛和草丛后面的平顶的树丛。一阵微风向他们吹来，野草在风中轻轻波动。他向那个扛枪人望去，看出这扛枪人也在经受恐惧的折磨。

野草丛中三十五码的地方，那头大狮子平展展地趴在地面上。它的耳朵朝后撇着，唯一的动作是那条长着黑毛的长尾巴在微微地上下抽动着。它一进入这个隐蔽的所在，就准备拼个你死我活，而打穿它圆滚滚的肚子的那一处枪伤使它不好受，穿透它肺的那一处枪伤使它每呼吸一次，嘴里就冒出稀薄的、有泡沫的血，使它越来越衰弱了。它的两胁湿漉漉、热乎乎。苍蝇停在实心子弹在它的褐色皮毛上打开的小窟窿上，它那双黄色的大眼睛带着仇恨眯成一条缝，笔直地向前望着，只有在它呼吸的时候感到痛苦，才眨巴一下，而它的爪子刨进了松软的干土。它全身疼痛、难受、充满仇恨，它全身残余的体力都调动起来，完全集中着准备发动突然袭击。它能够听到那几个人在说话，便等待着，积聚全身力量做好准备，只等那些人走进野草丛，就拼命一扑。它听着他们说话，那条尾巴变硬起来，上下抽动着，等他们一走进野草丛边缘，它就发出一声咳嗽似的咕噜，猛扑上去。

孔戈尼，那个上了年纪的扛枪人，在领头查找血迹，威尔逊注意着野草丛中的任何动静，他那支大枪随时可用。另一个扛枪人眼睛向前望，留神听着，麦康伯靠近威尔逊，他的来复枪随时可以射击，他们刚跨进野草丛，麦康伯就听到被血哽住的咳嗽似的咕噜声，看到野草丛里有东西呼的扑来。接下来，他发觉自己在逃跑；发疯似的慌慌张张逃到空地上，向溪边逃去。

他听到威尔逊的大来复枪一声卡—拉—轰！接着又是一声响得震耳的卡拉轰！他转过身去，看到了那头狮子，这时模样怪可怕的，半个脑袋几乎没有了，正向站在高高的野草丛边缘的威尔逊爬去，而那个红脸汉呢，正推上他那支难看的短枪的枪栓，仔细瞄准，接着枪口里又发出一下震耳的卡拉轰，只见那只拖着沉重、庞大的黄身子的在爬着的狮子身子一僵，那颗巨大的、残缺不全的脑袋向前溜下，这时麦康伯独自个儿站在他逃跑到的空地上，拿着一支装满子弹的来复枪，两个黑人和一个白人轻蔑地回头看着他，知道狮子死了。他向威尔逊走去，高高的个儿好像对他也是一种赤裸裸的谴责，于是威尔逊望着他，说：

“要照相吗？”

“不要，”他说。

他们一共才说了这两句话，直走到汽车前。这时威尔逊说：

“一头呱呱叫的狮子。手下人会把它的皮剥下来。我们还是待在这儿荫凉的地方好。”

麦康伯的妻子没有对他看，他也没有对她看，他在后座上她的身旁落了座，威尔逊呢，坐在前面的座位上。有一次，他伸出手去，握住他妻子的一只手，眼睛没有向她望，她把手从他手心里抽了出来。望着河对岸扛枪人在剥狮子皮的地方，他明白她刚才是能看到事情的全部经过的。他们坐在那儿，他的妻子伸出手去，搁在威尔逊的肩膀上。他扭过头来，她从低矮的座位上向前探出身子，亲了亲他的嘴。

“唷，啊呀，”威尔逊说，他那张天然的红脸变得更红了。

“罗伯特·威尔逊先生，”她说。“美丽的红脸儿罗伯特·威尔逊先生。”

接着她又在麦康伯身旁坐下来，扭头眺望对岸狮子躺着的地方，只见它的两条前腿朝天伸着，皮已经剥掉了，露出雪白的肌肉和腱子瓣儿，还有鼓起来的白肚子，这时黑人们在刮掉皮上的肉。扛枪人终于带着又湿又沉的狮子皮走来，在上车以前把皮卷好，带着它爬上车子的后部，汽车启动了。没人说一句话，他们默默地回转营地。

这就是那头狮子的故事。麦康伯并不知道那头狮子在发动突然袭击前有什么感觉，也不知道，它在袭击的时候，一颗初速每小时两百英里的.505子弹以难以置信的冲击打在它的嘴上，它有什么感觉，也不知道，后来挨了第二下非常厉害的打击，后半身已经被打烂，还向那个发出砰砰的爆炸声、把它毁了的东西爬去，那到底是一种什么力量在支撑它这么做。威尔逊倒是知道一点儿，他只用一句话来表达，“呱呱叫的狮子”，但是麦康伯也不知道威尔逊对这些事有什么感觉。他不知道他妻子有什么感觉，只知道她同他闹翻了。

他的妻子以前也同他闹翻过，但是从来没有闹得不可收拾。他挺有钱，而且还会更有钱。他知道即使现在她也不会离开他。这是他真正知道的几件事中的一件。他知道这件事，知道摩托车——这是最早的事——知道汽车，知道打野鸭，知道钓鱼，鳟鱼啊、鲑鱼啊、大海鱼啊，知道书上的性爱故事，许多书，太多的书，知道所有的球场运动，知道狗，不怎么知道马，知道紧紧抓着自己的钱不放，知道他那个圈子里的人干的大多数事情，还知道他的妻子不会离开他。他的妻子一直是个大美人儿，她在非洲仍然是个大美人儿，但是在美国，如果她想离开他，过更阔气的日子，她这个大美人儿却再也不够大了，这一点她知道，他也知道。她已经错过了离开他的机会，这一点他知道。如果他同女人打交道比较有办法，她也许会开始担心，怕他另外去娶一个美丽的妻子；但是她对他知道得太清楚了，用不着为这事担心。再说，他一向宽宏大量，如果说这不是他的最致命的弱点，那么，似乎该是他最大的优点了。

总的说来，他们被认为是一对比较幸福的夫妻，他们就是属于尽管经常谣传要散伙、但是从来没有实现的那一类夫妻，正像有一个社交生活专栏的作者所写的，不是仅仅为了要给他们那非常被人羡慕和始终经得起考验的爱情添上一层冒险色彩，他们才深入到被称为最黑暗的非洲的那地方来打猎，这是一片黑暗的大陆，直等到马丁·约翰逊[①]夫妇在许多银幕上把它放映出来，他们在那里猎取狮子啦、野牛啦、象啦，还给自然史博物馆收集标本。同一个专栏作者过去至少有三次报道过，他们濒于分离，他们也确实是这样。但是他们总是言归于好。他们有健全的结合基础。玛戈长得太漂亮了，麦康伯舍不得同她离婚，而麦康伯太有钱了，玛戈也不愿离开他。

弗朗西斯·麦康伯不去想那头狮子以后，睡着过一会儿，醒了一阵，接着又睡着了，现在约摸清晨三点钟，他在梦中突然被那头脑袋血淋淋、站在他面前的狮子吓醒，心怦怦地乱跳，留神听着，发觉他的妻子不在帐篷里另一张帆布床上。他清醒地躺着，有两个钟头，放不开这件事。

两个钟头后，他的妻子走进帐篷，撩起蚊帐，舒适地爬上床。

“你上哪儿去了？”麦康伯在黑暗中问。

“唷，”她说。“你醒了吗？”

“你上哪儿去了？”

---

① 马丁·约翰逊（Martin Elmer Johnson，1884—1937），美国电影摄制者，专在非洲拍摄原始生活；他为美国自然史博物馆拍摄了大量反映即将消失的非洲原始生活的影片。他的妻子奥莎·海伦（Osa Helen）同他一起工作，并且在他去世以后，继续这项工作。

“我刚才出去呼吸一下新鲜空气。”

“是这样吗，真见鬼。”

“你要我说什么呢，亲爱的？”

“你上哪儿去了？”

“出去呼吸一下新鲜空气。”

“这倒是这种事的新鲜说法。你是条骚母狗。”

“嘿，你是个胆小鬼。”

“就算是吧，”他说。“又怎么样？”

“拿我来说，没怎么样。可是请别跟我说话，亲爱的，因为我困得很。”

“你以为我什么都忍受得了。”

“我知道你会的，亲人儿。”

“嘿，我不会。”

“亲爱的，请别跟我说话。我困得很哪。”

“不能再干这种事啦。你答应过不干了。”

“唔，现在又干了，”她柔情蜜意地说。

“你说过，我们要是这次出来旅行的话，绝不会有这种事情。你答应过。”

“不错，亲爱的。我原来是想这样的。不过，这次旅行在昨天给毁了。我们不必去谈它，好不？”

“你只要有机可乘，真是一刻也不愿等啊，对不？”

“请别跟我说啦。我很困，亲爱的。”

“我要说。”

“那就别来睬我，因为我快要睡着了。”随即她确实睡着了。

天还没亮，他们三个人全坐在桌子旁吃早饭了。弗朗西斯·麦康伯发现，在他憎恨的许多人当中，他最最憎恨的是罗伯特·威尔逊。

“睡得好吗？”威尔逊一边在烟斗里装烟丝，一边用喉音问。

“你睡得好吗？”

“好极啦，”这白种职业猎手告诉他。

你这杂种，麦康伯想，你这神气活现的杂种。

原来她进去的时候把他闹醒了，威尔逊想，用没有表情的、冷静的眼光望着他们两人。唔，他干吗不让他的妻子待在她应该待的地方呢？他把我当什么玩意儿，一尊该死的石膏圣徒像吗？谁叫他不让她待在她应该待的地方呢。这是他自己的过错。

“你看我们找得到野牛吗？”玛戈一边问，一边用手推开一盆糖水杏子。

“碰巧能遇上，”威尔逊说，对她微笑。“你干吗不留在营地里？”

“我才不干哪，”她对他说。

“干吗不吩咐她留在营地里？”威尔逊对麦康伯说。

“你来吩咐她，”麦康伯冷冷地说。

“我们不要来什么吩咐啦，”玛戈转过脸去，非常高兴地对麦康伯说，“也不要犯傻，弗朗西斯。”

“你做好出发的准备了吗？”麦康伯问。

“随时都行，”威尔逊对他说。“你要你太太去吗？”

“我要不要有什么不一样吗？”

真见鬼，罗伯特·威尔逊想。真是活见鬼。原来事情就是会闹成这个样。唉，看来事情就是会闹成这个样啰。

“没什么不一样，”他说。

“你能肯定，你不喜欢陪她一起留在营地，而让我出去打野牛吗？”麦康伯问。

“这不成，”威尔逊说，“我要是你，就不会这么胡说。”

“我没胡说。我感到厌恶。”

“厌恶，这不是个好词儿。”

“弗朗西斯，请你说话尽可能通情达理点，行不？”他的妻子说。

“我说话真他妈的太通情达理啦，”麦康伯说。“你吃过这么脏的东西吗？”

“吃的东西有什么不对头吗？”威尔逊沉着地问。

“也不比别的什么更不对头。”

“我会使你安下心来的，小少爷，”威尔逊非常沉着地说。“有一个侍候吃饭的仆人懂一点儿英语。”

“叫他见鬼去。”

威尔逊站起来，一边抽烟斗，一边踱过去，用斯瓦希里语对一个站着等他的扛枪人说了几句话。麦康伯和他的妻子坐在桌子旁。他正盯着看他的咖啡杯。

“你要是当众吵闹，我就离开你，亲爱的，”玛戈沉着地说。

“不，你不会。”

“你不妨试试，就会知道。”

“你不会离开我。”

“对，”她说。“我不会离开你，而你会规矩点。”

“我规矩点？说得真妙。我规矩点。”

“可不是。你规矩点。”

“你干吗不试着叫你自己规矩点？”

“我试了好久啦。好久好久啦。”

“我讨厌那个红脸畜生，”麦康伯说。“我一看见他的人影儿就恼火。”

“他真的非常可爱。”

“嘿，别说啦，”麦康伯几乎嚷叫起来。这当儿，汽车开过来，在就餐帐篷前停下，那驾驶员和两个扛枪人下了车。威尔逊走过来，望着坐在桌旁的这对夫妻。

“去打猎吗？”他问。

“去，”麦康伯一边说，一边站起身来。“去。”

“还是带件毛线衣去。汽车一开会很凉的，”威尔逊说。

“我去拿皮茄克，”玛戈说。

“那仆人取来了，”威尔逊告诉她。他上了车，坐在驾驶员身旁，弗朗西斯·麦康伯和他妻子一声不吭，坐在后座上。

但愿这个蠢货不会想到把我的后脑勺一枪打烂，威尔逊暗自思量。游猎队里有了娘们真是麻烦。

汽车在灰蒙蒙的晨光里吱吱嘎嘎地向下开，从一个尽是卵石的浅滩上渡过河，接着往上开，盘上陡岸，威尔逊上一天就吩咐在那里开出一条路，这样他们才可以开到对岸这片像猎苑似的长着树的、地形起伏的地方来。

真是个美好的早晨，威尔逊想。露水很重，汽车轮在野草和矮树丛上一路滚过去，他能闻到碾碎了的蕨薇的气味。这味儿像是马鞭草，汽车一路穿过这片没有人迹的猎苑似的地方，他欣赏着这清晨的露水气味、碾碎了的蕨薇气味和在晨雾中显得黑魆魆的树干。他现在不再去想后座上的那两口子，在想野牛了。他要找的野牛白天待在尽是泥浆的沼泽里，在那里是不可能打的，但是在夜晚它们在这一带的空地上找东西吃，他要是能用汽车把它们同沼泽隔开，麦康伯就能有个好机会在空旷的地方打它们。他不愿同麦康伯一起在树荫稠密的地方打野牛。他压根儿不愿同麦康伯一起打野牛或者别的野兽，但他是个职业猎手，这辈子曾经同一些难得的人物一起打过猎。如果今天他们打到了野牛，那么就只差犀牛了，这样，这个可怜的家伙就会结束这危险的游戏，情况就可能好转了。他就不会再跟这女人有什么来往，麦康伯呢，也会把这件事忘掉。看样子，他以前一定经受过许多回这种事情。可怜的家伙。他一定有办法忘掉它的。唉，这是这可怜的孱头自己的该死的过错啊。

他，罗伯特·威尔逊，带着一张双人帆布床参加游猎队，以便应付他可能碰到的艳遇。他曾陪过一些特定的顾客打猎，那是一帮放荡不羁、游戏人生的不同国籍的人，其中的女人如果不同这个白种猎手分享这张帆布床，就会感到她们花的钱不值。他同她们分手后，就瞧不起她们，尽管她们当中有几个他当时还算喜欢，不过他是靠这种人过活的；只要他们雇用他，他们的标准就是他的标准。

在一切方面，他们就是他的标准，不过狩猎却不在此例。对于猎杀，他有他自己的标准，他们要是不能遵守这些标准，尽可以另外雇人去陪他们打猎。他也知道他们全都因为他的这种态度才尊重他。这个麦康伯却是个怪家伙。不怪才有鬼哪。再说他这妻子。唉，这个妻子。是啊，这个妻子。嗯哼，这个妻子。得了，他已经把这一切全撇开了。他扭头扫了他们一眼。麦康伯绷起了脸，正气冲冲地坐着。玛戈呢，冲着他微笑。她今天看上去更年轻、更天真、更娇嫩，不像平时那样显露出一种做作的美。她心里在想什么，那只有天知道，威尔逊想。昨天夜晚，她说话不多。一想到这事，看见她就高兴。

汽车爬上一道缓坡，一路穿过树林，随后开进一片长着野草的草原似的开阔地，沿着开阔地的边缘，在树荫下开着，驾驶员放慢速度，威尔逊仔细察看这片草原和它最远的边缘。他吩咐停车，用双筒望远镜观察这片开阔地。接着他向驾驶员示意继续开车，汽车慢腾腾地行驶，驾驶员避开一个个疣猪挖的坑，绕过一座座蚁山[①]。接着，越过开阔地望去，威尔逊突然转过脸来，说：

"我的老天，它们就在那儿！"

汽车颠簸着向前驶，威尔逊用说得很快的斯瓦希里语在对驾驶员说话，麦康伯向他指的地方望去，看到三条庞大的黑色野兽，又长又笨重，几乎是圆柱形的，就像是黑色的大油槽车，正飞快地穿过这开阔的草原的远方边缘。它们飞快地跑着，脖子直僵僵的，身子也是直僵僵的，它们伸出了脑袋飞奔，他能看清它们脑袋上那一对向上翘的、宽阔的黑犄角；这些脑袋却并不上下波动。

"那是三头老公牛，"威尔逊说。"我们得切断它们的去路，不让它们跑进沼泽。"

汽车用一小时四十五英里的速度疯狂地穿过这开阔地，麦康伯留神看着，野牛显得越来越大了，他终于看清楚一头没有毛的、长满痂癣的灰色大公牛，它的脖子和肩膀打成一片，还有闪闪发亮的

---

① 蚁山，非洲的蚂蚁能借一段枯树桩作梁架，用土粒堆起几丈高的土山。

黑犄角，它跑在其他两头后面一点，它们迈着固定不变的、向前冲的步子，排成一列跑去；接着，汽车摇晃了一下，好像刚跳过一条路似的，他们快要赶上了，他能看清那条公牛的向前冲的庞大身子和它那稀稀拉拉地长着毛的牛皮上的尘土、犄角间宽阔的疣突和伸出的长着鼻孔很大的鼻子的喙部，但等他正要举起来复枪，威尔逊嚷叫起来，“别从车上打，你这蠢货！”他并不害怕，只是恨威尔逊，这当儿，刹车已经扳上，汽车还在滑动，吱吱嘎嘎地向一旁斜去，还没有停稳，威尔逊就从一边下了车，他从另一边下了车。双脚踩在好像还在飞速移动的地面上，他打了个趔趄，接着，他向这条正在跑去的野牛开枪，听到一颗颗子弹砰砰地打进它身子的声音，对着这条正在用不变的步子逃跑的野牛把枪膛里的子弹全都打光，最后才记起该打它前面的肩膀，就在笨手笨脚地装子弹的当儿，看到这条野牛倒下去了。它跪在地上，大脑袋往后仰着，他看到另外两条仍然在飞快地奔跑，他向带头的那条开了一枪，打中了它。他又开了一枪，没打中，只听到卡拉轰一声响，这是威尔逊开的枪，接着他看到那条带头的野牛向前滑倒，鼻子碰到地面上。

“把另一条撂倒，”威尔逊说。“你现在开枪才像样啦！”

但是另一条野牛用不变的步子飞快地跑着，他没有打中，子弹扬起一股尘土，而威尔逊也没有打中，尘土像云雾似的升起，接着威尔逊嚷道，“走吧。它太远啦！”就一把抓住他的胳膊，他们又上了汽车，麦康伯和威尔逊站在汽车两边的踏级上，在高低不平的地面上摇摇晃晃地飞驶，逼近这条步子固定不变、脖子直僵僵、一直向前冲的飞跑的野牛。

他们赶到了它的后面，麦康伯在装子弹，把子弹壳卸到地上，不料卡住了枪，他排除了故障，这当儿，眼看他们要赶上这条野牛了，威尔逊一声大叫，“停车。”汽车刹了车，还在向前滑动，差一点翻了身，麦康伯朝前翻下，总算站住了脚，他猛地一推枪栓，尽可能提前瞄准那条飞跑着的、身子圆滚滚的野牛的黑色的背部，开了一枪，又瞄准开了一枪，又是一枪，又是一枪，子弹颗颗都打中了，但是他看不出对这条野牛有什么影响。接着，威尔逊开枪了，声音响得几乎震聋他的耳朵，他看到这条野牛脚步摇晃了。麦康伯仔细瞄准，又开了一枪，于是它倒下来，跪在地上。

“行啊，”威尔逊说。“干得好。这是第三条。”

麦康伯像喝醉了酒那样兴高采烈。

“你开了几枪？”他问。

“只开了三枪，”威尔逊说。“你打死了第一条公牛。最大的那条。我帮你干掉其它那两条。怕它们可能逃进隐蔽的地方。是你打死它们的。我不过收拾了一下残局罢了。你打得真棒。”

“我们去上汽车吧，”麦康伯说。“我想喝点酒。”

“先得把这头公牛干掉，”威尔逊对他说。那条牛正跪在地上，愤怒地扭动它的脑袋，他们走近它的时候，它瞪着那双洼下去的小眼睛，狂怒地大声吼叫。

“留神，别让它站起来，”威尔逊说。接着，他又说，“站到偏侧的一边，打它的脖子，就在耳朵后面那地方。”

麦康伯仔细瞄准它那被狂怒折磨得扭动的粗大脖子的正中心，开了一枪。枪声一响，那脑袋就搭拉下来。

“这一下成了，”威尔逊说。“打中了脊骨。它们长得好看极了，对不？”

“我们去喝酒吧，”麦康伯说。他这一辈子从没感到这么痛快过。

麦康伯的妻子坐在汽车里，脸色煞白。“你干得真出色，亲爱的，”她对麦康伯说。“汽车开得真惊险。”

“颠得厉害吗？”威尔逊问。

“真吓人。我这一辈子还从没受过这样的惊吓。”

“我们都来喝酒吧，”麦康伯说。

“那敢情好，”威尔逊说。“先给太太喝。”她接过扁酒瓶喝了一口纯威士忌，咽下去的时候，打了个冷战。她把瓶递给麦康伯，他随手递给了威尔逊。

“真是刺激得吓人，”她说。“它折腾得我头痛得都要裂开了。不过我不知道你们可以从汽车上向它们开枪的。”

“没人从汽车上开枪啊，”威尔逊冷静地说。

“我是说，坐着汽车撵它们。”

“一般是不这样做的，”威尔逊说，“不过我们这么撵的时候，我倒认为是符合运动道德的。这样坐车越过满是坑坑和别的碍手碍脚的东西的旷野比步行打猎冒的风险更大一点儿。我们每一次开枪的时候，野牛要是高兴是可以向我们进攻的。每一次都给它机会。不过还是别跟任何人提起这件事。这是不合法的，如果你正是这么想的。”

“依我看这非常不公平，”玛戈说，“坐着汽车去撵那些走投无路的大牲口。”

“是吗？”威尔逊说。

“要是人家在内罗毕①听到这种情况，会出什么事？”

“首先，我的执照会被吊销。还有的是其它不愉快的事，”威尔逊说，举起扁酒瓶喝了一口。“我就会失业。”

“真的吗？”

“是真的。”

“嘿，”麦康伯说，这一天他头一回微笑了。“她现在抓住你一个把柄啦。”

“你的表达方式倒真帅，弗朗西斯，”玛戈·麦康伯说。威尔逊望着他们俩。如果一个下流坯娶了一个骚母狗似的女人，他在想，那么他们生的孩子该有多下贱？他嘴里说的却是，“我们丢了一个扛枪人。你注意到了吗？”

“我的天，没有啊，”麦康伯说。

“他来了，”威尔逊说。“他没出乱子。他准是在我们离开头一条牛的地方摔下去了。”

---

① 内罗毕，原英国东非殖民地、现是已独立的肯尼亚的首都。

这个中年扛枪人正一瘸一颠地朝他们走来，他戴着编织的便帽，穿着卡其短上衣、短裤和橡胶凉鞋，脸色阴沉，神情可怕。他走近来，用斯瓦希里语对威尔逊嚷着说话，他们全都看到这白种职业猎手脸上的表情一下子变了。

“他说什么来着？”玛戈问。

“他说那头一条牛站起来，走进灌木丛去了，”威尔逊说，声音里没有一点表情。

“啊，”麦康伯茫茫然地说。

“这么说，就要像那狮子的事一样了，”玛戈充满着企望说。

“跟狮子的事一丁点儿也不会像，”威尔逊对她说。“你还要喝点酒吗，麦康伯？”

“好吧，谢谢，”麦康伯说。他料想关于那狮子的感觉会重新兜上心头，想不到却没有。他这一辈子头一回完全没有恐惧的感觉。他不但不害怕，反而明显地感到兴致勃勃。

“我们要去看看那第二条公牛，”威尔逊说。“我会通知驾驶员把车停在树荫下的。”

“你们去干什么？”玛格丽特·麦康伯问。

“去看看那条野牛，”威尔逊说。

“我也去。”

“走吧。”

他们三人走到第二条野牛躺着的开阔地上，它显得黑黪黪，身躯庞大，脑袋向前耷拉在野草上，一对大犄角叉得很开。

“这条野牛的头非常好，”威尔逊说，“两支角之间最大距离约摸有五十英寸。”

麦康伯高兴地望着它。

“它面目可憎，”玛戈说。“我们不能到树荫底下去吗？”

“当然可以，”威尔逊说。“瞧，”他对麦康伯说，用手指着，“看到这片灌木丛了吗？”

“看到了。”

“这就是头一条牛走进去的地方。扛枪人说，他摔倒的时候，那条牛正躺着。他看着我们在拼命地撵，那两条牛在飞快地跑。后来抬眼一看，那条牛站起来了，对他望着。扛枪人吓得没命地逃，那条牛慢腾腾地走进了灌木丛。”

“我们现在能进去找它吗？”麦康伯热切地问。

威尔逊用估量的眼光望着他。这不是个怪家伙才有鬼哪，威尔逊想。昨天，他吓坏了，可今天，他成了一个天不怕、地不怕的斗士啦。

“不成，我们得让它再待一会儿。”

“让我们到树荫底下去吧，好吗？”玛戈说。她脸色苍白，神情憔悴。

他们走到一棵孤零零的、枝叶伸展得很开的树底下，汽车就停在那里，他们全上了车。

“也许它死在那儿了，”威尔逊说。“过一会儿我们去看吧。”

麦康伯感到一股猛烈的莫名其妙的愉快劲儿，那是他从没体会过的。

“我的老天，那是一场追猎，”他说。“我从来没有过这样的感觉。那不是很精彩吗，玛戈？”

“我讨厌它。”

“为什么？”

“我讨厌它，”她咬牙切齿地说。“我厌恶它。”

“你知道，我想不管是什么玩意儿，我再也不怕了，”麦康伯对威尔逊说。“我们看到了野牛，就开始撵它，我的心里就起了变化。好像是堤坝决口啦。十足的刺激。”

“使你胆子变大了，”威尔逊说。“什么奇怪的变化都会发生在人们身上。”

麦康伯的脸上闪闪发亮。“你知道，我当时的确发生了变化，”他说。“我感到完全不一样了。”

他的妻子一句话也不说，神情古怪地盯着他看。她朝后紧靠在座位上，麦康伯呢，正探出身子坐着，在同威尔逊说话，威尔逊则斜靠在前座的背上，扭过头来同他说话。

“你知道，我想再试一下，打一头狮子，”麦康伯说。“我现在真的不怕它们了。说到头来，它们能把你怎么样呢？”

“说得对，”威尔逊说。“人最狠的一招就是要你的命。这是怎么说的？是莎士比亚说的。说得太好啦。不知道我还背得出不。啊，说得太好啦。有一个时期，我经常对自己引用这几句。我们不妨听一听。‘说实话，我一点也不在乎；人只能死一回；我们都欠上帝一条命……不管怎么样，反正今年死了，明年就不会再死。’[①]说得真精彩，呃？”

他说出了支撑自己生活的看法，感到很窘，但是他以前也看到过男子长大成人，而且总是叫他感动。这跟他们的二十一岁生日可毫不相干。

靠一次偶然的、奇异的打猎，一次没有机会事前担心的、手忙脚乱的突然行动，麦康伯终于发生这样的变化了，但是不管是怎样发生变化的，反正是毫无疑问地已经发生了。且瞧瞧现在这家伙，威尔逊想。事实是，他们有些人在很长的时间里一直是孩子，威尔逊想。有时候，他们一辈子都是。年纪到了五十岁，他们仍然看上去是个孩子。地道的孩子气的美国人。奇怪得要命的人。但是现在他喜欢这个麦康伯了。奇怪得要命的家伙。也许这意味着他不会再当王八啦。啊，这可是一件好得要命的事情。好得要命的事情。这家伙可能害怕了一辈子。不知道是什么引起的。但是现在都过去了。刚才是没有时间去害怕野牛。就是这么回事，加上还在发火。汽车也起了作用。汽车消除了拘束的气氛。现在变成一个天不怕、地不怕的斗士啦。他在战争中也看到过同样的情形。比丧失童贞变化更大。害怕一下子消失了，像动手术般被切除了。另外一种东西长了出来，代替了它。这是做一个男子汉的主要东西。使他变成了

① 引自莎士比亚的《亨利四世（下篇）》第三幕第二场。

一个男子汉。女人也能体会这情况。压根儿一点也不怕了。

玛格丽特·麦康伯缩在座位的一角，望着他们两个人。威尔逊没有发生变化。她看到的威尔逊，就像她昨天看到的一样，当时她头一回发现他的本领有多大。但是她现在看出了弗朗西斯·麦康伯发生的变化。

“你对将要去干的事感到愉快吗？”麦康伯问，仍然在津津乐道他宝贵的新发现。

“你不应该讲出来，”威尔逊说，盯住了对方的脸。“倒不如说你感到心慌，这样要时髦得多。请你注意，你还会心慌的，还要慌好多回哪。”

“可是你对将要采取的行动有一种愉快的感觉吗？”

“有，”威尔逊说。“说得对。把这个说个没完可没好处。谈得太多就变成了扯淡。不管什么事，你要是唠唠叨叨地说个没完，就不会有乐趣。”

“你们俩都在说废话，”玛戈说。“只因为你们坐着汽车去撵了几条走投无路的野兽，说起话来就像英雄好汉啦。”

“对不起，”威尔逊说。“我空话说得太多了。”她已经在担心这种情况了，他想。

“要是你不懂得我们在谈什么，干吗还要插嘴呢？”麦康伯问他的妻子。

“你变得勇敢得很，突然变得勇敢得很，”他的妻子轻蔑地说，但是她的轻蔑是没有把握的。她非常害怕一件事情。

麦康伯哈哈大笑，这是非常自然的衷心大笑。“你知道我变了，”他说。“我真的变了。”

“是不是迟了一点呢？”玛戈沉痛地说。因为过去多少年来她是尽了最大的努力的，而现在他们俩的关系弄成这个样子不是一个人的过错。

“对我来说，一点儿不迟，”麦康伯说。

玛戈默不作声，只把身子朝后靠在座位的角落里。

“你看我们已经让它待了足够的时间了吗？”麦康伯兴致勃勃地问威尔逊。

“我们不妨去瞧一下吧，”威尔逊说。“你还有实心子弹剩下吗？”

“扛枪人有一些。”

威尔逊用斯瓦希里语叫了一声，那个正在给一条野牛的脑袋剥皮的、上了年纪的扛枪人挺起身来，从口袋里掏出一盒实心子弹，走过来递给麦康伯，他在那支枪的子弹仓里装满了子弹，把剩下的放进口袋。

“你还是用斯普林菲尔德打的好，”威尔逊说。“你用惯了。我们把那支曼利歇尔留在汽车上，给你太太。让你的扛枪人带着你那支大枪。我用这支该死的火铳。现在我来给你谈谈野牛。”他把这些话留到最后才说，因为不想使麦康伯担心。“野牛跑来的时候，总是脑袋抬得老高，笔直地冲过来。它犄角间的疣突保护着它的脑子，那是随你怎么打也打不进的。子弹只能从它鼻子里直接打进去。另外一个办法就只能从它的胸脯打进去，或者你要是在侧面的话，打它的脖子或者肩膀中间。它们被打中一次之后，要干掉它们可挺费事。别异想天开地试什么花点子。向最有把握的部位开枪。他们已经把那颗牛脑袋的皮剥好了。我们就出发吧，好不？”

他招呼那两个扛枪人，他们擦着手走过来，那个年纪较大的爬上车的后部。

“我只带孔戈尼，”威尔逊说。“另一个留在这儿赶大鸟。”

汽车慢腾腾地穿过这开阔地，向那个小岛似的灌木丛开去，那是一片长满簇叶的狭长地带，沿着一道穿过洼地的干河床伸展开去，麦康伯一路上感到自己的心在怦怦地跳，嘴里又发干，不过这是由于兴奋，而不是害怕。

“它就是从这儿进去的，”威尔逊说。接着用斯瓦希里语对扛枪人说，“去找血迹。”

汽车处在同那片灌木丛平行的位置。麦康伯、威尔逊和那扛枪人下了车。麦康伯回头一看，看到他妻子身旁摆着一支来复枪，在望着他。他向她挥挥手，她没有挥手回答。

前面的灌木丛长得密密匝匝，地面是干的。那个中年扛枪人大汗淋漓，威尔逊把帽子压到眼睛上，他的红脖子就在麦康伯的前面。那扛枪人突然用斯瓦希里语对威尔逊说了几句，向前跑去。

“它已经死在那儿啦，”威尔逊说。“干得好，”接着他转身来抓住麦康伯的手，他们一边握手，一边冲着彼此咧嘴笑着，就在这当儿，那扛枪人发疯似的叫起来，他们看到他斜着身子从灌木丛里跑出来，快得像一只蟹，接着那条公牛出来了，伸出着鼻子，紧闭着嘴，鲜血淋淋，巨大的脑袋笔直向前，一下子猛冲过来，望着他们，那双洼下去的小眼睛里布满了血丝。威尔逊在前面，跪在地上开枪，麦康伯呢，也开火了，但没有听到自己的枪声，因为威尔逊那支枪响声太大了，只看到那犄角间的硕大疣突上迸出板瓦似的碎片，随着这牛头一抽，他瞄准那大鼻子眼又开了一枪，看到一双犄角又猛的晃了一下，碎片飞出来，他现在看不到威尔逊了，眼看这野牛的庞大身子就要扑到身上，他仔细瞄准，又开了一枪，他的来复枪差不多同那颗伸出了鼻子冲上来的牛头一样高低了，他看得见那双恶狠狠的小眼睛，接着这牛头开始搭拉下来，他感到突然有一道白热的、亮得叫人睁不开眼的闪电在他头脑里爆炸，而这就是他的全部感觉了。

威尔逊刚才突然躲到一旁向野牛的肩膀开枪。麦康伯直挺挺地站着向它的鼻子开枪，每一次都偏高一点，打中了沉重的犄角，就像打中了板瓦屋顶似的迸出许多碎片和碎末，而汽车里的麦康伯太太眼看野牛的犄角马上就要扎进麦康伯的身子，就用那支 6.5 口径的曼利歇尔向它开了一枪，却打中了她丈夫颅骨底部上面约摸两英寸高、稍微偏向一边的地方。

现在弗朗西斯·麦康伯躺着，脸朝下，离那条野牛侧躺着的地方不到两码，他妻子跪在他身前，威尔逊站在她身旁。

“我不愿把他翻过身来，”威尔逊说。

这女人正歇斯底里地哭着。

“我会回到汽车里去的，”威尔逊说。“那支来复枪在哪儿？”

她摇摇头，她的脸已经变了样。那扛枪人捡起那支来复枪。

“把它留在老地方，”威尔逊说。接着，他又说，“去把阿布杜拉找来，让他亲眼看一看出事的现场。”

他跪下去，从口袋里掏出一条手绢，盖在弗朗西斯·麦康伯那颗躺着的、头发剪得像水手一样短的脑袋上。血渗进了干燥的松土。

威尔逊站起来，看到这侧躺着的野牛，腿儿伸得笔直，长着稀稀拉拉的毛的肚子上爬满了扁虱。“一条呱呱叫的野牛，”他不由自主地记录在脑海里。“角距足足有五十英寸，或者还出头一点儿。出头一点儿。”他把驾驶员叫来，吩咐他给尸体盖上一张毯子，守在旁边。然后他走到汽车前，那女人正坐在汽车的一角在哭。

“干得真漂亮，”他用平淡的声调说。“他早晚也会离开你的。”

“别说啦，”她说。

“当然这是次意外事件，”他说。“我知道。”

“别说啦，”她说。

“别担心嘛，”他说。“免不了会有一连串不愉快的事情，不过我会拍一些照片，在验尸的时候会非常有用的。还有两个扛枪人和驾驶员都可以作证。你完全可以脱掉干系。”

“别说啦，”她说。

“还有多少事要料理啊，”他说。“我不得不派一辆卡车到湖边去发电报，要一架飞机来把我们三个人接到内罗毕去。你干吗不下毒呢？在英国她们是这么干的。”

“别说啦。别说啦。别说啦，”那女人嚷道。

威尔逊用他那双没有表情的蓝眼睛望着她。

“我的工作告一段落了，”他说。“我刚才有一点恼火。我已经开始喜欢上你的丈夫了。”

“啊，请别说啦，”她说。“请，请别说啦。”

“这样比较好，”威尔逊说。“说一声请，要好得多。现在我不说啦。”

鹿　金译

（首次发表在《天下一家》杂志1936年9月号）

世界之都

名叫“帕科”的男孩儿，马德里多的是。这个名字是“弗朗西斯科”的爱称。马德里流传着一个笑话，说是有个做父亲的来到马德里，在《自由报》的寻人栏中刊登了一则启事说：“帕科，星期二中午到蒙塔尼亚饭店来见我。往事一概不咎。爸爸。”结果，应召而来的青年竟有八百人之多，最后只得召来一中队的骑警才把他们赶散。但是，在卢阿卡寄宿公寓里当餐室侍者的这个帕科，却既没有父亲原谅他，也没有做过什么错事需要父亲原谅。他有两个姐姐在卢阿卡做女侍，她们得到这份工作是因为她们跟这家寄宿公寓原先的一个女侍是同乡，那个女侍干活勤快，为人又诚实，因而就给她的村子和同村的人都赢得了好名声。两个姐姐出盘缠让弟弟乘长途汽车来到马德里，并且替他弄到这份当侍者学徒的活儿。他来自埃斯特雷马杜拉[①]的一个村庄，那里的情况还处于原始状态，真叫人难以相信，食物匮乏，生活中的舒适品根本谈不上。从他有记忆的日子起，他就在拼命地干活。

他是个身材结实的小伙子，头发漆黑，有点儿鬈曲，一口洁白的牙齿，皮肤细腻，连姐姐们也羡慕不已；脸上还经常挂着一丝开朗的微笑。他手脚灵快，活儿干得挺出色，也很爱他的姐姐：她们看上去很标致，很世故。他喜欢马德里：这仍然是一个令人难以相信的地方；他也喜欢他的工作，穿着干干净净的亚麻布衬衫和夜礼服在明亮的灯光下干活儿，厨房里吃的东西又很丰盛，这工作似乎充满了瑰丽的浪漫色彩。

住在卢阿卡，并在餐室就餐的还有另外八到十二个人，但是在帕科的眼里——他是三个侍者中最年轻的一个——实际存在的就只有那些斗牛士。

二流的剑刺手[2]住在这家公寓里，因为圣赫罗尼莫路地段很好，伙食精美，膳宿费用又便宜。对于一个斗牛士来说，即使不显得阔气，至少得显得体面些，因为在西班牙，人们最最重视的美德就是体面和尊严，勇敢倒还在其次。斗牛士们总住在卢阿卡，直到他们花光了最后几块比塞塔。从来没听说过有哪个斗牛士搬出卢阿卡，住进了一家更高级或者更豪华的旅馆，因为二流斗牛士从来不会成为一流斗牛士；可是从卢阿卡潦倒下去却十分迅速，因为凡是能挣点钱的人，都可以住在这里；客人不提出，账单是从不会拿给他的，除非经营这家膳宿公寓的那个女人知道他已经到了山穷水尽的地步。

眼下，正有三名正式的剑刺手住在卢阿卡公寓，此外还住着两名很好的骑马长矛手和一名出色的短枪手。对于家在塞维利亚[3]，春季要住在马德里的骑马长矛手和短枪手来说，住进卢阿卡是一种奢侈的享受。但是他们收入不错，工作固定，雇用他们的剑刺手在即将到来的斗牛季节中全签订了大量合同，所以这三位副手每一个挣的钱都有可能比那三个剑刺手中的任何一个为多。说到那三个剑刺手，有一个生了病，却想装得没病似的；另一个是新兴的角色，没红几天便成了过眼烟云；而第三个则是个胆小鬼。

这个胆小鬼曾一度勇猛非凡，技艺高强，到斗牛季节他第一次作为正式剑刺手出场时，小肚子就被牛角狠狠地戳了一下，负了重伤，从此便成了胆小鬼，不过仍然保留着走红时的许多豪爽的派头。他一天到晚乐呵呵的，不管有人逗他，没人逗他，他总是笑口常开。当年得意的日子，他挺喜欢恶作剧，但现在已经不再来这一

---

① 西班牙中西部一高原。

② 斗牛士一般可分为三种，“剑刺手”是斗牛队里的主要斗牛士，是唯一可以用剑刺杀公牛的人；“骑马长矛手”骑在马上，于斗牛开始时，用带有钢尖的长矛刺牛，将其激怒；“短枪手”手持成双的短枪，将其插入已被激怒的牛之肩部和颈部。每个斗牛队通常由一名剑刺手，两名骑马长矛手和三名短枪手组成，以剑刺手为首，其他五人须服从他的指挥。

③ 西班牙西南部一城市。

套了。大概没有心思了吧。这位剑刺手有着一张聪明的、非常坦率的面孔，举止很有派头。

生病的那位剑刺手处处留神，从不显出生病的样子，餐桌上摆出来的菜他都特别细心地每一样都吃上一点。他有许许多多手帕，总自己动手在房间里洗。近来，他更卖起自己的斗牛服来了。圣诞节前他卖掉了一套，价钱十分便宜，到四月的第一个星期又卖掉了一套。这都是很值钱的服装，一直保存得很好，如今他身边只剩下一套了。生病以前，他曾是一个大有希望，甚至是轰动一时的斗牛士。尽管他自己不识字，却收集了一些剪报，上面说，他在马德里的首场斗牛中表现得比贝尔蒙特[①]还要出色。现在他总是独自一人在一张小桌旁进餐，很少抬一抬头。

那位曾经昙花一现的剑刺手个子矮小，皮肤黝黑，很有气派。他也是独自一人坐在一张桌子旁就餐，脸上难得有一丝笑意，更不用说哈哈大笑了。他来自瓦利阿多里德[②]，那里的人都是不苟言笑的。他可是个有才能的剑刺手，但是他还没有仗着自己临危不惧、镇静自若的长处赢得公众喜爱时，他的风格就已经过时了，海报上披露出他的大名再不能把观众吸引到斗牛场去了。他当年的新奇之处在于他身材矮小，连公牛的肩隆也看不到；但身材矮小的斗牛士并不就只他一个，他始终没有能给公众留下持久的印象。

至于那两位骑马长矛手，一个是花白头发的瘦子，长着一副秃鹫般的面孔，体格虽不健壮，胳膊和腿却像铁打的一般，裤子下面总是穿一双牧牛人穿的长筒靴，每天晚上总要喝上过多的酒，色眯眯地盯着公寓里的随便哪个女人。另一位则生着一张古铜色的面孔，身材魁梧，皮肤黝黑，容貌英俊，两手大得特别，头发像印第安人那样乌黑。这两位都是了不起的骑马长矛手，不过大家都说第一位因为耽于酒色，技艺已经大不如前，而第二个据说又过于任

---

① 贝尔蒙特，生于1892年，为西班牙著名斗牛士。

② 西班牙北部一城市。

性，动不动就跟人吵架，所以跟任何剑刺手共事，顶多只一个斗牛季节。

那个短枪手是个中年人，头发已经斑白，可是尽管上了岁数，却仍然像猫一般敏捷；他坐在餐桌旁边，看上去很像一个生财有道的商人。对今年这个斗牛季节说来，他的腿脚还很利落，到了上场的时候，他的聪明才智和丰富经验还足以使他在很长一段时间内，不愁没人正式雇用他。所不同的是：到他脚底下不够敏捷时他就会惊慌失措，而如今不管在场内场外他都胸有成竹，镇静自若。

这天晚上，大家都已离开了餐室，只剩下那位长着秃鹫面孔、喝多了的骑马长矛手，逢年过节在西班牙集市上拍卖表的那位脸上带有胎记、同样也喝多了的商人；另外还有两个加利西亚①来的教士，他们坐在墙犄角的一张桌子旁，酒即使喝得不算过多，肯定也已经不少。在当时，酒是包括在卢阿卡的膳宿费用中的，而侍者又刚新拿来几瓶巴耳德佩尼亚斯②红葡萄酒，先送到拍卖商的桌上，再送给骑马长矛手，最后又送去给两个教士。

三名侍者站在餐室的一头。这里的规矩是：侍者要等他们所负责的餐桌上的客人全部走光以后才能下班。但负责两个教士那张餐桌的侍者预先约好要去参加一个无政府工团主义者的集会，帕科事先已答应帮他照料那张餐桌。

楼上，那个生病的剑刺手正独自一人伏在床上。那位不再引人注目的剑刺手正坐在那里望着窗外，准备出去上咖啡馆坐会儿。那位胆小鬼剑刺手则把帕科的一个姐姐关在自己的房间里，想要让她干什么事儿，可她却嘻嘻笑着不肯答应。剑刺手于是说："来啊，野姑娘。"

"不，"帕科的姐姐说。"我干吗要来？"

"行个好吧。"

---

① 西班牙西北部一沿海省份。

② 西班牙中南部一村庄，盛产红葡萄酒。

“你吃饱了，现在又要拿我当甜点心。”

“只来一回。这又有什么害处呢？”

“别碰我。别碰我，我告诉你。”

“这不过是一件很小的事儿罢了。”

“我告诉你，别碰我。”

在下面餐室里，那个个子最高的侍者这时已经误了开会的时间，他说：“瞧瞧这些黑猪喝酒的样子。”

“话不能这么说，”第二个侍者说。“他们都是些体面的顾客，酒又喝得不算太多。”

“我看我这种说法很恰当，”高个子侍者说。“西班牙有两个大祸害，公牛和教士。”

“当然不是说个别的公牛和个别的教士啰，”第二个侍者说。

“当然是，”高个子侍者说。“只有通过个别的人，你才能向整个阶级发动进攻。必须杀死个别的公牛和个别的教士。把他们统统杀光。然后才不会再有新的出来。”

“留着这些话到会上去说吧，”第二个侍者说。

“瞧瞧马德里的野蛮劲吧，”高个子侍者说。“现在已经十一点半了，这些家伙还在大吃大喝。”

“他们是十点钟才开始吃的，”第二个侍者说。“而且菜又很多，这你也知道。那种酒又很便宜，他们都付了钱，再说，这酒也不凶。”

“有你这样的傻瓜，工人们怎么能团结一致呢？”高个子侍者问。

“听我说，”第二个侍者说，他是个五十岁的人了。“我已经干了一辈子的活啦。下半辈子也一定要干活。我对干活毫无怨言。干活是正常的。”

“是呀，可没有活干就要命了。”

“我一直在干活，”年纪较大的侍者说。“去开会吧。用不着待在这里了。”

“你真是个好同志，”高个子侍者说。“不过你缺乏思想。”

“Mejor si me falta eso que el otro，”年纪较大的侍者说（意思是没有思想总比没有活儿干好点儿）。“去开会吧。”

帕科一直没有吭声。他还不懂得政治，但是每次听高个子侍者讲到必须杀死教士和宪警时，他总感到一阵心情激动。在他看来，高个子侍者就代表着革命，而革命也是富于浪漫色彩的。他本人倒很想成为一个虔诚的天主教徒，一个革命者，有一个像现在这样的固定工作，同时，还是一个斗牛士。

“开会去吧，伊格纳西奥，”他说。“你的工作我来照应。”

“我们俩来照应，”年纪较大的侍者说。

“一个人就足够了，”帕科说。“去开会吧。”

“Pues，me voy，”[①]高个子侍者说。“多谢多谢。”

同时，在楼上，帕科的姐姐已经摆脱了那个剑刺手的拥抱，那副熟练的程度不亚于一个摔跤运动员摆脱对手的擒拿那样。她现在发起火来，说：“你们这些饿狼般的家伙。一个不够格的斗牛士，胆小如鼠。要是你对女人有这么多本事，就把它用到斗牛场上去吧。”

“你这种说话的腔调就像个婊子。”

“婊子也是女人，可我不是婊子。”

“可也快了。”

“反正不会由你第一个来糟践。”

“离开我出去吧，”剑刺手说。这时候，他因为遭到拒绝，碰了一鼻子灰，又感到心寒胆怯起来了。

“离开你？什么东西没有离开你呢？”帕科的姐姐说。“你不要我帮你把床铺铺好吗？老板花钱雇我来就是干这个的。”

“离开我，”剑刺手说。那张英俊开朗的脸紧蹙起来，那样子像是在哭泣。“你这婊子。你这个小臭婊子。”

---

① 西班牙语，意思是“那我走了”。

“剑刺手，”她说，顺手把门关上。“我的剑刺手。”

在房间里，剑刺手一屁股在床上坐下。他的脸仍然那样紧蹙着。在斗牛场上，每当他这样时，他总是强作笑脸，把坐在第一排的观众吓上一大跳，因为他们知道这是怎么回事。“竟会落到这步田地，”他大声说。“竟会落到这步田地。”

他还没有忘记自己得意的日子，那不过是三年前的事情。他还没有忘记五月里那个炎热的下午，他身上披着那件沉重的、盘着金丝花的斗牛服，那时候他在斗牛场上的嗓音像在咖啡馆里一样从容，一样响亮。他记得当他动手去刺杀公牛时，牛角正低下来，他握紧宝剑，剑锋斜着朝下，对准牛肩膀的顶端，只看见两只宽大的、可以撞倒木栅、尖端已经裂开的牛角，上面是一片布满尘土、长着短毛的黝黑色的肉峰，那时他曾经吁了一口气；他记得剑扎进去时就像扎进一堆硬黄油一样容易，他用手掌推着剑柄，左臂低低地伸过去，左肩朝前，全身的重量全压到了左腿上，接着忽地一下身体的重量又不在他的腿上了。说时迟，那时快，身体的重量竟落到了他的小肚子上，公牛抬起头来，一只牛角戳进了他的小肚子，他给牛角戳住，转了两下，才由别人把他救下来。所以现在，当他难得有机会动手去刺杀公牛时，他已经不敢正眼盯着牛角了。一个婊子又怎么知道他每次斗牛之前思想上要经历一番什么样的斗争呢？这帮人经历过些什么场面，居然敢来嘲笑他？她们都是些婊子，自己知道会干出些什么勾当来。

在楼下餐室里，那个骑马长矛手坐在那里，打量着那两个教士。餐室里要是有女人，他便直眉瞪眼瞅着她们。要是没有女人，他就很有兴趣地盯着一个外国人，un inglés①，但这当儿既没有女人又没有外国人，他只好傲慢无礼而又自得其乐地盯着那两个教士。正当他这样盯着教士看的时候，脸上带有胎记的拍卖商站起身来，折好餐巾，走了出去，把他要来的最后一瓶葡萄酒剩下了一大半。

---

① 西班牙语，意思是“一个英国人”。

倘若他在卢阿卡的账目早已付清的话，他准会把这瓶酒全部喝光的。

两个教士并没有回看这个骑马长矛手。一个教士说："我来到这里等着见他已经有十天了。我整天坐在接待室里，可他就是不肯见我。"

"有什么办法可想吗？"

"一点办法也没有。能有什么办法呢？咱们这种身份的人是没法抗拒权贵的。"

"我来了两个星期了，也是一事无成。我等着，他们就是不肯见我。"

"咱们都是从被人遗弃的乡下来的。等钱花光后，咱们就可以回去了。"

"再回到被人遗弃的乡下去。马德里对加利西亚有什么好关心的呢？咱们那儿是个穷省份。"

"咱们的巴西略兄弟所干的事是可以理解的。"

"但我对巴西略·阿尔瓦雷斯是否诚实还缺乏真正的信心。"

"人到了马德里就学会懂事了。马德里扼杀了西班牙的生机。"

"只要他们肯接见一下，哪怕是拒绝你的要求也好啊。"

"不会的。干等着吧，就是要让你等得焦头烂额，精疲力竭。"

"好吧，咱们就等着瞧吧。只要别人能等，我也就能等。"

正在这时，那个花白头发秃鹫面孔的骑马长矛手站起身，走过来站在教士们的餐桌旁，面带微笑地盯着他们看了一会。

"一位斗牛士，"一个教士对另一个说。

"而且是个出色的，"骑马长矛手说，然后便走出了餐室。他身穿灰色茄克衫、紧身马裤，腰身很漂亮，双腿呈弓形，足蹬一双牧牛人的高跟皮靴。当他一边微笑着，一边相当稳健地大踏步走出去的时候，这双皮靴在地板上发出咔嗒咔嗒的声响。他生活在一个安排得当的职业小天地里，在这个天地里，他日子过得挺乐和，夜夜陶醉在纵酒狂欢之中，什么也不放在眼里。此刻，他点起一支雪茄，在门厅里把帽子歪戴在头上，便出门向咖啡馆去了。

两个教士很快就意识到自己成了餐室里最后的两个人，于是便紧跟着那位骑马长矛手也离开了。现在餐室里除了帕科和那个中年侍者外，已经空无一人。他俩收拾好餐桌，把酒瓶拿进了厨房。

洗盘子的小伙子待在厨房里。他比帕科大三岁，为人玩世不恭，尖酸刻薄。

“来，拿过去，”中年的侍者说。他倒了一杯巴耳德佩尼亚斯红葡萄酒，递给他。

“有好喝的为什么不喝？”小伙子把酒杯接了过去。

“Tu[①]，帕科？”年纪较大的侍者问。

“谢谢你，”帕科说。他们三个人都喝了。

“我要走了，”中年的侍者说。

“晚安，”帕科和那个小伙子对他说。

他走了出去，只剩下他们俩了。帕科拿起一条教士用过的餐巾，两脚站定，笔直地立着，然后放低餐巾，顺势低下头去，把双臂一挥，模仿斗牛士从从容容摆动披风的那种架势。他转过身来，右脚稍稍向前移动了一下，又做了一个摆动披风的动作，对着假想的公牛占据到了一个较为有利的地位，接着又做了一个摆动披风的动作，这一次动作徐缓、恰到好处、十分边式，然后他把餐巾收回到腰部，脚步不动，身子一闪，躲过了公牛。

那个洗盘子的名叫恩里克，他用挑剔的目光嘲笑地望着帕科。

“公牛怎么样？”他说。

“非常勇猛，”帕科说。“你瞧。”

他挺直瘦长的身子，又做了四个无懈可击的摆动披风的动作，身段干净利落，边式优美。

① 西班牙语，意谓“你呢”。

"公牛呢？"恩里克问，他背靠洗碗槽站着，手里拿着酒杯，腰上系着围裙。

"劲头还很足，"帕科说。

"你真叫我恶心，"恩里克说。

"为什么？"

"瞧我的。"

恩里克脱下围裙，逗引着假想中的公牛，做了四个漂亮的、吉卜赛式的挥动披风的慢动作，最后把围裙的一端放开，用手成弧形地一摆，掠过从身边冲过的公牛的鼻子，再绕到了自己的腰上。

"瞧瞧我这一手，"他说。"可我却在洗盘子。"

"因为什么呢？"

"因为我害怕，"恩里克说。"Miedo.[①]你在斗牛场上面对着真的公牛时，也会同样害怕。"

"不，"帕科说。"我不会害怕。"

"Leche![②]"恩里克说。"每个人都害怕。不过斗牛士能够抑制住自己心头的害怕，所以他才能撩拨公牛。我参加过一次业余斗牛，结果怕得要死，只好逃走。每个人都认为那很有趣。到时候你也会害怕的。如果不是因为害怕，那西班牙所有擦皮鞋的早就都成了斗牛士了。你，一个乡下小伙子，准会比我怕得还要厉害。"

"不会，"帕科说。

他在想象中，曾经斗过好多次牛了。好多次，他都看到了牛角，看到了湿漉漉的牛嘴，看到牛耳朵在抽动，接着，当他披风一挥时，就看到牛把头一低，猛冲过来，蹄子啪啪作响，激怒的公牛擦身而过。当他一次又一次地挥动披风时，公牛便一次又一次地猛冲过来，最后他做了一个潇洒的闪身动作，使公牛兜过来绕过去。然后他大摇大摆地走开去，短上衣的金花上粘着公牛擦身而过时碰

① 西班牙语，意谓"害怕"。

② 西班牙语，意为"奶水"，俚语作"去你的"解。

下来的牛毛；公牛呆若木鸡地站在那里，像中了催眠术那样，观众中欢声四起。不，他才不会害怕呢。别人是会害怕的，但他不会。他知道自己不会害怕的。即使他曾经感到害怕，他知道自己好歹能够应付的。他有信心。“我不会害怕，”他说。

恩里克又说了一遍：“Leche。”

他接着说道，“咱们要不要试试看？”

“怎么个试法呢？”

“听我说，”恩里克说。“你只想到牛，可你并没有想到牛角。牛的气力很大，牛角划起人来像小刀子一样锋利，戳起人来像刺刀一样快，杀起人来像棍棒一样凶狠。瞧，”他说着打开桌子的一只抽屉，取出两把切肉刀。“我把这两把刀绑在椅子腿上，再把椅子举在头的前面给你扮演公牛。刀子就算牛角。如果你做得出刚才那些动作，那才算你真有本事。”

“把你的围裙借给我，”帕科说。“咱们到餐室里去试试。”

“不，”恩里克说，他突然变得不那么刻薄了。“别试吧，帕科。”

“要试，”帕科说。“我不怕。”

“等你看见刀子过来，你就会怕了。”

“咱们等着瞧吧，”帕科说。“把围裙给我。”

恩里克用两块油迹斑斑的餐巾缚住刀身的中央，打了个结，把这两把刀身沉重、刀锋跟剃刀一样犀利的切肉刀牢牢缚在椅子的腿上。这时候，那两个女侍，也就是帕科的两个姐姐，正在去电影院的路上。她们要去看葛丽泰 · 嘉宝主演的《安娜 · 克里斯蒂》。至于那两个教士，一个正穿着内衣坐在那里读祈祷书，另一个则穿着睡衣在念玫瑰经。除了生病的那位以外，所有的斗牛士晚间都到了福尔诺斯咖啡馆；那位身材魁梧、深色头发的骑马长矛手正在打弹子，那位矮小、严肃的剑刺手正同那位中年的短枪手和其他几个一本正经的工人挤坐在一张桌子旁边，面前摆着一杯牛奶咖啡。

那位喜欢喝酒、头发花白的骑马长矛手坐在那里，面前摆着一杯卡扎拉斯白兰地，乐滋滋地盯着另一张桌子，因为那位早已泄了气的剑刺手正跟另一名已经抛弃了剑重作短枪手的剑刺手和两名形容憔悴的妓女坐在那边。

拍卖商站在街道拐角地方跟朋友谈天。高个子侍者正在无政府工团主义者的会议上等候机会发言。中年侍者坐在阿尔瓦雷斯咖啡馆的平台上喝着一小杯啤酒。卢阿卡的女老板已经在自己的床上睡着了。她仰面躺着，两腿夹着垫枕；她身个儿又大又胖，为人随和，诚实而清白，笃信宗教，丈夫死了二十年，她每天都想念他，为他祈祷。那个生病的剑刺手独自一人待在自己的房间里，伏在床上，嘴巴顶着一块手帕。

再说，在空荡荡的餐室里，恩里克用餐巾把切肉刀缚在椅腿上，打好了最后一个结，然后把椅子举起来。他把缚上刀子的两条椅腿朝前，又把椅子高举过头，头的两边各有一把刀子，笔直朝前。

“这椅子很重，”他说。“听我说，帕科。这事儿很危险。别来了吧。”他在出汗。

帕科面对他站着，把围裙展开，拇指朝上，食指朝下，两手各捏着围裙的一边，把它展开来逗引“公牛”的注意。

“笔直冲过来吧，”他说。“像公牛那样转过身。想冲多少次就冲多少次。”

“你怎么知道什么时候该停止挥披风呢？”恩里克问。“最好是斗三个回合以后，中间来个休息。”

“好，”帕科说。“对着我来吧。嘿，torito①！来吧，小公牛！”

恩里克低下头朝他冲了过来，帕科就在刀子前面把围裙挥舞着，刀子从他的肚子前面刺过去。对他来说，这掠过去的刀子就是真正的牛角，角尖白生生的，犀利而光滑；当恩里克从他身边冲过

---

① 西班牙语，意为“小公牛”。

去后重又转过身子向他再冲来时，这正是公牛那热乎乎的、两边血迹斑斑的硕大身躯砰砰砰地冲过去，又像猫一般敏捷地转过身来，在他缓缓地挥动披风时再次向他冲来。接着，公牛又一转身冲了过来。当他盯视着来势凶猛的刀尖时，他把左脚向前多迈出了两英寸，刀子没有擦身过去，而是像插进酒囊那样一下子就插进了他的小肚子。从突然插进去的坚硬的钢刀上面和周围，涌出了滚热的鲜血。恩里克大声喊道："啊呀！唉！快让我拔出来！快让我拔出来！"帕科朝前扑倒在椅子上，手里仍然拿着那条当披风用的围裙，恩里克连连拉着椅子，这时刀子连连在他、在他的小肚子，在帕科的小肚子里转动。

现在刀子抽出来了，他坐在地板上一摊越来越大的、热乎乎的血泊里。

"把餐巾遮在上面。快捂住！"恩里克说。"紧紧捂住。我这就去请医生。你必须捂住不让血出来。"

"应该预备一只橡皮杯子的，"帕科说。他曾经看见那种杯子在斗牛场上用过。

"我笔直地冲过来，"恩里克哭着说。"我只是想让你看看这有多危险。"

"别担心，"帕科说，他的声音听上去很微弱。"去把医生找来吧。"

在斗牛场上，他们是把你抬起来，扛着跑到手术室去的。如果你还没有到那里，股动脉里的血就流光了，那么他们就把教士请来。

"去通知那两个教士中的随便哪一位，"帕科说，一边用餐巾紧紧捂住自己的小肚子。他简直没法相信这事儿已经落到了自己的头上。

但这话恩里克并没有听到，他正沿着圣杰罗尼莫赛马场向通宵服务的急救站跑去。帕科独自一人，先坐起身，后来又把身子蜷作一团，终于摔倒在地板上，再也没有爬起来过。他感到自己的生命正在离开自己，就像拔掉浴缸里的塞子以后，缸里的脏水很快流光一样。他害怕起来，觉得头发晕。他想作一次忏悔。他记得它是怎么开头的：“我的上帝啊，我因为触犯了您而感到由衷的悔恨，您真值得我敬爱，我决心……”他虽然说得很快，但还没等他说完，他已经觉得昏昏沉沉，支撑不住，于是脸朝下伏到地板上，很快就死了。股动脉一经割断，血液总是一下子便流光，那速度简直叫人难以相信。

当急救站的医生由一名警察（他紧紧抓住恩里克的一只手臂）陪同走上楼梯时，帕科的两个姐姐还在大马路的电影院里。她们对嘉宝演的这部电影大为失望。过去她们惯于看到这位大明星扮演的角色活动在豪华奢侈、富丽堂皇的场面中，而在这部影片中她却生活得那样凄惨、卑微。观众根本不喜欢这部影片，他们吹口哨，跺脚，来表示抗议。旅馆里所有其他的客人几乎都在做着帕科出事儿时他们正做的事情，只有那两个教士因为已经祈祷完毕，正在准备睡觉；那个头发花白的骑马长矛手已经把酒移过去，跟那两个面容憔悴的妓女坐在一张桌子上。过了一会，他便跟她们中间的一个走出了咖啡馆。这个妓女刚才喝的酒一直是那个失去了勇气的剑刺手付钱买来的。

对于这些事儿里的随便哪一件，帕科这个小伙子永远不会知道了，对于这些人第二天和以后的日子要做些什么，也是这样。他根本不知道他们到底怎样生活下去，怎样结束一生。他甚至还没有意识到他们已经结束了一生。正像西班牙有句谚语所说的那样，他是“充满着幻想”死去的。在他短促的一生中，他还没有时间经历幻想的破灭，甚至到临死之前也没有来得及把忏悔做完。

他甚至连对嘉宝演的那部电影表示失望的时间也没有，这部电影使整个马德里的观众失望了一个星期。

翟象俊 译

乞力马扎罗的雪

乞力马扎罗[①]是一座19 710英尺高的雪山，据说是非洲最高的一座山。西高峰被马萨依人[②]叫做“恩加奇—恩加伊”，即上帝的殿堂。在西高峰的近旁，有一具已经风干冻僵的豹子尸体。豹子到这样高的地方来寻找什么，没有人作过解释。

“奇怪的是一点也不痛，”他说。“你知道，你这才知道它发作了。”

“真是这样吗？”

“千真万确。可我感到非常抱歉，这股气味准叫你受不了啦。”

“别这么说！请你别这么说。”

“你瞧它们，”他说。“到底是我这副样子，还是这股气味吸引了它们？”

男人躺在一张帆布床上，在一棵含羞草树的浓荫里，他越过树荫向那片阳光炫目的平原上望去，那儿有三只硕大的鸟可憎地蹲伏着，天空中还有十几只在展翅翱翔，它们掠过时，投下迅疾移动的影子。

“从卡车抛锚那天起，它们就在那儿盘旋了，”他说。“今天是第一次有几只落到地上来。我起先很仔细地观察它们飞翔的姿态，心想一旦写个短篇的时候，也许能用上。现在想想真可笑。”

“我希望你别写这些，”她说。

“我只是说说罢了，”他说。“我要是说着话儿，就会感到轻松得多。可是我不想让你心烦。”

“你知道这不会让我心烦，”她说。“我是因为没法出点儿力，才搞得这么焦灼的。我想在飞机来到以前，我们不妨尽可能轻松一点儿。”

“或者直等到飞机根本不来的时候。”

“请告诉我，我能做些什么。总有一些事是我能干的。”

“你可以把我这条腿截掉，这样也许可以不让它蔓延开去，不过我想这样恐怕也不成。要不，你可以一枪把我打死。你现在是个好射手啦。我教会你打枪的，不是吗？”

“请你别这么说。我能给你读点什么吗？”

“读什么呢？”

“书包里不论哪本我们没有读过的书都行。”

“我可听不进去，”他说。“只有谈话最最轻松。我们来吵嘴吧，这样时间就过得快。”

“我不吵嘴。我从来就不想吵嘴。我们再不要吵嘴啦。不管我们心里有多烦。说不定今天他们就会乘另外一辆卡车回来。说不定飞机也会来到的。”

“我可不想动，”男人说。“现在转移已经没有什么意思了，除非为了使你心里轻松些。”

“这是懦弱的表现。”

“你就不能让一个男人尽可能死得舒心一点儿，非得把他痛骂一顿吗？你辱骂我有什么用？”

“你不会死的。”

“别傻啦。我现在就快死了。不信你问问那些个杂种。”他朝那三只肮脏的大鸟蹲伏的地方望去，只见它们光秃秃的头缩在耸起的羽毛里。另外有一只掠飞而下，着地后快步飞奔，然后蹒跚地缓

---

① 乞力马扎罗山位于今坦桑尼亚（当时为英属坦噶尼喀）东北部，离英属肯尼亚边境不远。

② 马萨依人（Masai），肯尼亚和坦桑尼亚的一个游牧狩猎民族。

步向那儿只走去。

“每个营地都有这些鸟儿。你从来没有注意罢了。要是你不自暴自弃，你就不会死。”

“你这是从哪儿读到的？你真是个大傻瓜。”

“你不妨想想还有别人呢。”

“看在上帝的分上，”他说，“这可一向是我的行当。”

他静静地躺了一会儿，接着透过那片闪烁的平原上的热浪，眺望灌木丛的边缘。在黄色平原上，有几只野羊显得又小又白，在远处，他看见有一群斑马，映衬着绿色的灌木丛，显得白花花的。这是一个舒适宜人的营地，大树遮荫，背倚山岭，有清冽的流水，附近还有一个几乎已经干涸的水洼，每当清晨时分，有沙鸡在那儿飞翔。

“要我给你读点什么吗？”她问。她正坐在帆布床边的一张帆布椅上。“在起风了。”

“不要，谢谢你。”

“也许卡车会来的。”

“我根本不在乎什么卡车来不来。”

“我可在乎。”

“你在乎的东西多着，可我都不在乎。”

“并不很多，哈里。”

“喝点酒怎么样？”

“说起来这对你是有害的。在布莱克[①]的那本书里说，一滴酒都不能喝。你不该喝酒。”

“莫洛！”他叫道。

“是，先生。”

“拿威士忌苏打来。”

---

① 詹姆斯·布莱克（1823—1893）为美国戒酒运动领袖，创立全国禁酒党，出版有关书籍宣传自己的主张。

"是，先生。"

"你不该喝酒，"她说。"我说你自暴自弃，就是这个意思。书上说酒对你有害。我就知道酒对你有害。"

"不，"他说。"酒对我有好处。"

现在一切就这样完了，他想。现在他再没有机会来了结这一切了。一切就这样在为喝一杯酒这种小争吵中了结了。自从他右腿上开始生坏疽以来，他就不觉得痛，随着疼痛的消失，恐惧也消失了，他现在感到的只是一种强烈的厌倦和愤怒：结局居然就是这么样。至于这个结局现在正在来临，他倒并不感到多大奇怪。多少年来它就一直萦绕着他；但是现在它本身并不说明任何意义了。真奇怪，只要你相当厌倦了，就能这样轻而易举地达到这个结局。

现在他再也不能把原来打算留到将来写作的题材写出来了，他本想等到自己有足够的了解以后才动笔，这样可以写得好一些。唔，他也不用在试着写这些东西时遭到失败了。也许你永远不能把这些东西写出来，这就是你为什么一再延宕、迟迟没有动笔的缘故。得了，现在，他永远不会知道了。

"但愿我们压根儿没上这儿来，"女人说。她咬着嘴唇望着他手里握着那酒杯。"在巴黎你决不会出这样的事儿。你一向说你喜欢巴黎。我们本来可以待在巴黎或者上任何别的地方去。不管哪儿我都愿意去。我说过你要上哪儿我都愿意去。要是你想打猎，我们本来可以上匈牙利去，而且会很舒服的。"

"你有的是该死的钱，"他说。

"这么说不公平，"她说。"那一向是你的，就跟是我的一样。我撇下了一切，不管上哪儿，只要你想去我就去，而且你想干的我都干了。可我真希望我们压根儿没上这儿来。"

"你说过你喜欢这儿。"

"我是说过的，那时你平安无事。可现在我恨这儿。我不明白干吗非得让你的腿出岔儿。我们到底干了什么，要让我们遇到这样的事？"

“我想我干的事情就是，我刚把腿擦破的时候，忘了抹上碘酒。随后我根本没去注意它，因为我是从不感染的。后来变得严重了，而别的抗菌剂都用完了，可能就因为用了药性很弱的石炭酸溶液，使微血管麻痹了，才开始生坏疽。”他望着她，“除此以外还有什么呢？”

“我不是指这个。”

“要是我们雇了一个高明的技工，而不是那个半瓶子醋的吉库尤[①]司机，他也许就会检查机油，而决不会把卡车的轴承烧坏。”

“我不是指这个。”

“要是你没有撇下你的自己人，你那些该死的威斯特伯里、萨拉托加和棕榈滩[②]的老相识，偏偏捡上了我——”

“不，我当初爱上了你啊。这么说不公平。我现在还爱你啊。我会永远爱你。难道你不爱我？”

“不，”男人说。“我不这么想。我从没这么想过。”

“哈里，你在说什么呀？你昏了头啦。”

“不。我已经没有头可以发昏了。”

“别喝酒啦，”她说。“亲爱的，求求你别喝酒啦。只要我们能办到的事，我们就得尽力去干。”

“你去干吧，”他说。“我可累啦。”

这时他在脑海里看见喀拉迦奇的一座火车站，他正背着背包站在那里，这时辛普朗东方快车的前灯划破了黑暗，当时在撤退[③]之后他正准备离开色雷斯。这是他准备留待将来写的一段情景，还有下面一段情节：早晨吃早餐时，眺望着窗外保加

---

① 吉库尤人，非洲班图人的一支。

② 威斯特伯里在纽约市东南的长岛上，为一高等住宅区，萨拉托加在纽约州东北部，为一避暑胜地，有矿泉及赛马场。棕榈滩为佛罗里达州南部一旅游胜地，濒大西洋。这一切说明她是个富家女。

③ 本篇中主人公的回忆片断大都来源于海明威本人的经历。这一段写1922年秋季希-土战争中希军在色雷斯省溃退至喀拉迦奇城时的事。

利亚境内群山的积雪，南森[①]的女秘书问那个老头儿，山上是不是雪，老头儿望着窗外说，不，那不是雪。这会儿还不到下雪的时候哩。于是那女秘书把老头儿的话重复讲给其他几个姑娘听，不，你们看。那不是雪，于是她们都说，那不是雪，我们看错了。可是等他提出交换难民，把她们送往山里去的时候，真是遍地白雪。那年冬天她们脚下一步步踩着前进的正是积雪，直到她们死去。

那年圣诞节在高厄塔尔山，雪也下了整整一个星期，那年他们住在伐木人的屋子里，那座正方形的大瓷灶占了半间屋子，他们睡在装着山毛榉树叶的垫子上，这时那个逃兵跑进屋来，两只脚在雪地里冻得鲜血直流。他说宪兵就在他后面紧紧追赶，于是他们给他穿上了羊毛袜子，并且缠住宪兵闲扯，直到雪花盖没了逃兵的足迹。

在施伦兹，圣诞节那天，雪是那么晶莹闪耀，你从小酒店望出去，刺得你眼睛发痛，你看见每个人都从教堂往自己的家里走。就在那儿，他们肩上背着沉重的滑雪板，走上松林覆盖的陡峭的群山旁那条给雪橇磨得光溜溜的、尿黄色的河滨大路，就在那儿，他们从马德莱屋[②]上面那道冰川的长坡上一路滑下，那雪看来平滑得像蛋糕上的糖霜，轻柔得像粉末，他记得那次阒无声息的滑行，速度之快，使你仿佛像一只飞鸟从天而降。

他们在马德莱屋被大雪封了一个星期，在暴风雪期间，他们挨着提灯的灯光，在烟雾弥漫中玩牌，伦特先生输得越多，赌注也跟着越下越大。最后他输得精光，把什么东西都输光

① 挪威北极探险家南森（1861—1930）晚年参加国际联盟工作，于1922年倡议在日内瓦签订国际协约，对大战后流离的难民颁发称为“南森护照”的身份证。

② 马德莱屋原文为Madlener-haus，是瑞士滑雪旅游地区的木结构小旅舍，以当地的地名命名。

了，把滑雪学校的钱和那一季的全部收益都输光了，接着把他的资金也输光了。他能看到伦特先生长着个长长的鼻子，捡起了牌，接着开叫道，“不看。”那时候总是赌博。天不下雪，你赌博，雪下得太多，你又是赌博。他想起他这一生消磨在赌博里的时间。

可是关于这些，他连一行字都没有写，还有那个凛冽而晴朗的圣诞节，平原对面显出了群山，那天加德纳飞过防线去轰炸那列运送奥地利军官去休假的火车，当军官们四散奔跑的时候，他用机枪扫射他们。他记得后来加德纳走进食堂，开始谈起这件事。大家听得鸦雀无声，接着有个人说，“你这该死的杀人坏种。”关于这件事，他也一行字都没有写。

他们杀死的那些奥地利人，就是不久前跟他一起滑雪的奥地利人，不，不是那些奥地利人。汉斯，那年一整年跟他一起滑雪的奥地利人，曾是皇家猎队的成员，他们一起到那家锯木厂上方那个小山谷去猎野兔的时候，谈起那次在帕苏比奥的战斗和向贝尔蒂卡和阿萨洛内的进攻，这些他连一个字都没有写。关于蒙特科尔诺、西特科蒙姆、阿尔西陀①，他也一个字都没有写。

在福拉尔贝格和阿尔贝格②，他住过多少个冬季啊？住过四个，于是他记起那个卖狐狸的人，当时他们刚走进布卢登茨③，那回是去买礼物，他记起甘醇的樱桃酒特有的樱桃核味儿，记起在那结了冰的雪地上粉状积雪中的快速滑行，你一面唱着，“嗨嗬！罗利说！”一面滑过最后一段坡道，笔直向那险峻的陡坡飞冲而下，接着转了三个弯滑到果园，从果园出来越

---

① 这些地名都在意大利北部和当时的奥匈帝国接壤的地方，在第一次世界大战中双方争夺过。

② 福拉尔贝格，奥地利西部一州。阿尔贝格：奥地利西部蒂罗尔州的一乡村。该地以滑雪著称。

③ 布卢登茨，位于阿尔贝格之西，为一游览胜地。

过那道沟渠，登上客店后面那条滑溜溜的大路。你敲松系带，踢下滑雪板，把它们靠在客店外面的木墙上，灯光从窗里照射出来，屋子里，在烟雾缭绕、冒着新酿的酒香的温暖中，人们正在拉手风琴。

“在巴黎我们住在哪儿？”他问女人，她正坐在他身边一只帆布椅里，现在，在非洲。

“在克里永旅馆。这你是知道的。”

“为什么我该知道？”

“我们始终住在那儿。”

“不。并不是始终住在那儿。”

“我们在那儿住过，在圣日耳曼区的亨利四世大厦也住过。你说过你爱那个地方。”

“爱是一个粪堆，”哈里说。“而我就是一只爬在粪堆上咯咯叫的公鸡。”

“要是你一定得离开人间的话，”她说，“是不是非得把你没法带走的都砍尽杀绝不可？我的意思是说，你是不是非得把什么东西都带走不可？你是不是一定要把你的马、你的妻子都杀死，把你的鞍子和你的盔甲都烧掉呢？”

“对，”他说。“你那些该死的钱就是我的盔甲[①]。就是我的斯威夫特和我的阿穆尔。”

“别这么说。”

“好吧。我不说了。我不想伤害你的感情。”

“现在这么说，已经有点儿晚啦。”

“那好吧。我就继续来伤害你。这样有趣多啦。我真正喜欢跟

① 主人公在这里意为你的钱把我笼络住了，因盔甲的原文 armour 和美国一大肉类加工业巨子阿穆尔的姓氏相同，进而联想到另一巨子斯威夫特家族，才加以调侃。

你一起干的唯一的那件事，现在干不了啦。”

“不，这可不是实话。你喜欢干的事情多得很，而且只要是你喜欢干的，我也都干。”

“啊，看在上帝的分上，别这么夸耀啦，行吗？”

他望着她，看见她在哭了。

“你听我说，”他说。“你以为我这么说有趣吗？我不知道为什么要这样说。我想，这是想用毁灭一切来让自己活下去吧。我们刚开始谈话的时候，我还是好好的。我并没有意思要这样开场，可现在我蠢得像个老傻瓜似的，对你狠心也真狠到了家。亲爱的，我说什么，你都不要在意。我爱你，真的。你知道我爱你。我从来没有像爱你这样爱过任何别的女人。”

他不知不觉地说出了他平时用来谋生糊口的那套说惯了的谎话。

“你对我挺好。”

“你这坏娘们，”他说。“你这有钱的坏娘们。这是诗[①]。现在我满肚子都是诗。腐烂和诗。腐烂的诗。”

“别说了。哈里，为什么你现在一定要变得像个魔鬼？”

“我不愿意有什么东西留下来，”男人说。“我不愿意有什么东西在我身后留下来。”

现在已是傍晚，他睡熟了一会。夕阳已隐没在山后，平原上一片阴影，一些小动物正在营地近旁找食；它们的头很快地一起一落，摆动着尾巴，他看见它们这时正从灌木丛那边跑开。那几只大鸟不再在地上等着了。它们都沉重地栖息在一棵树上。这种鸟还有很多。他那个随身侍候的男仆正坐在床边。

“太太打猎去了，”男仆说。“先生要什么吗？”

---

① 他继续玩文字游戏。“有钱的坏娘们”原文为 rich bitch，是叠韵，所以下一句说“这是诗”。

“不要什么。”

她打猎去了，想搞一点兽肉，因为知道他喜欢看打猎，有心跑得远远的，这样就不会惊扰这一小片平原而让他看到她在打猎了。她总是那么体贴周到，他想。只要是她知道的或是读到过的或是听人讲过的，她都考虑得很周到。

他来到她身边的时候已经完蛋了，这可不是她的过错。一个女人怎么能知道你说的话都不是真心实意的呢？怎么能知道你说的话不过是出于习惯，而且只是为了贪图舒服呢？自从他对自己说的话不再当真以后，他靠谎话跟女人相处，比他过去对她们说真心话更成功。

与其说他存心撒谎，倒不如说他实在没有真话可说。他曾经享受过生活，但已经完结了，接着他跟另外一些人，拥有更多金钱的人，在最好的那些老地方，以及另外一些新的地方，重新生活下去。

你不让自己思想，这可真是了不起。你有这样一副好内脏，因此你没有那样垮下来，人家可大都垮下来了，而你摆出了一副架势，既然现在再也不能干了，你就毫不关心你经常干的工作了。可是，在你心里，你说你要写这些人；写这些非常有钱的人；你说你实在并不属于他们这一类，而只是他们那个国度里的一个间谍；你说你要离开这个国度，并且写这个国度，而且这一次是由一个熟悉这个国度的人来写的。可是他永远做不到了，因为每天什么都不写，贪图安逸，扮演自己所鄙视的角色，就磨钝了他的才能，松懈了他工作的意志，最后他干脆什么都不干了。等他不干工作了，那些他现在结识的人都感到惬意得多。非洲是在他一生最佳时期中感到最幸福的地方，所以他上这儿来，为的是要重新开始。他们这次是以最低限度的舒适来作狩猎旅行的。没有艰苦，但也没有奢华，他曾想这样他就能重新进行训练了。这样他或许就能把心灵中的脂肪去掉，就像一个拳击手，为了消耗体内的脂肪，到山里去干活和训练一样。

她曾经喜欢这次狩猎旅行。她说过她爱这次狩猎旅行。凡是给人刺激的事情，能借此变换一下环境，能结识新的人，看到愉快的事物，她都喜爱。他也曾经感到似乎工作的意志重新恢复了。现在如果就这样了结，他也明知道事实就是如此，他大可不必变得像一条蛇那样，因为背脊给打断了就啃咬自己。这不是这女人的过错。如果不是她，也会有别的女人。如果他以谎言为生，他就应该试着以谎言而死。他听到山的另一边传来一声枪响。

她的枪打得挺好，这个善良的，这个有钱的娘们，这个他的才能的看管人和破坏者。废话。是他自己毁了自己的才能。为什么要嗔怪这个女人，就因为她好好地供养了他？他毁了自己的才能，因为把才能弃而不用，因为出卖了自己和自己所信仰的一切，因为酗酒过度而磨钝了敏锐的感觉，因为懒散，因为怠惰，还因为势利，因为傲慢与偏见，因为不择手段。这算是什么？一张旧书目录？到底什么是他的才能呀？倒的确是才能，可是他非但没有利用它，反而拿它去做交易。问题从来不在他已经做了些什么，而总是在他还能做些什么。他决意不靠钢笔或铅笔谋生，而要靠别的东西谋生。说来也怪，是不？每次他爱上了另一个女人，为什么这另一个女人总是要比前一个女人更有钱？可是当他不再真心恋爱了，当他只是在撒谎的时候，就像对现在这个女人那样，她竟比所有他爱过的女人更有钱，她有的是钱，她有过丈夫和孩子，她找过情人，但是不满意那些情人，她却倾心地爱他，把他当作一位作家，当作一个男子汉，当作一个伴侣，当作一份引为骄傲的财产来爱他；说来也怪，当他根本不爱她，而且对她撒谎的时候，他竟然为了她为他花费的钱，给予她比他过去真心恋爱的时候更多的回报。

我们所做的一切，该都是注定了的，他想。不管你是干什么过活的，这就是你的才能所在。他一辈子都在出卖生命力，不管是以这种形式或者那种形式，而当你的感情并不太投入的时候，你用了人家的钱倒能付出好得多的回报。他发现了这一点，但是现在也决不会写出来了。不，他不会写出来，尽管这是很值得一写的。

现在她露面了，正穿过那片空地向营地走来。她穿着马裤，擎着她的来复枪。两个男仆扛着一只野羊跟在她后面走来。她仍然是个很好看的女人，他想，她的肉体讨人喜爱。她对床第之乐很有才能，也很有领会，她并不漂亮，但他喜欢她的脸庞，她读过大量的书，喜欢骑马和打猎，当然，她酒喝得太多。她还是个比较年轻的女人的时候，丈夫死了，于是有一阵子，她把心思都放在两个刚成年的孩子身上，他们却并不需要她，她在他们身边，他们感到不自在，她还专心致志地养马，读书和喝酒。她喜欢在黄昏吃晚饭前读书，一面读一面喝威士忌苏打。到吃晚饭的时候，她已经相当醉了，等到吃晚饭时再喝了一瓶葡萄酒，往往就醉得足以使她入睡了。

这是她在有情人以前的情况。等到有了情人，她就不再喝那么多的酒，因为不必喝醉了才能入睡了。但是那些情人使她感到厌烦。她嫁过一个丈夫，他从没使她厌烦，而这些人却使她感到厌烦透了。

接着，她的一个孩子在一次飞机失事中死去了，事件过去以后，她不再需要情人，酒也不再是麻醉剂，她必须建立另一种生活。突然间，孤身独处吓得她心惊胆战。但是她要找一个她所尊敬的人在一起生活。

事情发生得非常简单。她喜欢他写的东西，而且一向羡慕他过的那种生活。她认为他确确实实干着他自己想干的事情。她为了获得他而采取的种种步骤，以及她最后爱上他的那种方式，都是一个正常过程的组成部分，在这个过程中她给自己建立起一种新生活，而他则出售了他旧生活的残余。

他出售他旧生活的残余是为了换取安全，也是为了换取安逸，这是无法否认的，但除此以外，还为了什么呢？他不知道。他要什么，她就会给他买什么。这他是知道的。她也是个挺正派的女人。他像对待任何女人那样，很愿意和她上床；更宁愿是和她，因为她更有钱，因为她十分风趣，很有欣赏力，而且因为她从不当众使性子吵闹。可是现在她重新建立的这生活将告一段落了，因为两星期前，一根荆棘划破了他的膝盖，而他没有给伤口涂上碘酒，当时他们正挨上前去，想拍摄一群非洲水羚，只见它们站立着，昂起了头窥视着，一面用鼻子嗅着空气，耳朵向两边张开着，只等一听得响动就窜入灌木林。他还来不及拍下，它们就跑掉了。

现在她走过来了。

他在帆布床上转过头来看她。"你好，"他说。

"我打了一只野羊，"她告诉他。"可以用来给你做一碗好汤，我要叫他们捣一些土豆泥拌上奶粉。你觉得怎么样？"

"好多啦。"

"这该有多好啊？你知道，我就想过你会好起来的。我走的时候，你睡熟了。"

"我睡了一个好觉。你跑得远吗？"

"没有。就在山后面转转。我一枪打中了这只野羊。"

"你打得挺出色，你知道。"

"我爱打枪。我已经爱上非洲了。真的。要是你平安无事，这可是我玩得最痛快的一次了。你不知道跟你一起射猎是多么有趣。我爱上这个地方了。"

"我也爱这个地方。"

"亲爱的，你不知道看到你觉得好多了，有多么美妙。刚才你难受得那样，我简直受不了。你再不要那样跟我说话了，好吗？答应我吗？"

"不会了，"他说。"我记不起说过些什么了。"

"你不一定要把我毁掉，是吗？我不过是个爱你的中年妇女，你要干什么，我都愿意干。我已经给毁掉过两三次啦。你不会再把我毁掉吧，是吗？"

"我倒是想在床上再把你毁上几次，"他说。

"是啊。那可是愉快的毁灭。我们就是生来注定该这样给毁灭的。明天飞机就会来。"

“你怎么知道？”

“我有把握。飞机一定会来的。仆人们已经把木柴都准备好了，还准备了生浓烟的野草。今天我又下去看了一下。有足够的地方让飞机着陆，我们在空地两头准备好两堆浓烟。”

“你凭什么认为飞机明天会来？”

“我有把握它会来。它已经误点了。这样，到了城里，他们就会把你的腿治好，然后我们可以好好儿来几次毁灭。才不要那样光是讨厌的谈话。”

“我们喝点酒好吗？太阳落山啦。”

“你看你可以吗？”

“我想喝一杯。”

“我们就一起喝一杯吧。莫洛，拿两杯威士忌苏打来！”她唤道。

“你最好穿上防蚊靴，”他对她说。

“等我洗了澡再穿……”

他们喝酒的时候，天渐渐暗下来，就在断黑前再也没法瞄准打枪的时刻，一只鬣狗穿过那片空地绕到小山后边去了。

“这杂种每天晚上都跑过那儿，”男人说。“两个星期以来，每晚都是这样。”

“就是它每天晚上发出那种声音来。我可不在乎。尽管这是一种讨厌的畜生。”

他们一起喝着酒，这时已没有伤痛的感觉，只是因为一直保持一个体位躺着而感到不适，两个仆人生起了一堆篝火，光影在帐篷上跳跃，他感到自己对这种愉快的投降生活所怀有的默认心情，现在又油然而生了。她确实对他非常好。今天下午他对她太狠心，也太不公平了。她是个好女人，确实了不起。可是就在这当儿，他忽然想起自己快要死了。

这个念头像一个突如其来的冲击；不是流水或者疾风那样的冲击；而是一股无影无踪的臭气的冲击，而令人奇怪的是，那只鬣狗正沿着这股臭气的边缘轻轻地溜过来。

“怎么回事啊，哈里？”她问他。

“没什么，”他说。“你最好挪到另一边去坐。坐到上风头去。”

“莫洛给你换药了没有？”

“换过了。我刚敷上硼酸膏。”

“你觉得怎么样？”

“有点颤抖。”

“我要进去洗澡了，”她说。“我马上就出来。我跟你一起吃晚饭，然后把帆布床抬进去。”

这样看来，他对自己说，我们结束吵嘴，是做对啦。他跟这个女人从来没有大吵大闹过，而跟他爱过的那些女人却吵得很厉害，最后由于吵嘴的腐蚀作用，总是毁了他们共同怀有的感情。他爱得太深，要求得也太多，这样就把一切全都耗尽了。

他想起那次他独自在君士坦丁堡[①]的情景，事前曾在巴黎吵了一场才出走的。那一阵他夜夜宿娼，等这阶段过去了，他仍然无法排遣寂寞，相反日子更加难过了，于是给她，他那第一个情妇，那个离开了他的女人写了一封信，告诉她，他是怎样始终割不断对她的思恋……怎样有次在摄政王府外面自以为看到了她，一下子感到头昏眼花，心里直想吐，他怎样会在林荫大道上跟踪一个外表上有点像她的女人，可是不敢看看清楚是不是她，又怕失去她在他心里引起的这份感情。他睡过的每一个女人，怎样只会使他更加想念她。他又是怎样决不介意她干下的一切，因为他知道无法摆脱对她的爱恋。他在俱乐部里冷静而清醒地写了这封信，寄到纽约去，央求她把回信寄到他在巴黎的事务所。这样似乎比较稳当。那天晚上他非常想念她，觉得心里空荡荡的直想吐，便在街头踯躅，一直走过马克

① 君士坦丁堡，现名伊斯坦布尔，土耳其最大的城市。

西姆饭店，搭上一个女郎，带她一起去吃晚饭。后来他到了一个地方，同她跳舞，可是她跳得很糟，于是丢下了她，搞上一个风骚的亚美尼亚妓女，她把肚子贴着他的身子摆动，弄得他的肚子都快烫坏。他跟一个中尉衔的英国炮手吵了一架，把她从炮手手里带走了。炮手把他叫到外面去，他们便在暗地里，在大街的鹅卵石地面上打了起来。他朝他的下巴颏狠狠地揍了两拳，可是对方并没有倒下，这一下他知道免不了要有一场厮打了。炮手一拳打中他的身子，接着打中他的眼角。他又一次挥动左手，击中了炮手，炮手向他扑过来，抓住了他的上衣，扯下一只袖子，他往他耳朵后面狠狠揍了两拳，接着趁他把他推开时，用右手把他击倒在地。炮手倒下的时候，头先磕在地上，于是他带着女郎飞奔，因为听见宪兵来了。他们乘上一辆出租汽车，沿着博斯普鲁斯海峡[①]驶向里米利·希萨，兜了一圈，在寒夜里回到城里上了床，她给人的感觉像她的外貌那样过于成熟，但是柔滑如脂，像玫瑰花瓣，像糖浆似的，肚子光滑，乳房肥大，屁股下用不着垫个枕头，趁她还没醒来，就离开了她，在第一线曙光照射下，她的容貌显得粗俗极了，他带着一只打得发青的眼圈来到彼拉官，手里提着那件上衣，因为一只袖子已经没了。

就在那天晚上，他动身去安纳托利亚[②]，他想起那次旅行的后期，整天穿行在种着罂粟的田野里，这是人们种来提炼鸦片的，这使你感到多么新奇，最后，仿佛不管朝哪个方向走都不对头似的，到了他们曾经跟那些刚从君士坦丁堡来的军官一起发动进攻的地方，那些军官啥也不懂，大炮打中了自己一方的部队，那个英国观察员哭得像个小孩子似的。

---

① 博斯普鲁斯海峡，位于土耳其欧亚两个部分之间。君士坦丁堡即在该海峡西岸。

② 安纳托利亚，土耳其的亚洲部分。

就在那天，他第一次看到了死人，穿着白色芭蕾舞裙子和向上翘起的缀有绒球的鞋子[①]。土耳其人像波浪般不断涌来，他看见那些穿着裙子的男人在奔跑，军官们朝他们打枪，接着军官们自己也奔跑起来，他同那个英国观察员也奔跑起来，跑得肺都发痛了，嘴里尽是那股铜腥味，他们在一堆岩石后面停下来，只见土耳其人还在波浪般涌来。后来他看到了一些从来没有想象到的事情，后来还看到了比这更糟的事情。所以，那次他回到了巴黎，这些他都不愿谈，即使听人提起他都受不了。他经过咖啡馆的时候，只见那位美国诗人正在里面，面前一大叠碟子，土豆般的脸上露出一副蠢相，正在跟一个罗马尼亚人谈达达运动，那人自称特里斯坦·采拉[②]，老是戴着单眼镜，老是闹头痛，后来，他回到了公寓，跟他的妻子在一起，他又爱她了，吵架已经过去，气恼也过去了，很高兴回到了家里，事务所把他的信件送到了他的公寓。这样，一天早晨，那封答复他写的那封信的回信在一只托盘里给送进来了，他一看到信封上的笔迹，就浑身发冷，想把那封信塞在另一封的下面。可是他妻子说："亲爱的，那封信是谁寄来的？"于是那件刚开场的事就此了结。

他想起同所有这些女人在一起时的好光景，还有争吵。她们总是挑选最妙的场合跟他吵嘴。那么为什么她们总是在他心情最好的时候跟他吵嘴呢？关于这些，他一点也没有写过，因为起先是他绝不想伤害她们中的任何一个，后来看起来即使不写这些，要写的东西已经够多了。但是他始终认为最后他还是会写的。要写的东西太多了。他目睹过世界的变化；不仅是那些事件而已；尽管他曾目睹许多事件，观察过人们，但是他目

---

① 这是希腊男子的民族服装。

② 特里斯坦·采拉（1896—1963），法国诗人、散文家、编辑，出生于罗马尼亚，长期在巴黎从事文学活动，为达达主义的创始人之一。

睹过更微妙的变化，而且记得人们在不同的时刻是怎样表现的。他曾置身于这种变化之中，他观察过这种变化，而写这种变化，正是他的责任，可现在他再也写不成了。

"你觉得怎么样？"她说。现在她洗过澡从帐篷里出来了。

"不错。"

"你现在想吃吗？"他看见莫洛在她背后拿着折叠桌，另一个仆人拿着菜盘子。

"我要写东西，"他说。

"你该喝点肉汤来保持体力。"

"我今晚就要死了，"他说，"我用不着保持什么体力啦。"

"别那么夸张，求求你，哈里，"她说。

"你干吗不用鼻子闻一闻？我已经烂了半截，烂到大腿上了。我干吗还要跟肉汤开玩笑？莫洛，拿威士忌苏打来。"

"请你喝肉汤吧，"她温柔地说。

"好吧。"

肉汤太烫了。他只好把肉汤倒在杯子里，握在手里，等凉得可以喝了才喝，那时竟一口喝下，没有噎住。

"你是个好女人，"他说。"不用关心我啦。"

她仰起她那张在《激励》和《城市与乡村》[①]上人人皆知、人人都爱的脸庞望着他，那张脸因为酗酒而稍有逊色，因为贪恋床笫之乐而稍有逊色，可是《城市与乡村》从未展示过她那美丽的乳房、她那有用的大腿以及她那双轻柔地爱抚你的腰背的手，当他望着她、看到她那著名的动人微笑时，感到死神又来临了。这回没有冲击。那是一股气，像一阵使烛光摇曳、火焰拔长的微风。

"待会儿他们可以把我的蚊帐拿出来挂在树上，生起一堆篝

① 《城市与乡村》为二十世纪初期的一份美国较高雅的大众杂志，刊载社交界信息、轻松的诗文等。

火。今天晚上我不想进帐篷去睡了。不值得搬动了。这是个晴朗的夜晚。不会下雨的。”

原来你就会这样死去，在你听不见的悄声低语中死去。好吧，这样就再也不会吵嘴了。这一点他可以保证。这是个他从来没有经历过的经验，他现在不会去毁坏它了。但也可能会毁坏的。你把什么都毁啦。但是也许他不会。

“你能做听写吗？”

“我从没学过，”她告诉他。

“好吧。”

没有时间了，当然，尽管看来似乎经过了压缩，只要能处理得当，你只消用一段文字就可以把那一切都写进去。

湖畔一座小山上，有一所圆木构筑的房子，缝隙都用灰泥嵌成白色。门边柱子上挂着一只铃，这是召唤人们进去吃饭用的。房子后面是田野，田野后面是森林。一排伦巴第白杨从房子一直伸展到码头。另一排白杨沿着地岬逶迤而去。森林的边缘有一条通向山峦的小路，他曾在这条小路边采摘过黑莓。后来那所圆木房子烧毁了，在壁炉上方鹿脚架上挂着的猎枪都烧坏了，事后，烧坏的枪筒和枪托连同融化在弹膛里的铅弹都搁在一堆灰上，这灰原是给那只做肥皂的大铁锅熬碱水用的，你问祖父能不能拿这些东西去玩，他说，不行。你知道那些猎枪依旧是他的，他就此再也没有买别的猎枪。他也不再打猎了。现在在原来的地方用木料重新盖了所房子，漆成了白色，从门廊上你可以看见白杨和再过去的湖泊；可是再也没有猎枪了。从前挂在圆木房子墙上鹿脚上的那些猎枪的枪筒，还搁在那堆灰上，再也没有人去碰过。

大战后，我们在黑森林①租了一条有鳟鱼的小溪，可以从

---

① 黑森林，德国西南部山区，在巴登-符腾堡州，著名的游览胜地。

两条路跑到那儿去。一条是从特里贝格走下山谷，在那条白色的路边的树荫下绕过一条山路，然后走上一条叉路，向上穿过山间，经过许多矗立着高大的黑森林式房子的小农场，一直走到小道和小溪交叉的地方。我们就在那儿开始钓鱼。

另一条路是陡直地登上树林的边沿，然后翻过山巅，穿过松林，接着走出林子来到一片草场的边沿，下山跨过这片草场到那座桥边。小溪边有一溜桦树，小溪并不宽阔，而是很窄，清澈而湍急，在桦树根边冲出一个个小潭。在特里贝格的客店里，店主人这一季生意兴隆。这使人非常愉快，我们都成了好朋友。第二年通货膨胀，他前一年赚的钱不够买进经营客店必需的物品，于是他上吊死了。

你能口授这些，但是你无法口授巴黎的那个城堡护墙广场，那里卖花人在大街上给他们的鲜花染色，颜料淌得路面上到处都是，公共汽车从那儿出发，老头儿和女人们总是喝葡萄酒和劣质的果渣白兰地，弄得醉醺醺的；孩子们在寒风凛冽中淌着鼻涕；汗臭和贫穷的气味，“业余者咖啡馆”里的醉态，还有大众舞厅的妓女们，她们就住在舞厅楼上。那个看门女人在她的小间里款待那个共和国自卫队员，一张椅上放着他的插着马鬃的头盔。门厅对面还有家住户，她的丈夫是个自行车赛手，那天早晨她在牛奶房打开《机动车》报看到他在第一次参加盛大的巴黎环城比赛中名列第三时，是多么高兴啊。她涨红了脸，大声笑了出来，接着跑到楼上，手里拿着那张淡黄色的体育报哭起来。经营大众舞厅的那女人的丈夫是开出租汽车的，有一次他，哈里，得在凌晨乘飞机出门，那司机来敲门唤他起身，动身前在酒吧间的锌桌边每人喝了一杯白葡萄酒。那时，他熟悉那个地区的邻居，因为他们都很穷。

在城堡护墙广场那一带有两种人：酒徒和运动员。酒徒以酗酒打发贫困，而运动员则在锻炼中忘却贫困。他们是巴黎公社社员的后裔，因此，对他们来说，要懂得政治并不难。他们知道是谁枪杀他们的父老兄弟和亲戚朋友的，当凡尔赛的军队开进巴黎，继公社之后占领了这座城市，捉住的任何人，只要手上有茧的，或者戴便帽的，或者带有任何其他标志说明他是个劳动者的，一律格杀勿论。就是在这样的贫困之中，就是在这个地区里，街对面有一家马肉铺和一家酿酒合作社，他开始了他此后的写作生涯。巴黎再没有另一个他这样热爱的地区了，那蔓生的树木，那些白色灰泥墙、下半截涂成棕色的老房子，那在圆形广场上的长长的绿色公共汽车，那路面上淌着的染花的紫色颜料，那从山上向塞纳河急转直下的勒穆瓦纳红衣主教大街，还有那另一条狭窄然而热闹的莫菲塔德路。那条通向万神殿的大街和那另一条他经常骑自行车经过的大街，那是那个地区唯一的沥青路，车胎驶过，感到光溜平滑，街道两边尽是高耸而狭小的房子，还有那家高耸的下等客店，保尔·魏尔兰①就是在那里死去的。在他们住的公寓里，只有两间屋子，他在那家客店的顶楼上有一间房间，每月要付六十法郎的房租，他在这里写作，从这间房间，他可以看到鳞次栉比的屋顶和烟囱帽以及巴黎所有的山峦。

你从那幢公寓却只能看到那个经营木柴和煤炭的人的店铺。他也卖酒，卖劣质的葡萄酒。马肉铺子外面挂着金黄色的马头，在橱窗里挂着金黄色和红色的马肉，还有那涂着绿色油漆的合作社，他们在那儿买葡萄酒；又好又便宜的葡萄酒。其余就是灰泥的墙壁和邻居们家的窗子。夜里，有人喝醉了躺在街上，在那种典型的法国式酩酊大醉（人们向你宣传，要你相信根本不存在这样的大醉）中哼哼唧唧着，那些邻居会打开窗子，接着是一阵喃喃的低语。

“警察上哪儿去了？总是在你不需要他的时候，这家伙倒

---

① 保尔·魏尔兰（1844—1896），法国象征主义诗人。

就在眼前。他在跟哪个看门女人睡觉啦。找警察来。”等到不知是谁从窗口泼下一桶水，呻吟声才停止。“倒下来的是什么？水。啊，这可是个聪明办法。”于是窗子都关上了。玛丽，他的女仆，抗议一天八小时的工作制说，“要是一个丈夫干到六点钟，他在回家的路上就只能喝得稍微有点醉意，花钱也不会太多。可要是他只干到五点钟，那他每天晚上都会喝得烂醉，你也就一个子儿也没有了。受这份缩短工时的罪的正是工人的老婆。”

“要再喝点儿肉汤吗？”女人这时问他。

“不要了，多谢多谢。味道好极了。”

“再喝一点儿吧。”

“我想喝威士忌苏打。”

“酒对你没好处。”

“是啊。酒对我有害。柯尔·波特[①]写过这歌词，还作了曲。这种知识正使你在生我的气。”

“你知道我是喜欢你喝酒的。”

“是啊。可惜酒对我有害。”

等她走开了，他想，我就会得到我要的一切。不是我所要的一切，而只是我所有的一切。嗳，他累啦。太累啦。他要睡一会儿。他静静地躺着，死神不在眼前。它准是上另一条街溜达去了。它成双结对地骑着自行车，悄没声儿地在人行道上行驶。

不，他从来没有写过巴黎。没有写过他喜爱的那个巴黎。可是其余那些他从来没有写过的东西又是如何呢？

那牧场和那银灰色的山艾灌木丛，灌溉渠里湍急而清澈的

① 柯尔·波特（1893—1964），美国流行歌曲作曲家。所写歌词诙谐动人，并作有几部受大众欢迎的音乐剧。

流水以及那浓绿的苜蓿又是如何呢？那条羊肠小道蜿蜒而上向山里伸展，而牛群在夏天胆小得像麋鹿一样。那吆喝声和持续不断的喧闹声，那一群行动缓慢的庞然大物，当你在秋天把它们赶下山来时，扬起了一片尘土。群山后面，嶙峋的山峰在暮霭中清晰地显现，在月光下骑马沿着那条小道下山，山谷那边一片皎洁。他如今想起来了，当你穿过树林下山时，在黑暗中你看不见路，只能抓住马尾巴摸索前进，这些都是他想写的故事。

还有那个打杂的傻小子，那次把他一个人留在牧场，并且吩咐他别让任何人来偷干草，可那个从河岔口来的老坏蛋，经过牧场停下来想搞点饲料，傻小子过去给他干活时，竟被老家伙打了。那小子不让他拿，老头儿说他要再给他一顿揍。当他想闯进牲口棚去时，那小子从厨房里拿来了来复枪，把老头儿打死了，于是等他们回到牧场，老头儿已经死了一个星期，在牲口栏里冻得直僵僵的，狗已经把他吃掉了一部分。但是你把残留的尸体用毯子包起，捆在一架雪橇上，让那小子帮你拖着，你们两个穿着滑雪板，带着尸体赶路，然后滑行六十英里，把小子解到城里去。他还不知道会给逮捕呢。满以为自己尽了责任，你是他的朋友，他会得到奖赏呢。他是帮着把这个老家伙拖进城来的，这样谁都能知道这老家伙一向有多坏，他又是怎样想偷一些不属于他的饲料，等到行政司法官给这小子戴上手铐时，这小子简直不能相信。于是他放声哭了出来。这是他留着准备将来写的一个故事。从那一带地方，他至少知道二十个有趣的故事，可是他一个都没有写。为什么？

“你去告诉他们，那是为什么，”他说。

“什么为什么，亲爱的？”

“不为什么。”

她自从有了他，现在酒喝得不那么多了。可只要他活着，他决不会写她，这一点现在他知道了。也决不写她们中的任何一个。有钱人都是愚蠢的，他们酒喝得太多，或者整天玩巴加门[①]。他们是愚蠢的，而且唠叨个没完。他想起可怜的朱利安和他对有钱人怀着的那份罗曼蒂克的敬畏，记得他有一次怎样动手写一篇短篇小说，他开头这样写道，"豪门巨富是跟你我不同的。"有人曾经对朱利安说，是啊，他们比我们有钱。可是对朱利安来说，这并不是一句幽默话。他认为他们是一种特殊的富有魅力的族类，等到他发现他们并非如此，他就给毁了，正像任何其他事物把他毁了一样[②]。

他可一向鄙视那些毁了的人。你根本没必要去喜欢这一套，因为你了解这是怎么回事。什么事情都打不垮他，他想，因为什么都伤害不了他，如果他不在意的话。

好吧。现在要是死去，他也不在意了。他一向害怕的一点是痛。他跟任何人一样忍得住痛，除非痛的时间太长，搞得他精疲力竭，可是这儿却有一种什么东西使他痛得够呛，但就在他感到快受不住的时候，痛却停止了。

他记得在很久以前，投弹军官威廉逊那天晚上钻过铁丝网爬回阵地的时候，被一名德国巡逻兵扔过来的一枚手榴弹炸伤了，他尖声叫着，央求大家把他打死。他是个胖子，尽管喜欢炫耀自己，叫人难以相信，却很勇敢，是个好军官。可是那天晚上他在铁丝网里给打中，一道闪光突然把他照亮，他的肠子淌了出来，钩在铁丝网上，所以当他们把他抬进来的时候，当时他还活着，他们不得不把他的肠子割断。打死我，哈里。看

① 一种双方各有 15 枚棋子，掷骰子决定行棋格数的游戏。

② 这一段，作者所说的朱利安，系指美国小说家斯·菲茨杰拉德——据威廉·奥康纳编的《七个现代美国小说家》中，查尔斯·夏因写的"斯·菲茨杰拉德"一文。

在上帝的分上，打死我。有一回大家曾经对凡是我们的主给予你的你都能忍受这句话争论过，有人的理论是，经过一段时间，痛会自行消失。可是他始终忘不了威廉逊和那个晚上。在威廉逊身上痛苦并没有消失，直到他把自己一直留着准备自己用的吗啡片都给他吃下以后，也没有立刻止痛。

可是，现在他感觉到的痛苦却非常轻松，如果就这样下去而不变得更糟的话，那就一点也不必担心了。不过他宁愿有个更好的伴儿在一起。

他想了一下他想要的伴儿。

不，他想，如果你干的一切，总是干得太久，并且干得太晚了，你就不能指望人家还在那儿伴着你。人家全走啦。已经酒阑席散，现在只留下你和女主人啦。

我对死去越来越感到厌倦，就像对其他一切东西那样，他想。

"真使人厌倦，"他不禁说出声来。

"你说什么，亲爱的？"

"一个人干的事情都干得太久啦。"

他瞅着她处在自己和对面的篝火之间的那张脸。她正靠坐在椅子里，火光照在她那线条动人的脸上，他看得出她很困了。他听见那只鬣狗就在那圈火光外发出一声嗥叫。

"我一直在写东西，"他说。"可我累啦。"

"你看能睡着吗？"

"一定能。为什么你还不去睡？"

"我喜欢陪你一起坐在这里。"

"感觉到有什么不对头吗？"他问她。

"没有。只觉得有点困。"

"我感觉到了，"他说。

他刚刚感觉到死神又一次临近了。

"你知道，我唯一没有失去的东西，只有好奇心了，"他对她说。

“你从来没有失去过什么。你是我所知道的最完美的人。”

“天哪，”他说。“女人知道的东西多么少啊。你凭什么这样说？是直觉吗？”

因为就在这个时候死神来了，把它的头搁在帆布床的下首，他闻得出它吐出的气息。

“千万别相信什么死神的形象是镰刀加上骷髅，”他对她说。“它满可以是两个骑着自行车的警察或者是一只鸟儿。或者像鬣狗一样有只大鼻子。”

死神这时已经挨到他身上来了，可是它不再具有任何形体了。它仅仅占有空间而已。

“叫它走开。”

它没有走，反而挨得更近了。

“你呼出的气真臭死了，”他对它说。“你这臭杂种。”

它还是在向他一步步挨近，现在他没法对它说话了，等它发现他没法说话了，又向他挨近了一点，现在他想默默地把它赶走，但是它爬到他身上来了，这样，它的重量就全压在他的胸口上，它趴在那儿，他没法动弹，也说不出话来，听见那女人说，“先生睡着了。把床轻轻地抬起来，抬进帐篷里去。”

他没法开口叫她把它赶走，现在它更沉重地趴在他的身上，这样他气也透不过来了。但是当他们抬起帆布床的时候，忽然一切又正常了，重压从他胸前消失了。

现在已是早晨，已是早晨有一会儿了，他听见了飞机声。飞机显得很小，接着飞了一大圈，两个男仆跑出来用火油点燃了火，堆上野草，这样在平地两端就冒起了两大股浓烟，晨风把浓烟吹向帐篷，飞机又绕了两圈，这次是低飞，接着往下滑翔，拉平，平稳地着了陆，只见老康普顿穿着宽大的便裤、花呢茄克，戴着顶棕色毡帽，朝他走来。

“怎么回事啊，老伙计？”康普顿说。

“腿坏了，”他告诉他。“要吃点早饭吗？”

“谢谢。只要喝点茶就行啦。你知道这是一架‘银色天社蛾’。我没法带夫人一起走。只坐得下一个人。你的卡车正在路上。”

海伦曾把康普顿拉到一旁，给他说着什么话。康普顿显得更兴高采烈地走回来。

“我们得马上把你抬上飞机，”他说。“我还要回来接你太太。现在我怕不得不在阿鲁沙[①]停一下加油了。我们最好马上就走。”

“那么茶怎么办？”

“你知道，我实在并不想喝。”

两个男仆抬起了帆布床，绕过那些绿色帐篷，沿着岩石往下走到那片平地上，一直走过那两股浓烟——现在正亮晃晃地燃烧着，风吹旺了火，野草都烧光了——来到那架小飞机前。好不容易把他抬进飞机，一进飞机他就躺倒在皮椅子里，那条腿直挺挺地伸到康普顿的座位一边。康普顿拉动螺旋桨，发动了马达，上了飞机。他向海伦和两个男仆挥手告别，马达的咔哒声变成惯常熟悉的吼声，飞机调过头来，康普顿留神提防着那些非洲疣猪打的洞，让飞机怒吼着在两个火堆之间那一截平地上一路颠簸，随着最后一次颠簸，飞机升空了，他看见他们都站在下面挥手，山边那个帐篷这时显得扁扁的，平原展开着，一簇簇树和那片灌木丛也显得扁扁的，那一条条野兽出没的小道，这时似乎都平坦坦地通向那些干涸的水洼，有一处新发现的水源，这是他从来不知道的。那些斑马，现在只是一个个小小的圆背脊了，那些牛羚像一根根长手指那样越过平原时，仿佛是一个个大头的黑点在地上爬行，现在当飞机的影子向它们逼近时，都四散奔跑，它们现在显得更小了，动作也看不出是在奔驰了，你极目望去，现在平原呈一片灰黄，前面是老康普顿的花呢茄克的背影和那顶棕色毡帽。接着他们飞到第一批群山上空，牛

① 阿鲁沙，位于乞力马扎罗山西南，有铁路线通向印度洋边。

羚正往山上跑去，接着飞越高峻的山岭，陡峭的深谷里长着高耸的浓绿的森林，还有那长着密密匝匝的竹子的山坡，接着又是一大片茂密的森林，被起伏的地面形成一座座尖峰和山谷，他们一路飞越，只见山地渐渐下斜，接着又是一片平原，现在天热起来了，大地显出一片紫棕色，飞机在热浪中颠簸着，康普顿回过头来看看他在飞行中情况如何。接着前面又是黑压压的崇山峻岭。

接着，他们不在一直往阿鲁沙的方向飞，而是转向左方，很显然，他揣想他们已加足了燃料，便往下看去，见到一片像筛子里筛落下来的粉红色的云，正在掠过大地，从空中看去，却像是突然出现的暴风雪的第一阵飞雪，他明白那是蝗虫从南方飞来了。接着飞机开始爬高，似乎他们正在往东方飞，接着天色暗下来，他们碰上了一场暴风雨，大雨如注，仿佛像穿过一道瀑布似的，接着穿出水帘，康普顿转过头来，咧嘴笑着，把手一指，于是在前方，极目所见，他看到，像整个世界那样宽广，在阳光中显得那么宏大、高耸，而且白得令人不可置信，正是那乞力马扎罗山的方形山巅。于是他明白这正是他现在要飞去的地方。

正是在这个当儿，鬣狗在夜色中停止了呜咽，开始发出一种奇怪的几乎像人那样的哭声。女人听到了这声音，在床上不安地反侧着。她没有醒过来。在梦里她正在长岛的家里，这是她女儿第一次参加社交活动的前夜。似乎她的父亲也在场，他显得很粗暴。接着鬣狗的大声哭叫把她吵醒了，她一时不知道自己身在何处，觉得很害怕。接着她拿起手电照着另一张帆布床，那是等哈里睡着了他们把它抬进来的。她透过蚊帐，看得见他的身躯，但是不知怎的他把那条腿伸了出来，在帆布床沿耷拉着。敷着药的纱布都掉落了下来，她不忍心看这幅景象。

“莫洛，”她喊道，“莫洛！莫洛！”

接着她说，“哈里，哈里！”接着她提高了嗓门，“哈里！请你醒醒。唉，哈里！”

没有回答，也听不见他的透气声。

帐篷外，那鬣狗还在发出那种使她惊醒的奇怪的叫声。但是她听不见这叫声，因为她的心在怦怦跳着。

汤永宽 译

（首次发表在《老爷》杂志1936年8月号）

桥边的老人

一个戴钢丝边眼镜的老人坐在路旁，衣服上尽是尘土。河上搭着一座浮桥，大车、卡车、男人、女人和孩子们在涌过桥去。骡车从桥边蹒跚地爬上陡坡，一些士兵扳着轮辐在帮着推车。卡车嘎嘎地驶上斜坡就开远了，把一切抛在后面，而农夫们还在齐到脚踝的尘土中踯躅着。但那个老人却坐在那里，一动也不动。他太累，走不动了。

我的任务是过桥去侦察对岸的桥头堡，查明敌人究竟推进到了什么地点。完成任务后，我又从桥上回到原处。这时车辆已经不多了，行人也稀稀落落，可是那个老人还在原处。

“你从哪儿来？”我问他。

“从圣卡洛斯来，”他说着，露出笑容。

那是他的故乡，提到它，老人便高兴起来，微笑了。

“那时我在看管动物，”他对我解释。

“噢，”我说，并没有完全听懂。

“唔，”他又说，“你知道，我待在那儿照料动物。我是最后一个离开圣卡洛斯的。”

他看上去既不像牧羊的，也不像管牛的。我瞧着他满是灰尘的黑衣服、尽是尘土的灰色面孔，以及那副钢丝边眼镜，问道，“什么动物？”

“各种各样，”他摇着头说，“唉，只得把它们撇下了。”

我凝视着浮桥，眺望充满非洲色彩的埃布罗河[①]三角洲地区，寻思究竟要过多久才能看到敌人，同时一直倾听着，期待第一阵响声，它将是一个信号，表示那神秘莫测的遭遇战即将爆发，而老人始终坐在那里。

“什么动物？”我又问道。

“一共三种，”他说，“两只山羊，一只猫，还有四对鸽子。”

“你只得撇下它们了？”我问。

“是啊。怕那些大炮呀。那个上尉叫我走，他说炮火不饶人哪。”

“你没家？”我问，边注视着浮桥的另一头，那儿最后几辆大车正匆忙地驶下河边的斜坡。

“没家，”老人说，“只有刚才讲过的那些动物。猫，当然不要紧。猫会照顾自己的，可是，另外几只东西怎么办呢？我简直不敢想。”

“你的政治态度怎样？”我问。

“政治跟我不相干，”他说，“我七十六岁了。我已经走了十二公里，我想我现在再也走不动了。”

“这儿可不是久留之地，”我说，“如果你勉强还走得动，那边通向托尔托萨[②]的岔路上有卡车。”

“我要待一会，然后再走，”他说，“卡车往哪儿开？”

“巴塞罗那，”我告诉他。

“那边我没有熟人，”他说，“不过我非常感谢你。再次非常感谢你。”

他疲惫不堪地茫然瞅着我，过了一会又开口，为了要别人分担他的忧虑，“猫是不要紧的，我拿得稳。不用为它担心。可是，另外几只呢，你说它们会怎么样？”

“噢，它们大概挨得过的。”

“你这样想吗？”

“当然，”我边说边注视着远处的河岸，那里已经看不见大车了。

---

① 西班牙境内最长的一条河。

② 西班牙塔拉戈纳省城市。

“可是在炮火下它们怎么办呢？人家叫我走，就是因为要开炮了。”

“鸽笼没锁上吧？”我问。

“没有。”

“那它们会飞出去的。”

“嗯，当然会飞。可是山羊呢？唉，不想也罢，”他说。

“要是你歇够了，我得走了，”我催他。“站起来，走走看。”

“谢谢你，”他说着撑起来，摇晃了几步，向后一仰，终于又在路旁的尘土中坐了下去。

“那时我在照看动物，”他木然地说，可不再是对着我讲了。“我只是在照看动物。”

对他毫无办法。那天是复活节的礼拜天，法西斯正在向埃布罗挺进。可是天色阴沉，乌云密布，法西斯飞机没能起飞。这一点，再加上猫会照顾自己，或许就是这位老人仅有的幸运吧。

宗　白译

在密歇根州北部

吉姆·吉尔摩从加拿大来到霍顿斯湾。他从霍顿老汉手中买下了那爿铁匠铺。吉姆又矮又黑，留着两大撇胡子，长着一双大手。他是个打马蹄掌的好手，可即使系上了皮围裙，看上去也不大像个铁匠。他住在铁匠铺的楼上，在迪·吉·史密斯家搭伙。

莉芝·科茨给史密斯家干活。史密斯太太是个个头很大、长得挺干净相的女人，她说莉芝·科茨是她见过的最整洁的女仆。莉芝的腿长得挺美，她老是系着干干净净的方格花布围裙，吉姆还注意到她脑后的头发也总是整整齐齐的。他喜欢她的面孔，因为她脸上是那么喜气洋洋，可是他从没把她放在心上。

莉芝非常喜欢吉姆。她喜欢他从铺子走过来的样子，常常跑到厨房门口守着，看他从大路上走来。她喜欢他胡子的模样。她喜欢他微笑时露出那么洁白的牙齿。她非常喜欢他看上去并不像个铁匠。她喜欢迪·吉·史密斯和史密斯太太那么喜欢他。有一天，他在屋外的洗脸盆里擦身，她发现自己喜欢他手臂上的毛那么黑，而手臂上没被太阳晒到的部位又那么白。喜欢这些，使她自己也觉得好笑。

霍顿斯湾小镇，由博伊恩城和夏勒伏瓦之间的大路边的五户人家所组成。那儿有家百货店兼邮局，有一个高大的假门面，也许还有一辆马车系在门前，还有史密斯家、斯特劳德家、迪尔沃思家、霍顿家和范霍森家。这些人家都在一大片榆树丛中，而那条大路上沙土很厚。大路的西端都有耕地和树林。朝大路一端过去一点儿，有座卫理公会教堂，朝另一个方向去有那所镇办学校。那铁匠铺漆成红色，面对着学校。

陡直的沙土路穿过树林从山上向下通到港湾。从史密斯家的后门朝外望去，可以透过那片直伸到湖滨的树林，望到港湾的对面。春、夏两季，景色美极了，港湾蓝里透亮，从夏勒伏瓦和密歇根湖有微风吹来时，地岬另一边的湖面上常常泛起白浪。从史密斯家的后门，莉芝看得到运矿砂的驳船在远方湖面上驶向博伊恩城。她看着这些船的时候，它们像是根本不在动，可是等她进屋去再擦干几只盆子后回出来，它们就已经驶到地岬后面，看不见了。

莉芝现在一直在想着吉姆·吉尔摩。他似乎并不很注意她。他对迪·吉·史密斯谈到那爿铺子，谈到共和党，也谈到詹姆斯·吉·布莱恩[①]。晚上，他就着起坐室里的灯光看看《托莱多[②]喉舌报》和大激流城[③]出的报纸，或者拿着篝灯和迪·吉·史密斯去海湾里叉鱼。秋天，他和史密斯还有查利·怀曼驾着大车，带着帐篷、吃食、斧头、各人的来复枪和两只狗，到梵德比尔特另一边的松树平原去猎鹿。他们出发前，莉芝和史密斯太太为他们做吃的，一直要做四天。莉芝想要做些特别的东西让吉姆带去，可后来还是没有，因为不敢向史密斯太太要鸡蛋和面粉，而要是她自己去买呢，又怕在做的时候被史密斯太太当场发觉。其实史密斯太太是不会计较什么的，可莉芝就是不敢。

吉姆去猎鹿旅行的整个时期中，莉芝一直都想着他。他不在的时候真不好过哇。她老是想着他，睡觉也不香，可是她发觉，惦念着他倒也挺有趣儿。要是她能忘乎所以，日子就好过了。他们要回来的前一天晚上，她根本睡不着，这是说她自以为没睡着，因为在梦里也分不清是没睡着还是真的睡不着。她看到大车在路上驶过来时，感到不得劲儿，心里有种难过的味道。她巴不得马上见到吉姆，似乎吉姆一来，一切都会好了。大车在外面的大榆树下停下，史密斯太太和莉芝跑出去。三个男人都长了胡须，大车后部放着三

---

① 詹姆斯·吉·布莱恩（1830—1893），美国共和党议员，1884年竞选总统未成，先后两度任国务卿，在外交方面影响较大。
② 托莱多（Toledo），俄亥俄州北部一港市，位于密歇根州东南部州界南。
③ 大激流城，就在密歇根州南部，位于南北交通干线上。

头鹿，它们的细腿从车厢边硬邦邦地撅出来。史密斯太太吻了迪·吉，他也紧紧拥抱了她。吉姆说了声“喂，莉芝”，咧嘴笑了笑。莉芝原不知道吉姆回来的时候会发生什么事情，可是深信该会有什么事儿的。然而什么事也没发生。男人们回到了家，就这么回事。吉姆把鹿身上的粗麻袋拉掉，莉芝朝它们看去。有一头是只大公鹿。从大车上拿下来可是又硬又僵。

“是你打的，吉姆？”莉芝问。

“是呀。不是挺棒吗？”吉姆把它放上肩，扛到熏肉房去。

当晚查利·怀曼留下来在史密斯家吃晚饭。时间太晚了，不能回夏勒伏瓦去了。男人们洗干净了，在起坐间里等吃晚饭。

“那只瓦罐里难道没剩下什么吗，吉米？”迪·吉·史密斯问，吉姆就出去到停在粮仓里的大车上把男人们带着去打猎的威士忌酒罐拿进来。那是只四加仑的罐子，罐底还有不少酒在晃荡着。吉姆在回屋子的路上喝了一大口。要把这样的罐子举起来喝里面的东西是很难的。有一些威士忌在他衬衫前襟上淌下来。吉姆拿着罐子进来时，那两个男人都笑了。迪·吉·史密斯叫人去拿玻璃杯，莉芝拿来了。迪·吉倒出了三大杯。

“嗨，为你干杯，迪·吉，”查利·怀曼说。

“为那该死的大公鹿干杯，吉米，”迪·吉说。

“为我们射失的所有猎物干杯，迪·吉，”吉姆说，一口干了他的酒。

“对男人来说味道很好。”

“在一年的这个季节，对付让你烦恼的事情，再没有比这东西更好的了。”

“再来一杯好吗，伙计们？”

“祝您身体健康，迪·吉。”

“一切顺利，伙计们。”

“祝明年如意。”

吉姆开始感到心满意足了。他喜欢威士忌的味道和感觉。他为回来有舒服的床、热腾腾的食物和那铺子而感到高兴。他又喝了一杯。男人们进来吃晚饭，兴高采烈，举止却毕恭毕敬。莉芝上好饭菜后也在桌边坐下，和这家人一起吃饭。这是一顿很好的晚餐。男人们认真地吃着。晚餐后，他们回到起坐间里，莉芝和史密斯太太一起收拾饭桌。然后史密斯太太上楼去了，不久，史密斯出来了，也上了楼。吉姆和查利还在起坐间里。莉芝正在厨房里挨着火炉坐着，假装在看书，心里却在想吉姆。她还不想上床去睡，因为知道吉姆就会出来的，她要等他出来时看看他，这样她就能带着他的神态上床了。

她正苦苦地想着他，这时他出来了。他目光炯炯，头发有点儿乱。莉芝低头看她的书。吉姆走到她的椅子背后，在那儿站下。她能感觉到他的呼吸，然后他伸出双臂抱住了她。他双手摸去，感到她的乳房胀实丰满，乳头坚挺。莉芝吓坏了，还没有人这样摸过她呢，可是心想，“他终于找上我了。他当真来了。”

她僵住了不动，因为心里吓坏了，不知道除此之外该怎么办，接着吉姆把她紧紧抱着靠在椅子上，吻了她。这是一种如此剧烈、揪心和痛苦的感觉，以致她竟自以为会受不了。她感到吉姆就在椅子后面，觉得受不了，随后她身子里有什么东西咔嗒一声响，这感觉就变得温暖些，柔和些了。吉姆把她紧紧地抱着靠在椅子上，而现在她也需要这样了，于是吉姆悄声说，“来，出去散步吧。”

莉芝从厨房墙上的钉子上拿下上装，他们走出门去。吉姆用一臂搂着她，走不了几步，两人就要停下来，紧紧拥抱一下，吉姆就要吻吻她。没有月亮，他们在齐踝深的沙土路上走着，穿过树林一直走向港湾边的码头和仓库。湾水轻轻拍打着码头的木桩，港湾对面的地岬一片漆黑。天虽冷，可是莉芝因为跟吉姆在一起，浑身热乎乎的。他们在仓库的遮雨棚里坐下来，吉姆把莉芝拉过来贴在身上。她觉得害怕。吉姆的一只手伸进她的衣服，抚摸她的胸脯，另一只手放在她膝上。她吓坏了，不知道他下一步会干出什么事来，可是却把身子紧紧偎依着他。接着那只她觉得怪大的手从她膝上挪开了，放上她的大腿，开始向上移动。

“别这样，吉姆，”莉芝说。吉姆的手更向上摸去。

“你不可以，吉姆。你不可以的呀。”无论是吉姆还是吉姆的大手都没理她。

地板很硬。吉姆把她的衣服掀起来，正要对她干什么事哩。她很害怕，可是有这需要。她必须干，但是这事让她害怕。

“你不可以干这个，吉姆。你不可以的呀。”

“我一定要。我就是要。你知道我们一定要。”

“不，我们还没有，吉姆。我们一定不能。歇，这是不对的呀。歇，那东西太大，让人太痛了。你不能。歇，吉姆。吉姆。歇。”

码头的铁杉木板又硬又冷，容易碎裂，吉姆的身子沉沉地压在她身上，他已伤害了她。莉芝推了推他，她被压得难受极了，身子发麻。吉姆竟睡着了。他不肯动。她从他身子下挣出身来，坐了起来，把裙子和上装拉拉直，并且想要把头发弄弄好。吉姆睡着，嘴巴微微张开。莉芝俯身在他脸颊上亲了一下。他还是睡得很熟。她把他的头抬起一点，摇了一下。他把脑袋转过去，咽了口口水。莉芝哭起来了。她走到码头边，朝下向水看去。港湾上正有薄雾升起。她又冷又悲哀，一切都像是完了。她走回到吉姆躺着的地方，再使劲摇摇他，看他到底醒不醒。她哭着。

“吉姆，”她说，“吉姆。求你了，吉姆。”

吉姆动了动，把身子蜷得更紧了。莉芝脱下上装，俯身过去给他盖上。她把上装小心谨慎、干净利落地在他四周掖好。然后她穿过码头，走上陡直的沙土路回去睡觉。冷雾正从港湾上穿过树林升起。

王圣珊 译

在士麦那[①]码头上

奇怪的是她们每天晚上到了半夜就乱叫乱嚷，他说。我不知道她们干吗偏在那个时刻叫嚷。我们停在港口，她们都在码头上，到了半夜，她们就叫嚷了起来。我们常打开探照灯照她们，止住她们。那一招总是很管用。我们用探照灯对她们上上下下扫射了两三遍，她们就不叫了。我一度是码头上值班的高级军官，有个土耳其军官怒气冲天，向我走来，因为我们有个水手大大地侮辱了他。于是我跟他说，一定要把那个家伙押上船去，狠狠加以惩罚。我请他把那个人指认出来。于是他指出一个副炮手，其实这老兄最不会惹是生非了。说是他一再受到大大的侮辱；话是通过一个翻译跟我说的。我真想象不出这个副炮手怎么会懂得那么多土耳其话可以侮辱人。我就把他叫过来说，“只是防你跟任何土耳其军官说话罢了。”

“我没跟他们任何人说过话，长官。”

“这我完全相信，”我说，“不过你最好还是上船去，今天就别再上岸来了。”

于是我跟那土耳其人说，这人给押上船去了，一定要严加惩处。啊，一定要严惩不贷。他听了感到满意极了。我们是好朋友呢。

最糟糕的是那些带着死孩子的女人，他说。你没法叫那些女人扔下死孩子不管。她们的孩子都死了六天啦，就是不肯扔下。你拿这一点办法也没有。临了只好把她们押走。最离奇的是有个老大娘。我把这事告诉一个医生，他说我在瞎说。我们正把她们赶出码头，总得把死尸清理掉啊。这个老婆子就躺在一副担架上。他们说，“请你看一看她好吗，长官？”于是我看了她一眼，就在这当口，她死了，身子完全僵硬了。她两腿伸直，下半身全挺直了，直僵僵的。正跟隔夜就死掉了似的。她彻底死了，完全僵硬了。我把这事告诉一个医学界的家伙，他跟我说这不可能。

大家全都在码头上，根本不像有地震啊这种事。因为大家根本不知道土耳其人的情况。大家根本不知道土耳其佬会干出什么事来。你还记得他们命令我们进港不准再开走吗？那天早晨进港时我很紧张。他们有好多门大炮，可以把我们轰得片甲不留。我们紧挨着码头开来，正打算进港，抛下前锚和后锚，然后炮轰城里的土耳其营地。他们本来可能把我们从海面上肃清，但我们本来也可以把这城干脆轰光。我们进港时他们只是对我们开了几下空炮。凯末尔②作出决定，把那个土耳其司令开革了。罪名是越权啊什么的。他有点狂妄自大。这就可能把事情弄得一团糟。

你总记得那海港吧。海港里四处都漂浮着不少好东西。我生平只此一回碰上这种事，所以就梦见东西了。你对带着孩子的女人并不在意，你对带着死孩子的女人也一样并不在意。她们带着孩子可没什么不好。奇怪的是少数孩子怎么死掉的。只用什么东西把孩子盖住就不去管它了。她们总是挑货舱里最阴暗的角落带孩子。她们一离开码头就百事不管了。

希腊人也真是够厉害的家伙。他们撤退时，驮载牲口都没法带走，所以他们干脆就打断牲口的前腿，把它们全抛进浅水里。所有断了前腿的骡子都给推进浅水里了。这简直是妙事一桩。哎呀，真是绝妙绝妙。

陈良廷 译

---

① 士麦那，古城名，今称伊兹密尔，是小亚细亚西部港口，曾被希腊占领，第一次世界大战后为土耳其收复。

② 凯末尔（1881—1938），土耳其将军，于 1923—1938 年任土耳其第一任总统。

第 一 章*

人人都喝醉了。整个炮兵连带着醉意一路摸黑行进。我们正开到香巴尼[①]去。中尉老是把马骑到田野里，还对它说，“我醉了，说真个的，我的老朋友。噘，我烂醉了。”我们通宵一路摸黑行进，副官骑着马老是走在我的行军灶边，嘴里说，“你得把火灭了。危险啊。会给人看到的。”我们离前线有五十公里，可是副官却担心我行军灶里的火。在那条路上行军真有趣。那是我当炊事班长时发生的事。

陈良廷 译

* 从下一页的《印第安人营地》到《没有被斗败的人》这 16 篇于 1925 年以《在我们的时代里》为题出单行本，每篇前分别附有 1924 年出版的同名速写集的 15 篇短文及一篇《跋》，该速写集的英文书名为“in our time”，根据当时的时髦做法，三个英文词的首字母没有用大写。

① 香巴尼，法国东北部一地区，旧译香槟，以产葡萄酒著名，是香槟酒的发源地。

印第安人营地

又一条划船给拉上了湖岸。两个印第安人站在湖边等待着。

尼克和他的父亲跨进了船艄，两个印第安人把船推下水去，其中一个跳上船去划桨。乔治大叔坐在那条营船的尾部。那年轻的一个把营船推下了水，随即跳进去给乔治大叔划船。

两条船在黑暗中出发。在浓雾里，尼克听到远远地从前面传来另一条船的桨架的声响。两个印第安人一桨接一桨地划着，掀起了一阵阵水波。尼克躺倒下去，他父亲用一臂搂着他。湖面上很冷。给他们划船的那个印第安人使出了大劲，但是另一条船在雾里始终走在前面，越来越赶到前面去了。

"上哪儿去呀，爸爸？"尼克问。

"上那边印第安人营地去。有个印第安妇女病得很重。"

"噢，"尼克说。

划到海湾的对岸，他们发现那另一条船已上了岸。乔治大叔正在黑暗中抽雪茄。那年轻的印第安人把船拖上了沙滩好一段路。乔治大叔给两个印第安人每人一支雪茄。

他们从沙滩走上去，穿过一片露水浸湿的草地，跟着那个年轻的印第安人走，他手里拿着一盏提灯。接着他们走进了林子，沿着一条羊肠小道走去，小道的尽头是那条朝后穿进小山之间的运木大路。大路上明亮得多，因为两旁的树木都已砍掉了。年轻的印第安人立停了，吹灭了提灯，他们一起沿着大路往前走。

他们绕过一道弯，有一只狗汪汪地叫着，奔出屋来。前面剥树皮的印第安人住的棚屋里有灯光透出来。又有几只狗向他们冲过来。两个印第安人把它们都打发回棚屋去。最靠近路边的棚屋有灯光从窗口透出来。一个老婆子提着灯站在门口。

屋里，木板床上躺着一个年轻的印第安妇女。她正在生孩子，已经两天了，还是生不下来。营里的老年妇女都一直在照应她。男人们跑到了路上，直跑到听不见她叫喊的地方，在黑暗中坐下来抽烟。尼克和那两个印第安人，跟着他父亲和乔治大叔走进棚屋时，她正好又尖叫起来。她躺在双层床的下铺，盖着被子，肚子鼓得高高的。她的头扭向一边。上铺上躺着她的丈夫。三天前，他把自己的腿用斧头砍伤了，伤得很重。他在抽板烟。屋子里一股浓浓的烟味。

尼克的父亲叫人放些水在炉子上烧，在烧水时，他跟尼克说话。

"这位太太快生孩子了，尼克，"他说。

"我明白，"尼克说。

"你并不明白，"父亲说。"听我说吧。她现在正在忍受的叫阵痛。婴孩要生下来，她也要把婴孩生下来。她的全身肌肉都在用劲要把婴孩生下来。方才她大声直叫就是这么回事。"

"我明白了，"尼克说。

就在这时候，产妇又叫起来。

"噢，爸爸，你不能给她吃点什么，好让她不这么叫吗？"尼克问。

"不行。我没有带麻药，"他父亲说。"不过让她去叫吧，没关系。我听不见，因为她叫不叫没关系。"

那做丈夫的在上铺翻身面向墙壁。

厨房里那个妇女向大夫做了个手势，表示水热了。尼克的父亲走进厨房，把大壶里的水倒了一半光景在脸盆里。他解开手帕，拿出一点药来放在壶中剩下的水里。

"这半壶水要烧开，"他说，就用营里带来的肥皂在这盆热水里把手洗擦起来。尼克望着父亲沾满肥皂的双手互相擦了又擦。他父亲一面小心地把双手洗得干干净净，一面讲话。

"你知道，尼克，按理说，小孩出生时头先出来，但有时并不这样。碰到不是头先出来，那就要给大家添不少麻烦了。说不定我得给这位女士动手术呢。等会儿就可以知道了。”

等他认为自己的双手已经洗干净了，就走进去准备接生了。

“把被子掀开好吗，乔治？”他说。“我最好不碰这被子。”

随后他开始动手术，乔治大叔和三个印第安男子按住了产妇，不让她动。她咬了一口乔治大叔的手臂，乔治大叔说，“该死的臭婆娘！”那个给乔治大叔划船来的年轻印第安人听了就笑他。尼克给他父亲端着脸盆。手术做了好长一段时间。

他父亲拎起孩子，拍拍他，让他透过气来，然后把他递给那个老婆子。

“瞧，是个男孩，尼克，”他说。“做个实习大夫，你觉得怎么样？”

尼克说，“行啊。”他正望着别处，这样可以不去看他父亲在干什么。

“得了。这就可以啦，”他父亲说着，把什么东西放进了盆里。

尼克看也不去看一下。

“现在，”他父亲说，“要缝上几针。看不看都可以，尼克，随你的便。我要把切开的口子缝起来。”

尼克没有看。他的好奇心早就飞走了。

他父亲做完手术，直起身来。乔治大叔和那三个印第安男子也直起身来。尼克把脸盆端到厨房去。

乔治大叔看看自己的手臂。那个年轻的印第安人想起了什么，微笑起来。

“我要在你伤口上涂些双氧水，乔治，”大夫说。他弯下腰去看那印第安产妇。这会儿她安静下来了，双眼紧闭着。她脸色煞白。娃娃怎么样，她不知道，她什么都不知道。

“明天早上我再来，”大夫挺起身来说。“到中午时分会有护士从圣依格内斯来，我们需要的东西她都会带来。”

这当儿他的劲头来了，话也多了，就像一场比赛后足球运动员在更衣室里那样。

"这个手术真可以上医学杂志了，乔治，"他说。"用一把大折刀做剖腹产手术，再用九英尺长尖细的羊肠线缝起来。"

乔治大叔靠墙站着，看着自己的手臂。

"噢，你是个了不起的人物，没错，"他说。

"该去看看那个洋洋得意的爸爸了。在这些小事情上，做爸爸的往往忍受的痛苦最大，"大夫说。"我得说，他倒是真能沉得住气。"

他把蒙着那印第安人的头的毯子揭开。他拉开手，感到湿漉漉的。他踏上下铺的边缘，一只手提着灯，往上铺一看。只见那印第安人脸朝墙躺着。他的脖子贴两个耳根割开了一道大口子。鲜血直朝下淌，在他的身子把床铺压得下陷的地方汪成一个血泊。他的头枕在左臂上。那把打开的剃刀，刀锋朝上，搁在毯子上。

"快把尼克带出屋去，乔治，"大夫说。

根本不用多此一举了。尼克正好站在厨房门口，当他父亲一手提着灯、把那印第安人的脑袋朝后一推时，把上铺看得清清楚楚。

父子俩沿着伐木道走回湖边的时候，天刚刚有点亮。

"这次我真不该带你来，尼克，"父亲说，做了手术后的那份得意劲儿全消失了。"真是糟透了，拖你来从头看到底。"

"女人生孩子都得受这份大罪吗？"尼克问。

"不，这是很少见、很少见的例外。"

"他干吗要自杀呀，爸爸？"

"我说不好，尼克。他这人受不了刺激吧，我猜想。"

"自杀的男人有很多吗，爸爸？"

"不太多，尼克。"

"女人呢，多不多？"

"难得有。"

"有没有呢？"

“噢，有的。有时候也有。”

“爸爸？”

“嗯。”

“乔治大叔上哪儿去啦？”

“他会来的，没问题。”

“死，难吗，爸爸？”

“不，我想是很容易的吧，尼克。要看情况。”

他们在船上坐下了，尼克在船艄，他父亲划桨。太阳正从山背后升起来。一条鲈鱼跃出水面，激起一个水圈。尼克伸手在水里，朝前溜去。清早冷飕飕的，手倒觉得很温暖。

大清早在湖上，坐在船艄让他父亲划着船，他蛮有把握地相信自己永远不会死。

玉　澄译

第二章

泥滩对面阿德里安堡[①]上空，清真寺的尖塔矗立在雨中。沿着上喀拉迦奇的公路，三十英里地都挤满了牛车。水牛和黄牛在泥地里拖着车。看不见头，也看不见尾。只见运载他们所有家什的牛车。老头儿和老大娘，浑身透湿，一路走一路不断赶着牛。发黄的马里查河滚滚流过，几乎漫到桥底。牛车在桥上挤得水泄不通，还有骆驼一颠一颠地在其间穿行。这支队伍一路上由希腊骑兵带领照管着。妇女儿童蹲在牛车里，跟床垫、镜子、缝纫机和包袱挤在一起。有个在生孩子的女人，旁边有个年轻姑娘一边张起一条毯子遮住她，一边在哭。瞧着这一幕叫人吓得够呛。撤退时一路上都下着雨。

陈良廷 译

① 阿德里安堡为一古城名，在今土耳其西北端和希腊交界处，现名埃迪尔内。1922 年秋，海明威以战地记者身份赴希—土战争战场采访，当时阿德里安堡属于希腊的东色雷斯省。希腊军队溃退，难民朝马里查河对岸的喀拉迦奇大撤退，被海明威以一系列简短的陈述句捕捉了下来。

医生夫妇

迪克·博尔顿从印第安人营地来替尼克的父亲锯原木。他随带儿子埃迪和另一个叫比利·泰布肖的印第安人。他们走出林子，从后院门进来，埃迪扛着长长的横锯。他走路时锯子在肩上啪嗒啪嗒地颠动，发出乐声来。比利·泰布肖带着两根大钩杆[①]。迪克挟着三把斧子。

他转身关上院门。其他三个径自走在他头里，直奔湖岸而去，原木就掩埋在岸边的沙子里。

这些原木是从"魔法"号轮船在湖上拖运到锯木厂来的大批浮木中漂失的。它们漂流到沙滩上来，要是不加以处理，"魔法"号上的水手迟早会乘一条划子顺着湖岸划来，看到了它们，便用带环的铁钉钉上每根原木的一端，然后拖到湖面上，做成一个新的木筏。不过伐木工兴许永远不会来找，因为区区几根原木犯不着出动水手来回收。要是没人来拿，这些木头就会泡足了水，在沙子里烂掉。

尼克的父亲一直以为总会这么着，才雇了印第安人从营地来替他用横锯锯断这些原木，再用楔子把它们劈开，做成小木料和敞口壁炉用的柴禾。迪克·博尔顿绕过小屋，向湖边走去。有四大根山毛榉原木几乎被沙子全埋没了。埃迪将锯子的一个把手挂在一棵树的树杈上。迪克在小码头上把三把斧子放下。迪克是个混血儿，湖边那一带不少庄稼人却认为他其实是个白人。他很懒，不过一干起活来，还是一把好手。他从口袋里掏出一块嚼烟来，咬下一小块，就用奥吉布瓦[②]语对埃迪和比利·泰布肖说话。

他们把两根钩杆扎进一根原木，使劲转动，想把它从沙子中松开。他们把浑身力量都压在钩杆上。木头在沙中松动了。迪克·博尔顿对尼克的父亲回过头来。

“我说，医生，”他说，“你偷到了好大一批木材啊。”

“别这么说，迪克，”医生说。“这是漂上岸来的木头。”

埃迪和比利·泰布肖把这原木从湿沙里硬拉出来，朝湖水滚去。

“就把它放在水里吧，”迪克·博尔顿大喝一声道。

“你干吗要这么做？”医生问。

“洗洗干净。把沙土洗掉才好锯呢。我倒要看看这木头是谁的，”迪克说。

原木就在湖面上漂荡着。迪克和比利·泰布肖身子靠在他们的钩杆上，在日头底下直淌汗。迪克在沙地里跪下，瞧着原木一端那过秤人的锤印。

“原来是怀特与麦克纳利木行的，”他说着站起身，掸掉裤子膝部的沙土。

医生显得不安极了。

“那你最好别锯了，迪克，”他没好气地说。

“别发火啊，医生，”迪克说。“别发火。我才不管你偷谁的。这不关我的事。”

“你要是认为木头是偷来的，就不锯算了，带着你的工具回营地去，”医生说。他脸都红了。

“别动不动就乱来啊，医生，”迪克说。他唾了一口烟油在木头上。烟油一滑，滑进水里给冲淡了。“你我都清楚这是偷来的。可反正这跟我不相干。”

“得了。你要是认为木头是偷来的，那就拿着家伙滚吧。”

“喂喂，医生——”

---

① 一端装有活动钩的木杆，用来钩住原木使其翻转。

② 奥吉布瓦为居住在北美苏必利尔湖那一带地方的一个印第安部族。

“拿着家伙滚吧。”

“听我说，医生。”

“你要是再叫我一声医生，我就敲断你的狗牙，叫你咽下去。”

“啊，不，谅你不敢，医生。”

迪克·博尔顿瞧着医生。迪克是个大个儿。他知道自己个儿多大。他乐意打架。他蛮高兴。埃迪和比利·泰布肖身子靠在钩杆上，瞧着医生。医生嚼着长在下唇边的胡子，瞧着迪克·博尔顿。然后他转身就朝山上的小屋走去。他们从他的背影可以看出他有多火。他们全都目送他一路上山，走进小屋。

迪克说了一句奥吉布瓦语。埃迪笑了，可比利·泰布肖神色非常严肃。他不懂英语，但吵架时他一直在冒汗。他身子肥胖，唇上只有几根胡子，像个中国佬。他拿起那两根钩杆。迪克捡起斧子，埃迪从树上摘下锯子。他们动身了，上坡走过小屋，走出后院门，进了树林。迪克让院门开着。比利·泰布肖走回来，把门闩上。他们穿过树林走了。

小屋里，医生坐在自己房间的床上，看见立柜旁地板上有一堆医学杂志。这些杂志还没拆封。他一看就火了。

“你不是要继续工作吗，亲爱的？”医生的妻子正躺在拉下了遮阳帘的屋子里，顺口问道。

“不！”

“出什么事了？”

“我跟迪克·博尔顿吵了一架。”

“哦，”他妻子说。“但愿你没动肝火，亨利。”

“没，”医生说。

“记住，克己的人胜过克城的人[1]，”他妻子说。她是个基督教

---

① 典出《圣经·旧约全书·箴言》第16章第32节，引文据新译本《圣经》，此句强调有自制能力之重要。

科学派。她的《圣经》、她那本《科学与健康》[1]和《季刊》就放在暗洞洞的房里床边的桌上。

她丈夫不答腔。这会儿他正坐在床上，擦着猎枪。他把沉甸甸的黄纸壳子弹塞满了弹膛，再啪地退出。子弹撒在床上。

“亨利，”他妻子喊道。停顿了片刻。“亨利！”

“嗯，”医生说。

“你没说过什么惹博尔顿生气的话吧？”

“没有，”医生说。

“那有什么可烦心的，亲爱的？”

“没什么大不了的。”

“跟我说说，亨利。请你别瞒住我什么事。究竟有什么可烦心的？”

“说起来，我治好了迪克老婆的肺炎，他欠了我一大笔钱，我想他存心吵上一架，这样就不用干活来抵债了。”

他太太不作声。医生用一块破布仔细擦着枪。他又把子弹推进去，顶住弹膛的弹簧。他坐在那里，枪搁在膝上。他很喜欢这支枪。一会儿他听到从暗洞洞的房里传来他妻子的说话声。

“亲爱的，我倒认为，我真的认为谁也不会真的做出那种事来。”

“是吗？”医生说。

“是的。我真的不信哪个人会存心做出那种事来。”

医生站起身，把猎枪放在镜台后面的墙角里。

“你要出去吗，亲爱的？”他妻子说。

“我想去走走，”医生说。

“亲爱的，你要是看见尼克，请你跟他说妈妈要找他，行

---

① 基督教科学派是玛丽·贝克·埃迪于1866年首创的一种医疗学说，将基督教与科学相结合，以精神力量战胜疾病。《科学与健康》初版于1875年，是她认为得到上帝启示后所写的该教派的权威读物，经常修订，直到1910年，使教义更为明确。该书流传极广。

吗？”他妻子说。

医生出去，走到门廊上。纱门砰的一声在他身后关上了。门砰地关上时，他听见太太倒抽了一口气。

“对不起，”他在拉下遮阳帘的窗户外说。

“没事儿，亲爱的，”她说。

他在暑热中走出院门，沿着小径走进铁杉树林子。在这么个大热天里，林子里竟然还是很荫凉。他看见尼克背靠一棵树坐着，在看书。

“你母亲要你进去看看她，”医生说。

“我要跟你一起去，”尼克说。

他父亲低头看着他。

“行啊。那就快走吧，”他父亲说。“把书给我，我来把它放在口袋里。”

“我知道哪儿有黑松鼠，爹，”尼克说。

“好吧，”他父亲说。“我们就到那儿去吧。”

陈良廷 译

第 三 章

我们当初在蒙斯[①]的一个花园里。小布克利带着他的巡逻队从河对面过来。我看到头一个德国兵爬上花园的围墙。我们等他一条腿跨过墙，才对他打了一枪。他身上有好多装备，显得惊讶万分，栽倒在花园里。后来又有三个在墙上过去一点的地方翻过来。我们开枪杀了他们。他们全是这么翻墙过来的。

陈良廷 译

① 蒙斯，比利时西南城市，邻近比、法边界，第一次世界大战中德、法两军在那里展开过争夺战。

了却一段情

霍顿斯湾[①]早先是座伐木业城市。住在城里的人没一个听不见湖边锯木厂里拉大锯的声音。后来有一年再也没有原木可加工成木材了。运木材的双桅帆船一艘艘开进湖湾，把堆放在场地上那些厂里锯好的木材装上船。一堆堆木材全给运走了。那大厂房里凡是能搬动的机械都被搬出来，由原先在厂里干活的工人吊上其中一艘双桅帆船。帆船出了湖湾，驶向开阔的湖面，装载着那两把大锯、往旋转中的圆锯推送原木的滑车架，还把全部滚轴、轮子、皮带和铁器都堆在这满满一船木材上。露天货舱上盖着帆布，系得紧紧的，船帆鼓满了风，驶进开阔的湖面，船上装载着一切曾把工厂弄得像座工厂、把霍顿斯湾弄得像座城市的东西。

一座座平房工棚、食堂、公司栈房、工厂办公室和大厂房本身都空无一人，留在湖湾边潮湿的草地上大片大片的锯木屑中。

十年后，尼克和玛乔丽顺着湾边划着船来，这里除了那断裂的白色石灰岩厂基露出在沼泽地的二茬草木之外，工厂已荡然无存。他们正沿着航道边用拖曳线钓鱼[②]，那边的水底从浅沙滩陡地下降到十二英尺深的水域。他们正一路划到准备投放夜钓丝[③]钓虹鳟的地岬。

“那就是我们那老厂的废墟，尼克，”玛乔丽说。

尼克一边划着船，一边看着绿树丛里的白石。

“就在这儿，”他说。

“你还记得当初这是个工厂的情景吗？”玛乔丽问。

“我就快记不得了，”尼克说。

“看上去更像座城堡，”玛乔丽说。

尼克一言不发。他们沿着湾边继续划着，划得看不见工厂了。尼克这才抄近路穿过湖湾。

“鱼儿没咬钩，”他说。

“是啊，”玛乔丽说。他们钓鱼时，她始终盯着那钓鱼竿，即使嘴里说话时也这样。她就爱钓鱼。她爱跟尼克一起钓鱼。

有条大鳟鱼紧靠船边跃出水面。尼克使劲划着单桨，好让小船转身，那远在船尾后飞速移动的鱼饵就会掠过鳟鱼觅食的地方。鳟鱼背露出水面的时候，那些可作饵的小鱼跳得正欢。它们跳得水面浪花四溅，像一梭枪弹射进水里似的。另一条鳟鱼破水而出，在小船另一边觅食。

“它们在吃呢，”玛乔丽说。

“可就是不肯咬钩，”尼克说。

他把船转了一圈，让拖着的钓丝掠过这两条觅食的鳟鱼，然后把船径直朝那地岬划去。等到船靠岸，玛乔丽才收线。

他们把船拖上湖滩，尼克拎起一桶活鲈鱼。鲈鱼在水桶里游着。尼克双手抓了三条，去掉了头，剥掉了皮，玛乔丽双手还在桶里摸鱼，终于抓住一条，去了头和皮。尼克瞧着她手里的鱼。

“你不用把腹鳍去掉，”他说。“去掉鳍做鱼饵固然也行，不过最好把它留着。”

他把鱼钩穿进每条去掉皮的鲈鱼的尾巴。每根钓竿的接钩线上都挂着两个钩子。于是玛乔丽把船划到航道的岸对面，用牙齿咬住钓丝，两眼朝尼克望去，只见他正站在岸边，握着钓竿，让钓丝从卷轴里溜出来。

“差不多够了吧，”他喊道。

“要我放下钓丝吗？”玛乔丽手里拿着钓丝，回他一声道。

---

① 霍顿斯湾位于密歇根州下半岛的西北端。

② 指在缓行的船尾后拖着钓丝钓鱼。

③ 夜钓丝是连同安上钓饵的鱼钩留在水中过夜的钓丝。

“当然。放下吧。”玛乔丽把钓丝放到船舷外，眼望着鱼饵沉入水中。

她把船划过来，用同样的方法放下第二根钓丝。每一回尼克都把一大块冲来的木头放在钓竿柄上压压严实，再用一小块木片把钓竿撑起，成为斜形。他收起松弛的钓丝，把钓丝绷紧，让鱼饵落在航道水底的沙土上，然后把卷轴卡住。要是鳟鱼在水底觅食，咬了鱼饵，就会拖动它，猛一下子从卷轴里拉出钓丝，卡住了的卷轴就会发出鸣响。

玛乔丽把船朝地岬那边划过去一小段路，免得触动那钓丝。她使劲划着双桨，船登上了沙滩。船尾带上一片小浪花。玛乔丽跨出船来，尼克把船朝岸上拖进了一程。

“怎么啦，尼克？”玛乔丽问。

“我不知道，”尼克说，收集起木头准备生堆火。

他们用冲上岸来的木头生了火。玛乔丽上船取了条毯子来。夜晚的微风把烟吹向地岬，所以玛乔丽把毯子铺在火堆和湖之间。

玛乔丽背对着火，坐在毯子上，等着尼克。他过来了，在她身边毯子上坐下。他们背后是地岬上密密麻麻的二茬树木，前面是霍顿斯河的河口。天色还没全黑。火光一直照到水面上。他们都看得见那两根钢钓竿斜支在黑黝黝的水面上。火光在卷轴上闪闪发亮。

玛乔丽打开饭篮子。

“我不想吃，”尼克说。

“快来吃吧，尼克。”

“好吧。”

他们默默吃着，眼睁睁地看着两根钓竿和水面上的火光。

“今晚会有月亮，”尼克说。他眺望着湖湾对面的山丘，山丘在天色的衬托下渐渐轮廓鲜明了。他知道月亮在山丘的后边升起来了。

“我知道了，”玛乔丽兴高采烈地说。

“你什么都知道，”尼克说。

“哎呀，尼克，请别说啦！求求你，求求你别这样！”

“我没法不说，”尼克说。“你的确这样。你什么都知道。毛病就出在这儿。你知道自己的确这样。”

玛乔丽一言不发。

“我什么都教过你了。你知道自己的确这样。不管怎么说，你还有什么不知道的？”

“哎呀，住口，”玛乔丽说。“月亮出来了。”

他们坐在毯子上，谁也不挨谁，眼望着月亮在升起。

“你不用胡说一气，”玛乔丽说。“究竟怎么回事啊？”

“我不知道。”

“你当然知道。”

“不，我不知道。”

“得了，说出来吧。”

尼克看着月亮从山丘后面升起。

“再也没劲儿了。”

他不敢对玛乔丽看。过了会儿才对她看。她背朝着他，坐在那儿。他看着她的背影。“再也没劲儿了。一点劲儿也没了。”

她一言不发。他径自说下去。“我感到心里万念俱灰。我不知道，玛吉[①]。我不知道说什么才好。”

他继续看着她的背影。

“难道爱情也没劲儿？”玛乔丽说。

“对，”尼克说。玛乔丽站起身。尼克坐着，双手蒙头。

“我要去乘船了，”玛乔丽对他叫道。“你可以绕着地岬走回去。”

“行，”尼克说。“我来给你把船推下水去。”

“你不用忙了，”她说。她坐在浮在水上的船中，月光照耀在船上。尼克拐回来，在火边躺下，拿毯子蒙住了脸。他听得见玛乔

① 玛吉是玛乔丽的爱称。

丽在水上划着船。

他躺了老半天。他听到比尔在林子里四下走动，走到空地上，这时他还躺着。他感到比尔走到了火边。比尔也没碰他。

“她当真走了吗？”比尔说。

“对，”尼克躺着说，脸贴在毯子上。

“吵了一场？”

“没，没吵过架。”

“你觉得怎么样？”

“唉，走开吧，比尔！走开一会儿吧。”

比尔从饭篮子里挑了一份三明治，就走过去看钓竿了。

陈良廷 译

第四章

那天热得要命。我们在桥面上堵起一道十全十美的路障。简直是无价之宝。用的是屋子正门的一扇旧的大铁栅。铁栅重得抬也抬不动，但可以穿过它打枪，而人家不得不从上面翻过来。真是棒极了。他们企图从上面翻过来，我们就在四十码外向他们打枪。他们朝它硬冲，军官们单独出动，对付这路障。它真是十全十美。他们的军官非常出色。我们听到侧翼失守时，吓得没命，只好撤退。

陈良廷 译

三天大风

尼克拐上一路上坡穿过果园的那条路时，雨停了。果子都摘了，秋风吹过光秃秃的果树。路边枯黄的野草里有只瓦格纳苹果，给雨水淋得透亮，尼克停步把它捡起。他把苹果放进麦基诺厚呢短大衣的口袋。

那条路出了果园，直达山顶。山顶有小屋，门廊空荡荡的，烟囱里冒着烟。屋后有车库、鸡棚，还有些二茬树，像堵树篱，隔开后面的林子。他放眼望去，那些大树在远方的高处在风中摇摆着。这是秋天的头一场风暴。

尼克穿过果园上方的那块空地时，小屋的门开了，比尔走出来。他站在门廊上往外看。

“喂，威米奇[①]，”他说。

“嗨，比尔，”尼克说着走上台阶。

他们站在一起，眺望着原野，从下面的果园望到大路下边，目光掠过低处的田野和那地岬上的林子，一直望到那湖上。大风正直扫湖面。他们看得见那十里岬沿岸的浪花。

“在刮风呢，”尼克说。

“这样刮要连刮三天，”比尔说。

“你爹在家吗？”尼克说。

“不在。他拿着枪出去了。进屋吧。”

尼克走进小屋。壁炉里生着堆熊熊烈火。风刮得炉火呼啦啦响。比尔关上房门。

“来一杯吧？”他说。

他走出去到厨房里，拿着两只玻璃杯和一壶水回来。尼克伸手到壁炉架上去拿瓶威士忌。

“可以吗？”他说。

“行，”比尔说。

他们在炉火前坐下，喝着兑水的爱尔兰威士忌。

“酒里有股绝妙的烟味，”尼克说，两眼透过玻璃杯看着火。

“是泥炭，”比尔说。

“怎么能往酒里搁泥炭啊，”尼克说。

“那也没什么大不了的，”比尔说。

“你见过泥炭吗？”尼克问。

“没，”比尔说。

“我也没，”尼克说。

他伸出腿，搁在炉边，鞋子在炉火前冒起水汽来了。

“最好把你的鞋脱了，”比尔说。

“我没穿袜子。”

“把鞋脱了，烤烤干，我去给你找一双来，”比尔说。他上阁楼去了，尼克听见头顶上有他的走动声。楼上没有天花板，就在屋顶下，比尔和他父亲，有时候还有他，尼克，在上面睡觉。后面有一间更衣室。他们把帆布床往后挪到雨淋不到的地方，上面盖着橡胶布。

比尔拿了一双厚羊毛袜下来。

“天晚了，不穿袜子不能到处走动了，”他说。

“我真不愿再穿袜子，”尼克说。他套上袜子，又倒在椅子里，把双脚搁上炉火前的防护屏。

“你要把防护屏搁坏了，”比尔说。尼克把双脚呼地一下搁到壁炉的一边。

“有什么书可看的吗？”他问。

“只有报纸。”

---

① 威米奇（Wemedge）为尼克的好友们给他起的外号。

“卡斯队[1]打得怎么样？”

“一天连续两场比赛都输给了巨人队[2]。”

“这下子他们该稳赢了。”

“这是白送的，”比尔说。“只要麦克劳[3]在球队俱乐部联合会中能收买每一个好球员，就没什么问题。”

“他不能把大家全买通啊，”尼克说。

“凡是他用得着的人，他都买通了，”比尔说。“不行的话，他就弄得大家都不满，只好同他做交易。”

“比如海尼·齐姆，”尼克附和道。

“那个笨蛋对他可大有好处呢。”

比尔站起身。

“他能得分，”尼克提出道。炉火的热气把他的腿烤热了。

“他还是个出色的外野手，”比尔说。“不过他也输过球。”

“说不定麦克劳要他正是为了这个，”尼克提出道。

“也许吧，”比尔附和说。

“事情背后往往大有文章，”尼克说。

“那当然。不过我们虽然隔得那么远，精彩的内幕消息倒不少。”

“就像你虽然没有看见那些赛马，反而选马眼力更强。”

“说得正对。”

比尔伸手拿下威士忌酒瓶。他的一只大手把瓶子整个儿握住。他把威士忌倒进尼克伸过来的酒杯。

“兑多少水？”

“照旧。”

他在尼克椅子旁的地板上坐下。

---

① 卡斯队是美国圣路易市的卡迪纳尔棒球队的简称。

② 巨人队是美国纽约市的著名棒球队。

③ 指美国球星约翰·麦克劳（1875—1934），1902—1932 年担任巨人队教练。

"秋天的风暴一起真不坏，是不？"尼克说。

"是不赖。"

"这是一年中最好的时节，"尼克说。

"待在城里会不会大大地不妙？"比尔说。

"我可想看看世界锦标赛[①]，"尼克说。

"得了，如今锦标赛总是在纽约或费城举行了，"比尔说。"对我们一点好处都没有。"

"不知卡斯队能不能终于夺标？"

"这辈子休想看到了，"比尔说。

"哎呀，他们可要气疯了，"尼克说。

"你还记得他们在火车出事前那回发奋的情况吗？"

"好家伙！"尼克想起了往事说。

比尔伸出手去拿那本扣在窗下桌上的书，刚才他去开门时顺手放在那儿了。他一手端着酒杯，一手拿着书，背靠着尼克的椅子。

"你在看什么书？"

"《理查德·菲弗里尔》[②]。"

"这书我读不下去。"

"这本书不错，"比尔说。"不是本坏书，威米奇。"

"你还有什么我没看过的书？"尼克问。

"你看过《森林情侣》[③]吗？"

"看过。就是那本书，写到他们每晚上床时，都在两人之间放一把出鞘的剑。"

"是本好书，威米奇。"

"是本不赖的书。我始终搞不懂的是这把剑有什么用处。它得

---

① 指美国两大职业棒球联赛中胜队之间的年度决赛，定于每年秋季举行，为轰动全国甚至全世界的体坛大事。

② 全名为《理查德·菲弗里尔的磨难》（1859），是英国作家乔治·梅瑞狄斯（1828—1909）的早期代表作，写一贵族子弟因爱上一平民姑娘而与其父发生冲突，终于酿成悲剧。作者长于心理分析，因而有人觉得枯燥。

③ 这是英国作家莫里斯·休利特（1861—1923）所写的中世纪浪漫故事。

一直剑锋朝上，因为如果翻倒了，你就能径直滚过去，不会出什么乱子。”

“这是个象征嘛，”比尔说。

“当然，”尼克说，“可这没有实用价值。”

“你可曾看过《坚忍不拔》？”

“好书，”尼克说。“倒是本真实的书。那书里写他老爹一直钉住了他不放。你有沃尔波尔[1]的其他作品吗？”

“《阴暗的森林》，”比尔说。“写俄国的。”

“他对俄国懂得什么啊？”尼克问。

“我不知道。那帮家伙你可说不清。也许他小时候在那儿待过。他知道不少有关俄国的内幕消息[2]。”

“我倒想见见他，”尼克说。

“我可想见见切斯特顿[3]，”比尔说。

“但愿他眼下就在这儿，”尼克说。“我们明天就可以带他上伏瓦[4]去钓鱼了。”

“不知他想不想去钓鱼，”比尔说。

“当然想去的，”尼克说。“他该是这方面的一把好手。你还记得《飞行客栈》[5]吗？”

“‘天使下凡尘，
赐你一杯羹，

---

① 指休·沃尔波尔（1884—1941），英国作家，著有小说多部。《坚忍不拔》（1913）、《阴暗的森林》（1916）都是他的主要作品。

② 沃尔波尔于第一次世界大战初期在中欧的加利西亚地区参加俄国红十字会服役，1916—1917年在彼得格勒任英俄联合宣传局局长。

③ 指吉尔伯特·切斯特顿（1874—1936），英国作家，著有诗集《白马谣》，小说《一个名叫星期四的人》和以布朗神父为主角的侦探小说系列。

④ 这是夏勒伏瓦的简称，位于霍顿斯湾西。

⑤ 《飞行客栈》是切斯特顿1914年出版的小说，下文的4句引自小说中著名的祝酒歌。

受宠先谢恩，
倒进污水盆。’”

“一点不错，”尼克说。“我看他这人比沃尔波尔强。”

“哦，没错儿，他是强一些，”比尔说。

“不过沃尔波尔写文章比他强。”

“我说不好，”尼克说。“切斯特顿是个经典作家。”

“沃尔波尔也是个经典作家，”比尔坚持道。

“但愿他们俩都在这儿，”尼克说。“我们明天就可以带他们到伏瓦去钓鱼了。”

“我们来个一醉方休吧，”比尔说。

“行啊，”尼克附和道。

“我老子才不管呢，”比尔说。

“真的吗？”尼克说。

“我有数，”比尔说。

“我现在就有点醉了，”尼克说。

“你没醉，”比尔说。

他从地板上站起身，伸手去拿那瓶威士忌。尼克将酒杯伸过来。比尔斟酒时，他两眼直盯着酒杯。

比尔在杯里斟了半杯威士忌。

“自己兑水吧，”他说。“只有一小杯了。”

“还有吗？”尼克问。

“酒可多的是，可爹只肯让我喝已经启封的。”

“那当然，”尼克说。

“他说自己启封来喝会成为酒鬼，”比尔解释说。

“一点不错，”尼克说。他听了印象很深。他倒从没想到过这一点。他一向总是认为只有独自喝闷酒才会成为酒鬼。

“你爹怎么样？”他肃然起敬地问。

“他挺好，”比尔说。“有时候有点儿胡来。”

“他人倒是不坏，”尼克说。他从壶里往自己杯里倒水。水慢慢地同威士忌混在一起了。威士忌比水多。

“他人确实不坏，”比尔说。

“我老子也不错，”尼克说。

“你说得对极了，”比尔说。

“他坚持说自己一生滴酒不沾，”尼克说，仿佛在宣布一项科学的新发现。

“说起来，他是个大夫嘛。我老子是个画家。那可不一样。”

“他损失太大了，”尼克忧伤地说。

“这倒难说，”比尔说。“万事有失必有所得嘛。”

“他亲口说过自己损失不小，”尼克直说道。

“说起来，爹也有一段日子很艰难，”比尔说。

“全都彼此彼此，”尼克说。

他们坐着，一边紧盯着炉火，一边想着这条深刻的道理。

“我到后门廊去拿块柴火，”尼克说。他紧盯着炉火时注意到火快熄灭了。同时他也希望表示自己酒量大，头脑还管用。尽管他父亲一生滴酒不沾，但是比尔自己还没醉就休想灌醉他。

“拿块大的山毛榉木头来，”比尔说。他也存心摆出一副头脑还管用的样子。

尼克拿了一段原木进屋来，穿过厨房时把一只平底锅从厨房桌子上碰翻在地。他放下柴火，捡起锅子。锅里原来放有浸在水中的杏干。他仔细地把杏干一一从地板上捡起来，有几颗已经滚到了炉灶下面，他把杏干放回锅里。他从桌边桶里再舀了些水倒在杏干上。他感到十分得意。他的头脑完全管用呢。

他搬了这段原木进来，比尔起身离座，帮他把它放在炉火上。

“这一段真不赖，”尼克说。

“我留着它等天气大冷才用，”比尔说。“这样一段原木好烧整整一夜呢。”

“烧剩的木炭到早上还可以生火，”尼克说。

“对啊，”比尔附和道。他们的谈话水平可高呢。

“我们再来一杯吧，”尼克说。

“我记得那衣物柜里还有一瓶已经启封的，”比尔说。

他在墙角的立柜前跪下，取出一瓶方酒瓶的烈酒。

“这是苏格兰威士忌，”他说。

“我再去拿点水来，”尼克说。他又走出去，进了厨房。他用勺子从桶里舀出阴凉的泉水，灌满水壶。回起居室时，他走过饭厅里的一面镜子，照了照。他的脸看上去真怪。他对着镜中的脸笑笑，镜中的脸也咧嘴回他一笑。他对着那张脸眨眨眼睛，就往前走了。这不像是他的脸，不过也没什么关系。

比尔斟了酒。

“这一大杯真够呛的，”尼克说。

“对我们可无所谓，威米奇，”比尔说。

“我们为什么干杯？”尼克举杯问。

“我们为钓鱼干杯吧，”比尔说。

“好吧，”尼克说。“诸位先生，我提议为钓鱼干杯。”

“各种各样的钓鱼，”比尔说。“不管在哪儿。”

“钓鱼，”尼克说。“我们就为钓鱼干杯。”

“这比棒球强，”比尔说。

“可扯不上一块儿，”尼克说。“我们怎么扯上棒球来了？”

“搞错了，”比尔说。“棒球是大老粗玩的。”

他们把杯里的酒一饮而尽。

“现在来为切斯特顿干杯吧。”

“还有沃尔波尔呢，”尼克插嘴说。

尼克斟酒。比尔倒水。他们相对看着。大家感觉良好。

“诸位先生，”比尔说，“我提议为切斯特顿和沃尔波尔干杯。”

“就这么办，诸位先生，”尼克说。

他们干了杯。比尔把杯子斟满。他们在壁炉前两张大椅子里坐下。

“你非常聪明，威米奇，”比尔说。

“你什么意思？”尼克问。

“把跟玛吉的那段关系了断啦[①]，”比尔说。

“我想是吧，”尼克说。

“只有这么办了。要是你没断，这会儿就得赶回家去干活，想法攒足钱结婚啦。”

尼克一言不发。

“男人一旦结了婚就彻底完蛋啦，”比尔继续说。“他什么都没有了。一无所有。屁也没有。他玩儿完了。你见过结了婚的男人嘛。”

尼克一言不发。

“你一看他们就知道，”比尔说。“他们都带着这种结过婚的傻样儿。他们玩儿完了。”

“那当然，”尼克说。

“断了兴许很可惜，”比尔说。“不过你总是会爱上别的人，这一来就没事了。爱上她们可以，就是别让她们毁了你啊。”

“是，”尼克说。

“要是你娶了她啊，那就得娶她一家子。别忘了还有她母亲和她嫁的那家伙。”

尼克点点头。

“想想看，一天到晚只见他们围着屋子转，星期天得上他们家去吃饭，还得请他们来吃饭，听她母亲老是叫玛吉去做什么，怎么做。”

尼克默默坐着。

“你脱了身，真是太好了，”比尔说。“现在她可以嫁个像她同类的人，成了家，开开心心过日子了。油跟水不能掺和在一起，那

---

① 此事可参见《了却一段情》，这两篇小说可以说是姐妹篇。

种事也不能掺和在一起，正如我不能娶那个为斯特拉顿家干活的艾达一样。她倒兴许很想这样呢。”

尼克一言不发。酒意全消失了，只剩他一个人了。仿佛比尔不在眼前。他也并不坐在炉火前，明天也不会跟比尔和他爹去钓鱼啊什么的。他没有喝醉。这一切全过去了。他只知道自己从前跟玛乔丽好过，后来失去了她。她走了，是他打发她走的。这是一切的关键。他没准儿再也见不到她了。大概永远不会去找她了。一切全过去了，完了。

“我们再来一杯，”尼克说。

比尔斟了酒。尼克泼了一点水进去。

“要是你走了那条路，我们现在就不会在这儿了，”比尔说。

这话倒不假。他原来的计划是回家去找份活儿。后来计划整个冬天都留在夏勒伏瓦，这样可以亲近玛吉。现在他可不知道自己该做什么了。

“兴许这一来我们明天连鱼也钓不成了，”比尔说。“你这一着走得对，没错。”

“我没法子，”尼克说。

“我知道。这事只有这样的结果，”比尔说。

“忽然一下子，一切都结束了，”尼克说。“我不知道这是为什么。我没法子。正像眼下刮起三天大风，把树叶全都刮光一样。”

“得了，都结束了。这是关键，”比尔说。

“是我的错，”尼克说。

“是谁的错可没关系，”比尔说。

“不，我认为不是这样，”尼克说。

玛乔丽走了，大概他再也见不到她了，那才是大事。他跟她谈过如何一起到意大利去，两个人该有多开心。还谈过他们一起要去的地方。如今全过去了。

“只要这事了结了，这是最要紧的，”比尔说。“说真的，威米奇，这事当初拖下去我还真担心呢。你做得对。我听说她母亲气得要命。她告诉好多人说你们订了婚。”

“我们没订婚，”尼克说。

“都在传说你们订了婚。”

“那我没法说了，”尼克说。“我们没订婚。”

“你们原来不是打算结婚的吗？”比尔问。

“是啊。可我们没有订婚，”尼克说。

“那有什么区别？”比尔像法官似的问。

“我说不好。总有点区别吧。”

“我看不出来，”比尔说。

“那好，”尼克说。“我们喝个醉吧。”

“那好，”比尔说。“我们就喝它个真正大醉。”

“我们喝醉了去游泳吧，”尼克说。

他一口气喝干了。

“我对她深感内疚，可有什么法子呢？”他说。“你也知道她母亲那德行！”

“她真厉害，”比尔说。

“忽然一下子全了结啦，”尼克说。“我不该谈起这事。”

“不是你谈起的，”比尔说。“是我谈起的，现在我不谈了。我们再也不要谈这事了。你不必再想起这事。不然你又会陷进去的。”

尼克原来并没有想到过这事。这事似乎早成定局了。那只是个想法而已。想想倒让他感到好受些。

“当然，”他说。“总会有那种危险的。”

他现在感到高兴了。根本没有什么无可挽回的事儿。看来他星期六晚上可以进城了。今天是星期四。

“总会有机会的，”他说。

“你可得自己留神，”比尔说。

“我自己会留神的，”他说。

他感到高兴了。什么事都没有结束。什么都没有失去过。星期六他要进城去。他的心情轻松些了，跟比尔没开口提起这事的时候那样。总会有一条出路的。

“我们拿了枪上地岬去找你爹吧，”尼克说。

“好吧。”

比尔从墙上的架子上取下两支猎枪。他打开一匣子弹。尼克穿上麦基诺厚呢短大衣和鞋子。他的鞋子给烤得硬邦邦的。他还是醉醺醺的，但是头脑很清醒。

“你感觉怎么样？”尼克问。

“不赖。我只是刚有点儿醉意罢了。”比尔正扣上毛衣的纽扣。

“喝醉了也没好处。”

“对。我们该上户外去。”

他们走出门。正在刮 8 级大风。

“这一刮风，鸟儿会躲在草丛里，”尼克说。

他们朝下面的果园走去。

“我今天早上看见一只山鹬，”比尔说。

“也许我们能惊动它，”尼克说。

“这么大的风没法开枪，”比尔说。

到了外边，玛吉那档子事再没那么惨了。那事甚至没什么了不得。大风把这一类事都刮跑了。

“风是直从大湖上刮来的，”尼克说。

他们顶着风听到一声枪响。

“是爹，”比尔说。“他在下面沼泽地里。”

“我们就抄近路下去吧，”尼克说。

“我们就穿过下面草地，看看会惊起什么，”比尔说。

“好吧，”尼克说。

现在没什么了不得的事了。大风把它从他头脑里刮走了。他总是可以照旧在星期六晚上进城去。幸亏有备无患啊。

刘文澜 译

第五章

早晨六点半，他们对着一所医院的围墙，枪毙了六位内阁大臣[①]。院子里有一汪汪的积水。院子的铺道上有湿漉漉的枯叶。雨下得很大。那医院所有的百叶窗都钉死了。一位大臣[②]患着伤寒。两名士兵押着他下楼，走进雨里。他们想法把他靠墙按住，他却在一个水塘里坐了下来。另外五个很安静，靠墙站着。临了军官对士兵们说，硬让他站起来也没用。他们开第一排枪时，他脑袋耷拉在膝盖上，在水塘里坐着。

陈良廷 译

① 1922 年 9 月 27 日，希腊国王康斯坦丁一世被第二次推翻，六位亲信的内阁大臣被处决。实际上是在中午执行的。

② 指前首相大臣古纳里斯。

拳击家

尼克站起身。他一点没事。他顺着路轨望去，目送那末节货车拐过弯，看不见灯光了。路轨两边都是水，再过去是泡着一片落叶松的沼泽地。

他摸摸膝盖。裤子划破了，皮肤也擦破了。两手都擦伤了，指甲里都嵌着沙子和煤渣。他走到路轨另一边，走下小坡来到水边洗手。他在凉水里仔细洗着，把指甲里的污垢洗净。他蹲了下来，清洗膝盖。

这个扳闸工真是个混账东西。早晚总有一天要跟他算账。叫那家伙再领教领教他的厉害。正该这么干啊。

“过来，小子，”那家伙说。“我给你看样东西。”

他上当了。这玩笑开得实在够呛。下回他们休想再这样骗他啰。

“过来，小子，我给你看样东西。”接着訇的一下，尼克就双手双膝趴在路轨边了。

尼克揉揉眼睛。肿起了一个大疙瘩。眼圈准保发青了。已经感到痛了。扳闸工这混账小子。

他用手指摸摸眼睛上边的肿块。哦，还好，只不过一只眼圈发青罢了。他总共只受了这么点伤。这代价还算便宜。他希望能看到自己的眼睛。可是水里照不出来。天又黑，又是前不巴村后不着店的。他在裤子上擦擦手，站起身来，爬上路堤，走到铁轨边。

他顺着路轨走去。道砟铺得匀整，走起来很方便，枕木间铺满了黄沙和小石子，结实好走。平滑的路基像条堤道，穿越沼泽地一直向前。尼克一路向前走着。他得找个落脚点才好。

刚才货车减速开往沃尔顿枢纽城外的调车场时，尼克吊到了车上。天刚擦黑，尼克搭的这列货车开过了卡尔卡斯卡。这会儿他一定快到曼塞罗那[①]了。要在沼泽地带走上三四英里。他就继续踩在枕木间的道碎上，顺着路轨一直走去，沼泽地在升起的薄雾里显得朦朦胧胧。他眼睛又痛，肚子又饿。他不停走着，一直走了好几英里。路轨两旁的沼泽地还是一个样。

前面有座桥。尼克跨过桥，靴子踩在铁桥上发出空洞的声音。桥下流水在枕木的缝隙间显得黑糊糊的。尼克踢起一枚松动的道钉，道钉掉到了水里。过了桥有些山丘。耸立在路轨两旁，黑咕隆咚的。在路轨那头，尼克看见有堆火。

他顺着路轨小心地向火堆走去。火堆在路轨的一侧，铁道路堤下面。他只看到了火光。路轨穿出一道山上开凿出来的缺口，火光亮处出现一片空地，向下进入林子。尼克小心地跳下路堤，抄近路进入树林，然后穿过树间向火堆走去。这是个山毛榉林子，他穿过林间时，鞋底踩着掉在地上的坚果。火堆就在林边，这会儿很明亮。有个男人坐在火堆旁。尼克在树后等着，眼睁睁瞧着。看上去只有这么一个人。他坐在那儿，双手捧着脑袋，望着火。尼克一步跨了出来，走进火光。

坐着的那人盯着火。尼克走近他身旁停了步，他还是一动不动。

"喂！"尼克说。

那人抬眼看看。

"你哪儿弄来个黑眼圈？"他问。

"一个扳闸工揍了我一拳。"

"从直达货车上下来的？"

"对。"

---

① 沃尔顿枢纽城位于密歇根州北部纵贯该州的铁路线上，尼克偷搭上货车后，一直朝北开过卡尔卡斯卡，被撵下车来，只得沿着铁道继续朝北走。

"我瞧见那孬种来着，"那人说。"大约一个半小时以前他乘车路过这儿。他正在车皮顶上走着，一边拍打着胳膊，一边唱歌。"

"这个孬种！"

"他揍你准保感到很舒服，"那人正色道。

"我早晚要揍他一顿。"

"多咱等他经过，对他扔石头得了，"那人劝道。

"我要找他算账。"

"你是条硬汉子，是吧？"

"不是，"尼克答道。

"你们这帮小伙子全都是硬汉。"

"不硬不行啊，"尼克说。

"我就这么说来着。"

那人瞧着尼克，笑了。在火光中，尼克看到他的脸变了相。鼻子是塌下去的，眼睛成了两条细缝，两片嘴唇奇形怪状。尼克没有一下子把这些全看清，只看出这人的脸庞长得怪，并且毁了形。颜色像油灰。在火光中显得像死人。

"你不喜欢我这副嘴脸吗？"那人问。

尼克不好意思了。

"哪儿的话，"他说。

"瞧！"那人脱下鸭舌帽。

他只有一只耳朵。它变得厚实了，牢牢贴在脑袋的半边。该长另一只耳朵的地方只有一截耳根。

"见过这样的脸相吗？"

"没有，"尼克说。他看了有点恶心。

"我忍了，"那人说。"难道你以为我忍不了，小伙子？"

"没的事！"

"他们的拳头落在我身上都开了花，"这小个子说。"可谁也伤不了我。"

他瞧着尼克。"坐下，"他说。"想吃吗？"

“别麻烦了，”尼克说。“我要上城里去。”

“听着！”那人说。“叫我阿德好了。”

“好！”

“听着，”这小个子说。“我觉得不大对劲。”

“怎么啦？”

“我疯了。”

他戴上鸭舌帽。尼克忍不住想笑出声来。

“你很正常，”他说。

“不，我不正常。我疯了。说，你发过疯吗？”

“没，”尼克说。“你怎会发疯的？”

“我不知道，”阿德说。“你一旦得了疯病，自己是不知道的。你认识我，是不？”

“不认识。”

“我就是阿德·弗朗西斯。”

“不骗人？”

“难道你不信？”

“信。”

尼克知道这管保错不了。

“你知道我怎么打败他们的吗？”

“不知道，”尼克说。

“我心脏跳得慢。一分钟只跳四十下。按按脉。”

尼克拿不定主意。

“来啊，”那人抓住了他的手。“抓住我的手腕子。手指按在脉上。”

这小个子的手腕很粗，骨头上的肌肉鼓鼓的。尼克感到指尖下他的脉搏跳得很慢。

“有表吗？”

“没。”

“我也没，”阿德说。“没个表真不方便。”

尼克放下他的手腕子。

“听着，”阿德·弗朗西斯说。“再按一下脉。你数脉搏，我数到六十。”

尼克感到指尖下缓慢有力的搏动就开始计数。他听到这小个子出声地慢慢数着，一，二，三，四，五……

“六十，”阿德数完了。“正好一分钟。你听出是几下？”

“四十下，”尼克说。

“一点不错，”阿德高高兴兴地说。“就是跳不快。”

有个人从铁道路堤上跳下来，穿过空地走到火堆边。

“喂，柏格斯！”阿德说。

“喂！”柏格斯应道。这是个黑人的声音。瞧他走路的样子尼克就知道他是个黑人。他背对他们站着，正弯着腰在烤火。他就直起身子来。

“这是我老朋友柏格斯，”阿德说。“他也疯[①]了。”

“很高兴认识你，”柏格斯说。“你是哪里的人？”

“芝加哥，”尼克说。

“那城市好哇，”那黑人说。“我还不知道你的名字呐。”

“亚当斯。尼克·亚当斯。”

“他说他从没发过疯，柏格斯，”阿德说。

“他来日方长哪，”黑人说。他在火堆旁解开一包东西。

“我们什么时候吃饭，柏格斯？”那个职业拳击家问。

“马上就吃。”

“你饿吗，尼克？”

“饿得够呛。”

“听到了吗，柏格斯？”

“你们说的话我大半都听到。”

“我问你的不是这一个。”

---

① 柏格斯（Bugs）在美国俚语中意为“精神失常”。这该是他的外号。

“嗳。我听到这位先生说的话了。”

他正往一个平底锅里搁火腿片。等到锅热了，油嗞嗞直响，柏格斯就弯下黑人天生的两条长腿，蹲在火边，把火腿翻了身，在锅里打了几个鸡蛋，把锅不时左倾右侧，让热油润着蛋，免得煎煳。

“亚当斯先生，请你把那袋子里的面包切几片下来好吧？”柏格斯从火边回过头来说。

“好咧。”

尼克把手伸进袋子，拿出一只面包。他切了六片。阿德眼巴巴看着他，探过身去。

“尼克，把你的刀子给我，”他说。

“别，别给，”那黑人说。“亚当斯先生，攥住刀子。”

那个职业拳击家坐着不动了。

“亚当斯先生，请你把面包给我好吧？”柏格斯要求道。尼克就把面包递给他。

“你喜欢把面包蘸上火腿油吗？”黑人问。

“那还用说！”

“我们还是等会儿再说吧。最好等到快吃完的时候。看着。”

黑人捡起一片火腿，搁在一片面包上，然后铲起一个煎蛋，放在上面。

“请你把三明治夹好，送给弗朗西斯先生。”

阿德接过三明治，张口就吃。

“留神别让鸡蛋淌下，”黑人警告了一声。“这个给你，亚当斯先生。剩下的归我。”

尼克咬了一口三明治。黑人挨着阿德坐在他对面。热乎乎的火腿煎蛋味道真美。

“亚当斯先生的确饿了，”黑人说。那小个子不吱声，尼克对他慕名已久，知道他过去是个拳击冠军。打从黑人说起刀子的事，他还没开过口。

“我给你来一片蘸热火腿油的面包好吧？”柏格斯说。

“多谢，多谢。”

这小个子白人瞧着尼克。

“阿道夫[①] · 弗朗西斯先生，你也来点吧？”柏格斯从平底锅取出面包给他道。

阿德不答他的碴。他兀自瞧着尼克。

“弗朗西斯先生？”黑人柔声说。

阿德不答他的碴。他兀自瞧着尼克。

“我跟你说话来着，弗朗西斯先生，”黑人柔声说。

阿德一个劲地瞧着尼克。他拉下了帽檐，罩住了眼睛。尼克感到紧张不安。

“你怎么胆敢这样？”他从压低的帽檐下厉声喝问尼克。

“你把自己当成什么人来着？你这个神气活现的杂种。人家没请你，你自己找上门来了，还吃了人家的东西，人家问你借刀子，你倒神气啦。”

他狠狠瞪着尼克，脸色煞白，眼睛给帽檐罩得差点看不见。

“你真是个怪人。到底是谁请你上这儿来多管闲事的？”

“没人。”

“你说得对极了，没人请你来。也没人请你待下。你上这儿来，神气活现地取笑我的脸相，抽我的雪茄，喝我的酒，然后说话神气活现。你当我们能容忍你到什么地步？”

尼克一声不吭。阿德站起身来。

“老实跟你说，你这胆小的芝加哥杂种。小心你的脑袋就要开花啦。听明白了？”

尼克退后一步。小个子慢慢向他步步紧逼，拖着脚步向前走，左脚迈出一步，右脚就拖着跟上。

“揍我啊，”他晃着脑袋说。“试试看，揍我。”

“我不想揍你。”

---

① 阿德为阿道夫的爱称。

"你休想就这样脱身。回头就叫你挨顿打，明白吗？来啊，先对我打一拳。"

"别胡闹了，"尼克说。

"行啊，你这个杂种。"

小个子低头望着尼克的脚。刚才他离开火堆的时候，黑人就一直跟着他，这会儿趁他低头望着，黑人稳住身子，照着他后脑勺啪的一下。他朝前扑倒，柏格斯赶紧把裹着布的金属短棍扔在草地上。小个子躺着，脸埋在草堆里。黑人抱起他，把他抱到火边。他耷拉着脑袋，脸色怕人，眼睛睁着。柏格斯轻轻把他放下。

"亚当斯先生，请你给我拿桶水来，"他说。"恐怕我下手重了点儿。"

黑人用手往他脸上泼水，轻轻地拉拉他的耳朵。他眼睛才闭上。

柏格斯站起身来。

"他没事了，"他说。"用不着操心了。真对不起，亚当斯先生。"

"没关系。"尼克正低头望着这小个子。他看见草地上的短棍，顺手捡了起来。棍上有个柔韧的把儿，抓在手上使用起来很灵便。外面包着黑色皮革，已经用旧，重的一头裹着手绢。

"这是鲸骨把儿，"黑人笑道。"如今没人再做这玩意儿了。我原先不知道你自卫的能耐怎么样，不管怎么着，我不希望你把他打伤，或者让他脸上再多挂点彩。"

黑人又笑了。

"你自己倒把他打伤了。"

"我知道该怎么办。他一点都不会记得的。每当他这样发作，我只好给他来一下，叫他换换脑筋。"

尼克兀自低头望着这躺在地上的小个子，只见在火光中他闭着眼。柏格斯往火里添了些柴禾。

"亚当斯先生，你不必再为他操心啦。他这模样我以前见得多了。”

“他怎么会发疯的？”尼克问。

“噢，原因可多着呐，”黑人在火边答道。“亚当斯先生，来杯咖啡怎么样？”

他递给尼克一杯咖啡，把刚才给这个昏迷不醒的人铺在脑袋下的上衣捋捋平。

“一则，他挨打的次数太多啦，”黑人呷着咖啡说。“不过这只使他变得头脑有些简单罢了。再则，当时他妹妹做他的经纪人，人家在报纸上老是登载什么哥哥啊，妹妹啊这一套，还有她多爱她哥哥，他多爱他妹妹啊什么的，后来他们就在纽约结了婚，这下子可惹出不少不愉快的事儿来啦。”

“这事我倒记得。”

“可不。他们当然不是什么兄妹，根本没影的事，可就是有不少人横竖都看不顺眼，于是两人闹起意见来，有一天，她拔脚出走，一去不回了。”

他喝了咖啡，用淡红色的掌心抹抹嘴。

“他就这样发疯了。亚当斯先生，你要不要再来点咖啡？”

“不了，谢谢。”

“我见过她几回，”黑人接着说。“她是个特好看的女人。看上去着实跟他像双胞胎。要不是他的脸全给揍扁了，他也不难看。”

他不说了。看来故事讲完了。

“你在哪儿认识他的？”尼克问。

“我在牢里认识他的，”黑人说。“打她出走以后，他老是揍人，人家就把他关进牢里。我因为砍伤一个人也进了牢。”

他笑了笑，柔声说下去：

“我一见他就喜欢上了，等我出了牢，就去看望他。他偏要拿我当疯子，我可不在乎。我愿意陪着他，我喜欢出去见见世面，而要这样做，也用不着去犯盗窃罪了。我希望过个体面人的生活。”

“那你们都干些什么来着？”尼克问。

“噢，什么也不干。就是到处流浪。他可有钱呐。”

“他准保挣了不少钱吧。”

“可不。不过他把钱全花光了。要不就是给人家夺走了。她给他寄钱呢。”

他拨旺火堆。

“她这个女人真是好极了，”他说。“看上去着实跟他像双胞胎。”

黑人朝那个躺着直喘大气的小个子望望。他一头金发披散在脑门上。那张被打得变相的脸在入睡时像孩子的那样恬静。

“亚当斯先生，我随时都可以马上叫醒他。不在意的话，请你还是趁早走吧。倒不是我不想好好招待你，可是见到了你怕又会惊动他。我不愿意不得不敲他脑袋，可是碰到他犯病，也只好这么办。我只有尽量别让他见人。亚当斯先生，你不介意吧？得了，别谢我，亚当斯先生。我早该叫你对他留神了，不过他看上去非常喜欢你，我才以为这下可太平了呢。你沿着路轨朝北走两英里就看到城了。人家都管它叫曼塞罗那。再见吧。我真想留你过夜，可是实在办不到。你要不要带着点火腿和面包？不要？你还是带一份三明治吧，”黑人这一番话说得彬彬有礼，声音低沉柔和。

“好。那么再见吧，亚当斯先生。再见，一路顺风！”

尼克离开火堆走了，穿过空地走到路轨边。一走出火堆范围，他就竖起耳朵听着。只听得黑人在低沉柔和地说着话。尼克听不清说的是什么。后来听得那小个子说，“柏格斯，我头痛得好厉害啊。”

“弗朗西斯先生，回头就会好的，”黑人的声音在劝慰。“只消喝上这么一杯热咖啡就行。”

尼克爬上路堤，顺着路轨朝前走。没想到手里还拿着一份三明治，就放进口袋。一路上坡，路轨还没拐进山间，他从那里回头望去，还看得见空地上那片火光。

陈良廷 译

第六章

尼克背靠教堂的墙坐着，那是人家把他拖到这里来避开街上的机枪火力的。两腿别扭地伸出着。他脊椎中了弹。满脸是汗，脏兮兮的。太阳直照着他的脸。天气热得很。里纳尔迪，脸朝下仆倒在墙根，背部宽阔，身上的装备撒了一地。尼克直望着前方，眼睛也耀花了。对面屋子那堵粉红色的墙脱离屋顶，塌了下来，一张铁床给扭歪了，冲着街心倒挂着。两个奥地利人的尸体躺在屋荫下的瓦砾堆里。那边街头还有些死尸。城里的情况有所进展。进行得很顺利。担架手随时可到。尼克小心地掉过头来，瞧着里纳尔迪。“听着，里纳尔迪。听着。你我两个，我们单独讲和[①]了。”里纳尔迪躺在太阳下一动不动，呼吸困难。“爱国者[②]不讲和。”尼克小心地掉过头去，脸上带着汗笑笑。里纳尔迪是个叫人扫兴的说话对象。

陈良廷 译

① 作者后来把这个跟敌人“单独讲和”的想法写进了《永别了，武器》。可见尼克正是作者的化身。这一段也是从在意大利北部参加第一次世界大战的亲身体验中生发出来的。

② 尼克是美国志愿者，里纳尔迪是意大利军人，所以他这样说。

小小说

在帕多瓦[①]，一个炎热的傍晚，他们把他抬到屋顶上，让他可以凭眺全城的顶层。天上有在烟囱中筑巢的飞燕。过了片刻天黑了，探照灯亮起来。其他人都下去了，随身带走了酒瓶。他和卢芝听得见他们在下面阳台上。卢芝坐在床上。在这炎热的夜晚，她倒凉快清新。

卢芝坚持做了三个月夜班。人家乐得让她做。人家给他动手术，她替他准备了手术台；人家都在取笑：是朋友还是敌人[②]。他上了麻药，还是硬挺着，免得在失去知觉、多嘴多舌的时刻说漏了嘴。他用了拐杖以后，就自己去量体温，免得卢芝起床。医院里的病人寥寥无几，他们都知道这事。他们都喜欢卢芝。他顺着过道走回来，一路上想着卢芝就在他床上。

他回到前线去之前，两人上大教堂去祈祷。教堂里暗沉沉，静悄悄，还有些人在祈祷。他们想要结婚，可是来不及请教堂发布结婚公告了，而且两人都没有出生证。他们自以为已结婚，不过他们要大家都知道这事，要让事情办成，这样就不怕它吹了。

卢芝写过好多信给他，他到停战[③]以后才收到。一束十五封，都是寄到前线的，他根据日期排好，一一从头看到尾。信上写的都是医院的事，写到她多么爱他，没有他真没法过下去，还写到在夜里多么想念他。

停战后，他们俩商定他该回国找份工作，两人就可以结婚了。卢芝要等到他有了份好差使才回国，他就可以到纽约去接她了。双方同意，他得戒酒，并且不用去看望在美国国内的朋友或任何人。只该找份工作，然后结婚。在帕多瓦开往米兰的列车上，两人为了她不愿立刻回国吵了架。在米兰车站上，他们不得不告别的时候，虽然吻别了，但是还没吵完。他对这样告别感到难过。

他在热那亚乘船去美国。卢芝回到波尔多诺内④去开办一家医院。那里僻静多雨，有一营意大利敢死队驻扎在城里。冬天生活在这个泥泞多雨的小城里，营部少校向卢芝求爱，而她过去根本不了解意大利人，但终于写信到美国，说他们之间那档子事只是少男少女的初恋。她真抱歉，她知道他也许无法理解，不过总有一天会原谅她，并且感激她的，而完全没想到的是，她竟预定在明年春天里结婚。她一如既往地爱他，不过她现在明白那无非只是少男少女之间的初恋罢了。她希望他前程远大，对他完全有信心。她知道这样做最好。

到了春天，少校并没跟她结婚，后来始终都没跟她结婚。卢芝寄到芝加哥去提到这事的信也从没收到回信。不多久，他乘出租汽车穿过林肯公园时，从芝加哥闹市区一家百货店的一名售货女郎身上染到了淋病。

刘文澜 译

① 帕多瓦，意大利北部城市，东距威尼斯35公里。
② 原文为enema（灌肠剂），同敌人（enemy）仅差末一个字母。
③ 指第一次世界大战的停战日，1918年11月11日。
④ 波尔多诺内：意大利东北部城市，在威尼斯北。

第七章

在福萨尔塔[1]，炮火把战壕轰得土崩瓦解时，他紧紧地卧倒在地，冒着汗祈求，耶稣基督啊，救我出去吧。亲爱的耶稣，请救我出去吧。基督求求你求求你求求你基督。只要你救我一命，你说什么我都干。我相信你，我要告诉世上每一个人，你是唯一至关重要的。求求你求求你亲爱的耶稣。炮火向前线深入轰击。我们去加固战壕，早上太阳出来了，天气又热又闷，令人舒畅，一片寂静。第二天晚上，回到梅斯特雷[2]，他在玫瑰别墅[3]，没跟那个同他上楼的姑娘说起耶稣的事。他也从没跟任何人说起过。

陈良廷 译

① 福萨尔塔，意大利中部小城，近博洛尼亚（一译波伦亚）。
② 梅斯特雷，意大利北部威尼斯市的西北郊区。
③ 那是个为军官服务的妓院。

军人之家*

克莱勃斯在堪萨斯州一所循道公会学院读书时上了前线。有一张照片照的就是他和团契的弟兄们，大家都戴着一模一样的高领。他在 1917 年入伍参加了海军陆战队，直到 1919 年夏天第二师从莱茵河撤回时才回到美国。

有一张照片是他和另一名下士同两个德国姑娘在莱茵河畔照的。克莱勃斯和那名下士穿的军服都绷在身上显得太紧。德国姑娘长得并不漂亮。莱茵河在照片上根本就没影儿。

等克莱勃斯回到俄克拉何马州家乡小镇时，向凯旋英雄致敬的狂热已经过去了。他回来得实在太晚了。镇上应征入伍的男人，归来时都受到过大张旗鼓的欢迎。那时着实狂热过一阵。而现在产生了反作用。人们似乎认为，战争过去几年了，克莱勃斯才回来，实在有点莫名其妙。

克莱勃斯参加过贝鲁森林、苏瓦松、香巴尼、圣米耶尔和阿尔贡战役①，起初根本不想谈起这场战争。后来他觉得需要谈谈了，可是没有人愿意听他的。他的家乡对于有关战争暴行的故事听到的太多了，真实的情况反而引不起他们的兴趣。克莱勃斯发现，要人家肯听，就得撒谎，这样做了两次以后，连他自己对战争也产生了反感，不愿意再去谈它了。因为撒了谎，战争中他亲身经历过的每一件事，现在都使他感到厌烦。过去那些时刻，那些每想起来都会使他心里感到冷静而清醒的日日夜夜，在那些遥远的日子里，他本来也可以像有些人那样不那么干，而他却做了一件事情，做了一件一个男子汉自然而然理应做的事情，但是现在连这些时刻也丧失了它们冷静可贵的性质，随后便在记忆中消失了。

他撒的那些谎话其实毫不足奇，只不过是把别人看到、听到或干过的事归到了自己身上，并且把士兵们都熟知的无稽之谈说成是事实罢了。他的谎话甚至在弹子房里也引不起什么轰动。他的熟人都详详细细地听说过在阿尔贡森林里发现有德国女人被铁链锁在机关枪上，而没有一个德国机枪手被铁链锁上，他们对这些传闻无法理解，或者出于他们的爱国心，对此不感兴趣，并不觉得有多刺激。

这种说假话或大话所引起的感受，使克莱勃斯常常觉得恶心，因此有一次在舞会上偶然碰到了一个真正当过兵的人，两人在更衣室里谈了几分钟，他后来摆出了一个老兵与别的士兵在一起时的那种随便而坦率的姿态，明白自己一直处于病态的十分恐惧的心情中。这样，他就丧失了一切。

这时正当夏末，他每天起得很晚，起床后步行到市区去图书馆借一本书，回家吃了中饭，在前廊上看书直到腻烦为止，然后步行穿过市区，到阴凉的弹子房去，消磨一天中最热的那几个小时。他喜欢打弹子。

晚上，吹吹黑管，去市区散散步，看看书，然后上床睡觉。他在他的两个妹妹心目中仍然是个英雄。他母亲甚至会把早饭端到床上给他吃，要是他想这样的话。他在床上时，她常到他房里来，要他把打仗的情况讲给她听，不过她的注意力总是不集中。他父亲则绝不表态。

克莱勃斯参军前，家里的汽车是从来不许他驾驶的。他父亲经营地产生意，有时需要用车把客户带到乡间，让他们看看待出售的

---

* "军人之家"原为20世纪初在美国某些小城镇上存在的优抚性机构，供参加过内战甚至美西战争而孤鳏无依的退伍及残废老兵居住。这些老兵平日默默无闻，遇到重大节日则穿上旧日军服，佩戴全副勋章，以示荣耀。实际上他们已成为象征爱国精神的活古董。像克莱勃斯这样参加过第一次世界大战归来的老兵，时代变了，思想也变了，当然是完全不同的一代人。海明威选取这个名字为题目，以此对比完全不同的两代老兵，这本身就含有讽刺意味。——译者附记

① 这五处都是法国地名，都是第一次世界大战中发生过激战的战场。

农场，所以总是要求汽车由他调度。汽车总是停在第一国民银行大楼外面，他父亲的办事处就在大楼二层。现在，战争结束了，用的还是这辆车。

镇上什么都没变，只是姑娘们都长大了。不过她们生活的天地挺复杂，既有已经确定的各种联姻，又存在着变化不定的家族间的不和，这使克莱勃斯觉得缺乏精力和勇气来打进去。不过他喜欢看看她们。漂亮的姑娘真不少。大多数都留短发。他离开家乡时，只有小姑娘或者放荡的姑娘才留那样的短发。她们都穿着毛衣和荷兰式圆领衬衫。这成为一种模式。他喜欢站在前廊上看她们在街对面走过。他喜欢看她们在树阴下走路的身影。他喜欢她们露在毛衣外的荷兰式圆领。他喜欢她们穿的长统丝袜和平跟鞋。他喜欢她们的短发和她们走路的样子。

在市区，她们对他的吸引力可并不特别强烈。他在希腊人开的冷饮室里碰到她们时并不太喜欢她们。他其实并不需要这些姑娘本身。她们太复杂了。他要的是另外一种什么东西。他模模糊糊地觉得需要个女朋友，不过不想为了交女朋友而多费精神。他想找上个女朋友，不过不愿意为了找女朋友而费很多时间。他不想为此搞什么私情，去耍手腕。他不想不得不花力气去追求。他不愿意再撒谎。这样干不值得。

他不想承担什么后果。他再也不想承担什么后果了。他只希望毫无后果地活下去。再说，他也并不真的需要女朋友。军队生活使他懂得了这一点。装出一副非找个女朋友不可的姿态也没什么要不得。差不多人人都这么干的。其实并不是这么回事。你并不需要什么女朋友。怪就怪在这儿。一个家伙起先胡吹一通他根本看不上姑娘们，说他从来不想她们，她们连碰碰他都休想。另一个家伙可胡吹他没有姑娘就过不下去，他每时每刻都离不开她们，没有了她们就睡不着觉。

这些都是撒谎。两种说法都是撒谎。你根本就不需要什么姑娘，除非你想要女人。这一点是他在军队里学到的。你迟早会弄到一个的。等你真正成熟了，就总会弄到一个的。用不着多去想它。迟早会来临的。他在军队里学到了这一套。

这会儿要是有个姑娘来找他而用不着多说话，他是会喜欢她的。可是回到了家乡，一切都太复杂了。他知道不可能把这一切再体验一遍了。也不值得这么干了。同法国姑娘和德国姑娘交朋友有一点好处。用不到说那么多话。你会不了几句法语和德语，也用不着多说。挺简单就交上了朋友。他想念法国，接着想念起德国来。总的说来，他更喜欢德国。他本来并不想离开德国。他并不想回家乡来。不过他还是回来了。他正坐在这前廊上。

他喜欢在街对面走过的姑娘们。她们的相貌比法国姑娘或德国姑娘更叫他喜欢。不过她们生活其中的天地和他的天地不一样。他很想找上她们中间的一个。不过这是不值得的。她们成为一种绝妙的模式。他喜欢这种模式。真叫人兴奋。不过他不想去受那份谈话谈个没了的罪。他还不到不找个女朋友就受不了的程度。不过他喜欢把她们全看个遍。不值得去追求啊。现在不行，正当事情在逐渐好转起来的时候。

他坐在前廊上读一本写这次战争的书。这是本历史书，他正在读他亲身参加过的所有的战役。这是他读过的所有书中最有趣的一本。他希望书里附有更多的地图。他感觉良好，期望把将来会出版的附有详细地图的确实好的战争史都读个遍。现在他才真正开始了解这场战争了。他曾是个好样的战士。这是大不一样的。

他回家约摸一个月之后，有天早晨，他母亲走进他的房间，在他床沿上坐下。她把围裙捋捋平。

“昨晚上我和你爸爸谈了，哈罗德，”她说，“他愿意让你晚上开汽车出去。”

“是吗？”克莱勃斯说，他还没有完全睡醒。“开汽车出去？是吗？”

“对。你爸爸考虑了一阵子，觉得该让你晚上什么时候需要的话可以开汽车出去，不过昨晚上我们才商量这件事。”

“我敢打赌是你要他这么办的，”克莱勃斯说。

“不。是你爸爸提出了我们才商量的。”

“是吗。我敢打赌是你要他这么办的，”克莱勃斯从床上坐起来。

“你下楼来吃早饭吗，哈罗德？”母亲问。

“我穿好衣服就下来，”克莱勃斯说。

妈妈走出房去，他在洗脸、刮脸、穿好衣服准备下楼到饭厅吃早饭时，可以听到她在楼下煎什么东西。

吃早饭时，他的妹妹走进来，手里拿着邮件。

“喂，哈尔[①]，”她说。“你这个瞌睡虫。你干吗还要起来？”

克莱勃斯看看她。他喜欢她。他最喜欢这个妹妹。

“报纸拿来了？”他问。

她把《堪萨斯城星报》递给他，他扯掉报纸的牛皮纸封皮，翻到体育版。他把打开的《星报》折了折，靠水壶竖起来，用麦片碟稳住，这样就可以边吃边看了。

“哈罗德，”他母亲站在厨房门口说，“哈罗德，请你别把报纸弄脏了。弄脏了你爸爸就没法看了。”

“我不会弄脏的，”克莱勃斯说。

他妹妹在桌子旁坐下来，看他在读报。

“今天下午我们学校又要赛室内垒球了，”她说。“我当投手。”

“好啊，”克莱勃斯说。“胳臂有劲儿吗？”

“我投得比好多男同学都好。我跟他们都说是你教我的。别的女同学都不怎么样。”

“是吗？”克莱勃斯说。

“我跟大家说你是我的男朋友。难道你不是我的男朋友，哈尔？”

“可不。”

“难道就因为是哥哥就不能是男朋友了？”

---

① 哈尔为哈罗德的爱称。

"我不知道。"

"你准知道。哈尔，要是我长大了，你也愿意的话，你能做我的男朋友吗？"

"行。你现在就是我的女朋友了。"

"我真的是你女朋友吗？"

"当然。"

"你爱我吗？"

"嗯哼。"

"你永远爱我吗？"

"当然。"

"你来看我打室内垒球好吗？"

"也许吧。"

"噢，哈尔，你并不爱我。要是爱我的话，你一定会愿意来看我打室内垒球的。"

克莱勃斯的母亲从厨房走进饭厅。她手里端着两个盘子，一个盛着两只煎蛋和几片脆炸熏咸肉，另一个盛着些荞麦面饼。

"你走，海伦，"她说。"我有话要跟哈罗德说。"

她把煎蛋和熏咸肉放在他面前，再拿了罐枫糖浆进来给他涂荞麦面饼吃。然后向着克莱勃斯在桌子对面坐下。

"我要你把报纸放下一会儿，哈罗德，"她说。

克莱勃斯把报纸拿下，折好。

"你决定好了打算干什么吗，哈罗德？"他母亲摘下眼镜说。

"还没有，"克莱勃斯说。

"你不觉得现在是时候了？"他母亲说这话时并没有挖苦的意思。她看起来很忧虑。

"我还没有想过这件事，"克莱勃斯说。

"上帝给每个人都安排了工作，"他母亲说。"他的王国里不会有闲人。"

"我不在他的王国里，"克莱勃斯说。

"我们大家都在他的王国里。"

克莱勃斯像平常那样，感到尴尬而生气。

"我多为你担心啊，哈罗德，"他母亲继续说下去。"我知道你一定受到过很多诱惑。我知道男人是多么意志薄弱。我听你亲爱的外公、我自己的父亲对我们讲过关于内战的许多事儿，我懂得那是怎么回事，因此我曾经为你祈祷。我整天地为你祈祷，哈罗德。"

克莱勃斯望着盘子里正在凝结起来的熏咸肉油。

"你父亲也在担心，"他母亲继续往下说。"他认为你已经丧失了雄心大志，缺乏明确的生活目标。查理·西蒙斯跟你同岁，有了一份好工作而且就要结婚了。小伙子们都安顿了下来；大家都决心干出点名堂来；你可以看得出，像查理·西蒙斯那样的小伙子正在一步步地为我们社区真正地增光。"

克莱勃斯一声不吭。

"别这副样子，哈罗德，"妈妈说。"你知道我们都很爱你，为了你好我得把你的处境告诉你。你父亲不想干涉你的自由。他觉得该让你使用那汽车。要是你想带哪个好姑娘开车出去兜兜风，我们只会高兴都来不及。我们要你过得快活。不过你得定下心来找个工作，哈罗德。你父亲并不在乎你开始干什么工作。正像他说的，所有的工作都是光荣的。但是你总得从哪里开始干啊。他让我今天早晨跟你谈谈，待会儿你可以顺便到他办事处去找他。"

"就这些？"克莱勃斯说。

"是的。你难道不爱你母亲吗，好孩子？"

"不，"克莱勃斯说。

他母亲隔着桌子看着他。她眼睛里闪着泪花。她哭起来了。

"我什么人也不爱，"克莱勃斯说。

这么说也没什么好处。他没法告诉她，也没法使她明白。真蠢啊，讲出了这样的话。徒然使她伤心。他走过去，握住她的胳臂。她正用双手掩着脸在哭。

"我不是那个意思，"他说。"我只是对有些事情生气。我的意思并不是说不爱你。”

他母亲还在哭。克莱勃斯用一臂搂住她的肩膀。

“难道你不能相信我吗，母亲？”

他母亲摇摇头。

“求求你，求求你母亲。请相信我。”

“好吧，”他母亲哽咽着说。她抬头望着他。“我相信你，哈罗德。”

克莱勃斯吻了吻她的头发。她把脸抬起来向着他。

“我是你母亲，”她说。“你是个小不点儿的时候，我把你贴着心抱在怀里。”

克莱勃斯感到不好受，隐隐约约有点恶心。

“我知道，妈妈，”他说。“为了你，我要做个好孩子。”

“你肯和我一起跪下来祈祷吗，哈罗德？”他母亲问。

他们在餐桌旁跪下，克莱勃斯的母亲作了祷告。

“现在你来祈祷吧，哈罗德，”她说。

“我不会，”克莱勃斯说。

“试试吧，哈罗德。”

“我不会。”

“你要我替你祈祷吗？”

“好。”

于是他母亲替他作了祷告，然后两人站起来，克莱勃斯吻了吻他母亲，走出屋去。他这样做是为了免得自己的生活复杂化。然而这一切并没有触动他的心。他曾为他母亲感到难过，而她曾使他撒谎。他要去堪萨斯城找个工作，这样她就会安心了。也许他走之前还得再经历一场哭笑。他不想上他父亲的办事处去。他不想去践约。他要使自己的生活过得顺顺利利。它刚刚在变得这样呢。得，反正现在全都过去了。他要到学校的操场去看海伦打室内垒球。

杨九声 译

第八章

凌晨两点，两个匈牙利人闯进第十五街和大马路交叉处一家雪茄店。德雷维兹和博伊尔从第十五街警察所开了一辆福特车赶来。这两个匈牙利人正把货车倒出一条小巷。博伊尔一枪把一个从货车座上撂倒，还把车厢里的一个打倒在地。德雷维兹看到两个都死了，不由吓坏了。真见鬼，吉米，他说，你不该这样干。会惹出不少麻烦来的。

——他们是坏蛋，可不是吗？博伊尔说。他们是意大利佬，可不是吗？到底谁会来找麻烦啊？

——说不定这一回没事儿，德雷维兹说，不过你崩他们的时候怎么知道他们是意大利佬呢？

意大利佬，博伊尔说，我一英里外就认得出是意大利佬。

陈良廷 译

革命党人

1919 年，他坐火车在意大利旅行，随身带着从党部拿来的一块油布，上面用擦不掉的铅笔写着字，说现有在布达佩斯受过白匪不少折磨的同志一名，请求同志们多方援助。他用这个来代替火车票。他非常腼腆，十分年轻，列车员把他从一班人员交给另一班。他没钱，人家让他躲在铁路食堂的柜台后面吃饭。

意大利使他欣喜。这是个美丽的国家，他说。人民都很亲切。他到过许多城市，走过不少路，看到过许多名画。他买了乔托[①]、马萨丘[②]和皮埃罗·德拉·弗朗切斯卡[③]的复制品，把它们包在一本《先锋》杂志里。曼特尼亚[④]，他可不喜欢。

他在波伦亚[⑤]报到，我把他一路带到罗马涅[⑥]去，因为我必须到那里去看一个人。我们两人一路顺风。这时正是九月初，乡间景色宜人。他是马扎尔人[⑦]，是个很好的小伙子，非常腼腆。霍尔蒂[⑧]的手下人对他干了些坏事。他关于这事讲得不多。尽管匈牙利如此，他还是对世界革命满怀信心。

“不过意大利的运动进展得怎么样？”他问。

“糟得很，”我说。

“不过会好转的，”他说。“你们这里样样具备。这是大家觉得有把握的唯一的国家。这里将成为一切的出发点。”

我什么话都没说。

他在波伦亚跟我们告别，乘上到米兰转奥斯塔[⑧]的列车，再徒步穿过山隘，进入瑞士。我跟他说起米兰的那些曼特尼亚名画。他非常腼腆，说声“不”，他不喜欢曼特尼亚。我给他写了在米兰找什么地方去吃饭，还写了一些同志的地址。他很感激我，但他的一颗心早已只想着徒步穿过山隘了。趁天气还好，他急着想穿过山隘呢。他爱秋天的山。据最近消息，他被瑞士人关进了西昂[10]附近的监狱。

刘文澜 译

---

① 乔托（1267—1337），意大利文艺复兴初期画家、雕塑家和建筑师，人物造型有立体感，注意空间效果，构图重点突出。

② 马萨丘（1401—1428），意大利文艺复兴时期佛罗伦萨画家乔凡尼的外号，创作宗教题材世俗化的人物画。

③ 弗朗切斯卡（1420—1492），意大利文艺复兴时期安布利亚画派画家，创作造型结实、色彩纯净、气势庄严的壁画。

④ 曼特尼亚（1431—1506），意大利文艺复兴时期巴杜亚画派画家，注重学习古罗马雕塑造型，开创仰视透视法天顶画装饰画风。

⑤ 波伦亚，意大利北部城市，艾米利亚-罗马涅区首府。

⑥ 罗马涅，意大利历史地区，在意大利北部，东临亚得里亚海，现包括在艾米利亚-罗马涅区内。

⑦ 马扎尔人是匈牙利的主要民族。

⑧ 霍尔蒂（1868—1957），匈牙利王国摄政（1920—1944），1919年任匈牙利“国民军”总司令，镇压匈牙利苏维埃共和国。

⑨ 奥斯塔，意大利西北部城市，在阿尔卑斯山谷地中，是通往法国与瑞士的枢纽。

⑩ 西昂，瑞士西南部城市，瓦莱州首府，盛产名酒。

第九章

第一名剑杀手执剑的右手给牛角顶穿了，观众轰他下场。第二名剑杀手滑倒了，公牛挑破他的肚子，他一手紧紧揪住牛角，另一手紧紧按住那受伤的部位，公牛咣的一下把他撞到板壁上，牛角拔了出来，于是他躺在沙地上，随即像喝得烂醉似的站起身，想要狠狠捶打抬走他的人，大声叫着要他的剑，可是晕过去了。那小子出场了，他得杀死五头牛，因为至多只能有三名剑杀手出场，斗到最后一头牛，他累得没法把剑刺进去了。他简直连胳膊都抬不起来了。他试了五回，观众悄没声儿，因为这是头出色的公牛，看来不是他赢就是公牛赢，后来他终于把牛刺死了。他在沙地上坐了下来，呕吐起来，人家拿条披风遮住他，这时观众高声喊叫，往斗牛场里扔东西。

陈良廷 译

艾略特夫妇

艾略特夫妇力求生一个孩子。只要艾略特太太受得住，他俩便经常努力尝试。结婚后他们在波士顿试过，现在漂洋过海时在船上也不放松。他们在船上并不经常尝试，因为艾略特太太晕船晕得挺厉害。她晕船了，而当她晕船时，就像南方女人那样呕吐。这是说出生于美国南部的女人。跟所有的南方女人一样，艾略特太太一晕船便马上垮下，这是由于夜里开船、早晨起得太早之故。船上许多乘客以为她是艾略特的母亲。知道他俩是夫妻的人则认为她怀孕了。实际上她才四十岁。她一开始旅游，便一下子见老了。

她曾看上去年轻得多。事实上，艾略特娶她时，她年轻得好像根本看不出年岁似的，艾略特当初在她服务的茶室里和她结识，交往了好久，有一天晚上吻了她，于是经过几个星期的求爱，才跟她结婚的。

休伯特·艾略特结婚时，正在哈佛当法学研究生。他是诗人，每年收入将近一万元。他写诗，很长，一挥而就。那时他二十五岁，跟艾略特夫人结婚之前从未跟女人上过床。他要保持童身，这样能将纯洁的心灵和身体给予妻子，而他对她也有着同样的期望。他自称这是“过规矩的生活”。他在初次吻未来的太太以前，曾和各式各样的姑娘谈情说爱，总是或迟或早向她们透露自己过着洁身自好的生活。这些姑娘几乎都对他失去了兴趣。有些姑娘明明知道有些男人曾自甘堕落，生活乌七八糟，却愿意跟他们订婚以致结合，这使他愕然，甚至觉得不堪。有一回，他试图提醒一个相识的少女，他几乎有真凭实据，可以证明她的心上人在大学时是个下流坯，结果却讨了个没趣。

艾略特太太名叫科妮莉亚。她却要他叫她加鲁蒂娜，这是她在南方娘家的小名。婚后，他把科妮莉亚带到家中时，他的母亲哭了。不过，等她得悉他俩将到国外去定居，又破涕为笑，兴高采烈了。

他告诉妻子，自己为了她而保持洁身自好，科妮莉亚便称他"亲爱的小宝贝"，还把他搂得格外紧。科妮莉亚也是纯洁的。"再亲亲我，就像这样，"她说。

休伯特对她解释，他会这样接吻是从一个家伙讲的一则故事中学来的。他对这新鲜玩艺很醉心，所以两人尽力加以发展。有时他俩亲吻了好久之后，科妮莉亚要他再说一遍：他是为了她而守身如玉的。这一讲总是使她又来了劲。

起先，休伯特并不想同科妮莉亚结婚。他从未把她看作结婚的对象。她只是他的一个知心朋友而已，但后来有一天，在茶室里，当她的女伴在店堂内张罗时，他俩待在后面的小间里随着留声机播放的音乐跳舞，她曾抬眼凝视着他，于是他吻了她。他如今一点也想不起究竟是什么时刻决心要结婚的。反正他俩成了亲。

新婚之夜是在波士顿一家旅馆里度过的。两人都感到索然无味，科妮莉亚终于入睡了。休伯特却睡不着，几次踅出房门，在旅馆走廊里踱来踱去，身上披着崭新的耶格尔毛料浴袍，那是特地为了蜜月旅行而买的。他在来回蹀躞时，看到各个房间门外放着一双双鞋子，大小不一。这景象使他不禁怦怦心跳，赶紧跑回自己房中，可是科妮莉亚正熟睡着。他不想叫醒她，不一会儿便定下心来，安稳地入睡了。

翌日，夫妇俩探望了他的母亲，再下一天就搭船去欧洲。在船上试图怀上孩子是有可能的，但科妮莉亚不能经常尝试，尽管孩子正是他们求之不得的。他们在瑟堡①上了岸，然后去巴黎。他俩在巴黎也试图怀上孩子。接着决定到第戎②去，那儿的大学开暑期

---

① 位于法国西北部科唐坦半岛的顶端，濒英吉利海峡，为一军港。

② 位于法国东部，巴黎东南，为一铁道枢纽。

班，并且有不少同船的乘客都去了。可是，他们发现在第戎无事可做。幸而休伯特正在写诗，写了好多，科妮莉亚在帮他打字。那些诗全都很长。他又很严格，绝不允许打错，要是有一个差错，就要她把整整一页重打。她哭过好几次，在离开第戎前，他俩几次三番试着怀上孩子。

他们回到巴黎，同船的旅伴也大都回来了。他们对第戎感到厌倦了，但反正现在可以夸口说，离开哈佛或哥伦比亚或华柏希[①]之后，曾远在科多尔省的第戎大学进修过。许多同伴本来宁愿到朗格道克、蒙贝里埃或贝比尼翁[②]去，如果那里有大学的话。可是这些地方都太远了。第戎离巴黎只有四个半小时的路程，而且火车上还有餐车。

所以，他们都坐在圆顶咖啡馆里，不上街道对面的罗东德咖啡馆去，因为那儿总是坐满了外国人，几天后，艾略特夫妇通过纽约《先驱报》[③]上一幅广告的介绍，在都兰[④]租下一所古堡改建的别墅。这时艾略特已结交了一批朋友，他们都很欣赏他的诗，于是艾略特太太说服他，邀请她在茶室里的那个女伴从波士顿来作客。这女友来后，艾略特太太变得高兴多了，两人常常抱住了痛哭。这女友比科妮莉亚大几岁，管她叫“宝贝”。她也出身于一个古老的南方世家。

他们三人，再加上艾略特的几个朋友（他们叫他休皮[⑤]），一同到都兰的别墅去。他们发现都兰很像堪萨斯[⑥]，也是平原，天气炎热。这时艾略特已写了好多诗，差不多够收成集子了。他想把它在

---

① 以上为美国三所大学名；最后一所在印第安纳州西部克劳福斯维尔，实际上是一所私立的男子学院。

② 以上三处在法国南部地中海滨，朗格道克实为古地区名，蒙贝里埃在早年曾为该区的首府。

③ 这是美国纽约《先驱论坛报》的巴黎版。

④ 法国中部一古地区，位于巴黎西南。

⑤ 休伯特的昵称。

⑥ 州名，位于美国中部。

波士顿出版，已经把支票寄给了出版商，签订了合同。

过后不久，那些朋友络绎回巴黎去了。他们发觉都兰并不像新来乍到时那样美妙。这些朋友不久交上了一个有钱的未婚的青年诗人，陪他到特鲁维尔[①]附近的一个海滨胜地去。他们在那里都非常开心。

艾略特继续待在都兰的别墅里，因为租了整整一个夏季。在一间灼热的大卧室里，他和太太躺在一张硬邦邦的大床上，竭力想有个孩子。那时，艾略特太太正在学打字的指法，但她发现，这种方法虽然能加快速度，却更容易打错。实际上，这时所有的诗稿都由那女朋友在打了。她打得干净利落，效率极高，而且看来乐此不疲。

此时，艾略特喝上了白葡萄酒，独自住在另一间房中。他熬夜写了好多诗，早晨显得精疲力竭。艾略特太太和女友现在同睡在那只中世纪的大床上。她俩抱住了哭过好几回。晚上，三人坐在花园里一株法国梧桐下，一起吃饭，热乎乎的晚风吹来，艾略特呷着白葡萄酒，他太太和女朋友谈着天，各自得其所哉。

孙　梁译

---

① 位于法国西北部塞纳河注入英吉利海峡的河口湾之南，和大港市勒阿弗尔隔水相望。

第十章

他们啪啪啪地抽打白马的腿儿，白马用膝盖撑起身子。长矛手把马镫扶正，勒住马，顺势跨上马鞍。马儿的内脏蓝蓝的一团挂了下来，起步慢跑时前后晃动，几名助手用鞭子从后面抽打马腿。白马痉挛地沿着围栏一路慢跑。它一下子僵住不走了，一名助手抓住了马笼头，牵着它往前走。那长矛手用靴刺扎进马肋，俯身向前，抖动长矛指向公牛。鲜血从白马两条前腿间汩汩喷出。它紧张不安地颤动着。那公牛拿不定主意要不要冲过来。

陈良廷 译

雨中的猫

旅馆里留宿的美国客人只有两个。他们打房间里出出进进、上下楼梯时，一路上碰到的人一个都不认识。他们的房间就在面海的二楼。房间还面对着那公园和战争纪念碑。公园里有些大棕榈树和绿色的长椅。天气好的时候，常常可以看到一个支起了画架的画家。画家们都喜欢棕榈树那种长势，喜欢面对着公园和海的那几家旅馆的鲜艳色彩。意大利人老远赶来瞻仰战争纪念碑。纪念碑是用青铜铸成的，在雨里闪闪发亮。天正在下雨。雨水打棕榈树上滴下。砾石小路上有一潭潭的积水。海水在雨中冲上一长条海岸，顺着海滩溜回去，然后又在雨中冲上一长条海岸。停在战争纪念碑边广场上的汽车都开走了。广场对面，有一名侍者站在咖啡馆门洞子里望着空荡荡的广场。

那个美国太太站在窗边眺望着外边。就在他们外边的窗子下，有只猫蜷缩在一张淌着雨水的绿色桌子下。猫儿拼命要把自己的身子缩紧，不让雨水滴着。

“我要下去捉那只小猫，”美国太太说。

“我来去捉吧，”她丈夫从床上说。

“不，我去捉。这可怜的小猫在外边竭力躲在桌子下，不让淋湿。”

做丈夫的继续看书，他肩后垫着两只枕头，躺在床脚那一头。

“别淋湿了，”他说。

太太下了楼，穿过办公室时，旅馆主人站起身，向她哈哈腰。他的写字台在办公室的另一端。他是个老头，个子很高。

“下雨啦①，”太太说。她喜欢这个旅馆老板。

“是，是，太太，坏天气。天气很不好。”

他站在昏暗的房间另一端的写字台后面。这个太太喜欢他。她喜欢他听到任何怨言时那种特认真的态度。她喜欢他那份庄重。她喜欢他愿意为她效劳的态度。她喜欢他那感觉到自己是个旅馆老板的态度。她喜欢他那张苍老而厚实的脸和那双大手。

她一面觉得喜欢他，一面打开门，向外张望。雨下得更大了。有个披着胶布披肩的男人正穿过空荡荡的广场，向咖啡馆走去。那只猫该就在这一带的右方。也许她可以沿着屋檐下走过去。她站定在门洞子内，有顶伞在她背后张开来了。原来是那个照料他们房间的侍女。

“不能让你淋湿啊，”她面带笑容，操着意大利语说。当然啦，是那旅馆老板差她来的。

她由侍女撑着伞遮住她，沿着砾石小路走到他们的窗下。桌子就在那儿，在雨里给淋成鲜绿色，可是那只猫不见了。她突然感到大失所望。侍女抬头望着她。

“您丢了什么东西啦，太太？”

“有一只猫，”年轻的美国太太说。

“一只猫？”

“是，猫。”

“一只猫？”侍女哈哈一笑。“雨中有一只猫？”

“是呀，”她说，“就在这桌子下。”接着，“啊，我多么想要它。我要一只小猫。”

她说英语的时候，侍女的脸顿时绷紧起来。

“来，太太，”她说。“我们该回到里面去。你会淋湿的。”

“我看是这样吧，”年轻的美国太太说。

她们沿着砾石小路走回去，进了门。侍女在门外逗留了一会儿，把伞收拢。美国太太经过办公室时，老板从写字台边向她哈哈腰。太太心里感到有点儿无聊和尴尬。这个老板使她觉得自己十分

① 用仿宋字体排印的对话，原文是意大利文，下同。

无聊，同时也觉得确实很了不起。她刹那间觉得自己极其了不起。她朝前走，登上楼梯。她打开房门。乔治躺在床上，在看书。

“猫捉到啦？”他放下书本问。

“跑啦。”

“不知跑到哪里去了，”他说，不看书了，好休息一下眼睛。

她在床沿上坐下。

“我太想要那只猫了，”她说。“我不知道干吗那么想要它。我要那只可怜的小猫。做一只待在雨中的可怜的小猫，可不是什么有趣的事儿。”

乔治又在看书了。

她走过去，在梳妆台镜子前坐下，拿起手镜瞧自己的影子。她端详着自己的侧影，先看看这一边，又看看另一边。接着她端详起自己的后脑勺和脖子来。

“要是我把头发留起来，你可以为是个好主意吗？”她问，又看着自己的侧影。

乔治抬眼望去，看见她的脖颈，像男孩子那样，头发剪得很短。

“我喜欢现在这个样子。”

“我可对它厌腻透了，”她说。“看上去像个男孩子，叫我厌腻透了。”

乔治在床上换了个姿势。她开口说话以来，他眼睛一直没有离开过她。

“你真漂亮极了，”他说。

她把手镜放在梳妆台上，走到窗前，向外张望。天逐渐见黑了。

“我要把头发往后梳得又紧又光滑，在后脑勺扎个大结，可以用手摸摸，”她说。“我要有只小猫来坐在我膝头上，我一抚摩它，它就呜呜叫。”

“是吗？”乔治在床上说。

“我还要用自己的银器来吃饭，我要点上蜡烛。我还要现在是春天，我要对着镜子把头发梳理，我要一只小猫，我要几件新衣服。”

“唉，住口，找点书报看看吧，”乔治说。他又在看书了。

他妻子正往窗外望着。这会儿天很黑了，雨仍在下在棕榈树间。

“反正我要一只猫，”她说，“我要一只猫。我现在就要一只猫。要是我不能留长头发，也没有乐子，我总可以有只猫吧。”

乔治不在听她说话。他在看他的书。他妻子望着窗外，广场上已经上灯了。

有人在敲门。

“请进，”乔治说。他从书上抬起眼来。

那侍女站在门洞子里。她抱着一只大玳瑁猫，它紧贴在她身上，正朝下扭动着想脱身。

“请原谅，”她说，“老板要我把这只猫送来给太太。”

曹　庸　译

第十一章

观众一直在高声叫喊，向斗牛场内扔面包块，后来又扔坐垫和皮酒囊，一边不断吹口哨，大叫大嚷。那头公牛终于被那么多的厉害的扎刺弄得筋疲力尽，不由屈膝躺下，有个斗牛队的成员伛身在牛颈上，用短剑把它刺死。观众翻过围栏，把斗牛士团团围住，两个人揪住了他不放，有个人剪下他的短辫，在手里挥舞着，有个小伙子夺过辫子，拿了就跑。后来，我在咖啡馆里看见他。他个子很矮小，脸色棕褐，喝得着实醉了，他说，这种事以前毕竟也有过。我的确不是个够格的斗牛士。

陈良廷 译

禁捕季节

佩多齐把替旅馆花园铲土挣到的四个里拉用来喝个烂醉。他看见那位年轻先生从小径走过来，神秘兮兮地跟他说话。这位年轻先生说自己还没吃过午饭，不过一吃好马上就可以走的。四十分钟，至多一个小时。

在桥边的小酒店里，人家又赊卖三瓶葡萄渣白兰地给他，因为他信心十足，对午后要干的差使十分诡秘。那天风大，太阳从云层后面露出来，一会儿在麻花小雨中隐没了。真是钓鳟鱼的好日子。

这位年轻先生走出旅馆，问他钓竿的事。要不要让他太太带着钓竿跟来？“好啊，”佩多齐说，“让她跟我们去吧。”年轻先生回到旅馆，跟他妻子说了。他和佩多齐沿着大路出发了。他肩上背着一只背包。佩多齐看见他妻子同他一样年轻，穿着登山靴，戴着蓝色贝雷帽，出了门跟在他们后边一路走来，还带着钓竿，已经拆开，一手拿一截。佩多齐不喜欢让她给拉在后面。“小姐[①]，”他叫道，一边对年轻先生眨眨眼，“上前来，跟我们一起走吧。太太，上前来呀。我们一块儿走吧。”佩多齐要他们三个一齐沿着科尔蒂纳[②]的这条街走。

那位太太拉在后面，绷着脸跟随着。“小姐，”佩多齐柔声叫道，“上前来跟我们一起走吧。”年轻先生回头看看，大声说了句什么。太太才不再拉在后面，走上前来。

他们沿着城里的大街走，佩多齐一路上碰到谁都煞有介事地打招呼。“你好，阿图罗[③]！”一边触触帽檐。这个银行职员在法西斯分子开的咖啡馆门口瞪着他。人们三五成群，站在那些店铺门前瞪着他们三个。他们走过新旅馆工地时，那些外套上沾满石粉、正忙着打地基的工人都抬眼看看。没人跟他们说话，也没人跟他们打招呼，只有城里的那个叫化子，又瘦又老，胡子上干结着唾沫，在他们路过时向他们脱帽行礼。

佩多齐在一家橱窗里摆满了瓶酒的铺子前止了步，从旧军服里面一个口袋里掏出一只空酒瓶。“来点喝的，给太太买点马沙拉[4]，来点，来点喝的。”他握着酒瓶打手势。好一个钓鱼天。“马沙拉，你喜欢马沙拉吗，小姐？来点儿马沙拉？”

太太绷着脸站着。“你只好凑他的兴了，”她说。“他说的话我一句都不懂。他喝醉了吧？”

年轻先生装作没听到佩多齐说的话。他在想，佩多齐到底怎么会说起马沙拉的？那种酒是马克斯·比尔博姆[5]喝的啊。

“钱[6]，”佩多齐一把揪住年轻先生的衣袖，临了说，“里拉。”他笑了，虽然不愿强调要钱，但是有必要让这位年轻先生采取行动。

年轻先生拿出钱包，给了他一张十里拉的钞票。佩多齐登上台阶，走到这家国内外名酒专卖店的门口。店门上着锁。

“这家店要到两点钟才开门呢，”有个过路人带着嘲笑的意味说。佩多齐走下台阶。他感到伤心。没关系，他说，我们可以到康科迪亚去买。

他们三个并肩一路走到康科迪亚去。康科迪亚的门廊上堆着生了锈的大雪橇，年轻先生在店门口说，“你要什么？[7]”佩多齐把那张折成几叠的十里拉钞票交给他。“没什么，”他说，“什么都

---

① 佩多齐一忽儿叫这年轻先生的妻子为太太，一忽儿为小姐，原文都是意大利语。下同。

② 全名为科尔蒂纳丹佩佐，为意大利北部阿尔卑斯山麓一旅游城市。

③ 原话为意大利语。

④ 马沙拉，意大利西西里岛产的红葡萄酒，以原产地马沙拉城得名。

⑤ 马克斯·比尔博姆（1872—1956）：英国散文家，剧评家，漫画家，曾侨居意大利二十年左右。

⑥ 原文是德语。

⑦ 原文是德语。

行。”他不好意思了。“马沙拉也好。我说不准。马沙拉吧？”

这对年轻夫妇进了康科迪亚的店门，门就关上了。“三杯马沙拉，”年轻先生对糕点柜后面的姑娘说。“你是说要两杯吧？”她问。“不，”他说，“一杯给个老头[①]。”“哦，”她说，“一个老头，”说着大笑，顺手取下酒瓶。她把三份泥浆似的饮料倒进三个玻璃杯。那位太太正坐在一排报夹下的一张桌子边。年轻先生把一杯马沙拉放在她面前。“你还是把这喝了，”他说，“不定会使你好过些。”她坐着瞧着杯子。年轻先生走到门外，拿了一杯想给佩多齐，可是看不见他人影。

“不知他上哪儿去了，”他拿着那杯酒，回进糕点室里说。

“他要一夸脱呢，”太太说。

“一夸脱要多少钱？”年轻先生问那姑娘。

“白的吗？一里拉。”

“不，是马沙拉。把这两杯也倒进去，”他说着，把自己这杯和倒给佩多齐的那杯都交给她。她用个漏斗灌满了一夸脱的量酒筒。“找个瓶子来可以带着走，”年轻先生说。

她去找瓶子了。她觉得好笑极了。

“真抱歉，让你心里这么不好受，小不点儿，”他说。“真抱歉，刚才吃饭时我那样说话。同样的事，我们俩看问题的角度就是不同。”

“没什么关系，”她说。“一点关系也没有。”

“你感到太冷吧？”他问。“但愿你肯再穿上件毛衣。”

“我已经穿上三件了。”

那姑娘拿了只细长的棕色酒瓶进来，把马沙拉倒了进去。年轻先生又付了五里拉。他们走出门去。那姑娘觉得好笑。佩多齐正在背风的那一边走来走去，手里拿着钓竿。

“走吧，”他说，“我来拿钓竿。让人家看见钓竿有什么关系？

---

① 原文为意大利语。

没人会找我们麻烦的。没人会在科尔蒂纳找我麻烦的。我认识市政府里的人。我当过兵。这城里的人个个都喜欢我。我卖青蛙。要是禁止钓鱼怎么办？没什么事儿。没事儿的。没麻烦的。大鳟鱼啊，不骗你。好多好多呢。”

他们正下山朝河边走去。城市落在他们后面了。太阳隐没了，又在下小雨了。“瞧，”他们路过一所房子，佩多齐指指门口一个姑娘说。“我的女儿。”

“他的医生[①]，”那位太太说，“他有必要指给我们看他的医生吗？”

“他是说他的女儿，”年轻先生说。

佩多齐手一指，那姑娘就进屋去了。

他们下了山，穿过田野，然后拐弯沿着河岸走。佩多齐拼命挤眉弄眼，自作聪明地咭咭呱呱说着话。他们三个并肩走路时，那位太太闻到了风中传来他嘴里的酒气。他有一回还用手拐儿捅捅她的肋骨。他有时候用丹佩佐方言[②]说话，有时候用蒂罗尔[③]人的德国方言说话。他拿不准这对年轻夫妇最听得懂哪种话，所以他两种话都说。不过听到那位先生连声说是，是[④]，佩多齐就决定完全说蒂罗尔话了。那位年轻先生和太太什么都听不懂。

“城里人个个都看见我们拿着钓竿走过。我们现在大概给禁捕警察盯上了。但愿我们没卷进这麻烦事儿。这个混账的老糊涂也喝得烂醉了。”

“你当然没胆量干脆就此回去的，”那位太太说。“你当然只好继续干下去啦。”

“那你干吗不回去啊？回去啊，小不点儿。”

---

① 在英语中女儿 daughter 和医生 doctor 发音相似。

② 就是科尔蒂纳所在的丹佩佐河谷地区的方言。

③ 蒂罗尔，中欧一地区名，在奥地利西部和意大利北部，大部分为阿尔卑斯山地。

④ 原文是德语。

"我要跟你在一起。要是你坐牢，那还是两个人一起坐的好。"

他们一个急转弯，朝下走到河岸边，佩多齐站住了，上衣迎风飘动，他对着河比划着。河水浑浊泛黄。右边有个垃圾堆。

"用意大利语跟我说，"年轻先生说。

"半小时。至少半小时[①]。"

"他说至少还要走半个小时。回去吧，小不点儿。不管怎么说，在这风口里，你会受凉的。今天天气坏，反正我们也不会找到什么乐趣的。"

"那好吧，"她说着就爬上草坡。

佩多齐在下边河畔，等她几乎翻过山脊，看不见人影了，才注意到她不在了。"太太！"他大声叫道。"太太！小姐[②]！你别走。"

她继续翻过山脊。

"她走了！"佩多齐说。他感到震惊。

他解下扣住那几截钓鱼竿的橡皮圈，动手把钓竿连接起来。

"可你说过还要走半小时。"

"哦，是啊。再往前走半小时固然好。可这儿也好。"

"真的？"

"当然。这儿好，那儿也好。"

年轻先生便在河岸上坐下，连接好一支钓竿，安上卷轴，把钓丝穿过系线环。他感到不自在，生怕鱼场看守或民防团随时会从城里跑到河滩来。他看得见城里的房屋和露出在山丘边缘的钟楼。他打开放接钩线的小匣。佩多齐弯下腰，把扁平粗硬的拇指和食指抠进去，把那些弄湿的接线弄乱了。

"你有铅子儿吗？"

"没有。"

"你一定要有一些铅子儿。"佩多齐激动了。"你一定要有

---

① 原文是意大利语。

② 原文是德语。

铅子儿[①]。铅子儿。一些铅子儿。就放在这儿。就放在钓钩的上方，不然你的鱼饵就会浮到水面上来。你一定要有这个。只要一点铅子儿就行。”

“那你带来了吗？”

“没。”他绝望地仔细翻看了一下口袋。把军装里面的口袋夹里的布屑也找了个遍。“我一点也没有。我们一定要有铅子儿。”

“那我们钓不成鱼了，”年轻先生说，一边拆开钓竿，把钓丝从线环中倒卷出来。“我们弄点铅子儿，明天再钓吧。”

“不过，听我说，亲爱的[②]，你一定得有铅子儿。不然钓丝会平浮在水面上。”佩多齐的好机会眼看要成为泡影了。“你一定得有铅子儿。一点儿就够了。你的钓鱼家什全是崭新的，就是没有铅子儿。我原想带点儿来的。可你说过你样样齐全。”

年轻先生瞧着给融雪染污的河水。“我知道，”他说，“我们明天搞点铅子儿再钓吧。”

“早上几点？告诉我吧。”

“七点。”

太阳出来了。天气暖和宜人。年轻先生感到松了口气。他不再干违法行为了。他坐在河岸上，从口袋里掏出那瓶马沙拉，递给佩多齐。佩多齐就递回来。年轻先生喝了一口，又递给佩多齐。佩多齐又递回来。“喝吧，”他说，“喝吧。是你的马沙拉嘛。”年轻先生喝了一小口，又把瓶递给他。佩多齐一直目不转睛地盯着这瓶子。他急匆匆拿过酒瓶就倒转瓶口，喝着喝着，他脖颈的褶皱上的灰发上下波动着，两眼直盯着这细长的棕色酒瓶的瓶底。他全喝光了。喝酒的时候，太阳亮光光。真是美妙。说到头来，这真是个好日子。美妙的日子。

---

① 原文是意大利语。
② 原文是意大利语。

“听着，亲爱的[1]！早上七点。”他叫这位年轻先生亲爱的有好几回了，一点事儿都没有。马沙拉真是好酒。他两眼闪闪发亮。这样的好日子往后多着呢。从明儿早上七点就开始。

他们动身上山朝城里走。年轻先生径自走在头里。他走到半山腰了。佩多齐向他大声叫唤。

“听我说，亲爱的，你能帮个忙，给我五里拉吗？”

“今天要用吗？”年轻先生皱皱眉问。

“不，不是今天。今天给我明天用。我要备齐明天用的东西。面包、萨拉米香肠、干酪，供我们大家吃的好东西。你跟我还有太太。钓鱼用的鱼饵，用鲦鱼，不光是用蚯蚓。也许我还可以买些马沙拉。全部费用五里拉。帮个忙，给五里拉吧。”

年轻先生仔细翻看钱包，掏出一张两里拉和两张一里拉的钞票。

“谢谢你，亲爱的。谢谢你，”佩多齐说，那口气活像卡尔顿俱乐部[2]一个会员从另一个会员手里接过一份《晨邮报》时所用的。这才是生活呐。他不想干旅馆花园的活儿了，再也不愿拿着粪耙耙冰冻的粪了。生活在展开着。

“那就七点钟再见吧，亲爱的，”他拍拍年轻先生的背说。“七点整。”

“我也许不去了，”年轻先生把钱包放回口袋里说。

“什么，”佩多齐说，“我会弄到鲦鱼的，先生。萨拉米香肠，样样都全。你跟我还有太太。我们三个。”

“我也许不去了，”年轻先生说，“十之八九不去了。我会在旅馆账房给老板留话的。”

刘文澜 译

---

① 原文是意大利语。

② 这是伦敦西区老俱乐部之一，休息室中有舒适的扶手椅，会员们静坐读报，处在高雅的气氛中。

第十二章

如果这一幕近在你座位前面的正下方发生，你就能看清比利亚尔塔对着公牛咆哮咒骂，等公牛朝他冲来，他像棵受到大风袭击的橡树，稳稳往后转了个身，两腿并紧，拖着红巾，红巾下的剑也随着弧线划过。随后他咒骂公牛，对着它挥动红巾，随着它冲过来，他两腿稳稳地往后转个身，红巾划了道弧线，每回转身，全场观众都大喊大叫。

他动手杀牛的时候也完全如此迅捷。公牛在他面前直盯着他，怀着仇恨。他从红巾褶层里抽出剑来，以同样的动作瞄准着对方，冲着公牛叫，公牛！公牛[①]！公牛冲上来，比利亚尔塔冲上去，一时搅成一团。比利亚尔塔跟公牛搅成了一团，但转眼就结束了。比利亚尔塔站得笔直，红色的剑柄黯然矗出在公牛的两肩之间。比利亚尔塔对着观众举起手来，公牛咆哮如雷，血流如注，直盯着比利亚尔塔，四腿软坍下来。

陈良廷 译

① 原文为 toro，西班牙语。

越野滑雪

缆车又颠了一下，停了。没法朝前开了，大雪给风刮得严严实实地积在车道上。冲刷高山裸露表层的狂风把向风一面的雪刮成一层冰壳。尼克正在行李车厢里给滑雪板上蜡，把靴尖塞进滑雪板上的铁夹，牢牢扣上夹子。他从车厢边缘跳下，落脚在硬邦邦的冰壳上，来一个弹跳旋转，蹲下身子，把滑雪杖拖在背后，一溜烟滑下山坡。

乔治在下面的雪坡上一落一起，再一落就不见了人影。尼克顺着陡起陡伏的山坡滑下去时，那股冲势加上猛然下滑的劲儿把他弄得浑然忘却一切，只觉得身子里有一股飞翔、下坠的奇妙感。他挺起身，稍稍来个上滑姿势，一下子又往下滑，往下滑，冲下最后一个陡峭的长坡，越滑越快，越滑越快，雪坡似乎在他脚下消失了。身子下蹲得几乎倒坐在滑雪板上，尽量把重心放低，只见飞雪犹如沙暴，他知道速度太快了。但他稳住了。他决不失手摔倒。随即一搭被风刮进坑里的软雪把他绊倒，滑雪板一阵磕磕绊绊，他接连翻了几个筋斗，觉得活像只挨了枪子的兔子，然后停住，两腿交叉，滑雪板朝天翘起，鼻子和耳朵里满是雪。

乔治站在坡下稍远的地方，正噼噼啪啪地拍掉风衣上的雪。

"你的姿势真美妙，迈克，"他对尼克大声叫道。"那搭烂糟糟的雪真该死。把我也这样绊了一跤。"

"在峡谷滑雪是什么味儿？"尼克仰天躺着，踢蹬着滑雪板，挣扎站起来。

"你得靠左边滑。因为谷底有堵栅栏，所以飞速冲下去后得来个大旋身[①]。"

"等一会儿我们一起去滑。"

"不，你赶快先去。我想看你滑下峡谷。"

尼克·亚当斯赶过背部宽阔、金发上还蒙着一点儿雪的乔治身边向上攀登，他的滑雪板开始有点打滑，随后一下子猛冲下去，把晶莹的雪糁儿擦得嘶嘶响，随着他在起伏不定的峡谷里时上时下，看起来像是在浮上来又沉下去。他坚持靠左边滑，末了，在冲向栅栏时，紧紧并拢双膝，像拧紧螺旋似的旋转身子，把滑雪板向右来个急转弯，扬起滚滚白雪，然后慢慢减速，跟山坡和铁丝栅栏平行地站住了。

他抬头看看山上。乔治正屈起双膝，用特勒马克姿势[②]滑下山来；一条腿在前面弯着，另一条腿在后面拖着，两支滑雪杖像虫子的细腿那样荡着，杖尖触到地面，掀起阵阵白雪，最后，这整个一腿下跪、一腿拖随的身子来个漂亮的右转弯，蹲着滑行，双腿一前一后，飞快移动，身子探出，防止旋转，两支滑雪杖像两个光点，把弧线衬托得更加突出，一切都笼罩在漫天飞舞的白雪中。

"我就怕大旋身，"乔治说，"雪太深了。你做的姿势真美妙。"

"我的一条腿做不来特勒马克，"尼克说。

尼克用滑雪板把铁丝栅栏的最高一股铁丝压下，乔治纵身越过去。尼克跟他来到大路上。他们沿路屈膝滑行，进入一片松林。路面结着光亮的冰层，被拖运原木的马儿拉的犁弄脏了，染得一搭橙红，一搭烟黄。两人一直沿着路边那片雪地滑行。大路陡然往下倾斜通往小河，然后笔直上坡。他们透过林子，看得见一座饱经风吹雨打、屋檐较低的长形的房子。从林子里看，这房子显得泛黄。走近了，看出窗框漆成绿色。油漆在剥落。尼克用一支滑雪杖把滑雪板上的夹靴夹敲松，双脚一踢，让滑雪板掉下。

---

① 滑雪时用大旋身来掉转下坡方向，在高速滑行时通常靠改变身体前倾重量，滑雪板保持平行，然后转弯刹住。

② 下滑时把一条滑雪板稍稍超前另一条的一种姿势，以其起源于挪威西南部特勒马克郡而得名。

"我们还是把滑雪板带上去的好，"他说。

他肩起滑雪板，把靴跟的铁钉扎进冰封的立脚点，一步步爬上陡峭的山路。他听见乔治紧跟在后，一边喘息，一边把靴跟扎进冰雪。他们把滑雪板竖靠在客栈的墙上，相互拍掉彼此裤子上的雪，把靴子蹬蹬干净才走进去。

客栈里黑咕隆咚的。有只大瓷火炉在屋角亮着火光。天花板很低。屋内两边那些酒渍斑斑的暗黑色桌子后面摆着光溜溜的长椅。两个瑞士人坐在炉边，一边抽着烟斗，一边喝着小杯浑浊的新酒。尼克和乔治脱去茄克衫，在炉子另一边靠墙坐下。有个人在隔壁房里停止了歌唱，一个围着蓝围裙的姑娘走出门来看看他们想要什么喝的。

"来瓶西昂[①]酒，"尼克说。"行不行，吉奇[②]？"

"行啊，"乔治说。"你对酒比我内行。我什么酒都爱喝。"

姑娘走出去了。

"没一项玩意儿真正比得上滑雪，对吧？"尼克说。"你滑了老长一段路，头一回歇下来时就会有这么个感觉。"

"嘿，"乔治说。"这是妙不可言的。"

姑娘拿酒进来，他们一时拔不出瓶塞。最后还是尼克打开了。姑娘出去了，他们听见她在隔壁房里唱德语歌。

"酒里有些瓶塞渣子没关系，"尼克说。

"不知她有没有糕点。"

"我们问问看。"

姑娘走进屋，尼克注意到她围裙鼓鼓地遮着大肚子。不知她最初进来时我怎么会没看见，他想。

"你唱的什么歌？"他问她。

"歌剧，德国歌剧。"她不愿谈论这个话题。"你们要吃的话，

---

① 西昂位于瑞士西南部，为瓦莱州首府，盛产名酒。
② 吉奇是乔治的爱称。

我们有苹果馅卷饼。”

“她不太客气，是不？”乔治说。

“啊，算了。她不认识我们，没准儿当我们要拿她唱歌开玩笑呢。她大概是从北边讲德语的地区来的，待在这里脾气躁，再说，没结婚肚子里就有了这孩子，所以脾气躁，碰不得。”

“你怎么知道她没结婚？”

“没戴戒指。真见鬼，这一带的姑娘都是弄大了肚子才结婚的。”

门开了，一帮子从大路那头来的伐木工人走进来，在屋里把靴子上的雪跺掉，身上直冒水汽。那女招待给这帮人送来了三公升新酒，他们分坐两桌，光抽烟，不作声，脱下了帽，有的背靠着墙，有的趴在桌上。屋外，拉运木雪橇的马儿偶尔一仰脖子，铃铛就清脆地丁当作响。

乔治和尼克都高高兴兴的。他们两人很合得来。他们知道回去还有一段路程可滑呢。

“你几时得回学校去？”尼克问。

“今晚，”乔治回答。“我得赶十点四十分从蒙特勒[①]开出的车。”

“我真希望你能留下过夜，我们明天上百合花峰去滑雪。”

“我得上学啊，”乔治说。“哎呀，尼克，难道你不希望我们能就这么在一起闲逛吗？带上滑雪板，乘上火车，到一个地方滑个痛快，滑好上路，找客栈投宿，再一直越过奥伯兰山脉[②]，直奔瓦莱州，穿过恩加丁谷地[③]，随身背包里只带上修理工具匣和替换毛衣和睡衣，甭管学校啊什么的。”

“对，就这样穿过黑森林区[④]。哎呀，都是好地方啊。”

---

① 蒙特勒，瑞士日内瓦湖东北岸的疗养胜地。

② 奥伯兰山脉，位于日内瓦湖东南。

③ 恩加丁谷地，在瑞士东端，从西南向东北延伸，分上恩加丁谷和下恩加丁谷两部分。

④ 黑森林区，在德国西南端。

“就是你今年夏天钓鱼的地方吧？”

“是啊。”

他们吃着苹果馅卷饼，喝干了剩酒。

乔治倒身靠着墙，闭上眼。

“喝了酒我总是这样感觉，”他说。

“感觉不好？”尼克问。

“不。感觉好，只是怪。”

“我明白，”尼克说。

“当然，”乔治说。

“我们再来一瓶好吗？”尼克问。

“我不想喝了，”乔治说。

他们坐在那儿，尼克双肘撑在桌上，乔治往墙上颓然一靠。

“海伦快生孩子了吧？”乔治说，身子离开墙凑到桌上。

“是啊。”

“几时？”

“明年夏末。”

“你高兴吗？”

“是啊。眼前。”

“你打算回美国去吗？”

“看来要回去吧。”

“你想要回去吗？”

“不。”

“海伦呢？”

“不。”

乔治默默坐着。他望着那空酒瓶和那些空酒杯。

“真要命不是？”他说。

“不。还说不上，”尼克说。

“为什么？”

“我不知道，”尼克说。

“你们今后在美国还会一块儿滑雪吗？”乔治说。

“我不知道，”尼克说。

“那些山不怎么样，”乔治说。

“对，”尼克说。“岩石太多。树木也太多，而且都太远。”

“是啊，”乔治说，“加利福尼亚就是这样。”

“是啊，”尼克说，“我到过的地方处处都这样。”

“是啊，”乔治说，“都是这样。”

瑞士人站起身，付了账，走出去了。

“我们是瑞士人就好了，”乔治说。

“他们都有大脖子的毛病，”尼克说。

“我不信，”乔治说。

“我也不信，”尼克说。

两人哈哈大笑。

“也许我们再也没机会滑雪了，尼克，”乔治说。

“我们一定得滑，”尼克说。“要是不能滑就没意思了。”

“我们要去滑，没错，”乔治说。

“我们一定得滑，”尼克附和说。

“希望我们能就此说定了，”乔治说。

尼克站起身。他把风衣扣紧。他朝乔治弯下身子，拿起靠墙放着的两支滑雪杖。他把一支滑雪杖戳在地板上。

“说定了可一点也靠不住，”他说。

他们开了门，走出去。天气很冷。雪结得硬邦邦的。大路一直爬上山坡通到松林里。

他们把刚才靠在客栈墙上的滑雪板拿起来。尼克戴上手套。乔治已经扛着滑雪板上路了。这下子他们可要一起跑回家了。

陈良廷 译

第十三章

我听到街那头传来鼓声，接着是横笛声和风笛声，不一会儿他们绕过街角走来，大家跳着舞。街上挤满了这些人。马埃拉看见了他，随后我也看见了他。大家停止了奏乐，蹲下身子，他也猫起腰，跟大伙儿一起蹲在街上，等到大家重新奏乐，他就一骨碌跳起身，跟大伙儿一起沿街跳舞。他准是喝醉了。

你下去找他，马埃拉说，他恨我。

我就下去了，追上了他们，趁他蹲下去等音乐声再起时一把揪住他，说，快来吧，路易斯。看在老天分上，你今儿下半天还得斗牛呢。他不在听我说话，他正一个劲儿地在等音乐声再起。

我说，别胡闹了，路易斯。快回旅馆去吧。

这时音乐声又响起来了，他一骨碌跳起身，从我手里扭脱，跳起舞来。我揪住他一条胳膊，他挣脱了，说，啊呀，别来缠我。你又不是我老子。

我回到旅馆，马埃拉在阳台上张望，看看我是不是把他带回来了。他看见我就回进房去，走下楼来，一副嫌恶相。

得了，我说，说到底，他不过是个墨西哥大老粗罢了。

是啊，马埃拉说，可他给牛角顶了摔倒了谁来杀牛啊？

我看，该我们来了，我说。

是啊，只有我们了，马埃拉说。我们来杀那些蛮子的牛，那些醉鬼的牛，那些 riau-riau① 舞迷的牛。是啊。我们来杀牛。我们来杀牛，没错。是啊。是啊。是啊。

陈良廷 译

① 西班牙的一种民间舞蹈。

我老爹

我想，现在看起来，我老爹生来就是个胖子的料，那号到处可以见到的平平常常、圆圆滚滚的小胖子，不过他确实从来没胖到那个程度，就是最近才有点儿嫌胖罢了，而且这也不能怪他不好，他只参加参加骑马障碍赛，能负担得起这么大的体重。我还记得他在两件运动衫外套上一件胶布衫，外面再套上一件大汗衫，拉了我在晌午前火热的太阳下一起跑步那模样。他兴许会在大清早四点钟从托里诺[①]一赶来，就搭上一辆出租汽车赶到拉佐的赛马训练场，找一匹赛马试骑一会儿，这时万物都披着露水，太阳还刚开始出来，我帮他脱掉靴子，他穿上一双橡皮底帆布鞋和那么许多运动衫，我们就出发了。

“快，孩子，”他会这么说，一边在骑师更衣室门前踮起脚尖来回地走，“我们赶快行动。”

于是我们兴许会在内场缓步跑上一圈，他跑在头里，跑得不错，然后拐出马场的院门，沿着圣西罗通往四面八方的许多两旁都种着树的路中的一条跑去。我们上路时，我就会跑在他前头，我能跑得相当好，于是回头看看，只见他就在我后面轻松地跑着，过了一小会儿，我再回头看看，他在开始冒汗了。但等他浑身大汗，他只顾眼睛盯着我后背，一路紧紧跟着，可是一瞧见我在看他，就咧开嘴笑着说，“出了不少汗吗？”只要我老爹咧开嘴一笑，谁见了都禁不住会咧开嘴笑的。我们继续一直朝山区跑去，随后我老爹大叫了一声，“嗨，乔！”我回头一看，他已坐在一棵树下，把原来围在腰际的一条毛巾围在脖子上了。

我就跑回来，在他身边坐下，他从口袋里掏出一根绳子，在阳光下跳起绳来，脸上汗水直淌，他在扬起的白色尘土里跳着绳，绳子啪嗒啦、啪嗒啦、啪嗒、啪嗒、啪嗒地响着，太阳越来越热，他在路上一小块地方来回跳着，越跳越费劲。哎呀，看我老爹跳绳也是一大乐趣呢。他可以呼喇喇地跳得飞快，也可以懒洋洋地跳得很慢，跳出花式来。哎呀，你真该看看那些过路的意大利佬有时瞧着我们的样子，他们正赶着白色大公牛拉的车一路走进城。他们那眼光的确像是把我老爹看做疯子似的。他把绳子挥得呼喇喇响，弄得他们突然一动不动地站住了观察他，然后对公牛咯咯一声，用赶牛棒捅一下，就又上路了。

我坐着看他在火热的太阳下锻炼，心里着实疼他呢。他的确挺逗，但他锻炼得如此卖力，跳完绳后总是照例刷的一下把脸上的汗水像水一样挥掉，然后把绳子挂在树上，走过来，在我身边坐下，往树上一靠，脖子上围着毛巾和一件运动衫。

"准保能减轻体重，乔，"他说着，往后一靠，闭上眼，深深长长地吸着气，"不比你小时候了。"随后他站起身，还没歇个凉快，我们又一路慢慢跑回训练场了。这正是减轻体重的法子。他老是在担心。大多数骑师差不多能靠骑马来减轻需要减轻的体重。一个骑师每骑一回就能轻掉一公斤左右，可是我老爹多少是戒了酒的，他不这么奔跑，体重就减不下来。

我记得有一回在圣西罗，一个为布佐尼工作的骑师，小个子意大利佬里戈利，从练马场这边出来，到酒柜前去喝点冷饮；他刚做完赛后体重过磅，用鞭子轻轻抽打着靴子，我老爹也刚过了磅，挟着马鞍出来，脸色通红，面容疲惫，个儿大得身上的绸子赛马服显得过小了。他站在那儿瞧着年轻的里戈利起身走到外边的酒柜前，神态冷静，一脸稚气，我就说，"怎么啦，爹？"因为我还以为兴许是里戈利冲撞了他什么的，可他只是瞧着里戈利，说了句，"唉，去他的，"就继续往更衣室走去了。

说起来，如果我们住在米兰，而在米兰和托里诺赛马的话，也

---

① 托里诺，即都灵，意大利西北部一大城市。

许就太平无事了，因为要说有容易赛马的跑马场的话，就数这两个地方了。在参加了一场意大利佬认为呱呱叫的障碍赛之后，我老爹在获胜赛马的马厩里下马时说，“乔，真是太容易了。”我有一回问过他。他说，“这个跑马场本身就适宜于跑马。要你费神的是马的步法，步法一乱跳越障碍就危险了，乔。我们在这里压根儿不用讲究什么步法，实在也没有什么难以跳越的障碍。不过出起乱子来往往是由于马的步法，而不是障碍。”

圣西罗是我所见到的最出色的跑马场，可是我老爹说这种生活过得连牛马也不如。竟然每隔一夜都要乘趟火车，来回奔走于米拉菲奥瑞和圣西罗之间，一周里几乎天天都在路上跑。

我对马也很着迷。每当赛马出场，顺着跑道走到起跑标，真是有点意思。骑师紧挽缰绳，或许松开一下，让它们遛一下蹄，那姿势像跳舞般美观。赛马一来到起跑栅，我更是紧张得不得了。尤其在圣西罗，有那么一大片绿油油的内场，远处还有群山，那胖乎乎的意大利起跑发号员拿着根大鞭子，骑师们抚弄着赛马，这时栅门啪的朝上打开，铃声响起来，马儿一齐出发，挤成一团，然后渐渐拉成一长串。你总知道一群赛马出发时的情景吧。如果你带了副望远镜在高高的看台上，只能看见这些马向前猛冲，接着铃声响起，好像要响个一千年似的，于是这些马儿在弯道处飞掠而来。对我来说什么也比不上这个更精彩的了。

谁知有一天，我老爹在更衣室里换上逛街穿的衣服时竟说，“这些事儿全都不是闹着玩的，乔。在巴黎人家会把那群老弱赛马宰掉，剥取马皮和马蹄。”那天他刚赢得了商业性大赛奖，兰托纳像拔瓶塞似的在最后一百公尺冲刺到底。

正是在商业性大赛之后我们立即不干，离开了意大利。我老爹和霍尔布鲁克，还有一个不断用手绢儿擦脸的头戴草帽的意大利肥佬，在风雨街廊①里一张桌子边争论。他们都说法语，两个人盯着

① 商店区装有顶篷和玻璃窗的街道。

我老爹在谈什么事。最后他什么话也不再说了，只顾坐在那儿瞧着霍尔布鲁克，那两个还是不断盯着他，先是这个人说，接着那个人说，那意大利肥佬还老是插霍尔布鲁克的嘴。

“乔，你出去给我买一份《运动员报》好吧？”我老爹说，给了我两个索尔多[①]，眼睛仍盯着霍尔布鲁克不放。

于是我从风雨街廊里出来，走到对过斯卡拉歌剧院[②]前面，买了一份报回来，在离他们有一小段距离的地方站住了，因为我不想插嘴，这时我老爹正倒身坐在椅子上，低头看着自己的咖啡，用匙在搅来搅去，霍尔布鲁克和意大利肥佬正站着，那意大利肥佬一边擦着脸，一边摇着头。我走上前去，我老爹只当那两个人没站在那儿似的，开口说，“要份冷饮吗，乔？”霍尔布鲁克低头看着我老爹，字斟句酌、慢条斯理地说，“你这个狗娘养的，”说罢就和意大利肥佬穿过餐桌之间出去了。

我老爹坐在那儿，对我略带几分笑意，可是他脸色煞白，看样子病得够呛，我吓死了，感到不舒服，因为我知道出了什么事，可是不明白怎么竟会有人骂了我老爹是狗娘养的而一走了之。我老爹打开了《运动员报》，研究了一会儿让步赛的名单，然后说，“在这世上你有不少事都得逆来顺受，乔。”三天后，我们在特纳的赛马训练场前把一只行李箱和一只手提箱装不下的东西统统都拍卖了，就乘上从都灵去巴黎的列车，离开米兰，就此一去不回。

大清早，我们开进巴黎一个又长又脏的车站，老爹告诉我说是里昂车站。和米兰相比，巴黎显得大而无当。看上去好像在米兰，人人都有地方去，所有的电车都有地方跑，一点儿也不混乱，可是巴黎却是一团糟，他们根本不加以整顿。不过话说回来，我倒喜欢上巴黎了，反正，喜欢它的有些方面，比方说，它有世界上最好的跑马场。看上去似乎正是靠赛马来推动一切运转的，至于唯一能指

---

① 索尔多，意大利铜币，二十索尔多合一里拉。
② 斯卡拉歌剧院，1778 年建于意大利米兰。

望的事倒是公共汽车每天都会出车，开上不管什么规定的路线，笔直穿过一切，开上那条路线。我实在没有始终好好地认识巴黎，因为仅仅每星期跟我老爹从梅松①来巴黎一两回而已，而他总是跟梅松帮的其他人坐在歌剧院那一边的和平咖啡馆里，我想那里大概是巴黎最繁忙的地区之一吧。不过，说起来，巴黎这么大的城市竟然没有一个风雨街廊，这不是很滑稽吗？

且说，我们住到了郊外的梅松-拉斐特，除了尚蒂伊②帮之外，几乎大家都住在那边一位梅耶太太经营的供膳寄宿舍里。梅松可说是我这辈子见过的最妙住处。这镇子并不怎么样，可是有个湖，还有一个绝妙的森林，我们两三个小伙子，常去那里玩上一整天，而我老爹给我做了一个弹弓，我们拿了它打到了不少野物，不过最好的是一只喜鹊。有一天，小迪克 · 阿特金森用弹弓打到了一只兔子，我们把它放在树下，大家围坐着，迪克抽了几支烟，忽然一下子兔子跳起身，飞快逃进树丛，我们追上去，可就是找不到。哎呀，我们在梅松玩得可开心呢。梅耶太太经常在早上就给我吃午饭，而我就可以出去一整天了。我很快就学会了讲法语。法语是很容易学的。

我们一搬到梅松，我老爹就写信到米兰去要执照，他一直提心吊胆，等到执照寄来才放下心来。他经常跟那帮人在梅松的巴黎咖啡馆里闲坐，大战前，他在巴黎当骑师时认识的家伙，有不少都住在梅松，他们都有不少时间可以闲坐，因为到了早上九点钟，就骑师来说，在赛马训练场的工作就都做完了。他们在清晨五点半就把第一批赛马牵出来遛遛，八点钟，再遛第二批。这是说要确实起得早，睡得也早。如果一名骑师也为别人赛马，他就不能贪杯，因为他要是个小伙子的话，教练就会对他一直留神，要不是个小伙子，

① 全名为梅松-拉斐特，为巴黎西北郊一小镇，位于圣日耳曼森林和塞纳河之间。

② 尚蒂伊，位于巴黎之北，有著名赛马场。

他就得对自己一直留神了。因此总的说来，骑师不在工作的话，就可以跟那帮人在巴黎咖啡馆里闲坐，他们可以一起坐上两三个小时，面前放着杯兑矿泉水的味美思之类的饮料，他们谈天说地，打打台球，弄得有点像个俱乐部，或者米兰的风雨街廊了。只是未必真像风雨街廊，因为在那儿总有人在不断地走过，而且总有人围桌而坐。

且说，我老爹顺利地拿到了执照。人家二话不说就把执照直接寄给他，于是他参加了两三回赛马。在亚眠[①]、北方那一带地方什么的，不过他似乎没被什么人聘用过。大家都喜欢他，每当我在午前走进咖啡馆，总是看见有人在陪他喝酒，因为我老爹并不像大多数在 1904 年圣路易[②]世界博览会参加赛马挣得了第一块美元的骑师那样吝啬。我老爹跟乔治 · 伯恩斯开玩笑时就常说这话。不过看来大家都对我老爹远而避之，不给他任何马儿来骑。

我们天天从梅松开着车到凡是举行赛马的地方，那是最有趣的事了。那年夏天，参赛的马从多维尔[③]回来，我很高兴。即使这意味着我再也不能到林子里去闲逛了，因为我们后来就开车到昂甘[④]、特伦布莱[⑤]或圣克卢[⑥]去，在教练和骑师的看台上观看这些马。我跟那帮人一起活动，确实学会了赛马经，其乐趣就在于是天天都去的。

我记得有一次到圣克卢去。那是场二十万法郎的大奖赛，有七匹马参赛，“沙皇”是一大热门。我陪我老爹一起顺便到练马场去看看参赛的马，那么棒的马你还从没见过呢。这沙皇是头高大的黄马，看上去只懂得跑。我从没见过这么棒的马。它低着头，正给带

---

① 亚眠，法国北部城市，位于索姆河畔，南距巴黎 116 公里。

② 圣路易，美国密苏里州东部城市。

③ 多维尔，巴黎西北一旅游胜地，面临英吉利海峡，在塞纳河入海处之南。

④ 昂甘，全名为昂甘莱班，在巴黎北郊。

⑤ 特伦布莱，法国北部旅游胜地。

⑥ 圣克卢，位于巴黎西郊，在塞纳河畔，以跑马场闻名。

着绕场转一圈，跑过我眼前时，我心里觉得怪空落落的，它真帅啊。从没有过这么一匹如此神气、生来善跑的瘦马。它在练马场上遛上一圈，四脚落地得恰到好处，沉着谨慎，行动从容，好像心中完全有数该怎么跑似的，既不急速颠动，也不竖起后腿来发威，眼睛里一股煞气，就像你见过的那些身上注射过兴奋剂准备出售的劣等赛马那样。人群挤得密密麻麻，我再也看不见这匹马，只看见它跑过时的腿儿和一些黄毛，于是我老爹开始挤过人群，我跟着他直走到后面树丛间的骑师更衣室前，那儿也有一大群人围着，不过门口那个戴圆顶礼帽的人冲我老爹点点头，我们就进了门，只见大家都闲坐着，有的在换衣服，把衬衫从头上套下身去，穿上靴子，闻上去一股热辣辣、汗津津加上搽剂的味儿，而门外人群正在往里张望。

我老爹走过去，在正穿上裤子的乔治·加德纳身边坐下说，“乔治，有什么内部消息？”用的声调稀松平常，因为瞎猜没什么用处，乔治要么能告诉他，要么不能。

“它跑不了头马，”乔治慢条斯理说，一边弯下腰去，扣上马裤裤脚的扣子。

“谁跑头马呀？”我老爹凑过身子，免得人家听见。

“柯克平，”乔治说，“它跑头马的话，请给我留几张票。”

我老爹用平常的声调跟乔治说了句什么话，乔治说，“千万别把赌注押在我跟你说的什么上面，”像开玩笑似的，我们就匆匆出去，挤过往里张望的人群，径自走到一百法郎的投注计算机那里。可我知道准有什么大事要发生，因为乔治正是沙皇的骑师。他顺便拿了一张印着赛前赌注赔率的黄色表格，沙皇的赔率只是五赔十，下一位是切非西杜特，赔率为三赔一，表上排行第五的这匹柯克平，八赔一[①]。我老爹在柯克平身上押了五千法郎赌它跑头马，再

① 按赛马场常规，一般彩金越高的马中奖的机会越少。据本文所述，如果在沙皇身上押十法郎，中奖的彩金只有五法郎；在柯克平身上押一法郎，中奖的彩金就有八法郎，因为柯克平跑头马、二马的机会远比沙皇小得多。

押一千法郎赌它跑二马[①]，我们就绕到大看台后面，登上楼梯，找个座位观看马赛。

我们给挤得动弹不了，开头有个穿长大衣的人，头戴一顶灰色大礼帽，手执一根折拢的鞭子出场，接着一匹匹参赛马驮着骑师出场，每匹马的两边各有一名马童牵着笼头，一路走去，跟随着那个老家伙。那匹高大的黄马沙皇打头阵。乍看之下，它并不显得很高大，待等你看到它四腿的长度、体型的整个模样、步伐的姿势才知道。天哪，我从未见过这么棒的马。那个头戴灰色大礼帽的老家伙像马戏团演出指挥似的一路走来，乔治·加德纳正骑着那匹马，慢慢走在这老家伙后面。沙皇的后面，在阳光下平平稳稳一路过来的是一匹好看的黑马，马头英俊神气，汤米·阿奇博尔德骑着它；黑马后面一连串有五匹马，全都列队慢慢走过大看台和人马过磅处的围场。我老爹说那匹黑马就是柯克平，我仔仔细细看了一下，确实是匹好看的马，不过哪儿比得上沙皇啊。

沙皇走过时，大家都对它欢呼，它真是匹神气的骏马。马队绕到赛马场的另一边，经过场子中央的草坪，然后回到赛马场的这一头，那马戏团演出指挥吩咐马童把参赛马一一松手，让它们可以在看台边飞奔而过，一路跑到起跑标，让大家可以好好看看它们。这些马几乎刚刚到达起跑标，锣声便响起来，你可以看见它们远在内场的另一边，像许多小玩具马似的，成群迈出轻快而有节奏的步伐。我从望远镜里观看它们，沙皇远远掉在后面，由一匹栗色马领着头儿。它们一路疾驰而去，绕过来，蹄声得得地跑过我们面前时，沙皇掉在后面，而这匹柯克平倒一路领先，跑得四平八稳。哎呀，这些马跑过你面前时可真要命，你还得目送它们跑远，越来越小，越来越小，在弯道处挤成一团，然后绕过弯来，跑上直线跑道，你看了真想咒天骂地，越骂越凶。末了它们终于拐了最后一个

---

① 跑第一的马通称“头马”，买中头马者称“独赢”；跑第二的马通称“二马”，又称“位置”。买中者都可得奖，金额视总投注而定。

弯，这匹柯克平遥遥领先，跑上终点跑道。观众个个神色不对头，失望地低声说"沙皇"，接着那些马达达达地在直线跑道上跑近来，然后马群中有什么进入我的望远镜视野，像是一道有个马头的黄色闪电，大家顿时疯狂似的大声喊着"沙皇"。沙皇跑得比我这辈子见过的任何东西还快，赶上了柯克平，而柯克平正以任何黑马在骑师用刺棒拼命痛打下的最高速度飞跑，刹那间，两匹马恰好肩并着肩，可是沙皇连续几次大跳跃，似乎跑得加倍地快，终于领先一头——不过它们经过决胜终点时正好肩并着肩，于是名次亮出来时第一名是二号马，那就是说柯克平得了头马。

我心里感到战栗，不对劲儿，随后我们随着大家一起挤下楼去，站在标着兑付柯克平彩金的牌子前。说真的，在看赛马时我竟忘了我老爹在柯克平身上押了多少钱。我曾恨不得让沙皇跑第一呢。可是现在一切都过去了，知道我们买中了头马，倒不由得意了。

"爹，这场赛马真是盖了帽儿吧？"我对他说。

他后脑勺上扣着那顶高顶礼帽，有点儿怪模怪样地瞧着我。"乔治·加德纳是个盖了帽儿的骑师，没错，"他说。"该有一个了不起的骑师才勒得住沙皇那匹马，不让它跑头马。"

我当然一直知道这事有蹊跷。可我老爹这样直截了当地把事情说穿，倒真把我的兴奋劲儿都败尽了，从此我对这玩艺再也没有那股兴奋劲儿了，即使当他们在牌子上贴出了名次表，兑付彩金的铃声响起，我们看见柯克平的赔率是押十法郎可得六十七个半法郎彩金，甚至这时我还是提不起劲儿来。四下人们都在说，"可怜的沙皇！可怜的沙皇！"我就想，但愿我是个骑师，那就能替下那狗娘养的，骑上那匹马啦。把乔治·加德纳看成狗娘养的倒真有趣，因为我一向喜欢他，而且他还让我们买中了头马，可我看他正就是这么样，没错。

那场赛马之后，我老爹有了一大笔钱，就开始经常上巴黎去。如果特伦布莱有赛马，人家开车回梅松去时，他就要求顺便在城里让他下车，他就会跟我坐在和平咖啡馆前，看着人来人往。坐在那儿真有趣。路过的人川流不息，有各种各样的家伙上前来要向你兜售东西，而我就爱跟我老爹坐在那儿。那是我们感到其乐无穷的时候。有些过路人在兜售有趣的玩具兔子，你把一个球一捏，兔子就会一跳，他们会走到我们面前来，我老爹就会跟他们说笑。他会说法语，说得像英语一样好，所有那些九流三教的家伙都认识他，因为骑师总是一眼就能认出来的——再说，我们老是坐在同一张桌子边，他们看见我们在那儿也习惯了。有些家伙兜售征婚启事，有些姑娘兜售橡皮蛋，你一捏就会从蛋里钻出一只公鸡来，还有一个面目可憎的家伙路过，兜售巴黎明信片，见人就拿给人家看，当然，谁也不买，于是他又回来，把那叠明信片的反面给人看，原来都是色情淫秽的明信片，于是不少人就会乖乖地掏腰包买下。

哎呀，我还记得那些经常路过的有趣的人。吃晚饭时分，姑娘们会来找人带她们去吃饭，她们会跟我老爹说话，他用法语跟她们开开玩笑，她们会拍拍我的头就走了。有一回有个美国女人带着她小女儿坐在我们邻桌，母女俩都在吃冷饮，我不断看着那小姑娘，她长得好看极了，我对她笑笑，她对我笑笑，但是事情也仅此而已，因为我后来天天都盼着她们母女，我想出一些办法，打算跟她说话，并且纳闷，如果认识了她，不知她母亲让不让我带她去奥特伊或特伦布莱去看赛马，可就是再也没见到过她们中的哪一个了。我想，不管怎样，反正也不会有什么用的，因为回想起来，我记得当时想出跟她说话的最好办法至多只是说一声，“恕我冒昧，可是也许我可以指点你在昂甘今天买中头马。”然而，说到头来，她也许会当我是个出售赛马情报的，而不是真心想帮她买中头马。

我老爹跟我坐在和平咖啡馆，我们同那招待大有交情，因为我老爹喝威士忌，一杯要五法郎，清点小碟结账时意味着有一笔不小的小费。我从没见过我老爹喝得这么多，不过他如今根本不当骑师了，何况他说喝威士忌可以减轻体重。不过我注意到他的体重仍然有增无减，没错。他和梅松帮那些老伙伴断绝了关系，似乎就喜欢跟我在林荫道旁闲坐。不过他每天仍在赛马场下注。如果那天输了钱，在最后一场赛马以后，他总感到有点伤心，直到我们坐到常坐的桌边，他喝下第一杯威士忌才没事了。

他一直在看《巴黎体育报》，往往会朝我打量着说，“你女朋友呢，乔？”由于我把那天坐在我们邻桌的姑娘那事讲给他听了，他就这样来逗我。我就会脸红起来，可我喜欢他拿她来逗我。这话让我听了心里挺好受。“眼睛可得盯住她啊，乔，”他总说，“她会回来的。”

他问了我一些事，有些事我说了他就笑。于是他开始讲起往事来。讲到在埃及赛马，我母亲在世时在圣莫里兹冰上赛马，还讲到大战期间，法国南部经常举行的赛马，没有任何奖金，不下赌注，也没有观众啊什么的，仅仅为了保持纯种马的繁殖。这种经常性的赛马，骑师都拼命赶着马跑。哎呀，我可以听我老爹讲上个把钟头，尤其是在他喝了两三杯之后。他会跟我讲他小时候在肯塔基州打浣熊的事，以及在美国一切还没出毛病之前的好时光。他总是说，“乔，等我们赢到了一大笔奖金，你该回美国去上学啊。”

“既然美国的一切都出了毛病，我干吗还该回去上学？”我问他。

“那是两码事，”他会说，就叫招待过来，付清酒账，我们雇了辆出租汽车到拉扎尔车站，乘火车到梅松去。

有一天在奥特伊，参加了一次障碍赛马的胜马拍卖后，我老爹花了三万法郎买下那匹头马。他要这匹马就得出高一点的价，不过赛马训练场终于把马脱了手，我老爹一星期内就拿到了这匹马的执照和马主的色彩标帜。哎呀，我老爹成了马主，我心里甭提多得意了。他跟查尔斯·德雷克安顿好马厩的空位，计划到巴黎去，重新开始练习跑马并出汗减重，而他跟我就组成了整个赛马训练班子。我们这匹马名叫吉尔福德，是爱尔兰种，一匹能跳越障碍的可爱良马。我老爹想由他亲自来训练并出赛，该是笔好投资。我对一切都感到得意，认为吉尔福德是匹同沙皇不相上下的好马。它是匹颇具实力、能跳越障碍的好马，一匹栗色马，平地赛马时如果你要它跑快，它的速度可惊人呢，而且还是一匹好看的马。

哎呀，我真喜欢它。我老爹第一回骑上它，它就在两千五百米跳栏赛中跑了个第三，但等我老爹下了马，在前三名的单间马房里，浑身大汗，心花怒放，径自进去称体重时，我替他感到骄傲，仿佛这是他第一次得前三名似的。不瞒你说，碰到一个家伙好久不骑马了再出山，你很难真的相信他曾经骑过马。如今，整个事情都不同了，因为早在米兰时，即使是大赛，对我老爹来说也似乎都无所谓，他即使获了胜也不会感到兴奋啊什么的，可如今不同了，马赛的前夜我简直睡不着觉，而且知道我老爹也很兴奋，尽管他不露声色。亲自骑马参赛事情可大不相同呢。

我老爹第二回骑吉尔福德参赛是在一个下雨的星期天，地点在奥特伊，参加的是马拉奖四千五百米障碍赛。吉尔福德一出场，我就拿出我老爹买给我看他们的新望远镜在看台上直折腾。他们在跑马场远头那边出发，起跑屏障那儿出了点乱子。有匹戴着眼罩的马在大闹，竖起了上半身，有一回撞破了那起跑屏障，不过我看得见我老爹穿着有我们标帜的黑茄克，上面有个白十字，戴着顶黑色鸭舌帽，骑在吉尔福德背上，用手拍拍它。随后他们一耸身就起跑了，跑到树丛后不见了踪影，锣声拼命响个不停，那投注站的窗栅轧轧地拉下了。天哪，我太激动了，不敢去看，可还是把望远镜定在他们将从树丛后面跑出来的地方，后来他们都出来了，那个穿旧黑茄克的跑在第三位，他们全像一群鸟似的轻轻掠过障碍。接着他们又跑得不见影儿了，接着又蹄声达达地出来，下了山坡，全都跑得优雅、轻快而从容，成团地稳稳跳过栅栏，又齐齐整整地朝跟我们相反的方向跑去。他们挤成一团，跑得那么稳，看上去好像你能从他们背上走过去似的。随即马肚全都擦着高大的双排树篱一跃而过，这时有什么东西摔倒了。我看不清是哪匹马，可是一会儿这匹马就站起来，任意飞跑了，而所有的马匹，仍然挤成一团，从长长的左弯道拐上直线跑道。他们跳过石墙，争先恐后地顺着跑道直奔看台正前方的那道大水沟障碍。我看见他们来了，就对着正跑过去的我老爹大叫，只见他正大约领先一个马身，马儿撒腿飞奔，动作轻捷得像猴子一般，这些马儿正争着跳过那水沟障碍呢。它们成群跳过水沟前的大树篱，接着是哗啦一声出了事故，两匹马从马群中朝旁边逸出，继续朝前跑，另有三匹马挤在一起。我看来看去看不到我老爹在哪儿。有匹马自己用膝盖撑起身，骑师抓紧了笼头，上了马，继续猛冲争取二马的奖金。另一匹马也自己爬起来，径自跑开了，脑袋一耸一耸的，马缰挂在一边，朝前飞跑着，那骑师跌跌撞撞地走到跑道一边的栅栏前。接着吉尔福德滚到一边，甩下我老爹，径自站起身，耷拉着右前蹄，靠三条腿跑起来，只见我老爹平躺在草地上，脸面朝上，脑袋的一边全是血。我奔下看台，冲进人堆，跑到栏杆边，有个警察抓住了我不放，两名魁梧的担架手正进场去抬我老爹，我看见在跑马场另一边有三匹马一连串跑出树丛，跳过障碍。

他们把我老爹抬进来时，他已经死了，当有个医生用一样东西插在两耳上听他心跳时，我听见跑道那头一声枪响，意味着他们把吉尔福德打死了。他们把担架抬进了医院病房，我在我老爹身边躺下，紧紧抓住了担架，哭啊哭的，哭个不停，只见他脸色那么白，就此去了，死得那么惨，我不禁想到既然我老爹死了，也许他们就用不着打死吉尔福德了。它的蹄子兴许会好起来的。我说不好。我多么爱我老爹啊。

这时有两个家伙走进来，其中一个拍拍我的后背，然后走过去瞧瞧我老爹，然后从铺上拉来一条被单，盖在他身上；另一个在用法语打电话叫人家派辆救护车来把他送到梅松去。我禁不住大哭特哭，哭得有点缓不过气来，这时乔治·加德纳走进来，在我身边的地板上坐下，搂住我说，“好了，乔，老弟。站起来，我们出去等救护车来吧。”

乔治和我走出去到院门口，我竭力想止住嚎哭，乔治用他的手绢擦去我脸上的泪水，这时人群在走出院门，我们稍为往后站几步，等候人群走出去，有两个家伙在我们附近站住了，其中一个在点着一叠同注分彩[1]的马票，他说，“得了，巴特勒得到了应有的惩罚，没错。”

另一个家伙说，“我才不管他得没得到呢，这个坏蛋。他玩弄了手段，也是活该。”

“我说他也是活该，”另一个家伙说，把那叠马票一撕为二。

于是乔治·加德纳瞧着我，瞧瞧我是不是听见了，我当然听见了，于是他说，“别听那些赛马迷胡说，乔。你老爹是个大好人。”

可我说不上来。看来他们一说开了头就绝不会轻易把人放过。

刘文澜 译

---

① 把一场赛马的全部赌金扣除管理费和税之后，在押中前 3 名的人中按押金比例分配的办法。

第十四章

马埃拉躺着一动不动，脑袋枕在双臂上，脸埋在沙地里。他在流血，感到暖烘烘、黏糊糊的。每回牛角抵上来他都感觉到。有时公牛仅仅用头顶撞他。有一回牛角一直顶穿了他，他感觉到牛角顶进了沙地。有人拖住了牛尾巴。他们对着牛咒骂，还当着牛脸抖动披风。这时牛才走开。有几个人抬起马埃拉，抬着他一起奔向围栏，穿过场子的门，走出过道，绕到大看台底下，来到医务室。他们把马埃拉放到一张小床上，有一个人跑出去叫医生。另外几个人在四下站着。医生在畜栏里替长矛手的马缝合创口，一听说就一路奔来。他不得不停下先洗了手。上面大看台的观众在不断大叫大喊。马埃拉感到眼前什么东西都越来越大，越来越大，随即变得越来越小，越来越小。随即又越来越大，越来越大，越来越大，随即又越来越小，越来越小。再后来什么东西都开始越转越快，越转越快，就像人家加速放映影片似的。随即他死了。

陈良廷 译

大双心河*

（第一部）

火车顺着轨道继续驶去，绕过树木被烧的小丘中的一座，失去了踪影。尼克在行李员从行李车门内扔出的那捆帐篷和铺盖上坐下来。这里已没有镇子，什么也没有，只有铁轨和被火烧过的土地。沿着塞内镇①唯一的街道曾有十三家酒馆，现在已经没有留下一丝痕迹。广厦旅馆的屋基撅出在地面上。基石被火烧得破碎迸裂了。塞内镇就剩下这些了。连土地的表层也给烧毁了。

尼克望着被火烧毁的那截山坡，原指望能看到该镇的那些房屋散布在上面，他然后顺着铁路轨道走到河上的桥边。河还在那里。河水在桥墩的原木桩上激起旋涡。尼克俯视着由于河底有卵石而呈褐色的清澈的河水，观看鳟鱼抖动着鳍在激流中稳住身子。他看着看着，它们倏地拐弯，变换了位置，结果又在急水中稳定下来。尼克对它们看了好半晌。

他看它们把鼻子探进激流，稳定了身子，这许多在飞速流动的深水中的鳟鱼显得稍微有些变形，因为他是透过水潭那凸透镜般的水面一直望到深处的，而水潭表面的流水拍打在阻住去路的原木桩组成的桥墩上，滑溜地激起波浪。②水潭底部藏着大鳟鱼。尼克起初没有看到它们。后来他才看见它们在潭底，这些大鳟鱼指望在潭底的砾石层上稳住身子，正处在流水激起的一股股像游移不定的迷雾般的砾石和沙子中。

尼克从桥上俯视水潭。这是个大热天。一只翠鸟朝上游飞去。尼克好久没有观望过小溪，没有见过鳟鱼了。它们叫人非常满意。随着那翠鸟在水面上的影子朝上游掠去，一条大鳟鱼朝上游窜去，构成一道长长的弧线，不过仅仅是它在水中的影子勾勒出了这道弧线而已，跟着它跃出水面，被阳光照上，这就失去了影子，跟着，它穿过水面回进溪水，它的影子仿佛随着水流一路漂去，毫无阻碍地直漂到它在桥底下常待的地方，在那里绷紧着身子，脸冲着流水。

随着鳟鱼的动作，尼克的心抽紧了。过去的感受全部兜上心头。

他转身朝下游望去。河流一路伸展开去，卵石打底，有些浅滩和大漂石，在它流到一处峭壁脚下拐弯的地方，有个深水潭。

尼克踩着一根根枕木回头走，走到铁轨边一堆灰烬前，那儿放着他的包裹。他很愉快。他把包裹上的挽带绕绕好，抽抽紧背带，把包裹挎上背去，两臂穿进背带圈，前额顶在宽阔的背物带上，减少一些把肩膀朝后拉的分量。然而包裹还是太沉。沉得厉害。他一手拿着皮制钓竿袋，身子朝前冲，使包裹的分量压在肩膀的上部，就撇下那处在热空气中的已焚毁的镇子，顺着和铁轨平行的大路走，然后在两旁各有一座被火烧焦的高山的小丘边拐弯，走上直通内地的大路。他顺着这条路走，感到沉重的包裹把肩膀勒得很痛。大路不断地上坡。登山真是艰苦的事儿。尼克肌肉发痛，天气又热，但他感到愉快。他感到已把一切都抛在脑后了，不需要思索，

---

* 这是海明威于1924年初重访巴黎后写的九个短篇小说中的末篇，也是最长的一篇，写尼克在参加大战后，身心交瘁，回到密歇根州北部少年时代常去的钓鱼之地。通篇详细描述宿营及垂钓的经过，没有提到战争创伤。作者是有意这样写的。后来在回忆录《不固定的圣节》中“饥饿是有益的磨练”一节中写道：“该故事写的是战后还乡的事，但全篇中没有一字提到战争。”

① 塞内镇位于美国密歇根州北部东西向的大半岛的中部，就在注入北边的苏必利尔湖的大双心河以南。

② 海明威写本篇时沉浸在得心应手的创作热情中。在《不固定的圣节》那一节中同样的地方，他写道：“我坐在（丁香园咖啡馆的）一角，午后的阳光越过我的肩头照进来；我在笔记本上写着。……等我停了笔，我还是不想离开那条河，在那里我能看到水潭里的鳟鱼，水潭表面的流水拍打在阻住去路的原木桩组成的桥墩上，滑溜地激起波浪。……到了明天早晨，这条河还会出现，我必须写它和那一带地方和一切行将发生的事。日子还长，每天都可以这样写作。别的事都无关紧要。”

不需要写作，不需要干其他的事了。全都抛在脑后了。

自从他下了火车，行李员把他的包裹从敞开的车门内扔出以来，情况就不同了。塞内镇被焚毁了，那一带土地被烧遍了，换了模样，可是这没有关系。不可能什么都被烧毁的。他明白这一点。他顺着大路步行，在阳光里冒着汗，一路爬坡，准备翻过那道把铁路和一片松树覆盖的平原分隔开的山脉。

大路一直往前，偶尔有段下坡路，但始终是在向高处攀登。尼克继续朝上走。大路和那被火烧过的山坡平行伸展了一程，终于到了山顶。尼克倒身靠在一截树桩上，从背带圈中溜出身子。他面前，极目所见，就是那片松树覆盖的平原。被焚烧的土地到左面的山脉前尽止了。前面，平原上撅起一个个小岛似的黝黑的松林。左面远方是那道河流。尼克用目光顺着它望去，看见河水在阳光中闪烁。

他前面只有这片松树覆盖的平原了，直到远方的那抹青山，它标志着苏必利尔湖[①]边的高地。他简直看不大清楚这抹青山，隔着平原上的一片热浪，它显得又模糊又遥远。如果他过分地定睛望着，它就不见了。可若是随便一望，这抹高地上的远山就明明在那儿。

尼克背靠着烧焦的树桩坐下，抽起香烟来。他的包裹平搁在这树桩上，随时可以套上背脊，它的正面有一个被他的背部压出的凹处。尼克坐着抽烟，眺望着山野。他用不着把地图掏出来。他根据河流的位置，知道自己正在什么地方。

他抽着烟，两腿伸展在前面，看到一只蚱蜢正沿着地面爬，爬上他的羊毛短袜。这只蚱蜢是黑色的。他刚才顺着大路走，一路登山，曾惊动了尘土里的不少蚱蜢。它们全是黑色的。它们不是那种

---

① 美国东北部的密歇根州处于美国和加拿大交界处的五大湖地带。该州北部的东西向大半岛，北面以苏必利尔湖与加拿大为界，南面为密歇根湖及休伦湖。

大蚱蜢，起飞时会从黑色的翅鞘中伸出黄黑两色或红黑两色的翅膀来呼呼地振动。这些仅仅是一般的蚱蜢，不过颜色都是烟灰般黑的。尼克一路走时，曾经对它们感到纳闷，但并没有好好地思考过。此刻，他打量着这只正在用它那分成四爿的嘴唇啃着他羊毛袜上的毛线的黑蚱蜢，认识到它们是因为生活在这片被烧遍的土地上才全都变成黑色的。他看出这场火灾该是在上一年发生的，但是这些蚱蜢如今已都变成黑色的了。他想，不知道它们能保持这样子多久。

他小心地伸下手去，抓住了这只蚱蜢的翅膀。他把它翻过身来，让它所有的腿儿在空中划动，看它的有环节的肚皮。看啊，这肚皮也是黑色的，而它的背脊和脑袋却是灰扑扑的，闪着虹彩。

“继续飞吧，蚱蜢，”尼克说，第一次出声说话了。“飞到别处去吧。”

他把蚱蜢抛向空中，看它直飞到大路对面一个已烧成炭的树桩上。

尼克站起身来。他倒身靠在竖放在树桩上的包裹上，把两臂穿进背带圈。他挎着包裹站在这小山顶上，目光越过山野，眺望远方的河流，然后撇开大路，走下山坡。脚下的坡地很好走。下坡两百码的地方，火烧的范围到此为止了。接着得穿过一片高齐脚踝的香蕨木，还有一簇簇短叶松；好长一片时常有起有伏的山野，脚下是沙地，四下又是一片生气了。

尼克凭太阳定他的方向。他知道要走到河边的什么地方，就继续穿过这松树覆盖的平原走，登上小山包，一看前面还有其他小山包，而有时候，从一个小山包顶上望得见右方或左方有一大片密密层层的松树。他折下几小枝石楠似的香蕨木，插在包裹的带子下。它们被磨碎了，他一路走一路闻着这香味。

他跨过这高低不平、没有树荫的松树平原，感到疲乏，很热。他知道随时都可以朝左手拐弯，走到河边。至多一英里地吧。可是他只顾朝北走，要在一天的步行中尽可能到达河的更上游。

尼克走着走着，有一段时间望得见一座耸立在他正在跨越的丘陵地上的大松林。他走下坡去，随后慢慢地上坡走到桥头，转身朝松林走去。

在这片松林中没有矮灌木丛。树身一直朝上长，或者彼此倾斜。树身笔直，呈棕褐色，没有枝丫。枝丫都在高高的树顶。有些交缠在一起，在褐色的林地上投射下浓密的阴影。树林四周有一道空地。它是褐色的，尼克踩在上面，觉得软绵绵的。这是松针累积而成的，一直伸展到树顶那些枝丫的宽度以外。树长高了，枝丫移到了高处，把这道它们曾用影子遮盖过的空地让给阳光来普照了。在这道林地延长地带的边缘，香蕨木地带线条分明地开始了。

尼克卸下包裹，在树荫中躺下。他朝天躺着，抬眼望着松树的高处。他伸展在地上，脖子、背脊和腰部都觉得舒坦。背部贴在地上，感到很惬意。他抬眼穿过枝丫，望望天空，然后闭上眼睛。他张开眼睛，又抬眼望着。在高处的枝丫间刮着风。他又闭上眼睛，就此入睡了。

尼克醒过来，觉得身子僵硬、麻痹。太阳差不多下山了。他的包裹很沉，背在背上，带子勒得很痛。他背着包裹弯下身子，拎起皮钓竿袋，从松林出发，跨过香蕨木洼地，朝河走去。他知道路程不会超过一英里。

他走下一道布满树桩的山坡，走上一片草场。草场边流着那条河。尼克很高兴走到了河边。他穿过草场朝上游走去。他走着走着，裤腿被露水弄得湿透了。炎热的白天一过，露水就很快凝成，很浓很浓。河流没有一丝声响。它流得太急太平稳了。尼克走到草场尽头，并不就登上一片他打算在上面宿营的高地，先朝下游望去，看鳟鱼从水中浮起。它们在浮起，要捕食日落后河道对面沼地上飞来的虫子。鳟鱼跳出水面捕捉它们。尼克穿过水边这一小段草场时，鳟鱼就在高高地跃出水面了。他此刻朝下游望去时，虫子大概都栖息在水面上了，因为一路朝下游过去都有鳟鱼在一个劲地捕食。他一直望到这一长截河道的尽头，只见鳟鱼都在跳跃，在水面上弄出不少圆形水纹，好像在开始下雨了。

地势越来越高了，上有树木，下有沙地，直到高得可以俯瞰草场、那截河道和沼地。尼克放下包裹和钓竿袋，寻找一块平坦的地方。他饿得慌，但是要先搭了帐篷才做饭。在两棵短叶松之间，土地很平坦。他从包裹里拿出斧子，砍掉两个撅出的根条。这一来弄平了一块大得可供睡觉的地方。他伸手摩平沙地，把所有的香蕨木连根拔掉。他的双手被香蕨木弄得很好闻。他摩平拔掉了香蕨木的泥土。他不希望铺上毯子后底下有什么隆起的东西。等他摩平了泥土，他打开三条毯子。他把一条对折起来，铺在地上。另外两条摊在上面。

他用斧子从一个树桩上劈下一爿闪亮的松木，把它劈成些用来固定帐篷的木钉。他要做得又长又坚实，可以牢牢地敲进地面。帐篷从包裹里取出并摊在地上，使这靠在一棵短叶松上的包裹看来小得多了。尼克把那根权作帐篷横梁的绳子的一端系在一棵松树的树身上，握着另一端把帐篷从地上拉起来，系在另一棵松树上。帐篷从这绳子上挂下来，像晒衣绳上晾着的大帆布片儿。尼克把他砍下的一根树干撑起这块帆布的后部，然后把四边用木钉固定在地上，搭成一座帐篷。他用木钉把四边绷得紧紧的，用斧子平坦的一面把它们深深地敲进地面，直到绳圈被埋进泥里，帆布帐篷绷得像铜鼓一般紧。

在帐篷的开口处，尼克安上一块薄纱来挡蚊子。他拿了包裹中的一些东西，从这挡蚊布下爬进帐篷，把东西放在帆布帐篷斜面下的床头。在帐篷里，天光通过棕色帆布渗透进来。有一股好闻的帆布气味。已经带有一些神秘而像家的气氛了。尼克爬进帐篷时，心里很快活。这一整天，他也并不是始终不快的。然而这下子情况不同了。现在事情办好了。这是要办的事。现在办好了。这次旅行很辛苦。他十分疲乏。这事情办好了。他搭好了野营。他安顿了下来。什么东西都没法侵犯他了。这是个扎营的好地方。他就在这儿，在这个好地方。他正在自己搭起的家里。眼下他饿了。

他从纱布下爬出来。外面相当黑了。帐篷里倒亮些。

尼克走到包裹前，用手指从包裹底部一纸包钉子中掏出一枚长钉。他紧紧捏住了，用斧子平坦的一面把它轻轻地敲进一棵松树。他把包裹挂在这钉子上。他带的用品全在这包裹里。它们现在离开了地面，受到保护了。

尼克觉得饿。他认为自己从来没有这样饿过。他开了一听黄豆猪肉和一听意大利实心面，倒在平底煎锅内。

“既然我愿意把这牢什子带来，我就有权利来吃它，”尼克说。他的声音在这越来越黑的林子里听上去很怪。他不再说话了。

他用斧子从一个树桩上砍下几大片松木，生起一堆火。在火上，他安上一个铁丝烤架，用皮靴跟把它的四条腿踩进地面。尼克把煎锅搁在烤架上，就在火焰的上面。他更饿了。豆子和面条热了。尼克把它们搅和在一起。它们开始沸腾了，使一些小气泡困难地冒到面上来。有一股好闻的味儿。尼克拿出一瓶番茄酱，切了四片面包。这会儿小气泡冒得快些了。尼克在火边坐下来，从火上端起煎锅。他把锅中大约一半的食物倒在白铁盘子里。食物在盘子里慢慢地扩散。尼克知道还太烫。他倒了些番茄酱在上面。他知道豆子和面条还是太烫。他望望火，然后望望帐篷，他可不想烫坏了舌头，把这番享受全破坏掉。多少年来，他从没好好享受过煎香蕉，因为始终等不及让它冷却了才吃。他的舌头非常敏感。他饿得慌。他看见河对面的沼地在几乎断黑的夜色中升起一片薄雾。他再望了一眼帐篷。一切都好。他从盘子里吃了满满一匙。

“基督啊，”尼克说。“耶稣基督啊，”他高兴地说。

他把一盘东西吃完了才想起面包。尼克把第二盘和面包一起吃了，把盘子抹得亮光光的。自从在圣伊格纳斯[①]一家车站食堂喝了杯咖啡、吃了客火腿三明治以来，他还没吃过东西。这是段非常美

---

① 位于密歇根州北部那大半岛的东南端，处于密歇根湖和休伦湖之间的狭窄水道的北面。

好的经历。他曾经这样饿过，但当时没法满足食欲。他原可以随他高兴，几小时前就扎营的。这条河边多的是宿营的好地点。不过这样才美啊。

尼克在烤架下面塞进两大片松木。火头蹿上来了。他刚才忘了舀煮咖啡用的水。他从包裹里取出一只折叠式帆布提桶，一路下山，跨过草场的边缘，来到河边。对岸给蒙在一片白雾中。他在岸边跪下，把帆布提桶浸在河里，觉得草又湿又冷。提桶鼓起来，被流水着力地拖动着。水冷得像冰。尼克把提桶漂洗了一下，装满了水拎到宿营地。离开了河流，水不那么冷了。

尼克又敲进一枚大钉，把装满水的提桶挂在上面。他把咖啡壶舀了半壶水，又加了一些木片在烤架下的火上，然后放上咖啡壶。他不记得自己是用什么方法煮咖啡的了。他只记得曾为此跟霍普金斯争辩过，但是不记得自己到底赞成用哪种方法了。他决定让咖啡煮沸。他想起来了，这正是霍普金斯的办法。他过去跟霍普金斯什么事情都要争论。他等咖啡煮沸的当儿，开了一小听糖水杏子。他喜欢开听子。他把听中的杏子全倒在一只白铁杯里。他注视着火上的咖啡，喝着杏子的甜汁，起先小心地喝，免得溢出杯来，然后若有所思地喝着，吮吸着杏子，然后咽下肚去。它们比新鲜杏子好吃。

他望着望着，咖啡煮开了。壶盖被顶起来，咖啡和渣子从壶边淌下来。尼克把壶从烤架上取下。这是霍普金斯的胜利。他把糖放在刚才吃杏子用的空杯子里，倒了一点咖啡在里面，让它冷却。咖啡壶太烫，不好倒，他就用他的帽子来包住咖啡壶的壶柄。他根本不想让帽子浸在壶里。反正倒第一杯时不能这样。应该一直到底采用霍普金斯的办法。霍普[①]应该得到尊重。他是个十分认真的咖啡爱好者。他是尼克认识的最最认真的人。不是庄重，是认真。这是好久以前的事。霍普金斯讲起话来嘴唇不动。他当年打马球来着。

① 霍普金斯的简称。

他在得克萨斯州赚到了几百万元。他当初借了车钱上芝加哥，那时电报来了，说他的第一口大油井出油了。他原可以拍电报去要求汇钱的。但这样就太慢了。他们管霍普的女朋友叫金发维纳斯。霍普不在意，因为她并不真正是他的女朋友。霍普金斯十分自负地说过，谁也不能拿他的真正的女朋友开玩笑。他是有理的。电报来到时，霍普金斯已经走了。他在黑河边。过了八天，电报才送到他手里。霍普金斯把他的.22口径的科尔特牌自动手枪送给了尼克。他把照相机送给比尔。这是作为对他的永久纪念的。他们打算下一个夏天再一起去钓鱼。这个吸毒鬼[①]发了财。他要买一条游艇，大家一起沿着苏必利尔湖的北岸航行。他容易冲动，但很认真。他们彼此说了再见，大家都感到不是滋味。这次旅行给打消了。他们没有再见过霍普金斯。这是好久以前在黑河边发生的事。

尼克喝了咖啡，这按照霍普金斯的方式煮的咖啡。这咖啡很苦。尼克笑了。这样来结束这篇小说倒很好。他的思想活动起来了。他知道可以把这思路掐断，因为他相当累了。他泼掉壶中的咖啡，把壶抖抖，让咖啡渣掉在火里。他点上一支香烟，走进帐篷。他脱下鞋子和长裤，坐在毯子上，把鞋子卷在长裤中当枕头，便钻进毯子下。

穿过帐篷的开口处，他注视着火堆的光，这时夜风正朝火堆在吹。夜很宁静。沼地寂静无声。尼克在毯子下舒适地伸展身子。一只蚊子在他耳边嗡嗡作响。尼克坐起身，划了一根火柴。蚊子躲在他头顶的帆布帐篷上。尼克把火柴刷地朝上伸到它身上。蚊子在火中发出嘶的一声，叫人听来满意。火柴熄了。尼克又盖上毯子躺下来。他翻身侧睡，闭上眼睛。他昏昏欲睡。他觉得睡意来了。他在毯子下蜷起身子，就入睡了。

吴　劳译

---

① 原文为Hop Head，按hophead为美国俚语，意为“吸毒鬼”，作者故意把它分开写成两个字，并把首字母大写，看上去像是霍普的姓名。

第十五章

清晨六点钟，他们在县监狱的走廊里把山姆·卡迪内拉吊死。走廊又高又狭，两边是一层层的小牢房。所有的小牢房都关满了人。这些人都是押进牢来听候上绞刑的。五个判处绞刑的人都关在顶层的五个小牢房里。三个听候上绞刑的是黑人。他们非常害怕。有一个白人双手蒙头，坐在小床上。另一个白人拿毯子裹住了头，直挺挺地躺在小床上。

他们穿过墙上一扇门走出去，登上绞刑架。一起有七个人，包括两个牧师。他们抬着山姆·卡迪内拉。从清晨四点左右以来，他就一直这样。

他们把他两腿捆在一起，由两名看守把他扶起来，两个牧师悄声跟他说话。“我的儿子啊，拿出男子汉气概来，”一个牧师说。等他们走向山姆·卡迪内拉，拿套子罩他的脑袋，他的括约肌失控了。那两名一直扶住他的看守都松手让他倒下。他们都感到恶心。“要不要拿把椅子来，威尔？”一个看守问道。“最好拿一把来，”一个戴常礼帽的男人说。

绞刑架的下落板很重，是橡木和钢制成的，靠滚珠轴承使之下落，当大家都退到下落板后面时，撇下给紧紧捆住的山姆·卡迪内拉坐在上面，那年纪较轻的牧师跪在椅子边。就在下落板掉下的一刹那前，牧师匆匆跳回到绞刑台上。

陈良廷 译

大双心河

（第二部）

早上，太阳出来了，帐篷里开始热起来。尼克从张在帐篷开口处的挡蚊纱下爬出来，观看晨光。他爬出来时，双手摸到小草湿漉漉的。他手里拿着长裤和鞋子。太阳刚从小山后爬上来。面前是草场、河流和沼地。河对面沼地边的绿草地上长着些白桦树。

河水在清晨显得清澈，滑溜地飞速流着。下游约莫两百码的地方，有三根原木横搁在流水上，从这岸一直到彼岸。它们使被拦住在后面的河水又平又深。尼克看着的当儿，有只水貂从原木上跨过河去，钻进沼地。尼克很兴奋。他被这清晨和河流弄得很兴奋。他心情实在太慌忙，不想吃早饭，但他知道必须吃。他生了一小堆火，放上咖啡壶。

水在壶中煮着，他拿了一只空瓶，一路下坡，跨过高地边缘，走到草场上。草场被露水弄湿了，尼克想趁太阳尚未把草晒干前捉些蚱蜢当鱼饵。他找到了许许多多好蚱蜢。它们躲在草茎下面。有时候它们依附在草茎上。它们很冷，被露水弄湿了，要等太阳晒热了身子才能蹦跳。尼克专门挑中等大小的褐色蚱蜢，把它们捡起，放在瓶子里。他把一根原木翻过来，就在它一边的底下有几百只蚱蜢。那是个蚱蜢的寓所。尼克把约莫五十只中等大小的褐色蚱蜢放进瓶子。他一只只捡起时，其他的蚱蜢给阳光晒热了，开始跳走。它们边跳边飞。它们先飞了一段路，就栖息下来，保持了僵直的姿势，仿佛死去了。

尼克知道，等他吃罢早饭，它们就会和平时一般活跃了。如果草上没有露水，他得花上一整天工夫才能抓到一满瓶好蚱蜢，而且用他的帽子猛扑上去，免不了会压死好多。他在河里洗了手。跑近河边使他兴奋。然后他走到帐篷前。蚱蜢已经在草丛间僵直地蹦跳了。瓶子给阳光晒热了，它们在里面一起蹦着。尼克塞上一截松枝，当作瓶塞。它正好塞住了瓶口，这样蚱蜢没法跳出来，却能有足够的空气流通。

他曾把那原木翻回原处，知道每天早晨可以在那儿抓到蚱蜢。

尼克把满满一瓶蹦跳着的蚱蜢靠在一棵松树的树身上。他迅速地用水和了一些荞麦面，搅得很均匀，用量是一杯面加一杯水。他放了一把咖啡在壶里，从罐子里舀出一块牛油，轻轻放在滚烫的平底煎锅里，弄得毕剥作响。他把荞麦糊滑溜地倒进这冒烟的煎锅。它像岩浆般扩散开来，牛油清脆地卜卜发响。荞麦饼的四周变得硬起来，然后发黄，然后发脆。表面上慢慢起泡，出现气孔。尼克拿一片刚砍下的松木插进这饼子被烤成棕色的底面。他把煎锅朝横里一甩，饼子就脱离了锅面。我不想甩动煎锅使它翻身，他想。他把这干净木片直插在整个饼子的下面，把它翻了一个身。它在锅面上毕剥作响。

烤好了饼，尼克在煎锅上重新涂上牛油。他把剩下的面糊全倒上去。又做成了一块大煎饼和一块小一点儿的。

尼克吃了一块大煎饼和那块小一点儿的，上面涂了苹果酱。他把第三块饼也涂上了苹果酱，对折了两次，用油纸包好，塞在衬衫口袋里。他把那瓶苹果酱放回在包裹内，切了做两块三明治的面包。

他从包裹里找出一只大球葱。他把它一切为二，剥去有光泽的外皮。然后他把半只切成一片片，做成了球葱三明治。他把它们用油纸包好，放进卡其衬衫的另一只口袋，扣上纽扣。他把煎锅翻转，搁在烤架上，把加了炼乳而变得甜和黄褐色的咖啡喝了，然后收拾起宿营的家什。这是个很好的宿营地。

尼克从皮钓竿袋中取出他的假蝇钓竿，把一节节连接起来，把钓竿袋塞进帐篷。他装上卷轴，把钓丝穿过系线环。在穿的时候，他不得不用两手轮流地握住钓丝，要不然它会靠自身的重量往回溜去。这是根很粗的双股钓丝。尼克好久前花八块钱买来的。它做得很粗，为了可以在空中朝后甩，再笔直而有分量地朝前甩，这样才能把简直没有分量的蝇饵甩进水里。尼克打开放接钩绳的铝匣。接钩绳卷起了嵌在湿漉漉的法兰绒衬垫之间。尼克是在朝圣伊格内斯开的火车上，用饮用水冷却器里的水把衬垫弄湿的。这些嵌在湿衬垫之间的羊肠接钩绳变得柔软了，尼克解开一根，用一圈细线把它扎在粗钓丝的末梢上。他在接钩绳的另一端安上一个钓钩。这是个小钓钩，很细，富有弹性。

尼克是把钓竿横在膝上坐着，从钓钩匣中取出这个钓钩的。他把钩丝拉紧，试试那个结打得牢不牢，试试钓竿的弹性。他感到很惬意。他小心从事，不让钓钩钩住他的手指。

他拔脚朝小河走去，握着钓竿，脖子上挂着那瓶蚱蜢，那是用一根皮带打了个活结系在瓶颈上的。他的抄网挂在腰带的一个钩子上。他肩上搭着只很长的面粉袋，每只角上挽了个结。用绳子挂在肩上。面粉袋拍击着他的大腿。

身上挂着这么些家什，尼克感到走路有些不便，但是像个行家，感到乐滋滋的。那瓶蚱蜢在他胸前晃荡着。他衬衫口袋里塞满了午餐的吃食和放假蝇的小匣，饱鼓鼓地顶在他身上。

他跨进小河。他打了一个冷战。他的裤腿紧贴在两腿上。他感到鞋底踩在砂砾上。冷水使他连连打冷战。

河水奔流，吮吸着他的两腿。他跨进去的地方，水没到膝盖以上。他顺着流水蹚水而行。砂砾在他鞋底擦过。他低头看看在每条腿下打旋的流水，倒转玻璃瓶，打算捉一只蚱蜢。

第一只蚱蜢从瓶口一跃，跳到水里。它被在尼克右腿边打旋的水吸了下去，在下游过去一点儿的地方冒出水面。它飞快地漂去，腿儿踢动着。它倏地转了一圈，弄破了平滑的水面，就不见了。一条鳟鱼把它吞下了。

另一只蚱蜢从瓶口探出头来。它的触须抖动着。它正把两只前脚伸出瓶来，准备跳跃。尼克一把抓住它的头，捏着它，把细钓钩穿过它的下巴，一直刺透咽喉直到它肚子最下部的那几个环节。蚱蜢用前脚攥住了钓钩，朝它吐烟油般的唾液。尼克把它抛进水里。

右手握着钓竿，他顺着蚱蜢在流水中的拉力放出钓丝。他用左手从卷轴上解开钓丝，让它没阻挡地溜出去。他还看得见那蚱蜢在流水的细小波浪中。后来就不见了。

钓丝抽动了一下。尼克把这绷紧的钓丝往回拉。这是第一次上钩的东西。他把这时正在弹跳的钓竿横在流水上，用左手回收钓丝。钓竿被急速地一次次拉弯，那条鳟鱼逆着水流冲击着。尼克知道这是条小东西。他把钓竿一直朝上拉到空中。鱼拉得钓竿朝前弯曲。

他看见这鳟鱼在水中用头和身子猛烈地抽动着，来对抗河水中那钓丝不断甩动的拉力。

尼克用左手握住钓丝，把正在疲乏地逆着流水撞击的鳟鱼拉到水面上。它的背部斑斑驳驳，颜色像透过清澈的水望见的水底砂砾，它的胁腹在阳光中闪亮。尼克用右臂挟住了钓竿，弯下身子，把右手伸进流水。他用湿漉漉的右手抓住了始终在扭动的鳟鱼，解下它嘴里的倒钩，然后把它抛回河里。

它摇晃不定地停在流水中，然后下沉到河底一块石头边。尼克伸下手去摸它，胳臂一直浸到齐手拐儿。鳟鱼一动不动地待在流动的河水中，躺在河底砂砾上的一块石头边。尼克的手指一碰到它，感到它在水下又滑又凉，它就溜走了，溜到了河底另一边的阴影里。

它没问题，尼克想。它不过是疲乏罢了。

他刚才先弄湿了手才去摸那鳟鱼，这样才不致抹掉那一薄层覆盖在鱼身上的黏液。如果用干手去摸鳟鱼，那摊被弄掉黏液的地方就会被一种白色真菌所感染。好多年前，尼克曾到挤满了人的小溪边钓鱼，前前后后都是用假蝇钓鱼的人，他曾一再看到身上长满毛茸茸的白色真菌的死鳟鱼，被水冲到石头边，或者肚子朝天，浮在水潭里。尼克不喜欢跟别人在河边一起钓鱼。除非同你自己是一伙中的，他们总使人扫兴。

他朝下游涉水前进，流水没过他的膝盖，他穿过河上那几根原木上游的五十码浅水。他没有在钓钩上重新安上鱼饵，只是一边蹚水，一边把钓钩握在手里。他明知道在浅水里可以钓到小鳟鱼，但他不想要。一天的这个时候，浅水里根本没有大鳟鱼。

这时冷冷的河水陡然深得没上了他的大腿。前面就是被原木拦住的平坦的水面。水又平坦又乌黑；左面是那片草场的下缘；右面是沼地。

尼克在流水中把身子向后仰，从瓶里取出一只蚱蜢。他把蚱蜢穿上钓钩，为了求得好运，朝它唾了一口。跟着他从卷轴上拉出几码钓丝，把蚱蜢抛在面前湍急、乌黑的水面上。蚱蜢朝原木漂去，接着钓丝的分量把这钓饵拉到了水面下。尼克右手握住钓竿，从手指间放出钓丝。

钓丝给拉出了一大截。尼克猛拉了一下钓丝，钓竿动荡起来，出现了险象，几乎弯成了九十度，钓丝绷紧了，从水里露出来，绷紧了，给沉重、危险而持续地扯紧了。如果拉力越来越大，接钩绳就会断裂，尼克感到这时刻快来到，就放松了钓丝。

钓丝飞速地朝外溜，卷轴上的棘轮吱吱地响。太快了。尼克没法控制这钓丝，它飞速地往外溜，随着钓丝朝外滑去，卷轴的声音越发尖利了。

卷轴的轴心露出来了，尼克紧张得心跳都快停止了，在没上大腿的冰冷的水里朝后仰起身子，用左手的拇指使劲卡住卷轴。把大拇指伸进这卷轴的外壳，真不对劲儿。

随着他用力一揿，钓丝陡然给拉得硬邦邦的，于是在原木的另一边，一条大鳟鱼高高地跳出水来。等它一跳起来，尼克就把钓竿的末梢朝下一沉。随着他放低末梢来减少紧张程度，他感到拉力过大的时刻来到了；绷得太紧啦。当然，那段接钩绳断了。当钓丝完全失去了弹性，离开了水面，变得硬邦邦的时候，这种感觉是错不了的。跟着它变得松弛了。

尼克嘴里发干，情绪消沉，把钓丝收绕在卷轴上。他从没见过这样大的鳟鱼。它分量很沉，力气大得拉不住，再说，它跳起来时露出的个头多大啊。它看上去像鲑鱼般宽阔。

尼克的手发着抖。他慢慢地收绕着钓丝。刺激性实在太大了。他依稀感到有点恶心，看来还是坐下来的好。

接钩绳在系钓钩的地方断了。尼克把它握在手里。他想到那条鳟鱼在河底某处地方，正在砂砾上稳住了身子，在天光达不到的深处，那些原木的下面，嘴里叼着钓钩。尼克知道这鳟鱼的牙齿会咬断钓钩上的那段系线。钓钩本身会嵌进它的颚部。他可以打赌，这鳟鱼一定气昏了。凡是这样大小的鱼都会气昏。这是条鳟鱼啊。它曾给牢牢地钓住。像石头般不可动摇。它在脱逃以前，拉上去就像在拉一块石头。上帝啊，它是条大鱼。上帝啊，它是我听说过的最大的鱼了。

尼克攀登到草场上，站住了，水从他裤腿上淌下，还从鞋子里溢出来，他的鞋子咯喳咯喳地响。他走到原木边坐下来。他绝对不想急于思考眼下的感受。

他把脚趾在鞋中的水里扭动着，从胸前口袋里掏出一支烟。他点上了烟，把火柴扔在原木下湍急的流水中。火柴在急流中旋转着，一条小鳟鱼冒出水面来啄它。尼克哈哈大笑。他要抽完这支烟再说。

他坐在原木上，抽着烟，在阳光里晒干裤腿，太阳晒得他背脊很暖和，前面的河边浅滩钻进树林，弯弯曲曲地进入树林，望着这些浅滩、闪闪发亮的阳光、被水冲得很光滑的大石块、河边的雪松和白桦树、被阳光晒暖的原木，光滑可坐，没有树皮，摸上去很古老；失望的感觉慢慢儿从他心头消失了。这种失望之感是在使他肩膀发痛的刺激袭来之后猛地出现的，现在慢慢儿消失了。眼下没问题了。他的钓竿平搁在原木上，尼克在接钩绳上重新系上一个钓钩，把那截羊肠抽紧，使它缩成一个硬结。

他穿上钓饵，然后捡起钓竿，走到原木的另一端，准备跨进水中，那儿水并不太深。原木的下面和另一面是一个深水潭。尼克绕过沼地附近的浅滩，一直走到浅水河床上。

左面，草场尽头、树林开始的地方，有棵给连根拔了起来的大榆树。它在一场暴风雨中倒下，顶部倒在树林中，树根上凝结着泥土，根株之间长着草，像是河边的一小段坚实的岸。河水直冲刷到这棵给拔起的树边。尼克从站着的地方，可以看见流水在浅水河床上冲出的一道道深槽，就像车辙一样。他站着的地方有卵石，再过去一点的地方也有卵石，还多的是漂石；河流在树根边拐弯的地方，河床是泥灰岩的，而在深水下那一道道槽之间，有绿色的水藻在流水中摇摆。

尼克把钓竿甩到肩后，再朝前甩，钓丝就朝前一弯，把蚱蜢投在一道深槽的水藻间。一条鳟鱼咬住了饵，尼克把它钓住了。

尼克把钓竿远远地伸向那棵被拔起的树，在流水里泼溅着朝后退，那鳟鱼上下颠簸着，钓竿灵活地一次次朝下弯，他一步步地把鳟鱼从水藻间安全地拉到开阔的湖面上。握住了逆着流水上下灵活晃动的钓竿，尼克把鳟鱼往回拉。他心急慌忙地拉着，不过总是有成效，这有弹性的钓竿顺从着这一次次的猛拉，有时候在水里弹跳着，但是始终在把鱼往回拉。尼克一面猛拉，一面轻巧地朝下游走。他把钓竿举到头顶上，让鳟鱼悬在抄网上面，然后抬起网来。

鳟鱼沉甸甸地竖在抄网中，网眼间露出斑驳的背部和银色的肋腹。尼克把它从钓钩上解下来；厚实的肋腹很容易握得住，大下颌突出着，他让这喘息着的鱼滑落到从他肩上直垂到水里的长布袋中。

尼克逆着水流张开布袋，它灌满了水，很沉。他把它提起来，让底部留在流水中，于是水从布袋的两边流出来。在它的底部，那条大鳟鱼在水里活动着。

尼克朝下游走去。挂在他面前的布袋沉甸甸地浸在水里，拉扯着他的肩膀。

天气越来越热了，太阳热辣辣地晒在他的脖颈上。

尼克钓到了一条好鳟鱼。他可不想钓到很多鳟鱼。这里的河道又浅又宽。两岸都长着树木。在午前的阳光中，左岸的树木在流水上投射下很短的阴影。尼克知道每摊阴影中都有鳟鱼。等到下午，太阳朝群山移去后，鳟鱼会待在河道另一边的荫凉的阴影中。

最最大的鱼会待在靠近河岸的地方。在黑河上你是总能钓到大鱼的。太阳下了山，它们全都会游到外面激流中去。太阳下山前使河水射出一片耀眼的反光，就在此时，你可能在激流中的任何地方使一条大鳟鱼上钩。但是那时简直没法钓鱼，水面耀眼得就像阳光下的一面镜子。当然啦，你可以到上游去钓，可是在黑河或这条河那样的河道上，你不得不逆水吃力地走，而在水深的地方，水会朝你身上直涌。这样大的激流，到上游去钓鱼可并不有趣。

尼克穿过这片浅滩一路朝前走，留意着沿岸可有深水潭。紧靠河边长着一棵山毛榉，所以它的枝桠直垂到河水里。河水回流到树叶下面。这种地方总是有鳟鱼的。

尼克不大想在那个水潭中垂钓。他肯定知道钓钩会让枝桠钩住。

水潭看来相当深。他投下蚱蜢，所以流水便把它送到水下，朝后直送到伸出在水面上的树枝下。钓丝绷紧了，尼克猛地一拉。鳟鱼着力地折腾着，在树叶和枝桠之间半露出在水面上。钓丝给钩住了。尼克使劲一拉，鳟鱼脱钩了。他把钓钩卷收回来，握在手里，朝河的下游走去。

前面，紧靠着左岸，有一根大原木。尼克看出它是空心的；它朝着上游，流水滑溜地灌进去，仅仅在它的两端有一小片涟漪。水越来越深了。空心原木的顶面是灰色和干燥的。它部分处在阴影里。

尼克拔出装蚱蜢的瓶子的瓶塞，有一只蚱蜢附着在上面。他把它捡起，穿在钓钩上，然后甩出去。他把钓竿远远地伸出去，这一来，这只在水面上的蚱蜢就漂到流进空心原木的那股水流中去了。尼克把钓竿放低，蚱蜢漂进去了。钓钩给重重地咬住了。尼克甩动钓竿来对抗这股拉力。他感到好像钩住了原木本身，不同的只是钓竿上有些在弹跳的感觉。

他竭力强迫这鱼进入外面的水流中。它顺从了，动作滞重。

钓丝松弛下来，尼克以为这鳟鱼逃掉了。随后他看见了它，很近，正在水流中，摇晃着脑袋，想甩掉钓钩。它的嘴给钳住了。它正在清澈的水流中使劲挣脱钓钩。

尼克用左手把钓丝绕成一圈圈往回收，挥起钓竿使钓丝绷紧，想法把鳟鱼朝抄网拉，可是它好像跑了，看不见了，钓丝却在抖动着。尼克逆着流水跟它搏斗，让它随着钓竿的弹跳在水中砰砰地撞击着。他把钓竿移到左手，朝上游缓缓地拉那鳟鱼，把它提起在空中，让它在钓竿下挣扎着，然后把它朝下放进抄网。他从水里提起抄网，鱼沉重地待在滴着水的网里，弯成个半圆形，他把它从钓钩上解下来，轻轻放进布袋。

他张开袋口，低头看这两条大鳟鱼鲜龙活跳地待在袋中的水里。

尼克穿过越来越深的河水，蹚水走到那根空心原木前。他从头上褪下布袋，把底部从水里提上来，鳟鱼拍打着，他接着把布袋挂在身上，让鳟鱼深深地待在水里。然后他爬上原木，坐下，水从他裤腿和皮靴上淌到河里。他搁下钓竿，把身子移到原木背阴的那一端，从口袋里拿出三明治。他把三明治浸在冷水内。流水把一些面包屑带走了。他吃了三明治，拿帽子舀满了水来喝，水从他喝的地方的前边溢出来。

坐在阴影里的原木上，很是凉快。他掏出一支香烟，划了一根火柴来点。火柴掉在灰色的原木上，烧出一小道凹痕。尼克探身到原木的一边，找到一块坚硬的地方，划着了火柴。他坐着抽烟，注视着河流。

前面的河道变得窄了，伸进一片沼地。河水变得又平又深，沼地里长着雪松，看上去很严实，它们的树干靠拢在一起，枝桠密密层层。要步行穿过这样一片沼地是不可能的。枝桠长得真低啊。你简直得平伏在地上才能挪动身子。你没法在树枝之间硬冲过去。这该是为什么住在沼地里的动物都生来就在地上爬行的原因吧，尼克想。

他想，但愿自己带了些书报来。他想阅读。他不想继续向前走进沼地。他朝河的下游望去。一棵大雪松斜跨着河面，从这岸一直到彼岸。再过去，河道流进了沼地。

尼克不想眼下就走进沼地。两面腋窝下的水越来越深了，他有种逆反心理，不愿涉这深水前进，走到钓到了大鳟鱼也没法拿上岸的地方。在沼地里，两岸光秃秃的，巨大的雪松在头顶上会聚在一起，阳光照不进来，只有一些斑驳的光点；在湍急的深水里，在半明不暗的光线中，钓鱼会是可悲的。在沼地里钓鱼，是桩可悲的冒险行动。尼克不想这样干。他今天不想再朝下游走了。

他掏出折刀，打开了插在原木上。跟着他提起布袋，伸手进去，拿出一条鳟鱼。它在他手里鲜龙活跳的，很难握住，但他捏住了近尾巴的地方，朝原木啪的打去。鳟鱼抖了一下，就不动了。尼克把它搁在原木上的阴影里，用同样方法甩断了另一条鱼的脖子。他把它们并排放在原木上。它们是好鳟鱼。

尼克把它们开膛，从肛门一直剖开到下颚。全部内脏、鱼鳃和舌头被整个儿取出了。两条都是雄的；灰白色的长条生殖腺，又光滑又洁净。全部内脏又洁净又完整地被一起挖出来了。尼克把这下脚抛在岸上，让水貂来觅食。

他把鳟鱼在河水中洗干净。他把它们背脊朝上放在水中，它们看上去很像是活鱼。它们的血色尚未消失。他洗净了双手，在原木上擦干。他然后把鳟鱼摊在铺在原木上的布袋上，把它们卷在里面，扎好，放进抄网。他的折刀还竖立着，刀刃插进了原木。他把它在木头上擦干净，放进口袋。

尼克在原木上站起身，攥着钓竿，把沉甸甸的抄网挂在肩上，然后跨进水里，泼溅着水朝岸边走。他登上河岸，穿进树林，朝高地走去。他在回宿营地去。他回头望望。河流在林子里隐约可见。往后到沼地去钓鱼的日子多着呢。

吴　劳 译

跋

国王[①]在花园里干活。他看见我显得很高兴。我们走遍了花园。这位是王后，他说。她正在修剪一个玫瑰花丛。哎，你好啊，她说。我们在一棵大树下的桌子边坐下，国王吩咐下人端上威士忌苏打水。不管怎样，我们有的是上好的威士忌，他说。他告诉我，革命委员会不准他走出王宫的庭院。我相信，普拉斯蒂拉斯[②]是个非常好的人，他说，不过这人实在很难相处。我觉得他做得对，尽管他枪毙了那些人[③]。如果克伦斯基[④]枪毙的人少一些，情况也许会完全不同。当然这种事的关键是本人决不能被枪杀！

真是太妙了。我们谈了老半天。他跟所有的希腊人一样，想要到美国去。[⑤]

陈良廷 译

① 希腊国王乔治二世在其父康斯坦丁一世于1922年被推翻后即位，第二年发生政变被软禁，8月中，美国摄影师沃纳尔去雅典采访他，回来后告诉海明威一些细节，海明威写了这篇短文，文中的“我”指沃纳尔。

② 1922年9月27日，希腊国王康斯坦丁一世被尼古拉斯·普拉斯蒂拉斯（1883—1953）将军在一次不流血的革命中推翻。

③ 详见《拳击家》前的“第五章”。

④ 克伦斯基（1881—1970），俄国社会革命党人，1917年2月革命后曾任临时政府总理。十月革命后，逃往巴黎。

⑤ 乔治二世和王后于1923年12月流亡欧洲，1935年，希腊恢复君主制，他回国复位，于1947年去世，由他的兄弟保罗一世继承。

没有被斗败的人

曼纽尔·加西亚上楼到堂米盖尔·雷塔纳的办公室去。他放下手提箱，敲了敲门。没有人回答。曼纽尔站在过道上，觉得房间里面有人。他是隔着门感觉到的。

“雷塔纳，”他一边说，一边倾听着。

没有人回答。

他在里面，没错，曼纽尔想。

“雷塔纳，”他说，他砰砰地敲着门。

“谁？”办公室里面有人问。

“我，曼诺洛，”曼纽尔说。

“你有什么事？”那声音说。

“我要找工作，”曼纽尔说。

门上有样什么东西咯咯响了几下，门给打开了。曼纽尔拿着手提箱走了进去。

一个小个子男人坐在房间那一头的一张办公桌后面。在他头的上方，有一个公牛的头，是由马德里动物标本剥制者剥制的；墙上有几幅装在镜框里的照片和斗牛的海报。

那个小个子男人坐在那儿看着曼纽尔。

“我还以为它们送了你的命呢，”他说。

曼纽尔用指关节敲着办公桌。小个子男人坐在那儿隔着办公桌看着他。

“今年你斗过几次牛？”雷塔纳问。

“一次，”他回答。

“就是那一次？”小个子男人问。

“就那么一次。”

“我在报上看到了，”雷塔纳说。他往后靠在椅背上，看着曼纽尔。

曼纽尔抬头望了望那公牛标本。他以前常常看到它。他对它有着一种他们家特有的兴趣。大约九年以前，这条牛挑死了他的哥哥，兄弟中很有前途的那一个。曼纽尔还记得那一天。公牛头的盾形橡木座上有一块铜牌。曼纽尔不认识上面的字，可是他想象那准是纪念他哥哥的。嘿，他真是一个好小子。

那牌子上写着：“贝拉瓜公爵的公牛‘蝴蝶’，曾九次受到七匹马上的矛刺，于1909年4月27日挑死见习斗牛士安东尼奥·加西亚。”

雷塔纳看见他在望着那公牛头的标本。

“公爵给我送来供星期天用的那批准会出丑，”他说。“腿全都不好。人们在咖啡馆里是怎么议论那些牛的？”

“我不知道，”曼纽尔说。“我刚到。”

“对，”雷塔纳说。“你还带着提箱呢。”

他一边望着曼纽尔，一边在那张大办公桌后面往后靠着。

“坐下，”他说。“把帽子脱下。”

曼纽尔坐了下来；脱下帽子，他的脸变了样。他显得苍白，他的短辫子①从后面往前别在头顶上，这样，戴上帽子别人就看不出来。这给了他一副古怪的样子。

“你脸色不好，”雷塔纳说。

“我刚从医院里出来，”曼纽尔说。

“我听说他们把你的腿锯了，”雷塔纳说。

“没有，”曼纽尔说。“腿好好的。”

雷塔纳在桌子那边俯身向前，把一只木制香烟盒朝曼纽尔推来。

“抽支烟，”他说。

“谢谢。”

---

① 斗牛士都有一根短辫子。

曼纽尔点了一支。

“你抽吗？”他一边把火柴递给雷塔纳一边说。

“不，”雷塔纳摇摇手，“我从来不抽烟。”

雷塔纳看着他抽烟。

“你干吗不找个职业，干点活儿，”他说。

“我不想干活儿，”曼纽尔说。“我是个斗牛士。”

“再也没有哪个可以算得上斗牛士了，”雷塔纳说。

“我是个斗牛士嘛，”曼纽尔说。

“对，你在场上的时候才是个斗牛士，”雷塔纳说。

曼纽尔笑了。

雷塔纳坐着，什么也不说，只是望着曼纽尔。

“你要是愿意的话，我把你安排在晚场，”雷塔纳建议。

“什么时候？”曼纽尔问。

“明天晚上。”

“我可不想去给哪个斗牛士当替身，”曼纽尔说。他们都是那样给挑死的。萨尔瓦多就是那样死的。他用指关节叩着桌子。

“我只有这个了，”雷塔纳说。

“你干吗不把我安排在下个星期呢？”曼纽尔建议。

“你卖不了座，”雷塔纳说，“人们要看的是李特里、鲁比托和拉·托雷。这些小伙子都是好样的。”

“他们会来看我把牛干掉的。”曼纽尔满怀着希望说。

“不，人们不会来的。他们再也不知道你是谁了。”

“我体质还很强呢，”曼纽尔说。

“我给你安排在明天晚上，”雷塔纳说。“你可以和年轻的埃尔南德斯搭配，在查洛特[1]以后杀两条新牛。”

“谁的新牛？”曼纽尔问。

“我不知道。总是他们那牛栏里的牛吧。兽医在白天不会通过

① 指马戏团式的斗牛表演，模仿查理·卓别林的动作。

的那些。”

“我可不喜欢做人家的替身，”曼纽尔说。

“接受不接受，随你便，”雷塔纳说。他往前俯下身子看文件去了。他不再感兴趣。曼纽尔刚才的求情有些叫他动心，因为他一时回忆起了从前的日子，现在那种情绪消失了。他倒是想让曼纽尔替代拉里塔，因为他可以便宜地雇下他。他也可以便宜地雇下另外一些人。不过，他想帮他一下。他还是给了他这个机会。现在得由他决定了。

“给我多少？”曼纽尔问。他心里还是有些想拒绝接受。不过他知道没法拒绝。

“二百五十比塞塔，”雷塔纳说，他原来考虑给五百，可是一开口却说了二百五十。

“你给比里亚尔塔七千呢，”曼纽尔说。

“你又不是比里亚尔塔，”雷塔纳说。

“这我知道，”曼纽尔说。

“他卖座，曼诺洛，”雷塔纳解释说。

“那当然，”曼纽尔说。他站了起来。“给我三百吧，雷塔纳。”

“好吧，”雷塔纳同意了。他把手伸进抽屉去拿一张纸。

“我能现在先拿五十吗？”曼纽尔问。

“当然可以，”雷塔纳说。他从皮夹里掏出一张五十比塞塔的钞票来，把它平摊在桌子上。

曼纽尔拿起钞票，放进口袋里。

“斗牛助手怎么安排？”他问。

“有那些一直在晚上给我干活儿的小伙子们，”雷塔纳说。“他们都还不错。”

“长矛手[①]呢？”曼纽尔问。

---

① 斗二、三龄的新牛时，因新牛年青力强，需要长矛手（picador）出场。长矛手骑在马上，用带三角钢尖的长矛（pica）刺伤牛的颈背部，消耗其体力。

“长矛手人手不多，”雷塔纳承认。

“我可得要有一个好的长矛手才行啊，”曼纽尔说。

“那你去找吧，”雷塔纳说。“你去把他找来。”

“总不能从这里出钱啊，”曼纽尔说。“我可不从六十个杜洛[1]里拿出钱来付哪个斗牛助手。”

雷塔纳没有作声，只是隔着大办公桌望着曼纽尔。

“你知道，我一定得有一个好的长矛手，”曼纽尔说。

雷塔纳没有作声，只是远远地望着曼纽尔。

“这不成，”曼纽尔说。

雷塔纳还在目不转睛地望着他，他靠在椅背上，远远地凝望着他。

“正式的长矛手有的是，”他说。

“我知道，”曼纽尔说，“我知道你那些正式的长矛手。”

雷塔纳没有一点笑容。曼纽尔知道事情到此结束了。

“我只是想做到两边力量相当而已，”曼纽尔分辩说，“我既然出场，那我就要求能把牛扎中。只要一个好的长矛手就行了。”

他这是在跟一个不再听他说话的人讲话。

“你要是需要额外的东西，”雷塔纳说，“那你就自己去找。那儿外面就有一批正式的斗牛助手。你爱带多少自己的长矛手你就带多少。滑稽斗牛十点半结束。”

“好吧，”曼纽尔说。“要是你认为这样好的话。”

“就这样，”雷塔纳说。

“明天晚上再见，”曼纽尔说。

“我会到场的，”雷塔纳说。

曼纽尔拿起他的手提箱，走了出去。

“把门关上，”雷塔纳喊道。

曼纽尔回过头来看看。雷塔纳正俯身坐着在看一些文件。曼纽

---

① 西班牙的一种银币，一杜洛合五比塞塔。

尔咔嗒一声把门带上了。

他走下楼梯，出了门，来到炎热明亮的大街上。街上很热，照在白色建筑物上的阳光突然强烈地刺进他的眼睛。他沿着有阴影的一边走下陡峭的街坡向“太阳门”走去。阴影叫人感到像流水那样纯净和凉爽。他穿过横街的时候，热气突然袭来。在从他旁边经过的来来往往的行人中间，曼纽尔没有看到一个熟人。

就在“太阳门”前面，他转身走进了一家咖啡馆。

咖啡馆里静悄悄的。少数几个人坐在靠墙的桌子边。有一张桌子上，四个人正在玩牌。绝大多数人背靠墙坐在那儿吸烟，他们前面的桌子上，放着空空的咖啡杯和玻璃酒杯。曼纽尔穿过这间长长的房间，走进后面的一间小房间。有一个人坐在角落里的一张桌子跟前睡着了。曼纽尔在其中一张桌子边坐下。

一个侍者走了进来，站在曼纽尔的桌边。

“你看到过舒里托吗？”曼纽尔问他。

“吃午饭前他来过，”侍者回答。“他五点以前不会回来。”

“给我一点咖啡和牛奶，再来一杯普通的酒，”曼纽尔说。

侍者回到这间屋里，端来一个托盘，上面放着一只大的玻璃咖啡杯和一只玻璃酒杯。他左手拿着一瓶白兰地。他胳臂一转，就把这些东西都放到了桌上。跟在他后面的一个孩子从两个亮闪闪的长把壶里把咖啡和牛奶倒进玻璃杯。

曼纽尔脱下小帽，侍者注意到他那向前别在头上的小辫子。他一边把白兰地酒倒进曼纽尔的咖啡旁边的小玻璃杯里，一边向送咖啡的孩子眨了眨眼。送咖啡的孩子好奇地望着曼纽尔的苍白的脸。

“您在这儿斗牛？”侍者问，一面盖上瓶塞。

“是啊，”曼纽尔说，“在明天。”

侍者站在那儿，手握酒瓶靠在大腿上。

“您在查理·卓别林班里吗？”他问。

送咖啡的孩子感到很窘，往别处看着。

“不，在普通班里。”

“我还以为他们安排恰维斯和埃尔南德斯搭配呢，”侍者说。

“不。我是跟另外一个人。”

“谁？恰维斯还是埃尔南德斯？”

“我想是埃尔南德斯。”

“恰维斯怎么啦？”

“他受伤了。”

“你打哪儿听到的？”

“雷塔纳。”

“嗨，路易埃，”侍者向隔壁房间喊道，“恰维斯让牛挑了。”

曼纽尔撕了包装纸，把方糖投进咖啡里。他搅动了一下，把咖啡喝了，又甜又热，让他的空空的肚子里感到暖暖的。他喝完了白兰地。

“再给我来一杯，”他对侍者说。

侍者揭下瓶盖，斟了满满一玻璃杯，溢到茶托里的也有一杯那么多。另一个侍者来到桌子跟前。送咖啡的孩子已经走开了。

“恰维斯伤得厉害吗？”第二个侍者问曼纽尔。

“我不清楚，”曼纽尔说，“雷塔纳没说起。”

“他管那么多啊，”一个高个儿的侍者说。曼纽尔以前没有看见过他。他准是刚走过来。

“在这个城里你要是搭上了雷塔纳的关系，那你就走运了，”高个儿侍者说，“你要是搭不上他的关系，那你还不如走出去自杀吧。”

“你说对了，”又走进来的一个侍者说。“你可是说对了。”

“不错，我说对了，”高个儿侍者说。“说到那个家伙啊，我知道我并没在胡扯。”

“瞧他是怎么对待比里亚尔塔的，”第一个侍者说。

“事情还不止如此，”那高个儿侍者说。“瞧他怎么对待马西亚尔·拉朗达[①]的。瞧他怎么对待纳西翁那尔[②]的。”

“你说对了，孩子，”矮个儿侍者表示同意。

曼纽尔看着他们站在他桌子跟前议论。他喝完第二杯白兰地。他们把他忘了。他们对他并不感兴趣。

“瞧瞧那一帮子笨蛋，”高个儿侍者接着往下说。“你见到过这个纳西翁那尔第二吗？”

“我在上星期天不是见到过他吗？”第一个侍者说。

“他是头长颈鹿，”那矮个儿侍者说。

“我怎么跟你说来着？”高个儿侍者说。“那些人都是雷塔纳手下的。”

“喂，再给我来一杯，”曼纽尔说。在他们谈话的时候，他已经把侍者泼到茶托里的酒倒进玻璃杯里喝完了。

那第一个侍者机械地给他倒了满满一杯酒，于是三个人就边谈边走出屋子。

在远远的屋角里的那个人还在睡觉，吸气的时候发出轻轻的鼾声，他的头仰靠在墙上。

曼纽尔喝了白兰地，自己也觉得瞌睡了。这会儿走出去到城里，天太热了。再说，又没有什么事可干。他想去看望舒里托。他想就趁等着的时候睡一会儿吧。他踢了踢他的手提箱，肯定一下它确实还在桌肚里。也许把它放在靠墙的座位底下更好些吧。他俯下身子把手提箱推到座位底下。接着他伏在桌子上睡觉了。

一觉睡醒的时候，有一个人坐在他桌子对面。那是一个大个儿，深棕色的脸，活像一个印第安人。他已经在那儿坐了一些时候了。他挥手叫侍者走开，坐着在看报纸，时不时地低头望望正把头搁在桌子上睡觉的曼纽尔。他看报认真，一边看，嘴唇一边动着念

① 马西亚尔·拉朗达，西班牙著名斗牛士。

② 纳西翁那尔，西班牙著名斗牛士理卡多·安略的绰号。下文的纳西翁那尔第二，是理卡多之弟、西班牙著名斗牛士胡安·安略的绰号。

出字来。看累了，他就望望曼纽尔。他沉沉地坐在椅子里，他的科尔多瓦[①]帽子歪向前面。

曼纽尔坐了起来，看着他。

“你好，舒里托，”他说。

“你好，老弟，”那个大个儿说。

“我睡着了。”曼纽尔用拳头的背面擦了擦前额。

“我是想你可能睡着了。”

“你过得好吗？”

“好。你过得怎么样？”

“不太好。”

两人都沉默了。长矛手舒里托打量了一下曼纽尔那张苍白的脸。曼纽尔往下看那长矛手的那双大手把报纸对折起来，塞进他的口袋里。

“我有件事要请你帮忙，铁手，”曼纽尔说。

“铁手”是舒里托的外号。他没有一次听到这个外号不想起他那双大手。他不好意思地把双手伸到桌子上。

“咱们喝一杯吧，”他说。

“当然，”曼纽尔说。

侍者来了又去，去了再来。他走出屋子，回过头来看看这两个坐在桌子边的人。

“怎么回事，曼诺洛？”舒里托放下他的玻璃杯。

“明天晚上你能不能为我扎两条牛？”曼纽尔一边问，一边抬头望望桌子对面的舒里托。

“不行，”舒里托说。“我现在不扎牛啦。”

曼纽尔垂眼望着他自己的玻璃酒杯。他已经料到了那个回答，现在果然听到了。嗯，他听到了。

“我很抱歉，曼诺洛，可是我现在不扎牛啦。”舒里托望了望

---

① 西班牙的一个城市。

自己的双手。

“没关系，”曼纽尔说。

“我太老了，”舒里托说。

“我只是问问你罢了，”曼纽尔说。

“是明天夜场吧？”

“对。我想我只要有一个好的长矛手，我一定能获胜。”

“给你多少？”

“三百比塞塔。”

“我扎牛还拿得多一点呢。”

“我知道，”曼纽尔说。“我并没有任何权利请求你。”

“你干吗还干这一行？”舒里托问。“你干吗不把你的辫子剪掉，曼诺洛？”

“我不知道，”曼纽尔说。

“你也差不多跟我一样老了，”舒里托说。

“我不知道，”曼纽尔说，“我不得不干啊。要是我能安排好，做到力量相当那就好了，我要的只是这个。我不得不坚持干下去啊，铁手。”

“不，你不一定要这样干法。”

“不，我非得这样干下去不可。我也曾经试过，不干这一行。”

“我知道你怎么感受。可这样是不对的。你应当脱离这一行，别再干了。”

“我办不到。何况，我近来很好。”

舒里托端详着他的脸。

“你住过医院。”

“可是在我受伤以前我是干得挺出色的。”

舒里托没说什么。他把茶托侧过来，把里面的科涅克白兰地酒倒进他的玻璃酒杯。

“报上说他们从没看到比这更好的绝技，”曼纽尔说。

舒里托望着他。

“我知道我一旦干起来，会干得很好的，”曼纽尔说。

“你太老了，”长矛手说。

“不，”曼纽尔说。“你比我还大上十岁呢。”

“我情况不一样。”

“我还不太老，”曼纽尔说。

他们默默地坐在那儿，曼纽尔望着长矛手的脸。

“我受伤以前干得很出色，”曼纽尔开口说。

“你应该来看我斗牛的，铁手，”曼纽尔带有责备的口气说。

“我不想来看你，”舒里托说。“看你斗牛叫我神经紧张。”

“你近来没看我斗过牛。”

“我看你斗牛看得够多了。”

舒里托望着曼纽尔，避开他的眼光。

“你应该退出这一行了，曼诺洛。”

“我不能，”曼纽尔说。“我现在会干得挺好的，真的。”

舒里托俯身向前，把手放在桌子上。

“你听着。我就给你扎牛吧，要是你明天夜里干得不好，那你就离开。懂吗？你可以做到吗？”

“当然可以。”

舒里托背向后靠，放心了。

“你得退出这一行，”他说。“别胡闹了。你得剪掉这根辫子。”

“我并不是非退出不可啊，”曼纽尔说。“你看我吧。我体质还强着呢。”

舒里托站了起来。他感到争论得累了。

“你非得退出不可，”他说。“我要亲自给你剪掉辫子。”

“不，你剪不了，”曼纽尔说。“你不会有这个机会。”

舒里托叫侍者。

“走吧，”舒里托说。“上旅馆去。”

曼纽尔从座位底下拿出手提箱。他很高兴，他知道舒里托会给他扎牛。他是还活着的最好的长矛手。现在一切都好办了。

“上旅馆去，咱们要吃点儿东西，”舒里托说。

曼纽尔站在马场上，正等待查理·卓别林班里的人下场。舒里托站在他旁边。他们站的地方很暗。那通向斗牛场的高高的门紧闭着。在上面，他听到一阵叫嚷，接着又听到一阵大笑。随后就寂静下来了。曼纽尔爱闻马场这儿马厩的气味。这种气味在黑暗中闻起来挺不错。斗牛场里响起了另外一阵吼叫，接着是一片喝彩声，好一阵的喝彩，持续不断。

“你见过这些家伙吗？”舒里托问道，在黑暗中他高大的身材隐约可见地站在曼纽尔的身边。

“没见过，”曼纽尔说。

“他们可真滑稽，”舒里托说。他在暗处独自微笑着。

通向斗牛场的高大严实的双扇门给打开了，曼纽尔看到斗牛场处在弧光灯强光的照射下，周围则是漆黑漆黑的高高升起的观众席。两个穿得像流浪汉似的男人边跑边鞠躬，跟在后面的那个穿着旅馆侍者制服的人俯身拾起扔在沙地里的帽子和手杖，把它们扔回黑暗中。

马场上的电灯亮起来了。

“我骑上马，你把大伙儿召集拢来，”舒里托说。

从他们身后传来了骡子的丁丁当当的铃声。几头骡子来到斗牛场上，是和死牛拴在一起，拖走死牛的。

斗牛助手们刚才在围栏和座位之间的通道上看了滑稽斗牛，这会儿走回来，在马场的灯光下簇拥在一起站着谈话。一个穿着银色和橘红色衣服的、俊俏的小伙子来到曼纽尔跟前，微笑着。

“我是埃尔南德斯，”他伸出手来说。

曼纽尔和他握了握手。

“今晚我们斗的是十足的大象，”小伙子高兴地说。

“它们都是有角的大家伙，”曼纽尔同意地说。

“你抽了最坏的签[①]，”小伙子说。

“没关系，”曼纽尔说。“牛越大，给穷人们吃的肉越多。”

“那一个你打哪儿找来的？”埃尔南德斯咧嘴笑着说。

“那是一个老伙伴，”曼纽尔说。“把你的斗牛助手排好，我看看我有哪些人。”

“你有的这些小伙子都不错，”埃尔南德斯说。他非常高兴。他已经在夜场斗过两次牛了，在马德里开始有了一批捧他的人。他很开心，几分钟以后斗牛就要开始了。

“长矛手都在哪儿？”曼纽尔问。

“他们都在后面畜栏里争着要骑好看的马呢，”埃尔南德斯咧开嘴笑着说。

几条骡子从门口冲进来，鞭子啪啪地抽打着，铃铛发出刺耳的响声，小公牛在沙地上犁出了一条凹痕。

公牛刚拖过去，他们就列队，准备入场。[②]

曼纽尔和埃尔南德斯站在前面。斗牛队的那些年轻小伙子都站在后面，他们的沉重的披风[③]叠起来搭在他们的胳臂上。在背后，四个长矛手骑在马上，在半明半暗的畜栏里手里笔直握着钢尖长矛。

“雷塔纳真怪，他不让我们有足够的亮光来看看马，”一个长矛手说。

“他知道，如果我们不把这些精瘦的老马看得太清楚，我们就会高兴些，”另一个长矛手回答。

---

① 场面大的正式斗牛，由三个剑手（matadores）斗六条牛。三个剑手按年资出场，1号人斗1、4号牛，2号人斗2、5号牛，3号人斗3、6号牛。

② 举行斗牛的入场式，一般由监督骑马带领斗牛士入场，由马场走到主席台下面。排列顺序是：监督（alguacillos），剑手（matadores），剑手的助手（subalternos），短枪手（banderilleros），长矛手（picadores），长矛手的助手（monosabios）和骡子（mulillas）。

③ 斗牛士入场时用的披风，十分讲究，绣着金丝，缀着珠宝，所以比较重。正式斗牛前，斗牛士换用较轻的红披风。

“我骑的这个东西只能勉勉强强让我离开地面，”那头一个长矛手说。

“嗐，它们总算都是马。”

“当然，它们总算都是马。”

他们在黑暗中骑在皮包骨头的马上议论着。

舒里托一句话也没有说。他骑着这些马中间唯一比较坚实的一匹。他已经试过它，在畜栏里把它转来转去，他拉马嚼子、踢马刺，它都有反应。他拉掉它右眼上的布带，割断齐耳根把耳朵捆紧的绳子。那是一匹强壮的好马，四条腿站得稳稳的。他所需要的正是这个。他打算在整场斗牛中都骑着它。他骑上马，在黑暗中坐在填得鼓鼓的大马鞍上等着入场，从那以后他已经一直在脑子里想着在整场斗牛中扎牛的情景。其余几个长矛手在他两边继续聊天。他没听到他们在谈什么。

两个剑手一起站在他们的三个杂役前面，他们的披风都一个式样地叠起来搭在他们的左臂上。曼纽尔在想着他背后的三个小伙子。他们三个都是马德里人，像埃尔南德斯一样，是约莫十九岁光景的小伙子。其中有一个吉卜赛人，神情严肃，沉着，脸黑黑的。他喜欢这人的模样。他转过身去。

“你叫什么名字，孩子？”他问吉卜赛人。

“富恩台斯，”吉卜赛人说。

“这个名字好，”曼纽尔说。

那吉卜赛人露出牙齿笑了笑。

“公牛一出场，你就迎上去，逗它跑一阵子，”曼纽尔说。

“行，”那吉卜赛人说。他脸很严肃。他开始考虑他该怎么干。

“开始了，”曼纽尔对埃尔南德斯说。

“好。咱们走吧。”

他们入场了，在弧光灯照耀下，穿过铺着沙的斗牛场。他们高高昂起的头随着音乐的节奏一摇一晃，右手自由地摆动着。斗牛队尾随着出来，长矛手骑马跟在后面，再后面是斗牛场的杂役和丁丁当当的骡子。他们穿过斗牛场的时候，人们为埃尔南德斯喝彩。他们威风凛凛、大摇大摆地迈步向前，眼睛笔直望着前面。

他们走到主席[①]面前，鞠了一躬，队伍就散开，各就各位。斗牛士走到围栏那儿，放下沉重的披风，换上轻的斗牛披风。骡子出去了。长矛手们绕着场子跃马奔驰，其中两个从他们进来的那扇门里出去了。杂役把地上的沙扫平。

雷塔纳的一个代理人给曼纽尔倒了一杯水，曼纽尔把水喝了。那人是做他的管事和给他拿剑的。埃尔南德斯刚跟自己的管事谈完话走过来。

“你很受欢迎，孩子，”曼纽尔向他祝贺。

“他们都喜欢我，”埃尔南德斯高兴地说。

“入场式怎么样？”曼纽尔问雷塔纳派来的人。

“像一场婚礼似的，”那个拿剑的人说。“很好。你出场就跟何塞里托[②]和贝尔蒙特[③]一模一样。”

舒里托骑着马打旁边走过，就像一座巨大的骑马人的雕像。他掉转马头，让它朝着斗牛场远远那一头的牛栏，牛将从那儿出场。待在弧光灯下，感觉很奇怪。为了多挣钱，他一般都是在午后灼热的骄阳下扎牛。他不喜欢像在弧光灯下扎牛这类的玩艺儿。他巴望快点开始。

曼纽尔走到他跟前。

“扎它，铁手，”他说。“给我煞一煞它的威风。”

“我会扎的，老弟，”舒里托往沙地上啐了一口唾沫。“我要叫它跳出斗牛场。”

“要用全身力量扎它，铁手，”曼纽尔说。

---

① 主席一般由省长担任，或由省长指定专人，指挥整个过程，有懂行的人在旁指点。

② 何塞里托系何塞的爱称。这里指著名斗牛士何塞 · 戈麦斯 · 奥尔泰加（1895—1920）。他又名加里托。

③ 即著名斗牛士胡安 · 贝尔蒙特（1892—1962）。

“我会用全身力量扎它的，”舒里托说。“它怎么还不出来？”

“现在它过来了，”曼纽尔说。

舒里托坐在马背上，脚套在盒式马镫里，他那两条穿着鹿皮护甲的粗壮的腿，紧紧把马夹住，左手挽着缰绳，右手握着长矛，他的阔边帽给拉到眼睛上面，挡开灯光，他注视着远处牛栏的门。马耳朵在抖动。舒里托用左手轻轻拍了拍马。

牛栏的那扇红门打开了，舒里托隔着斗牛场朝那空空的过道目不转睛地望了一会儿。接着，那条公牛一下子猛冲出来。它来到灯光底下的时候，四条腿滑了一下，随后就狂奔着冲过来，轻捷地飞跑着，除了在冲过来的时候它宽阔的鼻孔呼呼出气的声音以外没发出一点声响。从黑暗的畜栏里出来，自在了，它很高兴。

《先驱报》的那个后备斗牛评论员坐在第一排位子上，微微感到厌烦，向前俯着身子，在膝前的水泥墙上草草地写道：“冈巴涅罗，黑种，42 号，以每小时九十英里的速度气吁吁地出场……”

曼纽尔背靠着围栏，望着那条公牛，他一挥手，吉卜赛人就拖着披风跑了出来。那条公牛，低下头，翘起尾巴，转过身，狂奔着朝披风猛冲。吉卜赛人时左时右地跑着，当他从它身边经过的时候，公牛看到了他，就撇下披风，朝人冲过去。吉卜赛人飞跑着，就在公牛把牛角撞到围栏的红板壁上时，他从板壁上一跃而过。公牛用角抵了两次，都是盲目地抵进了木板。

《先驱报》的评论员点了一支香烟，把火柴扔到牛身上，然后在他的笔记本上写道：“个儿很大，牛角粗壮，足以让用现钱买票的观众满意。冈巴涅罗似乎想切入斗牛士的地区。”

公牛猛撞板壁的时候，曼纽尔迈步走到硬沙地上。他从眼角里瞥见舒里托骑着一匹白马，在围栏附近，场地圆周左边大约四分之一的地方。曼纽尔把披风紧靠胸前举着，一手提着一个褶层，对公牛大喊：“嘿！嘿！”公牛转过身，似乎把身子在板壁上猛抵一下，借这股势头急冲过来，直冲进披风。这时曼纽尔随着公牛这一下猛冲，往旁边跨了一步，脚跟一转，把披风在牛角前急转着挥了过去。这一次挥动停下的时候，他又面对着这头公牛，以同样的姿势把披风紧靠胸前举着，公牛再次冲来时，他又脚跟一转。他每一次挥动，人们就发出一阵呼喊。

他一连四次向牛挥动，把披风举得像滚滚的巨浪，每一次都把牛逗得转过身再向他冲来。第五次挥动结束以后，他把披风放在他臀部，转动脚跟，披风像芭蕾舞演员的裙子似的挥动着，逗得公牛像腰带一样绕着他打转。他闪开一步，让公牛面对着骑在白马上的舒里托。公牛走上前去，稳稳地站住。马朝着公牛，耳朵向前伸着，嘴唇在发抖，舒里托的帽子遮在眼睛上面，他俯身向前，夹在腋下的长矛前后伸出，一半向下，形成一个锐角，三角铁矛尖直指公牛。

《先驱报》后备评论员一边吸烟，一边看着牛，写道，“老将曼诺洛设计了一组观众喜爱的绝招，以酷似贝尔蒙特的风格结束，博得了老观众的喝彩。现在我们进入骑马扎牛的一场[①]。”

舒里托骑在马上，衡量着公牛和矛尖之间的距离。就在他看着的时候，公牛鼓起全身的劲儿冲过去，眼睛盯着马的前胸。它刚低下头去挑马，舒里托就把矛尖扎进公牛肩上隆起的那块肌肉里，用全身力量把长矛往下扎，同时用左手一拉，让白马腾空，马的前蹄踢蹬着。他一边把马往右一转，一边把牛往下面推，使牛角从马肚子下面平安地穿过去，马哆嗦着重又四脚着地。公牛朝埃尔南德斯用来逗它的披风冲过去的时候，尾巴擦过马的胸膛。

埃尔南德斯斜着朝另一个长矛手奔过去，用披风把公牛引出来带走。他把披风一挥，把牛镇住了，让它正好面对着马和骑在马上的人，他自己便退了回来。公牛一看见马就冲过去。长矛手用长矛

---

① 斗牛的全过程分三个阶段。第一阶段，由长矛手三次刺牛颈牛背。其间由剑手用红披风把牛从马前引开。第二阶段，由短枪手往牛颈牛背插短枪，从牛身侧插、从牛背插和迎面插。第三阶段，限十五分钟，十分、十三分、十五分各敲一次钟。由剑手左手持红旗、右手持剑引牛往返奔冲，在十五分钟内要刺死牛。主席根据其表现决定赏一只牛耳、两只牛耳或两只牛耳及牛尾（三级）。

扎牛，长矛顺着牛背滑过去。由于牛一冲，马吓得跳了起来，长矛手已经从马鞍上跌出了一半，再加上一枪没扎中，便抬起右腿，跌到了左边，马隔在他和牛中间。马给牛角挑了起来挑伤了，牛角抵进了它的身子，它砰的一声倒下，长矛手用靴子把马蹬开，脱出身来，躺在地上，等人家把他抱起来拖走后再站起来。

曼纽尔听任公牛去抵那匹倒下的马。他不必着急，长矛手的命保住了。再说，让那样一个长矛手担心，是有好处的。下一次他就可以持久一些。这些长矛手太糟了！他隔着沙地望着舒里托。舒里托在围栏附近，他的马直僵僵地站着，在等待。

"嘿！"他对牛叫喊，"来吧！"他两只手举起披风，要引起公牛注意。公牛撇下马朝披风冲来，曼纽尔斜着奔跑，让披风完全摊开，举在手里。他停止脚步，脚跟一转，引得公牛来个急转弯，正好对着舒里托。

"冈巴涅罗挑死了一匹劣马，却两次被长矛扎中，埃尔南德斯和曼诺洛把牛引开，"《先驱报》评论员写道。"它向马镫冲去，显然它对马并不爱惜。老将舒里托用长矛又显示了当年的勇猛，尤其值得注意的是他的绝技……"

"好啊！好啊！"坐在他旁边的那人大声叫道。叫声给淹没在一片吼声中，他拍拍评论员的背。评论员抬头一看，只见舒里托就站在他下面，骑在马上，整个身子向外扑出去，长矛夹在腋下，倾斜着，形成一个锐角。他几乎可以说是握住了矛尖，用全身力量往下扎，使公牛不能走近，公牛又推又抵，想用角去挑马，舒里托把身子向外扑出去，在牛上面，抵住牛，借着那股压力，慢慢地把马转了个身，所以最后马还是脱身了。舒里托觉得马脱身了，牛可以过去了，于是就放松了用来死死抵住公牛的钢矛。牛从矛下挣脱出来的时候，三角钢矛尖把它隆起的肩肉撕裂了。公牛一下子看见埃尔南德斯的披风就在嘴前，便莽撞地朝披风冲去，那小伙子把它引到了空旷的斗牛场上。

舒里托坐在那儿拍着他的马，看着公牛在明亮的灯光下朝埃尔南德斯正在挥动着逗它的披风冲去，这时候，人们大声喊叫起来。

“你看见那条牛吗？”他对曼纽尔说。

“那是个奇迹，”曼纽尔说。

“那一次我扎中了它，”舒里托说。“瞧它现在。”

在披风急转一下过去以后，公牛一滑，跪了下来。它马上又站了起来，可是在沙地那一头的曼纽尔和舒里托却远远地看见血涌出来闪出亮光，在公牛的黑色肩膀的衬托下显得很光滑。

“那一次我扎中了它，”舒里托说。

“它是条好牛，”曼纽尔说。

“要是让我再扎一下，我就把它干掉了，”舒里托说。

“要让我们干下一场了，”曼纽尔说。

“瞧它现在，”舒里托说。

“我得上那儿去了，”曼纽尔说，开始朝场子的那一头跑去。那儿几个长矛手的助手正拉着马缰绳把一匹马牵到公牛那儿去。他们列队用棍子什么的使劲抽打着马腿，想把它赶到公牛跟前。公牛站在那儿，低着头，蹄子抓扒着，还下不定决心冲出去。

舒里托坐在马上，骑马慢步走到那儿，绷着脸看着，没一个细节逃过他的眼睛。

最后公牛往前冲了，牵马的人朝围栏那儿逃去，长矛手一下扎得太后，公牛冲到了马的身子底下，把马挑了起来，摔在自己的背上。

舒里托在一旁看着。穿着红衬衫的助手们[①]，跑过去把长矛手拖出来。现在长矛手站在那儿，一边咒骂一边活动自己的两条胳膊。曼纽尔和埃尔南德斯拿着披风等着。那条庞大的黑牛背上顶了匹马，马蹄耷拉下来晃动着，马缰绳给缠在牛角上。黑牛背着一匹马，短短的腿踉踉跄跄地走着，接着就弓起脖子，又是顶、又是抵、又是冲，要把马甩掉，马滑了下来。于是公牛就朝曼纽尔拉开

---

① 长矛手的助手（mono）穿红衣是为了引牛冲向长矛手。

了逗它的披风猛冲过来。

曼纽尔感到公牛的动作慢了下来。它血淌得很多。半边身子上淌下的血闪闪发亮。

曼纽尔又拿披风逗它。它睁大眼睛，样子可怕地盯着披风冲了过来。曼纽尔往旁边跨了一步，举起双臂，在公牛前面绷紧披风，来了一下绝招。

现在他面对着公牛。对，它的头垂下去一点儿。它把头垂得再低一点。那是舒里托的功劳。

曼纽尔猎猎地抖动披风；公牛冲过来了；他又往旁边跨了一步，又来了个绝招，把披风转了过去。他想，它抵得可真准啊。它已经冲够了，所以这会儿只是看着。它这会儿正在搜索。它眼睛盯着我。可我还是要一直用披风逗它。

他朝公牛抖动披风；公牛冲了过来；他往旁边跨了一步。这一次近得可怕。我可不想那么靠近它。

公牛打他身边冲过去的时候，披风从牛背上掠过，边上让血沾湿了。

好吧，这是最后一次了。

曼纽尔脸朝着公牛，牛以前每次冲过来都跟着他一起转身，他用双手举着披风逗牛。牛朝他看着。眼睛注视着，角笔直伸向前面，公牛朝他看着，注视着。

“嘿！”曼纽尔喊了声“牛！”身子往后一仰，把披风向前一挥。牛过来了。他往旁边跨了一步，在背后挥动披风，脚跟一转，牛就跟着披风打转，接着牛就什么也不能干了，让这一招镇住了，由披风控制着。曼纽尔用一只手在它鼻子下挥动披风，表示牛已经镇住，便走开了。

没有人喝彩。

曼纽尔穿过沙地朝围栏走去，这时候舒里托骑马走出场地。在曼纽尔斗牛的时候，已经吹过喇叭表示要换到插短枪的一场了。他没有察觉。长矛手的助手们给两匹死马盖上帆布，在它们周围撒上木屑。

曼纽尔来到围栏跟前喝水。雷塔纳派来的那个人递给他一个沉甸甸的素烧瓷大口壶。

高个子吉卜赛人富恩台斯站在那儿，手里拿着一对短枪，把两支枪并在一起拿着，细细的红杆儿，像鱼钩似的枪头露在外面。他望了望曼纽尔。

“上场吧，”曼纽尔说。

吉卜赛人快步跑上场。曼纽尔放下水壶，望着。他用手帕擦了擦脸。

《先驱报》的评论员伸手去拿放在双脚中间的热呼呼的香槟酒，喝了一口，结束了他的这一段文章。

“——上了年纪的曼诺洛表演了一组庸俗的挥动披风以后，没有博得喝彩，我们进入了第三地区。”

公牛孤零零地站在场地中央，仍然给镇住了，一动不动。脊梁挺直，个子高高的富恩台斯傲慢地朝牛走去，两臂伸着，一手拿着一根细细的红杆儿，用手指握着，尖头笔直指向前面。富恩台斯往前走去。在他后面的一边，有一个杂役拿着件披风。公牛看看他，不再愣住。

它眼睛注视着富恩台斯。他现在一动不动地站在那儿。他身子往后一仰，呼唤着牛。富恩台斯转动两根短枪，钢枪尖上的闪光引起了公牛的注意。

它翘起尾巴向前猛冲。

它眼睛盯着那人，笔直冲过来。富恩台斯一动不动地站住，身子往后仰着，短枪尖指向前面。公牛低下头来挑他，富恩台斯便身子往后一仰，两臂并拢了举起来，两手也碰在一起，两把短枪成了两条下垂的红线，他俯身把枪尖扎进牛的肩膀，把整个身子俯在牛角上面，支着笔直的枪杆两腿并拢转了个身，身子弯向一边让公牛冲过去。

“好啊！”人们喊道。

公牛狂野地用角挑着，像条鳟鱼似的蹦跳，四个蹄子都离开了地。它蹦跳的时候，短枪的红杆儿晃动着。

曼纽尔站在围栏那儿，注意到牛总是往右边挑。

"叫他把下一对枪扎在右边，"他对跑去给富恩台斯送另一对短枪的那个小伙子说。

一只重重的手放在他肩上。那是舒里托。

"你觉得怎么样，老弟？"他问。

曼纽尔注视着牛。

舒里托俯身靠着围栏，全身力量压在胳臂上。曼纽尔朝他转过头去。

"你干得好，"舒里托说。

曼纽尔摇摇头。在下一场以前，他没事可干，吉卜赛人用短枪扎得很好。公牛在下一场朝他冲来时会处在很好的状态。它是一条好牛。到现在为止，斗得都还轻松，他所担心的是最后用剑把牛扎死。他倒也并不是真的担心。这件事他甚至想都没想过。可是站在那儿，他却深深感到焦虑。他望望那条牛，计划着他怎样搏斗，怎样用红巾斗倒公牛，把它制服。

吉卜赛人再次出场，朝公牛走去，像个在舞厅里跳舞的人，用竞走的步伐气势汹汹地走过去，短枪的红杆儿随着他的步伐一上一下地动着。公牛注视着他，现在不发呆了，在搜索他，但是却在等他走近，以便很有把握地冲到他那儿，用角抵他。

富恩台斯正在往前走，牛冲了过来。牛冲来的时候，富恩台斯跑过四分之一圆周，趁牛往回跑经过他身边，突然停下，向前一转，踮起脚，两臂笔直伸出去，正好在牛抵他没抵着的时候，把短枪笔直扎进了巨大结实的肩胛肉里。

观众看到这里都疯狂了。

"那小伙子在夜场不会斗多久了，"雷塔纳派来的那个人对舒里托说。

"他真不错，"舒里托说。

“瞧他现在。”

他们望着。

富恩台斯背靠围栏站着。斗牛队里有两个人在他后面，拿着披风准备在板壁上面抖动来分散牛的注意力。

公牛伸着舌头，身子一起一伏的，正注视着吉卜赛人。它想这下可逮住他了。就将他抵在红板上。只消冲很短一段路就行了。牛注视着他。

吉卜赛人身子往后仰，缩回双臂，短枪直指公牛。他唤了牛一声，一只脚跺了一下。公牛起了疑心。它要抵这个人。不要再在肩膀上挨扎。

富恩台斯又往公牛逼近一点。身子往后仰。又唤了一声。观众当中有人大声发出了一个警告。

“他真妈的走得太近了，”舒里托说。

“瞧他，”雷塔纳的那个人说。

富恩台斯身子往后仰着用短枪逗牛，接着就一跃而起，双脚离开了地面。正在他跳起来的时候，公牛翘起尾巴朝他冲来。富恩台斯脚尖着地，双臂平伸，整个身子扑向前面，一边转身躲开牛的右角，一边把两支短枪直插下去。

牛砰的一声撞上围栏，它抵人没抵着，却看到了抖动的披风。

吉卜赛人一边沿着围栏朝曼纽尔跑来，一边接受着观众的喝彩。他的背心有一处没有及时躲开牛角尖，给捅破了。他为此感到高兴，把它指给观众看。他绕场跑了一圈。舒里托看见他走过去，还微笑着指指背心。他也对他微笑。

另外有个人把最后一对短枪插上牛肩。没有人注意他。

雷塔纳的人把一根棍子塞进红巾的布里面，把布在棍子上折好，从围栏上递给曼纽尔。他从皮剑鞘里拔出一把剑，握着皮剑鞘，从板壁上递给曼纽尔。曼纽尔握住红剑柄把剑抽出来，软软的剑鞘掉到了地上。

他望了望舒里托。那大个儿看见他在冒汗。

“这下你可以把它干掉了，老弟，”舒里托说。

曼纽尔点点头。

“它现在的状况很好，”舒里托说。

“正像你希望的，”雷塔纳的那个人叫他放心。

曼纽尔点点头。

上面，喇叭手在屋顶底下吹最后一场的喇叭。曼纽尔横过场地走到一些黑魆魆的包厢下面，主席准是坐在其中一个包厢里。

《先驱报》后备斗牛评论员坐在前排位子上，喝了一大口热乎乎的香槟酒。他断定不值得写一篇特写，准备回办公室以后再把这场斗牛的报道写完。不管怎样，这场斗牛算得了什么呢？只不过是夜场罢了。即使他错过了什么，他也可以从晨报中摘一些出来。他又喝了一口香槟酒。十二点钟，他在马克西姆饭店还有个约会。不管怎样，这些斗牛士又都是些什么家伙呢？是些小孩子和叫化子。一群叫化子。他把拍纸簿放进口袋，向曼纽尔望望。曼纽尔孤零零一个人站在场地上，挥着帽子朝黑魆魆的观众席高处他看不见的一个包厢行礼。公牛在场地上默默地站着，什么也不看。

“主席先生，我向您，向世界上最聪明、最慷慨的马德里公众，献上这一条公牛，”这是曼纽尔说的话。那是俗套话。他从头到尾讲了。对夜场来说，讲得未免太长了一点儿。

他朝暗处鞠了躬，挺直身子，把帽子往肩后一抛，左手拿着红巾，右手握着剑，朝公牛走去。

曼纽尔朝公牛走去。公牛看着他；它的眼睛很敏锐。曼纽尔看到几把短枪在它左肩上挂下来，还看到舒里托的长矛扎的口子里不停地淌出来的鲜血。他看到牛蹄的姿势。他一边左手握巾右手握剑朝它走去，一边盯着牛蹄子。牛不收拢蹄子是不可能往前冲的。现在它正呆呆地四个蹄子分开站着。

曼纽尔一边注视着它的蹄子，一边朝它走去。这没什么。他干得了。他一定得设法叫牛低下头来，那样，他就可以从牛角中间伸过去，把牛杀死。他没考虑剑，也没考虑杀牛。他一次只考虑一件事。不过，即将来临的事却使他烦恼。他一边往前走一边注视着牛蹄，接连地看见牛的眼睛，牛的潮湿的嘴，分得很开、往前伸着的牛角。公牛的眼睛周围有淡淡的一圈。牛眼睛盯着曼纽尔。它感觉到，它就要把这个白脸的小东西干掉了。

曼纽尔现在一动不动地站着，用剑把红巾的布挑开，剑头刺进红布，握在左手的剑把红法兰绒像船帆似的挑开，曼纽尔看到牛角的尖儿。有一个角在围栏上撞得裂开了。另一个角却像豪猪的刺一样尖。曼纽尔在挑开红巾的时候还看到牛角的白色底部让血染红了。他看到这些东西的时候，眼睛一直没离开牛蹄。公牛目不转睛地望着曼纽尔。

它现在采取守势，曼纽尔想。它正在积聚力量。我得逗得它脱离这种状态，把头低下来。要一直叫它把头低下来。舒里托一度曾经斗得它低下了头，可是它又抬起头了。我一旦惹得它走动，它准会流血，这样它就会低下头来。

他拿着红巾，左手握着剑，把那条红巾在牛面前展开，他呼唤着牛。

牛看看他。

他凶狠地往后一仰，摇晃着展开的红法兰绒。

公牛看到了红巾。在弧光灯下，那条红巾鲜红鲜红的。公牛把蹄子并拢了。

它冲了过来。呼！牛冲来的时候，曼纽尔转了个身，举起红巾，让红巾从牛角上过去，从头掠过宽阔的牛背一直到尾巴。公牛这一次冲得四脚腾空。曼纽尔没有动。

这一下结束的时候，公牛像条转过墙角的猫似的转了个身，把脸朝着曼纽尔。

它又采取攻势了。它的那种迟钝的状态消失了。曼纽尔看到又有鲜血亮闪闪地从黑色的肩膀淌下来，顺着牛腿往下滴。他把剑从红巾上拔出来，握在右手。左手把红巾握得低低的，他偏向左边。唤了一声牛。牛腿并拢了，牛眼睛盯着红巾。牛冲了过来，曼纽尔想。哟!

他见牛冲过来，便顺势一转，把红巾在公牛前面挥过去，他双脚站稳，剑跟着那曲线，在弧光灯下闪出一点亮光。

这一下自然挥巾[1]刚结束，牛再一次冲了过来，曼纽尔提起红巾作了一次胸前挥巾[2]。公牛稳稳地在提起的红巾下从他胸前冲过去。曼纽尔把头往后一仰，躲开咔嗒咔嗒响着的短枪杆。公牛从他旁边经过，它那发烫的黑身体擦过了他的胸膛。

该死的，太近了，曼纽尔想。俯在围栏上的舒里托对吉卜赛人匆匆说了几句话，吉卜赛人拿着件披风朝曼纽尔快步跑来。舒里托把帽子拉得很低，从场地那头望着曼纽尔。

曼纽尔又面对着公牛，红巾低低地握在左边。公牛一看见红巾就低下了头。

"要是贝尔蒙特来这么一招，人们肯定会发狂，"雷塔纳的手下说。

舒里托没接口。他正注视着站在场地中央的曼纽尔。

"老板打哪儿找来这么个家伙？"雷塔纳的手下问道。

"从医院里，"舒里托说。

"他该死的马上又要去那儿了，"雷塔纳的手下说。

舒里托转过脸去看着他。

"敲敲这个[3]，"他指着围栏说。

"我只是开玩笑啊，老兄，"雷塔纳的手下说。

"敲敲木板。"

雷塔纳的手下向前俯下身子在围栏上敲了三次。

"瞧这场搏斗吧，"舒里托说。

---

① 自然挥巾（pase natural），剑手左手持巾，右手垂直持剑。剑头朝下，靠近右腿，身体略向左倾，让牛从左侧冲过。

② 胸前挥巾（pasc dc pccho），剑手高举披风，从外伸向身边，引牛冲来，让牛角从胸前擦过。

③ 一种迷信，说了不吉利的话，要敲敲木板，免得应验。

在场地中央，弧光灯下，曼纽尔面对着公牛跪着，当他双手举起红巾的时候，公牛又翘着尾巴冲过来了。

曼纽尔一转身躲开了，当牛再次冲过来的时候，把红巾绕着自己挥了半圈，把牛也逗得跪了下来。

“嗬，那家伙还是个了不起的斗牛士呢，”雷塔纳的手下说。

“不，他不是，”舒里托说。

曼纽尔站起身来，左手拿着红巾，右手握着剑，接受了从黑魆魆的观众席上发出的喝彩声。

公牛不再跪着，却弓起身子，站在那儿等待，头低低地耷拉着。

舒里托对斗牛队里另外两个小伙子说了些什么，他们跑到场上，拿了披风站在曼纽尔背后。现在他背后有了四个人了。自从他第一次拿着红巾出场，埃尔南德斯就跟着他。富恩台斯站在那儿注视着，把披风紧靠身子拿着。他身材高高的，很悠闲地站着，用懒洋洋的眼神观看着。现在这两个人走了过来。埃尔南德斯叫他们一人一边站着。曼纽尔独自一人面对着公牛。

曼纽尔挥手叫拿披风的人往后退。他们小心翼翼地退后几步，只见他脸色发白，直冒着汗。

难道他们连应该后退都不知道吗？在牛已经镇住，可以把它干掉的时候，还要用披风来引牛注意吗？没这类事就已经够他心烦的了。

牛站着，四脚分开，望着红巾。曼纽尔用左手挥巾。公牛眼睛盯着红巾看。沉重的身体由脚支撑着。它的头垂下了，但不算太低。

曼纽尔朝它提起红巾。公牛还是不动。只是用眼睛注视着。

它像铅铸似的，曼纽尔想。它宽阔而壮实。它骨架很好。它会经受得住的。

他用斗牛的术语想着。有时候他头脑在想事，心里却并不出现那特定的术语，他并没有意识到自己头脑在想事，这是他的本能和他的知识在自动地起作用，他的脑子在慢慢地用言语的形式表达着、想着。关于公牛的那一套他全都懂。他用不着去想。他只消做那该做的事就行了。他的眼睛注意着一切，他的身体作出必要的反应，不用思考。他要是动脑筋想，那他就要完蛋了。

如今，他面对着公牛，同时意识到许多事情。牛角就在那儿，一个裂开，另一个又尖又光滑，他得侧着身子朝左边那个角又快又准地逼近，放下红巾，叫牛跟着红巾下去，然后在牛角上面扑过去，把剑扎进像一个五比塞塔硬币那么大的一小块地方。那地方就在脖子后面，两块隆起的肩胛之间。他必须做所有这一切，然后必须从两个牛角中间缩回身子。他意识到必须做所有这一切，但是他唯一的念头是以这几个字表现出来："又快又准。"

"又快又准，"他一边挥动红巾，一边想。又快又准。又快又准，他把剑从红巾上抽出来，侧身朝着裂开的那个牛角，放低红巾让它横在他身前，使自己握着剑的右手齐他的眼睛，这就形成了一个十字形，然后踮起脚，顺着下垂的剑锋瞄准牛肩中间那块隆起的地方。

他又快又准地扑到牛身上。

一下冲撞，他感到自己腾空了。他腾起来到了牛身上的时候，把剑往下扎，剑从他手里飞了出去。他摔到地上，牛俯身在他上面。曼纽尔躺在地上，用他穿着便鞋的双脚踢着牛的嘴和鼻子。踢着，踢着，牛在寻他，有时太兴奋看不见他了，有时用头撞他，有时用角抵着沙地。曼纽尔像一个使球不落地的人似的踢着，叫公牛没法很准地用角抵他。

曼纽尔感到背上有风，那是别人在挥动披风引牛，后来牛走开了，从他身上一跃而过。它的肚子闪过去的时候，只见一片黑暗。牛甚至没踩在他身上。

曼纽尔站了起来，捡起红巾。富恩台斯把剑递给他。剑碰到肩胛骨的地方弯了。曼纽尔把它放在膝头上扳扳直，朝公牛跑去。公牛现在站在一匹死马旁边。他一边跑，腋下外衣破裂的地方啪哒啪哒地飘动着。

“引它离开那儿，”曼纽尔对吉卜赛人大声嚷道。公牛闻到死马的血腥味儿，用角把盖在上面的帆布抵破了。它朝富恩台斯的披风冲去，帆布挂在裂开的牛角上，逗得观众大笑起来。它来到场子上，摇着头要把帆布甩掉。埃尔南德斯从他后面跑过来，抓住帆布的一角，轻巧地把它从牛角上拉掉。

公牛追着帆布，刚冲了一半，就停了下来。它又采取守势。曼纽尔拿着剑和红巾，朝它走去。曼纽尔在它面前挥动红巾。公牛就是不冲。

曼纽尔侧身朝着公牛，顺着下垂的剑锋瞄准地方。公牛一动不动，仿佛站在那儿死掉了，再也不能向前冲似的。

曼纽尔踮起脚尖，顺着钢剑瞄准，猛扎下去。

又是一下冲撞，他只觉得自己给猛的一下顶了回来，重重地摔倒在沙地上。这次可没机会踢了。牛在他上面。曼纽尔躺在那儿，像死了似的，头伏在胳臂上，牛在抵他。抵他的背，抵他那埋在沙土里的脸。他感觉到牛角戳进他交叉着的胳臂中间的沙土里。牛抵着他的腰。他把脸埋进沙土里。牛角抵穿他的一个袖子，牛把袖子扯了下来。曼纽尔给挑了起来甩掉了，牛便去追披风。

曼纽尔爬起身，找到剑和红巾，用拇指试了试剑头，跑到围栏那儿去换一把剑。

雷塔纳的那个手下从围栏边沿上面把剑递给他。

“把脸擦干净，”他说。

曼纽尔又朝牛跑过去，用手帕擦着被血染污的脸。他没看见舒里托。舒里托在哪儿呢?

斗牛队已经从牛那儿走开，拿着披风等着。牛站在那儿，在一场搏斗以后，又变得迟钝和发呆了。

曼纽尔拿着红巾朝它走去。他停住脚步，挥动红巾。牛没有反应。他在牛嘴跟前把红巾从右到左，从左到右地摆动。牛用眼睛盯着红巾，身子跟着红巾转动，可是它不冲。它在等曼纽尔。

曼纽尔着急了。除了走过去，没别的办法。又快又准。他侧着身子挨近公牛，把红巾横在身前，猛地一扑。他把剑扎下去的时候，身子往左一闪避开牛角。公牛打他身边冲过去，剑飞到了空中，在弧光灯下闪闪发光，带着红把儿掉在了沙地上。

曼纽尔跑过去，捡起剑。剑折弯了，他把它放在膝头上扳扳直。

他朝牛奔过去。这会儿牛又给镇住了。他从手里拿着披风站在那儿的埃尔南德斯面前经过。

“它全身都是骨头，”那小伙子鼓励他说。

曼纽尔点点头，一边擦擦脸。他把血污的手帕放进口袋。

公牛就在那儿。它现在离围栏很近。该死的牛。也许它真的全身都是骨头。也许没什么地方可以让剑扎进去。真倒霉，没地方！他偏要扎进去让他们瞧瞧。

他挥动着红巾试了试，公牛不动。曼纽尔像剁肉似的把红巾在公牛面前一前一后地挥动着。还是一动不动。

他收起红巾，拔出剑，侧身往牛身上扎下去。他感到他把剑插进去的时候，剑弯了，他用全身力量压在上面，剑飞到了空中，翻了个身掉进观众当中。剑弹出去的时候，曼纽尔身子一闪，躲开了牛角。

黑地里扔来的第一批坐垫没打中他。接着，有一个打中他的脸，他那血污的脸朝观众看看。坐垫纷纷扔下来，散落在沙地上。有人从附近扔来一个空的香槟酒瓶。它打在曼纽尔的脚上。他站在那儿望着扔东西来的暗处。接着从空中呼的一声飞来一样东西，擦过他身边，曼纽尔俯身把它捡起来。那是他的剑。他把剑放在膝头上扳扳直，然后拿着它向观众挥了挥。

“谢谢你们，”他说，“谢谢你们。”

呸，这些讨厌的杂种！讨厌的杂种！呸，可恶的、讨厌的杂种！他跑的时候，脚底下给一个坐垫绊了一下。

公牛就在那儿。跟以前一样。好吧，你这讨厌的、可恶的杂种!

曼纽尔把红巾在公牛的黑嘴跟前挥动着。

牛一动不动。

你不动! 好! 他跨前一步把杆子的尖头塞进公牛的潮湿的嘴。

他往回跳的时候，公牛扑到他身上，他在一个坐垫上绊了一下，就在这时候，他感到牛角抵进了他的身子，抵进了他的腰部。他双手抓住牛角，像骑马似的往后退，紧紧抓住那个地方。牛把他甩开，他脱身了。他就一动不动地躺着。这没关系。牛走开了。

他站起身来，咳嗽着，感到好像粉身碎骨，死掉了似的。这些讨厌的杂种!

"把剑给我，"他大声叫道，"把那东西给我。"

富恩台斯拿着红巾和剑过来。

埃尔南德斯用胳臂搂着他。

"上医务所去吧，老兄，"他说。"别做他妈的傻瓜了。"

"走开，"曼纽尔说。"该死的，给我走开。"

他挣脱了身子。埃尔南德斯耸耸肩膀。曼纽尔朝公牛奔去。

公牛站在那儿，庞大而且站得很稳。

好吧，你这杂种! 曼纽尔把剑从红巾中抽出来，用同样的动作瞄准，扑到牛身上去。他觉得剑一路扎下去。一直扎到齐护圈。四个手指和他的拇指都伸进了牛的身子，鲜血热呼呼地涌到他的指关节上，他扑在牛身上。

他伏在牛身上的时候，牛踉踉跄跄似乎要倒下；接着他站到了地上。他望着，公牛先是慢慢地向一边倒翻在地；接着突然就四脚朝天了。

然后他向观众挥手，他的手刚给牛血暖得热呼呼的。

好吧，你们这些杂种! 他要说些什么，可是他咳嗽起来。又热又闷。他低头望望红巾。他得过去向主席行礼。该死的主席! 他坐了下来，望着什么。那是公牛。它四脚朝天，粗大的舌头伸了出来。肚子上和腿底下有什么东西在爬。毛稀的地方有东西在爬。死牛。让牛见鬼去吧！让这一切都见鬼去吧！他挣扎着站起来，又开始咳嗽了。他再坐下来，咳嗽着。有人过来，扶他站直。

他们抬着他，穿过场子到医务所去，带着他跑过沙地，骡子进来的时候，他们在门口给堵住了，然后拐进黑黑的过道。把他抬上楼梯的时候，人们不满地咕哝着，最后他们把他放了下来。

医生和两个穿白衣服的人正等着他。他们把他放在手术台上，给他剪开衬衣。曼纽尔觉得很疲乏。他整个胸腔感到发烧。他咳嗽起来，他们把一样东西放在他嘴跟前。人人都十分忙碌。

一道电灯光照着他的眼睛。他把眼睛闭上了。

他听到有人踏着很重的脚步上楼来。然后他就听不见了。然后听见远远的声音。那是观众发出的声音。是啊，得有人杀死他的另一条牛。他们已经把他的衬衣完全剪开了。医生朝他笑笑。雷塔纳在那儿。

“你好，雷塔纳！”曼纽尔说。他听不见他的声音。

雷塔纳朝他笑笑，对他说了些什么。曼纽尔听不见。

舒里托站在手术台旁边，俯身看着医生在工作的地方。他还穿着长矛手的衣服，没戴帽子。

舒里托对他说了些什么。曼纽尔听不见。

舒里托正在跟雷塔纳说话。一个穿白衣服的人笑了笑，把一把剪刀递给雷塔纳。雷塔纳把它交给舒里托。舒里托对曼纽尔说了些什么。他听不见。

让这手术台见鬼去吧！他以前在许多手术台上躺过。他不会死。要死的话，会有一个神父在场。

舒里托对他说了些什么。举着剪刀。

对了，他们要剪掉他的辫子。他们要剪掉他的小辫子。

曼纽尔在手术台上坐了起来。医生气愤地往后退了一步。有人抓住他，扶着他。

“你不能干这样的事，铁手，”他说。

舒里托的声音他突然听见了，听清楚了。

“好吧，”舒里托说。“我不剪。我是开玩笑。”

“我干得好，”曼纽尔说。“我只是不走运罢了。”

曼纽尔又躺了下来。他们在他脸上放了一样什么东西。那东西很熟悉。他深深地吸着。他感到很疲乏。他非常、非常疲乏。他们把那东西从他脸上拿开。

“我干得好，”曼纽尔有气无力地说。“我干得出色。”

雷塔纳朝舒里托看看，朝门口走去。

“我留在这儿陪他，”舒里托说。

雷塔纳耸耸肩膀。

曼纽尔张开眼睛，望望舒里托。

“我不是干得好吗，铁手？”他问，要舒里托表示同意。

“当然，”舒里托说。“你干得出色。”

医生的助手把个圆锥形的东西罩在曼纽尔脸上，他深深地吸着。舒里托手足无措地站着，看着。

文　光译

在异乡

秋天，大战还在进行着，但我们再也不去打仗了。米兰的秋天冷飕飕的，天黑得很早。转眼间华灯初上，沿街看看橱窗很惬意。店门外挂着许多野味，雪花洒在狐狸的皮毛上，寒风吹动它们的尾巴。掏空内脏的僵硬的鹿沉甸甸地给吊着，一串串小鸟在风中飘摇，风儿吹动它们的羽毛。这是个很冷的秋天，风从山冈上朝南吹来。

每天下午，我们都上医院去，在暮色中穿过市区，有三条不同的路通往医院。其中有两条沿着运河，可是路太长。然而人们总得跨过一条运河的一座桥，才能走进医院。有三座桥可供挑选。其中一座上有个卖炒栗子的女人。站在她的炭火前觉得很暖和，等炒栗子放进你的口袋，好一会都是热乎乎的。医院很古老，也很美，你进得院门，穿过一片院落，从另一端一扇院门出去就到。经常有葬礼仪式从院落里开始。这老医院对面有几幢新造的砖砌分科小病房，我们每天下午在那里相聚，坐在将使我们大为好转的理疗椅里，大家彬彬有礼，互相关心地问是什么病。

医生走到我坐的理疗椅旁说："你在战前最喜欢干什么？你搞过体育活动吗？"

我说："不错，踢足球。"

"好，"他说。"你将能重新踢足球，比以前踢得更好。"

我的膝关节弯不动，大腿从膝盖直削到踝节，没有腿肚子，要由这理疗器来使膝关节能弯曲。像蹬三轮自行车那样灵活。可是眼下还不能弯，而那理疗器触及膝关节时便会往一边倾斜。医生说："一切都会顺利的。小伙子，你是个幸运儿。你将能重新踢足球，像个锦标选手。"

旁边那台理疗椅上坐着一位少校。他的一只手小得像个娃娃的手。由两条上下翻动的牵引带夹着那只小手，拍打着那些僵硬的手指，轮到医生来检查时，少校对我眨眨眼，说："我也能重新踢足球吗，上尉大夫？"他曾是非常高超的击剑手，是意大利战前最优秀的一个。

医生回到后面的诊所里，拿来一张照片，拍的是一只曾经萎缩的手，几乎同少校的一样小，显示整形之前和经过治疗后大了一点的形象。少校用那只好手拿着照片，十分仔细地瞧着。"是枪伤吗？"他问。

"是工伤，"医生回答。

"很有意思，很有意思，"少校说，把照片递还给医生。

"你该有信心了吧？"

"不，"少校答道。

每天，还有三个同我年龄相仿的小伙子到医院来。他们都是米兰人，一个想当律师，一个要做画家，另一个立志当兵，等我们结束了治疗，有时一起步行回去，到斯卡拉歌剧院隔壁的柯伐咖啡馆去。因为四人结伴同行，就敢于抄近路，穿过共产党人聚居区。那里的人恨我们，因为我们是军官，我们走过时，一家酒店里有人喊叫："A basso gli ufficiali！"[1]另外有个年轻人，有时跟我们同路，凑成五个伙伴，他脸上蒙着一块黑丝绢，因为他当时没有鼻子，有待于整形。他从军校直接上了前线，第一次上火线，一小时内便负了伤。大夫们给他整了形，可是他出身于一个非常古老的世家，医生怎么也没法把他的鼻子弄端正。他到过南美洲，在一家银行里工作。这可是很久以前的事了，再说，我们谁都不知道战争结束后会怎么样。我们当时只知道仗一直在打，但我们再也不用上前线了。

我们都佩着同样的勋章，除了脸上包着黑丝绢的小伙子，他在前线还待得不够长，没法得到勋章。那个想当律师、脸色苍白的高

---

① 意大利语，"打倒军官！"

个子得了三枚勋章，而那种勋章我们各自只有一枚，因为他是意大利突击队上尉。他在前线待过好久，九死一生，故而有些超然物外。其实我们都有些超脱，除了每天下午在医院里相遇外，没什么更深的交情了。然而，每当我们穿过城里那个棘手的地区到柯伐咖啡馆去，在黑夜中走着，酒店里灯光闪烁、歌声不绝，或者有时人行道上男男女女熙来攘往，我们不得不推开众人，才能在大街上前行，感到被某种类似的遭遇团结在一起，这是那些讨厌我们的人无法理解的。

我们几个都很熟悉柯伐咖啡馆，那儿富丽，温暖，灯光不太炫目，每天总有一段时间人声鼎沸，烟雾弥漫，并且总是有些姑娘坐在桌边，壁架上摆着几份有插图的报纸。柯伐的姑娘们非常爱国，我发现，在意大利最最爱国的正是这些咖啡馆的姑娘——而且我相信她们现在还是爱国的。

起初，因为我佩着勋章，那些伙伴对我颇有礼貌，问我是怎样获得勋章的。我便拿出奖状给他们看，上面尽是些冠冕堂皇的词句，满是 fratellanza 和 abnegazione[①] 等字眼，但是，去掉了那些形容词儿，真正的含义是我的受奖仅仅由于我是个美国人。打那以后，他们对我的态度有点变了。尽管跟外人相比，我还好算是他们的朋友。我是他们的朋友，然而自从看过奖状上的评语后，他们不再把我当知心人了，因为经历不同，他们是历尽艰险才得到勋章的。诚然，我负了伤；可大伙儿都明白，战时负伤只是偶然不幸而已。不过，我从未感到受奖有愧，有时，下午喝鸡尾酒的时间一过，我会想像自己也经历过伙伴们为得到勋章而干的一切；可是，在晚上的寒风中，路边的店门都关上了，我在空荡荡的街上走回家去，尽量挨着街灯走，我明白自己决不可能冒那种险，我当时是多么怕死，于是我时常夜间独自躺在床上，想到死就害怕，担心重返前线后的光景如何。

---

① 意大利语，意为“友爱”和“克己”。

那三个佩勋章的人像三只勇猛的猎鹰；我却不是，尽管从未打过猎的人可能把我也看作兀鹰；这一点，他们仨很清楚，于是我们分手了。不过我跟那个在前线第一天就挂彩的小伙子仍是好朋友，因为他现在根本无法知道自己会变成一个怎么样的人了；所以他也决不会被他们看作知己，而我喜欢他，因为我想或许他也不会变成兀鹰了。

那位少校，杰出的击剑手，可不相信人的勇气，每当我们坐在理疗椅中，他总要不厌其烦地纠正我的意大利语法。他曾夸奖我的意大利口语很流畅，我们便轻松自如地聊起来。有一天，我对他说，意大利语在我看来太容易了，我不太有兴趣了；实在太容易讲了。“嗯，不错，”少校说。“那你为什么不研究一下语法呢？”于是我们研究起语法来，不久，我就感到意大利文实在太难了，以致我脑子里没弄清语法结构时，不敢同他交谈了。

少校总是按时上医院来。我记得他从不错过一天，尽管我可以肯定他并不相信这理疗椅。有一段时期，我们谁都不信这玩艺儿，有一天，少校甚至说，这东西全是胡闹。那时，那种理疗椅刚问世，我们正好去做试验品。这真是白痴想出的花样，他说，“纸上谈兵，跟任何理论一样。”我没学好意大利语法，他说我是个不可救药、丢人现眼的笨蛋，而他自己也是个傻瓜，竟煞费心思来教我。他长得矮小，却笔挺地坐在理疗椅中，右手伸进机器，让牵引带夹着手指上下翻动，眼睛直盯着墙壁。

“等战争结束了，要是真有那么一天的话，你打算干什么？”他问我。“注意，语法要正确！”

“我要回美国。”

“你结婚了吗？”

“没有，但很想。”

“你真是太蠢了，”他说。他看上去很恼火。“男人决不能结婚。”

“为什么，少校先生？”

“别叫我少校先生。”

“为什么男人不该结婚?”

“不该，就是不该，”他怒气冲冲地说。“即便一个男人注定要失去一切，也不该使自己落到要失掉那一切的地步。他不该使自己陷入那种境地。他应当去找些无法丧失的东西。”

他讲得非常愤慨、尖刻，眼睛直瞪着前面。

“可为什么一定会失掉呢?”

“肯定会失掉，”少校说。他正望着墙壁。然后他低头看着这理疗机，使劲把小手从牵引带里拔出来，朝大腿上狠狠拍打。“肯定会失掉，”他几乎大吼了。“别跟我争辩!”接着他叫唤那操作理疗机的护理员。“来，把这该死的东西关掉!”

他回到另一间诊室去接受光疗和按摩。一会儿，我听见他向医生请求借用电话，便把门关上。等他重新回到这间房间，我正坐在另一只理疗椅中。他披着斗篷，戴着便帽，径直朝我坐的地方走来，把一条胳膊搁在我的肩上。

“真对不起，”他说，一面用那只好手拍拍我的肩膀。“我不会这样粗暴了。我妻子刚去世。你务必原谅我。”

“噢……”我说，为他感到惋惜。“非常遗憾。”

他站在那儿，咬着下嘴唇。“真是太难了，”他说。“我实在想不开。”

他的目光越过我，直望着窗外。接着他哭起来了。“我实在没法想开啊，”他说着哽咽起来。然后他失声痛哭，抬起头，视而不见地呆望着，泪水从两颊上淌下，嘴唇紧咬，挺起腰板，带着军人的姿态，迈过一排排理疗椅，走出门去。

医生告诉我，少校的妻子非常年轻，死于肺炎，而少校是直到受了伤残不能再打仗后，才同她结婚的。她只病了几天。谁也没料到她会死去。少校有三天没来医院。之后，他按时来了，军服的袖子上围上一道黑纱。他回来时，只见医院的四面墙上挂满了镶着镜框的大照片，显示各种伤病由理疗机治疗前后的对比。在少校坐的理疗椅的对面墙上，挂着三张类似他的伤手的照片，但已完全治疗好了。我不知道医生打哪儿弄来了这些照片。我一向以为，我们这些人是第一批试用这种理疗椅的。但这些照片对少校没有起多大作用，因为他只顾向窗外眺望着。

宗　白　译

（首次发表于《斯克里布纳氏杂志》1927 年 4 月号）

白象似的群山

埃布罗河[①]河谷对面的群山又长又白。这一边，没有阴影，没有树木，车站在阳光下介于两条铁路线之间。紧靠着车站的一边，是这幢房屋投下的热乎乎的阴影，有一道由一串串竹珠子编成的门帘挂在进入酒吧间的敞开着的门口，用来挡苍蝇。那个美国人和跟他一道的姑娘坐在屋外阴凉处的一张桌子边。天气非常热，巴塞罗那来的快车四十分钟内到站。列车在这中转站停靠两分钟，然后继续行驶，开往马德里。

“我们喝点什么？”姑娘问。她已经脱下帽子，把它放在桌子上。

“天热得很，”男人说。

“我们喝啤酒吧。”

“Dos cervezas，”[②]男人对着门帘里面说。

“大杯的？”一个女人在门洞子里问。

“对。两大杯。”

那女人端来两大杯啤酒和两块毡杯垫。她把杯垫和啤酒杯一一放在桌子上，看看那男的，又看看那姑娘。姑娘正在眺望远处的群山。群山在阳光下呈白色，而乡野则呈褐色，干巴巴的。

“它们看上去像一群白象，”她说。

“我从来没有见过象，”男人把啤酒一饮而尽。

“对，你是不会见过。”

“我也许会见过，”男人说。“光凭你说我不会见过，并不说明什么问题。”

姑娘看着珠帘子。“他们在上面画了些什么，”她说。“那上面写的什么？”

“Anis del Toro[3]。是一种饮料。”

“我们能尝尝吗？”

男人朝着珠帘子喊了一声“喂”。那女人从酒吧间走出来。

“一共是四雷阿尔[4]。”

“我们要两杯公牛茴香酒。”

“掺水吗？”

“你要掺水吗？”

“我不知道，”姑娘说。“掺了水好喝吗？”

“没问题。”

“你们要掺水吗？”女人问。

“对，要掺水。”

“这酒味道像甘草，”姑娘说，一边放下酒杯。

“样样东西都是如此。”

“是啊，”姑娘说。“样样东西的味道都像甘草。特别是一个人盼望了好久的那些个东西，比如说苦艾酒。”

“喔，别说了。”

“是你先说起来的，”姑娘说。“我刚才倒觉得挺有趣。我刚才挺开心。”

“好，我们就想法开开心吧。”

“行啊。我刚才就在想法这样做。我说这些山看上去像一群白象。这比喻难道不妙？”

“是很妙。”

“我还提出尝尝这种没喝过的饮料。我们不就做了这么点儿事

---

① 埃布罗河（Ebro），发源于西班牙北部比利牛斯山麓，向东南流，注入地中海，全长约756公里。

② 西班牙语，意为“两杯啤酒”。

③ 西班牙语，公牛茴香酒。

④ 雷阿尔（real），等于西班牙货币单位比索的八分之一。

吗——看看风景，尝尝没喝过的饮料？”

“我想是吧。”

姑娘又眺望着远处的群山。

“这些山美极了，”她说。“看上去并不真像一群白象。我刚才只是说，透过树木看去，山表面的颜色是白的。”

“我们要不要再来一杯？”

“行啊。”

暖风把珠帘吹得拂到了桌子边。

“这啤酒又好又凉，”男人说。

“味道好极了，”姑娘说。

“那实在是一种非常简单的手术，吉格，”男人说。“甚至根本算不上什么手术。”

姑娘注视着桌腿下的地面。

“我知道你不会在乎的，吉格。真的没什么大不了的。只要注入空气一吸就行①。”

姑娘没有作声。

“我来陪你去，一直待在你身边。他们只要注入空气，然后就一切正常了。”

“那以后我们怎么办？”

“以后我们就好了。就像以前那样。”

“你怎么会这么想的？”

“因为使我们烦心的就这么一件事儿。使我们一直不开心的就这么一件事儿。”

姑娘看着珠帘，伸出一只手，抓起两串珠子。

“那你以为我们今后就能没什么事儿，开开心心。”

“我知道我们会这样的。你用不着害怕。我知道有许多人都做

① 这是指人工流产手术。两人说着这微妙的问题，作者有意一直到底没有点明。

过这种手术。”

“我也知道，”姑娘说。“事后他们全都过得很开心。”

“好吧，”男人说，“如果你不想做，你就不必做。如果你当初不想做，我就不会勉强你。不过我知道这是十分简单的。”

“你真的希望我做吗？”

“我以为这是最妥善的办法。但如果你不是真心想做，我也不会要你去做。”

“如果我去做了，你就会高兴，事情又会像以前那样，你会爱我，是吗？”

“我现在就爱着你。你也知道我爱你。”

“我知道。但是如果我去做了，那么倘使我说什么东西像一群白象，一切就又会和和顺顺的，你又会喜欢了？”

“我会很喜欢的。我现在就喜欢，只是心思集中不到那上面去。我心烦的时候，会变成什么样子，你是知道的。”

“如果我去做了，你就再不会烦心了？”

“我不会为这事儿烦心的，因为手术十分简单。”

“那我就去做。因为我对自己毫不在乎。”

“你这是什么意思？”

“我对自己毫不在乎。”

“不过，我可在乎。”

“啊，是的。但我对自己却毫不在乎。但我要去做，过后就会万事如意了。”

“如果你是这么想的，我就不愿让你去做。”

姑娘站起身来，走到车站的尽头。铁路对面，在另一边，是埃布罗河两岸的粮田和树木。远处，在河的另一边，便是那些山峦。一片云影掠过粮田，透过树木，她看到了大河。

“我们原可以享受这一切，”她说。“我们原可以什么都有，但一天天过去，我们弄得越来越不可能了。”

“你说什么？”

“我说我们原可以什么都有的。”

“我们能够什么都有的。”

“不，我们不能。”

“我们能够拥有整个世界。”

“不，我们不能。”

“我们可以到处去逛逛。”

“不，我们不能。这世界已不再是我们的了。”

“是我们的。”

“不，不是。一旦人家把它拿走了，你便永远收不回了。”

“不过人家还没有把它拿走啊。”

“我们等着瞧吧。”

“回到阴凉处来吧，”他说。“你不应该有那种想法。”

“我什么想法也没有，”姑娘说。“我只知道事实。”

“我不希望你去做任何你不想做的事——”

“或者对我不利的事，”她说。“我知道。我们再来杯啤酒好吗？”

“好啊。但你必须明白——”

“我明白，”姑娘说。“我们别再谈了好不好？”

他们在桌边坐下，姑娘望着河谷对面干巴巴的土地上的群山，男人则看着姑娘和桌子。

“你必须明白，”他说，“如果你不想做，我就不硬要你去做。我甘心情愿承受到底，如果这对你很重要的话。”

“难道这对你不重要吗？我们可以对付过去的。”

“对我当然也重要。但我什么人都不要，只要你一个。随便什么别的人我都不要。再说，我知道这是十分简单的。”

“是啊，你当然知道这是十分简单的。”

“随你怎么说好了，但我的确知道正是如此。”

“你现在能为我做点事儿吗？”

“我可以为你做任何事情。”

“那就请你请你请你请你请你请你请你不要再讲了，好吗？”

他没吭声，只是望着车站墙边堆着的旅行包。包上贴着他们曾投宿过的所有旅馆的标签。

“但我不希望你去做，”他说，“做不做对我完全无所谓。”

“我要叫啦，”姑娘说。

那女人端着两杯啤酒撩开珠帘走了出来，把酒放在湿漉漉的杯垫上。“火车五分钟内到站，”她说。

“她说什么？”姑娘问。

“她说火车五分钟内到站。”

姑娘对那女人灿烂地一笑，表示感谢。

“我还是去把旅行包放到车站另一边去吧，”男人说。姑娘对他笑笑。

“行啊。放好了就回来，我们把啤酒喝了。”

他拎起那两只沉重的旅行包，绕过车站把它们送到另一条路轨边。他顺着铁轨望去，但是看不见火车。他走回来，穿过酒吧间，看见那些候车的人在喝酒。他在吧台前喝了一杯茴香酒，打量着那些人。他们都在通情达理地等候列车到来。他撩开珠帘走出来。她正坐在桌子边，对他投来一个微笑。

“你觉得好些了？”他问。

“我觉得好极了，”她说。“我又没有什么毛病。我觉得好极了。”

翟象俊 译

杀　手

亨利餐室的门开了，两个人走进来。他们挨着柜台坐下。

“你们吃什么？”乔治问他们。

“我不知道，”其中一个说。“你想吃什么，艾尔？”

“我不知道，”艾尔说。“我不知道想吃什么。”

外边，天黑了下来。窗外的路灯亮了。柜台前这两个人在看菜单。尼克·亚当斯在柜台另一头打量他们。他们进来的时候，他正跟乔治在说话。

“我要一客烤猪里脊，配苹果酱和土豆泥，”第一个人说。

“这菜还没做出来。”

“那你为什么写在这上面？”

“那是正餐，”乔治解释。“六点钟才供应。”

乔治看看柜台后面墙上的钟。

“现在五点。”

“钟上是五点二十分，”第二个人说。

“这钟快二十分。”

“嘿，该死的钟，”第一个说。“你们有什么吃的？”

“有各种三明治，”乔治说。“你可以要火腿蛋、熏肉蛋、牛肝熏肉，要不，来一块牛排。”

“我要一客炸鸡肉丸，加青豆、奶油沙司和土豆泥。”

“那是正餐。”

“我们要的都是正餐，嗯？你们就是这样干买卖。”

“有火腿蛋、熏肉蛋、牛肝——”

“我要火腿蛋，”名叫艾尔的那个人说。他头戴礼帽，身穿胸前横扣的黑大衣。他的脸又小又白，绷紧着嘴唇。他围着一条丝围巾，戴着手套。

“我要熏肉蛋，”另一个说。他的身材跟艾尔差不多。他们的脸相不一样，可是穿戴得像一对双胞胎。两人穿的大衣都显得太紧。他们坐在那儿，身子往前倾，胳膊肘搁在柜台上。

“有什么喝的？”艾尔问。

“啤酒、佐餐酒、姜汁水，”乔治说。

“我问你有什么喝的[①]？”

“就是我说的那一些。”

“这是个怪逗的镇子，”另一个说。“人们管它叫什么？”

“顶峰[②]。”

“听说过吗？”艾尔问他朋友。

“没有，”那朋友说。

“人们在这儿晚上干什么？”艾尔问。

“吃正餐，”他朋友说。“他们都上这儿来，吃正经八百的大菜。”

“对啦，”乔治说。

“原来你觉得对？”艾尔问乔治。

“当然。”

“你这小子挺聪明，是不？”

“当然，”乔治说。

“嘿，你不聪明，”另外那个小个子说。“他聪明吗，艾尔？”

“他笨，”艾尔说。他转向尼克。“你叫什么名字？”

“亚当斯。”

“又是个聪明小子，”艾尔说。“他不是个聪明小子吗，麦克斯？”

“这镇上多的是聪明小子，”麦克斯说。

---

① 指烈性酒。

② 原文为Summit，为芝加哥西郊一小镇，就在海明威家乡橡树园镇以南。

乔治把两盆菜放在柜台上，一盆火腿蛋，一盆熏肉蛋。他放下两碟炸土豆做配菜，关上通厨房的那扇小窗。

“哪一盆是你的？”他问艾尔。

“你不记得了？”

“火腿蛋。”

“真是个聪明小子，”麦克斯说。他探身向前拿了火腿蛋。两人都戴着手套吃。乔治看着他们吃。

“你在看什么？”麦克斯望着乔治。

“没看什么。”

“你就是在看。你是在看我。”

“说不定这小子是存心闹着玩的，麦克斯，”艾尔说。

乔治笑了起来。

“你不用笑，”麦克斯对他说。“你根本不用笑，明白吗？”

“没关系，”乔治说。

“他以为没关系。”麦克斯对艾尔说。“他以为没关系。这话讲得多妙。”

“唔，他是个思想家，”艾尔说。他们继续吃。

“柜台那头那个聪明小子叫什么名字啊？”艾尔问麦克斯。

“嗨，聪明小子，”麦克斯对尼克说。“你绕到柜台后边去，陪陪你的男朋友。”

“什么意思？”尼克问。

“没什么意思。”

“你最好绕到后边去，聪明小子，”艾尔说。尼克绕到了柜台后边。

“什么意思？”乔治问。

“他妈的你甭管，”艾尔说。“谁在厨房里？”

“那个黑人。”

“什么意思，那个黑人？”

“做菜的黑人。”

“叫他进来。”

“什么意思？”

“叫他进来。”

“你们以为你们是在什么地方？”

“我们知道得很清楚是在什么地方，”那个叫麦克斯的人说。“我们的样子傻吗？”

“你说傻话，”艾尔对他说。“你他妈跟这小子吵什么？听着，”他对乔治说，“叫那黑人到这儿来。”

“你们要对他干什么？”

“没什么。动动脑子嘛，聪明小子。我们会对黑人干什么？”

乔治打开通厨房的小窗。“塞姆，”他叫道。“你进来一会儿。”

通厨房的门开了，黑人走进来。“什么事？”他问。柜台边的两人看了他一眼。

“行啦，黑鬼。你就站在那儿，”艾尔说。

黑人塞姆腰系围裙站着，看着这两个坐在柜台前的人。“是，先生，”他说。艾尔从凳子上下来。

“我陪黑鬼和这聪明小子回厨房去，”他说。“回厨房去，黑鬼。你跟他一起去，聪明小子。”这小个子跟在尼克和厨子塞姆的后面，走进厨房。他们一进门就把门关上了。叫麦克斯的那个人坐在柜台前，面对着乔治。他不看乔治，却看着柜台后边那面宽大的镜子。亨利餐馆原来是由一家小酒店翻造后卖饭菜的。

“唔，聪明小子，”麦克斯说，眼睛盯着镜子，“你干吗不说话？”

“你们这是干什么？”

“嗨，艾尔，”麦克斯叫道，“聪明小子想知道这是干什么。”

“你干吗不告诉他？”艾尔的声音从厨房里传来。

“你想这是干什么？”

“我不知道。”

“你怎么想？”

麦克斯一边说话，眼睛一直盯着镜子。

“我不愿意说。”

“嗨，艾尔，聪明小子说他不愿意说他以为这是干什么。”

“好啦，我听得见，”艾尔在厨房里说。他已经用番茄沙司瓶子撑开了那扇把菜盆送回厨房的小窗。“听着，聪明小子，”他从厨房里对乔治说。“你在柜台边站得过去一点。麦克斯，你往左边靠一靠。”他像是照相师在布置拍团体照。

“你说呀，聪明小子，”麦克斯说。“你看要发生什么事了？”

乔治一句话也不说。

“我来告诉你，”麦克斯说。“我们要杀一个瑞典佬。你认识一个名叫奥尔·安德瑞森的大个子瑞典佬吗？”

“认识。”

“他天天晚上到这儿来吃饭，对不对？”

“有时候来。”

“他六点钟到这儿来，对不对？”

“要来就六点。”

“这些我们都知道，聪明小子，”麦克斯说。“说说别的吧。看过电影吗？”

“偶尔看看。”

“你应该多看看电影。像你这样的聪明小子，看看电影有好处。”

“你们为什么要杀奥尔·安德瑞森？他干了什么对不起你们的事？”

“他压根儿没机会对我们干什么事。他见都没见过我们。”

“而且他只能见我们一次，”艾尔从厨房里说。

“那你们为什么要杀他？”乔治问。

“我们要为一个朋友杀死他。只为了帮帮一个朋友的忙，聪明小子。”

“闭嘴，”艾尔从厨房里说。“你说得他妈的太多了。”

“我得让这聪明小子开开心啊。你说呢，聪明小子？”

“你说得他妈的太多了，”艾尔说。“那黑鬼跟我这聪明小子自己在开心哪。我把他们捆得像修道院里的一对女朋友。”

“我看你在修道院待过的吧？”

“说不准啊。”

“你住过正经八百的犹太修道院。你就在那里待过。”

乔治抬眼看了看钟。

“如果有什么人进来，你跟他们说厨子下班了，要是他们不肯走，你就说你自己到厨房给他们做去。听明白了，聪明小子？”

“听明白了，”乔治说。“事后你们要把我们怎么办？”

“那要看情况啰，”麦克斯说。“这种事你一时间不好说。”

乔治抬眼看钟。六点一刻。临街的门开了。一名电车司机走进来。

“你好呀，乔治。”他说。“晚饭有了吗？”

“塞姆出去了，”乔治说。“大概过半小时回来。”

“那我上街那一头去吧，”司机说。乔治看钟。六点二十分。

“干得好，聪明小子，”麦克斯说。“你真是个地道的小绅士。”

“他怕我崩掉他的脑袋，”艾尔从厨房里说。

“不，”麦克斯说。“不是这么回事。聪明小子人不错。是个好小子。我喜欢他。”

六点五十五分时，乔治说，“他不会来了。”

还有两个人来过餐馆。其中有一次，乔治进厨房做了一客火腿蛋三明治“外卖”，给那个人带回去吃。在厨房里，他看见艾尔，礼帽搭在后脑勺，坐在小窗边的凳子上，一支枪管锯短的猎枪的枪口挨在架子上靠着。尼克和厨子背靠背蹲在角落里，两人嘴里各塞了一条毛巾。乔治做好了三明治，用油纸包上，装进纸袋，带进餐室，那人付了钱便走了。

“聪明小子样样都会干，”麦克斯说。“他会做菜，什么都会。你可以教出一个好老婆来，聪明小子。”

“真的吗？”乔治说。“你的朋友奥尔·安德瑞森不会来了。”

“我们再等他十分钟，”麦克斯说。

麦克斯看着镜子和钟。时针指着七点，接着七点零五分。

“来吧，艾尔，”麦克斯说。“我们还是走吧。他不会来了。”

“最好再等他五分钟，”艾尔从厨房里说。

这五分钟内进来了一个人，乔治说厨子病了。

“真见鬼，你们干吗不再雇一个厨子？”那人说。“你们不是在开小饭店吗？”他走出去了。

“走吧，艾尔，”麦克斯说。

“这两个聪明小子跟黑人怎么办？”

“他们没问题。”

“你以为没问题？”

“当然。我们完事了。”

“我不喜欢这样，”艾尔说。“干得拖泥带水。你话说得太多。”

“嘿，管它呢，”麦克斯说。“我们得寻寻开心，不是吗？”

“反正你说得太多，”艾尔说。他从厨房出来。他的大衣太紧，那锯短的猎枪在腰部下面微微鼓起。他戴着手套把大衣拽平。

“再见，聪明小子，”他对乔治说。“算你走运。”

“这倒说对了，”麦克斯说。“你该去赌赛马，聪明小子。”

两人走出门去。乔治从窗户望着他们从弧光灯下走过，穿过街去。他们大衣紧，帽子高，像一对演杂耍的搭档。乔治推开对开弹簧门，走进厨房，给尼克和厨子松了绑。

“我吃不消啦，”厨子塞姆说。“我吃不消啦。”

尼克站起身来。他从没让人在嘴里塞过毛巾。

“我说，”他说。“管他呢？”他想说句大话来消消气。

“他们要杀奥尔·安德瑞森，”乔治说。“他们想等他进来吃饭的时候枪杀他。”

“奥尔·安德瑞森？”

“错不了。”

厨子用两只拇指摸摸两只嘴角。

“他们都走了？”他问。

“是呀，”乔治说。“他们已经走了。”

“我不喜欢这种事，”厨子说。“我压根儿一点也不喜欢。”

“听着，”乔治对尼克说。“你最好去看看奥尔·安德瑞森。”

“好吧。”

“你们最好一点也别插手，”厨子塞姆说。“你们最好离这事远远的。”

“你不想去就别去，”乔治说。

“纠缠在里头对你们一点没好处，”厨子说。“你们别卷进去。”

“我要去看他，”尼克对乔治说。“他住在什么地方？”

厨子转身走了。

“毛孩子总是自以为是，”他说。

“他住在那边的赫希寄宿舍，”乔治对尼克说。

“我要上那边去。”

外边，弧光灯从光秃秃的树枝间照下来。尼克沿电车轨道向街的另一头走去，走到下一盏弧光灯下，拐上一条小街。街旁第三座房子就是赫希寄宿舍。尼克走上两级台阶，按了下门铃。一个女人来开门。

“奥尔·安德瑞森在这儿住吗？”

“你要见他？”

“是啊，他要是在家的话。”

尼克跟随那女人走上一段楼梯，朝后走到过道的一端。她敲敲门。

“谁啊？”

“有人来看你，安德瑞森先生，”女人说。

“我是尼克·亚当斯。”

“进来。”

尼克推开门，走进房里。奥尔·安德瑞森正和衣躺在床上。他曾是重量级拳击手，个子太高，床容不下。他枕着两个枕头躺着。他没有看尼克。

“什么事？”他问。

“我刚才在亨利餐室，”尼克说，“有两个家伙走进来，把我跟厨子绑起来，他们说要来杀你。”

他的话听来有点可笑。安德瑞森没说什么。

“他们把我们关在厨房里，”尼克继续说。“他们要等你进来吃饭时枪杀你。”

奥尔·安德瑞森望着墙，什么也不说。

“乔治认为我最好来告诉你一声。”

“我对这事什么办法也没有，”奥尔·安德瑞森说。

“我可以告诉你他们是什么样子。”

“我不想知道他们是什么样子，”奥尔·安德瑞森说。他望着墙。“谢谢你跑来告诉我。”

“那没什么。”

尼克望着躺在床上的这条大汉。

“要不要我去报告警察？”

“不，”奥尔·安德瑞森说。“那没有什么用。”

“有什么可以帮忙的吗？”

“没有。没有什么忙可以帮。”

“说不定就是吓唬吓唬。”

“不。这不是吓唬。”

奥尔·安德瑞森翻过身去，面朝墙壁。

“只是有一点，”他朝着墙说，“我还没有打定主意要不要出去。我在这儿待了一整天啦。”

“你不能离开这个镇吗？”

“不，”奥尔·安德瑞森说。“这么跑来跑去，我跑够了。”

他望着墙。

“现在没有什么办法了。”

“你不能想办法把这事解决吗？”

“不能。我得罪了人。”他仍然用这样平板的声音说话。“没有什么办法。过一会儿，我会打定主意到外边去的。”

“我还是回去找乔治吧，”尼克说。

“再见，”奥尔·安德瑞森说。他没有朝尼克的方向看。“谢谢你来一趟。”

尼克走出去。他关门的时候，看见奥尔·安德瑞森和衣躺在床上，正望着墙壁。

“他在房里待了一整天啦，”楼下的女房东说。“我看他是身子不舒服。我跟他说，‘安德瑞森先生，像这么秋高气爽的日子，你该出去散散步，’可是他不愿意出去。”

“他不想出去。”

“他不舒服，真叫人难过，”女人说。“他是个大好人。你知道，他过去是吃拳击饭的。”

“我知道。”

“你不看他脸上那副样子①是不会知道的，”女人说。他们站在临街的门里说话。“他还挺和气。”

“好吧，赫希太太，再见了，”尼克说。

“我不是赫希太太，”女人说。“这房子是她的。我只是替她看管的。我是贝尔太太。”

“好吧，再见，贝尔太太，”尼克说。

“再见，”女人说。

尼克沿着黑暗的街道走回去，走到拐角上的弧光灯下，然后沿

---

① 职业拳击家往往被打断鼻梁骨、耳朵给打开花，脸容破相。

着电车轨道走到亨利餐室。乔治在里头，在柜台后面。

“你见奥尔了吗？”

“见了，”尼克说。“他在自己屋里，不肯出来。”

厨子听见尼克的声音，从厨房推开门。

“我听都不想听，”他说着关上门。

“你告诉他了吗？”乔治问。

“当然。我告诉了他，不过他全知道是怎么回事。”

“他打算怎么办？”

“没怎么办。”

“他们会杀死他的。”

“我看会杀死他的。”

“他一定是在芝加哥卷进了什么事。”

“我看也是，”尼克说。

“真是糟糕的事情。”

“可怕的事情，”尼克说。

他们没有说下去。乔治把手伸到下面拿过一条毛巾来擦柜台。

“不知道他干了什么事？”尼克说。

“出卖了什么人。他们就因为这个要杀他。”

“我要离开这个镇，”尼克说。

“行，”乔治说。“走了也好。”

“他明明知道自己就会送命，还在屋里等着，我想起来就受不了。这他妈的太可怕了。”

“那，”乔治说，“你最好别去想它啦。”

董衡巽 译

（首次发表于《斯克里布纳氏杂志》1927 年 3 月号）

祖国对你说什么？*

山路路面坚硬平坦，清早时刻还没尘土飞扬。下面是长着橡树和栗树的丘陵，山下远方是大海。另一边是雪山。

我们从山路开过林区下山。路边堆着一袋袋木炭，我们在树丛间看见烧炭人的小屋。这天是星期天，路面蜿蜒起伏，山路地势高，路面不断往下倾斜，穿过一个个灌木林带，穿过一个个村庄。

一个个村子外面都有一片片葡萄地。遍地棕色，葡萄藤又粗又密。房屋都是白的，街上的男人穿着盛装，在玩滚木球。有些屋墙边种着梨树，枝桠分叉，挨着粉墙。梨树喷洒过杀虫药，屋墙给喷雾沾上一层金属粉的青绿色。村子周围都有一小块一小块的开垦地，种着葡萄，还有树木。

离斯培西亚①二十公里的山上一个村子里，广场上有一群人，一个年轻人提着一只手提箱，走到汽车前，要求我们带他到斯培西亚去。

“车上只有两个座位，都坐满了，”我说。我们这辆车是老式福特小轿车。

“我就搭在门外好了②。”

“你会不舒服的。”

“没关系。我必须到斯培西亚去。”

“咱们要带上他吗？”我问盖伊。

“看来他走定了，”盖伊说。那年轻人把一件行李递进车窗里。

“照应一下，”他说。两个人把他的手提箱捆在车后我们的手提箱上面。他跟大伙儿一一握手，说对一个法西斯党员、一个像他这样经常出门的人来说不会不舒服的，说着就爬上车子左侧的踏脚板，右臂伸进敞开的车窗，钩住车身。

“你可以开了，”他说。人群向他招手。他空着的手也向大家招招。

“他说什么？”盖伊问我。

“说咱们可以开了。”

“他倒真好啊！”盖伊说。

这条路顺河而去。河对面是高山。太阳把草上的霜都晒干了。天气晴朗而寒冷，凉风吹进敞开的挡风玻璃。

“你看他在车外味道怎么样？”盖伊抬眼看着路面。他那边的视线给我们这位乘客挡住了。这年轻人活像船头雕饰似的矗出车侧。他竖起了衣领，压低了帽檐，看上去鼻子在风中受冻了。

“也许他快受不了啦，”盖伊说。“那边正好是个不中用的轮胎。”

“啊，要是我们轮胎放炮他就会离开咱们的，”我说。“他不愿弄脏行装。”

“那好，我不管他，”盖伊说——“只是怕碰到车子拐弯他那样探出身子。”

树林过了；路同河分道，上坡了；引擎的水箱开锅了；年轻人看看蒸汽和锈水，神色恼怒疑虑；盖伊两脚踩着高速档的加速器踏板，弄得引擎嘎嘎响，上啊上啊，来来回回折腾，上去了，终于稳住了。嘎嘎声也停了，刚安静下来，水箱里又咕嘟咕嘟冒泡了。我们就在斯培西亚和大海上方最后一段路的高处。下坡路都是急转弯，几乎没有大转弯。每回拐弯，我们这位乘客身子就吊在车外，差点把头重脚轻的车子拽得翻车。

“你没法叫他别这样，”我跟盖伊说。“这是自卫本能意识。”

“十足的意大利意识。”

---

* 原文是意大利语。

① 意大利西北部港市，海军基地。

② 老式汽车车门外有踏脚板可以站立。

“十十足足的意大利意识。”

我们绕着弯下山，开过积得厚厚的尘土，橄榄树上也积着尘土。斯培西亚就在山下，沿海扩展开去。城外道路变得平坦了。我们这位乘客把头伸进车窗。

“我要停车。”

“停车，”我跟盖伊说。

我们在路边慢慢减速。年轻人下了车，走到车后，解开手提箱。

“我在这儿下车，你们就不会因载客惹上麻烦了。”他说，“我的包。”

我把包递给他。他伸手去掏兜儿。

“我该给你们多少？”

“一个子儿也不要。”

“干吗不要？”

“我不知道，”我说。

“那谢谢了，”年轻人说，从前在意大利，碰到人家递给你一份时刻表，或是向你指路，一般都说“谢谢你”，或“多谢你了”，或“万分感谢你”，他却不这样说。他只是泛泛道“谢”，盖伊发动车子时，他还多疑地盯着我们。我对他挥挥手。他架子太大，不屑答理。我们就继续开到斯培西亚去了。

“这个年轻人在意大利要走的路可长着呢，”我跟盖伊说。

“得了吧，”盖伊说，“他跟咱们走了二十公里啦。”

斯培西亚就餐记

我们开进斯培西亚找个地方吃饭。街道宽阔，房屋轩敞，都是黄的。我们顺着电车轨道开进市中心。屋墙上都刷着墨索里尼瞪着眼珠的画像，还有手写的Vivas[①]这字，两个黑漆的V字墨迹沿墙一路往下滴。小路通往海港。天气晴朗，人们全出来过星期日。铺石路面洒过水，尘土地面上一片片湿迹。我们紧靠着街沿开车，避开电车。

"咱们到那儿简单吃一顿吧，"盖伊说。

我们在两家饭店的招牌对面停车。我们站在街对面，我正在买报。两家饭店并排挨着。有一家店门口站着个女人冲我们笑着，我们就过了马路进去。

里面黑沉沉，店堂后面一张桌旁坐着三个姑娘和一个老太婆。我们对面一张桌旁坐着一个水手。他坐在那儿不吃不喝。再往后一张桌子有个穿套蓝衣服的青年在写字。他的头发晶光油亮，衣冠楚楚，仪表堂堂。

亮光照进门口，照进橱窗，那儿有个玻璃柜，里面陈列着蔬菜、水果、牛排和猪排。一个姑娘上来请我们点菜，另一个姑娘就站在门口。我们注意到她的家常便服里什么也没穿。我们看菜单时请我们点菜的那姑娘就伸出胳臂搂住盖伊的脖子。店里一共有三个姑娘，大家轮流去站在门口。店堂后面桌旁那个老太婆跟她们说话，她们才重新坐下陪着她。

店堂里面只有通到厨房里的一道门。门口挂着门帘。请我们点菜的那姑娘端了通心面从厨房里进来。她把通心面放在桌上，还带来一瓶红酒，然后在桌边坐下。

"得，"我跟盖伊说，"你要找个地方简单吃一顿。"

"这事不简单了。复杂了。"

"你们说什么？"那姑娘问。"你们是德国人吗？"

"南德人，"我说，"南德人是和善可亲的人。"

"不明白，"她说。

"这地方究竟怎么搞的？"盖伊问。"我非得让她胳臂搂住我脖子不可吗？"

---

① 意大利语：万岁。

“那可不，”我说，“墨索里尼不是取缔妓院了吗？这是家饭店。”

那姑娘穿件连衣裙。她探过身去靠着桌子，双手抱胸，面带笑容。她半边脸的笑容好看，半边脸的笑容不好看，她就把半边好看的笑容冲着我们。不知怎的，正如温热的蜡会变得柔润一样，她半边鼻子也变得柔润了，那半边好看的笑容也就魅力倍增。话虽这么说，她的鼻子看上去并不像温热的蜡，而是非常冷峻、坚定，只是略见柔润而已。“你喜欢我吗？”她问盖伊。

“他很喜欢你，”我说。“可是他说不来意大利话。”

“我会说德国话[①]，”她说，一边捋捋盖伊的头发。

“用你的本国话跟这女人说说吧，盖伊。”

“你们从哪儿来？”女人问。

“波茨坦。”

“你们现在要在这里呆一会儿吗？”

“在斯培西亚这块宝地吗？”我问。

“跟她说咱们一定得走，”盖伊说。“跟她说咱们病重，身边又没钱。”

“我朋友生性厌恶女人，”我说，“是个厌恶女人的老派德国人。”

“跟他说我爱他。”

我跟他说了。

“闭上你的嘴，咱们离开这儿好不好？”盖伊说。这女人另一条胳臂也搂住他脖子了。“跟他说他是我的，”她说。我跟他说了。

“你让咱们离开这儿好不好？”

“你们吵架了，”女人说。“你们并不互爱。”

“我们是德国人，”我自傲地说，“老派的南德人。”

“跟他说他是个俊小子，”女人说。盖伊三十八岁了，对自己被当成一个法国的流动推销员倒也有几分得意。“你是个俊小子，”

---

① 原文是德语。

我说。

“谁说的？”盖伊问，“你还是她？”

“她说的。我只是你的翻译罢了。你要我陪你出门不是做你的翻译吗？”

“她说的就好了，”盖伊说，“我就没想要非得在这儿跟你也分手。”

“真没想到。斯培西亚是个好地方。”

“斯培西亚，”女人说。“你们在谈斯培西亚。”

“好地方啊，”我说。

“这是我家乡，”她说。“斯培西亚是我老家，意大利是我祖国。”

“她说意大利是她祖国。”

“跟她说看来意大利是她祖国，”盖伊说。

“你们有什么甜食？”我问。

“水果，”她说。“我们有香蕉。”

“香蕉倒不错，”盖伊说。“香蕉有皮。”

“哦，他吃香蕉，”女人说。她搂住盖伊。

“她说什么？”他把脸转开说。

“她很高兴，因为你吃香蕉。”

“跟她说我不吃香蕉。”

“先生说他不吃香蕉。”

“哦，”女人扫兴地说，“他不吃香蕉。”

“跟她说我每天早上洗个凉水澡，”盖伊说。

“先生每天早上洗个凉水澡。”

“不明白，”女人说。

我们对面那个活道具般的水手一动也不动。这地方的人谁也不去注意他。

“我们要结账了，”我说。

“啊呀，别。你们一定得留下。”

"听我说，"仪表堂堂的青年在他写字的餐桌边说，"让他们走吧。这两个人一文不值。"

女人拉住我手。"你不留下？你不叫他留下？"

"我们得走了，"我说。"我们得到比萨[①]去，办得到的话，今晚到翡冷翠[②]去。我们到夜里就可以在那里玩乐了。现在是白天。白天我们必须赶路。"

"呆一小会儿也好嘛。"

"白天必须赶路。"

"听我说，"仪表堂堂的青年说。"别跟这两个多费口舌了。老实说，他们一文不值，我有数。"

"来账单，"我说。她从老太婆那儿拿来了账单就回去，坐在桌边。另一个姑娘从厨房里出来。她径直走过店堂，站在门口。

"别跟这两个多费口舌了，"仪表堂堂的青年厌烦地说。"来吃吧。他们一文不值。"

我们付了账，站起身。那几个姑娘，老太婆和仪表堂堂的青年一起坐在桌边。活道具般的水手双手蒙住头坐着。我们吃饭时始终没人跟他说话。那姑娘把老太婆算给她的找头送给我们，又回到桌边自己的座位上去。我们在桌上留下小费就出去了。我们坐在汽车里，准备发动时，那姑娘出来，站在门口。我们开车了，我对她招招手。她没招手，只是站在那儿目送我们。

雨　后

我们开过热那亚郊区时雨下大了，尽管我们跟在电车和卡车后

① 意大利西北部古城，以斜塔闻名于世。
② 即意大利中部城市佛罗伦萨。

面开得很慢，泥浆还是溅到人行道上，所以行人看见我们开来都走进门口去。在热那亚市郊工业区竞技场码头，有一条双车道的宽阔大街，我们顺着街心开车，免得泥浆溅在下班回家的人们身上。我们左边就是地中海。大海奔腾，海浪飞溅，海风把浪花吹到车上。我们开进意大利时，路过一条原来宽阔多石而干涸的河床，现在滚滚浊水一直漫到两岸。褐色的河水搅混了海水，海浪碎成浪花时才变淡变清，黄褐色的水透着亮，被大风刮开的浪头冲过了马路。

一辆大汽车飞驶而过，溅起一片泥浆水，溅到我们的挡风玻璃和引擎的水箱上。自动挡风玻璃清洗器来回摆动，在玻璃上抹上薄薄一层。我们停了车，在塞斯特里饭店吃饭。饭店里没有暖气，我们没脱衣帽。我们透过橱窗看得见外面的汽车。车身溅满泥浆，就停在几条拖上岸不让海浪冲到的小船边。在这家饭店里，你还看得见自己呼出来的热气。

意大利通心面味道很好，酒倒有股明矾味，我们在酒里掺了水。后来跑堂的端来了牛排和炸土豆。饭店远头坐着一男一女。男的是中年人，女的还年轻，穿身黑衣服。吃饭时她一直在湿冷的空气中呼出热气。男人看着热气，摇摇头。他们光吃不说话，男人在餐桌下拉着她一只手。她长得好看，两人似乎很伤心。他们随身带了一个旅行包。

我们带着报纸，我对盖伊大声念着上海战斗的报道。饭后，他留下跟跑堂的打听一个饭店里并不存在的地方，我用一块抹布擦净了挡风玻璃、车灯和执照牌。盖伊回到车上来，我们就把车倒出去，发动引擎。跑堂的带了他走过马路，走进一幢旧屋子。屋子里的人起了疑心，跑堂的跟盖伊留下让人家看看什么东西都没偷走。

“虽然我不知道怎么回事，因为我不是个修水管的，他们就以为我偷什么东西了，”盖伊说。

我们开到城外一个海岬，海风袭击了汽车，差点把车子刮翻。

“幸亏风是从海上刮来的，”盖伊说。

“说起来，”我说，“海风就是在这一带什么地方把雪莱刮到海里淹死的。”

“那是在靠近维亚瑞吉奥[①]的地方，”盖伊说。“你还记得咱们到这地方的目的吗？”

“记得，”我说，“可是咱们没达到啊。”

“咱们今晚可没戏唱了。”

“咱们能开过文蒂米格利亚[②]就好了。”

“咱们瞧着办吧。我不喜欢在这海岸上开夜车。”这时正是刚过午后不久，太阳出来了。下面，大海蓝湛湛的，挟着白帽浪滚滚流向萨沃纳[③]。后面，岬角外，褐色的河水和蓝色的海水汇合在一起。在我们前方，一艘远洋货轮正向海岸驶来。

“你还看得见热那亚吗？”盖伊问。

“啊，看得见。”

“开到下一个大海岬就遮掉看不见了。”

“咱们暂时还可以看见它好一阵子。我还看得见它外面的波托菲诺海岬[④]呢。”

我们终于看不见热那亚了。我们开出来时，我回头看看，只见大海；下面，海湾里，海滨停满了渔船；上面，山坡上，一个城镇，海岸线远处又有几个海岬。

“现在看不见了，”我对盖伊说。

“哦，现在早就看不见了。”

“可是咱们没找到出路前还不能肯定。”

有一块路标，上面有个S形弯道的图标和注意环岬弯道的字样。这条路环绕着海岬，海风刮进挡风玻璃的裂缝。海岬下面，海边有一片平地，海风把泥浆吹干了，车轮开过扬起一阵尘土。在平坦的路上，车子经过一个骑自行车的法西斯分子，他背上枪套里有

---

① 意大利北部渔业中心，沿第勒尼安海，雪莱淹死后葬此。

② 意大利西北部城市。

③ 意大利西北部港市。

④ 地中海上一个渔港，意大利西北部利古里亚区的小城。

一把沉甸甸的左轮手枪。他霸住路中心骑车，我们开到外档来让他。我们开过时他抬头看看我们。前面有个铁路闸口，我们朝闸口开去，闸门刚下来。

我们等开闸时，那法西斯分子骑车赶上了。火车开过了，盖伊发动引擎。

“等一等，”骑自行车那人在我们汽车后面大喝一声说。“你们的牌照脏了。”

我掏出一块抹布。吃午饭时牌照已经擦过了。

“你看得清了，”我说。

“你这么认为吗？”

“看啊。”

“我看不清。脏了。”

我用抹布擦了擦。

“怎么样？”

“二十五里拉。”

“什么？”我说。“你看得清了。只是路上这么样才弄脏的。”

“你不喜欢意大利的道路？”

“路脏。”

“五十里拉。”他朝路上啐了一口。“你车子脏，你人也脏。”

“好吧。开张收条给我，签上你名字。”

他掏出一本收据簿，一式两份，中间还打眼，一份交给罚款人，另一份填好留作存根。不过罚款单上填什么，下面可没有复写副本留底。

“给我五十里拉。”

他用擦不掉笔迹的铅笔写了字就撕下条子，把条子交给我。我看了一下。

“这是一张二十五里拉的收据。”

“搞错了，”他说着就把二十五里拉的收据换成五十里拉的。

“还有另一份。在你留底那份填上五十。”

他赔了一副甜甜的意大利笑容，在存根上写了些字，捏在手里，我看不见。

“趁你牌照没弄脏，走吧，”他说。

天黑后我们开了两个小时，当晚在蒙托内[1]住宿。那里看上去舒适可爱，干净利落。我们从文蒂米格利亚，开到比萨和佛罗伦萨，过了罗马涅[2]，开到里米尼[3]，回来开过弗利[4]，伊莫拉[5]，博洛尼亚[6]，帕尔马[7]，皮亚琴察[8]和热那亚，又开到文蒂米格利亚。整个路程只走了十天。当然，在这么短促的旅途中，我们没有机会看看当地或老百姓的情况怎么样。

陈良廷 译

---

① 意大利北部城市，濒临蒙托内河。
② 意大利历史地区，在意大利北部，东临亚得里亚海，现包括在艾米利亚-罗马涅区内。
③ 意大利北部城市，位于圣马力诺东北的马雷基亚河。
④ 意大利北部城市，位于亚平宁山脉东北麓，临蒙托内河。
⑤ 意大利北部城市，罗马古城。
⑥ 一译波伦亚，意大利北部城市，艾米利亚-罗马涅区首府。
⑦ 意大利北部城市，位于波河平原南侧。
⑧ 意大利北部城市，位于波河南岸。

五 万 元

“你的情况怎么样，杰克？”我问他。

“你看到过那个沃尔科特吗？”他说。

“只是在健身房里。”

“唔，”杰克说，“跟那个小伙子较量，我需要好运气。”

“他不能打败你，杰克，”士兵说。

“我多希望他不能啊。”

“他不能用几下鸟枪子弹似的拳头打败你。”

“鸟枪子弹似的拳头倒问题不大，”杰克说，“我一点也不在乎鸟枪子弹。”

“他看上去不难被打败，”我说。

“当然啦，”杰克说，“他不会坚持得长久的。他不会像你跟我那样坚持下去的，杰里。不过，眼下他竞技状态挺好。”

“你会用左手拳把他揍死。”

“也许，”杰克说，“当然，我有机会。”

“像对付小孩刘易斯那样对付他。”

“小孩刘易斯，”杰克说，“那个臭犹太人！”

我们三人，杰克·布伦南，士兵巴特利特和我在汉利的店里。有两个妓女坐在我们旁边一张桌子旁。她们在喝酒。

“你这话是什么意思，臭犹太人？”其中一个妓女说，“你这话是什么意思，臭犹太人，你这个爱尔兰大草包？”

“当然啦，”杰克说，“说得对。”

“臭犹太人，”那个妓女继续说，“他们老是谈到臭犹太人，这些大个子的爱尔兰人，你这话是什么意思，臭犹太人？”

“得了。咱们离开这儿吧。”

“臭犹太人，”那个妓女继续说。“谁看到你买过一杯酒？你老婆每天早晨都把你的口袋缝起来。这帮爱尔兰人和他们的臭犹太人！特德·刘易斯也能狠狠地揍你。”

“当然啦，”杰克说，“你也白白赔送许多东西，对不？”

我们走出去。这就是杰克。他想要说什么，他就能说他想要说的。

杰克已经离开了家，开始待在泽西的戴尼·霍根的健身场训练。在那儿很好，但是杰克不怎么喜欢。他不喜欢同他的妻子和孩子们分开，他大多数时间动不动就恼火，发牢骚。他喜欢我，我们一起处得很好；他喜欢霍根，但是过不了多久，士兵巴特利特开始叫他腻烦了。如果在营地上一个爱开玩笑的人的笑话变得有点叫人讨厌，那他就会变成叫人受不了的人。士兵一直拿杰克开玩笑，几乎是时时刻刻拿他开玩笑。玩笑开得不怎么有趣，也不很好，开始把杰克惹恼了。反正总是这一类笑话。杰克会停止举重和打沙袋，戴上拳击手套。

“你要干活吗？”他对士兵说。

“当然啰。你要我怎么干活？”士兵会问。“要我像沃尔科特那样狠狠地对付你吗？要我把你揍倒几回吗？”

“说得对，”杰克会说。不过，他一点也不喜欢。

一天早晨，我们走在外面公路上。我们已经走得相当远，眼下在走回去。我们一起快跑三分钟，走一分钟，然后再快跑三分钟。杰克根本不是你会称作短跑冲刺能手的那号人。如果他在拳击场上非迅速转动不可，他会这样做的，但是他在公路上就绝不会跑得太快的。我们一路走，士兵一直在拿他开玩笑。我们登上通往健身场住房的小山。

“唔，”杰克说，“你还是回城去好，士兵。”

“你这话是什么意思？”

“你还是回城待在那儿好。”

“怎么啦？”

“我听到你说话就感到讨厌。”

“是吗？”士兵说。

“是的，”杰克说。

“等沃尔科特打败了你，你看到什么滑稽的东西都会感到讨厌。”

“当然啦，”杰克说，“也许我会。可我知道我讨厌你。”

当天早晨，士兵就去乘进城的火车。我送他上车。他非常恼火。

“我只是跟他开开玩笑，”他说。我们等在月台上。“他不能这么对我说话，杰里。”

“他神经紧张又很暴躁，”我说，“他是个好人，士兵。”

“他妈的，他好个屁。他哪会儿是个他妈的好人。”

“唔，”我说，“再见，士兵。”

火车来了。他带着提包上车。

“再见，杰里，”他说。“比赛以前，你会在城里吗？”

“恐怕不去城里了。”

“到时候再见。”

他走进车厢，售票员大摇大摆地上车，火车开走了。我搭运货车回健身场。杰克在走廊上给他妻子写信。邮件已经来过了；我拿着报纸，到走廊的另一头去坐下来看报。霍根从门里出来，走到我跟前。

“他跟士兵闹翻了吗？”

“没有闹翻，”我说，“他只是叫他回城去。”

“我知道早晚免不了要有这种事情，”霍根说。“他从来没有喜欢士兵过。”

“是啊。他喜欢的人不多。”

“他是一个相当冷淡的人，”霍根说。

“唔，他对我倒一直挺好。”

“对我也好，”霍根说。“他没有对我发过脾气。不过，他是个冷淡的人。”

霍根穿过纱门，走进屋去；我坐在走廊上看报。秋天刚开始；泽西的这一片乡区处在小山间，地势较高，是个好地方；我把报纸从头至尾看过以后，坐在那里望着这个乡区和下面树林旁的公路，公路上车辆来往，扬起一阵阵尘土。这是一个气候很好、风景非常漂亮的乡区。霍根走到门前，我说：“喂，霍根，你这儿有什么可以打猎的吗？”

“没有，”霍根说，“只有燕子。”

“看报吗？”我对霍根说。

“有什么新闻？”

“桑德昨天骑赢了三场。”

“昨儿晚上我已经从电话上听得了。”

“你密切注意着他们吧，霍根？”我问。

“啊，我跟他们保持联系，”霍根说。

“杰克怎么样？”我说，“他仍然在赌赛马吗？”

“他？”霍根说，“你能看到他赌赛马吗？”

就在这当儿，杰克从角落里走过来，手里拿着一封信。他穿着厚运动衫，旧裤子和拳击鞋。

“有邮票吗，霍根？”他问。

“把信给我，”霍根说，“我给你寄出去。”

“喂，杰克，”我说，“你以前不是常赌赛马吗？”

“当然啦。”

“我知道你从前是玩的。我记得我从前常在‘羊头赛马场’看到你。”

“你干吗不玩了呢？”霍根问。

“输钱。”

杰克坐在走廊上我的身旁。他靠在一根柱子上，他在阳光下闭上眼睛。

“要椅子吗？”霍根问。

“不要，”杰克说，“这样挺好。”

“天气真好，”我说，“在乡下真是好得很。”

“我可巴不得跟老婆一起待在城里。”

“唔，你只要再待一个礼拜就行了。”

“对，”杰克说，“是这样。”

我们坐在走廊上。霍根在里面办公室里。

“你认为我的情况怎么样？”杰克问我。

“唔，你还说不准，”我说。“你还有一个礼拜可以用来恢复竞技状态呢。”

“别敷衍我。”

“唔，”我说，“你情况不好。”

“我睡不着觉，”杰克说。

“你在一两天内会好起来的。”

“不行，”杰克说，“我得了失眠症。”

“你有什么心事？”

“我惦记老婆。”

“叫她来就是。”

“不行。我上了年纪了，这样做不行。”

“咱们要先走一段长路，然后你才拐回来，这样就能使你感到很累。”

“累！”杰克说，“我一直感到累。”

他一个礼拜来一直是这个样子。他会晚上睡不着觉，早晨起来就会有一种感觉，你知道，就是当你握不紧你的手的时候，就会有的那种感觉。

“他不行了，差劲得像救济院里的饼，”霍根说，“他压根儿不行了。”

“我从没有看过沃尔科特比赛，”我说。

“他会把他揍死，”霍根说，“他会把他一扯两半。”

“唔，”我说，“谁也免不了有一天会遇到这种情况的。”

“不过，不像这样，”霍根说。“他们会认为他压根儿没训练过。叫健身场丢丑。”

“你听到记者们怎么谈论他？”

“我哪会听不到啊！他们说他糟糕透了。他们说他们不应该让他比赛。”

“唔，”我说，“他们老是讲得不对，是不？”

“是啊，”霍根说，“可是这一回他们讲得对。”

“他们到底懂什么谁行还是不行？”

“唔，”霍根说，“他们可不是傻瓜。”

“他们干的好事就是在托莱多惹得威拉德[①]恼火。那个拉德纳[②]，他现在多聪明，问问他，他在托莱多批评威拉德不行的那回事吧。”

“啊，他当时没有在场，”霍根说，“他只写大比赛。”

“我才不管他们是些什么人，”我说，“他们到底懂什么？他们可以写文章，不过他们到底懂什么？”

“你不认为杰克的竞技状态很好吧，是不？”霍根问。

“对。他完了。他需要的就是让科贝特[③]批评他不行，使他横下心打赢一场，从此洗手不干。”

“唔，科贝特会批评他不行的，”霍根说。

“当然啦，他会批评他不行的。”

那天晚上，杰克又一点也没有睡着。第二天早晨是比赛前的最后一天。吃罢早饭，我们又来到走廊上。

“你睡不着的时候，杰克，你想些什么？”我说。

“啊，我担心，”杰克说，“我担心我在布朗克斯置的产业。我

---

① 威拉德（1883—1968），美国重量级拳击手，曾获得美国冠军。

② 拉德纳（1885—1933），美国短篇小说家。他曾经先后在芝加哥、圣路易斯和纽约当过记者，写过不少获得大量读者的关于体育的文章。

③ 科贝特，可能是指詹姆斯·科贝特（1866—1933），美国重量级拳击师，曾获世界重量级拳击冠军（1892）。

担心我在佛罗里达置的产业。我担心孩子们。我担心老婆。有时候，我想到比赛。我想到那个臭犹太人特德·刘易斯，我感到恼火。我有一点股票，我为股票担心。我他妈的还有什么没有想到呢？”

“唔，”我说，“明天夜晚就会过去了。”

“当然啦，”杰克说，“这始终解决问题，对不？只要事情一过，一切都解决了，我想。当然啦。”

他整天感到恼火。我们什么也不干。杰克只是转悠一下松弛松弛。他练习同假想的对手打了几圈。他连这种练习看上去也干不好。他跳了一会绳。他出不了汗。

“他还是什么也不干好，”霍根说。我们站着看他跳绳。“他再怎么也不出汗吗？”

“他出不了汗。”

“你想他有没有肺病？他在体重方面从来没有麻烦，对不？”

“没有，他没有肺病。他只是身子里什么也没有了。”

“他应该出汗，”霍根说。

杰克跳着绳过来。他在我们面前上下跳，前后跳，每跳三次交叉一下胳膊。

“唔，”他说，“你们两个唠叨的家伙在谈什么？”

“我认为你不应该再训练了，”霍根说，“你会累坏的。”

“那不是会糟糕透顶吗？”杰克一边说，一边在地板上跳过去，把绳子甩得啪啪响。

那天下午，约翰·科林斯在健身场露面。杰克在上面自己的房间里；约翰从一辆城里开来的汽车里走出来。他有两个朋友跟他在一起。汽车一停，他们全下车。

“杰克在哪儿？”约翰问我。

“在上面他的房间里，躺着。”

“躺着？”

“是啊，”我说。

“他怎么样？”

我望着同约翰一起来的那两个人。

“他们是他的朋友，”约翰说。

“他情况很不好，”我说。

“他怎么啦？”

“他睡不着。”

“见鬼，”约翰说，“那个爱尔兰人从来没有睡得着过。”

“他情况不行，”我说。

“见鬼，”约翰说，“他从来没有行过。我跟他打了十年交道，他仍然还不行呢。”

那两个跟他一起来的人哈哈大笑。

“我跟你介绍一下，摩根先生和斯坦菲尔特先生，”约翰说。“这是多伊尔先生。他在训练杰克。”

“看到你们很高兴，”我说。

“咱们上去看看那个小伙子，”那个叫摩根的说。

“咱们去看看他，”斯坦菲尔特说。

我们全都上楼去。

“霍根在哪儿？”约翰问。

“他在那所空洞洞的大房子里，跟他的两个顾客在一起，”我说。

“现在他这儿有许多人吗？”约翰问。

“只有两个。”

“很安静吧，是不？”摩根说。

“是的，”我说，“很安静。”

我们来到了杰克的房门前。约翰敲敲门。没有人回答。

“也许他睡着了，”我说。

“他大白天干吗睡大觉？”

约翰转动门把手，我们都走进房间去。杰克躺在床上，睡着了。他趴着，脸埋在枕头里。两条胳膊搂着枕头。

“嗨，杰克！”约翰对他说。

杰克的脑袋在枕头上移动了一下。“杰克！”约翰弯下身去，凑近他说。杰克只是把脸在枕头里埋得更深些。约翰碰碰他的肩膀。杰克坐起来，望着我们。他没有刮脸，穿着一件旧的运动衫。

“天啊！你干吗不让我睡觉？”他对约翰说。

“别恼火，”约翰说，“我不是有意要吵醒你。”

“啊，不是，”杰克说，“当然不是啦。”

“你认识摩根和斯坦菲尔特，”约翰说。

“看到你们很高兴，”杰克说。

“你觉得怎么样，杰克？”摩根问他。

“很好，”杰克说。“我会觉得怎么样呢？”

“你看上去很好，”斯坦菲尔特说。

“是啊，是挺好嘛，”杰克说。“喂，”他对约翰说，“你是我的经理人。你拿很大的一份。记者们在外面的时候，你干吗不出来！你要杰里和我跟他们谈吗？”

“我安排刘在费城比赛，”约翰说。

“那到底跟我有什么相干？”杰克说，“你是我的经理人。你拿很大的一份，对不？你不是为我在费城挣钱，对不？我应该要你去应付的时候，你干吗不来？”

“霍根在这儿。”

“霍根，”杰克说，“霍根跟我一样是个哑巴。”

“士兵巴特利特原来在这儿陪你训练了一阵，对不，”斯坦菲尔特说，为了改变话题。

“是的，他原来在这里，”杰克说，“他原来确实在这儿。”

“喂，杰里，”约翰对我说。“麻烦你去找一找霍根，告诉他约摸半个钟头以后我们在这儿跟他见面，好不？”

“当然啦，”我说。

“他干吗不能待在这儿？”杰克说，“待在这儿，杰里。”

摩根和斯坦菲尔特互相望着。

“安静点，杰克，”约翰对他说。

“我还是去找霍根好，”我说。

“好吧，要是你愿意去的话，”杰克说，“不过，这儿可没有人要打发你走开。”

“我去找霍根，”我说。

霍根在外面那所空洞洞的大房子里的健身房里。他跟两个住在健身场上的戴着拳击手套的顾客在一起。他们都不敢打对方，因为怕对方赶回来打他。

“行了，”霍根看到我走进去，就说，“你们可以别互相残杀了。两位先生去洗个淋浴，布鲁斯会给你们按摩的。”

他们从长方形的绳圈里爬出来，霍根走到我跟前。

“约翰·科林斯带着两个朋友来看杰克，”我说。

“我看到他们从汽车里出来的。”

“跟约翰一起来的那两个家伙是干什么的？”

“他们是你们所说的聪明人，”霍根说。“你认识他们两个吗？”

“不认识，”我说。

“那是幸运的斯坦菲尔特和刘·摩根。他们开着一个赌场[①]。”

“我离开好久了，”我说。

“当然啦，”霍根说，“那个幸运的斯坦菲尔特是个大骗子。”

“我听到过他的名字，”我说。

“他是个非常精明的家伙，”霍根说，“他们是两个弄虚作假的人。”

“唔，”我说，“他们要半个钟头以后跟咱们见面。”

---

① 赌场，原文是“poolroom”，指收赛马、拳击比赛等赌注的赌场。赌客将赌注押在比赛的某一个拳击师或某一匹马上，如该人或该马获胜，即可赢钱。如某人或某马在大多数赌客的心目中获胜机会最大，而另一些赌客认为可能出“冷门”，那么输赢就不是一比一，而是一比几。

“你的意思是说，他们要等半个钟头以后才愿意跟咱们见面？”

“说得对。”

“那就到办公室里去，”霍根说，“让那些弄虚作假的人见鬼去吧。”

过了约摸三十分钟光景，霍根和我上楼去。我们敲敲杰克的房门。他们在房间里谈话。

“等一下，”有人说。

“活见鬼，”霍根说，“哪会儿你们要见我，我在下面办公室里。”

我们听到开门锁的声音。斯坦菲尔特开了门。

“进来，霍根，”他说，“咱们来喝一杯。”

“唔，”霍根说，“这倒不错。”

我们走进去。杰克坐在床上。约翰和摩根坐在一对椅子上。斯坦菲尔特站着。

“你们是一伙非常神秘的家伙，”霍根说。

“你好，戴尼，”约翰说。

“你好，戴尼，”摩根一边说，一边同他握手。

杰克什么也不说。他只是坐在床上。他不同其他人在一起。他是完全孤独的。他穿着一套旧的蓝运动衫裤和拳击鞋。他需要刮个脸。斯坦菲尔特和摩根是讲究服装的人。约翰也是个相当讲究服装的人。杰克坐在那儿，看上去就像个结实的爱尔兰人。

斯坦菲尔特拿出一瓶酒来，霍根去拿了几个玻璃杯来。人人都喝酒。杰克和我喝了一杯；其他的人继续喝，每人喝了两三杯。

“还是留点你们回去的时候在汽车上喝好，”霍根说。

“你别担心。我们多的是，”摩根说。

杰克喝了一杯，就再也不喝了。他站起来，望着他们。摩根坐到杰克刚才坐的床上。

“来一杯，杰克，”约翰一边说，一边把酒瓶和杯子递给他。

"不喝了，"杰克说，"我从来不喜欢参加那些下葬前的守夜[1]。"

他们全都哈哈大笑起来。杰克没有笑。

他们离开的时候，心情都很好。他们走进汽车的时候，杰克站在走廊上。他们向他挥手。

"再见，"杰克说。

我们吃晚饭。在餐桌旁，除了"请你递给我这个，好不？"或者"请你递给我那个，好不？"以外，杰克从头至尾一句话也没有说。那两个住在健身场上的顾客跟我们同桌吃饭。他们是很好的人。吃罢晚饭，我们来到走廊上。天黑得很早。

"喜欢散散步吗，杰里？"杰克问。

"当然啦，"我说。

我们穿上外套出发。走到大路上这段路就相当长；沿着大路我们走了约摸一英里半。汽车不停地来往；我们不得不躲到一边去，让它们开过。杰克一句话也不说。后来，我们为了让一辆大卡车，走进灌木丛，杰克才说："见鬼的散步，回霍根那儿去吧。"

我们从一条翻越小山、穿过田野的小路，走回霍根那儿去。我们能够看到小山顶上那所房子的灯光。我们走到房子前，只见霍根站在门口。

"散步得挺痛快吧？"霍根说。

"啊，好极了，"杰克说，"嗨，霍根，你有什么酒吗？"

"当然啦，"霍根说，"有什么打算？"

"送一点到房间里来，"杰克说，"今天夜晚我要睡一觉。"

"你倒成了医生，"霍根说。

"到楼上房间里来，杰里，"杰克说。

楼上，杰克坐在床上，双手捧着脑袋。

---

① 爱尔兰人在死人下葬前有守夜喝酒的风俗。杰克明天要举行拳击比赛。这时那些人在他卧房里饮酒，使他想起那个风俗。

“这算得上生活吗？”杰克说。

霍根拿来一夸脱白酒和两个酒杯。

“要点姜汁啤酒吗？”

“你认为我要干什么，害病吗？”

“我只是问问你，”霍根说。

“来一杯？”杰克说。

“不，谢谢，”霍根说。他走出去。

“你怎么样，杰里？”

“我陪你喝一杯，”我说。

杰克倒了两杯。“嘿，”他说，“我要慢条斯理地喝。”

“兑点水，”我说。

“对，”杰克说，“我想这样好一点。”

我们喝掉了杯子里的酒，一句话也没有说。杰克开始给我倒第二杯。

“别倒了，”我说，“我够了。”

“好吧，”杰克说。他给自己又倒了许多，兑上水。他情绪好一点了。

“今天下午，这儿来了一伙人，”他说，“他们一点也不肯冒险，那两个家伙。”

过了一会儿，“唔，”他说，“他们是对的。冒险到底有什么好处呢？”

“你再来一杯吗，杰里？”他说，“来，跟我一起喝一杯。”

“我不想喝了，杰克，”我说，“我觉得很舒服。”

“再喝一杯，”杰克说。他喝得软绵绵了。

“好吧，”我说。

杰克给我倒了一杯，给他自己倒了一大杯。

“你知道，”他说，“我非常爱喝酒，要不是我干了拳击这一行的话，我会喝得很凶。”

“当然啦，”我说。

“你知道，”他说，“我为了拳击，损失不小。”

“你挣了许多钱。”

“当然啦，这正是我追求的。你知道，我损失不小，杰里。”

“你这话是什么意思？”

“唔，”他说，“譬如说，跟老婆分开。经常离开家。对我那几个女孩子并没什么好处。‘你爸爸是谁？’社交界的小伙子中总有几个会问她们。‘我爸爸是杰克·布伦南。’这对她们一点好处也没有。”

“废话，”我说，“最重要的差别是她们有没有钱。”

“唔，”杰克说，“我确实为她们挣了不少钱。”

他又倒了一杯。瓶里快要空了。

“兑点水，”我说。杰克兑了一点水。

“你知道，”他说，“你没法想象我多么惦记我的老婆。”

“当然啦。”

“你没法想象。你没法想象这是什么滋味。”

“在乡下应该比在城里好些。”

“现在对我来说，”杰克说，“我人在哪儿，这没有一点差别。你没法想象这是什么滋味。”

“再来一杯。”

“我喝醉了吧？我说话挺可笑吧？”

“你挺正常。”

“你没法想象这是什么滋味。没有人想象得出这是什么滋味。”

“除了老婆，”我说。

“她知道，”杰克说，“她确实知道。她知道。你可以肯定她知道。”

“兑点水，”我说。

“杰里，”杰克说，“你没法想象这变成什么滋味。”

他喝得大醉。他呆呆地望着我。他的眼光有点太呆滞了。

“你会睡得很好，”我说。

“嗨，杰里，”杰克说，“你想弄点钱吗？在沃尔科特身上弄点钱。”

“真的？”

“嗨，杰里，”杰克放下酒杯。“我现在没有醉意吧，你瞧？你知道我在他身上下了多少赌注？五万元。”

“钱可真不少。”

“五万元，”杰克说，“两比一。我会到手二万五千元。在他身上弄点钱，杰里。”

“这听起来可不坏，”我说。

“我怎么能打败他呢？”杰克说，“这可不是欺骗。我怎么能打败他呢？干吗不在这里面弄点钱呢？”

“兑点水，”我说。

“我打罢这一场就完了，”杰克说，“我从此不干了。我得挨一顿打。干吗我不应该在这里面弄点钱呢？”

“当然啦。”

“我有一个礼拜睡不着，”杰克说，“整个夜晚，我躺在那里醒着，担心自己给打得屁滚尿流。我睡不着，杰里。你想象不出，你睡不着的时候，那是什么滋味。”

“当然啦。”

“我睡不着。就是这么回事。我就是睡不着。这些年来，你既然一直睡不着，那你当心自己的身子又有什么用处呢？”

“真糟糕。”

“你想象不出，杰里，睡不着觉那是什么滋味。”

“兑点水，”我说。

唔，约摸十一点，杰克醉倒了，我把他扶到床上。他不能一直不睡觉，最后就落得这个模样。我帮他脱去衣服，盖上被子。

“你会睡得很好，杰克，”我说。

“当然啦，”杰克说，“现在我会睡着了。”

“晚安，杰克，”我说。

“明天见，杰里，”杰克说。“你是我唯一的朋友。”

“啊，废话，”我说。

“你是我唯一的朋友，”杰克说，“我唯一的朋友。”

“睡吧，”我说。

“我会睡着的，”杰克说。

霍根坐在楼下办公室里桌子旁看报。他抬起头来。“唔，你让你的男朋友睡着了吗？”他问。

“他醉倒了。”

“对他来说，这比睡不着好，”霍根说。

“当然啦。”

“不过，你得花费多少口舌跟那帮体育记者说明这个情况，”霍根说。

“唔，我要去睡了，”我说。

“明天见，”霍根说。

早晨八点钟光景我下楼去吃了点早饭。霍根同他的两个顾客在那所空洞洞的大房子里练习。我走过去看他们。

“一！二！三！四！”霍根在为他们计数。“你好，杰里，”他说，“杰克起身了吗？”

“还没有。他仍然睡着哪。”

我回到自己的房间里去收拾行李，准备进城。约摸九点半光景，我听到隔壁房间里杰克起身的声音。当我听到他下楼去的时候，我跟着他下楼。杰克坐在早餐桌旁。霍根已经进来，站在桌旁。

“你觉得怎么样，杰克？”我问他。

“不怎么坏。”

“睡得好吗？”霍根问。

“我睡得很熟，”杰克说，“我当时舌头不听使唤，头倒不觉得难受。”

“好啊，”霍根说，“这是好白酒。”

“开在账单上，”杰克说。

“你要什么时候进城？”霍根问。

“午饭前，”杰克说，“十一点的火车。”

“坐下，杰里，”杰克说。霍根走出去。

我坐在桌子旁。杰克在吃一个葡萄柚。他吃到一颗核就吐在匙子里，然后倒在盘子上。

“我想昨天夜晚我喝得大醉了，”他开始说。

“你喝了点白酒。”

“我想我说了不少蠢话。”

“你没有乱讲。”

“霍根在哪儿？”他问。他把葡萄柚吃完了。

“他在前面办公室里。”

“我关于比赛打赌的事讲了些什么？”杰克问。他拿着匙子，随手拨弄着葡萄柚的皮。

女仆端来一盆火腿蛋，把葡萄柚拿走了。

“给我再来杯牛奶，”杰克对她说。她走出去。

“你说你在沃尔科特身上下了五万块，”我说。

“这话不假，”杰克说。

“这是一大笔钱。”

“我对这件事感到不怎么好受，”杰克说。

“可能会出什么事情。”

“不会，”杰克说，“他一心想当冠军。他们会跟他谈妥的。”

“你不能拿得这么稳。”

“不会错的，他想要当冠军。这对他来说值许多钱。”

“五万块是一大笔钱，”我说。

“这是买卖，”杰克说，“我赢不了。你知道，我再怎么也赢不了。”

“你只要在场子里，你就有机会。”

“不行，”杰克说，“我完了。这只是买卖。”

“你觉得怎么样？”

“很好，”杰克说，“睡那么一觉正是我需要的。”

“你可能打得很好。”

“我会给他们看一场精彩表演，”杰克说。

吃罢早饭，杰克给他的妻子打长途电话。他在电话间里讲话。

“这是他上这儿来以后第一回给她打电话，”霍根说。

“他天天给她写信。”

“当然啦，”霍根说，“一封信只花两分钱。”

霍根同我们说了再见；布鲁斯，那个黑人按摩员，用货车送我们上车站。

“再见，布伦南先生，”布鲁斯在火车跟前说，“我当然希望你揍得他屁滚尿流。”

“再见，”杰克说。他给布鲁斯两块钱。布鲁斯为他干了许多活儿。他看上去有点失望。杰克看到我望着布鲁斯手里的两块钱。

“账全都付过了，”他说，“霍根已经向我收过按摩费。”

在进城的火车上，杰克不说话。他坐在座位角落里，望着窗外，车票插在他帽子上那圈丝带里。有一次，他转过脸来对我说话。

“我告诉了我的老婆，我今天夜晚会在谢尔比旅馆租一个房间，”他说，“就在公园附近的拐角上。我明天早晨可以回家去。”

“这是个好主意，”我说。“你的老婆看过你比赛吗，杰克？”

“没有，”杰克说，“她从来没有看过我比赛。”

我想，要是他在比赛结束以后不想回家，那他一定估计到自己会狠狠地挨一顿揍。在城里，我们坐出租汽车到谢尔比去。一个侍者走出来，接过我们的提包；我们走进去，走到登记房间的办公桌前。

“房租要多少？”杰克问。

“我们只有双人房间，”那个职员说，“你花十元钱就能租一个很好的双人房间。”

“那太不上算了。”

“那你就租一个七元钱的双人房间。”

“有浴室吗？”

“当然有。”

“你还是跟我一起住一宿好，杰里，”杰克说。

“啊，”我说，“我会去睡在我内弟家里。”

“我并不是为你花这笔钱的，”杰克说，“我只是要我的钱花得值得。”

“请登记一下，好不？”那个职员说。他望着登记簿。“二百三十八号房间，布伦南先生。”

我们乘电梯上楼。这是一个很好的大房间，有两张床，有一扇门通向一个浴室。

“这儿挺好，”杰克说。

领我们上来的那个侍者拉开窗帘，把我们的提包拿进来。杰克一动也不动，我就给了侍者一个两毛五分的硬币。我们洗了脸，杰克说我们还是出去好，去吃点东西。

我们在杰米·汉利的馆子里吃午饭。那儿有许多小伙子。当我们差不多吃到一半的时候，约翰走进来，同我们坐在一起。约翰话说得不多。

“你的体重怎么样，杰克？”约翰问他。杰克正在吃一份丰盛的午餐。

“我穿着衣服称也行，”杰克说。他从来用不着为减轻体重操心。他是一个天生的次中量级拳击手；他从来没有变胖过。他在霍根那里体重已经下降。

“只有这一件事你从来用不着担心，”约翰说。

“就是这一件事，”杰克说。

吃罢午饭，我们走到公园里去称体重。两个比赛的对手在三点钟不得超过一百四十七磅。杰克围着一条毛巾站在磅秤上。秤杆没有移动。沃尔科特刚称过，站在那里，身旁围了许多人。

“让我瞧瞧你有多重，杰克，”弗里曼，沃尔科特的经理人说。

“好啊，那么叫他称一下，”杰克把头向沃尔科特猛的一扭。

“把毛巾拿掉，”弗里曼说。

“你看看多重？”杰克问那个管磅秤的人。

“一百四十三磅，”那个称体重的胖子说。

“你的体重减轻不少，杰克，”弗里曼说。

“称他，”杰克说。

沃尔科特走过来。他长着一头金发，宽阔的肩膀和胳膊棒得像重量级拳击手。他的大腿倒不太粗壮。杰克站着比他高半个头。

“你好，杰克，”他说。他的脸上尽是瘢疤。

“你好，”杰克说，“你觉得怎么样？”

“很好，”沃尔科特说。他拿掉围在腰里的毛巾，站在磅秤上。他的肩膀和脊背是你看到过的最宽阔的。

“一百四十六磅十二盎斯。”

沃尔科特跨下磅秤，咧开了嘴对杰克笑。

“唔，”约翰对他说，“杰克让你约摸四磅。”

“我进来的时候，还不止这些呢，小伙子，”沃尔科特说，“我现在要去吃东西啦。”

我们回出去，杰克在穿衣服。“他是个长相挺结实的家伙，”杰克对我说。

“他看上去好像给人揍过许多回。”

“啊，是啊，”杰克说，“他是不难打败的。”

“你们上哪儿去？”杰克穿上衣服以后，约翰问。

“回旅馆，”杰克说。“你什么都要关心吗？”

“是啊，”约翰说，“一切都得关心。”

“我去躺一会儿，”杰克说。

“我在六点三刻光景来找你们，咱们一起去吃东西。”

“好吧。”

一回到旅馆里，杰克就脱掉皮鞋和上衣，躺了一会儿。我写了一封信。我看了两次，杰克没有睡着。他躺着一动也不动，但是每过一会儿，他的眼睛总是要睁一下。最后，他坐起来。

“玩一会儿克里贝奇[①]怎么样，杰里？”他说。

“当然啦，”我说。

他走到他的手提箱跟前，拿出纸牌和记分板。我们玩着克里贝奇；他赢了我三块钱。约翰敲敲门，走进来。

“玩一会儿克里贝奇怎么样，约翰？”杰克问他。

约翰把帽子放在桌子上。帽子全湿了。他的上衣也湿了。

“下雨了吗？”杰克问。

“简直像倒下来，”约翰说，“我坐的出租汽车给来往的车辆堵住了，动不了，我下了车走来的。”

“来吧，玩一会儿克里贝奇，”杰克说。

“你应该去吃东西了。”

“不，”杰克说，“我还不想吃东西。”

他们接着又玩了约摸半个钟头克里贝奇，杰克赢了他一块五毛钱。

“唔，我想咱们得去吃东西了，”杰克说。他走到窗前，向外望去。

“还在下雨吗？”

“在下。”

“咱们在旅馆里吃吧，”约翰说。

“也行，”杰克说，“我跟你再玩一次，看谁付饭账。”

过了不久，杰克站起来，说：“你付饭钱，约翰。”接着我们都下楼去，在大厅里吃饭。

吃罢饭，我们上楼来；杰克又同约翰玩克里贝奇，赢了他两块

---

① 一种纸牌戏，二人、三人、四人都能玩，用木板记分。

五毛钱。杰克感到很高兴。约翰随身带来一个提包，包里都是他的东西。杰克脱下衬衫和硬领，穿上一件针织运动衫和一件厚运动衫，免得自己出来时着凉，接着他把拳击服和一件浴衣放在提包里。

“你都准备好了吗？”约翰问他，“我去打电话，通知他们叫一辆出租汽车来。”

很快电话铃响起来，他们说出租汽车已经来了。

我们乘电梯下楼，穿过门厅走出去，坐上出租汽车，汽车向公园开去。雨下得很大，但是外面街上有许多人。公园门票已经卖完了。我们一路向更衣室走去，我看到挤满了人。看上去走到拳击场的长方形绳圈旁足足有半英里。一片黑暗。只有绳圈上面有灯光。

“下了这场雨，他们没有设法把这场比赛安排在棒球场，真是件好事情，”约翰说。

“来的人真不少，”杰克说。

“这场比赛吸引来的人公园里还容纳不了。”

“你说不准天气好不好，”杰克说。

约翰走到更衣室门口，探进头去。杰克穿着他那件浴衣坐在那儿，交叉着两条胳膊，望着地板。约翰带着两个照料杰克比赛的人。他们从他的肩膀上望进去。杰克抬起头来。

“他进场了吗？”他问。

“他刚下去，”约翰说。

我们开始走下去。沃尔科特刚走进绳圈。观众向他热烈鼓掌。他从两根绳索中间爬进去，接着把两个拳头合在一起，微笑着对观众摇摇拳头，先是向绳圈的一边，然后向另一边，接着坐下来。杰克穿过观众走下去的时候，受到热情的欢迎。杰克是爱尔兰人，而爱尔兰人总是受到非常热情的欢迎。一个爱尔兰人在纽约不像一个犹太人或者意大利人那样吸引人，但是总是受到热情欢迎。杰克爬上去，弯下身子从两根绳索中间钻进去。沃尔科特从他的角落里走过来，把下面的绳索压低，让杰克钻进去。观众想这真是奇迹。沃尔科特把一只手放在杰克的肩膀上。他们在那儿站了一秒钟。

“嘿，你就要成为一个出风头的冠军了，”杰克对他说。“把你那只讨厌的手从我肩膀上拿开。”

“打起精神来干，”沃尔科特说。

这对观众来说是件了不起的事情。两个小伙子在比赛以前是多么客气啊。他们都希望对方幸运。

杰克在包扎手的时候，索利·弗里曼走到我们这边角落里来，而约翰却走到沃尔科特的那边角落里去。杰克把他的大拇指从绷带的裂口里伸出来，随即把他的手包得又整齐又平滑。我在他的手腕和指关节上用胶布绕两圈。

“嗨，”弗里曼说，“你哪儿去弄来这些胶布？”

“摸摸看，”杰克说，“是软的，对不？别像个乡巴佬。”

杰克包扎另一只手的时候，弗里曼一直站在那儿；一个照料杰克比赛的小伙子把拳击手套递过来；我给杰克戴上，缚紧。

“喂，弗里曼，”杰克说，“那个沃尔科特是哪儿人？”

“我不知道，”索利说，“他有点像丹麦人。”

“他是波希米亚人，”那个递手套的年轻人说。

裁判员叫他们到绳圈中央来。杰克走过去。沃尔科特微笑着走出来。他们对面相遇了，裁判员把两条胳膊放在他们两人的肩膀上。

“喂，但愿你走红，”杰克对沃尔科特说。

“打起精神来干。”

“你干吗管自己叫‘沃尔科特’？”杰克说。“你不知道他是个黑人吗？”

“听着——”裁判员说，他向他们宣布那些老规则。沃尔科特打断他一次。他抓住杰克的胳膊，说：“他这样抓住我的时候，我能打他吗？”

“别把手放在我身上，”杰克说，“这不是拍电影。”

他们回到各自的角落里。我给杰克脱掉浴衣；他趴在绳索上弯了一两次膝关节，把他的拳击鞋在松香里摩擦。铃声响了，杰克很快地转过身子走出去。沃尔科特向他走来；他们的拳击手套碰了一下；沃尔科特双手刚放下，杰克倏地举起左手在他脸上揍了两下。谁也及不上杰克的拳法好。沃尔科特在追他，一直把下巴抵在胸口向前冲。他是个打钩拳①的，手摆得很低。他只知道贴近了打。但是每一次他贴近来，杰克的左手拳就揍在他脸上，就像那只左手是有自动装置似的。杰克只要一举起左手，它就揍在沃尔科特的脸上。有三四次，杰克右手发拳，但是沃尔科特总是让他打在肩膀上或者使他打得太高，打在头上。他同所有那些钩拳手一样。他只怕另一个同类型的拳击手。凡是你能伤害他的地方，他都保护好。他不在乎脸上挨到左手拳。

打了四个回合以后，杰克把他揍得鲜血直流；他的脸全给打破了，但是每一次沃尔科特贴近杰克，他打得很重，他刚好在杰克的肋骨底下两面打出了两个很大的红斑。每一次他贴近的时候，杰克把他逼住，接着腾出一只手，用上击拳揍他，但是沃尔科特一腾出双手，就揍在杰克的身子上，声音响得外面街上都听得到。他是个拳头很重的狠手。

这样又打了三个回合。他们一句话也不说。他们一直在较量。在回合中间，我们也尽力给杰克按摩。他看上去脸色很不好，但是他在绳圈里从来不拼命地干。他不拼命地移动，而他的左手拳简直像是有自动装置似的。它好像同沃尔科特的脸连在一起，而杰克每一次只是不得不这样做。杰克在贴近的时候，一直是冷静的，他不浪费一点精力。他也完全掌握贴近的时候使用的那一套本领，能使出许多招式。当他们在我们的角落里的时候，我看到他把沃尔科特逼住，腾出右手，弯起来，发出一下上击拳。拳击手套的后部打中了沃尔科特的鼻子。沃尔科特血淌得很厉害，他把鼻子贴在杰克的肩膀上，为了也要给杰克来一下。杰克突然把肩膀稍微一抬，撞了

① 拳击中的一种打法，臂肘弯着不动，用短促的挥动发的拳。

一下他的鼻子，接着垂下右手，又照样给了他一下。

沃尔科特恼火得要命。这时候他们已经较量过五个回合，他恨透了杰克，杰克可不恼火；换句话说，他不比过去哪一次更恼火。他从前一定时常使跟他比赛的人憎恨拳击，这就是他为什么很恨小伙子刘易斯的原因。他从来没有能使这小伙子发火。小伙子刘易斯总是约摸有三种杰克不会的新花招。杰克只要身子结实，在比赛场上始终像教堂一样安全。他当然一直在狠狠地揍沃尔科特。有趣的是，杰克看上去好像是一个大方的第一流的拳击手。这是因为他也掌握所有那些招式。

第七个回合以后，杰克说："我的左手感到重了。"

从这时起，他开始挨打了。起先，这种情况还看不出。但是，不再是他控制比赛，而是沃尔科特控制了；不再是始终安全了，现在他遭到了麻烦。他现在不能用左手避免挨打了。看上去好像同刚才仍然一样，只是现在沃尔科特的猛击不再落空，而是一下下打在他的身上。他的身子挨了一顿痛打。

"第几个回合了？"杰克问。

"第十一个。"

"我撑不住了，"杰克说，"我的两条腿不行了。"

沃尔科特揍了他好久。这就像一个垒球的接手击球，发出砰砰的响声。从这时起，沃尔科特开始狠狠地揍。他一定是个拳头很重的狠手。杰克现在只是处处招架。看不出他挨到了痛打。在回合中间，我给他按摩腿。腿上的肌肉一直在我按摩的手下抖动。他脸色难看得要命。

"打得怎么样？"他转过脸去问约翰，他的脸全部肿起来了。

"他控制着局面。"

"我想我撑得住，"杰克说，"我不想让这个波希米亚混蛋把我打垮。"

情况就像他自己所预料的那样。他知道他自己打不败沃尔科特。他的身子不结实了。不过，他不要紧。他的钱也不要紧。现在他高兴怎么结束这场比赛都成。他不愿意被打倒。

铃声响了，我们把他推出去。他慢腾腾地走过去。沃尔科特马上追过来。杰克用左手拳揍在他的脸上；沃尔科特挨了一下，在杰克的胳膊下逼进来，开始揍杰克的身子。杰克想要把他逼住，这就像想要抓住一个圆锯。杰克突然倒退，他的右手拳没有打中。沃尔科特猛地给了他一下左钩拳，杰克摔倒了。他摔倒的时候手和膝盖着地；他望着我们。裁判员开始报数。杰克看看我们，摇摇头。到了八，约翰向他做了个手势。由于观众的闹声，你什么也听不到。杰克站起来。裁判员在报数的时候，用一条胳膊拦住沃尔科特。

杰克一站起来，沃尔科特就向他走去。

“小心，吉米，”我听到索利·弗里曼对他大叫。

沃尔科特走到杰克跟前，望着他。杰克伸出左手去打他。沃尔科特只是摇摇头。他把杰克逼得背靠绳圈，打量着他，接着用左钩拳很轻地打杰克的半边脑袋，然后使出全身力气用右手猛击杰克的身子，而且尽可能打得低。他一定打在他腰带下面五英寸的地方[①]。我想杰克的眼睛会从他的头上掉下来了。他的眼睛凸得很出。他的嘴张开了。

裁判员抓住沃尔科特。杰克走上前去。如果他倒下去，五万块钱就没有了。他走着，好像他的五脏六腑都要掉出来似的。

“并没有击低[②]，”他说，“这是意外。”

观众大嚷大叫，所以你什么也听不到。

“我很好，”杰克说。他们就在我们面前。裁判员望望约翰，接着他摇摇头。

“来啊，你这个波兰杂种，”杰克对沃尔科特说。

约翰趴在绳圈上。他拿着一条毛巾准备插手干涉。杰克就站在

---

① 拳击比赛规定腰带以下的部位是不准打的。如果比赛的一方打了对方腰带以下的部位，即被判犯规和输去这场比赛。

② 原文 low，拳击用语，指击中腰带以下部位的一击。

离开绳圈只有一点远的地方。他向前走了一步。我看到汗水从他脸上冒出来，就像有人在挤他的脸似的，有一大滴汗珠从他鼻子上掉下来。

“来打啊，”杰克对沃尔科特说。

裁判员看看约翰，向沃尔科特挥挥手。

“去吧，你这愣小子，”他说。

沃尔科特走过去。他也不知道怎么办。他压根儿没有想到杰克受得了这一下。杰克用左手拳打他的脸。场子里不断地响起大叫大嚷，闹得翻了天。他们就在我们面前。沃尔科特打中他两次。杰克的脸是我看到过的最糟的脸——瞧那副模样！他浑身像要散开来似的，只是硬撑着不让自己倒下去，而他脸上的神情完全说明了这种情形。他一直想着并硬熬着他被打伤的疼痛。

接着他开始狠狠地揍了。他的脸色一直非常难看。他用低贴在身旁的双手，向沃尔科特挥舞过去，开始狠狠地揍了。沃尔科特遮拦。杰克拼命地向沃尔科特的脑袋打击。接着他猛地发出左手拳，打中了沃尔科特的腹股沟，紧跟着他的右手拳砰地打在沃尔科特打中他的地方。大大低于腰带。沃尔科特倒下去，抓住自己，扭曲着身子在地上滚来滚去。

裁判员抓住杰克，把他朝他那个角落推。约翰跳进绳圈。全场响着一片不停的嚷叫声。裁判员在同评判员们谈话；后来，报告员拿着传声筒走进绳圈，说：“沃尔科特被犯规打中。”

裁判员在同约翰谈话，他说：“我有什么办法？杰克不愿意接受被犯规打中。接着他昏头昏脑，犯规打了他。”

“反正他输了，”约翰说。

杰克坐在椅子上。我给他脱掉拳击手套；他两只手按着痛处熬着。他有了支撑以后，脸色倒不太难看了。

“去说一声对不起，”约翰凑在他耳朵旁说，“这样好看些。”

杰克站起来，他的脸上尽是汗水。我把浴衣披在他的身上；他一只手伸在浴衣下按着痛处，在绳圈里走过去。他们已经把沃尔科特扶起来；他们在照料他。沃尔科特那个角落里有许多人。没有一个人同杰克说话。他弯下身子凑近沃尔科特。

“对不起，”杰克说，“我不是有意犯规打你的。”

沃尔科特什么也没有说。他看上去脸色太糟糕了。

“唔，你现在是冠军了，”杰克对他说，“我希望你感到非常高兴。”

“别跟这小伙子说话，”索利·弗里曼说。

“喂，索利，”杰克说，“对不起，我犯规打了你的小伙子。”

弗里曼只是对他望望。

杰克迈着他可笑的一瘸一点的步子走到他的角落里；我们帮他穿过绳索下来，穿过记者席，走到过道上。许多人想要打杰克的脊背。他穿着浴衣在这帮气势汹汹的观众中间穿过，来到更衣室。沃尔科特打赢是大多数人预料到的。公园里的人都把赌注押在这个结果上。

我们一走进更衣室，杰克就躺下去，闭上眼睛。

“咱们得回旅馆，去请一个医生，”约翰说。

“我身子里都给打伤了，”杰克说。

“我感到非常抱歉，杰克，”约翰说。

“没什么，”杰克说。

他躺在那里，闭着眼睛。

“他们一定设法安排了一个巧妙的双重骗局①，”约翰说。

“你的朋友摩根和斯坦菲尔特，”杰克说，“你交的好朋友。”

他躺在那里，现在眼睛睁开了。他的脸上仍然露出难看的扭曲的表情。

---

① 双重骗局是拳击界的黑话，指比赛前双方讲定了胜负，而在比赛时一方却违背约定。摩根和斯坦菲尔特预先同杰克约定，让杰克打输，所以杰克把巨额赌注押在沃尔科特打赢上。他们又通知沃尔科特犯规，这样杰克就会被判打赢，但是杰克将输去他那笔五万元的赌注。杰克忍住剧烈的痛苦，不接受沃尔科特的犯规，而他自己犯规打倒了沃尔科特，就这样他输掉了这场比赛，却赢得了两万五千元，破坏了一个双重骗局。

“真有趣，事情牵涉到那么多钱的时候，你的思路会变得那么敏捷，”杰克说。

“你是个好样的家伙，”约翰说。

“哪儿的话，”杰克说。“这没什么。”

鹿　金 译

简单的调查

屋外，雪堆高于窗户。阳光透过窗户，照在小屋松木板墙上的地图上面。太阳高高的，亮光从雪堆顶上照进屋来。沿着小屋空旷的一边挖了一条战壕，每当晴天，太阳照在墙上，热气反射在雪堆上，战壕拓得更宽了。已是三月下旬。少校坐在靠墙一张桌旁。他的副官坐在另一张桌旁。

少校双眼周围有两个白圈，那是戴了雪地眼镜，使脸上这部位才没受到雪地阳光的损伤。脸上其他部位都晒伤了，晒黑了，然后由于晒黑而晒伤了。他的鼻子也肿了，长过水疱的地方露出脱落的表皮。他处理文件的时候，一边伸出左手指头在油盏里蘸着，然后把油抹遍脸部，用指尖非常轻柔地摩着。他非常仔细地在油盏边把手指沥干，所以手指上只有薄薄一层油，他摩了前额和两颊，又非常细致地以指缝摩鼻子。摩完了，他就站起身，拿了油盏，走进他睡觉的小房间里去。“我要睡一会儿，”他对副官说。在那支部队里，副官不是委任的军官。“你把这办完。”

“是，少校大人[①]，”副官答道。他往椅背一靠，打个呵欠。他从衣袋里掏出一本平装本书，打开来，放在桌上，点上烟斗。他趴在桌上看书，抽着烟。接着他合上书，把书放回衣袋里。他的案头工作太多了，办也办不完。他要办完才能看书。屋外，太阳落到山背后了，屋子墙上没有亮光了。一个士兵进来，把砍得长短不一的松枝放进炉里。“轻点儿，皮宁，”副官跟他说。“少校在睡觉。”

皮宁是少校的勤务兵，是个黑脸小子，他仔细地把松柴放进炉里，弄弄好，关上门，又走到后屋去了。副官继续忙他的文件。

“托纳尼，”少校叫道。

“少校大人？”

“叫皮宁来见我。”

“皮宁！”副官叫道。皮宁进屋。“少校要找你，”副官说。

皮宁走过小屋正房，朝少校的房门走去。他在半开半掩的门上敲敲。“少校大人？”

“进来，”副官听见少校说，“关上门。”

少校在房里躺在铺上。皮宁站在铺旁。少校的脑袋枕在帆布背包上，背包里塞满替换衣服权充枕头使用。那张晒伤了、涂着油的长脸看着皮宁。两手搁在毯子上。

“你十九岁了？”他问。

“是的，少校大人。”

“你有没有恋爱过？”

“你这话是什么意思，少校大人？”

“跟个姑娘——谈恋爱？”

“我有过几个姑娘。”

“我不是问这个。我问你有没有跟个姑娘——谈过恋爱？”

“谈过，少校大人。”

“你现在还爱她？你不给她写信。你的信我全看过了。”

“我爱她的，”皮宁说，“不过我没给她写信。”

“这点你肯定吗？”

“我肯定。”

“托纳尼，”少校用同样的声调说，“你听得见我说话吗？”

隔壁房里没有答腔。

“他听不见，”少校说。“你十分肯定自己爱着一个姑娘。”

“我肯定。”

“那，”少校赶快看了他一眼，“你没变坏？”

“我不懂你说变坏是什么意思。”

“好吧，”少校说。“你用不着自以为了不起。”

---

① 原文是意大利语。

皮宁看着地板。少校对着他那张晒黑的脸上上下下打量一番，又看看他双手。这才脸无笑容地接下去说，“你并非真要——”少校顿住话头。皮宁看着地板。“你最大的心愿并非真正——”皮宁看着地板。少校又把脑袋枕到背包上，笑了笑。他真正放心了：部队里的生活太复杂了。“你是个好小子，”他说。“你是个好小子，皮宁。可是别自以为了不起，小心别让人家来要你命。”

皮宁一动不动站在铺旁。

“别害怕，”少校说。他两手交叉，搁在毯子上。“我不会碰你。你愿意可以回部队里去。不过你最好留下来当我勤务兵。送命的机会小一些。”

“你还有什么吩咐，少校大人？”

“没了，”少校说。“走吧，有什么事要办就去办。出去时让门开着。”

皮宁让门开着就出去了，副官抬眼看着。他尴尬地走过正房出去。皮宁涨红着脸，跟刚才抱着柴禾进屋时动作不一样。副官目送着他，笑了。皮宁又抱了些柴禾进屋。少校躺在铺上，望着挂在墙壁钉子上自己那顶遮着布的钢盔和雪地眼镜，听见他在地板上走过的脚步声。这小鬼，不知他是不是对我说了谎，他心下想。

陈良廷 译

十个印第安人

有一年过了七月四日[①]，尼克同乔·加纳一家子坐着大篷车，很晚从镇上赶回家，一路上碰到九个喝醉的印第安人。他记得有九个，因为乔·加纳在暮色中赶车时勒住了马，跳到路上，把一个印第安人拖出车辙。那印第安人脸朝下，趴在沙地上睡着了。乔把他拖到矮树丛里就回到驾车座上。

"光从镇子边到这里，"乔说，"算起来一共碰到九个人了。"

"那些印第安人哪，"加纳太太说。

尼克跟加纳家的两个小子坐在后座上。他正从后座上往外看看乔拖到路边的那个印第安人。

"这人是比利·泰布肖吗？"卡尔问。

"不是。"

"看他的裤子，怪像比利的。"

"所有的印第安人都穿一模一样的裤子。"

"我根本没看见他，"弗兰克说。"我什么也没看见，爸已经跳到路上又回上车来了。我还以为他在打死一条蛇呢。"

"我看，今晚有不少印第安人都要打蛇呢，"乔·加纳说。

"那些印第安人哪，"加纳太太说。

他们一路赶着车。从公路干道上拐入上山的坡道。马儿拉车爬坡很费劲，小伙子们就下车步行。路面全是沙土。尼克从校舍旁的小山顶回头看看，只见佩托斯基[②]的灯火闪闪，隔着小特拉弗斯湾，对岸的港泉镇也是灯火闪闪。他们又爬上大篷车。

"他们应当在那段路面上铺些沙砾才是，"乔·加纳说。大篷车沿着林间那条路跑着。乔和他太太紧靠着坐在前座。尼克坐在两个小伙子之间。那条路出了林子，进入一片空地。

“爸就是在这儿压死那只臭鼬的。”

“还要往前呢。”

“在哪儿都一样，”乔头也不回地说，“在这儿压死臭鼬跟在那儿压死臭鼬都是一码事。”

“昨晚我看见两只臭鼬，”尼克说。

“在哪儿？”

“在湖边。它们正沿着湖滨寻找死鱼呢。”

“没准儿是浣熊吧，”卡尔说。

“是臭鼬。我想我总认得出臭鼬吧。”

“你应当认得出，”卡尔说。“你有个印第安女朋友嘛。”

“别这样说话，卡尔，”加纳太太说。

“唉，闻上去都一个味呢。”

乔·加纳哈哈大笑了。

“你别笑了，乔，”加纳太太说。“我决不准卡尔这样说话。”

“你有个印第安女朋友吗，尼基[3]？”乔问。

“没有。”

“他也有的，爸，”弗兰克说。“普罗登斯·米切尔是他的女朋友。”

“她不是。”

“他天天都去看她。”

“我没有。”尼克坐在暗处，夹在两个小伙子之间，听人家拿普罗登斯·米切尔打趣，心里感到空落落的，但很高兴。“她不是我女朋友，”他说。

“别听他的，”卡尔说。“我天天都看见他们在一块儿。”

---

① 美国独立纪念日。

② 佩托斯基是霍顿斯湾镇东北的一个大城市。

③ 尼基是尼克的爱称。

“卡尔找不到女朋友，”他母亲说，“连个印第安妞儿都没有。”

卡尔一声不吭。

“卡尔碰到姑娘就不行了，”弗兰克说。

“你闭嘴。”

“你没问题，卡尔，”乔·加纳说。“姑娘们对男人可没一点好处。瞧瞧你爸。”

“是啊，你就会这么说，”大篷车一颠，加纳太太顺势挨紧乔。“得了，你当初有过不少女朋友嘛。”

“我敢打赌，爸决不会有印第安女朋友。”

“你可别这么想，”乔说。“你最好还是留神看着普罗迪[1]，尼克。”

他妻子同他说了句悄悄话，他哈哈大笑。

“你在笑什么啊？”弗兰克问。

“你可别说，加纳，”他妻子警告说。乔又笑了。

“尼基尽管跟普罗登斯做朋友好了，”乔·加纳说。“我可娶了个好姑娘。”

“这才像话，”加纳太太说。

马儿在沙地里费劲地拉着车。乔在黑暗中伸出手去挥鞭子。

“走啊，使劲拉车呀。你明天得更使劲地拉车呢。”

马儿一路小跑，跑下长坡，大篷车颠簸着。到了农舍，大家都下了车。加纳太太用钥匙开了门，走进屋里，手里拿着盏灯出来。卡尔和尼克从大篷车后部把货物卸下来。弗兰克坐在前座上，把车赶到牲口棚，安置好马儿。尼克走上台阶，打开厨房门，加纳太太正在生炉子。她正往木炭上倒煤油，不由回过头来。

“再见了，加纳太太，”尼克说。“谢谢你们让我搭车。”

“哎，什么话，尼基。”

“我玩得很痛快。”

---

① 普罗迪是普罗登斯的昵称。

“我们欢迎你来。你不留下吃饭吗？”

“我还是走吧。我想爹大概在等着我呢。”

“好吧，那就请便。你把卡尔叫来，好吗？”

“好吧。”

“明天见，尼基。”

“明天见，加纳太太。”

尼克走出场院，直奔牲口棚。乔和弗兰克正在挤奶。

“明天见，”尼克说。“我玩得痛快极了。”

“明天见，尼克，”乔·加纳大声说。“你不留下吃饭吗？”

“对，我不能留下。请你转告卡尔，他妈妈叫他去，好吗？”

“好吧。明天见，尼基。”

尼克光着脚，在牲口棚下面草地间那条小路上走着。小路溜滑，光脚沾到露水凉丝丝的。他在草地尽头处翻过一道栅栏，穿过一条冲沟，双脚被沼泽中的泥浆弄湿，然后穿过干燥的山毛榉树林攀登，终于看见自己小屋里的灯光。他翻过栅栏，绕到前门廊上。他从窗口看见他父亲正坐在桌边，在那盏大灯的灯光下看书。尼克开门走进屋。

“啊，尼基，”他父亲说，“今天玩得开心吗？”

“我玩得痛快极了，爹。今年的独立纪念日真带劲。”

“你饿了吧？”

“可不。”

“你的鞋子怎么啦？”

“我把鞋落在加纳家的大篷车上了。”

“快到厨房里来。”

尼克的父亲拿着灯走在头里。他站住了揭起冰箱的箱盖。尼克径自走进厨房。他父亲端来一个盘子，上面放着一片冷鸡肉，还有一壶牛奶，把这些都放在尼克面前的桌上。他放下灯。

“还有些馅饼，”他说。“这些够你吃了吗？”

“太棒了。”

他父亲在铺着油布的饭桌边一张椅子上坐下来。他在厨房墙壁上投下一个巨大的身影。

“球赛哪队赢了？”

“佩托斯基队。五比三。”

他父亲坐着看他吃，提着壶替他在玻璃杯里倒满牛奶。尼克喝了奶，在餐巾上擦擦嘴。他父亲伸手到搁板上去拿馅饼。他给尼克切了一大块。原来是越橘馅饼。

“你干了些什么来着，爹？”

“我早上去钓了鱼。”

“钓到了什么？”

“只有些鲈鱼。”

他父亲坐着看尼克吃馅饼。

“你今天下午干了些什么？”尼克问。

“我去印第安人营地那边走了走。”

“见到了什么人吗？”

“印第安人全去镇上喝个醉了。”

“那你一个人也没见到？”

“我见到了你的朋友普罗迪。”

“她在哪儿？”

“她跟弗兰克·沃希伯恩在林子里。我撞见了他们。他们玩得蛮开心呢。”

他父亲并不对他看。

“他们在干什么？”

“我没停下来弄个明白。”

“跟我说说他们在干什么？”

“我不知道，”他父亲说。“我只听见他们在追来追去。”

“你怎么知道是他们？”

“我看清正是他们。”

“我还以为你说过没看清他们呢。”

“哎，对了，我看清正是他们。”

“是谁跟她在一起？”尼克问。

“弗兰克·沃希伯恩。”

“他们可——他们可——”

“他们可什么啊？”

“他们可开心？”

“我想是吧。”

他父亲从桌边站起来，走出厨房纱门。他回来时看见尼克眼巴巴地看着盘子。原来他刚才哭过。

“再来一点？”他父亲拿起刀来切馅饼。

“不了，”尼克说。

“还是再吃一块吧。”

“不了，我一点也不想再吃了。”

他父亲收拾了饭桌。

“他们在树林里什么地方？”尼克问。

“在营地后边儿。”尼克看着盘子。他父亲说，“你还是上床去睡吧，尼克。”

“好吧。”

尼克进了自己的房，脱了衣服，上了床。他听见父亲在起居室里走来走去。尼克躺在床上把脸埋在枕头里。

“我的心碎了，”他想。“如果我这么难受，我的心一定碎了。”

过了一会儿，他听见父亲吹灭了灯，走进他自己的房里。他听见外面树林间刮起一阵风，感到风凉飕飕地透过纱窗吹进屋来。他把脸埋在枕头里躺了老半天，过了一会儿才不去想普罗登斯，终于睡着了。半夜醒来，听到屋外铁杉树林间的风声和湖上潮水的拍岸声，他又入睡了。早上，刮起了大风，湖水高涨，漫到湖滩上，他醒了老半天才想起自己的心碎了。

刘文澜 译

美国太太的金丝雀

火车飞驶过一长排红石头房子，房子有个花园，四棵茂密的棕榈树，树荫下有桌子。另一边是大海。接着有一条路堑穿过红石和泥土间，大海就只是偶尔跃入眼帘了，而且远在下面，紧靠岩礁。

“我在巴勒莫[①]买下它的，我们在岸上的时间只有一个小时，那天是星期天早上。这人要求付美元，我就给了他一块半美元。它唱得可好听呢。”美国太太说。

火车上好热，卧铺车厢里好热。窗子敞开也没有风吹进来。美国太太把百叶窗拉下，就此再也看不见大海了，连偶尔也看不见了。另一边是玻璃，外面是过道，对面是一扇开着的窗，窗外是灰不溜秋的树木，一条精光溜滑的路，一片片平展展的葡萄田，后面有玄武石丘陵。

许多高高的烟囱冒着烟——火车开进马赛，减低速度，沿着一条铁轨，穿越许多条其他铁轨，进了站。火车在马赛站停靠二十五分钟，美国太太买了一份《每日邮报》、半瓶埃维矿泉水。她沿着站台走了一小段路，不过她紧挨着火车踏级那一面，因为在戛纳[②]，火车停靠十二分钟，没发出开车信号就开了，她好容易才及时上了车。美国太太耳朵有点背，她生怕发出了开车信号自己听不见。

火车离开了马赛站，不但调车场和工厂的烟都落在后面，回头一看，连马赛城和背靠石头丘陵的海港，以及水面上的夕阳余辉都落在后面。天快黑时，火车开过田野一所着火的农舍。沿路停着一排汽车，农舍里搬出来的被褥衣物都摊在田野上。许多人在观看火烧房子。天黑后，火车到了阿维尼翁[③]。旅客上上下下。准备回巴黎的法国人在报摊上买当天的法国报纸。站台上有黑人士兵。他们穿着棕色军装，个子高大，紧挨着电灯光下，脸庞照得亮堂堂。他们的脸很黑，个子高得没法逼视。火车离开阿维尼翁站，黑人还站在那儿。有个矮小的白人中士跟他们在一起。

卧铺车厢里，乘务员把壁间三张床铺拉下来，铺开准备让旅客睡觉。夜里，美国太太躺着，睡不着觉，因为火车是快车，开得很快，她就怕夜里的车速快。美国太太的床靠着窗。从巴勒莫买来的金丝雀，笼子上盖着块布，挂在去洗手间的过道上通风处。车厢外亮着盏蓝灯，火车通宵开得飞快，美国太太醒着，等待撞车。

早上，火车开近巴黎了，美国太太从洗手间里出来，尽管没睡，气色还是很好，一看就是个半老的美国妇女，她拿下鸟笼上的布，把笼子挂在阳光下，就回到餐车里去用早餐。她再回到卧铺车厢时，床铺已经推回壁间，弄成座位，在敞开的窗子照进来的阳光里，金丝雀在抖动羽毛，火车离巴黎更近了。

"它爱太阳，"美国太太说。"它一会儿就要唱了。"

金丝雀抖动羽毛，啄啄毛。"我一向爱鸟，"美国太太说。"我把它带给我的小女儿。瞧——它在唱了。"

金丝雀唧唧喳喳唱了，竖起喉间的羽毛，接着凑下嘴又啄羽毛了。火车开过一条河，开过一片精心护养的森林。火车开过许多巴黎郊外的城镇。镇上都有电车，迎面只见墙上有贝佳妮、杜博涅和潘诺等名酒的大幅广告画。看来火车开过这一切时似乎是在早餐前。我有好几分钟没听那个美国太太同我妻子说话。

"你丈夫也是美国人吧？"那位太太问。

"是的，"我妻子说。"我们俩都是美国人。"

"我还以为你们是英国人呢。"

"哦，不是。"

---

① 意大利西西里首府，位于西西里岛西北部。
② 法国东南部港市，旅游胜地。
③ 法国南部沃克吕兹省首府。

"也许因为我用背带的缘故，"我说。我原想开口说吊带，后来为了保持我的英国特色，才改了口说背带①。美国太太没听见。她耳朵真是背极了；她看人家嘴唇动来辨别说话的意义，我没朝她看。我望着窗外呢。她径自同我妻子说话。

"我很高兴你们是美国人。美国男人都是好丈夫，"美国太太说着。"不瞒你说，所以我们才离开大陆。我女儿在沃韦②爱上一个男人。"她停了一下。"他们疯狂地爱上了。"她又停了一下。"我当然把她带走了。"

"她断念了没有？"我妻子问。

"我看没有，"美国太太说，"她根本不吃也不睡。我想尽办法，可是她似乎对什么都不感兴趣。她对世事不闻不问。我不能把她嫁给外国人啊。"她顿了一下。"有个人，是个很好的朋友，有一回告诉我，'外国人做不了美国姑娘的好丈夫。'"

"对，"我妻子说，"我看做不了。"

美国太太称赞我妻子的旅装，原来这位美国太太二十年来也是一直在圣昂诺路这家裁缝店买衣服的。店里有她的身架尺寸，有个熟悉她，知道她口味的店员替她挑选衣服，寄到美国去。衣服寄到纽约她所在住宅区附近的邮局，关税一点也不算高，因为邮局当场打开来看，式样总是很朴素，没有金边，也没有装饰品，看不出衣服是贵重服装。现在的店员名叫泰雷兹，从前一个叫阿梅莉。二十年来一共就只用过这两个。裁缝也始终是一个。可是，价钱倒上涨了。不过，外汇兑换还是相等。现在店里也有她女儿的身架尺寸了。她成人了，现在尺寸不大有变化的可能了。

火车这会儿进入巴黎了。防御工事都夷为平地了，不过野草还没长出来。铁轨上停着许多节车厢——棕色木头的餐车、棕色木头的卧铺车，要是那列车还在当晚五点钟发车的话，这些车厢就都要

---

① 英国男子长裤上常系用背带（braces），此字在美国称为吊带（suspenders）。
② 瑞士西部城镇，在日内瓦湖东岸，洛桑和蒙特勒之间。

拉到意大利去；这些车厢上都标着巴黎—罗马，还有定时来往市区和郊区间的车皮，车顶上安着座位，座位上和车顶上都是人，过去如此，现在还是如此。火车经过粉墙和许多房屋的窗子。早餐什么都没得吃。

“美国人做丈夫最好，”美国太太跟我妻子说。我正往下拿行李包。“美国男人是世界上唯一值得嫁的人。”

“你离开沃韦有多久了？”我妻子问。

“到今年秋天就两年了。不瞒你说，我就是把金丝雀带去给她的。”

“你女儿爱上的人是瑞士人吗？”

“是的，”美国太太说。“他出身沃韦一个很好的门第。他就要当工程师了。他们在沃韦相遇。他们经常一起散步走远路。”

“我熟悉沃韦，”我妻子说。“我们在那儿度过蜜月。”

“真的吗？那一定很美。当然，她爱上他，我也没意见。”

“那是个很可爱的地方，”我妻子说。

“是啊，”美国太太说，“可不是吗？你们住在哪儿？”

“我们住在三冠饭店，”我妻子说。

“那是家高级的老饭店，”美国太太说。

“是啊，”我妻子说。“我们租了间很讲究的房间，秋天里这地方真可爱。”

“你们秋天在那儿？”

“是的，”我妻子说。

火车开过三节出事的车皮。车皮都四分五裂了，车顶也凹了进去。

“瞧，”我说，“出过事了。”

美国太太瞧了瞧，看见最后一节车。“我整夜就担心出这事，”她说。“我往往有可怕的预感。我今后夜里决不乘坐快车了。一定还有别班开得不这么快的舒服火车。”

这时火车开进里昂车站的暗处，停下了，乘务员走到窗口前。

我从窗口递下行李包，我们下车来到暗沉沉的站台上，美国太太就找了科克斯旅行社[①]三个人员中的一个，那人说，“等一下，太太，我要查一下你的姓名。”

乘务员提着一只箱子，堆在行李上，我妻子跟美国太太告了别，我也跟她告了别，科克斯旅行社的人在一叠打字纸中的一页上找到她的姓名，又把那叠纸放回口袋里了。

我们跟随提着箱子的乘务员走到火车旁的一长溜水泥站台上。站台尽头有扇门，一个人收了车票。

我们回到巴黎去办理分居手续。

陈良廷 译

① 科克斯旅行社是世界著名旅行社，全称为托马斯·科克斯旅行社。

阿尔卑斯山牧歌

哪怕是一清早就下山，走进山谷也很热。太阳把我们随身带着的滑雪板上的积雪融化了，把木头也晒干了。春天来到了河谷，但太阳还是十分热。我们沿着大路来到加耳都尔，随身带着滑雪板和帆布背包。我们经过教堂墓地时，一场葬礼刚刚结束。一个神父从教堂墓地出来，经过我们身旁，我对他说“感谢主”[①]。神父哈了哈腰。

“很奇怪，神父总是不跟人说话，”约翰说。

“你以为他会说‘感谢主’吧。”

“他们从来不答腔，”约翰说。

我们在路上停下来，瞅着那教堂司事在把新土铲进墓穴。一个养有一部黑色络腮胡子、脚登高统皮靴的农民站在墓穴旁。教堂司事停止铲土，直起腰来。穿高统靴的农民把教堂司事手里的铲子拿过来，继续把土填进墓穴——就像在菜园里洒肥料那样，把土布得很均匀。在这个阳光灿烂的五月早晨，这填墓穴的事儿看来像是不真实的。我无法想象有什么人会死去。

“想想看，像今天这样的日子，竟会有人入土，”我对约翰说。

“我不喜欢这档子事。”

“唔，”我说，“我们才不必这么做呢。”

我们继续沿大路走去，经过镇上许多房屋，走到客店。我们在锡尔夫雷塔山[②]滑了一个月的雪，能下山来到山谷真是不错。在锡尔夫雷塔滑雪固然很好，但这是春季滑雪，积雪只在清晨和黄昏才顶事。其余的时间，雪都让太阳给糟蹋了。我们俩都对太阳感到厌烦了。你没法逃避阳光。唯一的阴影就是岩石和这木结构客店投下的，它就筑在一道冰川旁，靠一块岩石当庇护。但在这阴凉的地方，汗水在你的衬衣裤里冻结起来。你不戴上墨镜，就无法坐到客店外面去。面孔晒得黧黑本是件乐事，无奈太阳一直令人觉得十分厌烦。你无法在太阳下休息。我高兴能离开雪地下山来。春天上锡尔夫雷塔山，时间太迟了。我对滑雪也有点儿厌烦了。我们待得时间太长了。我嘴里还有我们一直在喝的雪水的味道，那是客店的白铁屋顶上融化的雪水。这股味道正是我对滑雪的感受的一个组成部分。我真高兴，除了滑雪，还有其他事可做，很高兴能够下山，离开高山上那种反常的春天天气，置身在这山谷里五月的晨光中。

客店老板坐在门廊上，他的坐椅向后翘起，抵着墙壁。厨师坐在他身旁。

“滑雪，嗨！”客店老板说。

“嗨！”我们说着，把滑雪板靠在墙上，卸下我们的帆布背包。

“山上怎样啦？”客店老板问。

“很好。阳光太充足了一点。”

“是呀。每年这时候总是阳光太充足。”

厨师仍然坐在椅子里。客店老板陪我们进去，打开他的办公室，取出我们的邮件。有一捆信和一些报纸。

“来点啤酒吧，”约翰说。

“行。我们到里头去喝。”

客店老板拿来两瓶酒，我们边喝酒边看信。

“最好再来些啤酒，”约翰说。这回送酒来的是个姑娘。她带着微笑，打开瓶盖。

“好多信啊，”她说。

“是呀。好多。”

---

① 原文为德语。译文用仿宋体，下同。

② 瑞士东北部和奥地利交界处的一条山脉，属高蒂亚阿尔卑斯山脉。

“祝你们健康，”她说着，就拿了空瓶走出去。

“我已经忘记啤酒是啥味道了。”

“我可没有，”约翰说。“在山上小客店里，我总是大想特想啤酒。”

“得，”我说，“这会儿我们可喝到啦。”

“任何事情都决不该干得时间太长。”

“是呀。我们在山上待得太长了。”

“真他妈的太长了，”约翰说。“把一桩事干得时间太长，没好处。”

阳光射进敞开的窗户，透过啤酒瓶，照在桌上。瓶子里都还有一半酒。瓶子里的啤酒上有一些泡沫，沫子不很多，因为酒十分冷。你把啤酒倒进大玻璃杯，泡沫就堆积起来。我打敞开的窗户望出去，看那白色的大路。路边的树上蒙着尘土。远处是一片碧绿的田野和一条小溪。溪边一溜树木，还有一座有个大水轮的磨坊。透过磨坊敞开的一边，我看到一根长长的原木，有把大锯在木头里上下起落。似乎没人在旁边照料。四只老鸦在绿野里走来走去。一只老鸦蹲在树上监视着。在屋外门廊上，那厨师离开他的坐椅，穿过通往后面厨房的门厅。屋内，阳光透过空玻璃杯，照在桌上。约翰身子往前冲，把头埋在臂弯里。

透过窗户，我看到有两个男人走上屋前的台阶。他们走进饮酒室。一个就是那脚登高统靴、长着络腮胡子的农民。另一个是教堂司事。他们在窗下的桌边坐下。那姑娘走进来，在他们的桌边站下。那农民似乎并不在朝她看。他双手放在桌上，坐在那儿。他穿着一套旧军服。两边肘上缀有补丁。

“怎么样啦？”教堂司事问。那农民却一理不理。

“你喝什么？”

“德国烧酒，”农民说。

“再来四分之一升红葡萄酒，”教堂司事对姑娘说。

姑娘把酒端来，农民喝起烧酒来。他望着窗外。教堂司事瞅着他。约翰把头朝前靠在桌上。他睡着了。

客店老板走进来，跑到那张桌子边。他用方言说话，教堂司事也用方言回答。那农民望着窗外。客店老板走出房去。农民站起身来。他打皮夹子里取出一张折叠的一万克朗[①]的钞票，把它打开。姑娘走上前来。

"一起算？"她问。

"一起算，"他说。

"葡萄酒我来会钞，"教堂司事说。

"一起算，"那农民对姑娘再说一遍。她把手伸进围裙口袋，拿出满满一把硬币，数出了找头。农民走出门去。等他一走，客店老板又进来同教堂司事谈话。他在桌旁坐下。他们用方言谈话。教堂司事给逗乐了。客店老板却显得厌恶。教堂司事打桌旁站起来。他是个留着一撮小胡子的小个儿。他探身伸出窗外，望着大路的另一端。

"他走进去啦，"他说。

"到狮子客店去了？"

"是。"

他们又谈起话来，客店老板随即走到我们桌子边。客店老板是个高个子的老头。他看着睡着的约翰。

"他累坏了。"

"是呀，我们起得早。"

"你们想马上吃东西吗？"

"不忙，"我说。"有什么可吃的？"

"你要什么有什么。那姑娘会拿菜单来的。"

姑娘拿来了菜单。约翰醒过来了。菜单用墨水写在卡片上，然后把卡片嵌在一块球拍式的板上。

"菜单来了，"我对约翰说。他看看菜单。他还是瞌睆懵懂的。

---

① 奥地利货币，一克朗当时约等于四个半马克。

“你同我们一起喝一杯好吗？”我问客店老板。他坐下了。“那些个农民真不是人，”客店老板说。

“我们进镇来的时候，看到那个农民在参加葬礼。”

“那是他妻子入土。”

“啊。”

“他不是人。所有这些农民都不是人。”

“你这是什么意思？”

“你哪里会相信啊。你哪里会相信那个人刚才干了什么来着。”

“跟我说说。”

“你哪里会相信啊。”客店老板对教堂司事讲话了。“弗朗茨，你过来。”教堂司事过来了，手里拿着他那一小瓶葡萄酒和一只酒杯。

“这两位先生刚从威斯巴登客店下山来，”客店老板说。我们握握手。

“你要喝什么？”我问。

“什么也不要，”弗朗茨晃晃手指头。

“再来四分之一升怎么样？”

“行呀。”

“你懂得方言吗？”客店老板问。

“不懂。”

“究竟是怎么回事？”约翰问。

“他要把我们进镇的时候看到的那个在填墓穴的农民的情况告诉我们。”

“反正我是听不懂的，”约翰说。“说得太快了。”

“那个农民，”客店老板说，“今天送他的妻子来入土。她是去年十一月里死的。”

“十二月，”教堂司事说。

“这一点没关系。就算她是去年十二月死的吧，他当时通知了村社。”

“十二月十八日，”教堂司事说。

“反正积雪不化，他就不能送她来入土。”

“他住在巴兹瑙河的另一边，”教堂司事说。“不过他属于这个教区。”

“他根本没法送她来？”我问。

“是呀。得等到雪融化了，他才能从他住的地方坐雪橇下山来。所以他今天送她来入土，可那神父看了看她的脸，不肯掩埋她。你接下去讲吧，”他对教堂司事说。“说德国话，别说方言。”

“神父觉得很奇怪，”教堂司事说。“给村社的报告中说她死于心脏病。我们也知道她有心脏病。她有时候会在教堂里昏过去。她已经好久没来教堂了。她没有力气爬山。神父揭开她脸上盖的毯子，问奥尔茨，‘你老婆死得很痛苦吧？’‘不，’奥尔茨说。‘我回到家里，她已经横在床上死了。’

“神父又看了她一眼。他不喜欢。

“‘她脸上怎么弄成这个样子？’

“‘我不知道，’奥尔茨说。

“‘你还是去弄弄明白吧，’神父说着，把毯子盖上。奥尔茨不言声了。神父望望他。奥尔茨也望望神父。‘你想知道吗？’

“‘我一定要知道，’神父说。”

“精彩的地方就在这儿，”客店老板说。“你听着。弗朗茨，往下说吧。”

“‘唔，’奥尔茨说，‘她死了，我就去报告村社，我把她放在柴间里，搁在一块大木头上面。后来我要用那块大木头了，可她已经僵硬了，我就把她挨着墙竖起来。她嘴巴张着，每逢我晚上走进柴间去劈那块大木头时，我把提灯挂在她嘴上。’

“‘你干吗要那样做？’神父问。

“‘我不知道，’奥尔茨说。

“‘你那样挂过许多回了？’

"'每次我晚上到柴间去干活时都挂过。'

"'这样干大错特错了，'神父说。'你爱你的妻子吗？'

"'对，我爱她，'奥尔茨说。'我真爱她。'"

"你全都明白了吧？"客店老板问。"你关于他妻子的情况都明白了吧？"

"我听到了。"

"吃东西吧？"约翰问。

"你来点菜，"我说。"你认为这是真的吗？"我问客店老板。

"当然是真的，"他说。"这些个农民真不是人。"

"他这会儿到哪里去了？"

"他到我的同行的狮子客店去喝酒了。"

"他不愿意跟我一起喝酒，"教堂司事说。

"打从他知道他妻子的情况以后，他就不愿意同我一起喝酒了，"客店老板说。

"喂，"约翰说。"吃东西吧？"

"好啊，"我说。

曹　庸　译

追车比赛

威廉·坎贝尔从匹茨堡[1]那时起，就一直跟着一个杂耍班子投入追车比赛了。在追车比赛中，赛车手之间隔开相等的距离相继出发，骑着自行车比赛。他们骑得很快，因为比赛往往只限于短程，如果骑得慢，另一个保持车速的赛车手就会把出发时彼此相等的差距拉平。一个赛车手只要被人赶上超过，就得退出比赛，下车离开跑道。如果比赛中没人被赶上，距离拉得最长的就是优胜者。在大多数追车比赛中，如果只有两个赛车手的话，其中一个跑不到六英里就被追上了。杂耍班子在堪萨斯城[2]就赶上了威廉·坎贝尔。

威廉·坎贝尔原来希望在杂耍班子到达太平洋沿岸前略略领先于他们。只要他作为打头阵的人，领先到达，就付给他钱。但当杂耍班子赶上他时，他已经睡觉了。杂耍班子经理走进他房里时，他就睡在床上，经理走后，他打定主意索性赖在床上了。堪萨斯城很冷，他不忙着出去。他不喜欢堪萨斯城。他伸手到床下拿了瓶酒喝。喝了肚子好受些。杂耍班子经理特纳先生刚才不肯喝。

威廉·坎贝尔同特纳先生的会见本来就有点儿怪。特纳先生敲了门。坎贝尔说："进来！"特纳先生进屋，看见一张椅子上放着衣服，一只敞开的手提箱，床边一张椅子上搁着一瓶酒，有个人盖着被蒙头蒙脸躺在床上。

"坎贝尔先生，"特纳先生说。

"你不能解雇我，"威廉·坎贝尔在被窝里说。被窝里暖和，一片雪白，密不通风。"你不能因为我下了车就解雇我。"

"你醉了，"特纳先生说。

"嗯，对，"威廉·坎贝尔直接贴着被单说话，嘴唇挨到被单布料子。

“你是个糊涂虫，”特纳先生说。他关掉电灯。电灯通宵都亮着。眼下是上午十点了。“你是个酒糊涂。你几时进城的？”

“我昨晚进城的，”威廉·坎贝尔贴着被单说。他发现自己喜欢隔着被单说话。“你隔着被单说过话没有？”

“别逗了。你并不逗。”

“我不是在逗。我只是隔着被单说话。”

“你是隔着被单说话，没错。”

“你可以走了，特纳先生，”坎贝尔说。“我不再为你工作了。”

“这你反正知道了。”

“我知道的事多着呢，”威廉·坎贝尔说。他拉下被单，瞧着特纳先生。“我知道的事多得很，所以根本不屑看你。你想要听听我知道的事吗？”

“不要。”

“好，”威廉·坎贝尔说。“因为我其实什么事都不知道。我只是说说罢了。”他又拉上被单蒙住脸。“我喜欢在被单下说话，”他说。特纳先生站在他床边。他是个中年人，大肚子，秃脑瓜，他有好多事情要做呢。“你应当在这里歇一阵子，比利③，治疗一下，”他说。“如果你想要治疗，我会去安排的。”

“我不要治疗，”威廉·坎贝尔说。“我根本不要治疗。我完全过得快快活活。我一辈子都过得快快活活的。”

“你这样有多久了？”

“什么话啊！”威廉·坎贝尔隔着被单呼吸。

“你喝醉有多久了，比利？”

“难道我没做好我的工作吗？”

---

① 美国东北部重要工业城市，宾夕法尼亚州西部俄亥俄河的港口。

② 美国密苏里州西北部工商业城市，位于密苏里河岸，同河西堪萨斯州的萨堪斯城以及东边一些城市合并为大堪萨斯城。

③ 比利是威廉的爱称。

"哪儿呀。我只是问你喝醉有多久了，比利。"

"我不知道。可是我的狼回来了，"他用舌头舔舔被单。"我的狼回来一星期了。"

"见你的鬼。"

"哦，是的。我的宝贝狼。我每次喝酒它都走到屋外。它受不了酒精味儿。可怜的小家伙。"他在被单上用舌头画圈儿。"它是条可爱的狼。就像一贯那样。"威廉·坎贝尔闭上眼，深深吸口气。

"你得治疗一下，比利，"特纳先生说。"你不会反对基利[①]的。效果不坏。"

"基利，"威廉·坎贝尔说。"离开伦敦不远啊[②]。"他闭上眼，又睁开眼，眼睫贴着被单眨巴眨巴。"我就爱被单，"他说。他瞧着特纳先生。

"听着，你当我喝醉了。"

"你是喝醉了。"

"不，我没醉。"

"你喝醉了，你还得了震颤性谵妄症。"

"不，"威廉·坎贝尔把被单裹住脑袋。"宝贝被单，"他说。他轻轻贴着被单呼吸。"漂亮的被单，你爱我吧，被单？这都包括在房租里了。就跟在日本一样。不，"他说。"听着，比利，亲爱的滑头比利，我有一件意想不到的事跟你讲。我没喝醉。我乍看起来胡话连篇。"

"不，"特纳先生说。

"瞧一瞧，"威廉·坎贝尔在被单下拉起睡衣的右袖，然后伸出右前臂。"瞧这。"前臂上，从手腕到肘拐儿，在深蓝色的小孔周围都是蓝色的小圈。小圈几乎一个挨着一个。"那是新鲜玩意儿，"

① 基利在此处指基利疗法，是美国著名医生莱斯利·基利（1832—1900）在1879年起致力研究并推广的一种专治吸毒与酒精中毒患者的疗法。

② 威廉·坎贝尔把基利误作地名，所以说离开伦敦不远。

威廉·坎贝尔说。“我现在偶尔喝一点儿，把那狼赶出屋外。”

“他们有治疗这病的办法，”“滑头比利”特纳说。

“不，”威廉·坎贝尔说，“他们什么病的治疗办法都没有。”

“你不能就此这样罢休，比利，”特纳说。他坐在床上。

“小心我的被单，”威廉·坎贝尔说。

“你这样的年龄可不能就此罢休，因为走投无路就此老往身子里注满那玩意儿。”

“有明文禁止。你就是这个意思吧。”

“不，我意思是说你得斗到底。”

比利·坎贝尔用嘴唇和舌头亲亲被单。“宝贝被单，”他说。“我可以吻这被单，同时还能透过被单看外面。”

“别再胡扯被单了。你不能光是迷上那玩意儿，比利。”

威廉·坎贝尔闭上眼。他开始感到有点儿恶心了。他知道在用某种办法把它压下去之前，要是没有什么可以缓解的，那么这股恶心就会不断加剧。就在这个节骨眼上，他建议特纳先生喝一杯。特纳先生谢绝了。威廉·坎贝尔就从酒瓶里倒一杯喝下去。这是个临时措施。特纳先生眼巴巴看着他。特纳先生在这间屋里待的时间比原定的长多了。他有好多事要做；虽然他日常同吸毒的人打交道，可是他对毒品深恶痛绝，他很喜欢威廉·坎贝尔；他不想扔下对方。他为威廉感到难受，觉得治疗一下有好处。他知道堪萨斯城治疗条件好。可是他不得不走了。他站起身。

“听着，比利，”威廉·坎贝尔说，“我要告诉你些事儿。你叫做‘滑头比利’。因为你会滑。我只叫比利。因为我根本不会滑。我不会滑，比利。我不会滑。只是卡住了。我每试一回，总是卡住。”他闭上眼睛。“我不会滑，比利。如果你不会滑可真要命。”

“是啊，”“滑头比利”特纳说。

“什么是啊？”威廉·坎贝尔瞧着他。

“你那么说啊。”

“不，”威廉·坎贝尔说。“我没说。这一定搞错了。”

“你刚才说滑。”

“不。不会谈到滑的。不过，听着，比利，我告诉你一个秘密。别离开被单，比利。避开女人，避开马，还有，还有——”他停一下“——鹰，比利。如果你爱马，就会得到马——如果你爱鹰，就会得到鹰——”他停下了，把脑袋蒙在被单下。

“我得走了，”“滑头比利”特纳说。

“如果你爱女人，就会得到梅毒，”威廉·坎贝尔说，“如果你爱马——”

“是啊，这你说过了。”

“说过什么？”

“说马和鹰。”

“嗯，是的。如果你爱被单。”他隔着被单呼出气，鼻子在被单上摩着。“我不知道被单的事，”他说，“我只是刚开始爱上被单。”

“我得走了，”特纳先生说。“我的事多着呢。”

“那好吧，”威廉·坎贝尔说。“大家都得走。”

“我还是走的好。”

“好，你走吧。”

“你没事吧，比利？”

“我这辈子从没这么快活过。”

“你真没事吧？”

“我很好。你走吧。我要在这里躺一会儿。到中午光景我就起来。”

但等中午特纳先生来到威廉·坎贝尔屋里，威廉·坎贝尔还在睡，特纳先生这人知道人生什么事最宝贵，就没吵醒他。

陈良廷 译

今天是星期五*

晚上十一点，三个罗马士兵在一家酒馆里，四壁放着酒桶。木酒柜后面是一个希伯来卖酒的。三个罗马士兵都有点醉意。

罗马士兵甲 你要尝尝红酒吗？

士兵乙 不，我不要尝。

士兵甲 你最好尝尝。

士兵乙 那好，乔治，咱们就来一巡红酒吧。

希伯来卖酒的 爷们，酒来了。你们准满意。〔他放下陶壶，酒是他从酒桶里打起来灌满的。〕好酒啊。

士兵甲 你自己喝一口吧。〔他朝靠着酒桶的罗马士兵丙转过身去。〕你怎么啦？

士兵丙 我肚子痛。

士兵乙 你一直在喝水。

士兵甲 尝点儿红酒吧。

士兵丙 我喝不来这劳什子。喝了肚子就泛酸。

士兵甲 你出来太久了。

士兵丙 见鬼，真想不到。

士兵甲 喂，乔治，你能不能给这位爷们来点什么治治他肚子？

希伯来卖酒的 我这里就有。

〔士兵丙尝尝卖酒的替他兑好的酒。〕

士兵丙 嗨，你这里面放些什么，骆驼粪吗？

卖酒的 你把这喝下去，老总。喝了准好。

士兵丙 唉，我难受极了。

士兵甲 碰碰运气吧。上回乔治就把我治好过。

卖酒的 你状况不妙，老总。我知道治肚子的办法。

〔士兵丙一口气把酒喝下。〕

士兵丙 耶稣基督啊。〔他做了个鬼脸。〕

士兵乙 白白担心一场。

士兵甲 啊呀，真想不到。他今天在那儿竟好好的。

士兵乙 他干吗不从十字架上走下来呢?

士兵甲 他不愿从十字架上走下来呗。他不是这种人。

士兵乙 我倒要看看有哪个家伙不愿从十字架上走下来的。

士兵甲 见你的鬼，你对这啥也不懂。问问乔治吧。他愿意从十字架上走下来吗，乔治?

卖酒的 说真的，爷们，当时我不在场。这种事我一点儿都没兴趣。

士兵乙 听我说。这种人我见得多了——这里有，其他不少地方都有。多会儿你让我看看有谁不愿意从十字架上走下来的，到时候——我是说，到时候——我就爬上去陪他。

士兵甲 我看他今天在那儿竟好好的。

士兵丙 他没事儿。

士兵乙 你们这些家伙不明白我说些什么。我不是说他是好是赖。我是说，到时候。他们动手钉他的那会儿，要是有人能阻止的话，也没一个会阻止的。

士兵甲 你听不明白吗，乔治?

卖酒的 对，我对此一点儿都没兴趣，老总。

士兵甲 我真想不到他竟这么着。

士兵丙 我看不入眼的是把人钉上去。要知道，那一定叫人相

---

* 据《圣经 · 新约全书 · 路加福音》第 2 章记载，耶稣被钉十字架那天是星期五。

当难受。

士兵乙 他们开头把人吊起的时候，倒不是怎么难受。〔他两掌做了个吊起来的手势。〕重量勒紧他那时候，也就是他送命的时候。

士兵丙 有些人可相当难受。

士兵甲 我没见过这种人吗？这种人我见得多了。说真的，他今天在那儿竟好好的。

〔士兵乙冲着卖酒的笑笑。〕

士兵乙 你是个地道的老古板，好家伙。

士兵甲 可不，继续跟他开玩笑吧。不过，我跟你说话时得听好。他今天在那儿竟好好的呢。

士兵乙 再来点酒怎么样？

〔卖酒的眼巴巴望着。士兵丙正耷拉着脑袋坐着。他气色不好。〕

士兵丙 我不要了。

士兵乙 就来两杯吧，乔治。

〔卖酒的端出一壶酒，比刚才那壶小些。他身子趴在木酒柜上。〕

士兵甲 你看见他的妞儿[①]吗？

士兵乙 我不是就站在她身边吗？

士兵甲 她真好看。

士兵乙 我在他认识她之前就认识她了。〔他对卖酒的眨眨眼。〕

士兵甲 我在城里常见到她。

士兵乙 她身上常有不少钱。他从来没给她带来过坏运气。

士兵甲 哎，他不走运。不过我看他今天在那儿竟好好的。

---

① 指麦大拉的马利亚，一个弃邪归正的妓女。（见《圣经 · 新约全书 · 路加福音》第 7 章第 36—50 节。）

士兵乙 他那帮人怎么样了?

士兵甲 啊呀，他们都没影了。只有跟随他的几个女人[1]。

士兵乙 他们真是一帮胆小鬼。他们看见他上了十字架就吓得不愿沾边儿了。

士兵甲 几个女人倒是紧跟他。

士兵乙 可不，她们紧跟他。

士兵甲 你看见我用旧矛悄悄刺进他身子吗?

士兵乙 你干了这种事总有一天要惹上麻烦的。

士兵甲 这是我为他所能做的最起码的事。说真的，他今天在那儿看上去竟好好的呢。

卖酒的 爷们，要知道我得关门了。

士兵甲 我们还要再喝一巡呢。

士兵乙 有什么用? 这劳什子对你一点好处也没有。快，走吧。

士兵甲 再喝一巡。

士兵丙 〔起身离开酒桶。〕不，快走。走吧。我今晚难受死了。

士兵甲 就再喝一巡。

士兵乙 不，快走。我们要走了。明天见，乔治。记在账上。

卖酒的 明天见，爷们。〔他看来有点担忧。〕你不能先付一点儿吗，老总?

士兵乙 去你的，乔治! 星期三才是发饷日。

卖酒的 行咧，老总。明天见，爷们。

〔三个罗马士兵走出门，上了街。〕

〔在外面街上。〕

---

① 耶稣被押解到刑场的途中，有不少妇女从加利利一路跟随耶稣去照顾他，其中有麦大拉的马利亚等人。(见《圣经 · 新约全书 · 马太福音》第27章到第28章，《马可福音》第15章等。)

士兵乙　乔治跟他们大伙儿一样都是犹太佬。

士兵甲　哦，乔治是个好人。

士兵乙　今晚在你眼里人人都是好人。

士兵丙　快走，咱们到营房里去吧。我今晚难受死了。

士兵乙　你出来太久了。

士兵丙　不，不是这么回事。我难受死了。

士兵乙　你出来太久了。就是这么回事。

〔**幕下**〕

陈良廷 译

陈腐的故事

他就这样慢悠悠儿吐出核来，吃了一个橘子。屋外，雪正转雨。屋内，电炉似乎没热气，他站起身，离开写字台，在炉边坐下。多舒服啊。毕竟，这才是生活呢。

他伸出手去再拿一个橘子。远在巴黎，马斯卡特在第二回合就把丹尼·弗罗许揍扁了。再远在美索不达米亚[①]，下了二十一英尺的雪。在地球的另一头，遥远的澳大利亚，英国的板球手力保优势。内容具有浪漫色彩。

他看到，文学艺术的资助人发掘了《论坛》。这是本指导读物，哲理性很深刻的读物，少数爱思索的人的朋友，得奖短篇小说——其作者会写出我们明天的畅销作品吗？

你将欣赏到这些温馨、朴实的美国故事，空旷的牧场、拥挤的住房或安乐的家庭里真实生活的点点滴滴，篇篇都隐含着健康的幽默情趣。

我一定要看看这些作品，他心想。

他继续看下去。我们的子孙后代——他们将会怎么样？他们将是什么样的人？一定要找出新方法来为我们寻求在这世界上的生存空间。这必须诉诸战争才办得到吗？用和平方式能不能办到呢？

难道我们都得移居到加拿大去吗？

我们最深刻的信念——将受到科学的扰乱吗？我们的文明——比旧制度的更低一等吗？

另一方面，在遥远的、湿淋淋的尤卡坦丛林[②]里，响着砍伐橡胶树的丁丁斧声。

我们需要大人物吗——还是需要他们有文化教养？请看乔伊

斯[3]。请看柯立芝总统[4]。我们的大学生立志成为什么明星啊？请看杰克·布里顿[5]。亨利·范戴克博士[6]。我们能把两者调和一下吗？再看看扬·斯特里布林[7]。

我们的女儿一辈如果必须自己进行探测将会怎么样呢？南茜·霍桑就不得不亲自探测人生海洋的深浅。她勇敢而理智地面对每个十八岁的姑娘碰到的难题。

这是本绝妙的小册子。

你是个十八岁的姑娘吗？请看圣女贞德的事例。萧伯纳的事例。贝茜·罗斯[8]的事例。

想想1925年这些事例吧——清教徒历史上有过有伤风化的一页吗？波卡洪塔斯[9]有两面性吗？她有第四围[10]吗？

现代绘画——以及诗歌——算不算艺术？又算又不算。请看毕加索。

流浪汉有没有行为准则？让你的头脑大胆想象吧。

本刊篇篇都有浪漫色彩。《论坛》的一批作者充满幽默和机智，句句都说在点子上。不过他们并不企图自作聪明，决不喋喋不休。

让你的精神受到新思想的鼓舞，不同凡响的浪漫色彩的陶醉，

---

① 小亚细亚底格里斯与幼发拉底两河的中下游地区，为人类最古的文化摇篮之一，现为伊拉克国土。

② 中美洲北部尤卡坦半岛，南部为热带森林。

③ 指詹姆斯·乔伊斯（1882—1941），爱尔兰小说家，名著《尤利西斯》脍炙人口。

④ 柯立芝（1872—1933），美国第33任总统（1923—1929）。

⑤ 即约翰·布里顿（1771—1857），英国古文物研究者。

⑥ 亨利·范戴克（1852—1933），美国牧师，教育家，作家，曾任普林斯顿大学英国文学系教授。

⑦ 扬·斯特里布林（1881—1965），美国小说家。

⑧ 贝茜·罗斯（1752—1836），美国传说中设计缝制第一面美国国旗的妇女。

⑨ 波卡洪塔斯（1595—1617），印第安人首领帕哈顿的女儿，传说中嫁给英国人约翰·罗尔夫，促进印第安人同英国统治者媾和。

⑩ 女性的胸、腰、臀的尺寸称为三围。

过一过这种充实的精神生活吧。他放下了这本小册子。

另一方面，曼努埃尔·加尔西亚·马埃拉[①]在特里安纳自己屋内一间黑沉沉的房里，直挺挺躺在床上，因得了肺炎，肺里积水，每只肺上都插着导管。安达卢西亚[②]的所有报纸都为他的去世出了特刊，几天来大家早就预料他要死了。男人和孩子买了他的彩色全身像来纪念他，看着这些平版印刷画，记忆中他的形象反而淡忘了。斗牛士对他去世都大大松了口气，因为他在斗牛场上总是表演了他们偶尔才表演得了的绝技。他们都冒雨送着他的灵柩出殡，有一百四十七名斗牛士送他到墓地去，他们把他安葬在何塞里托[③]的墓旁。葬礼后，人人都坐在咖啡馆里避雨，卖掉了不少马埃拉的彩色像，人们把画像卷好，插在兜里。

陈良廷 译

---

① 曼努埃尔·加尔西亚·马埃拉，西班牙著名斗牛士，参见《没有被斗败的人》。

② 西班牙南部地区，南临大西洋、地中海。

③ 西班牙著名斗牛士，参见《没有被斗败的人》。

我 躺 下*

那天夜间，我们躺在房中的地板上，我听着蚕在吃桑叶。蚕吃着一层层搁板上的桑叶，整夜你都听得见它们在吃，还有蚕粪掉在桑叶间的声音。我本人并不想入睡，因为长期来我一直怀着这个想法：如果我在黑暗中闭上眼，忘乎所以，我的灵魂就会出窍。自从夜间挨了炸以来，我这样已经有好久了，只感到灵魂出了窍，飞走了再回来。我尽量不去想这事，可是从此每到夜间，就在我快要睡着那时刻，灵魂就开始出窍，我得花好大的心力才制止得了。尽管如今我相当有把握灵魂不会真的出窍，然而那年夏天，我是不愿做这试验的。

我躺着睡不着的时候自有种种消遣的方法。我会想到小时候一直去钓鳟鱼的一条小溪，会在心里想象仔仔细细地沿河一路钓鱼的情景；凡是那些原木的下面，凡是河畔的每个转弯处、深潭和清澈的浅滩，我都一一钓个明白，有时钓到鳟鱼，有时钓不到。晌午我停手不钓，吃午饭；有时在横搁在小溪上的一根原木上吃；有时在高坡上一棵树下吃，而我一向吃得很慢，边吃边看着身子下面的溪水。我的鱼饵往往用光，因为我出发时只在一只烟草罐里带上十条蚯蚓。每当我用光了，就得再找些蚯蚓，但在雪松遮住太阳的河坡上有时很难挖，因为坡上没有草，只有光秃秃的湿土，我常常找不到蚯蚓。虽然我总是能找到些什么来当鱼饵，可是有一回在沼泽地里就是找不到，只好把钓到的一条鳟鱼切碎了来当鱼饵。

有时我在沼泽草地里、草丛间、羊齿植物下找到些虫子，就用来当鱼饵。其中有甲虫、有腿如草茎的虫子、有躲在腐烂原木里的金龟子幼虫；白色金龟子幼虫长着棕色尖脑袋，钓钩上挂不住，一到凉水里就不见影儿了，还有藏在原木下的扁虱，有时在那里能找到蚯蚓，可一掀起原木，蚯蚓就溜进地里去了。有一回我用过一根旧原木下的一条蝾螈当鱼饵。这条蝾螈很小，轻巧灵活，颜色可爱。那些纤小的脚竭力紧紧抓住钓钩，打这一回以后，我虽常找到蝾螈，但再也没用过。我也不用蟋蟀，就因为蟋蟀在钓钩上乱蹦跶。

有时小溪流经一片开阔的草地，我在干燥的草丛里逮蚱蜢来当鱼饵，有时逮到了蚱蜢，把它们扔进水里，看它们随波逐流，一会儿在水里游，一会儿在水面上打转，待到一条鳟鱼跃起才不见影踪。有时在夜间，我会在四五条小溪上钓鱼；先尽量从源头开始钓，然后一路顺流钓下去。碰到钓得太快，时间还没过完，我就会在那条小溪上再钓一遍，从它流入大湖处开始，再溯流而上，想法把顺流时漏钓的鳟鱼一一钓上。有几个晚上，我还在脑子里编造一些小溪，有几条非常带劲儿，就像醒着在做梦一般。有几条小溪我至今还记得，自以为曾在那里钓过鱼，却是跟我真正熟悉的那些搅混了。我给它们一一起了名字，有时乘火车到那儿去，有时徒步走上好几英里路到那儿去呢。

不过有几天夜间我没法钓鱼，在那几天夜间我完全清醒，便反反复复地祈祷，竭力为我所有认识的人祈祷。这样的祈祷要花好多时间，因为，如果你尽量回想你所有认识的人，一直回溯到你记忆中最早的往事——对我来说，那是在我出世的那幢住房的顶楼，从一根椽子上吊下的一个铁皮匣里放着我父母的结婚蛋糕，在这顶楼里，还有我父亲小时候收集的一瓶瓶蛇和其他动物的标本，浸泡在酒精里，而酒精在瓶里蒸发了一部分，有些蛇和动物的背部露了出来，发了白——如果你回想得这么远，自然会想起一大批人来。如果你为他们每个人祈祷，为每个人念上一篇《圣母经》和一篇《天

* 引自《圣经 · 诗篇》第 3 篇第 5 节《晨祷》，全句为："我躺下酣睡，我睡醒起来，主都在扶持我。"

主经》，就得花上好长时间，到头来都天亮了，那时如果你是在一个白天能入睡的地方，就能睡上一觉了。

在那些夜晚，我总尽量回想自己经历过的事，从我去打仗的前不久开始，一件件事情回想起来。我发现最早只能回想到我祖父住房的那个顶楼。于是我再从那里开始照此思路想下去，想到我打仗为止。

我记得，我们在祖父死后搬出那幢住房，搬进我母亲设计建造的新住房。有许多搬不走的东西都在后院里烧掉了，我记得顶楼上的那些瓶子给扔进火堆里，如何受了热爆裂开来，酒精使火焰往上蹿。还记得那些蛇标本在后院火堆里焚烧。不过后院里没人，只有东西。我连烧东西的是什么人都不记得了，就这么一直想下去，想到了什么人才不想，并为他们祈祷。

关于那新住房，我记得母亲如何经常搞大扫除，把屋子收拾得干干净净。有一回父亲出门去打猎了，她把地下室来个彻底的大扫除，把凡是不该留在那里的东西统统烧掉。等父亲回到家，下了轻便马车，拴上马，那堆火还在屋外的路上烧着。我出去迎接他。他把猎枪递给我，瞧着火堆。“这是怎么回事？”他问。

“亲爱的，我在地下室里大扫除呢，”母亲在门廊上说。她站在那儿，对他笑脸相迎。父亲瞧着火堆，对着什么东西踢了一脚。接着弯下腰，从灰堆里捡出什么东西。“尼克，拿把耙子来，”他跟我说。我到地下室拿来了一把耙子，父亲就仔仔细细地在灰堆里扒。他扒出了一些石斧、剥兽皮的石刀和做箭头的工具，还有一些陶片和不少箭头。这些东西全给烧焦了，残缺了。父亲仔仔细细地把这些东西全扒出来，摊在路边草地上。他那把装在皮套里的猎枪和狩猎袋都在草地上，那是刚才下马车时扔在那儿的。

“把枪和袋子拿到屋里去，尼克，给我拿张纸来，”他说。这时母亲早已进了屋。我拿了猎枪，枪太沉，在我腿上碰碰撞撞，还拿起那两个狩猎袋，就朝屋里走。“一回拿一件，”父亲说。“别想一口气就拿得那么多。”我放下狩猎袋，把猎枪拿进屋，从父亲诊所里那堆报纸上拿了一份。父亲就把所有烧焦和烧残的石器摊在报纸上，然后包起来。“最好的箭头全都粉碎了，”他说。他拿了纸包走进屋去，我留在屋外草地上守着那两个狩猎袋。过了一会儿，我才把它们拿进屋去。想起这件事，只想起这两个人，所以我要为他们俩祈祷。

可是有几天夜间，我连祷文都记不起来了。我只能念到“在地上如同行在天上”①，于是只好再从头念起，但念到这里绝对没法再念下去了。我只得承认自己记不得了，那晚便放弃做祈祷，试试想些别的事。所以有几天夜间我就尽量回想世上所有走兽的名称，然后回想飞禽的名称，然后是鱼类，然后是国家和城市，然后是各种各样食品以及我所记得的芝加哥的街名，等到我根本什么都想不起来了，我就光是听着。我不记得有哪一夜我会听不到什么声音。如果我能够有亮光就不怕入睡了，因为我知道只有在黑暗中我的灵魂才会出窍。所以，好多天夜间我当然都躺在有亮光的地方，这样才入睡，因为我几乎老是觉得累，经常很困。我相信也有好多回我是不知不觉地入睡的——但是我有知有觉时从没入睡过，而在这一夜，我听着蚕在吃桑叶。在夜间，蚕吃桑叶你能听得一清二楚，我就睁着眼睛躺着，听蚕吃桑叶。

屋里另外还有一个人，他也醒着。我听到他没睡着有好一会儿了。他不能像我这样安安静静地躺着，因为他也许没有那么多睡不着的经验。我们正躺在铺在稻草上面的毯子上，他一动稻草就窸窣作响，不过蚕倒并不被我们弄出的声音所惊动，照样吃着。屋外，离前线七公里的后方有些夜间的声响，但是跟屋里暗处的细小声响不同。屋里另外那个人尽量安安静静地躺着。后来他又动了。我也

① 据《圣经 · 路加福音》旧译本第 11 章第 2 节，主训人的祷告全句为“我们在天上的父，愿人都尊你的名为圣。愿你的国降临。愿你的旨意行在地上如同行在天上”。而现行《圣经》英译本、中译本都无“愿你的旨意……”此句。

动了一下，这样让他知道我也醒着。他在芝加哥待了十年。一九一四年他回家探亲时，人家把他征去当了兵，把他拨给我做勤务兵，因为他会讲英语。我听见他在听，就在毯子上又动了一下。

“你睡不着吗，中尉先生？”他问。

“是啊。”

“我也睡不着。”

“怎么回事啊？”

“我不知道。我睡不着。”

“你身体舒服吗？”

“当然。我感觉蛮好。就是睡不着。”

“想要聊一会儿吗？”我问。

“好哇。可在这鬼地方有什么好谈的。”

“这地方挺不错嘛，”我说。

“当然，”他说。“真是没说的。”

“跟我谈谈芝加哥的事吧，”我说。

“啊呀，”他说，“我都跟你谈过一回了。”

“跟我谈谈你结婚的经过吧。”

“这事我跟你谈过了。”

“星期一你收到的信是——是她的吗？”

“当然。她一直给我写信。她那地方可赚大钱呢。”

“那你回去倒有个好去处了。”

“当然。她经营得不错。她在赚大钱呢。”

“你看我们谈话会把大家吵醒吗？”我问。

“不会。他们听不见。反正他们睡得像猪。我就不同，”他说。“我神经紧张。”

“悄声说吧，”我说。“要抽口烟吗？”

我们熟练地在黑暗中抽烟。

“你烟抽得不多，中尉先生。”

“不多。我快要戒掉了。”

“说起来，”他说，“烟对你可没一点好处，而且我看你戒了也不会想着抽了。你有没有听说过瞎子不抽烟是因为他看不见香烟在冒烟？”

“我不信。”

“我本人也觉得这全是扯淡，”他说。“我只是从别处听来的。你也知道，听说总是听说。”

我们俩都默不作声了，我听着蚕在吃桑叶。

“你听见那些该死的蚕吗？”他问。“你听得见它们在咀嚼。”

“真怪，”我说。

“我说，中尉先生，真有什么心事让你睡不着吗？我从没见你睡着过。自从我跟了你以来，你夜里就没睡过。”

“我不知道，约翰，”我说。“今年开春以来，我健康状况就一直不妙，一到夜里就让我心烦。”

“就跟我一样，”他说。“我本来就不该卷入这场战争。我神经太紧张了。”

“也许会好转的。”

“我说，中尉先生，你究竟干吗卷进这场战争啊？”

“我不知道，约翰。当时，我就想参加。”

“想参加，”他说。“这理由太不像话了。”

“我们不该大声说话，”我说。

“他们睡得像猪，”他说。“反正他们也听不懂英语。他们屁也不懂。等仗打完了，我们回到美国，你打算干什么？”

“我要在报馆里找份工作。”

“在芝加哥？”

“没准。”

“你可曾看过布里斯班[①]这家伙写的东西？我妻子把它剪下来

---

① 阿瑟·布里斯班（1864—1936），美国记者、报纸编辑，曾在赫斯特报系的报刊上发表专栏“今天”及“本周”，赢得几百万读者。

寄给我了。”

“当然看过。”

“你跟他相识吗？”

“不，可我看见过他。”

“我倒想结识这家伙。他是个好作家。我妻子看不懂英语报纸，可她还像我在家时那样照旧订报，并把社论和体育版剪下来寄给我。”

“你的孩子怎么样？”

“孩子们都很好。有个女孩儿现在念四年级了。不瞒你说，中尉先生，要是我没孩子现在也不会当你的勤务兵了。他们就会把我一直留在前线了。”

“很高兴你有孩子。”

“我也很高兴。都是好孩子，可我要个男孩。三个女儿，没有儿子。这可是最最要紧的啊。”

“你干吗不想法睡一觉？”

“不行，我现在睡不着。我现在毫无睡意，中尉先生。我说，我倒担心你不睡觉。”

“没事儿，约翰。”

“想想看，你这么个小伙子倒睡不着。”

“我会睡的。过一会儿就行。”

“你一定要睡。一个人不睡觉挺不住啊。你犯什么愁吧？你有什么心事吗？”

“没有，约翰，我想我没有。”

“你应当结婚，中尉先生。结了婚就不会犯愁了。”

“我不知道。”

“你应当结婚。干吗不挑个有很多钱的意大利好姑娘呢？你要挑谁都能弄到手嘛。你又年轻，又得过几枚勋章，人又长得帅。你还挂过两三次彩呢。”

“我的意大利话说得不够好。”

“你说得不错嘛。真见鬼，要说得来这种话干什么？你用不着跟她们说话。是跟她们结婚啊。”

“我会考虑的。”

“你认识些姑娘，是吧？”

“当然认识。”

“那好，你就娶最有钱的那一个。在这里，凭她们受的教养，都可以做你的好妻子的。”

“我会考虑的。”

“不要考虑了，中尉先生。干吧。”

“行啊。”

“男人应当结婚。你决不会后悔的。人人都应当结婚。”

“行啊，”我说。“我们想法睡一会儿吧。”

“行啊，中尉先生。我再试试看。可你别忘了我说的话。”

“我不会忘记的，”我说。“现在我们睡一会儿吧，约翰。”

“行啊，”他说。“希望你也睡，中尉先生。”

我听见他在稻草垫上的毯子上翻身，后来就声息全无了，我倾听他均匀地呼吸着。接着他打起呼噜来了。我听他打了好一阵子呼噜才不再听下去，便一心听蚕吃桑叶了。它们不停地吃着，蚕粪掉在桑叶间。我有一件新鲜事好想了，就躺在黑暗中睁大了眼睛，回想我平生认识的所有姑娘，她们会做什么类型的妻子。这件事想想很有味儿，一时间勾销了钓鳟鱼的事，干扰了祈祷。然而到头来我还是回到钓鳟鱼的事上，因为我发现我能记住所有的溪流，而且这些溪流总有些新鲜事好想想，可是姑娘呢，想了她们两三回以后就印象模糊了，脑子里记不起来了，终于都变得模糊，都变成差不多一个样了，我索性几乎统统不去想她们了。不过祈祷我还是不断在做，夜间我常常为约翰做祈祷，在十月攻势前，跟他同年入伍的士兵都调离了现役。很高兴他不在我身边了，因为他会成为我的一大心事。几个月后，他到米兰的医院来探望我，知道我依然没结婚，觉得大失所望，而我也知道他要是知道我至今还没结婚会很难受。他即将回美国去，对结婚深信不疑，相信一结了婚就万事大吉了。

陈良廷 译

暴风劫

其实并没为了什么事，没什么值得拔拳相见的事，后来我们一下子就打起来了，我滑了一跤，他把我按下，跪在我胸膛上，双手扼住我，像是想要扼死我，我一直想从兜里掏出刀子来，捅他一下好脱身。大家都喝得醉醺醺，不会从我身上拉开他。他一边扼住我，一边把我脑袋往地板上撞，我掏出刀子，将它打开；我在他胳臂上划了一刀，他放了我。如果他要抓住我也抓不成了。于是他就地一滚，紧紧握住那条胳臂，哭了起来，我说：

“你到底干吗要扼住我？”

我差点杀了他。我一星期不能下咽。他把我喉咙扼得痛极了。

得了，我离开那里，那里有不少人跟他是一伙的，有些人还出来追我，我拐了个弯，顺着码头走去，我遇到一个家伙，他说街上有个人给杀了。我说，“谁杀了他？”他说，“我不知道谁杀了他，不过他确实已经死了。”这时天黑了，街上都积水，没有灯火，窗子都碎了，小船都漂到了镇上，树木也刮断了，一切都给刮掉了，我找到一条小筏子，划去找回我停在曼戈礁里面的小船，小船居然太平无事，只是灌满了水。我就把水戽掉，再用水泵抽掉水，天上有月亮，不过云倒不少，风暴仍然不小，我一路顺着风划；天亮时我已出了东港。

老兄，那风暴真够厉害的。我是第一个把船开出去的，那么大的水真从没见过。大水像碱水那样白，从东港滚滚涌到西南礁，叫人连海岸都分不清。海滩中间给风刮出一大条沟。树木都给刮掉了，一条沟从斜里穿过，里面的水雪白，水上面样样都有；树枝啊、整棵树啊、死鸟啊，都漂浮着。岩礁里面，世界上所有的鹈鹕和各种各样飞禽都有。它们一定是知道暴风要来临了才躲到岩礁里面的。

我在西南礁歇了一天，没人来追我。我是第一个开出船的，我看见有根桅杆漂着，我知道一定有船翻了，就动身去找。我找到出事的船，是条三桅纵帆船，我刚好看见船上桅杆残柱露出水面。船沉在水里太深了，我什么也没从船里捞出来。所以我继续寻找别的东西。我有这一切的优先权，我知道不管有什么东西我都应当拿到手。我继续在那条三桅纵帆船下沉地方的沙洲开来开去，什么东西都没找到，我继续开了一大段路。我朝流沙滩那儿开去，可什么也没找到，我又继续开。后来我看见吕蓓卡灯塔，我看见各种各样飞禽聚集在什么东西上面，我朝前开去看看究竟是什么，原来确实有一大群鸟。

我看得见一根像桅杆的东西矗出水面，等我开过去，那些鸟都飞到空中，围着我不走。水面很清澈，露出一根桅杆般的东西，我走近一看，水里黑糊糊一团，像有个长长的黑影，我开过去，水里原来是一艘大客轮；就躺在水底下，大得不得了。我这条船就在它上面漂流而过。大客轮侧卧着，船尾深深朝下。舷窗全都紧闭，我看得见窗玻璃在水底闪闪发光，还有整个船身；我这辈子见到过最大的一艘船就躺在那儿，我先顺着长里开一回，开过了再抛下锚，我原先把小筏子搁在小船的前甲板上，这会儿就把它推下水中，就在飞鸟簇拥下划了过去。

我有一副水底观察镜，就是用来采海绵时戴的那一种，我的手发抖，所以拿不大住。你顺着船身开过去就看得见所有的舷窗全都紧闭。不过靠近水底的下面部位一定有什么地方打开了，因为一直有一片片东西漂出来。你说不上这是什么东西。只是碎片。鸟群争的就是这个。你从来没见过那么多鸟。它们全围着我狂叫。

我一切都看得清清楚楚。我可以细细看看船身，它在水底下看上去有一英里长。船就躺在一片洁白的沙滩上，照它侧身躺着的样子看来，斜里露出水面的桅杆是一种前桅，或是什么帆的滑车索具。船头在水下不深。我可以站在船头那船名字母的上面，而脑袋正好露出水面。可是最近一个舷窗也在十二英尺深的水下。我用鱼叉杆刚好够到，我想用鱼叉杆打破舷窗，就是打不破。玻璃太结实了。所以我划回小船，拿了一个扳钳，把扳钳捆在鱼叉杆头上，可我还是打不破。我就在那儿透过水底观察镜往下观看那艘装有一切的大客轮，我是头一个接近客轮的，可我进不去。这艘船里面一定有值五百万美元的东西呢。

我一想到这艘船值多少钱，不由颤抖了。在舷窗里是个壁橱，我看得见有什么东西，就是隔着水底观察镜辨不清是什么。我拿着鱼叉杆派不上什么用处，我就脱掉衣服，站着，深深吸了两口气，手里拿着扳钳，往下游去，潜到船尾那边，我在舷窗边上还能坚持一会儿，看得见里边，里边有个女人，头发披散开来在水中漂浮。我清清楚楚看见她在浮着，我用扳钳两次猛击玻璃，耳边听见当当声，就是砸不开，我只得上来。

我紧紧抓住小筏子，缓过气来，就爬进小筏子，又深深吸了两口气，再潜下水去。我往下游，手指紧紧抓住舷窗边，抓住了再用扳钳尽力猛击玻璃。透过玻璃，我看得见那女人在水中漂浮。她的头发原先是紧紧扎住的，现在全披散在水中了。我看得见她一只手上的戒指。她恰好就靠近舷窗这边，我两次砸玻璃，连砸都砸不裂。我上来时心里就想，我不到万不得已决不轻易冒上水面换气。

我又一次下水，我砸了玻璃，只是砸砸而已，等我上来时鼻子正在流血，我站在船头上面，一双光脚踩在船名字母上，正好露出脑袋，就地歇歇，然后游到小筏子那边，吃力地爬进筏子，坐在那儿等待头痛消除，一面往水底观察镜里面瞧，可是鼻血出得很厉害，我只好把水底观察镜冲洗一下。于是我仰天躺在小筏子里，手放在鼻子下止血，我仰头躺着，抬眼一看，只见上空四下有千千万万只鸟。

鼻血止住后我再透过水底观察镜看看，于是划回小船，想找样比扳钳更沉的东西，可是一件也找不到；连个捞海绵的铁钩都没有。我又回去，海水始终一清见底，凡是漂在那片白沙滩上的东西都能看见。我寻找鲨鱼，可是一条都找不到。海水那么清澈，沙滩那么白净，你老远都该看得到鲨鱼。小筏子上有个泊船用的多爪小铁锚，我割下锚来，跳下水，带着锚往下沉。这锚一直把我往下拖，拖过了舷窗，我伸手去抓，什么都没抓住，继续往下沉啊沉的，沿着曲线形的船身滑下去。我只得放开锚。我听见砰的一下，等我再冒上水面似乎已过了一年。小筏子没锚顺着潮水给冲掉了，我向小筏子划过去，一边游，一边鼻血流到水里，我心里很高兴，幸亏水里没鲨鱼；可是我累了。

我头痛得快裂开了，我躺在小筏子上歇歇，然后又划回去。快到下午了。我又带着扳钳下水，没什么用处。那把扳钳太轻了。除非你有一把大铁锤，或者沉得能派用处的东西，否则潜下水去也没什么意思。于是我又把扳钳捆在鱼叉杆上，我从水底观察镜里看着，在舷窗玻璃上砰砰捶着，捶得扳钳震脱了，我在观察镜里看得清清楚楚，扳钳沿着船身一路滑下去，接着一下子滑开，沉到流沙里陷进去了。这下子我一事无成了。扳钳没了，小铁锚也丢了，所以只好划回小船。我太累了，没法把小筏子拉上小船，太阳已经很低了，鸟群也全飞走，离开沉船了，我径自拖着小筏子往西南礁划去，鸟群在我前后飞着。我累极了。

那天晚上，刮起风暴来了，一连刮了一星期。你没法出海到沉船那儿。他们从城里来，告诉我说被我划一刀的那家伙除了胳臂之外没什么事儿，我就回到城里，他们同我订了五百美元的约。结果倒好，因为他们有几个人都是我朋友，发誓带把斧子跟我去找，谁知等我们回到沉船那儿，希腊人早已把船炸开，全都拿空了。他们用炸药炸开保险箱。没人知道他们到手多少钱。这艘船上载着黄金，都给他们拿走了。他们把船洗劫一空。我发现沉船，可我一个子儿都得不到。

暴风确实很厉害。他们说暴风袭击时，这船就在哈瓦那港口外，不能进港，要不船东们决不会让船长冒险开进港来；他们说船长想要试一试，所以这船就只好冒着风暴开了，天黑时这船正冒着风暴行驶，企图闯过吕蓓卡和托吐加斯之间的海峡，这时撞上了流沙。也许船舵早给冲走了。也许他们连舵都没掌。不过总之他们没法知道有流沙，他们撞上流沙后，船长一定命令他们打开压舱层，这样船就可以稳住了。可是这船撞上的是流沙，他们打开压舱层时，船尾先沉下去，然后船舷尾端都陷进去了。船上有四百五十名乘客和船员，我发现这船时，他们一定都在船上。船一撞上流沙，他们一定立刻打开了压舱层，船身一压住，流沙就把船身吸下去了。后来锅炉一定爆炸了，一定是这样才使那些碎片儿漂出来。可是说来也怪，居然没有什么鲨鱼。一条鱼也没有。那片白净的沙滩上有鱼的话，我看得见。

可是现在倒有不少鱼了，是最大的一种石斑鱼。这艘船现在大部分都沉下流沙里了，这些鱼，最大一种石斑鱼就生活在船里。有的重三四百磅。几时我们倒要出海去打几条。在沉船处可以看见吕蓓卡灯塔。现在上面设了个浮标。沉船就在海湾边流沙底。这艘船只差一百码就能闯过来了；在昏天黑地的风暴中这艘船没闯过来，雨势这么猛，他们看不见吕蓓卡灯塔。当时他们不常遇到这种事。大客轮的船长不习惯那样疾驶。他们有航道，他们告诉我说，他们安了一种罗盘可以自动导航。他们碰上那阵风暴时，大概不知道自己在什么地方，不过他们差点闯过去。话又说回来，他们也许丢失了舵。总之，一旦他们进了那海湾，那么一路开到墨西哥是不会再撞上什么东西的。可是，在那场暴风雨里，他们一定是撞上了什么东西，船长才命令他们打开压舱层的。在那种暴风雨中，没人会在甲板上。人人都必定留在舱里。他们在甲板上就没命了。舱里必定有几场大乱，因为你要知道这船一头牢牢栽了进去。我看见那把扳钳沉进流沙里的。船撞上去时，船长决不会知道是流沙，除非他熟悉这片海域。他只知道不是遇上岩礁。他在船桥上一定全看见了。船一栽进去他必定就知道是怎么回事了。我就是不知道这船沉得多快。不知道大副是不是跟他在一起。你看他们是呆在船桥里执行任务呢，还是在船桥外面？人们根本找不到任何尸体。一具也没有。

没浮尸。有救生圈的话他们可以漂浮一大段海面呢。他们必定是在里面执行任务。得了，希腊人全都弄到手了。统统拿走了。他们一定来得很快，没错儿。他们搜刮得一干二净。鸟群先去，接着我去，然后是希腊人去，连鸟群从船上得到的东西也比我得到的多。

陈良廷 译

一个干净明亮的地方

时间很晚了，大家都离开了这咖啡馆，只有一个老人还坐在树叶挡住灯光的阴影里。白天里，街上尽是尘埃，到得晚上，露水压住了尘埃，这老人就喜欢坐得很晚，因为他是个聋子，现在是夜里，十分寂静，他感觉得到跟白天有所不同。咖啡馆内的两个侍者知道老人有点儿醉了，虽然他是个好主顾，他们可知道如果他喝得太醉了，会不付账就走，所以他们一直在留神他。

“上星期他想自杀来着，”一个侍者说。

“为什么？”

“他绝望啦。”

“干吗绝望？”

“没来由。”

“你怎么知道没来由？”

“他有很多钱。”

他们一起坐在咖啡馆大门边墙根里的一张桌子旁，眼睛望着露台，那儿的桌子全都空无一人，只有那老人坐在随风轻轻飘拂的树叶的阴影里。有个少女和一个大兵走过大街。街灯照在他领章的铜号码上。那少女没戴帽子，在他身旁匆匆走着。

“警卫队会把他逮走的，”一个侍者说。

“如果他得到了他追求的东西，那又有什么关系？”

“他还是这就从街上溜走为好。警卫队会找上他。他们五分钟前才经过这里。”

老人坐在阴影里，用杯子敲敲茶托。那个年纪较轻的侍者走到他身边。

“你要什么？”

老人朝他看看。“再来杯白兰地，”他说。

“你会喝醉的，”侍者说。老人朝他看了一眼。侍者走开了。

“他会通宵待在这里，”他对他的同事说。“我现在很困。我从没在三点前上床过。他该在上星期就自杀算了。”

侍者从咖啡馆内的柜台上拿了一瓶白兰地和一个茶托，大步走出咖啡馆，来到老人桌边。他放下茶托，把杯子倒满了白兰地。

“你该在上星期就自杀算了，”他对这聋子说。老人抬起一指示意。“加一点儿，”他说。侍者又往杯子里倒白兰地，弄得溢出来，顺着酒杯的高脚淌进下面一叠茶托的第一只。“谢谢你，”老人说。侍者拿着酒瓶回进咖啡馆。他又同他的同事在桌旁坐下。

“他这会儿喝醉了，”他说。

“他每天晚上都喝醉。”

“他干吗要自杀呀？”

“我怎么知道。”

“他上次是怎么自杀的？”

“他用绳子上吊。”

“谁把他放下来的？”

“他侄女。”

“干吗要把他放下来？”

“为他的灵魂安宁担忧。”

“他有多少钱？”

“他有很多钱。”

“他该有八十岁了吧。”

“不管怎样，我算准他有八十岁了。”

“但愿他回家去。我从没在三点钟前上床过。那是个什么样的上床时间呀？”

“他迟迟不回去是因为他喜欢这样。”

“他孤孤单单。我可不孤单。我有个老婆在床上等着我呢。”

“他从前也有过老婆。”

"如今有个老婆可对他没好处喽。"

"你说不准的。有了老婆他也许会好些。"

"他侄女在照料他。"

"我知道。你刚才说是她把他放下来的。"

"我才不要活得这么老。老人可邋遢呢。"

"不一定都这样。这个老人干干净净。他喝起酒来不会往外洒。哪怕这会儿喝醉了。你瞧他。"

"我才不想瞧他呢。但愿他回家去。他对那些非干活不可的人一点不关心。"

老人从酒杯上抬起头来眺望广场,然后望望这两个侍者。

"再来杯白兰地,"他指指杯子说。那个在着急的侍者跑了过去。

"结了,"他不顾什么句法,简短地说,这是蠢汉在对醉汉或外国人说话时会用的说法。"今晚上没啦。打烊啦。"

"再来一杯,"老人说。

"不。结了。"侍者拿块毛巾擦擦桌沿,一边摇摇头。

老人站起来,慢慢地数着茶托,打口袋里摸出一只装硬币的小皮袋,付了酒账,还放下半个比塞塔作小费。

那侍者瞅着他顺着大街走去,只见这老迈年高的人脚步不稳地走着,却是神气十足。

"你干吗不让他待下来喝酒呢?"那个不着急的侍者问。他们这会儿正在上铺板。"还不到两点半呢。"

"我要回家上床了。"

"晚一个钟头算啥?"

"他无所谓,我可很在乎。"

"反正一个钟头嘛。"

"你的口气就像你自己也是个老头了。他可以买瓶酒回家去喝嘛。"

"这可不一样。"

“对，是不一样。”那个有老婆的侍者表示同意说。他不希望做得不公正。他只是心里着急。

“那么你呢？你不怕不到你通常的时间就回家吗？”

“你想侮辱我吗？”

“不，老兄，只是开开玩笑而已。”

“不，”那个着急的侍者说，拉下一块块金属门板，站起身来。“我有信心。我完全有信心。”

“你有青春、信心，还有一份工作，”那个年纪大些的侍者说，“你什么都有。”

“那，你缺少什么呢？”

“除了工作，什么都缺。”

“凡是我有的，你都有嘛。”

“不。我从来就没有信心，而且已不年轻了。”

“得啦。别讲废话了，把门锁上吧。”

“我是属于那种喜欢在咖啡馆待得很晚的人，”那个年纪大些的侍者说。“我同情所有不想上床睡觉的人。同情所有夜里要有亮光的人。”

“我要回家上床睡觉去了。”

“我们是不一样的，”那个年纪大些的侍者说。这会儿，他穿好衣服要回家了。“这不光是个青春和信心的问题，虽然这些都是十分美妙的。我每天晚上很不愿意打烊，因为可能有人需要咖啡馆。”

“老兄，通宵营业的酒店有的是。”

“你不懂。这是家干净愉快的咖啡馆。十分明亮。灯光很美妙，这会儿还有树叶的阴影。”

“再见啦，”那个年轻的侍者说。

“再见，”另一个侍者说。他关了电灯，继续自言自语。灯光固然重要，但这地方必须干净愉快。你不需要音乐。你当然不需要音乐。你也没法怀着尊严站在酒吧台前，尽管时间这么晚了，这里能提供的也只有这份尊严了。他害怕什么？那不是害怕，也不是着慌。那是他深深体会到的一场空[①]的感觉。全都是一场空，一个男人也只落得一场空。只是这一场空，而少不了的只是灯光，还得有一点干净和有序。有些人生活于其中，却从来感觉不到，但他知道一切都是nada[②]，因而是nada，nada，因而是nada。我们在nada的nada，愿人都尊你的名为nada愿你的国nada愿你的旨意nada在nada如同行在nada。我们日用的nada今nada赐给我们nada我们的nada如同我们nada人的nadas不nada我们遇见nada拯救我们脱离nada；因而是nada。欢呼一场空，满是一场空，一场空与你同在。他含笑站在一个吧台前，台上有架亮光光的气压煮咖啡机。

“你要什么？”酒吧招待问。

“Nada。”

“又是个神经病，”酒吧招待说，便转过头去。

“来一小杯，”那个侍者说。

酒吧招待倒了一杯给他。

“灯光十分明亮，也很愉快，可惜这只吧台没有擦得很光洁，”侍者说。

酒吧招待看看他，但是没有答腔。夜深了，不谈。

“要再来一小杯吗？”酒吧招待问。

“不，谢谢你，”侍者说罢，便走出去。他不喜欢酒吧和酒店。一个干净明亮的咖啡馆可是个天差地远的去处。现在他不再去想什么了，他要回家，到自己屋里去。他要去躺在床上，等天亮

---

① “一场空”原文为nothing（乌有）。

② Nada是西班牙语中nothing的对应词，在这老侍者的内心独白中，海明威插入了一连串的nada，从下一行“我们在nada的nada”起，他把基督教的《主祷文》（天主教名为《天主经》）中的一些实词都用nada来代替。《主祷文》出自《圣经·路加福音》第11章第2—4节：“我们在天上的父，愿人都尊你的名为圣。愿你的国降临，愿你的旨意行在地上如同行在天上。我们日用的饮食，今日赐给我们。赦免我们的债，如同我们赦免了人的债。不叫我们遇见施探，拯救我们脱离凶恶。……”

了，他终于会入睡的。到头来，他对自己说，也许只是失眠吧。好多人都免不了害这个毛病呢。

曹　庸译

（首次发表于《斯克里布纳氏杂志》1933 年 3 月号）

世上的光*

酒保看见我们进门，抬眼望望，便伸出手去把玻璃罩子盖在两碗免费菜[①]上。

“给我来杯啤酒，”我说。他在龙头上放了一杯，用刮铲刮掉杯子口上的那层泡沫，然后一手握着杯子不放。我在木吧台上放下五分镍币，他才把啤酒从台面上朝我推来。

“你要什么？”他对汤姆说。

“啤酒。”

他放了一杯，刮掉泡沫，看见了钱才把酒推过来给汤姆。

“怎么啦？”汤姆问。

酒保没答理他。他径自朝我们脑袋上面看过去，冲着进门的一个男人说，“你要什么？”

“黑麦酒，”那人说。酒保摆出酒瓶和酒杯，还有一杯水。

汤姆伸过手去，揭开免费菜上面的玻璃罩。这是一碗腌猪脚，里面搁着一把能像剪子般开阖的木头家伙，末端有两把木叉，用来叉肉。

“不成，”酒保说，把玻璃罩重新盖在碗上。汤姆手里还拿着木叉。“放回去，”酒保说。

“见鬼去，”汤姆说。

酒保伸出一只手到吧台下，眼睁睁看着我们俩。我在木吧台上放了五毛钱，他才挺起身。

“你要什么？”他说。

“啤酒，”我说，于是他先揭开了两只碗上的罩子才去放酒。

“你们这混账猪脚是臭的，”汤姆说，把一口东西全吐在地上。酒保不言语。喝黑麦酒的那人付了账，头也不回就走了。

“你们自己才臭呐，”酒保说。“你们这帮阿飞都是臭货。”

“他说我们是阿飞，”汤米跟我说。

“听着，”我说。“我们还是走吧。”

“你们这帮阿飞快给我滚蛋，”酒保说。

“我说过我们要走的，”我说。“可不是你叫我们走才走的。”

“回头我们还来，”汤米说。

“不，你们甭来了，”酒保对他说。

“给他讲他犯了多大的错，”汤姆回过头来跟我说。

“走吧，”我说。

外面漆黑一团。

“这是什么鬼地方啊？”汤米说。

“我不知道，”我说。“我们还是上车站去吧。”

我们是从这一头进城的，现在要从另一头出城了。城里一片皮革和鞣树皮和一大堆一大堆的木屑发出的味儿。我们进城时天刚黑，这时天又黑又冷，道上水坑的边缘都在结冰了。

车站上有五个窑姐儿在等火车进站，还有六个白人和四个印第安人。屋内人头济济，火炉烧得很热，满是混浊的烟雾。我们进去时没人在讲话，票房的窗口关着。

“关上门，行不？”有人说。

我看看说这话的是谁。原来是这些白人中的一个。他穿着齐膝盖截短的长裤和伐木工人的胶皮靴，一件麦基诺格子厚呢衬衫，跟另外几个一个样，就是没戴帽，脸色发白，两手也发白，瘦瘦的。

“你到底关不关啊？”

“关，关，”我说着就把门关上。

“劳驾了，”他说。另外有个人嘿嘿笑了。

---

* 典出《圣经 · 约翰福音》第 9 章第 5 节，耶稣说，“我在世上的时候，是世上的光。”

① 西方的小饭店在三四十年代往往摆出所谓“免费菜”以招徕顾客。

“跟厨子开过玩笑吗?”他对我说。

“没。”

“你不妨跟这位开一下玩笑，”他瞧着那个叫厨子的，说。“他可喜欢呐。”

厨子眼光避开他，把嘴唇闭得紧紧的。

“他手上抹柠檬汁呢，”这人说。“他死也不肯泡在洗碗水里。瞧这双手多白。”

有个窑姐儿放声大笑。我生平还是头一回看到个头这么大的窑姐儿和娘儿们。她穿着一套会变色的绸子衣服。另外有两个窑姐儿个头跟她差不离，不过这大个儿的体重准有三百五十磅。你瞧着她的时候，还不信她是真的人呢。这三个身上都穿着会变色的绸子衣服。她们并肩坐在长椅上。个头都特大。另外两个的模样就跟一般窑姐儿差不多，都是用过氧化物漂白的金发。

“瞧他的手，”那人说着朝厨子点点头。那窑姐儿又笑了，笑得浑身颤动。

厨子回过头去，连忙冲着她说，“你这一身肥肉的臭婆娘。”

她兀自哈哈大笑，身子直打颤。

“噢，我的天哪，”她说。嗓音怪动听的。“噢，我的老天哪。”

另外两个窑姐儿，一对大个儿，装得安安分分，非常文静，仿佛没什么感觉似的，不过个头都很大，跟那个头最大的一个差不离。两个都足足超过两百五十磅。另外那两个却是一本正经。

男人中除了厨子和说话的那个，还有两个伐木工人，一个在听着，虽然感到有趣，却很腼腆，另一个似乎打算说些什么，还有两个是瑞典人。两个印第安人坐在长椅的另一端，还有一个靠墙站着。

打算说话的那个悄没声儿地跟我说，“包管像是躺在干草堆上。”

我听了不由大笑，把这话说给汤米听。

“凭良心说，像这种地方我还从没见识过呢，”他说。“瞧这三个娘儿们。”这时厨子开腔了。

“你们哥儿俩多大啦？”

“我九十六，他六十九，”汤米说。

“嗬！嗬！嗬！”那大个子窑姐儿笑得直打颤。她的嗓音的确动听。另外几个窑姐儿可没笑。

“噢，你嘴里没句正经话吗？”厨子说。“我问你算是对你友好啊。”

“我们一个十七，一个十九，”我说。

“你这是怎么啦？”汤姆冲我说。

“没事儿的。”

“你叫我艾丽斯好了，”大个子窑姐儿说着身子又打颤了。

“这是你的名字？”汤米问。

“可不，”她说。“艾丽斯。对不？”她回过头来看着坐在厨子身边的男人。

“艾丽斯。一点不错。”

“你正该起这种名字，”厨子说。

“这是我的真名，”艾丽斯说。

“另外几位姑娘叫什么啊？”汤姆问。

“黑兹儿和埃塞尔，”艾丽斯说。黑兹儿和埃塞尔微微一笑。她们不大机灵。

“你叫什么？”我问一个金发娘儿们。

“弗朗西丝，”她说。

“弗朗西丝什么？”

“弗朗西丝·威尔逊。你问这干吗？”

“你叫什么？”我问另一个。

“哼，别放肆，”她说。

“他无非想跟我们大伙交个朋友罢了，”头里说话的男人说。“难道你不想交个朋友吗？”

“不想，”头发用过氧化物漂白的娘儿们说。“不跟你交朋友。”

“她真是个泼辣货，”男人说。“一个地道的小泼妇。”

一个金发娘儿们瞧着另一个，摇摇头。

“天杀的乡巴佬，”她说。

艾丽斯又哈哈大笑起来，笑得浑身直打颤。

“有什么可笑的，”厨子说，“你们大伙都笑，可没什么可笑的。你们两个小伙子，要上哪儿去啊？”

“你自个儿要上哪儿？”汤姆问他。

“我要上凯迪拉克[1]，”厨子说。“你们去过那儿吗？我妹子住在那儿。”

“他本人也是个妹子嘛，”穿截短的长裤的那人说。

“你别说这种话行不行？”厨子说。“我们不能说说正经话吗？”

“凯迪拉克是史蒂夫·凯切尔的故乡，阿德·沃尔加斯特[2]也是那儿的人。”那腼腆的男人说。

“史蒂夫·凯切尔，”一个金发娘儿们尖声说，这名字仿佛在她心中扣动了扳机。“他的亲老子开枪杀了他。咳，天哪，亲老子啊。再也找不到史蒂夫·凯切尔这号人了。”

“他不是叫史坦利·凯切尔[3]吗？”厨子问。

“嘿，少废话！”金发娘儿们说。“你对史蒂夫了解个啥？史坦利。他才不叫史坦利呢。史蒂夫·凯切尔是空前未有的大好人、美男子。我从没见过像史蒂夫·凯切尔这么洁净、这么白皙、这么漂亮的男人。天下找不出第二个来。他行动活像老虎，是个空前未有的大好人，花钱最最豪爽。”

---

① 凯迪拉克，密歇根州中部一大城市，位于纵贯南北的铁道干线上。

② 阿德·沃尔加斯特，1910—1912 年美国轻量级拳击冠军。

③ 史坦利·凯切尔（1886—1910），实有其人。为 1907—1908 年次重量级拳击冠军。在一次与人争吵中被枪杀。

“你认识他吗？”男人中的一个问。

“我认识他吗？我认识他吗？我爱过他吗？你问我这个吗？我跟他可熟呢，就像你跟无名小鬼那样熟，我爱过他，就像你爱上帝那样深。史蒂夫·凯切尔哪，他是空前未有的大伟人、大好人、最最白皙的美男子，可他的亲老子竟把他当条狗似的一枪打死。”

“你陪他到东海岸去过吗？”

“没。在这以前我就认识他了。他是我唯一的心上人。”

头发用过氧化物漂白过的娘儿们把这些事说得像演戏似的，人人听了都对她肃然起敬，但艾丽斯又开始打颤了。我坐在她身边感觉得到。

“你原该嫁给他的，”厨子说。

“我不愿损害他的前程，”头发用过氧化物漂白过的娘儿们说。“我不愿拖他的后腿。他要的可不是老婆。唉，我的上帝呀，真是个了不起的男人呐。”

“这样看待这事儿倒也不错，”厨子说。“杰克·约翰逊[①]不是把他击倒过吗？”

“这是耍的诡计，”头发漂白过的娘儿们说。“这个大个子黑人偷打了一下冷拳。本来他已经把杰克·约翰逊这大个子黑杂种击倒了。那黑鬼靠侥幸才战胜他的。”

票房窗口开了，三个印第安人走到窗口去。

“史蒂夫把他击倒了，”头发漂白过的娘儿们说。“他还扭头冲着我笑呢。”

“我记得你刚才说过你当时不在东海岸，”有人说。

“我就是为了这场拳赛才出门的。史蒂夫扭头冲着我笑，那个该死的黑狗崽子跳起身来，给了他一下冷拳。史蒂夫原是能打垮一百个这号黑杂种的。”

“他是个拳击大王，”那伐木工人说。

---

① 杰克·约翰逊（1878—1946），美国第一个重量级黑人拳王。

"但愿他确实是这样，"头发漂白过的娘儿们说。"但愿现在不再有他这样好的拳手了。他就像位神明，真的。那么白皙、那么洁净、那么漂亮，就像头猛虎或闪电那样出手迅速，干净利落。"

"我在拳赛电影中看到过他，"汤姆说。我们全都听得很感动。艾丽斯浑身直打颤，我一瞧，只见她在哭。那几个印第安人已经走到月台上去了。

"他比天底下哪个做丈夫的都强，"头发漂白过的娘儿们说。"我们当着上帝的面结了婚，我眼下还是他的人儿，而且将一辈子都是他的，我整个儿都是他的。我不在乎自己的身子。人家可以糟蹋我的身子，可我的灵魂是属于史蒂夫·凯切尔的。天呐，他真是个男子汉。"

人人都感到不是味儿。叫人听了又伤心又尴尬。当下那个还在打颤的艾丽斯开口说话了。"你闭着眼睛说瞎话，"她嗓门低低地说。"你这辈子从没跟史蒂夫·凯切尔睡过，你自己有数。"

"亏你说得出这种话来！"头发漂白过的娘儿们神气活现地说。

"我说这话就因为这是真的，"艾丽斯说。"这里只有我一个人认识史蒂夫·凯切尔，我是从曼塞罗那来的，在当地认识了他，这是真的，你也明明知道这是真的，我要有半句假话就叫天打死我。"

"叫天打死我也行，"头发漂白过的娘儿们说。

"这是真的，真的，真的，这个你明明知道。不是瞎编的，而且我还完全记得他跟我说的话。"

"他说些什么来着？"头发漂白过的娘儿们得意洋洋地问。

艾丽斯正在哭，身子颤动得连话也说不出来。"他说过'你是个可爱的小宝贝，艾丽斯。'这确实是他亲口说的。"

"这是鬼话，"头发漂白过的娘儿们说。

"这是真话，"艾丽斯说。"他的确是这么说的。"

"这是鬼话，"头发漂白过的娘儿们神气活现地说。

"不，这是真的，真的，真的，我对天发誓，一点不假。"

"史蒂夫决不会说这种话。这不是他平素说的话，"头发漂白过的娘儿们高高兴兴地说。

"这是真的，"艾丽斯嗓音怪动听地说。"而且随便你信不信，我都觉得无所谓。"她不再哭了，总算平静了下来。

"史蒂夫不可能说这种话，"头发漂白过的娘儿们扬言说。

"他说了，"艾丽斯说着，露出了笑容。"记得当初他说这话时，我确实像他说的那样，是个可爱的小宝贝，而眼下我要比你强得多，你这个旧热水袋可干得没有一滴水啦。"

"你休想侮辱我，"头发漂白过的娘儿们说。"你这个大脓包。我记性可好呢。"

"不，"艾丽斯嗓音甜得可爱地说。"你记得的事有哪一点是真的？怕只记得你光着腚的日子和几时吸上可卡因跟吗啡吧。其他什么事你都是从报上刚看来的。我做人清白，这点你知道，即使我个头大，男人还是喜欢我，这点你也知道，而且我决不说假话，这点你也知道。"

"你管我记得哪些事？"头发漂白过的娘儿们说。"反正我记得的净是些真事，美事。"

艾丽斯看看她，再看看我们，脸上的受到伤害的神情消失了，她微微一笑，一张脸蛋漂亮得真是少见。她有一张漂亮的脸蛋，一身细嫩光洁的皮肤，一副动人的嗓子，她真是好得没说的，而且的确很友好。可是天呐，她个头真大。她的个头真有三个娘儿们那样大。汤姆看见我正瞧着她，就说，"快来。我们走吧。"

"再见，"艾丽斯说。她确实有副好嗓子。

"再见，"我说。

"你们哥儿俩往哪条道走啊？"厨子问。

"跟你走的不是一条道，"汤姆对他说。

陈良廷 译

先生们，祝你们快乐

那时节差距跟如今可大不相同，泥土从如今已被削平的丘陵上吹下来，堪萨斯城跟君士坦丁堡一模一样。说来你也许不信。没人信。可这是真的。今天下午，天下着雪，黑得早，在一个汽车商行的橱窗里，亮着灯，陈列着一辆赛车，车身完全用白银抛光，引擎盖上印有 Dans Argent 的字样。我想这两个字的意思是银舞或跳银舞的人[①]，但心里对这两个字的意思稍为有些莫名其妙，不过看见车也很高兴，对自己懂得一门外文也很得意。我冒雪沿街走着。沃尔夫兄弟酒馆在圣诞节和感恩节供应免费火鸡大菜，我从那里出来，朝市立医院走去，医院坐落在俯临全城烟尘、建筑和街道的一座高山上。医院的接待室里有两个救护队的外科大夫，费希尔医生和威尔科克斯医生，一个坐在桌前，另一个坐在靠墙一张椅子里。

费希尔医生是个瘦个子，长着沙金色头发，薄薄的嘴唇，含着笑意的眼睛，赌徒的手。威尔科克斯医生是个矮个子，黑皮肤，拿着一本附有索引的书，书名《青年医生顾问指南》，这本书里列举的病例都可以查考，说明症状和疗法。书里还有对照索引，凭诊断也可以查到症状。费希尔医生曾建议今后再版应该再补进对照索引，那样如果凭疗法查考，就可以查到病名和症状。“以便帮助记忆，”他说。

威尔科克斯医生对这本书很敏感，可他离不开这本书。书是软皮面的，正好放入上衣口袋，他是听了他一位教授的忠告才买了这本书的，那位教授这么说过，“威尔科克斯，你没有做医生的资格，我在职权范围内尽了一切努力阻止你获得医生资格证书。既然你现在已经成为这项需要专门学问的行业中的一员，我以人道主义的名义，奉劝你去买一本《青年医生顾问指南》用用吧，威尔科克斯医生。学着用吧。”

威尔科克斯医生一言不发，不过当天就买了这本皮面指南手册。

“喂，霍勒斯，”我一走进那间接待室里，费希尔医生就打了个招呼。室内一股怪味儿，有香烟味，有碘仿味，有石炭酸味，还有热量过高的暖气管味。

“先生们，”我说。

“市场上有什么新闻没有？”费希尔医生问。他说起话来装腔作势，过分夸张，我听起来倒是语气优雅。

“沃尔夫酒馆有免费火鸡，”我答。

“你吃过了？”

“吃得很丰盛。”

“许多同事都去了？”

“全体同仁。大家都去了。”

“圣诞佳节的欢乐气氛很浓？”

“不算太浓。”

“这位威尔科克斯医生也稍为吃过了，”费希尔医生说。威尔科克斯医生抬眼看看他，再看看我。

“要喝一杯吗？”他问。

“不，谢谢，”我说。

“那好吧，”威尔科克斯医生说。

“霍勒斯，”费希尔医生说，“我叫你霍勒斯，你不在乎吧？”

“不在乎。”

“霍勒斯老弟。我们碰到个有趣透顶的病例。”

“可不，”威尔科克斯医生说。

---

① 小说主人公把法文 Dans Argent（银制品）中的 Dans 与英文中发音相似的跳舞 dance 和跳舞的人 dancer 混淆了。

“你认识昨天上这儿来的小伙子吗？”

“哪一个？”

“找我们做阉割手术的。”

“认识。”他进来那时我在场。他是个十六岁的小伙子。他进来时没戴帽，虽然又激动又害怕，决心倒大。他一头鬈发，体格强壮，嘴唇凸出。

“你怎么啦，孩子？”威尔科克斯医生问他。

“我要做阉割手术，”那小伙子说。

“为什么？”费希尔医生问。

“我做了祷告，我尽了一切努力，可是一点也没用。”

“什么没用？”

“那股要命的肉欲。”

“什么要命的肉欲？”

“我心里的那股子劲儿。我没法抑制那股子劲儿。我对此做了一整夜祷告。”

“到底怎么回事？”费希尔医生问。

小伙子告诉了他。“听我说，孩子，”费希尔医生说。“你没什么毛病。你有那股子劲儿是理所当然的。你没什么毛病。”

“那是坏事，”小伙子说。“是玷污清白的罪过，是触犯上帝和救世主的罪过。”

“不，”费希尔医生说。“这是天生自然的事。你有那股子劲儿也是理所当然的，日后你还会认为自己非常幸运呢。”

“啊呀，你们不明白，”小伙子说。

“听我说，”费希尔医生说，他告诉小伙子某些知识。

“不。我不听。你不能叫我听你的。”

“请听我说，”费希尔医生说。

“你简直是个十足的大傻瓜，”威尔科克斯医生跟小伙子说。

“那你们不肯做手术？”小伙子问。

“做什么手术？”

“替我阉割。”

“听我说，”费希尔医生说。“没人会替你阉割。你身上没什么毛病。你身体很好，你千万别想这事了。如果你是信教的，那就别忘了你所抱怨的不是罪恶，只是完成圣礼的途径罢了。”

“我没法抑制，”小伙子说。“我做了一整夜祷告，我白天也祷告。这是罪过，常犯的玷污清白罪。”

“咳，去你的——”威尔科克斯医生说。

“你这样说话我可不听你的，”小伙子神气十足地跟威尔科克斯医生说。“请你做这手术行不行？”他问费希尔医生。

“不行，”费希尔医生说。“我已经跟你说过了，孩子。”

“把他撵出去，”威尔科克斯医生说。

“我会出去的，”小伙子说。“别碰我。我会出去的。”

那是上一天五点钟光景的事。

“后来怎么样？”我问。

“今天凌晨一点钟，”费希尔医生说，“我们接纳了用剃刀自伤的青年。”

“阉割？”

“不是，”费希尔医生说。“他不懂阉割是什么意思。”

“他会送命的，”威尔科克斯医生说。

“为什么？”

“失血呗。”

“这位好大夫，我的同事，威尔科克斯医生当班，他在他的手册里竟找不到这种急救法。”

“你竟那样说话，真该死，”威尔科克斯医生说。

“我只是用最客气的方式说话，大夫，”费希尔医生说，一边瞧瞧自己一双手，由于他愿意替人效劳，加上对联邦法令不够尊重，这双手给他找来过麻烦。“这个霍勒斯可以替我作证，我只是用最客气的方式说这事。这个年轻人做的是切除呢，霍勒斯。”

“得了，希望你别就此挖苦我，”威尔科克斯医生说。“用不着挖苦我。”

“挖苦你，大夫，在我们的救世主的诞辰[①]这一天挖苦你？”

“我们的救世主[②]？你不是个犹太教徒吗？”威尔科克斯医生说。

“我是犹太教徒。我是犹太教徒。我老是把这点忘了。我从来没给予应有的重视。承蒙你好心提醒我。你们的救世主。对。你们的救世主，毫无疑问是你们的救世主——我还挖苦圣枝主日[③]。”

“你太自作聪明了，”威尔科克斯医生说。

“诊断得确切极了，大夫。我一向太自作聪明。的确是太自作聪明了。霍勒斯，要防止这点。你这人虽然没多大倾向性，不过有时我看出一点儿苗头。可这个诊断多神啊——用不着查书。”

“见你的鬼去吧，”威尔科克斯医生说。

“到时候会去的，大夫，”费希尔医生说。“到时候会去的。如果真有那么个鬼地方的话，我一定会去看看的。我甚至已经看到过一眼了。不过是偷看了一眼而已，真的。我几乎马上就掉转头看别处了。霍勒斯，你知道这位好心的大夫把那年轻人带进来时，他是怎么说的吗？他说，‘唉，我请求过你给我做这手术。我请求过你多少回给我做手术了。’”

“而且，在圣诞节，”威尔科克斯医生说。

“这个节日的意义并不重要，”费希尔医生说。

“对你也许并不重要，”威尔科克斯医生说。

“你听到他说了吗，霍勒斯？”费希尔医生说。“你听到他说了

---

① 救世主的诞辰指圣诞节，为基督教徒纪念耶稣基督诞生的节日，在 12 月 25 日。

② 基督教始于公元一世纪，奉耶稣为救世主。犹太教为犹太人中间流行的宗教，奉耶和华为唯一的神，所以威尔科克斯对作为犹太教徒的费希尔称耶稣为“我们的救世主”表示异议。

③ 圣枝主日是纪念耶稣在受难前进入耶路撒冷的节日，在复活节前的星期日。

吗？这位大夫发现了我的弱点，可以说是我的致命伤，他就趁机大大利用了。”

“你太自作聪明了，”威尔科克斯医生说。

陈良廷 译

大 转 变

“得了，”男人说。“怎么样？”

“不，”姑娘说，“我不能。”

“你意思是说你不肯。”

“我不能，”姑娘说。“我就是这个意思。”

“你意思是说你不肯。”

“好吧，”姑娘说。“你要怎样理解就怎样理解。”

“我并没有要怎样就怎样。要是这样倒好了。”

“你早就这样了，”姑娘说。

天还早，酒馆里除了酒保和这对坐在屋角桌边的男女之外，没有别人了。时当夏末，他们俩都晒得好黑，所以在巴黎他们看上去很不调谐。姑娘穿一套粗花呢服装，一身金棕色的皮肤光滑柔嫩，脑门上一头金发剪得短短的，长得很美。男人瞧着她。

“我要杀了她，”他说。

“请别，”姑娘说。她有一双好细嫩的手，男人瞧着她的手。这双手长得纤细，晒黑了，很美。

“我一定要。我对天发誓一定要。”

“杀了她，你也不会快乐。”

“你不会陷进别的事吧？不会陷进别的困境吧？”

“看来不会，”姑娘说。“你打算怎么办？”

“我跟你说过了。”

“不，我是说真的。”

“我不知道，”他说。她瞧着他，伸出手去。“可怜的菲尔，”她说。他瞧着她的手，可是他没用自己的手去碰它。

“不，谢谢，”他说。

“说声对不起也没什么用吗？”

“对。”

“跟你说明是怎么回事也没什么用？”

“我不愿听。”

“我非常爱你。”

“是啊，这点证实了。”

“你要是不明白，那我也没办法，”她说。

“我明白。麻烦就在这里。我明白。”

“你真的明白，”她说。“这下事情当然更糟。”

“可不，”他瞧着她说。“我会永远明白的。整天整夜。尤其是整夜。我会明白的。这你用不着担心。”

“对不起，”她说。

“如果是个男人——”

“别这么说。这决不是男人不男人的事。这你也清楚。你不信赖我吗？”

“真好笑。”他说。“信赖你。真的很好笑。”

“对不起，”她说。“看来我只有这句话好说。不过既然咱们相互了解，那也用不着假装不了解。”

“是啊，”他说。“我看是用不着。”

“如果你要我，我再回来。”

“不。我不要你。”

于是两人一时都一言不发。

“你不相信我爱你吧？”姑娘问。

“别胡说，”男人说。

“你真的不相信我爱你？”

“你干吗不拿出证明来？”

“你以前可不是这样的。你过去从不要求我证明什么事。那可不礼貌。”

“你真是个古怪的姑娘。”

“你不古怪。你是个好人，要我离开你，一走了之，真叫我伤心——”

“你当然得走。”

“是啊，”她说。“我得走，这你知道。”

他没说什么，她瞧着他，再伸出手去。酒保在酒柜那一头。他的脸色煞白，上衣也是白的。他认识这两口子，认为他们是一对年轻佳偶。他看到过好多对年轻佳偶分手，然后再另外结了新偶，从不白头到老。他不是在想这件事，而是在想一匹马。过半小时他就可以派人到对马路看看那匹马有没有跑赢。

“你不能对我厚道些，让我去吗？”姑娘问。

“你想我该怎么办？”

两个顾客进了门，走到酒柜前。

“好咧，先生，”酒保记下他们点的酒。

“你不能原谅我吗？你知道这件事的话？”姑娘问。

“不。”

“你不想想咱们有过那段情分对相互了解总该有点关系吧？”

“伤风败俗是面目非常可怕的妖魔，”青年辛酸地说，“下句不是得什么什么的，就是但必须擦亮眼睛看看。下句还有我们怎么怎么的，然后拥抱。”他记不得原句[①]了。“我没法引述了，”他说。

“别说伤风败俗了，”她说，“那样说很不礼貌。”

“堕落，”他说。

“詹姆斯，”一个顾客招呼酒保说，“你气色很好。”

“你自己气色也很好，”酒保说。

“詹姆斯老兄，”另一个顾客说，“你发胖了，詹姆斯。”

“我胖成这模样，难看死了，”酒保说。

“别忘了加进白兰地，詹姆斯，”第一个顾客说。

---

① 他引述的是英国诗人蒲伯（1688—1744）的诗句。原句应为“伤风败俗是面目极其狰狞的妖魔，必须深恶痛绝，但需擦亮眼睛看看。……”

“忘不了，先生，”酒保说。“相信我。”

酒柜边那两个顾客朝桌边那两个看过去，然后又回头看看酒保。朝酒保这方向看顺眼。

“我还是希望你最好别用这字眼，”姑娘说。“没必要用这样的字眼。”

“那你要我怎么叫呢？”

“你用不着叫。用不着什么叫法。”

“就是这个叫法。”

“不，”她说，“咱们遇到各种各样的事都和解了。这你也有体验。你都见惯了。”

“你不必再说了。”

“因为这点已说明一切了。”

“行了，”他说，“行了。”

“你意思完全不对。我知道。完全不对。可我会回来的。告诉你，我要回来的。我马上就会回来。”

“不，你别回来。”

“我会回来的。”

“不，你别回来。别回到我这里。”

“走着瞧吧。”

“是啊，”他说。“糟就糟在这里。你大概会吧。”

“我当然会。”

“那走吧。”

“真的？”她信不过他，可是她的嗓音是愉快的。

“走吧，”他的嗓音自己听上去好怪。他正瞧着她，瞧着她嘴巴翕动的样子，瞧着她颧骨的线条，瞧着她的眼睛，瞧着她脑门上头发长的样子，瞧着她耳朵的轮廓，瞧着她的脖子。

“未必当真吧。唉，你真太可爱了，”她说。“你对我太好了。”

“等你回来后再把事情告诉我吧。”他的声音听上去很怪。他自己都辨不出来了。她赶快瞧了他一眼。他渐渐定下心来。

“你要我走吗？”她一本正经地问。

“是的，”他一本正经地说。“马上走。”他的嗓音变样了，嘴巴很干。“现在就走，”他说。

她站起身，很快走出去。她没回头看他。他目送她走掉。他跟刚才吩咐她走的那个人完全不一样了。他从桌边站起身，拿起两张账单，走到酒柜边付账。

“我变了个人啦，詹姆斯，”他对酒保说。“你瞧我完全变了个人啦。”

“什么，先生？”詹姆斯说。

“伤风败俗，是很怪的事，詹姆斯，”黑皮肤的青年说。他瞧着门外，瞧见她朝街那头走去。他照照镜子，瞧见自己确实变了个样儿。酒柜前那两个顾客挪动一下让他。

“你说得对，先生，”詹姆斯说。

那两个顾客再挪动一下，让他看个畅。那青年瞧着酒柜后那面镜子里的自己。“我说我变了个人啦，詹姆斯，”他说。瞧着镜子，他看见的果然不假。

“你气色很好，先生，”詹姆斯说。“你夏天一定过得很愉快。”

陈良廷 译

你们决不会这样

进攻部队穿过了田野，曾遭到从低洼的大路和那一带农舍发出的机枪火力的阻击，进了镇子可没有再遇到抵抗，一直攻到了河边。尼古拉斯·亚当斯骑了辆自行车顺着大路一路过来，碰到路面实在坎坷难行的地方，只好下车推着走，他根据地上遗尸的位置，揣摩出战斗的经过情景①。

尸体有单个的，也有成堆的，茂密的野草里有，沿路也有，口袋都给兜底翻了出来，身上叮满了苍蝇，无论单个的还是成堆的，尸体的四周总是纸片狼藉。

路旁的野草和庄稼地里还丢着许多物资，有的地方连大路上都狼藉满地：有一台行军灶，那准是仗打得顺利的时候从后方运上来的；还有许多有小牛皮盖的挎包、手榴弹、钢盔、步枪，有时还看到有支步枪枪托朝天，刺刀插在泥土里，看来他们最后还在这里掘过好些壕沟；除了手榴弹、钢盔、步枪，还有挖壕沟用的家伙、弹药箱、信号枪、散落一地的信号弹、药品箱、防毒面具、装防毒面具用的空筒，一挺三脚架架得低低的机枪，机枪下一大堆空弹壳，子弹箱里还撅出些夹得满满的子弹带，装冷却水的空桶侧卧在地，枪闩不见了，机枪组的成员们东歪西倒地躺着，而前后左右的野草里，照例又是纸片狼藉。

乱纸堆里有弥撒祷文册；有印着合影照的明信片，上面正是这个机枪组的成员们，都红光满面，高高兴兴地站好了队，就像供大学年刊用的一张足球队合影那样，如今他们都歪歪扭扭地倒在野草里，浑身肿胀；还有印着宣传画的明信片，画的是一个穿奥地利军装的士兵正把一个女人按倒在床上，人物画得有印象派的味道，描绘得蛮动人，只是和强奸的实际情况完全不符，那时妇女的裙子会被掀起来蒙住她的头，使她喊不出声来，有时候还有个同伙骑在她的头上。这种教唆性的画片为数不少，显然都是在发动进攻前不久发下的。如今就跟那些印有淫秽照片的明信片一起散得到处都是；还有乡下照相馆里拍的乡下姑娘的小相片，偶尔还有些儿童照，还有就是家信，家信之外还是家信。总之，有尸体的地方就一定有大量乱纸，这次进攻留下的遗迹也不例外。

这些阵亡者才死未久，所以除了腰包以外，还无人过问。尼克一路注意到，我方的阵亡将士（至少在他心目中认为是我方的阵亡将士）倒是少得出乎意料。他们的外套也给解开了，口袋也给兜底翻过来了，根据他们的位置，还可以看出这次进攻采用什么方式和什么战术。炎热的天气弄得他们浑身肿胀，不管是什么国籍，全都一个样。

镇上的奥军最后显然就是沿着这条低洼的大路设防死守的，退下来的可说绝无仅有。街上总共只见三具尸体，看来都是在逃跑的时候给打死的。镇上的房屋都给炮火打坏了，街上尽是一堆堆灰泥砂浆的碎块，还有断梁、碎瓦以及许多弹坑，有的弹坑给芥子气熏得边上都发了黄。地上弹片累累，瓦砾堆里到处可见开花弹的弹丸。镇上根本没有半个人影。

尼克 · 亚当斯自从离开福尔纳契以来，还没看到过一个人，不过沿着公路一路驶来，穿过树木茂盛的地带，他曾看到大路左侧密密匝匝的桑叶后面隐藏着大炮，由于太阳把炮筒晒得发烫，桑叶顶上腾起一股股热浪，才使他注意到的。如今看见镇上竟空无一人，他感到意外，于是就穿镇而过，来到紧靠河边、低于堤岸的那一段大路上。镇口有一片光秃秃的空地，大路就从这里顺坡而下，他能看到平静的河面、对岸的弧形矮堤，还有奥军挖战壕时垒起的泥土，给日头晒得发白了。多时未见，这一带已是那么郁郁葱葱，绿得刺眼，尽管如今已成了个历史性的地点，而这一段下游的河流可

---

① 这故事的背景是第一次世界大战后期（1918），地点在意奥前线。

没有什么变化。

部队部署在河的左岸。堤岸顶上有一排坑，坑里有些士兵。尼克看到有的地方架着机枪，信号火箭放在架子上。堤坡上的坑里的士兵都在睡大觉。谁也没来向他查问口令。他只管往前走，刚随着土堤拐了个弯，冷不防闪出一个胡子拉碴、眼皮红肿、满眼都是血丝的年轻少尉，拿手枪对住了他。

“你是什么人？”

尼克告诉了他。

“有什么证明？”

尼克出示了通行证，证件上有他的照片和姓名身份，还盖上了第三军的大印。少尉一把抓在手里。

“放在我这儿吧。”

“这可不行，”尼克说。“把证件还给我，收起手枪。着。放进枪套。”

“我怎么知道你是什么人呢？”

“证件上写明了。”

“万一证件是假的呢？这证件得交给我。”

“别胡闹啦，”尼克乐呵呵地说。“快带我去见你们连长吧。”

“我得送你到营部去。”

“行啊，”尼克说。“听着，你认识帕拉维契尼上尉吗？就是那个留小胡子的高个子，以前当过建筑师，会说英国话的。”

“你认识他？”

“有点认识。”

“他指挥几连？”

“二连。”

“现在他指挥一个营了。”

“这可好，”尼克说。听说帕拉[①]安然无恙，他心里觉得一宽。

---

① 意大利姓氏有的较长，熟人之间习惯用简称。

“我们到营部去吧。”

刚才尼克出镇口的时候，右边一所破房子的上空爆炸过三颗开花弹，此后就一直没有打过炮。可是这军官的脸色却老像在挨排炮一样。不但脸色那样紧张，连声音听起来都不大自然。他的手枪使尼克很不自在。

“快把枪收起来，”他说。“敌人跟你还隔着这么大一条河呢。”

“我要真当你奸细的话，会这就一枪毙了你，”少尉说。

“得啦，”尼克说。“我们到营部去吧。”这个军官弄得他非常不自在。

营部设在一个掩蔽部里，代营长帕拉维契尼上尉坐在桌子后边，比从前更消瘦了，那英国气派也更足了。尼克一个敬礼，他马上从桌子后边站了起来。

“好哇，”他说。“乍一看，简直认不出你了。你穿了这身军装在干什么？”

“是人家叫我穿的。”

“见到你太高兴了，尼科洛[①]。”

“是啊。你气色不错。仗打得怎么样啊？”

“我们这场进攻战打得漂亮极了。真的。漂亮极了。我给你讲讲。你来看。”

他就在地图上比划着，讲了进攻的过程。

“我是从福尔纳契来的，”尼克说。“一路上也看得出是怎么样的一回事。的确打得很不错。”

“了不起。实在了不起。你现在关系挂在团部？”

“不。我的任务就是到处走走，让大家看看我这一身军装。”

“有这样的怪事。”

“要是看到有这么一个身穿美军制服的人，大家就会相信美国军队快要大批开到了。”

---

① 尼科洛为尼克的意大利文对应词。

"可怎么让他们知道这是美国军队的制服呢？"

"你来告诉他们嘛。"

"啊，是啊，我明白了。那我就派一名班长给你带路，陪你到火线上去转一转。"

"像个臭政客似的，"尼克说。

"你要是穿了便服，那就要引人注目多了。在这儿穿了便服才真叫万众瞩目呢。"

"还要戴一顶卷边洪堡呢帽，"尼克说。

"或者戴一顶毛茸茸的费陀拉①也行。"

"照规矩呢，我口袋里应该装满了香烟啦、明信片啦这一类的东西，"尼克说。"还应该背上一满袋巧克力。逢人分发，捎带着慰问几句，还要拍拍背脊。可现在一没有香烟、明信片，二没有巧克力。所以他们叫我随便走上一圈就行。"

"我相信你这样露露面对部队总是个很大的鼓励。"

"但愿你别这么想，"尼克说。"现在这样，我心里已经够难受了。按我的一贯宗旨，倒巴不得给你带一瓶白兰地来。"

"按你的一贯宗旨，"帕拉说着，这才第一次笑了笑，露出一口发黄的牙齿。"这话真说得妙极了。你要不要喝点酒渣白兰地？"

"不喝了，谢谢，"尼克说。

"酒里没有一点儿乙醚的。"

"我至今还觉得嘴里有这味儿呢。"尼克一下子全想起来了。

"你知道，要不是那次一起坐卡车回来，在路上听你胡说一气，我还根本不知道你喝醉了呢。"

"我每次进攻前都要灌个醉，"尼克说。

"我就受不了，"帕拉说。"我第一次打仗尝过这个滋味，那是我生平打的第一仗，结果只弄得我难过死了，到后来渴得要命。"

---

① 费陀拉，一种软呢浅顶帽，首次出现在法国戏剧家萨尔杜（1831—1908）的戏剧《费陀拉》（1882）中，故名。

“你用不到靠酒来帮忙。”

“可你打起仗来比我勇敢多了。”

“哪里，”尼克说。“我有自知之明，晓得还是喝醉为好。我可并不觉得难为情。”

“我从没看见你喝醉过。”

“没见过？”尼克说。“从没见过？你难道不记得了，那天晚上我们从梅斯特雷乘卡车到波托格朗台，路上我想要睡觉，把自行车当作了毯子，打算拉过来齐胸盖好？”

“那可不是在火线上。”

“我这个人是好是孬，我们也别谈了，”尼克说。“这个问题我自己心里太清楚了，我都不愿意再去想了。”

“那你还是先在这儿待会儿吧，”帕拉维契尼说。“要打盹只管请便。人家打炮时没把这个坑怎么样。现在出去天还太热。”

“我看反正也不忙。”

“你的身体究竟怎么样？”

“蛮好。完全正常。”

“不。要实事求是说。”

“是完全正常。不过没有个灯睡不着觉。就是还有这么点小毛病。”

“我早说过你应该动个开颅手术。我不是医生，可我明白。”

“不过，医生认为还是让它自己吸收的好，我就这么着了。怎么啦？难道你看我的神经不正常？”

“你看起来身体一级棒。”

“只要一旦医生给你下了个精神失常的诊断，那就够你受的了，”尼克说。“从此就再也没有人信任你了。”

“我说还是打个盹好，尼科洛，”帕拉维契尼说。“这个地方跟我们以前见惯的营部可不一样了。我们就等着撤退呢。这会儿天气还热，你不要出去——别犯傻了。在那只铺上躺下吧。”

“那我就躺一会儿吧，”尼克说。

尼克躺在铺位上。他感到这么不对劲，很是伤心，可都叫帕拉维契尼上尉一眼看出来了，便越发感到伤心了。这个掩蔽部不及从前的那一个大，当初那一个排，都是1899年出生的士兵，刚上前线，碰上进攻前的炮轰，在掩蔽部里吓得发起歇斯底里来，帕拉便命令他带他们每两人一批，出洞去走走，好叫他们明白不会有什么危险，他呢，拿钢盔的皮带紧紧扣在自己的嘴下，不让嘴唇动一动。心里明知道他们一挨到炮轰就止不住要发作。明知道这种办法根本是胡闹——那人要是哭闹个没完，那就揍他个鼻子开花，看他还有心思哭闹。我倒想枪毙一个，可现在来不及了。怕他们会愈闹愈凶。还是揍他个鼻子开花吧。进攻的时间提前到五点二十分。我们只剩下四分钟了。把另一个窝囊废揍个鼻子开花，加上屁股上一脚，把他踢出去。你看这一来他们会出发了吗？要是再不肯出发，就枪毙两个，把余下的人好歹都一起轰出去。班长，你要在后面押队哪。你自己走在头里，后面没有一个人跟上来，那有屁用。你自己出发了，要把他们也带出去啊。真是胡闹一气。好吧。这就对了。于是他看了看表，才以平静的口气，那种极有分量的平静口气，说了声："真是萨伏依人。"他没有酒喝也只好去了，来不及弄酒喝了，等地洞倒塌，洞子的一头整个儿坍了，他找不到自己的酒，这一点使大家都动起来了；他没喝酒就上了那山坡，就只这一回他没有喝醉就去了。大家回来后，看来那登山索道站就着了火，过了四天，有些伤员从山下给撤下来了，也有一些没有，可我们还是攻上去又退回来，退到了山下——总是退到了山下。嗬，盖蓓·台里斯来了，说来也怪，怎么满身都是羽毛啊；一年前你还叫我好宝贝呢嗒哒哒你还说认识我多美呢嗒哒哒有羽毛也好，没羽毛也好，那是我了不起的盖蓓，而我叫哈利·皮尔塞，我们俩上山一逢陡坡，总要从队伍的那一头走出来，而他每天晚上总会梦见这座山，梦见山上的圣心堂[①]，像个吹制成的白色肥皂泡。他的女朋友

---

① 圣心堂，位于巴黎市北部蒙马特区高地的顶点，为一白色建筑，为该区的标识。

有时跟他在一起，有时却跟别人做伴，他不明白是什么道理，反正逢到她不在的夜晚，河水一定涨得异样的辽阔，水面异样的平静，而福萨尔塔[①]城外有一所黄漆矮屋，四周柳树环绕，还有一间矮矮的马棚和一条运河，这个地方他到过千儿八百次了，可从没见过有那么一所屋子，但是现在每天一到夜里，这所矮屋就会像那座山一样清清楚楚出现在眼前，只是见了这屋子他就害怕。那所屋子好像比什么都重要，他每天晚上都会见到。他倒也巴不得每天能看一看，只是见了就害怕，特别是有时见到屋前柳下运河岸边还静静地停着一条船，那就怕得更厉害了，不过那运河的河岸跟这里的河岸不一样。运河的河岸更加低平，倒跟波托格朗台那一带差不多，记得当初他们就是在波托格朗台看到那一批人，高高地举着步枪，在被洪水淹没的地区艰难地蹚水而来，最后却连人带枪纷纷倒在水里。那个命令是谁下的？要不是脑子里乱得像一锅粥，他本来是可以想得起来的。正因为如此，他才凡事总要看个周详，弄个清楚，心里有了准谱，明白自己的处境，可是偏偏这脑子会无缘无故就糊涂起来，就像现在这样，他正躺在营部的一张铺上，帕拉指挥着一个营，他呢，却穿着一套倒霉的美军制服。他仰起身来四下望望；只见大家都瞅着他。帕拉出去了。他就又躺下来。

巴黎那一段经历论时间还要早些，对这一段事他倒并不害怕，除了她跟着别人走了的那段时期，还有就是担心他们还会碰上早先照过面的车夫。他所害怕的无非就是这些。对前线的事倒是一点也不怕。他眼下不再梦见前线了，使他心惊胆战而怎么也摆脱不开的倒是那所长长的黄漆矮屋，以及那变得辽阔的河面。他今天又回到了这河边，也去过了那个镇上，却看到并没有那么一所屋子。看到这里的河也并非如梦中那样。那么他每天晚上去的是什么地方，又有什么危险呢？为什么他醒过来时遍体冷汗，为了一所屋子、一间长长的马棚和一条运河，竟会比受到炮轰还

① 福萨尔塔，意大利中部一城市。

吓得厉害呢？

他坐起身来，小心地把双腿从铺上放下；这双腿伸直的时间一长，就要发僵；看到副官、信号兵和门口的两名传令兵都盯着他，他也回盯了他们一眼，然后把他那顶蒙着布罩的钢盔戴上。

“很抱歉，没有巧克力、明信片和香烟，”他说。“不过我还是穿着这身军装来了。”

“营长马上就回来，”那副官说。在他们部队里，副官不是委任军官。

“这身军装不完全符合规格，”尼克对他们说。“不过也可以让大家心里有个数。几百万美国大军不久就到。”

“你是说美国人会派到我们这儿来？”副官问。

“可不。美国人个儿都有我两个那么大，身体健壮，心地纯洁，晚上睡得着觉，从来没有受过伤、挨过炸，也从来没有碰上过地洞倒塌，从来不知道害怕，也不爱喝酒，对家乡的姑娘不会变心，多数从来没有长过虱子，都是些出色的小伙子。你们就会看到的。”

“你是意大利人？”副官问。

“不，美国人。瞧这身军装。是斯帕尼奥利尼服装公司裁制的，不过还不完全合乎规格。”

“北美，还是南美人①？”

“北美，”尼克说。他觉得那股气又上来了。他得沉住点气。

“可你会说意大利话。”

“那又有什么？难道我说意大利话你有意见？难道我没有说意大利话的权利吗？”

“你得了意大利勋章呢。”

“不过拿到了些勋表和证书罢了。勋章是后来补发的。不知是托人保管、人家走了呢，还是连同行李一起丢失了。你在米兰可以

---

① 上文中所说的美国人（American）也可理解为“美洲人”，故有此问。

买到另外那两种。重要的是那证书。你们不该为了这个觉得不高兴。在前线待久了，你们也会得到几个勋章的。”

“我是厄立特里亚[①]战役的老兵，”副官口气生硬地说。“我在的黎波里[②]打过仗。”

“这真是幸会了，”尼克伸出手去。“那些日子一定挺难熬吧。我刚才就注意到你的勋表了。你也许还去过卡索[③]吧？”

“我是最近才应征入伍参加这次战争的。本来论年纪我已经超龄了。”

“我原先倒是适龄的，”尼克说。“可现在也退役了。”

“那你今天还来干吗？”

“我是来展览这一身美军制服的，”尼克说。“挺有意思的，可不是？领口是稍微紧了点，不过不消多久你们就可以看到有不计其数的穿这种军装的要来，像蝗虫那样一大片。你们要知道，蚱蜢，我们美国人平日所说的蚱蜢，其实也就是蝗虫一类。真正的蚱蜢身个小，皮色绿，劲头也没有那么大。不过你们千万不要把蝗虫和蝉或知了[④]弄混了。蝉会连续不断地发出一种独特的叫声，可惜那种声音我现在一时记不起来了。怎么想也想不起来了。刚刚要想起来，一下子又逃得无影无踪了。对不起，请让我歇一口气。”

“去把营长找来，”副官对一名传令兵说。“你受过伤了，我看得出来，”他回头对尼克说。

“受过好几处伤呢，”尼克说。“要是你们对伤疤有兴趣，我倒有几个非常有趣的伤疤可以给你们看看，不过我情愿谈谈蚱蜢。就

---

① 厄立特里亚位于非洲东北部，濒红海，1890 年沦为意大利殖民地，于 1993 年 4 月 7 日独立。

② 的黎波里，今利比亚西北部地中海沿岸城市，1911—1912 年的意土战争中，意大利从土耳其人手中侵占。

③ 卡索，即喀斯特，是意大利东北伊斯的利亚半岛东北部一高地。1917 年意奥在此发生过激战。

④ 在英文中，蝗虫（locust）也可指蝉（cicada）。

是我们所说的蚱蜢；其实也就是蝗虫一类。这种昆虫在我的生命史上曾经起过不小的作用。你们也许会感兴趣，你们不妨一边听我说，一边看我的军装。”

副官对另一名传令兵做了个手势，那传令兵也出去了。

“把眼睛盯着这套军装。要知道，这是斯帕尼奥利尼服装公司裁制的。你们也请来看一看吧，”这句话尼克是冲着那几个信号兵说的。“我确实没有军衔。我们是归美国领事管的。只管请看，不要有什么不好意思。睁大了眼睛看也不要紧。我来给你们讲讲美国的蝗虫吧。我们一向偏爱一种叫做‘中褐色’的。它们浸在水里不容易泡烂，鱼也最喜欢吃。还有一种个儿大些的，飞起来会发出一种有点像响尾蛇甩响尾巴时的声音，单调得很，翅膀的色彩很鲜艳，有一色鲜红的，有黄底黑条的，但是它们的翅膀着水就糊，做鱼饵太糟糕，而‘中褐色’的肉头肥，汁水足，又结实，假如我可以冒昧推荐一下各位也许永远也不会碰到的玩意儿的话，这倒是非常值得向各位推荐的。不过我该着重说一下，就是这种虫子你要是凭空手去捉，或者拿个网拍去扑，那是捉上一辈子也不够你做一天鱼饵的。那种捉法简直是胡闹，是白白的浪费时间。我再说一遍，各位，那种捉法是绝对行不通的。正确的办法，是使用捕鱼用的围网，或者拿普通的蚊帐纱做一张网。假如我可以发表点意见的话，而且说不定有一天我真会提个建议呢，我认为军校里上轻武器课时，应该把这个办法也都教给每个青年军官。两个军官把这样长短的一张网子对角拉好，或者也可以一人拿一头，躬着身子，一手捏住网的下端，一手捏住网的上端，就这样逆着风快跑。蚱蜢顺风飞来，一头扎在这一截网上，就都给网络兜住了。这样根本不用什么花招就可以捕到好大一堆，所以依我说，每个军官都该随身带上一大块蚊帐纱，需要时就可以做上这么一张捕蚱蜢的围网。希望各位都听清楚了我的意思。有什么问题吗？如果对这一课还有什么不明了的地方，请提出来。大胆地讲出来吧。没有问题吗？那么我想附带讲个意见来作结束。我要借用那位伟大的军人兼绅士亨利·威尔逊爵士[①]的一句话：各位，你们不做统治者，那就得被统治。让我再说一遍。各位，有一句话我想请你们记住。希望你们走出本讲堂的时候都能牢牢地记在心上。各位，你们不做统治者——那就得被统治。我的话完了，各位。再见。”

他脱下那蒙着布罩的钢盔，随即重新戴上，一弯腰从掩蔽部的矮门里走了出去。帕拉由那两名传令兵陪伴着，正从低洼的大路上远远地走来。阳光下热极了，尼克把钢盔脱下了。

“这里真该有个把这劳什子用水冲冲的冷却设备，”他说。“我把这个到河里去浸浸吧。”他举步往堤岸上走去。

“尼科洛，”帕拉维契尼喊道。“尼科洛。你到哪儿去呀？”

“其实我也不必去。”尼克捧着钢盔，从坡上走下来。“干也罢，湿也罢，反正戴着总是个该死的累赘。你每时每刻都戴着钢盔吗？”

“从来不脱，”帕拉说。“戴得都快成秃顶啦。快进去吧。”

一到里边，帕拉就让他坐下。

“你也知道，这玩意儿根本没屁用，”尼克说。“我记得我们刚拿到手的时候，戴在头上倒叫人安心，可后来里头脑浆四溢的情况也见得多了。”

“尼科洛，”帕拉说。“我看你应该回去。依我看，你要是没有什么慰劳品的话，那就不要到前线来的好。在这里你也干不了什么事。就算你有些东西值得发发吧，你要是到前边去一走，弟兄们势必要拥到一块儿，那不招来炮弹才怪呢。这可不行。”

“我也知道这是胡闹，”尼克说。“这本来也不是我的主意。我听说旅部在这儿，就想趁此来看看你，看看我的一些老相识。不然的话，我就到增宗或者圣唐娜去了。我真想再到圣唐娜去看看那座

---

① 亨利 · 休士 · 威尔逊爵士（1864—1922），英国陆军将领，曾在海外殖民军队中任要职。后任陆军参谋学院院长。第一次世界大战时任西线的英国派遣军参谋长。1918 年任英军总参谋长。

桥呢。”

“我不能让你毫无目的地在这里转悠，”帕拉维契尼上尉说。

“好吧，”尼克说。他觉得那股气又上来了。

“你理解吧？”

“当然，”尼克说。他极力想把气按下去。

“这一类的活动应当在晚间进行。”

“是啊，”尼克说。他觉得无法按捺下去了。

“你知道，我现在在指挥这个营，”帕拉说。

“这有什么不该的呢？”尼克说。这一下可全爆发了。“你不是能读书、会写字吗？”

“对，”帕拉的口气挺温和。

“可惜你手下的这个营人马少得也真可怜。等将来一旦兵员补足了，他们会叫你回去当你的连长的。他们为什么不把那些尸体埋一埋呢？我刚才算是领教过了。我实在不想再看了。他们要不忙埋那是他们的事，跟我没什么相干，不过早些埋掉对你们可有好处。再这样下去你们都会害病的。”

“你把自行车停在哪儿啦？”

“在末了一幢房子里。”

“你看停在那儿妥当吗？”

“别担心，”尼克说。“我一会儿就去。”

“还是躺一会儿吧，尼科洛。”

“好吧。”

他合上了眼，出现在他眼前的，并不是那个蓄着胡子的男人，正从步枪的瞄准器上望着他，沉住了气才扣动枪机，只见一道白光，恍惚一下闷棍打在身上，他双膝跪下，一股又热又甜的东西堵住在喉咙口，呛得他吐在石头上，这时部队在他身旁拥过——不，出现在他眼前的是一所黄墙长屋，旁边有一间矮马棚，屋前的河阔得异样，也平静得异样。“天哪，”他说，“我还是走吧。”

他站起来。

“我要走了，帕拉，”他说。“我要趁天还不晚骑车回去。要是有什么慰劳品到了，我今儿晚上就给你们送来。要是没有，等哪天有了什么，我天黑以后送来。”

“这会儿还太热，骑车不行吧，”帕拉维契尼上尉说。

“你不用担心，”尼克说。“我这一阵子已经好多了。刚才发作过，不过并不厉害。现在就是发作起来也比以前轻多了。我自己有数，只要说话一唠叨，那就要发作了。”

“我派个传令兵送你。”

“我宁愿你不用这样。我认识路。”

“那么你就回来，好吧？”

“一定。”

“我还是派——”

“别派了，”尼克说。“算是表示对我的信任吧。”

“好吧，那就再见了。”

“再见，”尼克说。他就回身顺着低洼的大路向他放自行车的地方走去。到了下午，只要一过运河，大路上就是一派浓荫。再过去，两边的树木一点也没有受到炮火的破坏。正是在那一段路上，他们有一次行军路过，正好遇上第三萨伏依骑兵团，举着长矛，踏雪奔驰而过。在凛冽的空气里战马喷出的鼻息宛如一缕缕白烟。不，不是在那儿遇到的吧。那么是在哪儿呢？

“还是赶快去找我那辆鬼车子吧，”尼克对自己说。“可别迷了路，到不了福尔纳契啊。”

蔡　慧 译

一个同性恋者的母亲

他父亲去世时他还只是个毛头小伙子，他经理替他父亲长期安葬了。就是说，这样他可以永久享用这块墓地的使用权。不过他母亲去世时，他经理就想，他们彼此不可能永远这么热乎。他们是一对儿；他一定是个搞同性恋的，你不也知道，他当然是个搞同性恋的。所以经理就替她暂且安葬五年。

咳，等他从西班牙回到墨西哥就收到第一份通知。上面说，五年到期了，要他办理续租他母亲墓地的事宜，这是第一份通知。永久租用费只有二十美元。当时我管钱柜，我就说让我来办理这件事吧，帕科。谁知他说不行，他要自己料理。他会马上料理的。葬的是他母亲，他要亲自去办。

后来过了一星期，他又收到第二份通知。我念给他听，我说我还以为他已经料理了呢。

没有，他说，他没有料理过。

“让我办吧，”我说，“钱就在钱柜里。”

不行，他说。谁也不能支使他。等他抽出时间就会亲自去办的。“反正总得花钱，早点花又有什么意思呢。”

“那好吧，”我说，“不过你一定要把这事料理了。”这时他除了参加义赛外，还订了一份合同，规定参加六场斗牛，每场报酬四千比索。他光是在首都就挣了一万五千多美元。一句话，他忙得不亦乐乎。

又过了一星期，第三份通知来了，我念给他听。通知说如果到下星期六他还不付钱，就要挖开他母亲的墓，把尸骨扔在万人冢上。他说下午到城里去自己会去办的。

“干吗不让我来办呢？”我问他。

“我的事你别管，”他说。“这是我的事，我要自己来办。”

“那好，既然你这样认为就自己去办吧，”我说。

虽然当时他身边总是带着一百多比索，他还是从钱柜里取了钱，他说他会亲自去料理的。他带了钱出去，所以我当然以为他已经把这事办好了。

过了一星期，又来了通知，说他们发出最后警告，没有收到回音，所以已经把他母亲的尸骨扔在万人冢上了。

“天啊，”我跟他说。“你说过你会去付钱，你从钱柜里取了钱去付的，如今你母亲落得个什么下场啊？我的天哪，想想看吧！万人冢上扔掉你亲生母亲。你干吗不让我去料理呢？本来我收到第一份通知时就可以去付的。”

“不关你的事。这是我的母亲。”

“不错，是不关我的事，可这是你的事。听任人家对他母亲如此作践，这种人身上还有什么人味啊？你真不配有母亲。”

“这是我母亲，”他说。“现在她跟我更亲了。现在我用不着考虑她葬在一个地方，并为此伤心了。现在她就像飞鸟和鲜花，在我周围的空气中。现在她可时刻跟我在一起了。”

“天啊，”我说，“你究竟还有什么人味没有？你跟我说话我都不希罕。”

“她就在我周围，”他说。“现在我再也不会伤心了。”

那时，他在女人身上花了各种各样钱，想方设法装出人模人样哄骗别人，不过稍为知道他一点底细的人都不会上当。他欠了我六百比索，不肯还我。“你现在要钱干什么？”他说。“你不信任我吗？咱们不是朋友吗？”

“这不是朋友不朋友，信任不信任的问题。你不在的时候，我拿自己的钱替你付账，现在我需要讨还这笔钱，你有钱就得还我。”

“我没钱。”

“你有钱，”我说。“就在钱柜里，你还我吧。”

“我需要这笔钱派用场，”他说。“你不知道我需要钱去派的种种用场。”

“你在西班牙时我一直呆在这里，你委托我凡是碰到有什么开支，屋里的全部开支都由我支付，你出门那阵子一个钱儿都不寄来，我拿自己的钱付掉六百比索，现在我要钱用，你还我吧。”

“我不久就还你，”他说。“眼下我可急需钱用。”

“派什么用场？”

“我自己的事。”

“你干吗不先还我一点？”

“不行，”他说。“我太急需钱用了。可我会还你的。”

他在西班牙只斗过两场，他们那儿受不了他，他们很快就看穿他了，他做了七套斗牛时穿的新服装，他就是这种东西：马马虎虎把这些服装打了包，结果回国途中有四套受海水损坏，连穿都不能穿。

“我的天哪，”我跟他说，“你到西班牙去。你整个斗牛季节都呆在那里，只斗了两场。你把带去的钱都花在做服装上，做好又让海水糟蹋掉；弄得不能穿。那就是你过的斗牛季节，如今你倒跟我说自己管自己的事。你干吗不把欠我的钱还清让我走啊？”

“我要你留在这儿，”他说。“我会还你的。可是现在我需要钱。”

“你急需钱来付墓地租金安葬你母亲吧？”我说。

“我母亲碰上这种事我倒很高兴，”他说。“你不能理解。”

“幸亏我不能理解，”我说。“你把欠我的钱还我吧，不然我就自己从钱柜里拿了。”

“我要亲自保管钱柜了，”他说。

“不成，你不能，”我说。

那天下午，他带了个小流氓来找我，这小流氓是他同乡，身无分文。他说：“这位老乡回家缺钱花，因为他母亲病重。”要明白这家伙只不过是个小流氓而已，他以前从没见过的一个小人物，不过倒是他同乡，而他竟要在同乡面前充当慷慨大度的斗牛士。

“从钱柜里给他五十比索，”他跟我说。

“你刚跟我说没钱还我，”我说。“现在你倒要给这小流氓五十比索。”

“他是同乡，”他说，“他落难了。”

“你混蛋，”我说。我把钱柜的钥匙给他。“你自己拿吧。我要上城里去了。”

“别发火，”他说。“我会付给你的。”

我把车子开出来，上城里去了。这是他的车子，不过他知道我开车比他高明。凡是他做的事我都能做得比他好，这点他心中有数。他连写都不会写，念也不会念。我打算去找个人，看看有什么办法让他还我钱。他走出来说，“我跟你一起去，我打算还你钱。咱们是好朋友。用不着吵架。”

我们驱车进城，我开的车。刚要进城，他掏出二十比索。

“钱在这里，”他说。

“你这没娘管教的混蛋，”我跟他说，还告诉他拿着这钱会怎么着。“你给那小流氓五十比索，可你欠了我六百，倒还我二十。我决不拿你一个子儿。你也知道拿着这钱会怎么着。”

我兜里一个子儿都没有就下了车，不知当夜到哪儿去睡觉。后来我同一个朋友出去把我的东西从他那儿拿走。从此我再也不跟他说话，直到今年，有一天傍晚，我在马德里碰见他跟三个朋友正一起走到格朗维亚的卡略电影院去。他向我伸出手来。

“嗨，罗杰，老朋友，”他跟我说，“你怎么样啊？人家说你在讲我坏话。你讲了种种冤枉我的坏话。”

“我只说你根本没有母亲，”我跟他说。这句话在西班牙话里是最损人的。

“这话倒不错，”他说。“先母过世那时我还很年轻，看上去我似乎根本没有母亲。这真不幸。”

你瞧，搞同性恋的就是这副德性。你碰不了他。什么都碰不了他，什么都碰不了。他们在自己身上花钱，或者摆谱儿，可是他们根本不出钱。想方设法叫人家出钱。我在格朗维亚当着他三个朋友的面，当场跟他说了我对他的看法；可这会儿我碰到他跟我说话竟像两人是朋友似的。这种人还有什么人味啊？

陈良廷 译

读者来信

她坐在卧室里的桌前，面前摊开一张报纸，只是停下来看看窗外下雪，雪落到屋顶上就化了。她写了这封信，写得从从容容，用不着划掉或重写。

亲爱的医生：

请允许我写信有要事向你请教——我要作出一个决定，不知谁最信得过，我又不敢问父母——所以只好求助于你——无非因为我用不着看见你，甚至还可以向你吐露心事。情况是这样的——1929 年我嫁给一个美国现役军人，同年他奉命派往中国上海——住了三年——回到国内——两三个月前他退了伍——就到阿肯色州海伦那①他母亲家。他写信叫我回家——我去了，发现他正在接受注射期间，我自然不免问他，才知他在治疗一种我不知怎么拼写的病，不过这字发音像是“Sifilus”②——你知道我说的是什么吧——请你告诉我，我跟他重新一起过日子是否安全——自他从中国回来以后，我任何时候都没同他亲近。他向我保证，等这医生治完这一疗程，他就没事儿了——你看对不对——我经常听我父亲说，一个人一旦得了那种病，只有但求一死了之——我相信我父亲的话，可是我应该相信我丈夫。请你千万告诉我怎么办才好——我有一个女儿，是她父亲在中国时出生的——

谢谢，万望指教。

1933 年 2 月 6 日

弗吉尼亚州罗阿诺克③

写完签上名。

也许他能告诉我该怎么办，她自言自语说。也许他能告诉我。报上这张照片里他的模样像是知道该怎么办的。他看上去挺聪明，一点不错。他每天都告诉人家该怎么办。他应当知道的。凡是正确的我都要照办。可是这段时间多长啊。这段时间真长啊。这段时间过得真长啊。天哪，这段时间过得真长啊。我知道，人家派他上哪儿，他就得上哪儿，可我不知道他干吗非得生这病。唉，我真希望他没得过这病。我不在乎他干过什么勾当才得这病的。可我真希望他从没得过这病。看上去他并不是非得这病不可的。我不知道怎么办才好。我真希望他没得过任何病。我不知道他为什么非得病不可。

刘文澜 译

---

① 美国阿肯色州东部城市，滨临密西西比河。

② 原字应是 Syphilise（梅毒）。

③ 美国弗吉尼亚州西部城市。

向瑞士致敬

第一部
惠勒先生在蒙特勒[1]掠影

车站咖啡馆里又暖和又亮堂。一张张桌子的木头都擦得亮光光的，桌上摆着一篮篮有光纸包装的椒盐脆饼[2]。椅子是雕花的，座位虽旧，倒还舒服。墙上有一只雕花的木钟，店堂尽头是一个酒柜。窗外正在下雪。

车站的两个服务员坐在钟下的桌边，正喝着新酿的酒。另一个服务员进来说辛普朗[3]方向来的东方快车[4]在圣莫里斯[5]误点一小时了。他出去了。女招待来到惠勒先生桌边。

“快车晚点一小时，先生，”她说。“我给你来杯咖啡好吗？”

“如果你认为咖啡不会让我睡不着的话。”

“好不好？”女招待问。

“给我来杯吧，”惠勒先生说。

“谢谢。”

她从厨房端来咖啡，惠勒先生望着窗外，车站月台灯光下雪花纷飞。

“除了英语，你还会说其他语言吗？”他问女招待。

“哦，会的，先生。我会说德语、法语和一些方言。”

“你要喝点什么吗？”

“哦，不行，先生。咖啡馆里是不准陪顾客一起喝的。”

“你不来支雪茄吗？”

“哦，不行，我不抽烟，先生。”

“那好，”惠勒先生说。他又眺望着窗外，喝着咖啡，还点了支烟。

“小姐[6]，”他叫道。女招待过来了。

“你要什么，先生？”

“你，”他说。

“你不该跟我开这种玩笑。”

“我没开玩笑。”

“那你也不该说这话。”

“我没时间多争，”惠勒先生说。“火车还有四十分钟就到。如果你跟我上楼去，我就给你一百法郎。”

“你不该说这种话，先生。我要叫服务员来跟你说话。”

“我不要服务员，”惠勒先生说。“也不要警察，也不要卖香烟的那些小子。我要你。”

“要是你那么说话你就得出去。你不能待在这儿那么说话。”

“那你干吗不走开？你走了我也就不会跟你说话了。”

女招待走开了。惠勒先生注意看她是否去跟服务员说。她没去。

“小姐[7]！”他叫道。女招待过来了。“请给我拿一瓶西昂酒。”

“是，先生。”

惠勒先生看着她出去随即拿着酒进来，再送到他桌上。他看

---

① 瑞士西部城市，在日内瓦湖东岸。

② 一种纽结状椒盐脆饼，德国人常喜用以佐啤酒。

③ 中阿尔卑斯山的一个山口，在瑞士和意大利交界处。

④ 东方快车是从法国巴黎经过中欧、巴尔干到伊斯坦布尔的快车的名称，自 1883 年经营到 1977 年止，以设备豪华、供应舒适著称。

⑤ 瑞士西南部小城，在罗恩河畔。

⑥ 原文是德语。

⑦ 原文是法语。

看钟。

“我会给你两百法郎，”他说。

“请别说这种事。”

“两百法郎是好大一笔钱了。”

“你不要说这种事！”女招待说。她英语都忘光了。惠勒先生兴致勃勃地望着她。

“两百法郎。”

“你真可恶。”

“那你干吗不走开呢？要是你走开我就不会跟你说话了。”

女招待离开桌子走到酒柜那边。惠勒先生喝着酒，暗自笑了一阵子。

“小姐，”他叫道。女招待装作没听见。“小姐，”他又叫了一声。女招待过来了。

“你要点什么吗？”

“很想要。我会给你三百法郎。”

“你真可恶。”

“三百瑞士法郎。”

她走开了，惠勒先生望着她的背影。一个服务员开了门。他就是负责惠勒先生行李的那个服务员。

“火车来了，先生，”他用法语说。惠勒先生站起身来。

“小姐，”他叫道。女招待朝桌子走来。“酒钱多少？”

“七法郎。”

惠勒先生数了八法郎，留在桌上。他穿上外衣，跟着服务员走向月台，外面正在下雪。

“再见，小姐，”他说。女招待看着他出去。他真讨厌，她想，讨厌，可恶。出三百法郎做一件算不上什么的小事。那种事我白白做过多少回了。而且这儿也没地方去。要是他有头脑就会知道这儿没地方。没时间，也没地方可去。出三百法郎做那种事。那些美国人是些什么人啊。

惠勒先生站在水泥月台上自己的行李旁边，低头顺铁轨朝穿过风雪迎面开来的火车的车前灯那儿望去。他心想这是个惠而不费的消遣。实际上，除了晚餐，他只花七法郎买了瓶酒，还有一法郎小费。给七十五生丁小费更好。如果给七十五生丁小费，他这会儿心情会更好。一个瑞士法郎值五个法郎。惠勒先生要去巴黎。他在钱的方面很吝啬，而且不喜欢女人。以前他到这车站来过，他知道楼上没地方可去。惠勒先生从来不冒险。

第二部
约翰逊先生在沃韦谈离婚

车站咖啡馆里又暖和又亮堂；一张张桌子都擦得亮光光的，有些桌子上铺着红白条子的桌布；还有些桌子铺着蓝白条子的桌布，所有桌子上都摆着一篮篮有光纸包装的椒盐脆饼。椅子是雕花的，木头座位虽旧，倒还舒服。墙上有只钟，店堂尽头是个镀锌的酒柜，窗外正在下雪。车站的两个服务员坐在钟下的桌边，正喝着新酿的酒。

另一个服务员进来说辛普朗方向来的东方快车在圣莫里斯误点一小时了。女招待来到约翰逊先生桌边。

“快车晚点一小时，先生，”她说。“我给你来杯咖啡好吗？”

“如果不太麻烦的话。”

“好不好？”女招待问。

“给我来杯吧。”

“谢谢。”

她从厨房端来咖啡，约翰逊先生望着窗外，车站月台灯光下雪花纷飞。

“除了英语，你还会说其他语言吗？”他问女招待。

“哦，会的，我会说德语、法语和一些方言。”

“你要喝点什么吗？”

“哦，不行，先生。咖啡馆里是不准陪顾客一起喝的。”

“来支雪茄？”

“哦，不行，先生，”她笑了。“我不抽烟，先生。”

“我也不抽，”约翰逊说，“抽烟是个坏习惯。”

女招待走开了，约翰逊点了支烟，喝着咖啡。墙上的钟是九点三刻。他的表快了一点。火车应该十点半到——晚点一小时意味着要十一点半才到。约翰逊叫女招待。

“小姐[①]！”

“你要什么，先生？”

“你不想跟我玩玩吗？”约翰逊问。女招待脸红了。

“不，先生。”

“我不是指什么蛮干胡来的事。你不想凑几个人玩玩，看看沃韦的夜生活吗？要是你愿意就带个女朋友来。”

“我得干活，”女招待说。“我在这儿上班。”

“我知道，”约翰逊说。“可是你不能找个替班吗？内战时他们常那么做。”

“哦，不行，先生。我必须亲自在这儿上班。”

“你在哪儿学的英语？”

“在伯利兹学校里，先生。”

“跟我谈谈伯利兹学校，”约翰逊说。“伯利兹的大学生是帮胡来的家伙吗？这么没完没了的搂脖子亲嘴好不好？学校里有许多献殷勤的人吧？你碰到过斯各特·菲茨杰拉德[②]吗？”

“请问你说什么？”

“我是说你的大学时代是你一生中最快活的日子吧？去年秋天

---

① 原文是西班牙语。

② 斯各特·菲茨杰拉德（1896—1940），美国20年代著名作家，以描写“爵士时代”的作品著称，代表作为《了不起的盖茨比》。

伯利兹有什么球队啊？”

“你在开玩笑吧，先生？”

“只是小小的玩笑罢了，”约翰逊说。“你是个非常好的姑娘。你不想跟我玩玩吗？”

“哦，不，先生，”女招待说。“你要我给你拿什么吗？”

“对，”约翰逊说。“你给我拿酒单来好吗？”

“好的，先生。”

约翰逊拿着酒单走到三个服务员坐着的那张桌子边。他们抬眼望着他。他们都是老头儿。

“你们喝酒吗[①]？”他问。有一个人点点头笑笑。

“喝，先生[②]。”

“你会说法语？”

“会，先生[③]。”

“我们喝什么呢？你们懂得香槟吗[④]？”

“不，先生[⑤]。”

“她们应当懂的[⑥]，”约翰逊说。“小姐[⑦]，”他叫女招待。“我们要喝香槟。”

“你要哪一种香槟，先生？”

“最好的，”约翰逊说，“哪一种最好呢[⑧]？”他问那些服务员。

“最好的[⑨]？”刚才首先说话的服务员问。

“那当然。”

那服务员从上衣口袋里掏出一副金丝边眼镜，看了看酒单。手

---

① 原文是德语。
② 原文是法语。
③ 原文是法语。
④ 原文是法语。
⑤ 原文是法语。
⑥ 原文是法语。
⑦ 原文是德语。
⑧ 原文是法语夹英语。
⑨ 原文是法语。

指在四种打印的酒名和价格上一一掠过。

“运动员牌，”他说，“运动员牌最好。”

“诸位，你们赞成吗？”约翰逊问那两个服务员。一个点点头。另一个用法语说，“我本人不知道这些酒好不好，不过我常听人说起运动员牌。这酒好。”

“一瓶运动员牌，”约翰逊对女招待说。他看看酒牌上的价钱：十一个瑞士法郎。“就来两瓶吧。”他又问那个提出喝运动员牌的服务员，“我跟你们坐在一起，你不介意吧？”

“坐下吧。请这边坐。”服务员对他笑笑。他折好眼镜，放回眼镜匣里。“今天是先生的生日吗？”

“不，”约翰逊说。“不是生日。我老婆决定跟我离婚了。”

“行了，”服务员说，“最好别离。”另一个服务员摇摇头。第三个服务员似乎有点聋。

“这无疑是件寻常小事，”约翰逊说。“就像头一回去看牙医生，或是女孩子头一回来月经，不过我一直很烦恼。”

“这是可以理解的，”最老的服务员说。“我理解。”

“诸位没一个离婚的吧？”约翰逊问。这会儿他不再逗着玩儿说话了，而是说着一口正宗法语，说了一会儿了。

“对，”那个点运动员牌香槟的服务员说。“这儿的人不大离婚。离婚的先生有，但不多。”

“在我们这儿，”约翰逊说，“可不一样。事实上大家都离婚。”

“那倒也是，”服务员证实说，“我在报上看到过。”

“我本人可有点儿落后了，”约翰逊说。“这是我第一次离婚。我今年三十五岁了。”

“但你还年轻[①]，”服务员说。他对那两个解释道。“先生只有三十五岁[②]。”那两个点点头。“他很年轻，”一个说。

---

① 原文是法语。

② 原文是法语。

“这真的是你第一次离婚？”服务员问。

“没错儿，”约翰逊说。“请把酒瓶开开，小姐[①]。”

“离婚很贵吧？”

“一万法郎。”

“瑞士法郎？”

“不，法国法郎。”

“哦，对。合两千瑞士法郎。反正不便宜。”

“是啊。”

“那么干吗要离婚呢？”

“对方要求离。”

“可干吗要求离呢？”

“要嫁给别人呗。”

“可真蠢。”

“我同意你的话，”约翰逊说。女招待倒了四杯酒。大家都举杯。

“为健康干杯，”约翰逊说。

“为健康干杯，先生[②]，”服务员说。另外两个说，“向你致意[③]。”香槟味儿就像粉红色的甜苹果汁。

“在瑞士是不是有一种制度，规定回答总要用另一种语言？”约翰逊问。

“不，”服务员说。“法语比较高雅。再说，法语是瑞士的拉丁系语言。”

“可你会说德语啊！”

“是啊。我那地方的人都说德语。”

“我懂了，”约翰逊说。“而且你说你从来没离过婚。”

---

① 原文是法语。

② 原文是法语。

③ 原文是法语。

“对。离婚太贵了。再说我从来没结过婚。”

“啊，”约翰逊说。“那两位先生呢？”

“他们都结过婚。”

“你喜欢结婚吗？”约翰逊问一个服务员。

“什么？”

“你喜欢婚姻现状吗？”

“是啊。很正常[1]。”

“不错，”约翰逊说。“那你呢，先生[2]？”

“很好[3]，”另一个服务员说。

“至于我呢[4]，”约翰逊说，“就不好了[5]。”

“先生要离婚了，”第一个服务员说。

“哦，”第二个服务员说。

“啊哈，”第三个服务员说。

“得了，”约翰逊说，“这题目似乎谈得没味儿了。你们对我的烦恼不感兴趣，”他对第一个服务员说。

“可也是，”服务员说。

“好吧，咱们谈谈别的。”

“随你便。”

“咱们可以谈什么呢？”

“你喜欢搞体育吗？”

“不，”约翰逊说。“可我老婆喜欢搞。”

“那你作什么消遣呢？”

“我是个作家。”

“那一行赚钱多吗？”

---

① 原文是法语。
② 原文是法语。
③ 原文是法语。
④ 原文是法语。
⑤ 原文是法语。

“不。不过往后你出了名就赚钱多了。”

“真有趣。”

“不，”约翰逊说，“并不有趣。对不起，诸位，我得离开你们了。请你们把另一瓶也喝了好吗？”

“可是火车还有三刻钟才到呢。”

“我知道，”约翰逊说。女招待来了，他付了酒钱和饭钱。

“你要出去，先生？”她问。

“是啊，”约翰逊说，“只是去散一会儿步。我把行李留在这儿。”

他围上围巾，穿上外套，戴上帽子。外面正下着大雪。他回头朝窗内桌边坐着的三个服务员看看。女招待正把开好那瓶里的剩酒倒进他们的杯子里。她把没开的那瓶拿回柜上。约翰逊想，那样他们每人就可赚上三法郎吧。他转身沿着月台走去。他本来以为在咖啡馆里谈谈这件事会冲淡些。可是这事并没有冲淡，反而使他感到不愉快。

第三部

一个会员的儿子在特里太特

特里太特车站咖啡馆未免太暖和了点儿；灯光明亮，一张张桌子都擦得亮光光的。桌上摆着一篮篮有光纸包装的椒盐脆饼，还有一块块硬纸板的啤酒杯垫，防止湿杯子在木头上印出一圈圈水迹。椅子是雕花的，木头座位虽旧，倒很舒服。墙上有只钟，店堂尽头有个酒柜。窗外正在下雪。钟下有张桌子，有个老头儿坐着，一边喝咖啡，一边看晚报。一个服务员进来说，辛普朗方向开来的东方快车在圣莫里斯误点一小时。女招待走到哈里斯先生桌边。哈里斯先生刚用完晚餐。

“快车晚点一小时，先生。我给你来杯咖啡好吗？”

“如果你愿意的话。”

“好不好？”女招待问。

“好吧，”哈里斯先生说。

“谢谢，先生，”女招待说。

她从厨房端来咖啡，哈里斯先生在咖啡里加了糖，用匙把糖块碾得嘎吱嘎吱响，他望着窗外，车站月台灯光下雪花纷飞。

“除了英语，你还会说其他语言吗？”他问女招待。

“哦，会的，先生。我会说德语、法语和一些方言。”

“你最喜欢哪一种呢？”

“差不多都一样，先生。我说不出我更喜欢哪一种。”

“你要喝点什么，或者来杯咖啡好吗？”

“哦，不行，先生。咖啡馆里是不准陪顾客一起喝的。”

“你不来支雪茄吗？”

“哦，不行，我不抽烟，先生。”她笑了。

“我也不抽，”哈里斯说。“我不同意大卫·贝拉斯科[①]。”

“请问谁啊？”

“贝拉斯科。大卫·贝拉斯科。你总归认得出他的，因为他把领子穿倒了。不过我不同意他。再说，他现在也死了。”

“先生，对不起，我可以走了吗？”女招待问。

“当然可以，”哈里斯说。他身子前倾坐着，望着窗外。店堂那边的老头儿折好报纸。他看看哈里斯先生，随后端起咖啡杯和碟子，走到哈里斯桌边。

“请原谅，打扰你了，”他用英语说。“但我刚想起你可能是全国地理协会会员吧。”

“请坐，”哈里斯说。这位先生坐下了。

“你愿意再来杯咖啡，或者来杯利口酒吗？”

“谢谢你，”这位先生说。

---

① 大卫·贝拉斯科（1853—1931），美国剧作家和演员，在演出和舞台设计上有重要革新。

“愿意陪我喝杯樱桃酒吗？”

“也好。不过你一定得陪我喝。”

“不，我硬要你喝。”哈里斯叫女招待。老先生从外套里面的口袋中取出一只皮夹。他取下一根宽橡皮筋，抽出几张纸，挑了一张，递给哈里斯。

“这是我的会员证，”他说。“你认识美国的弗雷德里克·杰·罗塞尔吗？”

“恐怕不认识。”

“我相信他是很有名的。”

“他是哪儿人？你知道他是美国什么地方的人吗？”

“当然是华盛顿人。学会总部不是设在那儿吗？”

“我相信是吧？”

“你相信是吧。你拿不准！”

“我出国已经很久了，”哈里斯说。

“那么说，你不是会员？”

“不是。可我父亲是。他是多年老会员了。”

“那他准会认识弗雷德里克·杰·罗塞尔。他是协会的一位理事。你会注意到我就是由罗塞尔先生提名为会员的。”

“我很高兴。”

“可惜你不是会员。但你可以通过你父亲得到提名吗？”

“我想可以吧，”哈里斯说。“我回去后一定办。”

“我也劝你去办，”这位先生说。“你当然看那份杂志[①]啰？”

“那还用说。”

“你看过有北美动物群彩色插图的那一期吗？”

“看过。我是在巴黎看到的。”

“还有刊登阿拉斯加的火山全景那一期呢？”

“真是一大奇观。”

---

① 指美国全国地理协会出版的刊物《国家地理杂志》。

“我也非常欣赏乔治·希拉斯第三拍的野生动物照片。”

“拍得好极了。”

“请再说一遍好吗？”

“拍得真出色。希拉斯那家伙——”

“你叫他那家伙？”

“我们是老朋友，”哈里斯说。

“我明白了。原来你认识乔治·希拉斯第三。他一定很风趣。”

“是啊。他是我认识的人中最风趣的。”

“那你认识乔治·希拉斯第二吗？他也很风趣吧！”

“哦，他可没那么风趣。”

“我还以为他非常风趣呢。”

“不瞒你说，说来可笑。他就是不大风趣。我常闹不清是什么道理。”

“嗯，”这位先生说。“我还以为那一家子个个都风趣呢。”

“你还记得撒哈拉沙漠全景吗？”哈里斯问。

“撒哈拉沙漠？那差不多是十五年前的事了。”

“对了。那是我父亲最喜爱的一期了。”

“他不喜欢比较新的几期吗？”

“大概喜欢吧。但他非常爱看撒哈拉全景。”

“好极了。但对我来说，图片的艺术价值远远超过它的科学趣味。”

“真想不到，”哈里斯说。“大风刮起那一大片黄沙，还有那个阿拉伯人和他的骆驼面向麦加跪着。”

“就我记得，那阿拉伯人是牵着骆驼站着的。”

“你记得完全对，”哈里斯说。“我是想起劳伦斯上校[①]那本

---

① 指托马斯·爱德华·劳伦斯（1888—1935），英国军人、学者，以阿拉伯的劳伦斯闻名于世。第一次世界大战时加入阿拉伯军队，从事间谍活动，一生富有传奇色彩。著有《七根智慧柱》。

书了。”

“我相信，劳伦斯的书写阿拉伯吧。”

“对极了，”哈里斯说。“是说起阿拉伯人，才让我想起来的。”

“他一定是个非常风趣的年轻人。”

“我相信是这么回事。”

“你知道他现在干什么吗？”

“他在皇家空军里。”

“他干吗干那行？”

“他喜欢呗。”

“你知道他是不是全国地理协会会员？”

“我不知道他是不是。”

“他会成为一个很好的会员的。他正是他们要的那种人。如果你认为他们愿意吸收他，我非常乐于提名推荐他。”

“我认为他们愿意吸收的。”

“我曾提名沃韦的一位科学家，还有洛桑我的一个同事，他们俩都选上了。我相信如果我提名劳伦斯上校，他们会很满意的。”

“这主意妙极了，”哈里斯说。“你常到这咖啡馆来吗？”

“我饭后到这儿来喝喝咖啡。”

“你在大学里工作？”

“我已经不工作了。”

“我只是在等火车，”哈里斯说。“我要去巴黎，再从勒阿弗尔港[①]乘船去美国。”

“我从来没去过美国。不过我很想去。也许我几时会去参加协会的一次会议。我见到你父亲会很高兴的。”

“我深信他见到你也会很高兴，可惜他去年就死了。开枪自杀，够怪的。”

---

① 法国北部港市。

“我真的很遗憾。我敢说他的去世对学术界和他家属都是一个打击。”

“学术界对此倒完全接受得了。”

“这是我的名片，”哈里斯说。“他名字的缩写是 E. J.，不是 E. D. 。我知道他准会乐于认识你。”

“那真是莫大的愉快。”这位先生从皮夹里掏出一张名片，递给哈里斯，上面印着：

美国华盛顿特区
全国地理协会会员
西格蒙德·怀尔哲学博士

“我会小心保存的，”哈里斯说。

刘文澜 译

等了一整天

我们还睡在床上的时候，他走进屋来关上窗户，我就看出他像是病了。他浑身哆嗦，脸色煞白，走起路来慢吞吞，似乎动一动都痛。

“怎么啦，沙茨？”

“我头痛。”

“你最好回到床上去。”

“不，没事儿。”

“你回床上去。等我穿好衣服就来看你。”

可是等我下楼来，他已经穿好衣服，坐在火炉边，一看就是个病得不轻、可怜巴巴的九岁男孩。我把手搁在他脑门上，就知道他在发烧。

“你上楼去睡觉吧，”我说。“你病了。”

“我没事儿，”他说。

医生来了，他给孩子量了量体温。

“几度？”我问他。

“一百零二度。”

在楼下，医生留下三种药，是三种不同颜色的胶囊，还吩咐了服用方法。一种是退热的，另一种是泻药，第三种是中和体内酸性的。他解释说，流感的病菌只能存在于酸性状态中。他似乎对流感无所不知，还说只要体温不高过一百零四度就不用担心。这是轻度流感，假如不并发肺炎就没有危险。

回屋后我把孩子的体温记下来，还记下吃各种药的时间。

“你要我念书给你听吗？”

“好吧，你要念就念吧，”孩子说。他脸色煞白，眼睛下面有黑圈。他躺在床上一动也不动，似乎超然物外。

我大声念着霍华德·派尔的《海盗集》①；但我看得出他不在听我念书。

“你感觉怎么样，沙茨？”我问他。

“到目前为止，还是老样子，”他说。

我坐在他床脚边看书，等着到时候给他吃另一种药。本来他睡觉是自然的事情，但我抬眼一看，只见他正望着床脚，神情十分古怪。

“你干吗不想法睡一会儿？要吃药我会叫醒你的。”

“我情愿醒着。”

过了一会儿，他对我说，“要是你心烦就不用在这儿陪我，爸爸。”

“我没心烦。”

“不，我是说如果叫你心烦的话，就不用在这儿陪。”

我以为他也许有点头晕，到了十一点我给他吃了医生开的药丸后就到外面去了一会儿。

那天天气晴朗寒冷，地面上盖着一层雨夹雪都结成冰了，因此看上去所有光秃秃的树木、灌木、砍下来的柴枝、全部草地和空地上面都涂上了一层冰。我带了那条爱尔兰长毛小猎狗顺着那条路，沿着一条结冰的小溪散散步，但在光滑的路面上站也好，走也好，都不容易，那条红毛狗一路跌跌滑滑，我也重重摔了两跤，有一次我的枪都掉下来，在冰上滑了出去。

一群鹌鹑躲在悬垂着灌木的高高土堤下，被我们惊起了，它们从土堤顶上飞开时我打死了两只。有些鹌鹑栖息在树上，但大多数都分散在柴枝堆里，必须在那结冰的柴枝堆里蹦跶几下，它们才会

---

① 霍华德·派尔（1853—1911），美国作家、画家、插图家，为杂志工作多年，作品大多取材美国殖民地时期及内战时期史实及传说，除撰文外，还亲自作画。

惊起呢。你还在覆盖着冰的、富有弹性的灌木丛中东倒西歪，想保持身体重心时，它们就飞出来了，这时要打可真不容易，我打中了两只，五只没打中，动身回来时，发现靠近屋子的地方也有一群鹌鹑，心里很高兴，开心的是第二天还可以找到好多呢。

到家后，家里人说孩子不让任何人上他屋里去。

“你们不能进来，”他说，“你们千万不能传染上我的病。”

我上楼去看他，发现他还是我离开他时那个姿势，脸色煞白，不过由于发烧脸蛋绯红，像先前那样怔怔望着床脚。

我给他量体温。

“几度？”

“好像是一百度，”我说。其实是一百零二度四分。

“是一百零二度，”他说。

“谁说的？”

“医生说的。”

“你的体温还好，”我说，“没什么好担心的。”

“我不担心，”他说，“不过我没法不想。”

“别想了，”我说，“别急。”

“我不急，”他说着一直朝前看。显然他心里藏着什么事情。

“把这药和水一起吞下去。”

“你看吃了有什么用吗？”

“当然有啦。”

我坐下，打开那本《海盗集》，开始念了，但我看得出他没在听，所以我就不念了。

“你看我几时会死？”他问。

“什么？”

“我还能活多久才死？”

“你不会死的。你怎么啦？”

“哦，是的，我要死了。我听见他说一百零二度的。”

“发烧到一百零二度可死不了。你这么说可真傻。”

“我知道会死的。在法国学校时同学告诉过我，到了四十四度你就活不成了。可我已经一百零二度了。”

原来从早上九点钟起，他就一直在等死，都等了一整天了。

“可怜的沙茨，”我说，“可怜的沙茨宝贝儿，这好比英里和公里。你不会死的。那是两种体温表啊。那种表上三十七度算正常。这种表要九十八度才算正常。”

“这话当真？”

“绝对错不了，”我说，“好比英里和公里。你知道我们开车时车速七十英里合多少公里吗？”

“哦，”他说。

可他盯住床脚的眼光慢慢轻松了，他内心的紧张也终于轻松了，第二天一点也不紧张了，为了一点小事，动不动就哭了。

刘文澜 译

一篇有关死者的博物学论著

我总觉得战争一直未被当作博物学家观察的一个领域。我们有了已故的威·亨·哈得孙[①]对巴塔哥尼亚[②]的植物群和动物群的生动而翔实的叙述，吉尔伯特·怀特大师[③]引人入胜地写下了戴胜鸟对塞尔伯恩村[④]不定期而决非寻常的光顾，斯坦利主教[⑤]给我们写下了一部虽然通俗却很宝贵的《鸟类驯服史》。难道我们不能期望给读者提供一些有关死者的合情合理、生动有趣的事实吗？但愿能吧。

当年那个百折不挠的旅行家芒戈·派克[⑥]途中一度昏倒在广袤无垠的非洲沙漠里，精光赤条，单身一人，想想来日屈指可数，看来没什么事好做，只好躺下等死，一种有特异美的小青苔花映入他眼帘。他说，“虽然整棵花还没我一个手指那么大，我端详着花根、花叶和花荚就不得不惊叹其微妙之证明。难道上帝在这部分荒僻的世界里种植、灌溉、培育成熟一种似乎微不足道的东西，对根据他自己形象创造出来的生灵的处境和苦难竟会熟视无睹吗？当然不会。一想到这些，就不容自己灰心绝望了；我跳起身，不顾饥饿和疲劳，勇往直前，深信解脱在望；我没有失望。”

诚如斯坦利主教所说，有意同样以惊叹和崇敬的态度研究任何学科的博物学，必能增强那种信心、爱心和希望，这些信心、爱心和希望也正是我们每一个人在穿越人生的荒野途中所需要的呢。因此，让我们看看我们从死者上面可以得到什么灵感吧。

在战争中死者往往是人类中的男性，虽然这说法就畜类而论并不正确，我就经常在马尸堆中看见母马。战争令人感兴趣的一面就是只有在战争中博物学家才有观察死骡子的机会。在二十年平民生涯的观察中，我从没看见过一头死骡子，不免开始对这些牲口是否真正会死抱着怀疑态度了，我偶尔也看见过自己当做死骡的牲口，可是凑近一看，结果总看到原来是活骡，因为完全睡着了才看上去像死的。可是在战争中，这些牲口几乎同更普通而不耐劳的马一样送命。

我看到的那些骡子多半死在山路一带，或者躺在陡峭的斜坡脚下，那是人们为了不让道堵塞，把它们从坡上推下来的。在死骡屡见不鲜的山里这种景象似乎倒也相称，比后来在士麦那[7]看到它们的遭遇更协调些，在士麦那，希腊人把全部辎重牲口的腿都打断，再把它们从码头上推下浅水去淹死。大批淹死在浅水里的断腿骡马需要一个戈雅[8]来描绘它们。虽然，真正说起来，也说不上需要一个戈雅，因为只有一个戈雅，早已死了，而且即使这些牲口能开口的话，它们会不会要求人家用绘画来表现它们的苦难还大大值得怀疑呢。不过，如果它们会说话，十之八九会要求人家减轻它们的痛苦吧。

关于死者的性别问题，事实上是你见惯了死者都是男人，所以见到死了一个女人就万分震惊。我第一次看见死者性别颠倒是坐落在意大利米兰近郊的一家军火厂爆炸之后。我们乘坐卡车沿着白杨树荫遮盖的公路，赶到出事现场，公路两边的壕沟里有不少细小的动物生态，可我无法观察清楚，因为卡车扬起漫天尘土。一赶到原

---

① 威廉·亨利·哈得孙（1841—1922），英国博物学家、散文家及小说家。

② 南美洲地区，在阿根廷和智利南部。

③ 吉尔伯特·怀特（1740—1793），英国博物学家、牧师，所著《塞尔伯恩博物志及古迹》为英国第一部有关博物学的著作。

④ 英国罕布什尔一个村子，是吉尔伯特·怀特的故乡，该地不时有颜色鲜艳、长喙尖锐、冠呈扇形的戴胜鸟栖息。

⑤ 阿瑟·斯坦利（1815—1881），英国教士、作家，1864 年为西敏寺大教堂主教，著有多部博物学论著。

⑥ 芒戈·派克（1771—1806），苏格兰著名非洲探险家。下文一段话引自他的著作《非洲腹地旅行记》。

⑦ 参见《在士麦那码头上》一文。

⑧ 戈雅（1746—1828），西班牙画家，作品大多控诉侵略者的凶残，对欧洲 19 世纪绘画有很大影响，以版画集《战争的灾难》闻名于世。

来的军火厂，我们有几个人就奉命在那些不知什么原因并没爆炸的大堆军火四下巡逻，其他人就奉命去扑灭已经蔓延到邻近田野草地的大火；灭火任务完成后，我们就受命在附近和周围田野里搜寻尸体。我们找到了大批尸体，抬到临时停尸所，必须承认，老实说，看到这些死者男的少，女的多，我还真大为震惊呢。在当时，女人还没开始剪短发，如欧美近来几年时兴的那样，而最令人不安的事是看到死者留这种长发，也许因为这事最令人不习惯吧，然而更令人不安的是，死者中难得有不留长发的。我记得我们彻彻底底搜寻全尸之后又搜集残骸。这些残骸有许多都是从军火厂四周重重围着的铁丝篱上取下来的，还有一些是从军火厂的残存部分上取下来的，我们捡到许多这种断肢残体，无非充分证明烈性炸药无比强大的威力。不少残骸还是在老远的田野里找到的呢，都是被自身体重抛得这么老远。

记得我们重返米兰的途中，我们有一两个人在讨论这场事故，一致同意事故性质不现实，而且事实上竟没有人受伤，的确大大减少了这场灾难的恐怖性，要不这种恐怖可能会大得多呢。再说事实上事故来得如此直接，因此死者搬运和处理起来还丝毫不感到不舒服，使之与平时战场上的经历大相径庭。车子开过风景优美的伦巴第[①]郊区，虽然一路尘土飞扬，倒也赏心悦目，这也是对我们执行这项煞风景的任务的一个补偿吧。在归途中，我们交换看法时，一致认为这场突然发生的大火正好在我们赶到前迅速得到控制，没有波及看上去堆积如山的未爆炸的军火，确实是一大幸事。我们还一致认为四处收集残骸是件奇特的差使，按说人体理该顺着解剖学的原理炸得一块一块，谁知在一颗烈性炸药炮弹的爆炸下，反而随着弹片任意四分五裂。

为了达到观察的精确性，一个博物学家不妨把观察局限于一段有限的阶段，我将首先把 1918 年 6 月，奥地利进攻意大利以后作

---

① 意大利北部区名，近瑞士边境，首府米兰。

为一个阶段。在此阶段，死亡人数极大，意方被迫撤退，后来又大举进攻以收复失地，这一来战后局面仍如战前，只是死者变了样而已。死者没埋葬前，每天都多少有些变样。白种人肤色的变化是从白变成黄，再变成黄绿，最后变成黑色。如果在暑热下搁置过久，尸体就会变得类似煤焦油色，尤其是皮开肉绽的部分，而且真有明显的煤焦油似的虹彩。尸体一天比一天胀大，有时胀得太大了，军服也包不住，胀鼓鼓的像是要绷裂开似的。个别人的腰围会胀到难以置信的程度，脸部胀得皮肤绷紧，圆滚滚的像气球。除了尸体逐渐胀胖之外，令人吃惊的是死者周围散布的纸片之多。埋葬前，尸体最终的姿势全看军服上口袋的位置而定。在奥地利军队里，那些口袋是开在马裤后面的，过了短短一阵子，死者都必然脸朝下躺着，臀部两个口袋都给兜底翻了出来，口袋里装的那些纸片就全都散布在草地上了。暑热，苍蝇，草地上尸体所呈姿势，四散的纸片之多，这些都是留下的深刻印象。大热天战场上的气味是回想不起来的。你能记得有过这么一股气味，可是从此你没碰到什么事能叫你再想起这股气味来。不像一个团队的气味，你在乘坐有轨电车时会突然闻到，你会看看对面，看见把这股气味带给你的那人。不过另外那股气味就像当初你在恋爱中的味儿一样完全消失了；你只记得发生的事情，可是回想不起那股兴奋感。

不知道那个百折不挠的芒戈 · 派克在大热天的战场上会看到什么恢复信心的景象。六月底，七月里，麦子里总有罂粟花，还有叶茂的桑葚树，太阳透过重重树叶屏障，照在枪杆子上，就看得见上面冒着热气；芥子毒气弹炸出的弹坑边缘变成晶黄色，一般破房子都比挨过炮轰的房子要好看些，可是旅行的人很少会舒畅地呼吸一下那个初夏的空气，有过芒戈 · 派克从上帝根据自己的形象造人这方面产生的那种想法。

你在死者身上首先看到的是打得真够惨的，竟死得像畜生。有的受了点轻伤，这点伤连兔子受了都不会送命。他们受了点轻伤就像兔子有时中了三四粒似乎连皮肤都擦不破的霰弹微粒那样送了命。另外一些人像猫那样死去；脑袋开了花，脑子里有铁片，还活活躺了两天，像脑子里挨了颗枪子的猫一样，蜷缩在煤箱里，等到你割下它们的脑袋后才死。也许那时猫还死不了，据说猫有九条命呢，我也说不清，不过大多数人死得像畜生一般，不像人。我从来没看见过一件所谓自然死亡的事例，所以我就把这归罪于战争，正如那个百折不挠的旅行家芒戈·派克一样，知道一定还有其他什么事例，而且总是少了点其他什么，后来我总算看到了一件。

我见到过唯一一件自然死亡事例除了并不严重的失血之外，是死于大流感[1]的。得了这病就浑身黏液湿淋淋，憋住气，要知道这种病人是怎么死的：临终纵有一身力气，还是变成个小孩子，人去了，被单却像小孩尿布那样湿透，一大片黄浊的黏液瀑布似的流着，淌着。所以如今我倒要看看哪位自诩的人道主义者[2]的死亡情况，因为一个像芒戈·派克那样百折不挠的旅行家，或我，就是靠眼看这种文学流派的成员真正死亡，观察他们体面下场而活着，而且还要活下去看看。我作为一个博物学家，在沉思中不由想到虽然讲究体统是一件大好事，可是如果人类继续繁衍下去的话，必然有些事是不成体统的，因为传宗接代的姿势就是不成体统的，大大不成体统的，我不由又想到这些人也许是，或曾经是：不失体统同居生下的子女。可是不管他们如何出世，我倒希望看到一小撮人的结局，思索一下寄生虫如何解决那个长期保留的不育问题；因为他们奇特的小册子已荡然无存，他们的一切肉欲都成为次要问题。

虽然，在一篇有关死者的博物学论著中涉及这些自封的公民也许是正当的，尽管在本著作发表的时候这种封号可能一文不值，然而，这对你在大热天下所看见的原来的嘴巴上有半品脱蛆虫在忙着

① 指 1917—1918 年蔓延全世界的流行性感冒，是一种病毒性急性传染病，死者无数。

② 本文提到一个绝迹的现象万祈读者谅解，这条附注如同一切时尚附注一样，注明故事时代背景，不过因为其略具历史重要性，删去则破坏韵律，故保留之。——原注

的其他死者是不公正的，他们年纪轻轻就死去并非自愿，他们也不办杂志，其中许多人无疑连一篇评论文章也从来没看过。死者也并非老是碰到大热天，多半时间是碰到下雨，他们有时躺在雨水里，雨水就把他们冲洗干净了，雨水还在他们入土的时候把泥土化软，有时还接连不断下着，把泥土变成泥浆，把尸体冲洗出来，你只得把尸体再埋葬下去。冬天在山里，你就得把尸体放在雪地里，等到开春积雪化掉，再得由别人来掩埋。这些死者在山里的坟地是很美的，山地战争是所有战争中最美的，其中一回，在一个叫波科尔的地方，他们埋葬了一个头部给放冷枪的打穿的将军。那些撰写书名叫《将军死于病床上》的作家错了，因为这位将军就死在高居山上的雪地战壕里，戴着一顶登山帽，帽上插着一支鹰翎，正面的弹孔小得插不进小手指；后面的弹孔却大得塞得进拳头，如果拳头小，你想要塞的话准塞得进，雪地里有好多血。他是个极好的将军，在卡波雷托战役①中指挥巴伐利亚阿尔卑斯军团的冯贝尔将军就是这么一位好将军，他是乘坐在参谋的汽车里，身先士卒，开进乌迪内②市时，遭意大利后卫部队打死的，如果我们要对这类事情讲究什么精确性的话，那么所有这类书应改名为《将军通常死于病床上》。

有时在山里，设在靠山那边挨不到炮轰的包扎站外面的死者，身上也下到了雪。他们都给抬到在地面封冻前就在山坡上挖好的洞里。就是在这洞里，有个人的脑袋破得像摔得粉碎的花盆，虽然脑袋由薄膜裹在一起，外面还精心扎着现已浸湿发硬的绷带，但脑组织给里面一块碎钢片破坏了，他躺了一天一夜，又躺了一天。担架手请医生进去看看他。他们每回去都看见他，甚至没朝他看都听到

---

① 卡波雷托原为意大利边境城市，在伊松佐河畔，乌迪内东北。第一次世界大战时，1917 年秋，冯贝尔将军率领新成立的德奥联军巴伐利亚阿尔卑斯军团，大举进攻，企图吞并意大利东北，意军被迫于 11 月 7 日撤至皮阿维河。

② 意大利东北部城市，位于阿尔卑斯山脉南麓。

他在呼吸。医生的眼睛通红，眼皮肿胀，给催泪瓦斯熏得几乎睁不开来。他看了那人两回，一回在大白天里，一回用手电筒照。我意思是说，用手电筒照一遍也会给戈雅留下一个深刻印象，医生第二回看他才相信担架手说他还活着这话。

“你们要我拿这怎么办？”他问。

他们提不出什么办法。可是过了一会儿他们就要求把他抬出去跟重伤员安顿在一起。

“不。不。不！”正忙着的医生说。“怎么啦？你们怕他？”

“我们不愿意听到他跟死者留在洞里。”

“那就别听他好了。如果你们把他搬出来，又得马上把他抬回去了。”

“我们不在乎，上尉大夫。”

“不行，”医生说。“不行。难道你们没听到我说不行吗？”

“你为什么不给他打一针大剂量吗啡？”一个在等候包扎臂部伤处的炮兵军官问。

“你以为我的吗啡就只派这一个用处吗？你愿意我不用吗啡就做手术吗？你有手枪，出去亲手把他打死啊。”

“他已经中了枪，”那军官说。“如果你们有些大夫中了枪，你就另眼相待了。”

“多谢多谢，”医生对空挥舞一把镊子说。“千谢万谢。这双眼睛怎么样了？”他用镊子指指眼睛。“你觉得怎么样？”

“催泪瓦斯。如果是催泪瓦斯就算走运了。”

“因为你离开前线，”医生说。“因为你跑到这儿来说要清除你眼睛里的催泪瓦斯。你就把葱头揉进你眼睛里了。”

“你失常了。我对你的侮辱并不在意。你疯了。”

担架手进来了。

“上尉大夫，”其中一个说。

“滚出去！”医生说。

他们出去了。

“我要开枪打死这个可怜的家伙，”炮兵军官说。“我是个讲人道的人。我决不让他受折磨。”

“那就打死他吧，”医生说。“打死他啊。承担责任。我要写份报告。伤员被炮兵中尉在急救站打死。打死他啊。尽管去打啊。”

“你不是人。”

“我的职责是治疗伤员，不是打死他们。打死人是炮兵军官老爷干的勾当。”

“那你干吗不护理他？”

“我已经护理过了。凡是可以尽力做的我都尽力做到了。”

“你干吗不用缆车道把他送下山去？”

“你算老几，配来责问我？你是我上级军官吗？你是这个包扎站的指挥官吗？请你回答。”

炮兵中尉哑口无言。屋里其他人都是士兵，没有其他军官在场。

“回答我啊，”医生用镊子钳起一个针头说。“给我个答复啊。”

“操你，”炮兵军官说。

“好，”医生说，“好，这话你说了。很好，很好。咱们走着瞧吧。”

炮兵中尉站起身，向他迎面走去。

“操你，”他说，“操你。操你妈。操你妹子……”

医生把盛满碘酒的碟子朝他脸上扔去。中尉眼睛看不出了，向他迎面走来，掏着手枪。医生赶快溜到他背后，把他绊倒，他一倒在地板上，医生就对他踢了几脚，戴着橡皮手套的手拉起那把枪。中尉坐在地板上，那只没受伤的好手捂住眼睛。

“我要杀了你！”他说。“我眼睛一看得见就杀了你。”

“我是头儿，”医生说。“既然你知道我是头儿，我就原谅一切。你不能杀我，因为你的枪在我手里。中士！副官！副官！”

“副官在缆车道那儿，”中士说。

“用酒精和水清洗这位军官的眼睛。他眼睛里沾到碘酒了。拿个盆子让我洗手。我下一个就看这位军官。”

“不要你碰我。”

“紧紧抓住他。他有点精神错乱了。”

一个担架手进来了。

“上尉大夫。”

“你要什么？”

“太平间里那人——”

“滚出去。”

“死了，上尉大夫。我还以为你听到了会高兴呢。”

“瞧，可怜的中尉？咱们白白争了一场。在战争时期咱们白白争了一场。”

“操你，”炮兵中尉说。他眼睛仍然看不见。“你把我弄瞎了。”

“没事，”医生说。“你眼睛回头就没事了。没事。白白争论。”

“哎哟！哎哟！哎哟！”中尉突然尖声叫唤。“你把我眼睛弄瞎了！你把我眼睛弄瞎了！”

“紧紧抓住他！”医生说。“他痛得厉害了。紧紧抓住他。”

陈良廷 译

怀俄明葡萄酒

怀俄明州的下午天气好热；群山在远处，你看得见山顶上的积雪，但山峦没有阴影，山谷里的庄稼地一片金黄，路上车来车往，尘土飞扬，镇子边的小木屋全都在太阳下暴晒着。方丹家后面的门廊外有一棵树遮荫，我就坐在树荫下的桌子边，方丹太太从地窖里拿来凉爽的啤酒。一辆汽车从大路拐到小路上，停在屋子边。两个男人下了车，穿过大门走了进来。我把酒瓶放在桌子底下。方丹太太站起身来。

“山姆在哪儿？”其中一人在纱门门口问道。

“他不在这儿。在矿上。”

“你有啤酒吗？”

“没有。一点也没有了。那是最后一瓶了。全喝光了。”

“他在喝什么呀？”

“那是最后一瓶。全喝光了。”

“得了吧，给我们来点啤酒。你认识我的。”

“一点也没有了。那是最后一瓶。全喝光了。”

“行了，咱们上弄得到真正啤酒的地方去吧，”其中一人说道，他们就出去上车了。其中一人走路跌跌撞撞的。汽车发动时晃动几下，在路上飞快地开走了。

“把啤酒放在桌上，”方丹太太说。“怎么回事，好了，没事了。怎么回事？别放在地板上喝啊。”

“我不知道他们是什么人，”我说。

“他们喝醉了，”她说。“那才惹麻烦呢。回头他们上别处去，说他们是在这儿喝的[1]。说不定他们连记也记不得了。”她说法语，不过只是偶尔说说，而且还夹了好多英语单词和一些英语句法结构。

“方丹上哪儿去了？”

“他在做葡萄酒[2]。哦，天哪。他真喜欢葡萄酒[3]。”

“可你喜欢啤酒。”

“是啊，我喜欢啤酒，但方丹，他真喜欢葡萄酒。”

她是个身材丰满的老妇，肤色红润可爱，满头银发。她浑身上下干干净净，屋子也收拾得干干净净，整整齐齐。她是伦斯[4]人。

“你在哪儿吃的？”

“在旅馆里。”

“在这儿吃。他可不喜欢在旅馆或饭店吃。在这儿吃！”

“我不想给你添麻烦。再说旅馆里吃得也不错。”

“我从来不在旅馆吃饭。也许旅馆里吃得不错。我这辈子在美国只上过一次饭店。你知道他们给我吃什么？他们给我吃生猪肉！”

“真的？”

“我不骗你。是没煮过的猪肉。我儿子娶了个美国女人，经常给他吃罐头豆子。”

“他结婚多久了？”

“哦，我的天，我不知道。他老婆体重两百二十五磅。她不干活。不煮饭。她给他吃罐头豆子。”

“那她干什么？”

“她老是看书。光是看书。她经常躺在床上看书。她已经不能再生孩子。她太胖了。肚子里容不下孩子了。”

“她怎么啦？”

“她老是看书。他是个好小子。干活卖力。以前在矿上干活，如今在牧场里干。他以前从没在牧场里干过。牧场主对方丹说他从

---

① 在美国如果醉汉开车肇事，警方要追究他刚才喝过酒的酒店责任。

② 原文是法语。以下排仿宋体处原文均为法文。

③ 原文是法语。以下排仿宋体处原文均为法文。

④ 法国北部地区。

没见过牧场里有谁干活比他更卖力的。他干完活回家，她竟没东西给他吃。”

“他干吗不离婚呢？”

“他没钱办离婚。再说，他很爱她。”

“她美吗？”

“他认为美。他把她带回家来的时候，我还当自己要死了呢。他真是个好小子，干活始终卖力，从不到处乱跑，惹什么祸。当时他出门到油田去干活，就带回来这个印第安女人，那会儿体重就有一百八十五磅。”

“她是印第安人？”

“她是印第安人倒没什么。哦，天哪。她嘴里老是挂着狗娘养的，该死的这种话。她不干活。”

“眼下她在哪儿？”

“看戏。”

“什么？”

“看戏。电影。她只会看书和看戏。”

“你还有啤酒吗？”

“天哪，当然有啦。你今晚来我们这儿吃饭吧。”

“好吧。我应该带什么来呢？”

“什么也别带。一点也别带。也许方丹会弄到点葡萄酒。”

那天晚上我到方丹家吃晚饭。我们在餐室里吃，桌上铺着干净的桌布。我们尝了一下新酿的葡萄酒。酒味清淡可口，还有葡萄的味儿。餐桌上有方丹和他太太，还有小儿子安德烈。

“你今天干了些什么。”方丹问。他是个老头儿，矮小的身躯给矿里的活儿拖累坏了，一部飘垂的灰白胡子，明亮的眼睛，是圣艾蒂安[①]附近的中部人。

① 一译圣太田，法国东南部城市，卢瓦尔省首府。

“我埋头搞我的书呢。”

“你的书都没问题吧？”方丹太太问。

“他意思是说他像个作家那样写书。一本小说，”方丹解释说。

“爸，我能去看戏吗？”安德烈问。

“当然，”方丹说。安德烈回过头来问我。

“你看我有几岁？你看我这样子有十四岁吗？”他是个瘦小子，但他的脸看上去有十六岁了。

“是啊。你这样子有十四岁了。”

“我到戏院时就这样低头哈腰，拼命装得小一点。”他嗓音很尖，又在变声。“要是我给他们一个两毛五的硬币，他们就收下了，可我要是只给他们一毛五，他们照样也让我进去。”

“那我就只给你一毛五了，”方丹说。

“不，给我一个两毛五的硬币，我会在路上把钱兑开的。”

“他看完戏马上就会回来，”方丹太太说。

“我一会儿就回来。”安德烈走出门去。晚上外面很凉快。他让门开着，一阵凉风吹了进来。

“吃啊！”方丹太太说。“你还没吃过什么东西呢。”我已经吃了两份鸡和法式炸土豆条，三个甜玉米，一些黄瓜片和两份凉拌蔬菜。

“也许他要点儿蛋糕，”方丹说。

“我应该给他来点儿蛋糕，”方丹太太说。“吃点干酪。吃点奶酪。你还没吃过什么东西呢。我应该弄点蛋糕来。美国人就老爱吃蛋糕。”

“我吃了好多啦。”

“吃啊！你还没吃过什么东西呢。全吃下去。我们什么也不剩。全吃光。”

“再来点儿凉拌蔬菜，”方丹说。

“我再去拿点儿啤酒来，”方丹太太说。“如果你整天在书厂里干活，肚子会饿的。”

“他不了解你是个作家，”方丹说。他是个心细体贴的老头，说话用俚语，对上世纪九十年代他在军队服役时的一些流行歌曲也熟悉。“他自己写书，”他对太太解释说。

“你自己写书？”方丹太太问。

“有时写。”

“哦！”她说。“哦！你自己写书啊。哦！好极了。要是你自己写书的话肚子会饿的。吃啊！我去找点啤酒。”

我们听见她走在通向地窖的梯级上。方丹对我笑笑。他对没有他那种经历和世故的人十分宽容。

安德烈看完戏回来时我们还坐在厨房里讨论打猎。

“劳动节那天我们都到清水河去了，”方丹太太说。“哦，天哪，你实在应该到那儿去去。我们大家坐卡车去的。大家都坐卡车，我们星期天动身。坐的是查理的卡车。”

“我们吃啊，喝葡萄酒，啤酒，还有一个法国人带来一瓶苦艾酒，”方丹说。“加利福尼亚一个法国人！”

“天哪，我们还唱歌。有个庄稼汉跑来看看怎么回事，我们请他喝些酒，他跟我们待了一会儿。还来了几个意大利人，他们也要跟我们一起玩。我们唱了一首关于意大利人的歌，他们听不懂。他们不知道我们并不欢迎他们，我们同他们没什么交道好打，过了一会儿他们就走了。”

“你们钓到几条鱼？”

“不多。我们去钓了一会儿鱼，可我们又回来唱歌。你知道，我们唱了歌。”

“晚上，”方丹太太说，“女人都睡在卡车上。男人就围在火边。晚上我听见方丹来再拿些酒，我就跟他说，天哪，方丹，留些明天喝吧。明天可什么也没得喝的了，那时大家就要后悔了。”

“但他们都喝了，”方丹说。“而且第二天他们一点也没有剩。”

“你们都干了些什么？”

“我们一本正经地钓鱼呗。”

“没错，都是好鳟鱼。哦，天哪。都一模一样。半磅一盎司。”

“多大个儿？”

“半磅一盎司。吃起来正合适。都一样大小，半磅一盎司。”

“你觉得美国怎么样？”方丹问我。

“你也知道，美国是我的祖国，所以我爱美国。但吃得并不很好。过去还行。但现在不行。”

“对，”方丹太太说。“吃得并不好。”她摇摇头。“而且，波兰人吃得太多。我小时候我妈跟我说，‘你吃得像波兰人一样多。’我根本不明白波兰人是什么。但现在我明白美国人了。波兰人吃得太多。再说，天哪，波兰人还爱吃咸的。”

“这地方打猎钓鱼倒不错，”我说。

“对。打猎和钓鱼最好。”方丹说。“你喜欢什么枪？”

“十二口径的气枪。”

“气枪很好，”方丹点点头。

“我要自己一个人去打猎，”安德烈扯着小男孩的尖嗓门说。

“你不能去，”方丹说。他回过头来跟我说了。

“你要知道，男孩子都是蛮子。他们都是蛮子。他们要互相开枪打来打去的。”

“我要一个人去，”安德烈说，嗓门又尖利又激动。

“你去不得，”方丹太太说。“你还太小。”

“我要一个人去，”安德烈尖声说。“我要打水老鼠。”

“水老鼠是什么？”

“你不知道水老鼠？你一定知道的。人家叫做麝鼠的。”

安德烈从碗柜里拿出那支二十二口径的来复枪，双手在灯光下握住枪。

“他们都是蛮子，”方丹解释说。“他们要互相开枪打来打去的。”

“我要一个人去。”安德烈尖声说。他拼命朝枪筒一头看着。

“我要打水老鼠。我非常了解水老鼠。”

“把枪给我，”方丹说。他又对我解释。“他们都是蛮子，他们要互相开枪打来打去的。”

安德烈紧紧握住枪。

“看看倒可以。看看倒不妨，看看倒可以。”

“他就爱开枪，”方丹太太说。“但他还太小。”

安德烈把那支二十二口径的来复枪放回碗柜里。

“等我长大了，我要打麝鼠，还要打野兔子，”他用英语说。“有一回我跟爸爸出去，他开枪打一只野兔子，只打到一点皮毛，我开了枪才打中了。”

“不错，”方丹点点头。“他打中一只野兔子。”

“不过是他先打中的，”安德烈说。“我要自个儿去，自个儿打。明年我就能去打了。”他在一个角落里看了看，就坐下来看书了。吃过晚饭，我们走进厨房去坐坐，我拿起这本书，一看原来是本丛书——《弗兰克在炮舰上》。

“他喜欢书，”方丹太太说。“不过这总比夜里跟别的孩子乱跑，去偷东西强。”

“书倒不是坏事，”方丹说。“先生也写书的。”

“对，是这样，没错。但书太多就坏事了，”方丹太太说，“这就是书的一个毛病。这就同教堂一样。教堂太多了。法国只有天主教和新教，而且新教徒很少。但是这里到处是教堂。我到这里来一看哪，我的天啊，这么多教堂干什么啊？”

“一点不错，”方丹说。“教堂太多了。”

“前几天，”方丹太太说。“有个法国小姑娘跟她母亲，方丹的表妹来这里，她对我说，‘美国不需要天主教徒。做个天主教徒没好处。美国人不喜欢你做个天主教徒。这就同禁酒法一样。’我跟她说，‘你要做个什么？嗨，如果你是个天主教徒的话，还是做个天主教徒好。’可她说，‘不，在美国做个天主教徒没好处。’可我认为如果你是个天主教徒的话，还是做个天主教徒的好。改信别的教没好处。天哪，没好处。”

“你在美国望弥撒？”

“不。我在美国不望弥撒，只是难得去一回。可我还是个天主教徒。改信别的教没好处。”

“据说那个史密特是天主教徒。”方丹说。

“据说，但根本不知是不是，”方丹太太说，“我可不信史密特是天主教徒。美国的天主教徒并不多。”

“我们可是天主教徒，”我说。

“可不是，但你住在法国啊，”方丹太太说。“我可不信那个史密特是天主教徒。他在法国住过吗？”

“波兰人都是天主教徒，”方丹说。

“一点不错，”方丹太太说。“他们上教堂去，回家时一路动刀子打架，礼拜天互相残杀一天。可是他们不是真正的天主教徒。他们是波兰天主教徒。”

“所有的天主教徒都一样，”方丹说。“天主教徒都没两样。”

“我不信史密特是天主教徒，”方丹太太说。“他要是天主教徒那才怪呐。我呀，我可不信。”

“他是天主教徒，”我说。

“史密特是天主教徒，”方丹太太沉吟说。“我决不会相信，天哪，他是天主教徒。”

“玛丽，去拿啤酒，”方丹说，“先生渴了，我也渴了。”

“好的，就去，”方丹太太在隔壁屋子里说。她下楼去了，我们听见楼梯吱吱嘎嘎响。安德烈在角落里看书。我跟方丹坐在桌边，他把最后一瓶啤酒倒进我们两个玻璃杯里，瓶底里只剩下一点儿。

“这是打猎的好地方，”方丹说，“我很喜欢打鸭子。”

“不过在法国打猎也非常好，”我说。

“是啊，”方丹说。“我们那边野味很多。”

方丹太太手里拿着几瓶啤酒从楼梯上来。“他是天主教徒，”她说，“天哪，史密特是天主教徒。”

“你看他当得上总统吗？”方丹问。

“不，”我说。

第二天下午我开车到方丹家去，穿过镇上的阴凉处，沿着尘土飞扬的路，拐到小路上，把车停在篱笆旁边。这一天又很热。方丹太太来到后门口。她看上去真像圣诞老婆婆，干干净净，脸色红润，头发雪白，走路摇摇摆摆。

“啊呀，你好，”她说。“天真热，天哪。”她进屋去拿啤酒。我坐在后面的门廊里，透过纱窗和暑气下的叶丛，看着远处的群山。从树丛间看得见道道沟痕的褐色群山，山上还有三座山峰和一条积雪的冰川。山上的雪看上去很白很纯，不像真的。方丹太太出来，把几瓶酒放在桌上。

“你看见外面什么了？”

“雪。”

“这雪很美。”

“你也来一杯。”

“行啊。”

她在我身边的一张椅子上坐下。“史密特，”她说，“要是他当上总统，你看我们总不愁没有葡萄酒和啤酒吧？”

“没问题，”我说。“相信史密特好了。”

“他们逮捕方丹的时候，我们已经付了七百五十五块罚金。警察抓了我们两回，政府抓了一回。我们挣到的钱，多年来方丹在矿上干活挣到的钱，加上我给人洗衣服挣到的钱，统统都付给他们了。他们把方丹关进监狱。他从来没有干过坏事。”

“他是个好人，”我说。“这么做真造孽。”

“我们可没多收人家钱。葡萄酒卖一块钱一升。啤酒一毛钱一瓶。我们从来不卖没酿好的啤酒。有好多地方刚酿好啤酒马上就卖，喝过的人个个都头痛。那又怎么样呢？他们把方丹关进监狱，还拿了七百五十五块钱。”

“真可恶，”我说。“方丹在哪儿？”

“他还在做酒呗。如今他得留神看着别出岔子。”她笑了。她再也不去想那笔钱了。“你知道，他就爱葡萄酒。昨晚他带了一点回来，刚才你喝的，还有一点点新酒。最新的。酒还没酿好，可他喝了一点，今儿早上还放了一点在咖啡里。你知道，放在咖啡里！他就爱葡萄酒！他就是这样的脾气。他那地方的人就是这样。我住在北方那儿，人家什么酒都不喝。大家只喝啤酒。我们住的地方附近有一家大酿酒厂。我小时候可不喜欢那些货车上的啤酒花味儿，也不喜欢地里的啤酒花味儿。我不喜欢啤酒花。不，天哪，一点也不喜欢。酿酒厂老板对我和妹妹说，到啤酒厂去喝啤酒，喝过以后我们就喜欢上啤酒花了。果然不错。后来我们就真的喜欢啤酒花了。他吩咐他们给我们喝啤酒。喝了我们就喜欢上啤酒了。不过方丹呀，他可喜欢葡萄酒呢。有一回他打死了一只野兔子，他要我用酒做调味汁来烧兔子，用酒、黄油、蘑菇和葱一股脑儿调制的黑调味汁来烧兔子。天哪，我真的做成了那种调味汁，他全吃光了，还说，‘调味汁比野兔子更好吃。’他那地方的人就是这样。他吃了不少野物和葡萄酒。我呀，我倒喜欢土豆、大腊肠，还有啤酒。啤酒不错。对健康大有好处。”

“是不错，”我说，“葡萄酒也不错。”

“你像方丹。不过这里有一点我始终弄不明白。我看你也没弄明白过。美国人到这里来，在啤酒里搀威士忌。”

“不明白，”我说。

“是的。天哪，是真的啊。还有一个女人呕在餐桌上。”

“怎么？”

“真的。她呕在餐桌上。而且后来她还呕在鞋里。后来他们回来了，说他们还要再来，下星期六要再请一回客，我说，天哪，不行！他们回来时，我把门锁上了。”

“他们喝醉了可坏呢。”

“冬天里小伙子们去跳舞，他们坐了汽车开到这里，跟方丹说，‘嗨，山姆，卖给我们一瓶葡萄酒吧。’或者买了啤酒，再从兜里掏出一瓶走私酒，搀在啤酒里喝下去。天哪，我平生头一回看到这种事。在啤酒里搀威士忌。天哪，我真弄不明白那种事！”

“他们要吐一场，这样才知道自己喝醉了。”

“有一回，一个家伙到这里来跟我说，要我替他们做一顿丰盛的晚饭，还喝了一两瓶葡萄酒。他们的女朋友也来了，后来他们就去跳舞了。我说，行啊。于是我做了一顿丰盛的晚饭，可等他们来的时候，已经喝了不少啦。他们当下在葡萄酒里搀上威士忌。哦，天哪。我跟方丹说，‘这下要出毛病了！’‘是啊，’他说。后来这些姑娘都吐了，好端端的姑娘，身体挺好的姑娘。她们就在桌上吐。方丹想方设法搀着她们，指点她们上洗手间去好好吐一吐，可是那些家伙说不，她们在桌上吐就行了。”

方丹进了屋。“他们再来的时候，我就锁上门。‘不成，’我说，‘给我一百五十块也不成。’天哪，不成。”

“这些人胡来的时候，用得上一句法国话，”方丹说。他站在那儿，热得神色苍老疲惫。

“怎么说？”

“猪，”他拘泥地说，不大愿意使用这么厉害的字眼。“他们就像猪。这个字眼很厉害，”他赔不是道，“可吐在桌上——”他难受地摇摇头。

“猪，”我说。“他们就是——猪。混蛋。”

方丹不喜欢粗话。他很高兴说些别的。

“有些人很亲切，很通情达理，他们也来的，”他说，“要塞里的军官，人都很好。好人啊。凡是到过法国的都想来喝葡萄酒。他们确实喜欢酒。”

“有个男人，”方丹太太说，“老婆从不让他出来。所以他就对她说他累了，上床去睡觉，等到她去看戏，他就径自上这儿来，有时就穿着睡衣裤，外面套件上衣。‘玛丽亚，看在上帝分上，来点啤酒吧，’他说。他穿着睡衣裤，喝着啤酒，喝完就回要塞去，趁老婆还没看完戏回家，先回到床上去。”

“这人古怪，”方丹说，“但真亲切。他是个好人。”

“天哪，不错，确实是个好人，”方丹太太说，“他老婆看戏回家时他总是睡在床上。”

“我明天得出门了，”我说。“到乌鸦自然保护区去。猎捕北美松鸡季节开始了，我们去凑凑热闹。”

“是吗？你临走前再到这儿来一趟。你再来一趟好不好？”

“一定来。”

“那时葡萄酒就做好了，”方丹说。“咱们一起来喝一瓶。”

“三瓶，”方丹太太说。

“我会来的，”我说。

“我们等你，”方丹说。

“明儿见，”我说。

下午前半晌儿我们就巡猎回来了。那天早晨我们五点钟起身。上一天我们刚痛痛快快打过猎，不过那天早晨我们一只松鸡也没看见。我们乘坐敞篷汽车，觉得很热，就在路边一棵树下停车，背着太阳吃午餐。太阳高挂，那块树荫很小。我们吃三明治，还把三明治馅抹在饼干上吃，我们又渴又累，等我们终于离开树荫，上了大路，回城里去时，心里都很高兴。我们跟着一条草原犬鼠驶近城，还下车用手枪打草原犬鼠。我们打中了两只，可是后来就不打了，因为没打中的子弹擦过石块和泥土，嘘哩哩地飞过田野，飞到田野那边了，那边沿河有几棵树，还有一所房子，我们生怕流弹飞向房子，惹出麻烦。所以就继续开车，终于开到下坡路，朝镇外的房子开去。开过草原我们就能看见群山了。那天山峦苍翠，高山上的积雪像玻璃般闪亮。夏天快到头了，不过高山上还积不起新雪，只有被太阳晒化的陈雪和冰，老远看去明晃晃地闪亮。

我们要来点儿凉的，要点儿阴凉的地方。我们给太阳晒焦了，嘴唇给太阳和碱土烫起泡来。我们拐到小路上，到方丹店里，把车停在屋外，走进屋去。餐室里边真凉快。只有方丹太太一个人。

“只有两瓶啤酒了，”她说。“全喝光了。新酒还没酿好呢。”

我给了她几只打到的鸟。“不坏，”她说。“行啊。谢谢。不坏。”她走出去把鸟放在阴凉处。我们喝完啤酒我就站起身。“我们得走了，”我说。

“你今晚再来行吗？方丹的酒就快酿好了。”

“我们临走前会再来的。”

“你要走？”

“是啊。我们早上就得走。”

“你要走，真太糟糕了。你今晚来啊。方丹的酒就要酿好了。我们趁你没走先送送你。”

“我们临走前会来的。”

谁知那天下午要发电报，要仔细检查汽车——一只轮胎给石子划破了，需要热补——没有汽车，我只好徒步进城，办理完必办的事才走得成。到了吃晚饭的时候，我已累得出不了门。我们不想说外国话。我们只想趁早上床。

我躺在床上，还没入睡，四下堆着准备打点的暑天用品，窗子都开着，山风吹进窗来凉飕飕的，我心里想，没上方丹那里去真不好意思——可是一会儿我就睡着了。第二天我们一早上都忙着打行李，结束暑期生活。我们吃了午饭，准备两点钟上路。

“咱们一定得去向方丹夫妇告别，”我说。

“是啊，咱们一定得去。”

“恐怕昨晚他们等咱们去呢。”

“我想我们本该去的。”

“咱们去就好了。”

我们跟旅馆接待员告了别，跟拉里和城里其他的朋友告了别，然后就开车到方丹店里。方丹夫妇都在。他们见到我们很高兴。方丹神色苍老疲惫。

“我们还以为你们昨晚会来呢，”方丹太太说。“方丹备了三瓶酒，你们不来，他就都喝光了。”

“我们只能呆一会儿，”我说。“我们只是来告别的。我们原想昨晚来的。我们打算来，可是赶了路后太累了。”

“喝点酒吧，”方丹说。

“没酒了。你都喝光了。”

方丹神色很不安。

“我去搞一点来，”他说。“我只去一会儿工夫。我昨晚把酒都喝光了。我们原来是准备给你们喝的。”

“我知道你们累了。我说，‘天哪，他们准是太累了，来不了，’”方丹太太说。“去搞点酒来吧，方丹。”

“我开车送你去，”我说。

“行啊，”方丹说，“那样好快些。”

我们一路开着车，开到一英里外拐上一条小路。

“你会喜欢那种酒的，”方丹说。“酿得很好。你今晚晚饭可以喝这酒。”

我们在一幢木板屋前停下车。方丹敲敲门。没人应。我们绕到屋后去。后门也上着锁。后门四下都是空铁皮罐。我们朝窗子里张望。里面没人。厨房又肮脏又邋遢，可是门窗全都紧闭着。

“那狗娘养的。她到哪儿去了？”方丹说。他豁出去了。

“我知道哪儿搞得到一把钥匙，”他说。“你呆在这儿。”我眼看着他沿路走到邻屋去，敲了门，同出来应门的女人说话，最后总算回来了。他借到了钥匙。我们试试打开前门，又试试后门，可是都打不开。

“那狗娘养的，”方丹说。“不知她上哪儿去了。”

从窗子里看进去，看得见放酒的地方。靠窗还闻得见屋里的酒味。这味儿虽香，但有点难闻，像印第安人屋里的味儿。忽然间方丹拿起一块松动的木板，在后门边挖起土来。

“我能进去，”他说。“狗娘养的。我能进去。”

邻屋后院有个人正捣鼓着一辆旧福特车的一只前轮。

“你最好别进去，”我说。“那人会看见你的。他在看着呢。”

方丹挺直身子。“咱们再试试这把钥匙，”他说。我们试试转动钥匙，就是打不开。朝哪一边都只转动一半。

“咱们进不去，”我说。“咱们最好还是回去吧。”

“我要挖后门，”方丹提出道。

“不。我决不让你冒险。”

“我要挖。”

“不，”我说。“那人会看见的。这一来就会被当场抓住了。”

我们出了院子走到汽车边，开回方丹家，顺道停下车还了钥匙。方丹什么话也不说，只是用英语咒骂。他语无伦次，弄得没话好说了。我们进了屋。

“那狗娘养的！”他说。“我们拿不到酒。我亲自酿的酒。”

方丹太太的满脸喜色顿时一扫而光。方丹双手抱头在角落里坐下。

“我们一定得走了，”我说。“喝不喝酒无所谓。等我们走了。你为我们喝就是了。”

“那疯婆子上哪儿去了？”方丹太太问。

“我不知道，”方丹说。“我不知道她上哪儿去了。这下子你们一口酒也喝不到就走了。”

“那没关系，”我说。

“那不行，”方丹太太说。她摇摇头。

“我们得走了，”我说。“再见了，祝你们好运。我们过得很愉快，谢谢你们了。”

方丹摇摇头。他丢了面子。方丹太太满脸愁容。

“别为酒的事难受了，”我说。

“他要你喝他酿的酒，”方丹太太说。“你明年能再回来吗？”

“不。不定要到后年。”

“你瞧瞧？”方丹对她说。

“再见，”我说。“别把酒的事放在心上。等我们走了，你们为我们喝些就是了。”方丹摇摇头。他没笑。他倒霉的时候自己有数。

“那狗娘养的，”方丹自言自语道。

“昨晚他原来有三瓶酒，”方丹太太说，想安慰他。他摇摇头。

“再见，”他说。

方丹太太双眼泪水汪汪。

“再见，”她说。她替方丹难受。

“再见，”我们说。我们都感到很难受。他们站在门口，我们上了车，我发动马达。我们挥挥手。他们一起忧伤地站在门廊上。方丹神色很苍老，方丹太太愁容满面。她跟我们挥挥手，方丹进了屋。我们拐到大路上了。

“他们很难受。方丹难受死了。”

“咱们昨晚应当去的。”

“是啊，咱们应当去的。”

我们开过城区，开到城外平坦的大路上，两边庄稼地里一片残茬，右边远处是群山。看上去像西班牙，可这里是怀俄明。

“我希望他们都交好运。”

“他们不会交好运，”我说，“史密特也不会当上总统。”

混凝土路面到此为止。现在路面是铺石子的，我们离开平地，开上两座山麓之间；山路蜿蜒而上。山土都是红的，长着灰蒙蒙的一丛丛鼠尾草，随着路面升高，我们看得见小山对面和山谷平原对面的山峦。群山越来越远了，看上去格外像西班牙了。山路又蜿蜒向上了，前面路上有几只松鸡在尘土里打滚。我们向松鸡开去，它们就飞走了，急速拍打翅膀，然后轻快地成长长的斜线飞行，落在下面山坡上。

“这些松鸡真大，真可爱，比欧洲的松鸡大多了。”

“方丹说这是个打猎的好地方。”

“狩猎季节过去了呢？”

“那时他们都死掉了。”

“那小伙子不会死。”

“没什么证明他不会死。”

“咱们昨晚应当去的。”

“是啊，”我说。“咱们应当去的。”

刘文澜 译

赌徒、修女和收音机

他们在午夜前后被人送进来；整整一宿，顺着走廊人人都听到那个俄国人的叫声。

“他给打在哪儿啦？”弗雷泽先生问夜班护士。

“在大腿上，我想。”

“另一个人怎么样？”

“啊，我怕他快要死了。”

“他给打在哪儿啦？”

“肚子上中了两枪。他们只找到一颗子弹。”

他们都是种甜菜的工人，一个墨西哥人和一个俄国人；他们坐在一家通宵营业的餐馆里喝咖啡，有一个人走进门来，向那个墨西哥人开枪。墨西哥人倒在地板上，肚子上中了两枪，俄国人爬到桌子底下去的时候，挨了一颗流弹，那本是对墨西哥人射击的。报上是这么说的。

墨西哥人对警察说，他不知道谁开枪打他。他认为是一个偶然的事故。

“一个偶然的事故，他却向你开了八枪，打中你两枪，是这样吗？”

“是的，先生，”那个墨西哥人说，他叫卡耶塔诺·鲁伊斯。

“他向我开枪只是一起偶然的事故，那个混蛋，”他对那个译员说。①

“他说什么？”那个警官问，望着床对面的译员。

“他说那是一个偶然的事故。”

“告诉他讲实话，他快要死了，”警官说。

“死不了，”卡耶塔诺说，“不过告诉他，我感到很难受，不想多说。”

“他说，他讲的是实话，”译员说。接着，自信地对警官说：“他不知道是谁开枪打伤他的。他们从他的背后开枪打他。”

“是啊，”警官说，“这我知道，可子弹为什么都是从前面打进去的呢？”

“也许他在胡扯，”译员说。

“听着，”警官说，他的手指头几乎在卡耶塔诺的鼻子前摇晃，那个蜡黄的鼻子突出在死人样的脸上，眼睛却跟鹰眼一样灵活。“我才不在乎谁开枪打你，不过我不得不把这件事情调查清楚。你不要打伤你的那个人受到惩罚吗？把这话告诉他，”他对译员说。

“他说把打伤你的人讲出来。”

“见鬼去吧，”卡耶塔诺说，他乏得很。

“他说他压根儿没有看到那个人，”译员说，“我毫不含糊地跟你说，他们从他背后开枪打他。”

“问他是谁打伤了那个俄国人。”

“可怜的俄国人，”卡耶塔诺说，“他趴在地板上，胳膊抱着头。他们开枪打中他的时候，他就叫起来，一直叫到现在。可怜的俄国人。”

“他说是个他不认识的人。也许就是那个开枪打中他的人。”

“听着，”警官说，“这儿不是芝加哥。你不是一个黑社会里的歹徒。你用不到像演电影似的。把打伤你的人讲出来，没有错。人人都会讲出打伤他们的人。这么做，没有错。说不准你不讲出那个人是谁，他还会去开枪打伤别人哪。说不准他去开枪打伤女人或是孩子。你不能让他干了这种事溜掉。你跟他说，”他对弗雷泽先生说。“我不信任那个该死的译员。”

“我非常靠得住，”译员说。卡耶塔诺望着弗雷泽先生。

---

① 墨西哥人对译员是用西班牙语说的，所以下文警官问他说什么。

“听着，朋友，”弗雷泽先生说，“警察说，咱们不是在芝加哥，而是在蒙大拿州的海利[①]。你不是强盗，也跟演电影毫不相干。”

“我相信他的话，”卡耶塔诺轻轻地说，“我相信他的话。”

“揭发伤害自己的人并不丢脸。在这儿人人这么做，他说。他说，要是那个人开枪打伤了你，又去打伤女人和孩子，那怎么办？”

“我没有结过婚，”卡耶塔诺说。

“他是泛指任何女人、任何孩子。”

“那个人又不是疯子，”卡耶塔诺说。

“他说，你应该揭发他，”弗雷泽先生说完了。

“谢谢你，”卡耶塔诺说，“你是个高明的翻译。我能讲英语，不过讲得很糟。我听可都听得懂。你的腿是怎么弄断的？”

“从马上摔下来。”

“运气多不好。我很难受。痛得厉害吗？”

“现在不厉害了。起初，痛得可厉害。”

“听着，朋友，”卡耶塔诺开始说，“我很虚弱。你会原谅我的。再说，我很痛，痛得够受。很可能我会没命。请把这个警察打发走，因为我乏得很。”他做出像要翻身侧睡的样子，接着就不做声了。

“我把你的话一字不漏地告诉他；他说，告诉你他确实不知道是谁开枪打伤他的，还说他虚弱得很，希望你以后再问他，”弗雷泽先生说。

“他以后也许就死了。”

“这很可能。”

“所以我要现在问他。”

---

① 此处恐系作者笔误。海利不在蒙大拿州，而是毗邻蒙大拿州的爱达荷州的一个城市。

“我告诉过你，有人从他背后开枪打他，”那个译员说。

“啊，天知道，”警官说，把笔记本放进口袋。

警官同译员站在外面走廊里弗雷泽先生的轮椅旁。

“我想你也认为有人从他背后开枪打伤他的吧？”

“是啊，”弗雷泽说，“有人从他背后开枪打伤他。你认为怎么样？”

“别恼火，”警官说，“我希望自己能讲西班牙语。”

“你干吗不学？”

“你用不着恼火。我问了那个墨西哥人许多问题，得不到一点叫人高兴的东西。我要是能讲西班牙语，情况就会大不一样。”

“你不用讲西班牙语，”那个译员说，“我是一个非常可靠的译员。”

“啊，天知道，”警官说。“好吧，再见，我会来看你的。”

“谢谢。我总是在这儿。”

“我想你现在挺不错了。当时确实遇到了坏运气。运气坏得很。”

“他的骨头既然已经接了起来，运气就变好了。”

“可不是，不过时间很长。需要很长、很长的时间。”

“别让哪一个在背后朝你开枪。”

“说得对，”他说，“说得对。唔，你没有恼火，我真高兴。”

“再见，”弗雷泽先生说。

弗雷泽有好久没有再看到卡耶塔诺，但是天天早晨赛西莉亚修女带来他的消息。她说，他从来不叹一声苦，眼下情况很糟。他害上腹膜炎；他们认为他活不长了。可怜的卡耶塔诺，她说。他有一双这么美的手和一张这么漂亮的脸，而且他从来不叹苦。眼下，伤口的气味真叫人受不了。他会用一个手指头指着自己的鼻子，微笑着摇摇头，她说。他讨厌那股味儿。他感到很窘，赛西莉亚修女说。啊，他是个多好的病人啊。他老是微笑。他不愿去向神父忏悔，但是答应做祷告；他被送进来以后，没有一个墨西哥人来看过他。那个俄国人在本星期末要出院了。我一点也没法关心那个俄国人的事情，赛西莉亚修女说。可怜的人，他也吃了苦。那是一颗涂了油的、肮脏的子弹，伤口感染了，但是他叫得太凶了，再说我一直喜欢坏人。那个卡耶塔诺，他是个坏人。啊，他一定真的是个坏人，一个彻头彻尾的坏人，他长得这么匀称和文雅，从来没有用手干过活儿。他不是个种甜菜的工人。我知道他不是个种甜菜的工人。他的手很光滑，没有一点茧皮。我知道他一定算得上是个坏人。我现在下楼去为他祈祷。可怜的卡耶塔诺，他的伤势这么严重，他一声也不哼。他们干吗非打伤他不可？啊，这个可怜的卡耶塔诺！我马上下楼去为他祈祷。

她马上下楼去为他祈祷了。

在这所医院里，收音机的音响效果在黄昏以前一直不大好。他们说，那是因为地下有许多矿石的关系，要不，就跟那一座座高山有关，不过反正在外面开始天黑以前，它的效果一直不好；但是整个夜晚，它的效果却好极了，而且一个电台结束广播以后，你可以再向西捻，收听另一个电台。你可以收到的最后一个电台是华盛顿州的西雅图；由于时差关系，他们在早晨四点停止广播，这时候，医院里是早晨五点；而在六点钟你可以听到明尼阿波利斯①那些早晨的演奏狂烈的音乐。这也是由于时差关系；弗雷泽先生经常喜欢想那些演奏者到播音室去的情形，想象他们一大早，天还没亮，带着乐器从电车上下来，是一副什么模样。也许想得不对，他们是把乐器放在他们演奏音乐的地方的，但是他一直想象他们随身带着乐器。他从来没有到过明尼阿波利斯，而且认为他可能永远不会到那里去了，但是他知道那座城市一大清早是什么模样。

---

① 美国一城市，在明尼苏达州。

从医院的窗口，你可以看到一片长着野苋的雪地，还有一座光秃秃的土山。有一天早晨，医生要让弗雷泽先生看那里雪地上有两只野鸡，把他的床拉到窗口去，铁床架上那盏看书用的灯掉下来，正好打在弗雷泽先生的头上。现在这件事听起来不怎么滑稽了，但是当时是非常滑稽的。人人望着窗外；那个医生是个呱呱叫的医生，他一边指着野鸡，一边把床拉到窗口去，接着像是在滑稽连环画上那样，弗雷泽先生被那盏灯的铅底座打中头顶，昏过去了。这听起来正好同治病救人截然相反，或者说，这正同医院里的人所做的事情截然相反，所以人人认为很滑稽，是对弗雷泽先生和对那个医生开了一个玩笑。样样事情在医院里都比较简单，连开玩笑也是这样。

如果把床掉一个头，从另一个窗口，你可以看到那座城市，城市的上空有一片淡淡的烟雾，还有峰峦起伏的道森山[①]，在冬雪覆盖下看上去像是真正的高山。既然事实证明坐轮椅还太早，那就只能看这两个景致了。你要是住在医院里，说真的，最好是卧床；因为从一间温度由你控制的房间里，有充分的时间看两个景致，比从那些炎热的空房间里看几分钟景致要好得多——尽管从那些空房间里可以看到许多景致——何况你还得坐着轮椅在那些等着病人搬进来或者病人刚搬走的空房间里进进出出。要是你在一个房间里待久了，不管什么景致都有重大的价值，变得很重要，你不会去改变它，连改变一个角度也不成。就像听收音机那样，有些东西你已经喜欢了，你就高兴听，对那些新东西你就讨厌。那年冬天，他们听到的最好的曲子是《唱一件简单的事情》、《歌女》和《没有恶意的小小的谎话》。弗雷泽先生觉得，其他的曲子就没有那么叫人满意。《女同学贝蒂》也是一支好曲子，但是那些不可避免地传到弗雷泽先生脑子里去的、滑稽的模拟歌词，总是越来越叫人讨厌，以致没有一个人会欣赏它，他终于不听这支歌，重新收听橄榄球

① 在加拿大不列颠哥伦比亚省的东南部。

比赛。

约摸早晨九点钟，他们开始使用 X 光机，这时候收音机只能收听海利的广播，变得毫无用处。许多有收音机的海利人抗议医院里的 X 光机破坏了他们早晨的节目，但是从来没有采取任何行动，尽管许多人认为医院偏要在人们听收音机的时候使用 X 光机，真是太不像话。

到了必须关收音机的时候，赛西莉亚修女走进来。

“卡耶塔诺的情况怎么样，赛西莉亚嬷嬷？”弗雷泽先生问。

“啊，他的情况很糟糕。”

“他神志模糊了吗？”

“倒还没有，可是我怕他快要死了。”

“你觉得怎么样？”

“我很为他担心；你知道吗，压根儿没有一个人来看他？所有的墨西哥人都不管，让他像一条狗那样死去。他们真可怕。”

“你今天下午想上楼来听橄榄球比赛吗？”

“啊，不来了，”她说，“我会太激动的。我要待在教堂里祈祷。”

“咱们应该可以听得很清楚，”弗雷泽先生说，“他们在太平洋沿岸比赛；由于时差关系，比赛的时间在这儿已经相当晚了，所以咱们能够听得很清楚。”

“啊，不成。我不能来听。上回世界垒球锦标赛差一点要了我的命。运动员队[①]击球的时候，我马上大声祈祷：‘啊，主啊，指引他们击球的眼光吧！啊，主啊，但愿他击中得分！啊，主啊，但愿他有把握击中！’后来，他们在第三局跑到第四垒，你记得吧，我简直受不了啦。‘啊，主啊，但愿他把球打出场地！啊，主啊，但愿

① 运动员队是宾夕法尼亚州费城的垒球队。红雀队是密苏里州圣路易斯的垒球队。

他把球一下子打过围墙！’后来，你知道该红雀队击球了，这简直可怕。‘啊，主啊，但愿他们看不见球！啊，主啊，让他们压根儿看不见球！啊，主啊，但愿他们打空！’而这次比赛更事关重大了。是 Norte Dame①。圣母队。不成，我得待在教堂里。为圣母队祈祷。他们将要为圣母比赛。我希望你哪一天为圣母写一点东西。你写得出的。你知道自己写得出的，弗雷泽先生。”

“我不知道自己能写什么关于她的东西。大多数已经写出来了，”弗雷泽先生说。“你不会喜欢我写作的那种方式的。她也不会在意的。”

“你早晚会写出关于她的东西来，”赛西莉亚修女说，“我知道你会的。你一定要写关于圣母的东西。”

“你还是上楼来听比赛好。”

“这我会受不了。不成，我得待在教堂里做我做得到的事情。”

那天下午，比赛约摸开始了五分钟光景，一个见习护士走进房间，说：“赛西莉亚嬷嬷想要知道比赛进行得怎么样？”

“告诉她，他们已经有一次持球触底得分。”

一转眼，那个见习护士又走进房间。

“告诉她，他们把对方打得手忙脚乱了，”弗雷泽先生说。

过了一会，他按铃叫病房的值班护士。“麻烦你亲自下楼到教堂里去一下，告诉赛西莉亚嬷嬷，或是托人转告她，在第一个四分之一场比赛结束的时候，圣母队以十四比零领先，这太好了。她可以停止祈祷了。”

几分钟以后，赛西莉亚修女走进房间。她非常激动。“十四比零是什么意思？我不懂这种比赛。在垒球比赛中，这是稳赢的压倒优势。可我一点也不懂橄榄球。也许这算不了什么。我马上下楼回到教堂里去祈祷，直到比赛结束。”

---

① 法语，意即圣母。

“他们已经把对方打败了，”弗雷泽说，“我向你保证。待在这儿，跟我一起听吧。”

“不。不。不。不。不。不。不，”她说，“我马上下楼到教堂里去祈祷。”

圣母队每次得分，弗雷泽就把消息托人传到楼下去，最后，他托人转告比赛结果，这时天已经黑了好久。

“赛西莉亚嬷嬷怎么样？”

“她们都在教堂里，”她说。

第二天早晨，赛西莉亚修女进来。她非常高兴，信心十足。

“我知道他们不能够打败圣母队，”她说，“他们不能够。卡耶塔诺也好一点了。他好得多了。他快要有人来看望他了。他眼下还不能看到他们，可是他们快要来了，这会使他好受一些，让他知道他还没有被自己人忘掉。我刚才下楼去，遇到警察总局那个小伙子奥布赖恩，告诉他该找几个墨西哥人来看看可怜的卡耶塔诺。他今天下午会叫几个来。那么，这个可怜人会好受一些。老是这样没有一个人来看他，太恶劣了。”

当天下午约摸五点钟光景，三个墨西哥人走进房间来。

“能喝一杯吗？”个子最大的那一个问，他嘴唇很厚，人相当胖。

“这还用说？”弗雷泽先生回答，“坐吧，各位先生。你们都喝一点吗？”

“非常感谢，”大个子说。

“谢谢，”皮肤最黑、个子最小的那一个说。

“谢谢，我不喝，”那个瘦子说，“喝了头晕。”他拍拍脑袋。

护士拿来几个玻璃杯。“请把酒瓶递给他们，”弗雷泽说。“这是从‘红人棚屋’买来的，”他说明。

“‘红人棚屋’的酒最好，”大个子说，“比‘大栅栏’的好得多。”

“这是明摆着的，”个子最小的那一个说，“价钱也比较贵。”

“‘红人棚屋’里的酒是名贵的，”大个子说。

“这收音机是几管的？”不喝酒的那一个问。

“七管。”

“真美，”他说，“这要多少钱？”

“我不知道，”弗雷泽先生说，“是租来的。”

“你们各位是卡耶塔诺的朋友吗？”

“不是，”大个子说，“我们是打伤他的那个人的朋友。”

“是警察叫我们上这儿来的，”个子最小的那一个说。

“我们有点小地位，”大个子说，“他和我，”指指那个不喝酒的。“他也有点小地位，”指指黑皮肤的小个子。“警察告诉我们得上这儿来——所以我们就来了。”

“你们来，我很高兴。”

“我们也高兴，”大个子说。

“你们再来一小杯吗？”

“那敢情好，”大个子说。

“承蒙你招待，”个子最小的那一个说。

“我不成，”那个瘦子说，“喝了头晕。”

“酒很好，”个子最小的那一个说。

“干吗不试一点，”弗雷泽先生问那个瘦子。“不妨有点头晕。”

“接下来会头痛，”瘦子说。

“你没法叫几个卡耶塔诺的朋友来看他吗？”弗雷泽问。

“他没有朋友。”

“人人都有朋友。”

“这个人，没有。”

“他是干什么的？”

“他是个牌手。”

“他纸牌玩得精明吗？”

“我认为是精明的。”

“从我这儿，”个子最小的那一个说，“他赢了一百八十块。一百八十块就此无影无踪。”

“从我这儿，”瘦子说，“他赢了二百十一块。你想想这个数目。”

“我从来没有跟他玩过纸牌，”那个胖子说。

“他一定很有钱，”弗雷泽先生提出看法。

“他比我们穷，”那个身材矮小的墨西哥人说，“除了身上那件衬衫，他什么也没有。”

“那件衬衫现在也不值钱了，”弗雷泽先生说，“已经有了窟窿。”

“确实是这样。”

“开枪打伤他的那个人是个牌手吗？”

“不是，他是个甜菜工人。他已经不得不离开这个城市了。”

“你想想这件事吧，”个子最小的那一个说，“在这个城里，原来数他吉他弹得最好、弹得最出色。”

“真遗憾。”

“确实是这样，”个子最大的那一个说，“他吉他弹得多精彩啊。”

“城里吉他弹得好的人没有了吗？”

“勉强能弹弹吉他的人也一个没有。”

“有一个人手风琴还拉得不坏，”瘦子说。

“还有几个玩玩各种乐器的人，”大个子说，“你喜欢音乐吗？”

“我怎么会不喜欢呢？”

“我们哪一天晚上来演奏点音乐，好不？你想那个修女会允许吗？她看上去挺和气。”

“只要卡耶塔诺能听到，我包管她会同意的。”

“她有一点疯疯癫癫吗？”瘦子问。

“谁？”

“那个修女。”

“一点也不，”弗雷泽先生说，“她是一个既聪明又有同情心的好人。”

“我对一切教士、僧侣和修女都不信任，”瘦子说。

“他年轻的时候有过不幸的经历，”个子最小的那一个说。

“我当过神父的助手，”瘦子骄傲地说，“现在我什么都不信。我也不去望弥撒。”

“为什么？去了要头晕吗？”

“不是，”瘦子说，“喝了酒，我才头晕。宗教是穷人的鸦片。”

“我原以为大麻是穷人的鸦片，”弗雷泽说。

“你抽过鸦片吗？”大个子问。

“没有。”

“我也没有，”他说，“那玩意儿看起来就像是很坏的东西。一抽上就甩不掉。是一种害人的东西。”

“就像宗教，”瘦子说。

“这个人，”身材最矮小的那个墨西哥人说，“激烈地反对宗教。”

“有必要激烈地反对某一种东西，”弗雷泽先生有礼貌地说。

“我尊重那些有宗教信仰的人，尽管他们是无知的，”瘦子说。

“说得好，”弗雷泽先生说。

“我们能给你带些什么来吗？”大个子墨西哥人说，“你缺少什么？”

“我想买一点啤酒，要是有好啤酒的话。”

“我们会带啤酒来的。”

“临走前再来一小杯？”

“这敢情好。”

“让你破费了。”

“我不能喝。喝了头晕。接下来我会头痛，胃里也会不舒服。”

“再见，各位先生。”

“再见，谢谢。”

他们走了，他吃罢晚饭，就听收音机，把收音机的声音尽可能调低，然而低得仍然可以听到，而各地的电台终于按照这个次序停止广播：丹佛、盐湖城、洛杉矶和西雅图。弗雷泽先生从收音机里得不到丹佛的景象。他可以从《丹佛邮报》上看到丹佛，从《落基山新闻》上校正他看到的景象。凭着他听到的一些描述，他一点也想象不出盐湖城或者洛杉矶是什么模样。他对盐湖城的唯一感觉是清洁而沉闷；至于洛杉矶，他听说那里太多的大旅馆里有太多的舞厅，使他无从想象那里的景象。他没法凭舞厅去想象。但是西雅图他终于知道得挺清楚，出租汽车公司里停着白色大汽车（每辆汽车里都有收音机），他天天夜晚坐着出租汽车到加拿大境内的那家小客店去，他在那里根据他们打电话点的音乐追随一个个晚会的进程。他每天晚上，从两点钟起，生活在西雅图，听着各种各样的人点的曲子，西雅图同明尼阿波利斯一样真实，在明尼阿波利斯音乐演奏者天天一大早起床赶到广播室去。弗雷泽先生越来越喜欢华盛顿州的西雅图。

那三个墨西哥人来了，而且带来了啤酒，不过不是好啤酒。弗雷泽先生会见了他们，但是他不想多说话。他们后来走了，他知道他们不会再来。他的神经已经变得会突然支撑不住；在这种情况下，他不愿见人。经过了五个礼拜，他的神经变得不行了；尽管他为神经能撑这么久感到高兴，然而他已经知道试验的结果，就不愿被迫做一次同样的试验了。弗雷泽先生早就做过这种事情了。只有一件事情对他是新鲜的，就是听收音机。他整整一宿收听着，尽可能把声音调低，低得刚能听到，他在学不动脑筋地收听。

那天早晨约摸十点钟光景，赛西莉亚修女走进房间，带来了信件。她很漂亮，弗雷泽先生喜欢看到她，听她讲话，但是信件被认为是从另一个世界来的，显得更重要。然而，信上丝毫没有引起人兴趣的东西。

"你看上去好多了，"她说，"你不久就会出院的。"

"可不是，"弗雷泽先生说，"今天早晨，你看上去很快活。"

"啊，我是快活。今天早晨我感到自己好像可能会成为一个圣徒。"

弗雷泽一听这话，微微愣了一下。

"不错，"赛西莉亚修女接着说，"这就是我想要做到的。当个圣徒。从我还是个小女孩子起，我就想成为圣徒。我是个小女孩子的时候，我就想要是我出家进修道院的话，就会成为圣徒。这就是我想要做到的，这就是我认为非要做到不可的。我指望自己会成为圣徒。我当初就完全拿得稳我会做到的。一会儿以前，我认为自己已经成为圣徒了。我是多么幸福啊，而这看来多么简单和容易。过去我早晨一醒来，就指望自己会成为圣徒，可我不是。我从来没有变成圣徒。我是多么想望啊。我想要的就是成为圣徒。这就是我想要做到的。今天早晨，我感到自己好像可能会成为圣徒了。啊，我希望自己终于能做到。"

"你会成为圣徒的。人人都会得到他们想望的东西。这就是他们老是告诉我的话。"

"我现在拿不准了。我是个小女孩的时候，这件事情看起来很简单。我知道自己会成为圣徒。等我发现一下子办不到以后，我才认为需要有段时间。现在看来几乎是不可能了。"

"我认为，你是大有可能的。"

"你真的这么想吗？不行，我可不要别人给我打气。别给我打气。我要成为圣徒。我多么想要成为圣徒。"

"你当然会成为圣徒的，"弗雷泽先生说。

"不见得，我可能成不了。不过，啊，我要是能成为圣徒，那有多好！我会感到无比幸福。”

“三比一打赌，你会成为圣徒的！”

“不行，别给我打气。不过，啊，我要是能成为圣徒，那有多好！我要是能成为圣徒，那有多好！”

“你的朋友卡耶塔诺怎么样？”

“他在好起来，可是瘫痪了。有一颗子弹打中了通向大腿的大神经，他一条腿瘫痪了。他们等到他伤势好转，可以移动的时候，才发现这个情况的。”

“也许神经会再生。”

“我一直在祈祷，但愿会再生，”赛西莉亚修女说，“你应该见见他。”

“我不想见任何人。”

“你知道，你喜欢见他。他们会用轮椅把他送到这儿来的。”

“好吧。”

他们用轮椅把他送来，他身材瘦小，皮肤透明，黑头发长得该理了，眼睛里充满笑意，微笑起来就露出坏牙。

“喂，朋友！你觉得怎么样？”

“就像你看到的这样，”弗雷泽先生说。“你呢？”

“保全了性命，可一条腿瘫痪了。”

“真糟，”弗雷泽先生说，“不过神经是能够再生的，不但能再生，而且能一样好。”

“他们也跟我这么讲。”

“痛得厉害吗？”

“现在不厉害了。有一段时间，我肚子里痛得没命。当时我想，光是这么痛，就会把我痛死。”

赛西莉亚修女快活地打量着他们。

“她告诉我，你从来不哼一声，”弗雷泽先生说。

“病房里人很多，”那个墨西哥人不以为然地说。“你痛得厉害吗？”

“相当厉害。当然没有你那么糟。护士不在的时候，我叫上一两个钟头。我叫一阵，感到舒服一些。我的神经现在不行了。”

“你有收音机。我要是一个人有间房间，还有一个收音机的话，就会整宿大叫大嚷。”

“我不信。”

“伙计，会叫的。叫叫人舒服得多。可是跟这么许多人待在一起，你不能这么做。”

“至少，”弗雷泽先生说，“你一双手还是好的。他们告诉我，你是靠手吃饭的。”

“还靠脑袋，”他一边说，一边拍拍脑门，“不过脑袋的价值及不上手。”

“你有三个同胞上这儿来过。”

“警察叫他们来看我的。”

“他们带来了一点啤酒。”

“可能很差。”

“是很差。”

“今天晚上，警察叫他们来演奏曲子给我听。”他哈哈大笑起来，接着拍拍肚子。“我还不能笑。他们当音乐师可是糟得要命。”

“那个开枪打伤你的人呢？”

“也是个蠢货。我赌纸牌赢了他三十八块。这根本不必杀人嘛。”

“那三个人告诉我，你赢了许多钱。”

“可还是比别人穷。”

“怎么回事？”

“我是一个可怜的理想主义者。我是幻觉的受害者。”他笑起来，接着咧开了嘴，拍拍肚子。“我是个职业赌徒，可是我喜欢赌钱。真正地赌。小规模的赌博都是凭欺骗手段的。可真正地赌博，你需要凭运气。我没有运气。”

"一直没有？"

"一直没有。我一点运气也没有。唉，就说不久前开枪打伤我的那个混蛋吧。他会开枪吗？不会。第一枪他打空了。第二枪打在一个可怜的俄国人身上。看起来我似乎运气还不坏。结果呢？他在我肚子上打了两枪。他是一个幸运的人。我没有运气。他要是踩着马镫，连马也踢不到。全凭运气。"

"我原以为他先打中你，后打中那个俄国人。"

"不对，先打中俄国人，后打中我。报上报道得不对。"

"你干吗不开枪打他？"

"我从来不带枪。我运气这么不好，要是带了枪，一年里会被绞死十回。我是一个糟糕的牌手，就是这样。"他停了一下，又接着说下去："我弄到一笔钱，就赌；我一赌就输。有一回我在骰子上输掉了三千块，还是扔不出六点。用的是好骰子。还不止这么一回。"

"干吗还要赌呢？"

"要是我活得够长，运气会变的。到现在为止，我已经交了十五年坏运了。要是我有一天交上好运，我就会发财。"他咧开嘴笑了。"我是个好赌徒，我真的会享受发财的乐趣的。"

"你不管赌什么运气都不好吗？"

"不管赌什么，还有跟女人打交道，运气都不好。"他又微笑了，露出坏牙。

"真的吗？"

"真的。"

"那有什么办法吗？"

"慢腾腾地继续干，等时来运转。"

"可是跟女人打交道呢？"

"没有一个赌徒跟女人打交道是幸运的。做赌徒的思想太集中了。还得在夜晚干。夜晚他是该跟女人待在一起的嘛。没有一个在夜晚干活的人能跟一个女人始终保持关系，要是那个女人有点身份的话。”

“你是一个哲学家。”

“不是的，伙计。是个小城市里的赌徒。到一个小城，接着到另一个，又换一个，然后到一个大城市，然后又出发。”

“然后肚子上挨了两枪。”

“这可是第一回，”他说，“这可只有一回。”

“我跟你说话，让你累了吧？”弗雷泽先生提醒他。

“没有，”他说，“准是我让你累了。”

“那条腿怎么样？”

“那条腿我没有多大用处。有没有那条腿，我都行。反正我会有办法流动的。”

“我真心地，而且全心全意地希望你交好运，”弗雷泽先生说。

“我也同样希望你，”他说，“还希望你不痛。”

“当然不会一直痛下去。会停止的。这没什么大不了。”

“希望你很快就不痛。”

“我也同样希望你。”

那天夜晚，墨西哥人在病房里演奏手风琴和其他乐器；一片欢乐的气氛；闹洋洋的手风琴开合声、铃声、打击乐器声和鼓声顺着走廊传来。在那个病房里，有一个飞车走壁的摩托车驾驶员，他在一个灰尘蒙蒙的炎热的下午，在“午夜游艺场”表演的时候，当着大量观众的面从斜坡道上摔下来，摔断了脊骨，等他的伤好得可以出院，今后只得改行，学做皮革制品和藤椅了。还有一个木工，他是同脚手架一起摔倒的，手腕和脚踝都摔断了。他像猫那样落到地上，但是没有猫的弹力。他们能够把他的骨头都接好，使他能重新工作，但是这需要很长的时间。还有一个从农场来的小伙子，约摸十六岁光景，他那条断腿接坏了，得重新弄断。还有卡耶塔诺·鲁伊斯，一个小城市里的赌徒，一条腿瘫痪了。顺着走廊，弗雷泽先生能够听到，警察叫来的那些墨西哥人演奏的音乐逗得他们兴高采烈哈哈大笑的声音。那伙墨西哥人玩得挺愉快。他们非常兴奋地进来看弗雷泽先生，想要知道他有没有什么曲子要他们演奏；后来，他们主动在晚上又来演奏了两回。

他们最后一回演奏的时候，弗雷泽躺在自己的房间里，房门开着，听着热闹而拙劣的音乐，忍不住思索起来。当他们来问他希望听什么曲子的时候，他点了“柯卡拉恰”[①]，这种舞曲包含着许多人喜欢得没命的轻快和活泼的曲调。他们奏得热闹而有感情。在弗雷泽先生心目中这支曲子比大多数这一类曲子好得多，但是效果是一样的。

尽管情绪受到感染，弗雷泽先生继续在思索。他通常尽一切可能避免思索，除非他在写作，但是现在他在思索那些演奏音乐的人和那个瘦子说过的话。

宗教是人民的鸦片。他相信这话，那个阴郁的小饭馆掌柜。是啊，音乐是人民的鸦片。这位喝了酒会头晕的老兄可没有想到。现在经济问题是人民的鸦片；在意大利和德国，这种人民的鸦片同爱国主义这种人民的鸦片[②]联系在一起。性生活呢，是不是人民的鸦片？对有些人来说是的。对有些最好的人来说是的。但是喝酒是人民最好的鸦片，啊，呱呱叫的鸦片。尽管有些人情愿听收音机，另一种人民的鸦片，他在采用的一种廉价的鸦片。赌博也得同这些算在一起，一种人民的鸦片，最古老的一种，要是真的有什么人民的鸦片的话。还有抱负，也是人民的鸦片，同这种抱负在一起的是对任何一种新形式的统治产生的信念。你想要的是最低限度的统治，始终是较少的统治。自由，这是我们所信仰的，眼下是麦克法登[③]

---

① 西班牙语，意为蟑螂，此处是指墨西哥的一种流行舞曲。

② 墨索里尼和希特勒就是利用意大利和德国的经济萧条，煽动人民的沙文主义而得以登台的。

③ 麦克法登（1868—1945），美国出版商，他出版的《自由》杂志销数很大，非常流行。

的一本出版物的名字。我们信仰这玩意儿，尽管他们还没有给它找到一个新名字。但是，什么是真正的自由呢？什么是真正的、货真价实的人民的鸦片呢？他知道得很清楚。它已经溜到他脑子里那个亮堂部分的角落附近，他在黄昏喝了两三杯以后，它就在那里；他知道，它在那里（当然它不是真的在那里）。那是什么？他知道得很清楚。那是什么？当然喽，面包是人民的鸦片。他会记住这个吗？在白天这会有什么意义呢？面包是人民的鸦片。

“劳驾，”护士进来的时候，弗雷泽先生对她说，“请你去把那个瘦小的墨西哥人找来，好不？”

“你喜欢这支曲子吗？”那个墨西哥人在门口说。

“很喜欢。”

“这是一支有历史意义的曲子，”那个墨西哥人说，“是支真正的革命曲子。”

“请问，”弗雷泽先生说，“干吗不用麻醉剂就给人民动手术？”

“我不懂。”

“干吗所有的人民的鸦片并不都是好的。你想要把人民怎么样？”

“他们应该从无知中被拯救出来。”

“别胡扯。教育是一种人民的鸦片。你应该知道这一点。你受过一点教育嘛。”

“你不相信教育？”

“不信，”弗雷泽先生说，“知识嘛，我信。”

“我不同意你的意见。”

“有许多回，我乐于不同意自己的意见。”

“你下回还要听‘柯卡拉恰’吗？”那个墨西哥人担心地问。

“要听，”弗雷泽先生说，“下回再奏。柯卡拉恰’。它比收音机好。”

弗雷泽先生想，革命不是鸦片。革命是一种感情的净化，是一种只能被暴政延长的欣喜。鸦片是用在革命前和革命后的。他想得真好，有点太好了。

一会儿以后，他们就会走了，他想，他们就会把“柯卡拉恰”带走了。接着他就会喝一点烈酒，开收音机，你可以把收音机的声音开得很低，使得你自己刚能听到。

鹿　金 译

两代父子

城里大街的中心地段，有一块命令车辆绕道行驶的牌子，可是车辆到此却都公然直穿而过，因而尼古拉斯·亚当斯心想那修路工程大概已经完工，也就只管顺着那空落落的砖铺大街往前驶去；星期天来往车辆稀少，红绿灯却变来换去，弄得他常常停车，明年要是公家无力支付这笔电费的话，这套红绿灯也就要亮不起来了；再往前去，行驶在这小城的两排浓荫大树下，假如你是当地人，常在树下散步，一定会从心底里喜爱这些大树的，只是在外乡人看来，会觉得枝叶过于繁密，挡住了阳光，使房屋潮气太重；过了最后一幢住宅，驶上那高低起伏、笔直向前的公路，红土的路堤修得平平整整，两旁都是第二代新长的幼树。这里不是他的家乡，但这时正当仲秋时节，驱车行驶在这一带，看看远近景色，也确实赏心悦目。棉花铃子早已摘完，垦地上已经翻种了一片片玉米，有的地方还间种着一道道红高粱，一路来车子倒也好开，儿子早已在身旁的车座上睡熟了，一天的路程已经赶完，今晚过夜的那个城市又是他熟悉的，所以尼克现在满有心思看看玉米地里哪儿还种有黄豆，哪儿还种有豌豆，隔开多少树林子有一片垦地，注意到那些小木屋和宅子以及田地和林子之间的相关布局；他一路过去，心里琢磨着在这一带打猎该如何下手；每过一片空地，都要估计一下猎物会在哪儿觅食，在哪儿找窝，暗暗捉摸在哪儿能找到一大窝，它们蹿起来会朝哪个方向飞。

要是打鹌鹑的话，一旦猎狗找到了鹌鹑，你千万不能去把它们逃回老窝的路给堵住，要不然它们哄的一蹿而起，会一股脑儿向你扑来，有的冲天直飞，有的从你耳边擦过，呼的一声掠过你眼前时，那身影之大可是你从没见过的，这时只有一个好办法，那就是背过身子，等它们从你肩头上飞过，在停住翅膀快要斜掠入林之际，就瞄准开枪。这种打鹌鹑的窍门是他父亲教给他的，尼古拉斯·亚当斯不禁怀念起父亲来。一想起父亲，首先出现在眼前的总是那双眼睛。魁伟的身躯、敏捷的动作、宽阔的肩膀、弯弯的鹰钩鼻子、那老好人式的下巴底下的一把胡子，这些都还在其次——他最先想到的总是那双眼睛。两道眉毛摆好阵势，在上面构成了一道屏障；双眼深深地嵌在头颅里，仿佛是当作什么无比贵重的仪器，设计了这种特殊保护似的。父亲眼睛尖，看得远，比起常人来要胜过许多，这一点正是父亲的得天独厚之处。父亲的眼光之好，可以说不下于巨角野羊，不下于雄鹰。

当年他常常跟父亲一起站在湖边（那时他自己的眼力也还极好），父亲有时会对他说，“对岸升旗了。”尼克却怎么也瞧不见旗子，也瞧不见旗杆。父亲接着又会说，“瞧，那是你妹妹多萝西。她升起了旗子，这会儿正走上码头来了。”

尼克隔湖望去，看见了对面那林木蓊郁的一长溜儿湖岸、那些在背后耸起的大树、那突出在湖湾口的尖角地、那牧场一带的光洁的山冈以及那绿树掩映下他们家的白色小宅子，可就是瞧不见什么旗杆，也瞧不见什么码头，看到的只是一道白色的沙滩和一弯湖岸。

“你看得见靠近尖角地的山坡上有一群羊吗？”

“看见了。”

它们只是青灰色小山上一块淡淡的白斑。

“我还数得上来呢，”父亲说。

父亲非常神经质，人只要有某种功能超过了常人的需要，就会有这种毛病。再说，他很感情用事，而且就像多半感情用事的人那样，心肠虽狠，却常常受欺。此外，他的倒霉事儿也挺多，这可不都是他自己招来的。人家做了个圈套，他去稍稍帮了点忙，结果反而落在这个圈套里送了命，其实他在生前就被这帮子人以形形色色的方式出卖了。凡是感情用事的人都不免被人家一次次地陷害的。尼克现在还没法把父亲的事情写出来，那只能待之将来了，不过眼前这片打鹌鹑的好地方使他想起了小时候心目中的父亲，他十分感激父亲当时教会了他两件事：钓鱼和打猎。他父亲对这两件事的见解是颇为精到的，但是对比如说两性问题的看法就不行了，而尼克觉得幸亏正是这样；因为总得有人来给你第一把猎枪，或者给你个机会让你搞来使用，再说，要学打猎钓鱼也总得住在个有猎物有游鱼的地方，他今年三十八岁了，爱钓鱼、爱打猎的劲头还不下于当年第一次跟随父亲出猎的时候。他这股热情从不曾有过丝毫的衰减，他真感激父亲培养起了他这股热情。

至于另一个问题，即父亲不在行的那个问题，实在你所需要的一切条件都是生而有之，人人都是无师自通，住在哪里也都是一个样。他记得很清楚，在这个问题上父亲给过他的知识总共只有两条。有一次他们一起出去打猎，尼克打中了一棵铁杉树上的一只红松鼠。松鼠受了伤，摔了下来，尼克过去一把拣起来，那小东西竟把他的拇指球咬了个对穿。

“这下流的小狗日的！”尼克说，把松鼠的脑袋啪的一声往树上砸去。“咬得我真够呛。”

父亲看了一下说，“快用嘴把血都吸掉，回头到了家里涂点碘酊。”

“这小狗日的，”尼克说。

“你可知道狗日的是什么意思？”父亲问他。

“我们骂起来总是这样说的，”尼克说。

“狗日的是指人跟畜生乱交。”

“人干吗要这样干呢？”尼克说。

“我也不知道，”父亲说。“反正这种坏事伤天害理。”

这引起了尼克的胡思乱想，还弄得他汗毛直竖，他一种种畜生想过来，觉得全不逗人喜爱，好像都行不通。父亲传给他的直接明白的性知识除此以外还有一桩。有一天早上，他在报上看到恩立科·卡罗索[①]因犯诱奸罪[②]被逮捕。

“诱奸是怎么回事？”

“这是种最最伤天害理的坏事，”父亲回答说。尼克在想象中仿佛见到这位男高音名歌唱家手里拿了个捣土豆泥的家伙，正对那花容月貌大似雪茄烟盒子里的画上的安娜·海尔德[③]的一位女士做出什么稀奇古怪、伤天害理的事来。尼克尽管心里相当害怕，还是暗暗打定主意，等自己长成了，至少也要这么来一下试试。

父亲关于这一切总结时说，手淫要引起眼睛失明、精神错乱，甚至危及生命，而宿娼的人则要染上见不得人的花柳病，因此应该不要跟人家去接触。不过话说回来，父亲的眼睛之好，确实是尼克从来没有见到过的，尼克非常爱他，从小就非常爱他。可是现在，明白了一切经过，他就是想起了家运衰败前的那早年的岁月，心里也高兴不起来。要是能写出来的话，就能排遣开了。他曾写出许多事情，就都排遣开了。可是写这件事还为时过早。好多人都还在世。所以他决定还是换点别的事情想想。父亲的事情是无可挽回的了，他早已翻来覆去想过多少回了。那殡仪馆老板在父亲脸上怎么化的妆，他都还历历在目，而其他的种种光景也都记忆犹新，连遗下多少债务都还没有忘记。他恭维了殡仪馆老板几句。那老板相当得意，一副沾沾自喜的样子。其实父亲的最后遗容并不决定于殡仪馆老板的手艺。殡仪馆老板不过是妙笔一挥作了些修补工作而已，其艺术性是成问题的。父亲的相貌在内外两方面因素的影响下形成了也有好久了。特别是在最后三年中，就飞快地定型了。此事说起来很有意思，可是牵涉到在世的人太多，眼下还不便写。

---

① 恩立科·卡罗索（1873—1921），意大利著名男高音歌剧演员，长期在纽约大都会歌剧院演出。

② 原文 mashing，在土语中作“诱奸”解，在普通英语中则是“将（土豆）捣成泥”的意思，所以尼克有下面的联想。

③ 安娜·海尔德（1873—1918），出生在法国的女歌唱家、歌剧演员，长期在美国演出，以容貌美丽著称，为“齐格飞歌舞团”创办人弗洛伦茨·齐格飞（1867—1932）的第一个妻子。

至于那种年轻人的事儿，尼克还是在印第安人营地后面的铁杉林里自己开蒙的。他们的小宅子背后有一条小径，穿过树林可以直抵牧场，然后转上一条蜿蜒曲折的路，穿过林中空地，便到了印第安人的营地。他真巴不得如今还能光着两只脚到那林间小径上去走上一回。首先是那片穿过屋后铁杉林的遍地腐熟的松针，倒地的老树已崩解成了堆堆木屑，雷击劈开的长长的枝条儿像标枪一样挂在树梢。你从独木桥上跨过小溪，要是踩一个空，桥下等着你的便是黑糊糊的淤泥。翻过一道栅栏，就出了树林子，这里阳光下的田野小道就是硬硬的了，田野里只剩些草茬，有的地方长着些小酸模草和天蕊花，左边有片在蠕动着的泥水塘，那是溪水泛滥形成的，喧闹的街鸟在那里觅食。那水上冷藏所就盖在这小溪里。牲口棚下边有些新鲜的畜粪，另外还有一堆陈粪，顶上已经干结。再翻过一道栅栏，走完从牲口棚到牧场房子的又硬又烫的小道，就是一条烫脚的沙土大路，一直通到树林边，中途又要跨过小溪，这回溪上倒有一座桥，桥下一带长着些香蒲，你晚上用鱼叉去捕鱼，就是用这种香蒲浸透了火油，点着了做篝灯的。

大路到了树林边就向左一拐，绕过林子上山而去，这时就得另走一条宽阔的黏土碎石子路进入林子。上有树荫，路踩上去凉凉的，而且特别开阔，为了让人把印第安人剥下的铁杉树皮往外拖运。铁杉树皮叠得整整齐齐，一长排一长排堆在那儿，顶上再盖上些树皮，看去真像房子一样。那些剥去了皮的粗大的黄色树身都扔在原处，任其在树林子里枯烂，连树梢头的枝叶都不砍掉，也不烧掉。他们要的就是树皮，拿来供应博依恩城的鞣皮厂；一等冬天湖上封冻，就都拉到冰上，一直拖到对岸，所以树林就一年稀似一年，那种光秃秃、火辣辣、不见绿荫、但见满地杂草的林间空地，地盘却愈来愈大了。

不过在当时那里的树林还挺茂密，而且都还是原始林，树干都长到老高才分出枝丫来，你在林子里走，脚下尽是一片褐色的松软的松针，干干净净，没有一些乱丛杂树，外边天气再热，那里也是一片阴凉。那天他们三个就靠在一棵铁杉的树干上，那树干之粗，超过了两张床的长度。微风高高地在树顶上拂过，漏下来斑驳荫凉的天光。比利说了：

“你又想要特鲁迪了？”

“特鲁迪。你说呢？”

“嗯哈。”

“我们去吧。”

“不，这儿好。”

“可比利在……”

“那有什么。比利是我哥。”

后来他们三个又坐在那里，想听听枝头高处一只黑松鼠叫，却看不见。他们在等这小东西再叫一声，因为只要它一叫，一竖尾巴，尼克看见哪儿有动静，就可以朝哪儿开枪。他打一天猎，父亲只给他三发子弹，他那把猎枪是口径为二十的单筒枪，枪筒挺长。

“这狗崽子一动也不动，”比利说。

“你打一枪，尼基[①]。吓吓它。等它往外一逃，就再来一枪，”特鲁迪说。她难得能说上这样几句连贯的话。

“我只有两发子弹了，”尼克说。

“这狗崽子，”比利说。

他们背靠大树坐在那儿，不作声了。尼克觉得空落落的，心里却挺快活。

“埃迪说他总有一天晚上要跑来跟你妹妹多萝西睡上一觉。”

“什么？”

“他是这么说的。”

特鲁迪点了点头。

“他只想干这码事，”她说。埃迪是他们的异母哥哥。他十

① 和尼克一样，尼基也是尼古拉斯的爱称。

七岁。

“要是埃迪·吉尔比晚上敢来，胆敢来跟多萝西说一句话，你们知道我要拿他怎么着？我就这样宰了他。”尼克把枪机一扳，简直连瞄也不瞄，就是叭的一枪，仿佛把那个杂种小子埃迪·吉尔比不是脑袋上就是肚子上打了个巴掌大的窟窿。“就这样。就这样宰了他。”

“那就劝他别来，”特鲁迪说。她把手伸进尼克的口袋。

“得劝他多小心点，”比利说。

“他是个吹牛大王。”特鲁迪的手在尼克的口袋里摸了个遍。“可你也别杀他。杀了他要惹大祸的。”

“我就要这样宰了他，”尼克说。仿佛埃迪·吉尔比正躺在地上，胸口打了个大开膛。尼克还神气活现地踏上一只脚。

“我还要剥他的头皮，”他兴高采烈地说。

“那不行，”特鲁迪说。“那太恶心了。”

“我要剥下他的头皮给他妈送去。”

“他妈早就死了，”特鲁迪说。“你可别杀他，尼基。看在我的分上，别杀他了。”

“剥下了头皮以后，就把他扔给狗吃。”

比利可上了心事。“得劝他小心点，”他闷闷不乐地说。

“叫狗把他撕得粉碎，”尼克说，想起这个情景，得意极了。把那个无赖杂种剥掉了头皮以后，他会站在一旁，看那家伙被狗撕得粉碎，他连眉头都没皱一皱，忽然一个踉跄往后倒去，靠在树上，脖子被紧紧勾住了，原来是特鲁迪搂住了他，搂得他气都透不过来了，一边嚷道，“别杀他呀！别杀他呀！别杀他呀！别杀！别杀！别杀！尼基。尼基。尼基！”

“你怎么啦？”

“别杀他呀。”

“非杀了他不可。”

“他是个吹牛大王嘛。”

“好吧，”尼基说。“只要他不上门来，我就不杀他。快放开我。”

“这就对了，”特鲁迪说。“你现在有没有意思？我现在倒觉得很可以。”

“只要比利肯走开。”尼克自以为杀了埃迪·吉尔比，后来又饶他不死，是个男子汉大丈夫了。

“你走开，比利。你怎么老是死缠在这儿。走吧。”

“狗崽子，”比利说。“这码事叫我烦死了。我们算来干啥？打猎还是怎么着？”

“你可以把这枪拿去。还有一发子弹。”

“好吧。我管保打上一只又大又黑的。”

“一会儿我叫你，”尼克说。

过了好大半天，比利还没有回来。

“你看我们会生个孩子出来吗？”特鲁迪快活地盘起了她那双黝黑的腿，偎在尼克身上磨蹭着。尼克却不知有什么心事牵挂在老远以外。

“不会吧，”他说。

“就大生特生吧，管他呢。”

他们听见比利一声枪响。

“不知他打到了没有。”

“管他呢，”特鲁迪说。

比利从树林子里走过来了。他枪挎在肩上，手里提着只黑松鼠，抓住了两只前脚。

“瞧，”他说。“比只猫还大。你们完事啦？”

“你在哪儿打到的？”

“那边。看见它跳出来就打。”

“该回家啦，”尼克说。

“不，”特鲁迪说。

“我得赶回去吃晚饭。”

“好吧。”

“明天还想打猎吗？”

“好吧。”

“松鼠你们就拿去吧。”

“好吧。”

“吃过晚饭还出来吗？”

“不了。”

“觉得怎么样？”

“好。”

“那好吧。”

“在我脸上亲亲，”特鲁迪说。

这会儿开着汽车行驶在公路上，天色快要黑下来了，尼克不再想父亲的事了。一到白天的终了，他就不会再想父亲了。一到白天的终了，尼克就不许别人来打搅，要是不能独自过上一晚，就会觉得浑身不对劲儿。他每年一到秋天或者初春，就常常会怀念父亲，当时大草原上飞来了小鹬，或是看见地里架起了玉米禾束堆，或是看见了一泓湖水，有时哪怕只要看见了一辆马车，或是因为看见了雁阵，听见了雁声，或是因为隐蔽在水塘边上打野鸭；想起了有一次大雪纷飞，一头老鹰从空而降来抓布篷里的野鸭囮子，拍拍翅膀正要蹿上天去，却不防让布篷勾住了爪子。他只要走进荒芜的果园，踏上新耕的田地，到了树丛里，到了小山上，或是踩过满地枯草，只要一劈柴，一提水，一走过磨坊、榨房①、水坝，特别是只要一看见野外烧起了篝火，父亲的影子总会猛一下子出现在他眼前。不过他住过的一些城市，父亲却没有见识过。从十五岁起他就跟父亲完全分开了。

寒冬天气父亲胡须里结着霜花，一到热天却汗出如浆。他喜欢

---

① 榨苹果汁的作坊。

顶着太阳在地里干活，因为这本不是他的分内事，他就是爱干些力气活儿，而尼克却不爱。尼克热爱父亲，却讨厌父亲身上的那股气味，有一次他不得不穿一套小得父亲不能再穿的内衣，使他觉得直恶心，他就脱下来，塞在小溪边两块石头下，只说是弄丢了。父亲叫他穿上的时候，他对父亲说过那有股味儿，可父亲说衣服才洗过。衣服也确实是才洗过。尼克请他闻闻看，父亲生了气，拿起来一闻，说蛮干净，蛮清香。等到尼克钓鱼回来，身上的内衣已经没了，他说是给弄丢了，就为撒了这个谎，结果挨了一顿鞭子。

事后，他把猎枪上了子弹，扳起枪机，坐在小柴间里，让门开着，望见父亲坐在门廊的纱窗下看报，他心里想，“我可以一枪送他去见阎王。我打得死他。”到最后他的气终于消了，可想起这把猎枪是父亲给的，还是觉得有点恶心。于是他就摸黑走到印第安人的营地，去摆脱这股气味。家里只有一个人的气味他不讨厌，那是一个妹妹的。跟别人他就压根儿避不接触。等他抽上了香烟，他的嗅觉就迟钝了。这倒是件好事。捕鸟猎犬的鼻子愈尖愈好，可是人的鼻子太尖就未必有什么好。

“爸爸，你小时候常常跟印第安人一块儿去打猎，是怎么打的呀？”

“我说不好，”尼克吃了一惊。他竟没有注意到孩子已经醒了。他看了看坐在身边车座上的孩子。他自以为是独自一人，其实这孩子一直睁大了眼在他身边。也不知道孩子醒了有多久了。“我们常常去打黑松鼠，一打就是一天，”他说。“父亲一天只给我三发子弹，他说要这样才能学会如何打猎，小孩子拿了枪噼噼啪啪到处乱放可没好处。我跟一个叫比利·吉尔比的小伙子，还有他的妹妹特鲁迪，一块儿去打。有一年夏天，我们差不多天天都去。”

“真怪，印第安人也有叫这种名字的。”

“是啊，可不，”尼克说。

“跟我说说，他们是什么样儿的？”

“他们是奥吉布瓦族人，”尼克说。“人都是挺好的。”

“跟他们做伴，他们表现怎么样？”

“这怎么跟你说呢，”尼克·亚当斯说。难道能跟孩子说就是她第一个给了他从未有过的乐趣？难道能对孩子提起那丰满黝黑的大腿、那平坦的小肚子、那对结实的小奶子、那搂得紧紧的双臂、那灵活地探索的舌尖、那迷离的双眼、那嘴里的一股美妙的味儿？难道能讲随后的那种不适、那种紧密、那种甜蜜、那种润湿、那种温存、那种体贴、那种刺激？能讲那种无限圆满、无限完美的境界，那种没有穷尽的、永远没有穷尽的、永远永远也不会有穷尽的境界？可是这些突然一下子都结束了，眼看一只大鸟就像暮色苍茫中的猫头鹰一样飞走了，不过这是在白天的树林子里，有些铁杉树的针叶粘在肚子上。这一来，以后你每到一个地方，只要那儿住过印第安人，你就嗅得出他们留下的踪迹，空的酒瓶的气味再浓，嗡嗡的苍蝇再多，也压不倒那种香草的气息、那种烟火的气息以及那另外一种新剥貂皮似的气息。即便听到了挖苦印第安人的玩笑话，看到了苍老干枯的印第安老婆子，这种感觉也不会改变。也不怕他们身上渐渐带上了一股令人作呕的香味。也不管他们最后干上了什么营生。他们的归宿如何并不重要。反正他们的结局全都一个样。当年还不错。眼下可不行了。

再拿打猎来说吧。打下了一只飞鸟，就等于打遍天上的飞鸟。鸟儿虽然有形形色色，飞翔的姿态也个个不同，可是打鸟的感受是一样的，打头一只鸟好，打末一只鸟也同样美好。懂得这一点，他应该感激父亲。

“你也许不会喜欢他们，”尼克对儿子说。“不过我看你会喜欢他们的。”

“爷爷小时候也跟他们在一块儿住过，是吗？”

“是的。那时我也问过他印第安人是什么样儿的，他说印第安人中有好多是他的朋友。”

“我将来也可以去跟他们一块儿住吗？”

“这我就说不上了，”尼克说。“这是应该由你来决定的。”

“我到几岁上才可以拿到一把猎枪，独自个儿去打猎呀？”

“十二岁吧，如果到那时我看你做事小心的话。”

“但愿我现在就有十二岁。”

“反正那也快了。”

“我爷爷是什么样儿的？我对他已经没啥印象了，就还记得那一年我从法国回来，他送了一把气枪和一面美国国旗给我。他是什么样儿的？”

“他这个人可怎么说呢？他是个了不起的猎手和捕鱼人，还有一双好眼睛。”

“比你还了不起吗？”

“他的枪法要比我强得多，他的父亲也是一个打飞鸟的神枪手。”

“我敢说他不会比你强。”

“喔，他可强着哩。他出手快，打得准。看他打猎，比看谁打猎都过瘾。他对我的枪法总是很不满意。”

“我们为什么从来不到爷爷坟上去祷告？”

“我们的家乡不在这一带。离这儿远着哪。”

“在法国可就没有这样的事情。要是在法国我们就可以去。我想我总该到爷爷坟上去祷告吧。”

“改天去吧。”

“我希望以后我们别住得那么远，免得等你死了我到不了你坟上去祷告。”

“我们得以后瞧着办。”

“你说我们该大家都葬在一个方便的地方吗？我们可以都葬在法国嘛。葬在法国好。”

“我可不想葬在法国，”尼克说。

“那也总得在美国找个比较方便的地方。我们就都葬在牧场上，行不行？”

“这个主意倒不坏。”

"这样，我在去牧场的路上，可以在爷爷坟前顺便停一停，祷告一下。"

"你倒想得挺周到的。"

"唉，爷爷坟上连一次也没去过，我心上总觉得不大舒坦啊。"

"我们总是要去的，"尼克说。"放心吧，我们总是要去的。"

蔡 慧 译

附录（一）

三下枪声*

尼克正在帐篷里脱衣服。他看见篝火在帐篷上投下他父亲和乔治叔叔的影子。他感到好生不安和羞愧，便尽快地脱下衣服，整整齐齐叠好。他感到羞愧是因为脱衣服使他想起了上一晚的事。整天来他都把这事抛置脑后了。

他父亲和叔叔吃过晚饭就走了，带着盏篝灯过湖去钓鱼。他们把小船推下水之前，他父亲吩咐他，万一他们不在时出了什么紧急情况，他只要开三下枪，他们就马上赶回来。尼克从湖边穿过林子回到营地。他听得见黑暗中的船桨声。他父亲在划桨，他叔叔坐在船尾拉饵钓鱼。他父亲把小船推下水时，他叔叔已经早拿着钓竿坐好了。尼克留神听他们在湖面上的动静，到再也听不见桨声才罢。

尼克一路穿过林子走回去，倒害怕起来了。夜间他对林子总不免有点害怕。他掀开帐篷门帘，脱了衣服，摸黑悄悄钻进毯子里躺着。帐篷外的篝火烧剩一堆木炭了。尼克躺着一动不动，想法入睡。到处都没动静。尼克感到只要能听到一声狐狸叫，或者猫头鹰啼啊什么的，就放心了。到目前为止还没什么明确的东西让他害怕。可是眼下他却大大害怕起来。蓦地他怕起死来了。才两三个礼拜前，他们在家乡的教堂里，刚唱过一首赞美诗，"生命总有一天会断送"[①]。他们唱这首赞美诗时尼克明白了自己总有一天必定会死。这使他感到非常难受。这是他头一回明白自己迟早难逃一死。

那天晚上，他坐在过道夜明灯下看《鲁滨孙历险记》[③]，想借此忘却生命总有一天会断送这一事实。保姆看见他在过道上，吓唬他说要是他不去睡觉，就要去告诉他父亲了。他进房去睡了，但等保姆进了她自己的房间，他又出来，在过道夜明灯下看书直看到天明。

昨晚，他在帐篷里就有过同样的恐惧。他只是到了晚上才有这种恐惧。开头倒不好算是恐惧，而更像是一种体会。但总是处在恐惧的边缘，而且一旦开了头，一下子就害怕起来。他只要心里真的一吓坏，就马上拿起枪，把枪口从帐篷口伸出去，开上三枪。枪杆朝他反冲得够呛。他听见枪子在林间摧枯拉朽，一掠而过。他只要一开了枪就没事了。

他躺下来等他父亲回来，但他父亲和叔叔在湖对面还没吹灭篝灯，他就睡着了。

“这混小子，”他们往回划时，乔治叔叔说。“你干吗吩咐他叫我们回去啊？他没准儿被什么弄得大惊小怪了。”

乔治叔叔是他父亲的弟弟，一个钓鱼迷。

“啊，得了。他还小呢，”他父亲说。

“这可不是带他跟我们一起到林子里来的理由啊。”

“我知道他胆子特小，”他父亲说，“可我们在他那年龄胆子都小。”

“我真受不了他，”乔治说。“他鬼话特多。”

“啊，得了，别提了。反正今后你钓鱼的机会多的是。”

他们走进帐篷，乔治叔叔拿手电直照着尼克的眼睛。

“怎么啦，尼基？”他父亲说。尼克在床上坐起身。

“听上去像是狐狸和狼的杂种，就在帐篷四下转悠，”尼克说。“有点儿像狐狸，但更像狼。”当天他刚从叔叔那儿学会“杂种”这词儿。

---

* 下面这六篇有关尼克·亚当斯的短篇小说是《全集》本没有收进的，现根据1972年斯克里布纳父子公司出版的《尼克·亚当斯故事集》（菲利普·扬编选）加以补译。看文字的风格，它们和这“首辑四十九篇”显然是属于同一个时期的。

① “生命总有一天会断送”是赞美诗《靠恩得救歌》中的第一句，原汉译本译为“有日银链将要折断”，典出《圣经·传道书》第12章，按“银链”指的就是“生命线”。这首赞美诗是基督教丧葬追思等活动中所用。

② 英国作家笛福（1660？—1731）的代表作。旧译为《鲁滨孙漂流记》。

“他没准儿听到了猫头鹰啼叫吧，”乔治叔叔说。

早上，他父亲发现有两棵大椴树长得彼此靠拢，在风中会摩擦发声。

“你看是这个声响吗，尼克？”他父亲问。

“兴许是吧，”尼克说。他不愿再想这事了。

“今后你在林子里可不要害怕了，尼克。没一样伤得了你。”

“连闪电也伤不了？”尼克问。

“对，连闪电也伤不了。碰上大雷雨就跑到空地上去。躲在山毛榉树下也行。它们从没挨过雷击。”

“从来没有？”尼克问。

“我从没听说过，”他父亲说。

“哎呀，听你说山毛榉树能行，我真高兴，”尼克说。

这会儿他又在帐篷里脱衣服了。虽然他没在看他们，可是他觉察到帐篷上有两个人影。随即他听到小船给拖上湖滩，两个人影便没了。他听见父亲跟什么人在说话。

接下来他父亲大喝一声道，“穿上衣服，尼克。”

他赶快穿好衣服。他父亲走进帐篷，在圆筒形行李袋里翻来找去。

“穿上外衣，尼克。”他父亲说。

陈良廷 译

印第安人搬走了

佩托斯基的大路从培根爷爷的农场直通山上。农场在大路的终端。可是，看上去这条路总像是从他的农场开头通往佩托斯基的，一路顺着树林边，直上陡峭多沙的长坡，进入林间不见踪影，这长坡就是到此碰上一片阔叶树林突然中止的。

这条路进了林子，空气变得阴凉，脚下的沙地湿得发硬了。路面在林间的山坡上上下下，两边都是浆果树丛和山毛榉幼树，不得不定期修剪，免得枝桠完全挡住路面。到了夏天，印第安人沿路采集野莓子，带到山下小屋出售，红艳艳的野山莓叠在提桶里，沉甸甸的，都压碎了，上面盖着椴木叶保持阴凉；后来卖黑莓，一桶桶的，都结实鲜亮。印第安人带着货，穿过林子到湖滨小屋来。根本听不见他们来的声息，他们就到了，拎着装满野莓子的铁皮桶，站在厨房门口。有时尼克正躺在吊床上看书，闻到了印第安人进了院门，走过木柴堆，绕过屋子。凡是印第安人都是一个味儿。印第安人都有这股甜腻腻的气味。当初培根爷爷把地岬边的窝棚租给印第安人，他们走后，他踏进窝棚，里面全是这股味儿，那时是他头一回闻到这味儿。从此培根爷爷再也没法把窝棚租给白人了，也没印第安人来租过，因为住过这窝棚的印第安人在七月四日独立节那天到佩托斯基去喝了个烂醉，回来时，躺在马奎特神父[①]铁路轨道上睡大觉，被半夜开过的火车压死了。那个印第安人非常高大，给尼克做过一把白蜡木桨。他单身在窝棚里住过，喝了烈酒夜间独自在林间转。不少印第安人都是这副德性。

印第安人没有一个发的。先前倒有过——那是置办农场的老一辈印第安人，到了儿孙成群，人也老了，长得胖了。就像住在霍顿斯溪边的西蒙·格林这号印第安人，有过一个大农场。可是西蒙·

格林死了，他的子女把农场卖了，分掉钱财，奔别处去了。

尼克记得西蒙·格林坐在霍顿斯湾镇铁匠铺前一张椅子上，顶着太阳直冒汗，铺子里正在给他的马钉蹄铁。尼克在棚屋檐下铲起阴湿的泥土，用手指在土里挖虫子，只听得不断传来锤铁的当当声。他把泥土筛进装虫子的罐头里，把刚才铲过的地面再填满，拿铲子拍拍平。西蒙·格林在外面太阳下，坐在椅子上。

“喂，尼克，”尼克一出来他就说。

“喂，格林先生。”

“去钓鱼？”

“对。”

“天好热，”西蒙笑道。“跟你爹说今年秋天我们会有不少鸟呢。”

尼克一直跨过铁匠铺后面那片田野，到屋里去拿钓鱼竿和鱼篓。到溪边去的路上，西蒙·格林坐着双轮马车沿路走过。尼克正走进灌木林，西蒙没看见他。那是他最后一回看到西蒙·格林。那年冬天西蒙就死了，第二年夏天他的农场也卖掉了。除了农场他什么也没留下。他把一切都重新投进农场里了。有一个儿子本想继续种田，可是另外两个儿子作了主，把农场卖了。不料到手的钱还不到大家预期的一半。

格林那个本想继续种田的儿子埃迪，在春溪后面买下一块地。另外两个儿子在佩尔斯顿买下一个弹子房。他们亏了本就把它卖了。印第安人就是这副德性。

陈良廷 译

---

① 指雅各·马奎特神父（1637—1675），法国天主教耶稣会传教士，探险家，曾与法殖民地总督委派的若利埃沿密西西比河航行，到过阿肯色河口，返航到密歇根湖，在印第安人居住区筹建传教据点。为纪念他，后来修造了一条以他命名的铁路。

过密西西比河

开往堪萨斯城的列车停在一条岔道上，正好在密西西比河东岸，尼克往外瞧着那条积了半英尺厚尘土的大路。眼前除了这条大路和三两棵蒙着尘土变成灰色的树木之外，什么也没有。一辆大车晃晃悠悠，顺着车辙走过，赶车的给弹簧坐垫颠得垂头歪脑，听任缰绳松弛地搭落在马背上。

尼克瞧着大车，心想不知它要上哪儿，究竟这赶车的是不是就住在密西西比河边，是不是曾经钓过鱼。大车晃晃悠悠，在路上走得不见踪影了，尼克不由想起在纽约举行的职业棒球“世界大赛”[①]。他想起在白短袜队那公园[②]观看过的首场比赛中，“快乐”费尔施那回本垒打[③]，当时“瘦子”索利把杆一抡，身子冲出老远，膝盖差点挨到地面，那白如流星的球对准中外场的绿色护栏远远飞去，费尔施正低着头，朝一垒那白色的方软垫拼命跑去，随着球落在露天看台一小堆争来夺去的球迷当中，观众发出一阵欢呼。

列车启动时，蒙着尘土的树木和褐色的路面开始后退，叫卖书报的从车厢正中过道上摇摇摆摆走过来。

“有什么大赛的消息？”尼克问他。

“决赛中白短袜队获胜了，”卖书报的答道，在特等客车的过道上一路走去，腿儿习惯于摇晃，像水手一般。他的回答使尼克感到一阵欣慰。白短袜队打败他们了。真令人精神大振。尼克打开《星期六晚邮报》，开始阅读，偶尔往窗外瞧瞧，想瞧一眼密西西比河。过密西西比河可是件大事，他想，倒要分秒必争看个痛快。

窗外景色像流水一晃而过，只见一溜公路、电线杆，偶有几栋屋子，还有平展的褐色田野。尼克原以为看得见密西西比河畔的峭壁，谁知好容易等一条似乎望不到头的长沼流过窗下，只看得见窗外那机车头蜿蜒而出，开上一座长桥，桥面俯临一大片褐色的泥浆水。这时尼克只看得见远处是一片荒山野岭，近处是一溜平展的泥泞河堤。大河似乎在浑然一体地往下游移动，不是流动，而是像一个浑然一体的湖泊在移动，碰到桥墩突出处才稍稍打旋。尼克眺望着这一片缓缓移动的平展的褐色水面，脑海里一下子涌现出马克·吐温、哈克·芬、汤姆·索耶④和拉萨尔⑤这些名字。他欣然暗想，反正我见识过密西西比河了。

陈良廷 译

---

① “世界大赛”为美国职业棒球两大联赛，美国联赛和全国联赛每年冠军的总决赛。

② 白短袜队是芝加哥的强队，以科米斯基公园为基地。

③ 本垒打，棒球手在打出一球后，安全地从一垒跑一圈，回到本垒。这样可得到一分。

④ 哈克·芬和汤姆·索耶是马克·吐温著名小说《哈克贝里·芬历险记》和《汤姆·索耶历险记》的主人公。

⑤ 罗贝尔·卡韦利埃·拉萨尔（1643—1687），法国探险家，曾沿密西西比河而下，直达出海口，并声称整个流域为法国领土。

登陆前夕

尼克在一片漆黑的甲板上散步，走过坐在一排甲板躺椅上的那些波兰军官。有人在弹曼陀林。里昂·霍奇亚诺维奇把脚在黑暗中伸出来。

“嗨，尼克，”他说，“哪儿去？”

“不去哪儿。只是走走。”

“这儿坐。有张椅子。”

尼克在空椅上坐下，趁着海上的夜色，望着人来人往。六月夜，天好热。尼克倒身靠着椅子背上。

“明天我们就进港了，”里昂说。“我听无线电报务员说的。”

“我是听理发师说的，”尼克说。

里昂哈哈笑了，用波兰语跟身边躺椅上的那人说话。他探身过去，对尼克一笑。

“他说不来英语，”里昂说。“他说是听盖比说的。”

“盖比在哪儿？”

“跟什么人在上面救生艇里吧。”

“加林斯基在哪儿？”

“不定跟盖比在一起。”

“不，”尼克说。“她跟我说过她受不了他。”

盖比是船上唯一的姑娘。她长着一头金发，总是披散着，笑声爽朗，身材健美，只是有股什么臭味。她有个姑妈正送她回巴黎投亲，开船以来，她姑妈就没离开过房舱。她父亲同法国航运公司有点儿关系，所以她同船长共餐。

“她干吗不喜欢加林斯基？”里昂问。

“她说他看上去像只海豚。”

里昂又笑了。“快，”他说，“我们去找他，跟他说说。”

他们站起身，走到栏杆边。那些救生艇在头顶上空晃荡着，准备给放下。船身倾斜，甲板歪向一边，救生艇也歪吊着，拼命晃荡。海水轻柔地悄悄溜过，大片大片磷光闪闪的海藻在翻滚、吮吸，从水下冒出泡来。

“船走得很快，”尼克俯视着水面说。

“我们在比斯开湾[①]里，”里昂说。“明天该见到陆地了。”

他们在甲板上转悠，走下舷梯，到船尾去看看磷光闪闪的船后尾波，放眼望去，正像一道弯弯的犁起的地。他们上面是那炮台，有两名水手在炮边走来走去，衬着海水蒙蒙的泛光，黑糊糊的。

“船正在曲折行进，”里昂望着尾波说。

“一整天了。”

“据说这些船运送德国邮件，所以从来没被打沉过。”

“也许吧，”尼克说。“我可不信。”

“我也不信。不过这想法不错。我们去找加林斯基吧。”

他们发现加林斯基在他的舱里，正拿着瓶干邑白兰地。他用漱口杯在喝着。

“嗨，安东。”

“嗨，尼克。嗨，里昂。来一口吧。”

“你跟他说，尼克。”

“听着，安东。我们替一位美人儿捎个信给你。”

“我知道你们这位美人儿是谁。你们带了这美人儿，上烟囱去跟她鬼混吧。”

他仰躺着，伸出双脚顶住上铺的弹簧床垫，往上使劲。

“牢骚鬼！”他大声喊道。“嗨，牢骚鬼！醒醒，起来喝酒吧。”

---

① 比斯开湾，西班牙北部海岸和法国西部布列塔尼亚半岛之间的一个宽广的大海湾。

上铺边上露出一张脸。那是张圆滚滚的脸，戴了副钢边眼镜。

“我醉了，可别叫我喝酒啦。”

“下来喝吧，”加林斯基吼道。

“不，”上铺的人说。“把酒递上来给我。”

他又转身面对着墙了。

“他醉了两星期啦，”加林斯基说。

“对不起，”上铺的人说。“我才认识你十天，你这么说并不正确。”

“难道你不是醉了两星期吗，牢骚鬼？”尼克说。

“那当然，”牢骚鬼面对墙壁说话。“可是加林斯基没权利这么说。”

加林斯基用双脚顶得他上下晃动起来。

“我把话收回，牢骚鬼，”他说。“我看你没有醉。”

“别说胡话啦，”牢骚鬼有气无力地说。

“你在干什么，安东？”里昂问。

“想我那个在尼亚加拉瀑布的女朋友呗。”

“得了，尼克，”里昂说。“我们别管这只海豚了。”

“她跟你们说过我是只海豚吗？”加林斯基问。“她对我说我是只海豚。你们知道我用法语怎么跟她说来着？‘盖比小姐，你身上没一点儿叫我动心的。’喝一口吧，尼克。”

他递过酒瓶，尼克喝了几口白兰地。

“里昂？”

“不，走吧，尼克。我们别管他。”

“我半夜里跟大伙儿值班，”加林斯基说。

“别喝醉了，”尼克说。

“我从来没喝醉过。”

牢骚鬼在上铺嘀咕着什么。

“你说什么，牢骚鬼？”

“我在请求上帝用雷电击他呢。”

“我从来没喝醉过，”加林斯基又说了一遍，斟了半杯干邑白兰地。

“快，上帝啊，”牢骚鬼说。“用雷电击他。”

“我从来没喝醉过。我从来没跟女人睡过觉。”

“来吧。干你的工作吧，上帝。用雷电击他啊。”

“来吧，尼克。我们走。”

加林斯基把酒瓶递给尼克。他喝了一口就跟这高个子波兰佬出去了。

他们在门外听见加林斯基在叫，“我从来没喝醉过。我从来没跟女人睡过觉。我从来没说过谎。”

“用雷电击他啊，”传来牢骚鬼的细嗓门。“别信他这套鬼话，上帝。用雷电击他啊。”

“他们真是一对活宝，”尼克说。

“这个牢骚鬼怎么啦？他打哪儿调来的？”

“他在救护车队里干过两年。人家打发他回国去。他给大学开除了，现在又回来了。”

“他喝得太多了。”

“他不顺心啊。”

“我们去弄瓶葡萄酒，到救生艇里睡去。”

“走吧。”

他们在吸烟室的吧台前歇脚，尼克买了一瓶红葡萄酒。里昂站在吧台边，一身法国军装，更见身材高大。吸烟室里有两场大牌局在进行。要不是这是在船上的最后一夜，尼克会高兴参加的。大家都在打牌。舷窗全都紧闭，还拉上了百叶窗，弄得烟雾腾腾，热浪滚滚。尼克瞧瞧里昂。“想打牌吗？”

“不。我们还是边喝边聊吧。”

“那就要两瓶吧。”

他们拿着两瓶酒，从热烘烘的吸烟室里出来，踏上甲板。要爬上一条救生艇倒也不难，尽管爬到吊艇架上时，尼克吓得不敢往下看水面了。他们爬进了艇里，系上救生带，仰天躺在坐板上，倒也逍遥自在。有一种置身于海天之间的感觉。不像乘在大船里那么感到阵阵震动。

“这儿挺不错，”尼克说。

“我每夜都睡在其中一条救生艇里。”

“我就怕发梦游症，”尼克说。他正在拔出瓶塞。“我睡在甲板上。”

他把酒瓶递给里昂。“这瓶你留着，替我打开那一瓶，”波兰佬说。

“你拿着，”尼克说。他拔出第二瓶的瓶塞，摸黑跟里昂碰碰酒瓶。两人喝酒。

“在法国你能喝到比这更好的酒，”里昂说。

“我可不会留在法国。”

“我忘了。真希望我们能一起当兵。”

“我一点也不中用了，”尼克说。他打小艇舷边往下瞧着漆黑的水面。刚才他爬到船外吊艇架上时已经吓坏了。

“不知我会不会害怕，”他说。

“不会，”里昂说。“我想不会。”

“看看所有那些飞机这一类玩意儿一定很好玩。”

“是啊，”里昂说。“我只要能调动，马上就去开飞机。”

“我可不行。”

“为什么？”

“我不知道。”

“你千万别想心里在害怕。”

“我没。我真的没。这我倒决不担心。因为刚才爬上救生艇时觉得不对劲儿，我才这么想。”

里昂侧卧着，酒瓶竖直放在脑袋旁。

“我们不必老想着心里害怕，”他说。“我们不是那种人。”

“那牢骚鬼害怕了，”尼克说。

“是啊。加林斯基跟我说过。”

“所以他才被遣送回去。所以才一直喝得醉醺醺的。”

“他可不像我们，”里昂说。“听着，尼克。你我都是有点儿胆量的。”

“我知道。我也那样想。别人可能送命，可我不会。这一点我绝对相信。”

“对极了。我们就是有那么股劲儿。”

“我早想加入加拿大部队，可是人家不肯收我。”

“我知道。你跟我说过。”

他们都喝着酒。尼克仰天躺着，瞧着烟囱里冒出的烟被天空衬托得像朵云。天色亮起来了。不定月亮快出来了。

“你有过女朋友吗，里昂？”

“没。”

“一个也没有？”

“对。”

“我有一个，”尼克说。

“你跟她同居？”

“我们订了婚。”

“我从没跟女人睡过觉。”

“我在窑子里跟女人睡过。”

里昂喝了一口。衬着天色，只见黑糊糊的酒瓶在他嘴边斜着移动。

“我说的不是这个意思。我也嫖过。我不喜欢。我意思是说，要跟你心爱的人整夜睡在一起。”

“我女朋友本来就愿意跟我睡的。”

“可不。她爱你的话就会跟你睡。”

“我们就快结婚了。”

陈良廷 译

新婚之日

他刚才游过泳，走上山以后，正在盆里洗脚。屋里很热，德奇和卢曼两个都站在一边，神色紧张。尼克从衣柜抽屉里拿出一套干净内衣、干净的丝袜、新的吊袜带、白衬衫和硬领，一一穿上。他站在镜子前打领带。德奇和卢曼使他想起拳击赛和橄榄球赛前的更衣室。他喜欢他们那副紧张相。他真想知道要是自己在给绞死前，他们是不是也会这样。八成是吧。万事都要事到临头才能明白的。德奇走出去拿瓶塞起子，进屋打开酒瓶。

“好好来一口，德奇。”

“你先喝，斯坦。”

“不。有什么关系？尽管喝吧。”

德奇足足喝了一大口。尼克嫌这一口喝得太多了。毕竟只有这么一瓶威士忌哪。德奇把酒瓶递给他。他递给卢曼。卢曼喝了一口，可没德奇喝得那么多。

“行了，斯坦老弟。”他把酒瓶递给尼克。

尼克灌了两口。他爱喝威士忌。尼克穿上长裤。他根本不在想什么。“色鬼”比尔，阿特·梅耶和“吉”都在楼上穿衣服。他们都该喝上一口。天哪，为什么只有一瓶呢？

婚礼结束后，他们就上了约翰·科特斯基的那辆福特车，顺着大路翻过小山，到湖边去。尼克付给约翰·科特斯基五美元，科特斯基帮他把行李袋搬到小船上去。他们俩跟科特斯基握握手，于是福特车顺老路开回去了。久久还听得见车子声。尼克的父亲在冰窖后面的李树丛里替他藏着船桨，可他找来找去找不到，海伦只得在下面船里等他。最后他总算找到了，就把桨带到下面湖岸去。

摸黑划过湖面路程倒很长。夜里又热又闷。两个人话都不多。

有几个人刚才把婚礼闹得不像样了。快靠岸时，尼克使劲划桨，飕的把小船送上沙滩。他停下船，海伦一步跨了出来。尼克吻了她。她按他教过她的方式，使劲地回吻他，嘴唇微启，这样两个人的舌头就可以舔来舔去。他们紧紧抱住，然后走到小屋去。路又黑又长。尼克用钥匙开了门，然后回到小船上去取行李。他点上灯，两人一起把小屋内处处察看了一遍。

陈良廷 译

论写作*

天气越来越热了，太阳热辣辣地晒在他的脖颈上。

尼克钓到了一条好鳟鱼。他可不想钓到很多鳟鱼。这里的河道又浅又宽。两岸都长着树木。在午前的阳光中，左岸的树木在流水上投射下很短的阴影。尼克知道每摊阴影中都有鳟鱼。他和比尔·史密斯[①]有个炎热的日子在黑河边发现了这一点。等到下午，太阳朝群山移去后，鳟鱼会待在河道另一边的荫凉的阴影中。

最最大的鱼会待在靠近河岸的地方。在黑河上你是总能钓到大鱼的。比尔和他曾经发现这一点。太阳下了山，它们全都会游到外面激流中去。太阳下山前使河水射出一片耀眼的反光，就在此时，你可能在激流中的任何地方使一条大鳟鱼上钩。但是那时简直没法钓鱼，水面耀眼得就像阳光下的一面镜子。当然啦，你可以到上游去钓，可是在黑河或这条河那样的河道上，你不得不逆水吃力地走，而在水深的地方，水会朝你身上直涌。到上游去钓鱼可并不有趣，尽管所有的书本上都说这是唯一的办法。

所有的书本。他和比尔在过去的日子里看书看得可有劲儿哪。这些书都是以一个虚假的前提做出发点的。就像猎狐活动一样。比尔·伯德[②]在巴黎的牙医说过，甩假蝇钓鱼时，你把自己的智力跟鱼的智力作较量。我一向是这样看的，埃兹拉[③]说。这话能引人发笑。能引人发笑的事儿多着呢。在美国，人们以为斗牛是个笑柄。埃兹拉认为钓鱼是个笑柄。许多人认为诗是个笑柄。英国人是个笑柄。

还记得在潘普洛纳[④]，人家当我们是法国人，把我们从板墙后推到场子里的公牛面前吗？比尔的牙医从另一方面来看待钓鱼，也同样的糟糕。这是说比尔·伯德。从前，比尔是指比尔·史密斯。

现在是指比尔·伯德。比尔·伯德眼下正在巴黎。

他结了婚[⑤]就此失去了比尔·史密斯、奥德加、吉[⑥]和过去的那一帮子。这是因为他们都是处男的关系吗？吉肯定不是处男。不，他所以失去他们，是因为他用结婚的行动来承认还有比钓鱼更重要的事儿。

这是他一手培养的。他和比尔认识以前，比尔从没钓过鱼。他们到处都打伙在一起。黑河、鲟鱼河、松树荒原[⑦]、明尼苏达河上

---

* 这是海明威原来附加在《大双心河》文末的，可说是另一个结尾，因为它的开头三段和《大双心河》（第二部）中的三段重复。1924 年底把包括本篇在内的短篇小说集《在我们的时代里》送美国出版商时，于最后时刻决定删去这最后九页，因为这段自传性的内心独白把本文中所着意刻画的战争创伤的效果给破坏了。卡洛斯·贝克在《海明威生平故事》（1969）中写道："这主要是一段尼克·亚当斯的内心独白，充满了对他那些在密歇根州的老朋友和在欧洲的新朋友的回忆。文中还发表了一些对美学的见解。"

① 即前文中提到过的比尔，指海明威早年在密歇根州度夏时的至交之一，小威廉·B·史密斯。海明威在这段结尾中完全把自己和尼克等同起来了。

② 指美国新闻工作者威廉·伯德（1888—1963）。他于 1920 年创办联合新闻社，赴巴黎任驻法分社负责人。1922 年 4 月，去意大利热那亚采访国际经济会议时结识海明威。他爱好用十八世纪的手工操作的印刷机亲自印刷珍本书籍，在巴黎办了一个三山出版社，于 1924 年 3 月出版海明威的速写集《在我们的时代里》。

③ 指美国意象派诗人埃兹拉·庞德（1885—1973），海明威在巴黎开始写作生涯时的启蒙者之一。

④ 在西班牙东北部，为古巴斯克王国的首都，有十五世纪的哥特式大教堂。每年 7 月初圣福明节期间，居民通宵狂欢，并举行斗牛赛。海明威于 1923 年和友人同去参加，迷恋上了斗牛赛。后来在《太阳照常升起》中详细描绘了 1925 年那次盛大的狂欢节和斗牛赛。

⑤ 海明威和第一个妻子哈德莱·理查逊（在尼克·亚当斯的故事中名为海伦）于 1921 年 9 月结了婚，年底即赴巴黎定居，开始文学生涯，所以和早年那些钓鱼朋友就此疏远了。

⑥ 奥德加和吉分别为海明威称呼他早年游侣卡尔·埃德加和杰克·彭特科斯特的外号，后者是海明威中学时的同学。吉（Ghee）的原意为印度半流体黄油。

⑦ 黑河和鲟鱼河分别在密歇根州中部及北部。松树荒原在新泽西州东南部，面积达七千多平方公里，原为成片的松、柏、橡树林，直到十九世纪六十年代被砍伐殆尽，成为一片由砂质土地、沼地、溪流、灌木丛等组成的荒原，只有些零星的松林，故名。

游，还有那么许多小溪。关于钓鱼的事儿大都是他和比尔一道发现的。他们在农场里干活，从六月到十月钓鱼，并到林子里去远足。比尔每年春天总是辞去他的工作。他也这样。埃兹拉认为钓鱼是个笑柄。

比尔原谅了他在他们俩认识前的钓鱼活动。他原谅他曾到过那么许多河上。他确实为它们感到骄傲。这就像一个姑娘对其他姑娘的看法。如果她们是你过去搞的，那就无所谓。可是你后来再搞就不同了。

这就是为什么他失去他们的原因，他想。

他们全都和钓鱼结了婚。埃兹拉把钓鱼看作笑柄。其他人大都也这样想。他在和海伦结婚前就和钓鱼结了婚。确实和它结了婚。这绝对不是笑柄。

所以他失去了他们大伙儿。海伦认为是因为他们不喜欢她。

尼克在一块背阴的漂石上坐下来，把布袋垂在河里。河水在漂石的两边打旋。背阴的地方很凉快。河边树木下，河滩是沙质的。沙滩上有水貂的脚迹。

他还是避开日头的好。漂石又干燥又凉快。他坐着，让水从靴子里流出来，顺着漂石的一边往下淌。

海伦认为是因为他们不喜欢她。她当真这么想。乖乖，他想起了自己当初对人们结婚总怀着恐惧。真是可笑。或许是因为他一向跟上了年纪的不主张结婚的人来往才这样的。

奥德加老是想跟凯特[①]结婚。凯特说什么也不想跟人结婚。她和奥德加老是为了这个吵嘴，可是奥德加不要别人，而凯特却什么人都不要。她只要求彼此做好朋友，奥德加也愿意做好朋友，他们俩一直很苦恼，竭力做好朋友，并且争吵。

---

① 这是威廉（“比尔”）· B · 史密斯妹妹凯瑟琳的爱称。她后来于 1929 年和美国小说家约翰 · 多斯 · 帕索斯结婚，于 1947 年去世。

这一套禁欲主义思想是夫人[1]灌输给人的。吉跟克利夫兰几家窑子的姑娘们来往，但他也有这种想法。尼克也有过这种想法。这一套全是虚假的玩意。你让这种虚假的理想在心里扎下根，你就要身体力行了。

一切爱好全都放在钓鱼和过夏上了。

他爱好钓鱼甚于一切。他爱好跟比尔在秋天里刨土豆，乘汽车长途旅行，在海湾中钓鱼，炎热的日子里躺在吊床上看书，在码头边游水，在夏勒伏瓦和佩托斯基[2]打棒球，在海湾边生活，吃夫人做的饭菜，看到她和蔼地对待仆人们，在餐厅中吃饭，眺望窗外长条田地和地岬对面的大湖，跟她交谈，和比尔的老爹一起喝酒，离开农场出去钓鱼，或者光是闲着无所事事。

他爱好漫长的夏季。从前，每当八月一日来临，他想到仅仅只有四个礼拜钓鳟鱼的季节就要过去时，总觉得不是味儿。如今，他有时在梦里会有这种感觉。他会梦到夏季就快过去，而他还没钓过鱼。这使他在梦里觉得不是味儿，仿佛在坐牢似的。

瓦隆湖南端的山丘，在湖上驾汽艇驶来时遇到的暴风雨，在引擎上张着一把伞不让冲上船来的波浪弄湿火花塞，用泵排出船内的积水，在大暴雨中驾着船沿湖滨送蔬菜，爬上浪峰，溜下波谷，浪涛紧跟在后方，带着用油布盖住的伙食、邮件和芝加哥的报纸从大湖[3]的南端北来，坐在这些东西上面不让弄湿，浪大得无法登陆，在火堆前烤干身子，光着脚去取牛奶时，风在铁杉的枝间刮着，脚下是湿漉漉的松针。天亮时起床划船过湖，雨后徒步翻过山丘上霍顿斯溪去钓鱼。

---

① 指圣路易市约瑟夫·威廉·查尔斯大夫的夫人，她是比尔和凯特的姑妈，在他们的母亲患肺结核于1899年去世后，把他们从小扶养成人。

② 海明威的父亲常带孩子们在密歇根州中部的瓦隆湖畔的别墅中度夏，使海明威从小爱上了钓鱼。夏勒伏瓦位于瓦隆湖西，滨密歇根湖，佩托斯基在瓦隆湖东，滨小特拉弗斯湾，是那一带的两大城市。

③ 指密歇根湖，芝加哥位于该湖的西南端。

霍顿斯溪一向需要雨水。歇尔兹溪碰到下雨就不行了，泥水奔流，泛滥起来，流到草地上。一条小溪这么样，打哪儿去找鳟鱼啊？

这就是有条公牛把他追得翻过板墙的地方，他弄丢了钱包，钓钩全在里头呢。[①]

要是他当初就像现在这样了解公牛就好了。马埃拉[②]和阿尔加凡诺如今在哪儿？八月，巴伦西亚和桑坦德[③]的周日斗牛赛，在圣塞瓦斯蒂安[④]的那几场糟糕的斗牛赛。桑切斯·梅希阿斯杀了六头公牛。斗牛报纸上的那些词句自始至终老是浮现在他脑中，弄得他到头来只得不再看报。用米乌拉公牛的斗牛赛。尽管他的"自然挥巾"[⑤]动作做得缺点昭然若揭。安达卢西亚[⑥]的精华。"骗子"奇克林。胡安·特雷莫托。贝尔蒙蒂·布埃尔凡怎么样？

马埃拉的小弟弟如今也是个斗牛士了。事情就是这样发展的。

整整一年，他的内心世界全给斗牛占去了。钦克[⑦]看到马被牛扎伤，脸色煞白，可怜巴巴。[⑧]唐[⑨]对这却无所谓，他说。"于是我

---

① 海明威常趁到潘普洛纳看斗牛之便，和友人赴该城东北比利牛斯山脉南麓的布尔戈特小镇去钓鱼。详见《太阳照常升起》。

② 海明威和许多著名的斗牛士交朋友，曼努埃尔·加西亚·马埃拉是他第一次去潘普洛纳时就结识的。他曾在速写"第十四章"中想象马埃拉在场上被公牛扎死的情景。马埃拉实际上是在 1924 年 12 月死于肺炎的。

③ 巴伦西亚在西班牙东北部，滨地中海，桑坦德在西班牙北部，滨比斯开湾。

④ 位于西班牙北部，滨比斯开湾，为巴斯克地区的中心。

⑤ 斗牛的一种动作，斗牛士左手握着有柄红巾，引诱公牛朝他的身子冲过来，紧挨他的左侧擦过。

⑥ 古地区名，包括今西班牙南部八个行省。

⑦ 海明威在米兰医院养伤时，于 1918 年 11 月结识爱尔兰军官埃里克·爱德华·多尔曼-史密斯，成为终身好友。钦克是他的外号。他给海明威讲了不少大战中的经历，海明威后来写在小说中。1922 年 5 月，海明威夫妇和钦克重访意大利，到了在大战中到过的那些地方。

⑧ 斗牛赛的第一阶段，由两名骑着马的长矛手把长矛扎进公牛颈部隆起的肌肉，公牛被激，朝马冲击，常常把马挑伤，情景可怖，初看斗牛赛者往往受不住。

⑨ 指美国讽刺作家唐纳德·奥格登·斯图尔特（1894—1980）。他与海明威于 1923 年在巴黎相识，第二年 7 月第一次去潘普洛纳看斗牛。他后来进戏剧界，登台演出并写剧本，在好莱坞任电影编剧多年，1940 年以《费城故事》获编剧金像奖。

恍然大悟，我会爱上斗牛的。”这准是看马埃拉时的事。马埃拉是他知道的最了不起的一个。[①]钦克也这样认为。他在把公牛从土街上赶往斗牛场的牛栏时目光跟着他转。

他，尼克，是马埃拉的朋友，所以马埃拉从他们在出入口上方第一排座位上面的87号包厢对他们挥手，等海伦看到了他，再挥挥手，而海伦很崇拜他，当时包厢里还有三名长矛手，而所有其他长矛手正在包厢前面的场子里干他们的活儿，他们抬眼望着，事前事后都挥挥手，于是他对海伦说，长矛手们只替彼此干，这一点当然是事实啰。这正是他看到过的最出色的长矛功夫，包厢里那三名头戴科尔多瓦帽的长矛手，每看到长矛出色地扎中一次就点点头，其他的长矛手对上面的那三位挥挥手，然后干他们的活儿。就像那些葡萄牙长矛手上场的那一回，那名老长矛手把帽子丢进场子，自己趴在板墙上观看那小伙子达·凡依加表演。这是他曾见过的最伤心的场面。这就是那名胖长矛手想当的角色，当一名斗牛场上的骑手。上帝啊，这小子达·凡依加骑马功夫多棒。这才叫骑马功夫。拍成电影可不怎么样。

电影把什么都给毁了。就像谈论什么好的事物一样。正是这一点使战争成为不真实。话讲得太多了。

不管谈论什么事儿都不好。不管写什么真实的事儿也都不好。这一来总不免把它给破坏了。

唯一多少有点优点的作品是你虚构出来的，你想象出来的。这倒使什么事物都变得逼真了。就像他写《我老爹》[②]时，他从没见过一名骑师摔死，但第二个礼拜，乔治·帕弗雷芒就在跳那一个栏时摔死了，而情况果然如此。他曾经写过的所有好作品都是他虚构的。没有一桩事曾真正发生过。其他事倒发生过。说不定是更好的

---

① 海明威在1926年写的短篇小说《陈腐的故事》中写马埃拉得了肺炎在特里安纳的家中死去，并且写到那次重大的葬礼，由一百四十七名斗牛士送他上坟场，把他葬在著名斗牛士何塞利托（1895—1920）的墓旁。

② 海明威在这里把自己和尼克完全等同起来了。

事吧。这正是家里人无法理解的地方。他们以为全是根据经验写的。

这就是乔伊斯的弱点。《尤利西斯》中的戴德勒斯就是乔伊斯本人，所以他糟透了。乔伊斯对待他真太富有浪漫色彩和理智了。他虚构了布卢姆这一人物，而布卢姆真了不起。他虚构了布卢姆太太。[①]她是全世界最伟大的角色。

这就是麦克[②]的写作方式。麦克写得太接近生活了。你必须领悟了生活，然后创作出你自己的人物。不过麦克还是有能耐的。

尼克在他写的故事中从来不写他本人。他都是虚构的。当然啦，他从没见过一个印第安妇女生孩子。这是使那个故事[③]出色的原因。谁也不知道这底细。他曾在上喀拉迦奇的路上看见过一个女人生孩子。[④]就是这么回事。

他希望能始终这样写作。他有时候这样写。他想当个伟大的作家。他肯定相信能当成。他从好多方面看出了这一点。他无论如何要当成。不过这是烦难的。

如果你爱好这个世界，爱好生活在这个世界上，爱好某些人物，要当一个伟大的作家是烦难的。如果你爱好许许多多地方，那么也是烦难的。那样的话，你就身体健康，心情舒畅，过着愉快的日子，别的就都不在乎了。

每当海伦不舒服的时候，他总是能工作得最出色。就靠那么多的不满和摩擦吧。再说，还有些你不得不写作的时候。不是出于良心。仅仅是肠子里需要有东西可以蠕动而已。再说，你有时候感到

---

① 爱尔兰小说家詹姆斯·乔伊斯（1882—1941）的长篇小说《尤利西斯》（1922）主要写这三个都柏林人在 1904 年 6 月 16 日那一天从早到晚的活动。

② 指美国诗人、作家罗伯特·孟席斯·麦克阿尔蒙（1896—1956）。他于 1921 年春到巴黎，于 1923 年创办出版公司，那年秋，出版海明威的第一部作品《三篇故事与十首诗》。

③ 指海明威的早期短篇小说《印第安人营地》。

④ 见海明威早年写的速写“第二章”。

不可能再写作了，可是隔了不久，你就知道早晚你能再写出一个好故事来。

这实在比什么都有趣儿。这才确实是你为什么写作的原因。他过去从没体会到这一点。这不是出于良心。仅仅是因为这是最大的乐趣。它比任何事都更有劲。然而要写得出色真难死了。

诀窍可真多啊。

如果你用诀窍来写，那就容易了。人人都用诀窍来着。乔伊斯想出了几百个新的诀窍。光凭它们是新的，可并不能使它们更出色。它们全都会变成陈词滥调。

他向往像塞尚绘画那样来写作。

塞尚开始时什么诀窍都用上了。后来他打破了这一切，创作出真崭实货的玩艺。这样做难得够呛。他是最伟大的一个。永远是最伟大的。但没有成为人们崇拜的偶像。他，尼克，希望写乡野，这样可以像塞尚在绘画方面那样永存于世[①]。你必须从自己的内心出发来干。根本没有任何诀窍可言。谁也没有这样写过乡野。他为此简直感到神圣。这是严肃得要命的事儿。如果你为了它奋斗到底，你就能成功。如果你充分用你的双眼来生活的话。

这是桩你没法谈论的事儿。他打算一直写作下去，直到成功为止。也许永远不会成功，但是等他接近了目标，他是会知道的。这是桩艰巨的工作。也许要他干上一辈子。

写人物是很容易的。所有这一套时髦的玩艺是容易的。在这个时代背景下，有那些顶天立地的原始派艺术家，如卡明斯[②]，当他思想机敏的时候，写作就像是自动化的，《巨大的房间》可不是这样，那是一部著作，伟大的作品之一。卡明斯花了很大的力气才写

---

① 法国后期印象派大师塞尚（1839—1906）画有不少法国东南部普罗旺斯地区的风景画。

② 爱·埃·卡明斯（1894—1962）于1917年参加美国志愿救护车队赴法，因友人家信中有亲德文字受牵连而被关进法国集中营，1922年发表自传体小说《巨大的房间》，用超现实主义手法描述这几个月狱中生活的感受。后来成为在诗歌语言及形式上创新的著名现代派诗人。

成的。

还有别的作家吗？年轻的阿希[①]有点能耐，可是你还说不准。犹太人很快就退化。他们开始时都很好。麦克有点能耐。唐·斯图尔特仅次于卡明斯，是最有能耐的。比如说他笔下的哈多克夫妇[②]。也许林·拉德纳[③]也是如此。非常可能。舍伍德[④]这样的老家伙。德莱塞这样的更老一点的家伙。还有什么别的人吗？也许有些年轻的家伙。伟大的无名作家。然而无名作家是从来没有的。

他们追求的目标跟他追求的不同。

他看得到塞尚的作品。葛特鲁德·斯坦因[⑤]家的那幅画像。如果他画得对头，她是看得出来的。卢森堡宫[⑥]的那两幅好作品，他每天在伯恩海姆博物馆那展出借来展品的画展上看到的那些。士兵们脱掉衣服准备游水，树木间的房屋，其中一棵树后面有座屋子，不是胭脂红的那座，而是另一座胭脂红的。男孩子的画像。塞尚也能画人物。然而这是比较容易的，他用从乡间取得的经验来画人物。尼克也能够这样做。人物是容易写的。谁也不知道他们的底细。如果读起来很好，人家就信得过你的话了。人家信得过乔伊斯。

---

① 指出生于波兰的著名犹太小说家肖伦·阿希（1880—1957）的长子内森（1902—1964），当时在巴黎的《大西洋彼岸评论》上发表了一些短篇小说。

② 斯图尔特刚在1924年发表幽默小说《哈多克先生和夫人出国记》。

③ 美国讽刺作家林·拉德纳（1885—1933）善于用口语体写棒球运动员、理发师等社会上九流三教的小人物的故事，1916年以书信体小说《你是知道我的，艾尔》而成名。

④ 指美国小说家舍伍德·安德森（1876—1941），其代表作为描写俄亥俄州一假想小镇上形形色色人物的短篇集《小城畸人》（1919）。他开创了美国文学中的现代文体，海明威曾受其影响。

⑤ 葛特鲁德·斯坦因（1874—1946）于1902年起定居于巴黎，从事实验性写作，并提倡支持巴黎的先锋派艺术运动，收藏不少塞尚、毕加索等的作品。海明威第一次到巴黎后不久即参加她家的文艺沙龙，在写作上受到她的启发及影响。

⑥ 在巴黎塞纳河左岸，巴黎大学文理学院附近。当时常年展出大量当代美术家的作品。后来迁移至附近的一所建筑中，称为卢森堡博物馆。

他确切知道塞尚会怎样来画这一段河流。上帝啊，要是有他在这儿来画多好啊。他们死了，这真是糟透了。他们工作了一辈子，然后上了年纪，死了。

尼克看清了塞尚会怎样画这一段河流和沼地，便站起身来，朝下跨进河水。水很冷，是实际存在的。他蹚过流水，在这幅画面上移动着。他在河边沙砾地上跪下，把手伸进盛鳟鱼的布袋。它搁在流水里，就在他把它通过浅滩一路拖过来的地方。这老伙计还活着。尼克打开布袋口，把鳟鱼放在浅水里，看它越过浅滩游走，背脊露出在水面上，穿过石块之间游向那深深的水流。

“它太大了，不好吃，”尼克说。“我到宿营地前面去钓两条小的当晚饭。”

他爬上河岸，把钓丝绕在卷轴上，动身穿过灌木丛。他吃了一块三明治。他忙着赶路，钓竿很碍事。他不再思索。他把一些想法存放在头脑里。他要赶回宿营地，动手干起来。

他把钓竿紧挟在身边，穿过灌木丛。钓丝钩住了一根树枝。尼克站住了，割断钓钩上的接钩绳，把钓丝卷好。他把钓竿朝前伸着，现在穿过灌木丛可轻松了。

他看见前方有只兔子，平躺在小道上。他站住了，心里很不满。兔子差一点断气了。兔子脑袋上叮着两只扁虱，每只耳朵后面一只。它们是灰色的，吸饱了血，有一颗葡萄那么大。尼克把它们摘下，它们的头小而硬，几对脚动弹着。他把它们放在小道上，一脚踩下。

尼克拎起这纽扣般的眼睛呆滞无神的软绵绵的兔子，把它放在小道边一丛香蕨木下。他放下时，感到它的心在跳。兔子在树丛下静静地躺着。它也许会醒过来的，尼克想。也许是当它蹲伏在草丛中时，扁虱叮上了它。也许是它在开阔地上欢跳之后发生的。他说不准。

他继续上坡顺着小道走向宿营地。他头脑里存放着一些想法。

吴　劳　译

附录（二）

《尼克·亚当斯故事集》前言

菲利普·扬

“关于他小时候待过的地区，他写得相当不错。是他当时能达到的最佳水平。”有一位垂死的作家在《乞力马扎罗的雪》的初稿中这样想。那位作家当然就是海明威。那个地区是他小时候度夏的密歇根州，而他在回忆中自称为尼克·亚当斯。“是他当时能达到的最佳水平”确乎是非常出色的。

然而涉及尼克的那些短篇一直显得数量过大，而且顺序是打乱的，所以至今没有被收成一集。结果呢，他这些冒险故事的连贯性被弄得模糊不清，给读者的印象也是支离破碎的了。在海明威的第二部短篇小说集《没有女人的男人们》中，尼克最初作为在意大利的士兵出场，接下来是伊利诺斯州顶峰镇的一个青少年，然后依次是密歇根州的一个小男孩、在奥地利的一个已婚男子、又是在意大利的一名士兵。还有，想想海明威最著名的短篇之一《大双心河》所引起的麻烦吧。它给放在第一部短篇集《在我们的时代里》的末尾，使许许多多读者感到不解。如果按照时间顺序，放在写第一次世界大战的那些短篇的后面，故事中隐藏着的紧张感——尼克给人的那种在驱除心中的某种莫名的焦虑的印象——便完全可以理解了。但是，在时间方面先于《大双心河》并且对它作出解释的《你们决不会这样》，却是在八年后出了几部书后才发表的。

如果按时间顺序排列，尼克生活中的诸重大事件便构成一篇富有意义的记叙文了，其中有个令人难忘的角色从孩子成长为青少年，再成为士兵、复员军人、作家和父亲——这个过程和海明威本人生活中发生的大事是亦步亦趋的。这样一排列，长久以来根本没有被广泛地认为是个前后贯穿的角色的尼克·亚当斯，便清晰地凸现为海明威作品中一长串他本人的化身中的第一个。随后的那些主人公，从杰克·巴恩斯和弗瑞德里克·亨利到里查德·坎特韦尔和托马斯·赫德森[①]，全都有尼克的历史以及与之相关的海明威的历史的一部分作为后盾。

跟许多虚构小说作家的真实情况一样，海明威的作品和他本人生活中的大事之间的关系是直接而错综复杂的。在有些短篇中，他显然把他实际经历中的种种细节如实地作出报道，仿佛在记日记一般。在另外一些短篇中，他运用想象力把自己的经历变幻成新的不同的情事。探索海明威作品中现实与虚构之间的种种联系，能成为一桩引人入胜的活动，而凡是意欲进一步钻研这问题的读者请参阅本前言后附的传记书目。但是海明威自然存心指望他这些短篇不必依靠这方面的考虑便能让人理解并欣赏——实在好久以来这些短篇正是如此的。

第一篇写尼克·亚当斯的虚构小说几乎在半个世纪前就问世了，最后一篇在 1933 年，而多年来还写下了好一些。在海明威身后留下的未出版的手稿中，竟发现了这总的长卷中的八篇新作。今天把它们安插在其事件发生的时间顺序中，在这里第一次推出，而它们在篇幅和明显的创作意图方面，是各各不同的。其中有三篇——写到印第安人如何撤离尼克小时候待的地区、写到他第一眼看到密西西比河的感受，以及他婚礼前后发生的事——都相当短。如果作者曾有过把其中的哪一篇加以铺陈的打算，那是无法得知了；只能干脆把它们当作一位艺术家笔记本中的几篇速写来看待了。在另外两篇中，他的意图是不言自明的，因为在这里我们看到的是永远没法完成的作品的开端部分。尼克搭上“芝加哥号”，在第一次世界大战期间去法国，原是一部早就放弃的名叫《和青春同行》的长篇小说的开端。《最后一方清净地》也是同样的情况，尽

① 这四人分别为《太阳照常升起》、《永别了，武器》、《过河入林》及《岛在湾流中》的男主人公。

管是多年以后才写的，它的情节戛然而止，还得写好多页才能把其中的矛盾冲突圆满解决。另外两篇分明是从业已发表的尼克故事中发展而成的。《三下枪声》讲述这少年如何在一次野营时感到惊慌失措。它一度是放在《印第安人营地》这个短篇前面的。而尼克关于他写作的“意识流”反思一度是（只是年代误植了）作为《大双心河》的尾声的。在这些新作中，只有极可能是海明威关于尼克·亚当斯所写的第一篇《度夏的人们》才可算是完整的。

为了把这些新作和已发表的那些短篇区别开来，本书中所有的新作都用一种特制的“斜体”铅字来印刷[①]。如果有人对我们决定发表这些短篇提出疑问的话，我们有现成的话可以作辩解。首先，把所有的尼克·亚当斯故事重新排列成为一个连贯的系列是根据填补这叙述长卷中实际上的各段空白的资料来进行的。再者，这些新的虚构故事全都在某些方面和作者生活中发生的事有关联，而读者们对此是一直感兴趣的。最后一点最最重要，这些短篇对我们这位最杰出作家之一的作品和性格作出了新的阐明，并能切实提高我们对他的理解。用斜体铅字排印不过是间接地唤起读者的注意，但我们期望能得到热烈的欢迎。

1972 年

吴　劳 译

① 这在中文译本中当然是不必要的。

…en, ~~the steel dark~~ from under whi…
…eyond a ~~that~~, you step out to sea too many
…tars. The moon gone down, the breeze ~~not~~ rise…
…n urinate up looking at the uncross-like b…
…S Southern Cross and thus each morning in the
…rofundity of ~~initial~~ urination reflect upon the …
…ublicity of constellations, and not awake you
…isten to the night move highly past you.
…en walk to where Pap sits before the fire,
…ipe comforted, his creatures perched, loving the
…ime before daylight and the windless burning …
…ead branches he says, "How are you, governor…

"No worse than you."

The sky is very high there and branche…

…one between, ~~the steel dark~~ from under whi…
…eyond a ~~that~~, you step out to sea too many
…tars. The moon gone down, the breeze ~~not~~ rise…
…n urinate up looking at the uncross-like b…
…S Southern Cross and thus …
…rofundity of ~~initial~~ …